06/2500

Über 40 Jahre
Heyne Science Fiction
& Fantasy

2500 Bände
Das Gesamt-Programm

Fantasy

Herausgegeben von Friedel Wahren

Von **Michael A. Stackpole** erschienen in der Reihe
HEYNE SCIENCE FICTION & FANTASY:

BATTLETECH

Band 5 *En Garde* · 06/4687
Band 6 *Riposte* · 06/4688
Band 7 *Coupé* · 06/4689
Band 10 *Tödliches Erbe* · 06/4870
Band 11 *Blutiges Vermächtnis* · 06/4871
Band 12 *Dunkles Schicksal* · 06/4872
Band 17 *Natürliche Auslese* · 06/5078
Band 21 *Kalkuliertes Risiko* · 06/5148
Band 25 *Die Kriegerkaste* · 06/5195
Band 30 *Abgefeimte Pläne* · 06/5391
Band 39 *Heimatwelten* · 06/6239
Band 43 *Der Kriegerprinz* · 06/6243 (in Vorb.)

Silberauge · 06/5629
Es war einmal ein Held · 06/5956

Michael A. Stackpole

Silberauge

Roman

Deutsche Erstausgabe

WILHELM HEYNE VERLAG
MÜNCHEN

HEYNE SCIENCE FICTION & FANTASY
06/5629

Titel der Originalausgabe
EYES OF SILVER
Übersetzung aus dem amerikanischen Englisch von
REINHOLD H. MAI
Das Umschlagbild malte
MARK HARRISON

Umwelthinweis:
Dieses Buch wurde auf chlor- und säurefreiem Papier gedruckt

Redaktion: Joern Rauser

Erstausgabe bei Bantam Books, a division of Bantam Doubleday Dell Publishing Group, Inc. (A Bantam Spectra Book)

http://www.heyne.de
Printed in Germany 1999
Umschlaggestaltung: Atelier Ingrid Schütz, München
Technische Betreuung: M. Spinola
Satz: Schaber Datentechnik, Wels
Druck und Bindung: Presse-Druck, Augsburg

ISBN 3-453-11934-7

Prolog

Bauczeg, Herzogtum Relen
Glogau

20. Glockmond 1675

Malachy Kidd erhob sich lautlos aus den Schatten der Gasse. Sein linker Arm war um den Hals des lescarischen Postens gelegt. Er zog an, weniger, um einen Alarmschrei zu verhindern, als vielmehr, damit der Mann keinen Zauber murmeln konnte – und stieß den Dolch in dessen Rücken. Die Klinge durchfuhr das Kettenhemd des Lescaren ohne Schwierigkeiten, fast als wäre es nur eine zusätzliche Hautschicht, glitt zwischen seine Rippen und in sein Herz.

Der Mann erstarrte, dann erschlaffte sein Körper, aber Malachy ließ ihn nicht los. Er stieß erneut zu, tiefer als zuvor, dann zerrte er den Toten tiefer in die Gasse und legte ihn sanft auf den Rücken. Er beugte sich über den Leichnam und schloß dessen Augen, kreuzte die Hände des Toten über der Brust.

Dann ließ sich Malachy neben dem Mann auf ein Knie nieder und legte die Linke auf dessen gekreuzte Hände. »Möge Gott dir ewigen Frieden und Vergebung schenken.«

Ein Kribbeln erfaßte seine rechte Hand, als der Zauber, den er zuvor über den Dolch gesprochen hatte, einen fahlblauen Lichtstreifen vom Heft aus über die Klinge gleiten ließ. Der Hauptzweck des Spruches lag darin, die Waffe übernatürlich scharf zu halten, damit sie ohne größere Schwierigkeiten durch Rüstungen drang. Das blaue Licht, das die Klinge von allem daran haftenden Blut säuberte, war ein Nebeneffekt – *sicher betrachtete der Augustiner, der den Spruch entwickelt hatte, dies als eine elegante Beigabe.* Das Licht verschwand mit einem von der Dolchspitze in die Nacht fliegenden Funken, und Malachy schob die Waffe zurück in die Stiefelscheide.

Er betrachtete den Mann, den er soeben getötet hatte. *Mann ist wohl zuviel gesagt, das ist eher ein Knabe.* Das jugendliche Aussehen des Postens überraschte ihn weniger, als ihm lieb gewesen wäre. Er hatte schon zu viele junge Lescaren für die Träume ihres Kaisers Fernandi sterben sehen. Der schmucklose Wappenrock des Toten wies ihn als einfachen Wehrpflichtigen aus, und Malachy war froh, als er auf der Brustpartie des Kleidungsstücks keine Spur vom Wappen der Revisors Carmí fand.

Bei so wertvollen Gefangenen kann es nicht mehr lange dauern, bis die Rote Garde eintrifft. Um so wichtiger, daß ich handle. Malachy hatte den Krieg gegen Fernandi mit einer zweijährigen Spionagetätigkeit in Lescar für den König von Ilbeoria begonnen. Aber als der ilbeorische Prinz Trevelien dort in Gefangenschaft geraten war, hatte Malachy seine Tarnung aufgeben müssen, um ihn zu befreien. Der König war froh gewesen, seinen Sohn wiederzusehen, und hatte Malachy mit dem Posten eines Gesandten beim Tacier von Strana belohnt, Ilbeorias Verbündetem im Krieg gegen Lescar. Malachy war den 137. Bärhusaren als Berater zugewiesen worden und hatte mitgeholfen, das lescarische Heer beim Rückzug aus Strana zu hetzen.

Wassili Arslow, der Kommandeur der Husaren, und Grigori Khrolic, der Hauptmann des Bataillons, das Malachy begleitete, hatten sich seine Ratschläge – *Einmischung wäre ein besseres Wort dafür – gefallen lassen. Malachy hatte bei Sirensk und Marmol verhindert, daß Khrolics Einheit in eine Falle lief, und den Offizier damit auf seine Seite gezogen.* Und das hat ihn bewogen, auf meine Bitte die Kundschafter in den Wald zu schicken, wo sie gefangengenommen wurden.

Malachy schlich zurück zum Eingang der Gasse, ging in die Hocke und sah sich um. Abgesehen vom Helm und der glatten Kampfmaske wirkte seine Kleidung in der Dunkelheit wie schwarzes Leinen. Doch der Zauber, den er darüber gesprochen hatte, verlieh ihr die Widerstandsfähigkeit von Stahl – jedoch ohne dessen Gewicht –, erstickte alle Geräusche, die der Stoff erzeugte und verschluckte das auftreffende Licht, so daß er mit den Schatten verschmolz. Die Rüstung war in einem Ritual an der Königlichen Militärakademie in Sandwycke entstanden und hatte ihm bei den seltenen Gelegenheiten zum Kampf, die er in den vergangenen drei Jahren gehabt hatte, gute Dienste geleistet.

Ich fürchte, heute nacht wird sie auf eine harte Probe gestellt. Er hatte Khrolic gebeten, eine Kompanie in das Städtchen Bauczeg zu entsenden, um die gefangenen Kundschafter zu befreien, aber der Hauptmann hatte sich rundweg geweigert. Auch wenn die beiden Kundschafter, die es zurück geschafft hatten, meldeten, der Ort sei so gut wie ausgestorben, er lag hinter den Lescari-Linien, und ein Angriff hätte eine Reaktion herausgefordert, die Arslows Schlachtplan für den kommenden Tag hätte durchkreuzen können. Daraufhin hatte Malachy sein Glück bei Arslow versucht, aber der stranische Kommandeur hatte nur abgewunken.

»Würden Sie meinem Befehl unterstehen, Kidd, würde ich Sie anweisen, nicht einmal an einen Rettungsversuch zu denken, aber das steht mir nicht zu.«

Für Malachy hatte diese Ablehnung den Charakter einer Herausforderung gehabt, und er hatte auch ein gewisses Mitgefühl für die gefangenen Kundschafter auf Arslows Seite herausgehört. Und so hatte er seine eigene Rettungsausrüstung zusammengestellt und sich durch den Gohazywald nach Bauczeg aufgemacht. Khrolic hatte er eine Nachricht hinterlassen, in der er erklärte, was er vorhatte, und wie der Strane seine

Leute aufstellen sollte, um auf die Kundschafter zu warten.

Malachy sah zum Mond hinauf. *Leutnant Smagolow müßte Khrolic die Nachricht vor zwei Stunden überbracht haben. Inzwischen dürften seine Leute in Stellung sein. Ich mache mich besser an die Arbeit.*

Das Gefängnis des Ortes befand sich im zweiten Stock des Rathauses auf der anderen Seite des Marktes. Die vergitterten Fenster des Obergeschosses schienen ein Hinweis zu sein, der kaum zu übersehen war. Der einfachste Weg hinein mußte durch die Vordertür führen, aber das hätte wahrscheinlich ein Blutbad bedeutet. An der Fassade hinaufzuklettern, würde nicht leicht werden. Außerdem hatte er zwar ein Seil dabei, das er um die Hüfte geschlungen hatte, aber er besaß keinen Ankerhaken, mit dem er es am Dach hätte befestigen können.

Ich könnte natürlich hinauffliegen, aber ich habe keine Flügel dabei, also würde mich dieser Zauber enorm schwächen. Er runzelte die Stirn. Plötzlich jagte ein geisterhafter grauer Schemen quer über den Marktplatz. Es schien ein Wolf zu sein, der über den Rasen in eine Gasse links vom Rathaus rannte. *Das Zeichen des Sankt Martin!*

Malachy folgte dem Geisterwolf augenblicklich, voller Vertrauen auf das Omen. Wie jeder Martinist hatte auch er zahllose Geschichten über geisterhafte Wölfe gehört, die verirrte Reisende in Sicherheit oder Suchtrupps zu vermißten Kindern geführt hatten. Selbst wenn die Hälfte dieser Erzählungen reine Phantasie waren, enthielten sie doch einen Kern von Wahrheit, der Malachy jede Angst davor nahm, trotz einer so waghalsigen Annäherung entdeckt zu werden. In seinem Innern wußte er, daß das Zeichen des Heiligen Martin ihn niemals fehlleiten konnte.

Als er sich in die Gasse neben dem Rathaus duckte, lächelte Malachy unter seiner Maske. An der Seitenwand des Gebäudes führte eine um die Ecke zur Hinterseite laufende Treppe empor, allem Anschein nach bis zum Dach. *Hat seinen Grund. Wahrscheinlich wollen sie keine Gefangenen durch das Büro des Bürgermeisters abführen, während er gerade Audienz hält.* Er murmelte ein kurzes Dankgebet an seinen Schutzheiligen, dann hastete er die Stufen hinauf.

Er lief zu der eisenbeschlagenen Eichentür des Dachaufgangs und zerrte am Griff. *Abgeschlossen, wie es sich für eine Kerkertür gehört.* Malachy fischte in einem Beutel an seinem Schwertgurt herum und zog einen Schlüssel heraus. Er schob ihn ins Türschloß und sprach einen Zauber. Wo der Schlüssel durch einen Schlitz im Handschuh seine bloße Haut berührte, fühlte er eine leichte Wärme, dann drehte er die Hand, und das Schloß öffnete sich.

Er zog die Tür auf und stieg langsam die steile Treppe hinab zu einem kurzen Gang, an dessen Ende ein Raum mit zahlreichen Gittertüren lag. In der Mitte des Zimmers stand ein langer Tisch mit mehreren Stühlen, von denen zur Zeit jedoch nur einer besetzt war. Ein korpulenter Wachmann, dessen Doppelkinn auf der breiten Brust lag, schnarchte laut genug, um eine Kavallerieattacke zu übertönen. Rechts war eine Tür ähnlich der auf dem Dach zu sehen, die wahrscheinlich ins Treppenhaus des Gebäudes führte. Kerzen in mehreren an den Wänden aufgehängten Laternen tauchten den Raum in gelbes Licht.

Malachy steckte den Schlüssel zurück in den Beutel und holte statt dessen eine schmale, geflochtene Lederschnur hervor. In die Schnur war ein Stahldraht eingewirkt, und Malachy drehte ihre Enden um beide Hände, so daß zwischen seinen Daumen etwa sechzig Zentimeter frei blieben. Durch ein schnelles Kreuzen der Hände formte er eine Schlinge, dann schlich er weiter.

Er legte die Garotte um den Hals der Wache, zog an und riß dabei die Hände auseinander. Das Schnarchen verwandelte sich in ein erschrecktes Gurgeln. Der Posten versuchte aufzuspringen, aber Malachy ging in die Hocke und zog den Kopf des Lescaren gegen die Rücklehne des Stuhles. Der Soldat krallte die Hände in die Schnur, und sein Gesicht lief violett an. Er strampelte mit den Beinen. Der Stuhl rutschte weg, und er stürzte zu Boden. Einmal versuchte er noch aufzustehen, sich herumzudrehen und seinen Angreifer zu fassen, dann sackte er mit herausgetretenen Augen und aus dem Mund hängender Zunge zusammen.

Malachy zog die Schnur weiter an, bis er sicher war, daß sein Opfer tot war. Erst dann löste er die Garotte. Mit einem Seufzer entwich die letzte Atemluft aus den Lungen des Toten, dann lag er nur noch reglos da. Der Ilbeorer rollte die Garotte auf, steckte sie zurück in den Beutel und holte den Schlüssel heraus. Dann kreuzte er die Hände des Toten über dem Herzen.

An der ersten Zellentür benutzte er erneut den Schlüsselzauber, um sie aufzuschließen. Als er sie öffnete, zischte er eine Warnung auf stranisch: »Vorsicht, meine Freunde. Kommt heraus. Ich bin da, um euch zu retten.«

Zwei stoppelbärtige Männer in zerfetzten Kleidern rieben sich den Schlaf aus den Augen, als sie aus der Zelle stolperten. Beide hatten blaue Flecken im Gesicht, und einer trug eine verkrustete Schnittwunde über dem rechten Auge, aber ihr Zustand schien trotzdem nicht allzu schlecht zu sein. Einer von ihnen, Viktor, trug ein lückenhaftes Grinsen zur Schau. »Das ist ein Wunder.«

Malachy nickte. »Nur, wenn ihr es zurück zu den Husaren schafft. Wie viele andere sind noch hier?«

Viktor kratzte sich den Bart. »Zwei in der Nebenzelle, zwei auf der anderen Seite. Dmitri und Zenon haben sie auch erwischt, aber sie waren schwer verwundet und sind irgendwo anders hingeschafft worden. Wahrscheinlich wollten die Lescaren sie von einem ihrer Hexenmeister verarzten lassen.«

Malachy nickte und verstand die Angst in Viktors Miene. Fernandi war als Folge einer Revolte in Lescar an die Macht gekommen, die den Einfluß der Eilyphianischen Kirche gebrochen und den rechtmäßigen König vom Thron gestoßen hatte. Fernandi hatte die Gesellschaft säkularisiert und den Weg für alle Art widerwärtiger magischer Praktiken freigemacht, deren Ausübung die Kirche unterdrückt hatte. Die Kirche lehrte, daß alle Magie, die nicht auf Dinge, sondern gezielt auf Menschen wirkte, des Teufels war. Fernandi verachtete diese Doktrin als Aberglauben und gestattete den lescarischen Ärzten, ihre Zauber nicht allein auf Instrumente und zur Herstellung von Medikamenten einzusetzen, sondern unmittelbar an ihren Patienten.

»Keine Angst, Viktor. Der Fluch solcher Praktiken erfaßt nur die Seelen derer, die den Zauber ausüben oder seinem Gebrauch zustimmen. Deine Freunde werden keinen Schaden davontragen.« Er trat zur nächsten Tür und öffnete sie mit seinem Schlüssel. »Nehmt dieses Seil und verschwindet über die Treppe dort hinten.«

Viktor nahm das Seil entgegen, dann kniff er die Augen zusammen. »Wie kommt es, daß Sie als Wolfspriester sich mit Diebeszaubern auskennen?«

Malachy grinste. Fast hätte er die Visierplatte gehoben und Viktor sein Gesicht gezeigt. »Als ich in Lescar als Spion gearbeitet habe, hat mir diese Art der Magie geholfen. Sie befreite Prinz Trevelien genauso wie jetzt euch. Außerdem, war nicht auch die Heilige Yulia eine Diebin, bevor sie eine Jüngerin des Guten Hirten wurde?«

»Ein Krieger und Theologe?« Der Strane schüttelte den Kopf. »Ich hätte nie erwartet, einen solchen Mann hier zu treffen.«

»Um die Wahrheit zu sagen, Viktor, wollte ich nie etwas anderes werden als die Art Priester, die an einem Ort wie diesem eine Gemeinde leitet.« Malachy lachte, als er zur dritten Zelle ging und die beiden letzten Kundschafter befreite. Er hatte von klein auf gewußt, daß er Priester werden wollte, und die Kirche hatte ihn gerne aufgenommen und geprüft. Dabei hatte man mit Freude – und zu seiner beträchtlichen Überraschung – sein erhebliches magisches Potential entdeckt. Natürlich war ihm immer klar gewesen, daß er magisches Talent besaß, wie jeder andere auch, aber er hatte dem nie viel Bedeutung beigemessen. Die Kirche hingegen legte einen großen Wert darauf, und so hatte man ihn vor die Wahl gestellt, in die Gesellschaft des Sankt Augustin oder in das Militärseminar in Sandwycke einzutreten.

So recht hatte ihm keine der beiden Möglichkeiten gemundet. Die Augustiner befaßten sich mit Magie, entwickelten und verbesserten Zauber aller Arten. Sie erforschten Zauber, die es den Ärzten gestatteten, Heilmittel für die verschiedensten Krankheiten zu erzeugen, und hatten sogar die Form von Kampfzauberei erdacht, die Malachy beherrschte. Der Gedanke, mit Magie zu arbeiten und Zauber zu entwickeln, gefiel ihm zwar, aber schließlich übten die Augustiner doch keinen ausreichend starken Reiz auf ihn aus.

Malachy war Ilbeorer und deshalb mit den Lehren der Martinistischen Kirche aufgewachsen. Diese eilyphianische Sekte war fast zweitausend Jahre zuvor von einem Centurion des Skipianischen Imperiums nach Ilbeoria gebracht worden. Sankt Martin hatte im Innern der in ihrem Kern pazifistischen Kirche eine Rolle für Krieger vorgesehen. Die Kirche hatte Eilyph seit langem als den Guten Hirten verehrt, dessen Herde die Gläubigen waren, und Sankt Martin sah die Krieger als die loyalen Wölfe, die dem Guten Hirten halfen, seine Schafe zusammenzuhalten. Von dieser Tradition geprägt, hatte Malachy sich für Sandwycke entschieden, als die Kirche ihm die Möglichkeit verwehrte, einfacher Gemeindepriester zu werden. Dort angekommen, hatte er selbst die mächtigsten Kampfzauber mit einer Leichtigkeit gemeistert, die seine Lehrer erstaunte und seine Kommandeure erfreute.

Er half dem letzten Mann aus der Zelle. »Aufs Dach mit euch. Bewegung. Von da führt eine Treppe nach unten, aber seid leise.« Während sie vorbeitrotteten, zerrte Malachy den toten Wachmann in eine Zelle. Dann verriegelte er alle Türen wieder und lief ebenfalls aufs Dach, wo er die Tür hinter sich abschloß. Anschließend folgte er den stranischen Kundschaftern in die Gasse.

Er ging neben Viktor in die Hocke und deutete nach Osten. »Ihr werdet einen Umweg suchen müssen, aber östlich von hier liegt eine Schlucht. Folgt ihr bis zu einem hohen Felsen, biegt nach Süden ab, bis ihr den Bach erreicht und geht dort am Ufer entlang zurück zum Lager. Hauptmann Khrolics Männer werden euch erwarten.«

»Sie kommen nicht mit?«

Malachy schüttelte den Kopf. »Nicht sofort. Dmitri und Zenon sind noch irgendwo hier, und ich sollte versuchen, sie zu finden.«

»Wir helfen Ihnen.«

»Nein. Geht. Gebt Khrolic Bescheid, daß dieses Gebiet für morgen weiter klar ist.«

»Wie Sie wünschen, Wolfspriester. Gott und all seine Heiligen seien mit Ihnen.«

»Und Er schütze euch desgleichen.« Malachy klopfte dem Mann auf die Schulter. »Los.«

Als die Kundschafter ihn verließen, kreuzte Malachy die Hände über dem Herzen und neigte das Haupt. »Bewahre sie, o Herr, und hilf mir bei der Suche nach ihren vermißten Gefährten.«

Er sah auf und bemerkte erneut einen grauen Schemen, einen Wolf, der auf ein kleineres Gebäude zulief. Malachy erneuerte die Zauber, die seine Rüstung stärkten, und arbeitete sich langsam zur Nordseite des Marktplatzes hinüber. Er glitt in die Gasse neben dem Haus, das der Wolf ihm gezeigt hatte, und erhaschte durch ein Fenster einen Blick auf die beiden anderen Kundschafter. *Zu eng, um hindurchzuklettern. Ich werde es hinten versuchen.*

Er wandte sich zur Rückseite des Gebäudes, aber dort stand jemand, der eine Lampe aufdeckte und ihn in deren Lichtschein hüllte. »Parada«, befahl der Mann auf lescarisch. »Keine Bewegung. Du kannst nicht entkommen.« Im Widerschein der Laterne sah Malachy gerade genug vom Wappenrock des Mannes, um den Aufnäher der Roten Garde zu erkennen.

Sind sie also schließlich doch eingetroffen. Ein Blick über die Schulter zeigte Malachy zwei weitere Männer als Schattenriß im Eingang der Gasse. »Drei von euch, um einen Wolfspriester aufzuhalten. Fernandi mag ja glauben, das reicht, aber ihr solltet klüger sein.«

Der Mann mit der Laterne zuckte die Schultern. »Wenn du dich widersetzt, werden die beiden Straner dort drinnen getötet.«

»Oh.« Malachy senkte für einen Augenblick den Kopf, dann zog er mit der Linken das Langschwert aus der Scheide. Er packte die Waffe auf halber Höhe der Klinge und hielt sie dem Mann mit der Laterne hin. »Du weißt, daß ich nicht zulassen kann, daß sie zu Schaden kommen.«

»Eine Schwäche derer, die nichtexistenten Göttern gestatten, ihr Leben zu beherrschen.« Die Gefährten des Lescaren in Malachys Rücken quittierten seinen Spott mit Gelächter. »Auf diese Weise wird die Vernunft allezeit über den Aberglauben triumphieren.«

»Ach, wenn ich du wäre, würde ich Gott für mein

Glück danken.« Der Priester deutete einen Salut in Richtung seines Bezwingers an. »Soweit ich weiß, hat dein Kaiser wegen der Befreiung des ilbeorischen Prinzen ein Kopfgeld von vierzig Goldsonnen auf mich ausgesetzt.«

Der Mann mit der Laterne brauchte ein paar Sekunden, um sich darüber klar zu werden, was sein Gefangener ihm gerade gesagt hatte. Als er begriff und sich erfreut vorstellte, wie er vor dem Kaiser stand und ein Lob für die Ergreifung eines dermaßen verhaßten Feindes empfing, lockerte Malachy den Griff, mit dem er das Schwert hielt, und gestattete dem Heft, zurück in seine Hand zu gleiten. Er warf es herum, faßte den Griff fest mit der Linken, dann hechtete er an der Laterne vorbei und traf den lescarischen Soldaten am Hals.

Die Laterne krachte zu Boden, als der Verwundete mit einem erstickten Gurgeln die Hände an die Kehle riß. Malachy wirbelte herum. Die Schwertspitze schlug Funken aus der Hauswand und parierte hart einen Abwärtshieb. Er drehte sich auf dem linken Absatz weiter, trat mit dem rechten Bein aus und erwischte den Lescarenkrieger im Gesicht. Knochen splitterten, und der Mann sackte beiseite.

Der dritte Rote Gardist näherte sich langsam, das Langschwert zur Parade bereit. Der Mann murmelte etwas, und sein ganzer Körper glühte in tiefem Rot auf, beinahe, als würde er vom Helm bis zu den Stiefeln erröten. Er sprang heran, schneller als menschenmöglich, und stieß die Klinge vorbei an Malachys Parade.

Das Schwert des Lescaren stieß auf Malachys Brust herab, aber dessen Panzer reagierte sofort. Ein Teil des Stoffes wurde steif und lenkte die Klinge ab, während ein größerer Teil sich faltenweise übereinanderlegte, um die Angriffsstelle zu schützen. Malachy fühlte einen harten Schlag, als das Schwert auftraf, und

Schmerzen schossen wie ein Blitzschlag durch seinen ganzen Brustkorb – eine Rippe brach. Die schiere Wucht des Hiebes trieb ihn zurück, und er stieß mit den Absätzen gegen den Körper des Soldaten, dem er die Kehle durchtrennt hatte.

Malachy krachte auf den Rücken, und so sehr seine Rüstung sich auch bemühte, sie war nicht in der Lage, die Wucht dieses Sturzes abzufangen. Er blieb eine Sekunde lang benommen liegen, und sein Angreifer ragte wie eine blutrote Alptraumgestalt über ihm auf. Malachy hatte davon gehört, daß die Rote Garde teuflische Zauber verwendete, um im Kampf schneller zu agieren, aber noch nie zuvor hatte er selbst gegen einen so verzauberten Gegner gekämpft. Der Rote Gardist hob das Schwert mit beiden Händen, um es wie einen Dolch in Malachys Brust zu stoßen.

Der fixierte die Augen seines Gegners, und im selben Moment, in dem der Mann zustieß, drehte der Wolfspriester sich nach rechts. Die Rüstung über seinem linken Brustkorb versteifte sich und lenkte die Klinge nach links ab. Sie drang zwischen Malachys Körper und seinem linken Arm tief in den festen Boden der Gasse.

Der Ilbeorer riß das Schwert herum und herab, erwischte den Roten Gardisten in der Seite. Die Rüstung des Lescaren bot ebensowenig Widerstand wie der Körper darunter. Mit gelben Glanzlichtern schoß leuchtendes Blut heraus, viel schneller als es bei einer solchen Verletzung zu erwarten gewesen wäre. Der lescarische Soldat grunzte, dann sank er auf die Knie und kippte zur Seite. Erst im letzten Augenblick fiel das Schwert aus seinen Händen.

Malachy wälzte sich auf die Beine und wartete, während seine Zauber Schwert und Rüstung von den Spuren des leuchtenden Bluts säuberten. *Er war so beschleunigt, daß sein Körper das Blut weit schneller pumpte als es sonst möglich gewesen wäre. Mit seiner Zauberei hat er sich doppelt verdammt: hier ebenso wie im Jenseits.*

Der Wolfspriester konnte Stimmengewirr in Lescari hören, das andere Rote Gardisten an seine Stellung befahl. Er mußte fliehen, zögerte aber, weil er sich verpflichtet fühlte, die anderen Kundschafter zu befreien. *Vielleicht kann ich später zurückkommen, wenn ich die Rote Garde von hier weglocke…* Bei diesem Gedanken kam Hoffnung in ihm auf, aber der Versuch, einen entsprechenden Plan zu formulieren, erstarb, als im Zentrum des Marktplatzes ein goldenes Leuchten aufflammte.

Es erregte augenblicklich Malachys Aufmerksamkeit, denn es schien fast, als werde hier, unmittelbar vor dem Rathaus, die Sonne aufgehen. Das Licht wurde immer heller, bis das Gebäude vollständig im Glanz verschwand, und Malachy fühlte sich unwiderstehlich davon angezogen. Er sah Formen im Innern des Lichtscheins, die er sich aber zunächst nicht erklären konnte. Deshalb trat er an den Eingang der Gasse, um besser zu sehen.

Allmählich gewöhnten sich Malachys Augen an das Leuchten, und die Formen wurden deutlicher. Ein Mann erschien, bis auf einen goldenen Lendenschurz, dessen Enden ihm bis zu den Knien hinabhingen, nackt. Sein ganzer Leib war golden und mit silbernen Tigerstreifen auf Rumpf und Gliedern geschmückt. Seine metallische Haut entsprach keiner leblosen Rüstung und auch keinem belebten Kettenhemd, wie Malachy es trug. Vielmehr schien es wie ein metallener Lack über wuchtigen Muskeln zu liegen. Die Gestalt kam einen Schritt näher – und er konnte die Muskeln in Beinen, Armen und am Bauch des Mannes spielen sehen. Es war alles höchst natürlich und äußerst lebensecht.

Als Malachy zum Gesicht des Mannes aufsah, bemerkte er, daß dieses plötzlich unter einer Kapuze aus dem Schädel eines Bären verborgen wurde. Das übrige Bärenfell lag als Umhang über seinen Schultern, und die Tatzen waren um seinen Hals zusammengebunden, um diesen Mantel festzuhalten. Malachy war sich sicher, daß der Bärenfellumhang noch nicht dagewesen war, als er den Mann zuerst zu Gesicht bekommen hatte. Andererseits konnte er sich auch nicht erinnern, ihn nicht gesehen zu haben. Er studierte Kopf und Gesicht des Mannes erneut, und plötzlich erkannte er, daß bronzene Widderhörner aus dem Bärenschädel wuchsen.

Was bedeutet das? Der Bär ist das Wappentier Stranas, und die Hörner stammen von der Vandarirüstung. Ist das ein Verbündeter, der kam, um mir zu helfen?

Eine Stimme erklang in Malachys Kopf: *Siehe deinen Feind.*

»Was?« Malachy stolperte auf die grelleuchtende Gestalt zu. »Wer bist du?«

Er erhielt keine Antwort.

Ein leuchtender Roter Gardist hieb von rechts nach Malachys Kopf, und der Wolfspriester hatte keine Gelegenheit zur Parade. Die Waffe des Lescaren traf sein Gesicht in Höhe der Augen. Ein Feuerwerk von Schmerzen explodierte in seinem Schädel, und Malachy stürzte zu Boden. Der Funkenregen verblaßte in tiefer Dunkelheit, dann traf ein zweiter Schlag seinen Schädel, und Vergessen umfing Malachy Kidd.

I. Buch

DAS BUCH DES WOLFES

1. Kapitel

Königliches Militärseminar Sandwycke, Bettenshire Ilbeoria

15. Arkan 1687

Auf dem Weg zu dem kleinen Studienraum, den er im hinteren Bereich der Bibliothek reserviert hatte, fühlte Robert Drury das Starren der übrigen Studenten wie Nadelstiche in seinem Rücken. Er war in erheblich höherem Alter, als es dem Durchschnitt entsprach, nach Sandwycke gekommen, zudem deutlich größer gewesen als die anderen, und darüber hinaus war er damals schon ein Veteran des Lescarenkriegs gewesen, so daß es nichts Ungewöhnliches für ihn war, angestarrt zu werden. Aber im Verlauf der vier Jahre, die er hier im Seminar studiert hatte, waren diese Blicke allmählich verschwunden, und ihr plötzliches Wiederauftauchen, besonders jetzt und hier in der Bibliothek, konnte nur eines bedeuten.

Robin seufzte. *Diesmal hast du es wirklich geschafft, Uriah.* Der hochgewachsene, muskulöse Seminarist preßte einen Band mit Karten an die Brust. Er runzelte die Stirn, und einige Starrer wandten sich hastig wieder ab, nur der geradezu eisige Blick, mit dem Bruder Lucas ihn aufspießte, ließ sich dadurch nicht abschütteln. Robin versuchte es mit einem verlegenen Lächeln, was den alten Priester veranlaßte, den Kopf zu schütteln und sich abzuwenden.

Ohne anzuklopfen öffnete Robin die Tür zu dem kleinen Studierzimmer, das er reserviert hatte. Ein hoch aufgeschossener, schlaksig-hagerer Jüngling mit roter Haarmähne lümmelte sich auf zwei Stühlen. Er war in dem einen weit genug hinabgerutscht, um mit den Schulterblättern auf der Sitzfläche zu hängen – und der zweite Stuhl trug seine Oberschenkel. Uriah hielt zwei kleine bemalte Holzstücke in den Händen und schlug sie mit einem Geräusch gegeneinander, das an das Donnern einer feuernden Dampfkanone erinnerte.

Robin kniff die Augen zusammen. »Interessante Übung in taktischer Abstraktion, Kadett Smith.«

Die Holzblöcke flogen davon, als Uriah zusammenzuckte und verzweifelt versuchte, sich an einem der Stühle festzuhalten, um nicht auf den Boden zu fallen. Vergebens. Der Stuhl unter seinen Beinen kippte um, mit dem Ergebnis, daß der andere lautstark gegen die Wand rutschte. Die kleinen, mit militärischen Einheitsmarkierungen bemalten Holzblöcke tanzten um den Kadetten, als er zu Boden krachte. Er sah zu Robin hoch, und seine Miene verdüsterte sich.

»Du hast mich erschreckt!«

»Uriah, seit wir mit diesem gemeinsamen Projekt angefangen haben, vergeht kein Tag, an dem du mir keine Angst machst.« Robin legte den Kartenband auf eine Ecke des Sandkastens, der in der Mitte des Zimmers stand. Der ausladende Tisch war oben offen und mit Sand gefüllt, aus dem sich das Gelände jedes beliebigen Schlachtfelds nachbilden ließ. »Ich hatte eigentlich erwartet, daß du unser Gelände fertig hast.«

Uriah rappelte sich hoch und hob die beiden Holzblöcke vom Boden auf. Er stellte sie zu den anderen auf den Rand des Sandkastens. »Das war ohne die Karten wohl kaum machbar, meinst du nicht?«

»Du hättest zumindest anfangen können.« Robin deutete auf die Truppenmarkierungen. »Es ist ja nicht so, als wärst du voll damit beschäftigt gewesen, die Truppen anzumalen, wie ich dich gebeten hatte.«

Uriah zuckte die Schultern. »Wozu? Bruder Lucas hatte sie in seinem Vorrat. Er hat mich zwar komisch angesehen, aber das macht er immer, wenn er mich bemerkt. Und er hat sie mir gegeben.«

Robin schüttelte den Kopf. »Dir ist natürlich klar, daß Bruder Lucas Captain Irons eine Liste der Truppen aushändigen wird, die wir angefordert haben, und daran kann er ganz deutlich erkennen, daß wir als unser Taktikseminarprojekt ein *hypothetisches* Gefecht simulieren.«

»Macht das etwas aus? Er wird uns ohnehin schlechter beurteilen, weil wir bei unserer Schlacht seine Dom-Ulanen nicht einsetzen.«

Robin hob die Arme. »Wie wäre es, wenn du noch einmal darüber nachdenkst, was du gerade gesagt hast, während du das Gelände vorbereitest.« Er öffnete den Kartenband und hielt ihn hoch, damit Uriah die Karte studieren konnte. »Bitte genau.«

»Okay«, nickte Uriah und winkte ab.

Robin sah ihn fragend an. »Sieh sie dir gut an, Uriah. Würdest du dich bitte einmal etwas anstrengen. ›Genau‹ heißt nicht ›in etwa annähernd‹.«

Uriahs grüne Augen verengten sich. »Ich sagte, ich hab es, Kadett Drury. Ich habe ein ausgezeichnetes graphisches Gedächtnis, erinnerst du dich? Das ist einer der Gründe, aus denen ich in deinem Fortgeschrittenen Taktikseminar bin, obwohl das erst mein drittes Jahr hier ist.«

»In Ordnung, dann mach hin.« Robin schloß das Buch. »Heute noch, wenn's geht.«

Uriah tat so, als hätte er die letzte Bemerkung nicht gehört. Mit einem ungefähr einen Meter langen Brett glättete er den Sand in dem etwas mehr als zwei Meter langen Kasten. Er gähnte, wischte sich eine Strähne seines roten Haarschopfes vor den Augen weg, und drückte dann das Brett an der Stirnseite des Tisches tief in den Sand. Indem er anschließend das Brett zu sich heranzog, häufte er den Sand an seinem Ende auf. Zum

Schluß formte er daraus mit seinen Händen einen Hügel, der diese Seite des Sandkastens beherrschte.

Er rieb seine Hände, um den Sand abzustreifen und zuckte mit den Achseln. »Das entspricht dem Dschebel Quirana und seiner Umgebung so exakt, wie ich es brauche.«

»Ich warte immer noch auf deine genaue Nachbildung, Uriah.«

»Und du sollst sie bekommen.« Der jüngere Mann schloß die Augen und legte die Hände auf zwei abgewetzte Stellen an der Seite des Tisches. Er flüsterte ein Gebet an St. Jerome, den Schutzheiligen der Büchereien und Bibliothekare, dann nickte er einmal kurz.

Der Zauber, den er gesprochen hatte, war alltäglich und nicht sonderlich mächtig, aber er reichte aus, um ein blaues Leuchten wie einen Nebel aus dem Halo strömen zu lassen, das seine Hände umhüllte. Das Licht legte sich um den Sandkasten, dann zog es wie Nebelschwaden über den hellbraunen Sand. Auf seinem Weg formte das Licht den Sand, den es berührte, zog ihn stellenweise nach unten, hob ihn an anderer Stelle empor. Wo Uriah einen kuppelförmigen Hügel aufgeschüttet hatte, erschien Dschebel Quirana als Hochebene mit scharf herausgearbeiteten Klippen. Der Nebel formte sogar ein Bild Helors, auch wenn die Stadt vor dem Berg winzig erschien, und der Maßstab kaum mehr erkennen ließ als die Form der Mauern.

Robin schlug das Buch wieder auf und starrte auf die Karte, die er Uriah gezeigt hatte. Alles stimmte, von dem breiten Tal, dessen Boden am südöstlichen Ende anstieg, bis zur Position der runden Hochebene und der Stadt an der Nordseite ihres Fußes. Die Karte war nicht gerade spektakulär, aber die Konturen vermittelten einen guten Eindruck von der Lage des Geländes, und Uriah hatte es vollkommen nachgebildet.

Robin schloß das Buch mit einem Seufzen. Er kannte

den Zauber, den Uriah benutzt hatte, und konnte ihn mit ähnlichem Können anwenden, aber er hätte den Kasten unterteilen und jede Sektion unter ständiger Überprüfung mit der Karte einzeln abarbeiten müssen, wenn er eine derartige Genauigkeit hätte erreichen wollen. *Und er schafft, wozu ich eine kleine Ewigkeit brauchen würde, ohne daß man es ihm auch nur anmerkt.*

»Ausgezeichnete Arbeit, Uriah.« Robin schüttelte den Kopf. »In Anbetracht der Natur der Schlacht, die wir simulieren, ist der Maßstab zu groß, um die letzten Phasen des Kampfes darzustellen, will sagen die Belagerung Helors, aber für die Anfangsstadien reicht das vollkommen.«

»Dann ist es dir genau genug?«

»Absolut.«

»Ich hoffe, dein Helor entspricht ebenfalls diesen Anforderungen.«

»*Mein* Helor? Die Stadt wirst du auch bauen.«

Uriah verzog das Gesicht. »Warum muß ich die ganze Arbeit machen?«

»Ha!« Robin blinzelte überrascht und starrte seinen Partner ungläubig an. »Das ist das erste Stück Arbeit, das du in dieses Projekt gesteckt hast. Wenn du dich wirklich angestrengt hättest, wären wir schon vor einem Monat fertig gewesen.«

»Du vergißt, wer dir all die stranischen Einheitsgeschichten übersetzt hat.«

»Uriah, deine Mutter war eine Stranin. Du hast die Sprache gelernt, als du noch auf ihren Knien geschaukelt hast. Okay, du hast die Geschichten übersetzt, aber ich war derjenige, der sich durch die Literatur gewühlt und herausgefunden hat, welche Einheiten wir uns überhaupt ansehen müssen. Erinnerst du dich?«

Der jüngere Mann nickte. »Ich erinnere mich.«

»Gut.« Robin legte den Kartenband wieder weg. »Wenigstens wird Irons uns keine Minuspunkte für das

Gelände unserer Präsentation geben können. Aber ich wünschte, du hättest getan, worum ich dich gebeten hatte und geheimgehalten, daß wir an einem hypothetischen Gefecht arbeiten.«

»Ich bleibe bei dem, was ich vorhin schon gesagt habe. Wir präsentieren keine Schlacht der Dom-Ulanen aus dem Lescarenkrieg, und deshalb wird Irons auf jeden Fall hassen, was immer wir anbieten. Was macht es da noch aus, ob unsere Schlacht hypothetisch ist.«

»Irons haßt hypothetische Schlachten ganz besonders, Uriah.«

»Was denn, und du provozierst ganz bewußt einen Dozenten?« In Uriahs grüne Augen trat der Schalk. »Meine Mitarbeit an diesem Projekt muß dich verdorben haben.«

»Für jemanden, der so verdammt gescheit ist, siehst du ziemlich wenig, weniger noch als Colonel Kidd.« Robin rieb sich mit vernarbten Händen das Gesicht. »Ich versuche nicht, Irons zu reizen, aber ich sehe auch keinen Sinn in einem Projekt, das schon Hunderte anderer Kadetten vor uns durchgeackert haben.« *Und wenn ich ein solches Projekt ausgewählt hätte, Partner, hättest du keinen Finger krummzumachen brauchen, was dir sehr entgegengekommen wäre.*

Der Jüngere seufzte schwer und ging in dem kleinen, nur von einer Laterne beleuchteten Raum auf und ab. »Rob, du bist ein Streber und ein Kadettenkompanieführer. Für dich läuft hier alles wie geschmiert. In einem Monat bist du als fertiger Absolvent hier raus. Ich muß dagegen noch ein ganzes Jahr durchstehen ...«

»Wenn sie dich nicht nach diesem Semester rausschmeißen.«

Uriah rümpfte angewidert die Nase, und ein Hauch von Angst klang in seiner Stimme mit. »Und ein hypothetisches Gefecht wird meine Chancen hier nicht gerade verbessern, nicht wahr?«

Robin lächelte – und seine dunklen Augen blitzten. »Es kann auch nicht schaden. Zumindest zeigt unsere Wahl Irons und den anderen, daß wir unseren Verstand benutzt haben.«

Uriah seufzte. »Soll sein. Aber ich glaube nicht, daß das einen großen Unterschied machen wird.«

»Ich zähle darauf, daß er vor Überraschung darüber, daß du tatsächlich gearbeitet hast, zu geschockt sein wird, etwas zu sagen.«

»Wie ich sehe, arbeitest du genauso hart an deiner Note für Witz und Konversation.« Uriah deutete mit dem Daumen zur Tür in die Bibliothek. »Es gibt eine Unzahl von Schlachten, die wir für unsere Sandkastenaufgabe hätten heranziehen können, um Irons zu zeigen, daß wir denken können. Und du wärst viel weniger Gefahr gelaufen, eine miese Note zu kassieren. Eine Menge Schlachten wurden schon geschlagen, so daß wir wissen, wo die Schwachstellen in Strategie und Taktik zu finden sind, und sie leicht stopfen können. Wir müssen uns nur eine von ihnen aussuchen, und du wirst die Abschlußnote bekommen, die du brauchst, um auf die *Saint Michael* zu kommen.«

»Und du würdest dir irgendwie einreden, daß Kriegsführung genauso einfach sein kann, genauso simpel, wenn du nur die *Saint Michael* kommandierst.«

»Ich glaube nicht, daß das dein Problem ist, Robin.«

»Dich erwartet derselbe Dienst wie mich, also ist es meins. Und hier und jetzt bist du mein Partner, und das macht es erst recht zu meinem Problem.« Der ältere Kadett verschränkte die Arme vor der Brust. »Sandwycke wird dich nicht rausschmeißen, solange ich es verhindern kann. Dein Vater wollte, daß du hierher kommst, und du bist bei den Durchstartern, weil deine Begabung zur Zauberei sehr ausgeprägt ist und du ausgesprochen intelligent bist. Es wäre ein schwerer Schlag für das Militär, dich zu verlieren.«

»So ein schwerer nun auch wieder nicht. Außerdem ist mein Vater tot, und mein Bruder hat anderes mit mir vor.«

»Es spielt keine Rolle, daß dein Bruder jetzt der Herzog von Carvenshire ist. Die Kirche kennt deinen Wert. Dein Bruder mag dich aus bündnispolitischen Gründen mit irgend jemandem verheiraten wollen, soviel er will. Wenn die Kirche dagegen ist, hat das nicht viel zu sagen.«

»Du sprichst von Tybalt. Aber du vergißt, daß mein Bruder Graham ein Priester ist und Kardinal Garrows Vertrauen genießt. Wenn sie anfangen zusammenzuarbeiten, und wenn mir dazu noch Tybalt die finanziellen Zuwendungen sperrt, die mein Vater zur Bezahlung meiner Ausbildung bereitgestellt hat …«

»Wenn, wenn – jetzt machst du dir Sorgen über bloße Möglichkeiten.« Robin schüttelte den Kopf. »Nur ein Narr macht sich Sorgen über ungelegte Eier.«

Uriah stieß ein übertriebenes Lachen aus und wies auf den Sandkasten: »Womit wir wieder bei der Frage wären, wie gescheit unsere Übung ist.«

»Das hier ist keine Übung, es ist Wirklichkeit, die sich nur noch nicht ereignet hat.« Robin schlug das dicke Kartenbuch auf und blätterte durch die vergilbten Seiten.

»Glaubst du wirklich, daß es dazu kommt, daß Strana Helor angreift und versucht, Helansajar zu unterwerfen?«

»Erwartest du, daß morgen früh die Sonne aufgeht?«

Uriah nickte. »Ja, und viel zu früh für meinen Geschmack.«

»Das war vorhersehbar. Du wirst dich nächstes Jahr bei Witz und Konversation auch anstrengen müssen.« Robin stützte sich auf den Kartentisch. »Stellen wir die Truppen auf. Wir dürfen uns keinen Fehler erlauben, sonst verspeist Irons uns zum Frühstück.«

Uriahs Miene hellte sich auf, als er Robin die blaugoldenen Holzblöcke für die stranischen Einheiten reichte. »Ich könnte noch mal rausgehen und die Einheitsmarkierungen der Dom-Ulanen holen, damit wir sie in die Schacht einbauen können. Irons läßt kein Projekt durchfallen, in dem seine Lanciers eine gute Figur machen, gleichgültig, wie schwach die Untersuchung ausfällt.«

Robin legte die Einheiten auf den Sand und sortierte sie nach Typen, dann sah er zu seinem Partner hinüber. »Verstehe ich dich richtig, Uriah? Schlägst ausgerechnet du mir vor, Irons zu schmeicheln, um eine Belobigung in der Abschlußprüfung zu kassieren? In dem Fall besorge ich einen Exorzisten für dich.«

Das brachte ein Grinsen auf Uriahs Gesicht. »Zugegeben, das klingt verdächtig. Aber ich weiß, daß du eine gute Beurteilung brauchst, um den Befehl über die Ethyrenen auf der *Saint Michael* zu bekommen. Und Irons haßt mich, was ohnehin schon gegen dich spricht. Ich verstehe ja auch nicht, warum du dir gerade mich als Partner ausgesucht hast. Ich hielt dich immer für klüger.«

»Bin ich auch.«

»Trotzdem hast du mich genommen.«

»Du warst vorzüglich dazu geeignet, alle die Meldungen auszuwerten, die wir aus Strana über ihre Truppen hatten, und du hast erstklassige Arbeit geleistet.« Robin hob eine stranische Einheit mit einem Bronzestreifen am unteren Rand hoch. »Hättest du mich nicht darauf hingewiesen, daß den 137. Kaiserlichen Bärenhusaren eine Kompanie Vandari angegliedert wurde, wäre unser Projekt von Anfang an zum Scheitern verurteilt gewesen.«

»Ich hätte die Gefechtsordnung für dich auch überprüft, wenn du mich nicht als Partner ausgesucht hättest, Robin.«

»Das weiß ich, aber ich wollte dich beteiligen. Wir wollen eine hypothetische Schlacht durchspielen. Das bedeutet für uns, daß wir außerhalb der üblichen Bahnen denken müssen.« Er grinste Uriah schief an. »Und du bist so ziemlich der sonderbarste Geselle in diesem ganzen Seminar.«

Uriah nickte: »Um nicht zu sagen: aufmüpfig.«

»Das war nicht der geringste meiner Gründe.« Robin stellte die Holzblocks in der Miniaturlandschaft auf. »Worum geht es bei dieser ganzen Arbeit überhaupt?«

Uriah wog unbehaglich die Schultern. »Indem wir studieren, was andere Kommandeure getan haben, und dann neue Strategien ausprobieren, können wir lernen, eine Schlacht besser zu lenken. Wir lernen aus ihren Fehlern.«

»Du erinnerst dich nicht nur an Irons' Eröffnungsvorlesung, du hast seine Stimme nahezu vollendet getroffen.« Robins Miene wurde ernst. »Worin liegt der große Fehler bei diesem Gedanken?«

»Ich sehe keinen.«

»Mach deine Augen auf und wage noch einen Blick. Streng dich ausnahmsweise mal an.«

»Ich strenge mich an. Meine Augen sind offen, sie sind nur nicht aus Silber. Ich stehe noch immer im Dunkeln.«

»Gehe die Sache einmal so an, Uriah: Warum konnten wir Fernandi am Ende des Krieges besiegen?«

»Der Oberbefehlshaber und seine Generale hatten gelernt, wie Fernandis Taktik zu begegnen war. Sie lernten aus den Fehlern der Kommandeure der ersten Kriegsjahre.«

»Du kommst der Sache schon näher. Und warum wurden jene früheren Kommandeure besiegt?«

»Weil sie nie gegen jemanden gefochten hatten, der Fernandis Taktiken anwandte.«

»Aber alle unsere Kommandeure waren Absolventen von Sandwycke, und die Karinolier, die er schlug, waren in der Tradition der Vulcha ausgebildet worden. Fernandi besiegte sogar die Besten des Taciers, Absolventen der Akademie von Sawensk. Es waren die größten militärischen Köpfe der Welt, aber Fernandi hat sie alle besiegt. Wie hat er das geschafft?«

»Ich habe keine Ahnung.«

»Mit Apathie kann ich umgehen, aber stell dich nicht dümmer, als du bist. Denk nach!« Robin setzte den bronzemarkierten Holzklotz, der die Vandarikompanie darstellte, sorgfältig ins Zentrum der stranischen Linien. »Gibst du auf?«

»Da.«

Robin seufzte. »Als Seminaristen und Studenten hatten sie in *ihren* Taktikseminaren alle den *letzten* Krieg untersucht. Sie vervollkommneten Taktiken für den *letzten* Krieg. Sie waren darauf vorbereitet, den *letzten* Krieg zu führen. Und den *letzten* Krieg hätten sie auch gewonnen, nur führte Fernandi schon den *nächsten* Krieg. Und unsere Übung hier simuliert eine Schlacht des *nächsten* Krieges.«

»Aber das schließt ein, daß Stranas Truppen gegen Partisanen in Helansajar kämpfen. Und du warst es doch, der mir sagte, daß wir seit dreißig Jahren keinen Überblick mehr über dieses Gebiet haben und Schukri Awan Helor erst vor einem Jahrzehnt den Khast entrissen hat. Es gibt nicht ein Buch in unserer Bibliothek, das uns Auskunft über seine Truppen geben könnte.«

»Wohl wahr, aber ich habe Freunde in Ludstone, von denen ich hörte, daß es Berichte aus Zentralestanu gibt, die zwar nur Gerüchte über Helor enthalten, aber darin geht es vor allem um die Eroberung der Stadt und Gefechte zwischen Awans helorischen Truppen und der Khastfraktion.«

Uriah schüttelte zweifelnd den Kopf. »Du wirst dir keine Koje auf der *Saint Michael* verdienen, indem du dich auf zweitklassige Berichte stützt, Rob.«

»Auch wenn es sich nicht um militärische Meldungen handelt, sind diese Händlergeschichten keinesfalls zweitklassig. Ein Steward von der *Crow* arbeitet jetzt für Grimshaw Mercantile. Er ist der irrigen Annahme, ich hätte ihm das Leben gerettet, als wir gegen die *El Tauró* kämpften, und er versucht seit Jahren, seine Dankesschuld abzutragen. Seine Kenntnisse sind skizzenhaft, doch für unsere Zwecke ausreichend.«

»Du stützt dich stark auf die Annahme, daß Irons uns diesen Spielraum einräumt, weil es sich hier um ein hypothetisches Szenario handelt.«

»Wir sind Wolfspriester, Uriah. Geschliffene Schwerter, Kampfzauber und der Glaube, das ist so ziemlich alles, womit wir zu arbeiten haben.«

»Der Punkt geht an dich, doch ich muß mich noch immer über deine Wahl wundern. Warum diese Schlacht? Wir haben nicht das geringste mit ihr zu tun – wir können nicht einmal damit bluffen, eine mögliche Konfrontation unserer Truppen mit den Lescaren vorzustellen.«

»Ich würde eine Schlacht vorziehen, die Helor von den stranischen Besatzern befreit, aber …«

»Aber sie haben Helor nicht eingenommen.« Uriah schaute auf die Handvoll helorischer Partisanenklötzchen, die auf dem Rahmen des Sandkastens aufgereiht standen. »Das Problem ist, daß du nicht einmal sicher sein kannst, ob Strana Helor einnehmen wird.«

»Das muß es, Uriah – du müßtest das eigentlich besser als jeder andere erkennen … Strana hat gar keine andere Wahl. Helor ist der Schlüssel zu ganz Estanu, und so oder so muß die Stadt fallen.« Robin zeigte auf das untere Ende des Sandkastens und darüber hinaus. »Als Fernandi damals Strana angriff, überrannte er die modernsten und höchstentwickelten Regionen im Reich des Taciers. Er machte Mjasowo dem Erdboden gleich und belagerte Murom. Hätte ›General Winter‹, Stranas natürlicher Verbündeter, nicht, oder nicht ganz so heftig eingegriffen, hätte Fernandi ganz Strana unterworfen. Seit den Tagen des Kirana Dost war Strana einer Niederlage nicht mehr so nahe.«

Uriah zog die Stirn in Falten. »Wenn Strana so kurz vor dem Zusammenbruch steht, stärkt das deine Argumentation für eine Eroberung Helors nicht gerade.«

»Ich bitte dich, Uriah, laß dir Einwände einfallen, die deiner würdig sind und laß dich nicht auf Captain Irons' Ebene hinab.« Robin strich sich mit der Hand über den braunen Bürstenhaarschnitt. »Auf seinem Rückzug aus Strana zerstörte Fernandi den Großteil der dortigen Industrie. Strana hat zwar zum Sieg über Fernandi beigetragen, aber als Nation hat es schwer darunter gelitten. Das Reich kann sich kaum noch selbst versorgen; nur der Handel mit Estanu und den benachbarten urovischen Kleinstaaten bringt ihm die zum Wiederaufbau benötigten Devisen.«

Allmählich erkannte Uriah, worauf Robin hinauswollte und warf ihm eine Straßensperre zu. »In Urovias Kontinentalmärkten werden Stranas Waren an den unseren gemessen, und dabei fallen sie durch.«

»Genau. Viel wichtiger ist aber noch, daß unsere Handelsniederlassungen in Aran uns einen guten Handelspartner schaffen *und* ein Tor ins Herz Estanus öffnen. Helor ist für uns nicht weniger wichtig als für Strana, aber es ist in einer besseren Lage für einen Angriff auf die Stadt. Strana *braucht* Helor zu seinem Schutz und für seine Wirtschaft. Wir *wollen* Helor, um die Habgier von Händlern wie den Grimshaws zu befriedigen. Wenn wir Helor bekommen, versteht Strana dies als Ausdehnung unseres Machtbereiches – und der Tacier weiß, daß er kaum noch Hoffnung hat, uns aufzuhalten, wenn wir erst einmal so weit vorgedrungen sind.«

»Wenn Strana Helor besetzt, kann es Druck auf unsere Stützpunkte in Aran ausüben.« Uriah zuckte die Achseln. »Die Straner glauben, diese Drohung würde unsere Lust auf eine Ausdehnung des Reiches abkühlen.«

Jetzt hast du es verstanden, Uriah. Robin nickte. »Aber ebenso wahrscheinlich könnte es einen Krieg auslösen, den beide Seiten lieber vermeiden würden.«

»Vielleicht ist das hier doch nicht so hypothetisch wie ich dachte.« Uriah lächelte und schlug Robin auf die Schulter. »Du hast alles durchdacht und alle Fallgruben umgangen.«

»Das wollen wir hoffen, aber wir wissen beide, daß wie durch Zauberei Löcher darin aufklaffen werden, sobald unser Plan von silbernen Augen unter die Lupe genommen wird.« Robin konnte ein Schaudern nicht unterdrücken. »Wenn Colonel Kidd unsere Arbeit zu Gesicht bekommt, wird er die Schwachstellen mit Sicherheit entdecken und gnadenlos ausbeuten.«

Uriah schüttelte den Kopf. »Mach dir keine Sorgen, Viscount Warcross gehört der Prüfungskommission nicht an. Captain Irons hat Rittmeister Warren und ...«

Uriahs älterer Partner stellte die stranischen Dampfkanonenbatterien an den Stadttoren Helors auf: »Ich kenne den Dienstplan, aber es ist ohne jede Bedeutung, wer uns bewerten *soll.* Malachy Kidd wird da sein. Er besucht alle Auswertungen des Fortgeschrittenen Taktikseminars. Genau deshalb wählt niemand je die Schlacht um Bauczeg, nicht einmal als hypothetische Aufgabe.«

»Na, hier haben wir etwas ganz und gar nicht Hypothetisches.« Uriah wies auf die stranische Kavallerieeinheit vor Helor. »Das ist das 137. Kaiserliche Regiment der Bärenhusaren. Es wird angeführt von Pokovnik

Grigori Khrolic. Kidd kennt ihn. Khrolic war der Bataillonskommandeur in Glogau, als…« Er zögerte, und Robin sah eine Gänsehaut auf Uriahs Arm auftauchen, »als die Lescaren den Viscount gefangennahmen. Du hättest eine andere Einheit nehmen sollen.«

»Ich hatte keine andere Wahl. Den 137. Husaren ist eine Kompanie Vandari zugeteilt, und sie sind im Distrikt Wsorin stationiert. Wenn Strana einmarschiert, werden die 137. seine Speerspitze bilden.«

»Ich hätte trotzdem auf sie verzichtet.«

»Khrolic ist in Murom so beliebt und Fürst Arslow so verhaßt, daß es aus unserer Sicht kaum eine berühmtere und besser dokumentierte Einheit der Kaiserlich Stranischen Streitkräfte gibt. Unser hypothetisches Szenario wird so akkurat sein, wie wir es nur machen können.«

»Das ist immerhin etwas.« Uriah fröstelte. »Ich mag nur die Vorstellung nicht, dem alten Silberauge noch mehr Gründe dafür zu liefern, uns fertigzumachen.«

Robin zog ein Blatt mit Notizen aus dem Schutzumschlag des Kartenbandes. »Er braucht keinen Grund, uns fertigzumachen – das tut er auf jeden Fall. Es liegt in seiner Natur.«

»Selbst wenn es in seiner Natur liegt, mir gefällt es nicht. Findest du es nicht gruselig, wie er hier herumwandert? Angeblich ist er blind, doch ich kann kein Anzeichen dafür entdecken.«

Robins dunkle Augen wurden hart, und Uriah verstummte. »Vergiß die Geschichten, die du über ihn gehört hast, und erinnere dich daran, wer er ist – einer, der vom Krieg gebrochen wurde. Ich habe viele Männer wie ihn gesehen. Da verpflichtet sich einer zum Dienst bei einem Regiment oder auf einem Schiff, und plötzlich muß er Truppen ins Gefecht führen. Der Krieg ist kein Spielplatz, wo du dein Geschäft lernen kannst, indem du Fehler machst, vor allem, weil deine

Fehler anderen Männern das Leben kosten. Ja, Colonel Kidd hat in Glogau einiges durchgemacht, aber er verbringt seine Zeit damit, dafür zu sorgen, daß uns nicht dasselbe widerfährt. Das ist besser, als seine Zeit damit zu vertun, Legenden von eigenen Heldentaten in den Köpfen halbgarer Kadetten am Leben zu erhalten.«

Uriah pflichtete ihm halbherzig nickend bei. »Du meinst Captain Irons.«

»Ihn unter anderen.«

Uriahs Augen wurden eng. »Na schön. Hast du – außer, daß du Malachy Kidd etwas vorsetzst, auf das er sich konzentrieren kann – noch andere Überraschungen auf Lager?«

»Wenn du darauf geachtet hättest, was ich getan habe, würdest du die Antwort schon kennen.«

»Vergiß nicht, daß ich nur die stranischen Berichte gelesen habe. Das Zeug, das du aus Aran bekommen hast, habe ich nicht zu Gesicht bekommen.« Uriahs Stimme wurde zu einem Flüstern. »Gab es irgend etwas wirklich Außergewöhnliches in deinen Berichten?«

Robin schaute kaum hoch zu Uriah, aber es reichte, die schwache Blaufärbung seiner Lider zu bemerken, ein minimaler Hinweis auf die durranische Abstammung seiner Mutter. »Du meinst so etwas wie Gerüchte von einer Wiederkehr des Dosts?«

Der junge Mann fuhr zusammen, was Robin überraschte. »Das wäre allerdings so was wie eine Überraschung.«

»Kann man wohl sagen.« Robin verschränkte die Arme vor der Brust. »Du findest also, daß die Wiedergeburt eines Eroberers, der vor achthundert Jahren in Durrania auftauchte und ein Reich eroberte, das vom Arktischen Ozean im Norden bis Aran im Süden und von Tsaih im Osten bis nach Illyrien und Glogau im Westen reichte, ›so was wie eine Überraschung‹ wäre?«

»Wenn du es so formulierst … äh … nein.« Uriah zappelte unbehaglich. »Aber in diesen Gebieten – und auch in manchen stranischen Kreisen – gilt es als Allgemeinwissen, daß er bei seinem Tod ankündigte, eines Tages zurückzukehren, um sein Reich wiederzuerrichten und sein Volk zu schützen. Stranas Mütter erschrecken ihre Kinder seit Jahren mit seinem blutdürstigen Ruf, damit sie sich benehmen, indem sie ihnen erzählen, der Dost würde sie abschlachten kommen, wenn sie nicht gehorchten.«

»Deine Mutter auch?«

»Äh … ja.« Der junge Mann ruckte unbehaglich die Schultern. »Ich weiß, die Kirche lehrt, daß es so etwas wie Wiedergeburt nicht gibt, und ich weiß auch, daß das alles Aberglaube ist, aber …«

Robin grinste. »In ganz Urovia benutzen Mütter Fernandi dazu, ihre Kinder zu bändigen und gehorsam zu machen. Und ihr Fernandi ist weit fürchterlicher, als es der echte jemals war.«

»Stimmt.«

»Aber um auf deine Frage zurückzukommen: Bis jetzt ist seine Rückkehr in der Tat völlig hypothetisch. Es gibt nicht einmal Gerüchte über einen Anwärter auf seinen Titel. Die meisten Hellseher in Aran und Estanu erklären, sofern man den Meldungen vertrauen kann, daß der Dost noch nicht wiedergeboren wurde.«

Uriah begann, helorische Einheiten im Sandkasten aufzustellen. »Ist mir auch lieber so. Wenn nur an der Hälfte der Geschichten über ihn was dran ist, hat der Dost wahrscheinlich die letzten achthundert Jahre in seinem Grab damit verbracht, den *nächsten* Krieg zu planen, so wie wir es hier tun. Und bei allem schuldigen Respekt für das, was du hier aufgebaut hast, dürften seine Hypothesen viel wirklichkeitsnäher ausfallen als diese hier, und das wäre dann wohl eine Wirklichkeit, die niemand gerne sähe.«

Robin nickte. »Da dürftest du recht haben. Wir wollen hoffen, daß er seine Rückkehr verschiebt, bis man unsere Schlachten in Taktikseminaren nachspielt. Gegen Fernandi zu kämpfen war schon schlimm genug. Ich habe kein Verlangen danach, gegen den Mann anzutreten, der es *geschafft* hat, Strana zu erobern.«

2. Kapitel

**Bir el Dschamadschim,
Helansajar**

20. Arkan 1687

In der Hochwüste von Helansajar ist Wasser gleichbedeutend mit Leben. Der Kitabna Ittikal, das heilige Buch des Ataraxianismus, verpflichtet alle zivilisierten Völker, ihr Wasser mit anderen Reisenden zu teilen. Aber auch wenn viele Helansajari sich als gläubige Anhänger des Atarax bezeichneten und sogar dreimal täglich beteten, wie im Kitabna Ittikal vorgeschrieben, waren sie doch weit zurückhaltender, was das Teilen von Wasser betraf, eine Tatsache, die den wenig einladenden Namen Schädelbrunnen erklärte.

In der felsigen Senke, in deren Mitte die Quelle und der von ihr gespeiste Teich lagen, galoppierten berittene Banditen im Kreis um die schwer beladenen Kamele und Pferde der Karawane und trieben sie immer näher an den Rand der Wasserfläche. Die Banditen, zerlumpte Gestalten in bunt zusammengewürfelten Rüstungsteilen, die sie toten Opfern abgenommen hatten, wedelten tückisch gebogene Schamschirs oder legten mit kurzen, kräftigen Reiterbögen auf die Händler an. Ihre bärtigen, schmutzverkrusteten Gesichter waren zu erschreckenden Grimassen verzogen, und sie stießen in höchster Lautstärke Herausforderungen und Flüche aus.

Die zwölf Wachen der Karawane hatten ebenfalls die Schwerter gezogen, aber die Entfernung zu den Reitern war zu groß für einen Gegenangriff. Um die Distanz zu den Gegnern zu überbrücken, hätte ein Kämpfer sich zu lange aus der Deckung seiner Kameraden lösen müssen. Eine Handvoll Leichen legte stummes Zeugnis darüber ab, wie leicht ein Einzelner niederzumetzeln war. Auch zwei der Pferde in der Karawane lagen mit Pfeilen gespickt am Boden, und ein fetter Händler in blaugoldenen Gewändern lag mit dem Gesicht im Dreck. Aus seinem Rücken ragten drei Pfeile.

Ein goldenes Leuchten spielte über einer der Karawanenwachen, dann stürzte er hervor. Er bewegte sich nicht schneller als ein gewöhnlicher Mensch, also hatte sein Kampfzauber offensichtlich nicht dazu gedient, seine Reaktionen zu beschleunigen. Als er einen der Banditen erreichte, sprang er den Reiter ohne jede Furcht an und schlug zu. Die gekurvte Klinge des Schamschir zerteilte Rüstung und Haut und drang tief in die linke Seite des Wüstenräubers ein.

Dessen Gegenschlag erwischte den Wächter ebenfalls an der linken Seite. Die krumme Schwertklinge durchtrennte die Lederrüstung des Mannes mit Leichtigkeit, glitt aber von seiner goldenen Haut ab, ohne eine Spur zu hinterlassen. Der Wächter schrie triumphierend auf und packte den Bart des Banditen, um sich dann von der Schwerkraft mitsamt seinem Gegner zu Boden ziehen zu lassen. Sie kamen ineinander verkeilt auf, und ein zweiter Hieb machte dem Leben des Räubers ein Ende.

Ein zweiter Angreifer, der in der hereinbrechenden Abenddämmerung rot leuchtete, sprang aus dem Sattel und stellte die Karawanenwache. Das Schwert des Banditen schlug und zuckte schneller heran, als das menschliche Auge ihm folgen konnte. Es riß klaffende Breschen in die Panzerung des Wachmanns und zog sich erst zur Verteidigung zurück, als der einen Schlag auf seinen Gegner ansetzte. Kein Blut floß aus der Rüstung des Wächters, aber der wilde Angriff des Banditen drängte ihn zurück, bis der goldene Lichtschein, der ihn umgab, verblaßte.

Der nächste Hieb des Banditen schlitzte den schutzlosen Wächter auf und warf ihn zu Boden.

Rafiq Khast hatte genug gesehen. Das Donnern der Hufe der Banditenpferde hatte das Dröhnen übertönt, mit dem seine Truppe über den Südrand der Senke galoppiert war. Die dreißig Mann starke Einheit war von Omen hierher geleitet worden, die Rafiqs Onkel Qusay ausgelegt hatte. Nur jeder fünfte Krieger der Khast besaß genug magisches Talent, um Kampfzauber einzusetzen. Der Rest verließ sich auf scharfen Stahl und jahrelange Erfahrung mit Leben und Kampf im Sattel.

Rafiqs schwarzes Haar wehte lang unter dem mit einem Stachel gekrönten Helm hervor, als er den Schamschir hob und mit seinem Rappen auf den roten Banditen zugaloppierte. Der grinste und winkte Rafiq heran. Rafiq erwiderte das Grinsen, dann sprach er seinen eigenen Kampfzauber, der ein eisiges Blau von seinen Augen aus die Haut erfassen ließ. Die Miene des Wüstenräubers sackte ab, dann schoß er vor, um auf Rafiq zuzustürmen.

Schade, daß dein Zauber nicht auch den Verstand beschleunigt. Als der Bandit heranstürmte, lehnte Rafiq sich tief nach rechts und schlug zu. Sein Gegner riß das Schwert nach links, um den Schlag zu parieren, ohne sich davon aufhalten zu lassen, und anschließend seinerseits zuzuschlagen. Die beiden Schwerter trafen mit lautem Glockenton aufeinander, dann schrie der Bandit auf, als die Wucht von Rafiqs Hieb ihm den Schamschir aus der Hand schlug. Während die Klinge noch sich überschlagend durch die Luft wirbelte, zertrümmerte Rafiqs Schlag den Helm seines Gegners und ließ ihn tot zu Boden sinken.

Links neben sich sah Rafiq seinen Vetter Akhtar, Qusays Jüngsten, den Schild eines Banditen mit einem senkrechten Hieb spalten, der in Ellbogenhöhe den Arm des Briganten durchtrennte. Andere seiner Verwandten spießten die Räuber mit ihren Speeren auf oder tauschten in Schwertkämpfen Schläge aus, die Pferde und Reiter in enger Kreisbahn umeinander tänzeln ließen. Auch ein Teil der Karawanenwachen stürmte jetzt vor und holte Banditen aus dem Sattel, die von dem Auftauchen der Khast zu überrascht waren, um sich wirksam zu wehren. Gleichzeitig stürmte ein kleiner Trupp von Räubern auf der anderen Seite der Senke die Felsen empor und davon.

Rafiq glitt aus dem Sattel und sah auf einen der Banditen hinab, die vom Angriff seiner Truppe aus dem Sattel geworfen worden waren. »Ich hätte nicht erwartet, dich hier zu treffen, Feroze. Es ist vorhergesagt, daß du an diesem Ort den Tod findest.«

Der Räuberhauptmann erhob sich, und ein rotes Leuchten senkte sich über ihn. »Auch dir ist der Tod bestimmt, Rafiq Khast.«

»So ist es, Feroze.« Rafiq glättete mit der Linken seinen üppigen schwarzen Schnurrbart, dann deutete er beiläufig nach Osten zur aufgehenden Mondsichel. »Aber mein Schicksal ist es, bei Vollmond zu sterben. Der war vor zehn Tagen.«

»Die Wunden, die ich dir schlage, werden dich bis zum nächsten Vollmond leiden lassen.« Ein wildes Grinsen trat auf Ferozes Gesicht. »Ich bin der Orkan.«

»Und ich bin der Fels.« Rafiq ging in Kampfstellung hinab, den krummen Schamschir locker in der Rechten. Das Schwert deckte ihn von der rechten Hüfte bis zur linken Schulter. Ferozes Haltung spiegelte die seine. Langsam streckte Rafiq die Linke aus und winkte den Banditen näher.

Es ist alles eine Frage des Zeitpunkts. Ferozes Kampfzauber beschleunigte ihn, so daß er schneller zuschlagen und reagieren konnte als ein gewöhnlicher Gegner. Schukri Awans Höflinge bevorzugten den Orkanzauber, seit Awan ihn bei der Eroberung Helors erfolgreich gegen Rafiqs Vater eingesetzt hatte. *Und trotzdem macht sich nicht einer von ihnen klar, daß ich mein ganzes Leben damit zugebracht habe, an der Rückeroberung meines Geburtsrechts zu arbeiten und eben deshalb genau weiß, wie ich dem Orkan begegnen muß.*

Feroze schoß auf Rafiq zu, und der jüngere Mann wich schnell zurück. Feroze benutzte denselben Kampfzauber wie der Bandit, den Rafiq zuvor erschlagen hatte, aber weil er älter war, bewegte er sich langsamer. Der Zauber mußte mit dem arbeiten, was er vorfand, und Ferozes Alter sorgte dafür, daß er sich zwar übernatürlich schnell bewegte, aber nicht so schnell, daß Rafiq ihm nicht hätte ausweichen können.

Ihre Schwerter krachten hallend aufeinander, als Rafiq die Hiebe parierte, vor denen er nicht fliehen konnte. Feroze ließ nicht locker und drängte ihn nach hinten. Rafiq machte einen Ausfallschritt in Richtung auf den Teich zu, aber der helorische Bandit schnitt ihm den Weg ab. *Wenn unser Kampf uns ins Wasser führt, wird seine Geschwindigkeit wertlos, und mit meiner erhöhten Kraft kann ich ihn leicht töten.*

Immer wieder versuchte Rafiq ans Wasser zu gelangen, während er vor dem Banditen zurückwich, oder Feroze an eine Stelle zu locken, an der genug Sand in die Senke geweht war, um den Boden unsicher zu machen. Immer wieder bemerkte sein Gegner, was er vorhatte, und sprang beiseite, um der Falle zu entkommen. Anschließend sprang Feroze regelmäßig vor, schlug links und rechts aus, nutzte seine Geschwindigkeit, um den Paraden des Khast auszuweichen. Wenn Rafiq zum Angriff überging, zog Feroze sich zurück, bis er außer Reichweite war, um dann mit weiteren Schwerthieben vorzutänzeln, die zwar die Luft zerteilten, aber kein Blut forderten.

Feroze knurrte ihn an. »Du bist kein Fels, du bist ein Feigling. Du kämpfst nicht, du läufst davon.«

Rafiq blieb stehen und senkte die Waffe. »Ich wollte den anderen nur Gelegenheit geben, deine erstaunliche Geschwindigkeit zu bewundern, Feroze. Nun komm und zeig, was du kannst.«

Der Bandit sprang vor und zielte mit einem hohen Querhieb auf Rafiqs linke Seite. Rafiq unternahm keinen Versuch, den Schlag abzuwehren, sondern hechtete seinerseits vor. Er hob den linken Arm und fing den Hieb auf den Rippen ab, ohne eine ernsthafte Verletzung davonzutragen. Ferozes Sprung nach vorne und Rafiqs Gegenzug hatten ihn so dicht an seinen Gegner gebracht, daß ihn nur dessen Handgelenk traf.

Ferozes Augen weiteten sich, als Rafiq den linken Arm über den Schwertarm des Banditen legte. Der Khast zog den linken Arm unter dem Ellbogen seines Gegners hoch und sperrte so das Gelenk. Indem er den Arm streckte, hob er Feroze auf die Zehenspitzen. Dann preßte er den Schamschir an dessen Kehle.

»Ich bin der Fels, Feroze.« Er bleckte die Zähne, als Ferozes Brustkorb unter der Anstrengung pumpte. »Ich habe dich nur müde gemacht. Der Krieg ist kein Sport für alte Männer. Daran sollte dein Meister denken. Deine Zauberei mag dich schneller machen, aber dein Alter schwächt dich. Meine macht mich stärker, und mein Herz stärkt mich noch zusätzlich.«

Das rote Leuchten um Feroze verblaßte. »Tötest du mich jetzt?«

»Das brauche ich gar nicht.« Rafiq ließ ihn frei und ein paar Schritte nach hinten taumeln. Feroze hob das Schwert, dann verzerrte sich sein Gesicht in purer Agonie. Er ließ die Waffe fallen und krallte beide Hände in die Brust. Er fiel mit hervorquellenden Augen auf die Knie, schrie laut und heiser auf, dann kippte er vornüber aufs Gesicht.

Rafiq starrte den Leichnam einen Augenblick lang an, dann drehte er sich zu den Überlebenden der Karawane um. »So steht es geschrieben: Atarax gewährt uns unsere Talente, auf daß wir sie einsetzen gemäß seinem Willen. Mißbrauche sie, und das Paradies wird dir verwehrt sein auf ewig.«

Drei farbenprächtig gekleidete Händler stolperten vor und gingen in die Knie. Sie verneigten sich tief vor ihm, und als sie sich wieder erhoben, klebte Sand an ihren Stirnen und Nasen. »Ihr seid wahrhaft das Instrument des göttlichen Willens.«

»Nein.« Rafiq schenkte ihnen ein freundliches Lächeln. »Ich bin die Verkörperung von Schukri Awans schlimmsten Alpträumen. Ich bin Rafiq Khast. Wie kommt es, daß Schukri Awan Feroze und seine Leute hier auf euch angesetzt hat?« Rafiq deutete auf die Warenbündel der Kamele. »Ihr kommt aus Helor. Er hätte euch dort ausrauben können.«

Eine leichte Brise trug Rafiq den Geruch von Sand und Blut zu, als einer der Händler sich nach hinten auf die Fersen setzte. »Hoher Herr, wir haben Schukri Awan gesagt, wir wären auf dem Weg nach Kulang, um mit den Ghurhändlern Geschäfte zu machen.«

Rafiq runzelte die Stirn. Nach Süden und Südosten hob sich das Land. Helor war von der Senke aus nicht zu erkennen, aber ein grauer Fleck am Fuße des Dschebel Quirana zeigte die Lage der Stadt. Nach Osten und Westen erstreckte sich eine weite Ebene bis zu den Vorgebirgen, von denen aus sich das Tiefland zu den schneebedeckten Gipfeln der Berge erhob. Diese waren als die Helanischen beziehungsweise Estanischen Berge bekannt und dominierten zusammen mit dem Jedrosischen Hochland am Fuß des Estan die Landschaft Helansajars. Sie stellten die Grenzen des Tieflands dar und ihretwegen war Helansajar die einzige mögliche Route von Strana in die südlichen Gefilde des estanuanischen Kontinents. Das Königreich der Ghur lag weit südlich, hinter den Pässen der Himlanberge, und jenseits davon erstreckte sich das warme, fruchtbare Land Arans.

»Mir scheint, meine Freunde, daß ihr euch verirrt habt, wenn ihr nach Kulang wollt.« Er deutete am Dschebel Quirana vorbei und lächelte. »So dauert eure Reise um Tage länger.«

Auch der Händler grinste und fuhr sich mit der Hand durch den schwarzen Bart. »Hoher Herr, wir haben Schukri Awan belogen, denn in Wahrheit wollen wir nach Wsorin, um stranische Waren einzuhandeln.«

»Ich verstehe. Das macht viel mehr Sinn.«

Im Norden, weit außer Sicht, lag Wsorin. Der Distrikt Wsorin stellte den äußersten Ausläufer des stranischen Reiches nach Estanu dar. Rafiq war selbst nie dort gewesen, aber sein Onkel Qusay hatte als junger Mann mehrere Jahre dort in der Sklaverei verbracht. Er erzählte heute noch von den Wundern, die er dort erblickt hatte. Nahezu alles davon stand in direktem Widerspruch zu den Lehren des Ataraxianismus, aber das machte es nicht weniger fesselnd. In Strana hergestellte Waren wurden im Süden oft zu hohen Preisen gehandelt, und die Eröffnung einer Handelsroute mit Wsorin konnte die Händler reich machen.

Rafiq kniff die Augen zusammen. »Ihr müßt wagemutig sein, daß ihr euch getraut, für Gold nach Strana vorzudringen. Dies ist nicht euer erster Besuch, oder?«

Der Händler schüttelte sorglos den Kopf, aber seine beiden Begleiter erbleichten, als sie die Frage hörten. »Es gibt einen Händler in Wsorin. Er heißt Valentin Swilik. Er spricht unsere Sprache und betrügt nicht, wenn er mit uns handelt. Wären die Khast noch Herrscher über Helor, könnte der Handel uns allen Profit bringen.«

Die blaue Haut um Rafiqs Augen spannte sich. »Schukri Awan toleriert diesen Handel nicht?«

»Seine Tarife treiben uns in den Ruin. Ihr wäret vernünftiger.«

»Das mag wohl sein, doch die Khast herrschen nicht mehr über Helor.« Rafiq lächelte. »Aber das wird sich ändern, wenn der Dost wiederkehrt.«

Die Mienen der Händler erhellten sich. »Der Dost wird bald zurückkehren, dessen sind wir sicher. Es ist Zeit. Er muß sein Reich wieder errichten und seine Herrschaft über Estanu manifest machen.« Der älteste der Händler nickte Rafiq zu. »In euch fließt durranisches Blut, und seine Hand wird euch zu dem Ruhm erheben, den ihr verdient.«

»So steht es geschrieben.« Rafiq wandte sich von den Händlern ab und betrachtete seine Truppe. Er war mit den meisten verwandt, und wie er trugen auch sie die Spuren der Abstammung von den durranischen Horden, die Jahrhunderte zuvor über Estanu hinweggefegt waren. Die blaue Färbung der Haut um ihre Augen und die spitzen Ohren waren ebenso Teil dieses Erbes wie seine Fähigkeit, stärkere Kampfzauber einzusetzen als die meisten seiner Gegner.

Auch Strana hatte einst unter der Herrschaft des Dosts gelegen, und von seinem Onkel wußte Rafiq, daß stranische Adlige Kosmetika benutzten, um die durranische Färbung zu verstärken, die in ihren verwässerten Blutlinien verblaßt war. Das bewies ihre Minderwertigkeit und die Abkehr von dem Erbe, das der Dost ihnen hinterlassen hatte, ebenso wie die Hinwendung zum Eilyphianimus. Obwohl er all das von ganzem Herzen glaubte, wußte Rafiq auch, daß die Straner harte Gegner sein würden, sollten sie jemals mit kriegerischer Absicht in Helansajar einfallen.

»Akhtar, wir bleiben heute nacht hier. Schick Reiter, unsere Reservepferde und Ausrüstung zu holen, und stell Wachen auf, für den Fall, daß die überlebenden Banditen zurückkommen.«

Sein Vetter nickte, drehte sich um und gab die Befehle.

Rafiq sah sich zu den Händlern um. »Wenn ihr nichts dagegen habt, werden wir die Quelle heute nacht mit euch teilen. Wir werden Feuer machen, und Schukri Awan wird glauben, in Kürze würden all eure Schätze ihm gehören. Wenn seine Banditen morgen oder übermorgen in Helor eintreffen, wird er seinen Irrtum erkennen, und er wird außer sich sein vor Wut.«

Der Älteste der Händler nickte. »Wir werden Helor auf der Rückreise umgehen und nach Kulang ziehen. Vielleicht hat er uns vergessen, bis wir wieder hier sind.«

»Wenn nicht, und er verwehrt euch die Gastfreundschaft, die das Kitabna Ittikal verlangt, wird Gottes Zorn ihn treffen.« Rafiq lächelte. »Es heißt, bei seinem Ableben wird ein Stern vom Firmament stürzen. Es wird mir eine Freude sein, diesen Stern vom Himmel zu kitzeln.«

3. Kapitel

Königliches Militärseminar Sandwycke, Bettenshire Ilbeoria

25. Arkan 1687

Uriah Smith stand vorne im Hörsaal stramm und hatte Mühe, der Versuchung zu widerstehen, sich über den Sandkasten zu beugen und ein Erdbeben durch Helor zu schicken. Er war sich sicher, seine Sache mit der Modellrekonstruktion der Stadt gut gemacht zu haben – Robin war beeindruckt gewesen und hatte ihm zugelächelt –, aber all seine Bemühungen schienen offensichtlich verschwendet zu sein. Die Mißbilligung wälzte sich von der Prüfungskommission aus über den Sandkasten wie ein apokalyptisches Gewitter und jagte Blitze der Angst durch Uriahs Gedanken. *Das hypothetischste an unserer Sandkastenaufgabe war die Vorstellung, sie könnte gerecht bewertet werden.*

Vor ihm saßen die Mitglieder der Kommission, die Köpfe soweit rasiert, wie es die Vorschriften erlaubten, und das restliche, kurzgeschorene Haar grau bis fast weiß. Es hatte eine Zeit gegeben, in der Uriah sich darüber gewundert hatte, daß manche Männer ihr Haar scherten und bleichten, um Anspruch auf die Weisheit zu erheben, die das Alter oft mit gleicher Regelmäßigkeit begleitete wie der natürliche Haarschwund – aber bei diesen dreien sah er nur eine Verhöhnung der Natur. *Wären diese Herren tatsächlich in einer Position gewesen, die es ihnen gestattet hätte, aus ihren Erfahrungen eine Lehre zu ziehen, würden sie Narben dieser Erlebnisse tragen.*

Captain Irons, dessen Zornesröte bis hoch auf den rasierten Schädel reichte, preßte ihre Arbeit mit gestrecktem Finger auf den Tisch der Kommission. Die Rittmeister Warren und Stubblefield blickten neutral, aber die Anzahl der Markierungen, die aus ihren Kopien der Arbeit ragten, machte Uriah klar, daß sie eine Unmenge an Angriffspunkten vorbereitet hatten. Was die ganze Sache noch schlimmer machte, war die Tatsache, daß der Verriß schon eingesetzt hatte, noch ehe er und Robin bei der mündlichen Erläuterung ihres Projektes über die Einleitung hinaus waren.

»... unverantwortlich, verstehen Sie mich?« Irons Wut quoll zwischen zusammengebissenen Zähnen hervor. »Diese Arbeit ist unhaltbar und unverantwortlich. Phantasie hat keinen Platz im Studium der Kriegsführung. Ja, Drury, was gibt es?«

»Bitte um Erlaubnis zu sprechen.«

Überrascht schaute Uriah zu Robin hinüber. *Was hast du vor, Rob?*

»Erlaubnis erteilt, Kadett Drury.«

»Verehrte Prüfungskommission, ich habe Kadett Smith dazu gebracht, diese Arbeit mit mir vorzulegen. Er wies mich darauf hin, daß eine solche hypothetische Gefechtsdarstellung nicht gern gesehen ist.« Robin beugte leicht den Kopf. »Ich hätte mich seiner Einsicht in dieser Angelegenheit beugen sollen.«

»Kadett Smith hätte sich seiner eigenen Einsicht beugen sollen, Drury.« Irons warf Uriah einen giftigen Blick zu. »Und ich beglückwünsche Sie, daß Sie es immerhin geschafft haben, überhaupt eine Mitarbeit oder Aktivität Smiths zu erzielen. Es bleibt jedoch die Tatsache bestehen, daß Sie beide die gestellte Aufgabe verfehlt haben, und das *sowohl* bei der Wahl Ihrer Aufgabe, *wie auch* durch Ihre absurde Fehlinterpretation der Absichten, mit der Ihnen diese Planungsübung gestellt wurde.« Erneut knallte Captain Irons Finger auf die Arbeit. »Kadetten haben Gefechtsanalysen zu leisten, damit wir ihre Fähigkeit zur Problemlösung bewerten können. Daß diese

Schlacht hier stattfinden *könnte,* macht sie nicht zum Faktum, und wir haben keine Grundlage, auf der wir Ihre Analyse bewerten können. Doch damit nicht genug, dieses Gefecht betrifft nicht einmal unsere Truppen. Wollen Sie beide dem stranischen Tacier oder dem Alanim von Helor Ihre Dienste anbieten?«

»Nachdem wir den Alanim zum Martinismus bekehrt haben, ja, Sir«, schnappte Uriah zurück. »Aber möglicherweise wäre der Tacier die bessere Wahl, denn wenn er Helor genommen hat, wird ihm Aran offenstehen …«

Irons' Kopf hob sich, und er durchbohrte Uriah mit stahlgrauem Blick. »Sie haben also eine ganze Serie solcher hypothetischen Arbeiten geplant, die in einem Angriff Stranas auf Aran gipfeln, ja, Mister Smith? Jede Menge weiterer Phantasieschlachten?«

»Nein, Sir.«

»Schade, Kadett Smith, denn Sie und Drury werden sich noch wünschen, etwas zu haben, womit Sie Ihre Gedanken beschäftigen können, während Sie diesen Kurs wiederholen.«

Robin starrte Uriah an, dann schob er das Kinn vor und wandte sich an Captain Irons: »Sir, unserer Lagebeurteilung gemäß ist es wahrscheinlich, daß Strana auf Grund politischer Instabilität gezwungen sein wird, Schritte zur Sicherung seiner Grenze mit Helansajar zu unternehmen. Schukri Awan mag Helor kontrollieren, aber seine Kontrolle der Landstriche Helansajars ist bestenfalls unvollkommen. Die Besetzung Helors wäre ein logischer Schritt Stranas zur Stabilisierung der Region und Erschließung neuer Märkte für stranische Waren. Indem wir die Taktik der stranischen Truppen beim Vorstoß auf Helor studieren, können wir erste Rückschlüsse auf deren Vorgehen bei einer Eroberung Arans ziehen, das aller Wahrscheinlichkeit nach ihr nächstes Ziel wäre.«

»Tatsächlich, Kadett Drury?«

»Jawohl, Sir. Wenn Sie bereit sind, über die hypothetische Natur unserer Arbeit hinwegzusehen, werden Sie feststellen, daß unsere Schlußfolgerungen ebenso vernünftig sind wie unsere taktischen Überlegungen.«

»Ach, Sie finden also, ich hätte in Ihrer Arbeit etwas übersehen?« Irons lehnte sich langsam zurück. Die Skepsis in seiner Bewegung füllte den ganzen Prüfungssaal. Aus den Reihen der übrigen Kadetten, die hinter Robin und Uriah saßen, erklang ein verhaltenes Stöhnen des Mitgefühls. Obwohl Uriah nur wenige Freunde unter den anderen Kadetten hatte, sah keiner von ihnen gerne dabei zu, wie einer der Ihren abgekanzelt wurde. Außerdem mochten die meisten von ihnen Rob, hielten ihn sogar für so etwas wie eine romantische Gestalt, weil er gegen Fernandi gekämpft hatte, und sie bewunderten ihn sogar dafür, daß er es wagte, eine hypothetische Arbeit vorzulegen. Trotzdem, die Gefahren einer derartigen Vorgehensweise waren ihnen nur zu bewußt, deshalb erschien diese Abfuhr sicher keinem im Saal überraschend oder unverdient.

»Kadett Smith, Kadett Drury, wir stehen hier vor einem Problem, und es ist wichtig, daß Sie das verstehen.« Irons breitete die Hände zu einer Geste aus, mit der er die anderen Mitglieder der Prüfungskommission einschloß. »Diese Arbeiten werden auf der Grundlage eines Vergleichs mit anderen Analysen desselben Gefechts und dem Wissen der Prüfungskommission über die beteiligten Truppen, die allgemeine Lage und die Umweltbedingungen der betreffenden Schlacht benotet. Wenn beispielsweise die Dom-Ulanen in die Schlacht verwickelt waren, kann ich mein beträchtliches Wissen über diese Einheit in die Auswertung einfließen lassen. Gleiches gilt für die anderen Mitglieder dieser Kommission. Die Analyse eines hypothetischen Gefechts, an dem nicht einmal unsere eigenen Truppen beteiligt sind, liefert uns keinen Bezugsrahmen für unsere Bewertung.«

Uriah hörte ein Geräusch im Hintergrund des Saals, schaute sich jedoch nicht danach um. Er blickte stur in Irons' Augen, denn er wußte genau, daß der nur darauf wartete, daß er sich abwandte, um einen weiteren Grund zu haben, loszudonnern. Captain Irons verzog ärgerlich das Gesicht, dann blickte er an ihm vorbei. Der Offizier schloß den Mund, und sein Stirnrunzeln verwandelte sich in einen leicht fragenden Ausdruck. Er schluckte, und Uriah fragte sich, ob Irons vor lauter Wut jetzt endgültig den Verstand verloren hatte.

»Ich frage mich«, ertönte eine ruhige Stimme aus dem Hintergrund des Saals, »ob Sie Ihre Fähigkeiten da nicht unterschätzen, Captain Irons.«

Irons rutschte unbehaglich auf seinem Stuhl hin und her. »Diese Möglichkeit hatte ich nicht erwogen, Mylord.«

Die sanfte Stimme wurde lauter, aber nur, weil der Sprecher näher kam: »Soviel Vertrauen sollten Sie schon in sich setzen, Sir. Sie und die Herren Rittmeister sind für Ihre Findigkeit bekannt. Die Vorbehalte gegen hypothetische Arbeiten sind zwar allgemein bekannt, aber diese spezielle Arbeit schien mir doch erfindungsreich genug zu sein, um eine nähere Betrach ... ein eingehenderes Studium zu rechtfertigen.«

Malachy Kidd trat zwischen Uriah und Robin. Uriah bemerkte keinerlei Zögern, als Kidds Schulter die seine berührte, und schauderte unwillkürlich, als der Mann wenige Zentimeter vor dem Sandkasten anhielt. Der Viscount war etwas kleiner als die beiden Kadetten, und die weißen Haare hingen ihm bis auf die Schultern. Die Kuppe seines Kopfes war allerdings nicht kahlrasiert, wie es bei anderen Männern seines Standes üblich war. Abgesehen von der Länge und Farbe seines Haares, hätte man Malachy Kidd durchaus für einen

Kadetten halten können, der in Sandwycke ausgebildet wurde, statt für einen von Kadetten und Lehrstab gleichermaßen gefürchteten Dozenten.

Captain Irons räusperte sich. »Ich denke, wir würden alle beipflichten, Viscount Warcross, daß diese Arbeit einfallsreich ist, aber Sie stimmen uns sicher auch darin zu, daß Einbildungskraft für einen militärischen Führer in den seltensten Fällen ein Segen ist.«

»Undisziplinierte Einbildungskraft ja, Captain.« Uriah hörte eine Schärfe in Kidds Stimme, die jedoch so fein war, daß er fühlen konnte, wie sie Irons' Selbstgefälligkeit zerteilte, ohne daß der Captain es bemerkte. »Ich stimme Ihnen zu, daß undisziplinierte Einbildungskraft eher schädlich ist. Als mir dieses Projekt vorgelesen wurde, hatte ich jedoch keineswegs den Eindruck, es kranke an mangelhafter Disziplin. Wenn ich Ihre Erlaubnis habe, den Kadetten ein paar Fragen zu stellen ...?«

»Ganz wie Sie wünschen, Colonel Kidd.«

Uriah mußte unwillkürlich lächeln, und seine Anspannung löste sich. *Vielleicht haben wir jetzt die Chance auf eine intelligente Bewertung unserer Arbeit.* Er blickte zu Rob hinüber und sah, wie der größere Mann unbehaglich die Schultern rollte. *Warum macht er sich Sorgen um Kidds Bewertung? Irons hat uns doch schon mitgeteilt, daß wir durchgefallen sind. Wie schlimm kann das jetzt noch werden?*

Kidd schob sich an der schmalen Kante des Sandkastens entlang, bis er unmittelbar hinter dem Dschebel Quirana stand. Er stützte die Hände auf die Seitenrahmen des Kastens, schloß die Augen und legte konzentriert die Stirn in Falten. Uriah konnte die Narbe, die sich vom Winkel des einen Auges bis zum anderen hinüberzog, deutlich sehen, ebenso wie die Beule über der Stelle, an der die Lescari-Feldscher mit ihrer teuflischen Zauberei Kidds Gesicht rekonstruiert hatten.

Malachy öffnete die Augen, und das Licht spiegelte sich in den silbernen Kugeln in seinen Augenhöhlen. Da sie von durchgängiger Farbe waren und auch sonst keine Unterscheidungsmerkmale aufwiesen, war es Uriah unmöglich zu erkennen, ob sie sich auch wie echte Augen bewegten. Sie glänzten kalt und ohne jedes Mitgefühl. Plötzlich verstand Uriah Robins Besorgnis. *Es kann schlimmer kommen. Er wird uns schlimmer zusetzen, als es Irons je fertigbrächte.*

»Meine Anerkennung für euer Modell.«

Uriah zuckte die Schultern. »Das war nicht schwer.«

Kidd legte den Kopf zur Seite und zog die weißen Augenbrauen zusammen. »Kadett Smith?«

Weil sich die Augen nicht bewegten, konnte Uriah nicht feststellen, ob Kidd ihn anschaute oder nicht, aber trotzdem fühlte er sich von den silbernen Augen durchbohrt. »Sir. Das war nicht schwer, *Sir*.«

»Gut.« Die Andeutung eines Lächelns zuckte um Kidds Mundwinkel, doch die Silberaugen blieben ausdruckslos. »Bescheidenheit steht Ihnen.«

Uriah schauderte und schaute auf die Stadt hinunter, die sich an den Fuß des Dschebel Quirana schmiegte, aber er fühlte sich unsicher. Sein Verstand sagte ihm, daß Kidd mit diesen Augen nichts sehen konnte. Die Theorie der Magie, die er hier in Sandwycke studiert hatte, ließ in diesem Punkt keinen Zweifel zu, auch ohne Kidd und seine Silberaugen als Beispiel anzuführen. Zaubersprüche ermöglichten eine Kontrolle über Gegenstände, nicht jedoch die Sinneswahrnehmung durch sie. Man konnte ihm einen glühenden Feuerhaken gegen den Harnisch stoßen, und Uriah würde nur die Hitze spüren, die durch seine Rüstung drang. Er konnte weder die sengende Hitze der Glut auf der Oberfläche des Panzers, noch die Schärfe eines Schwertstreichs oder das Auftreffen eines Pfeils auf dessen Oberfläche spüren.

Andererseits bedeutete die Tatsache, daß Kidd blind war, nicht unbedingt, daß er keine Möglichkeit hatte zu *sehen. Das ist ein Aspekt, den ich übersehen habe.* Uriah schluckte. *Wir haben diese Arbeit für jemanden mit Captain Irons' Verstand ausgelegt, aber trotz aller Warnungen haben wir uns – nein, habe ich mich – nicht genug angestrengt, um vor Colonel Kidd zu bestehen, und das wird Robins Untergang werden.* Uriah sah zu seinem Freund hinüber und schüttelte langsam den Kopf.

Kidds Stimme war tückisch leise. »In eurer Arbeit laßt ihr es zu, daß grob ein Drittel der helorischen Kräfte bei der Verteidigung von Bir el Dschamadschim, Bir el Bark und Bir el Wuhusch vernichtet wird. Diese drei Quellen befinden sich in einer beträchtlichen Entfernung von Helor. Warum rechnet ihr damit, daß Schukri Awan sie verteidigen würde?«

Robin antwortete. »Colonel, wir sind der Ansicht, daß er sie verteidigen würde, um den Truppen Stranas den Zugang zum Wasser zu versperren. Wasser ist inmitten der Felswüste dort von äußerster Wichtigkeit.«

»Einverstanden. Doch ist es nicht sinnvoller für Awan, den Strana diese Quellen zu überlassen und sie das Wasser ihrem Belagerungsheer nachführen zu lassen – wobei diese Nachschubkarawanen angreifbar wären –, als die Quellen selbst zu verteidigen und zu versuchen, sie gegen eine überwältigende Übermacht zu halten?«

Robin zögerte. »Das stimmt, Sir, aber Schukri Awan scheint über keine allzu großen taktischen Fähigkeiten zu verfügen.«

Kidd zog eine Augenbraue hoch: »Aha, ihr setzt also in eurer Arbeit voraus, daß Schukri Awan nicht in der Lage ist, aus Fehlern der Vergangenheit zu lernen? Um es mit anderen Worten auszudrücken, meint ihr, daß er ein Dummkopf ist. Träfe dies zu, müßtet ihr dann nicht auch annehmen, daß so ein dummer Kerl seinen Thron an einen einfallsreichen Sproß aus der Sippe der Khast verlieren könnte, in einer Umkehr zu der Entwicklung, in deren Verlauf er auf den Thron gelangt ist?«

»Es ist denkbar, daß wir die taktischen Möglichkeiten der Helorer auf der Basis der uns zugänglichen Informationen unterschätzt haben, Sir.«

»Netter Rückzug, Kadett Drury. Auf dem Schlachtfeld hinterläßt ein solcher Rückzug eine Menge blutender und sterbender Soldaten.« Kidd drehte den Kopf gerade weit genug, um Uriah anzusehen. »Kadett Smith, Sie haben an der taktischen Lage hier in Helor gearbeitet, richtig?«

»Ja, Sir.«

»Wenn wir also den Helorern ihr Regiment berittener Freischärler zurückgeben, und diese Freischärler hinter den stranischen Linien operieren, wie würde Pokovnik Grigori Khrolic seine Taktik für den Angriff auf die Stadt ändern?«

»Ich bezweifle, daß er sie ändern würde, Sir.« Uriah deutete auf die blauen und goldenen Holzklötzchen, die um die fünf Mauern Helors herum aufgereiht waren. »Das 137. Regiment der Bärenhusaren verfügt über eine Artilleriebatterie aus zwölf Dampfkanonen. Die Mauern Helors sind schätzungsweise neun Meter hoch, jedoch nur halb so dick. Sie wurden zur Verteidigung gegen die primitiven Belagerungsmaschinen gebaut, die vor Ort hergestellt werden können. Die stranischen Dampfgeschütze jedoch feuern im Gegensatz zu den vorindustriellen Katapulten und Ballistas ihre Geschosse auf abgeflachter Bahn ins Ziel, was ein präzises Zielen ermöglicht. Die Husaren dürften keine Schwierigkeiten damit haben, die Mauern zu beschädigen und zum Einsturz zu bringen.«

Die Haut um Kidds Augen spannte sich. »Ich muß Sie für Ihre Beherrschung der artilleristischen Theorie loben, doch könnten Sie einen praktischen Aspekt bei Ihrer Beantwortung der Frage übersehen haben. Warum wollte Kadett Drury wohl, daß Schukri Awan den Truppen Stranas den Zugang zu den Quellen sperrt?«

»Um ihnen das Wasser zu entziehen.«

»Und was benötigen diese Dampfgeschütze?«

»Wasser, Colonel.« Uriah spürte, wie Kidd langsam die Schlinge zuzog, sah aber eine Chance, ihr rechtzeitig zu entkommen. »Allerdings benutzen die stranischen Geschütze dampfgetriebene Kolben, mittels derer die Luft komprimiert und in eine Druckkammer gepreßt wird. Die Erzeugung und Wiederverwendung des Wasserdampfes in diesen Kanonen ist äußerst effizient. Die Kanoniere der Batterie werden an einem Kampftag wohl mehr Wasser benötigen als die Geschütze.«

»Einverstanden, Kadett.« Kidd lächelte. »Ich habe … meine Erfahrungen mit den Kanonieren des Husarenregiments gemacht. Die Einschätzung ihres Wasserverbrauchs trifft zu. Sie vergessen allerdings, daß die Straner nur einen Dampfkessel für je drei Geschütze verwenden, um den nötigen Dampf bereitzustellen. Zerstöre den Kessel, und die Geschütze sind gezwungen, auf einen in das einzelne Geschütz eingebauten kleinen Dampfkessel zurückzugreifen. Dieser Kessel ist zwar immer noch recht leistungsfähig, braucht aber zuviel Zeit, um den nötigen Druck für die Zerstörung einer Festungsmauer aufzubauen.«

»Aber die Helorer haben keine Geschütze, mit denen sie in ein Artillerieduell eintreten könnten, also sind sie nicht in der Lage, die Dampfkessel zu beschädigen.«

»Nicht?«

So wie Kidd die Frage stellte, mußte Uriah mit seiner Antwort völlig falsch liegen, was nur bedeuten konnte, daß er etwas übersehen hatte, aber er dachte nicht daran, aufzugeben. »Die Husaren werden auf ihre Geschütze aufpassen, Sir. Es wird den Truppen nicht gelingen, aus der Stadt an sie heranzukommen.«

Captain Irons beugte sich vor. »Es gibt da noch die Truppen, die hinter dem Rücken der Straner operieren, Kadett Smith.«

Uriah runzelte die Stirn. »Was für Truppen, Sir?«

Irons' Miene wurde hart. »Die Überreste der bei der Verteidigung der Quellen in die Flucht geschlagenen Einheiten.«

Uriah war verwirrt. *Ich dachte, der Colonel hätte uns diese Truppen zur Verteidigung der Stadt zurückgegeben ...* »Das mag sein, Sir, aber die verfügen nicht über eine ausreichend starke Bewaffnung, um einen Dampfkessel zerstören zu können.«

Irons verzog den Mund. »Sie sind sich zweifellos der Tatsache bewußt, Kadett, daß die Helansajaren schwere Armbrüste entwickelt haben, deren eiserne Bolzen durchaus eine Rüstung durchschlagen können. Das würde leicht ausreichen, um ein Loch in einen Dampfkessel zu schießen.«

Noch bevor Uriah Irons' Frage kurz abschmettern konnte, lehnte sich Robin vor. »Entschuldigen Sie, Captain, doch ich bin mir der Tatsache keineswegs bewußt, daß die Existenz solcher Waffen nachgewiesen wurde. Soweit ich weiß, handelt es sich um Mutmaßungen auf Grund gelegentlicher Verluste gepanzerter Vandari-Truppen bei Vorstößen des Tacier nach Zentralestanu. *Unsere* Truppen sind bisher noch auf keine derartigen Waffen gestoßen, wenn sie von Banditen aus Drangiana oder Helansajar angegriffen wurden.«

»Die Meldungen, auf die Sie Ihre Arbeit hier stützen, Kadett Drury, haben genausoviel Wert wie jene Berichte von schweren Waffen.« Irons erdolchte Robin fast mit seinen Blicken. »Wenn wir Mutmaßungen aus dieser Diskussion ausschließen wollen, geraten Sie und Ihre Präsentation in ernste Gefahr.«

»Es gibt auch eine Wirklichkeit, die auf *Ihre* Phantasien anwendbar ist, Sir.« Uriah wollte auf den Sandkasten zeigen, legte die Hände aber dann doch wieder an die Hosennaht. »Selbst wenn die größeren Kessel zerstört werden, kann man noch Kartätschen oder mit Nägeln gefüllte Blechbüchsen laden. Die kleinen Dampfkessel bauen wohl keinen ausreichenden Druck für die Zerstörung der Stadtmauern auf, aber sie ermöglichen es den Stranern ohne weiteres, die Verteidiger von den Mauern zu fegen. Damit wird der Weg frei für einen Angriff mit gewöhnlichen Belagerungsmaschinen oder den Vandariwiddern auf die Tore. Außerdem legte die stranische Militärdoktrin, wie sie im Lescarenkrieg sichtbar wurde, den Gedanken nahe, daß sie speziell zur Abwehr Ihrer Armbrust-Reiterei mit Kartätschen geladene Kanonen in Position bringen werden.«

Er wandte sich zu Kidd um, und seine Stimme wurde schneidend. »Was Ihren Einwand betrifft, Colonel Kidd, weise ich darauf hin, daß in unserer Arbeit Seiner Majestät Luftschiff *Sarnitskij* für Nachschub und Instandsetzung eingesetzt wird. Es verfügt über achtundvierzig Dampfgeschütze, die dazu herangezogen werden könnten, über die Mauern zu feuern oder sie zum Einsturz zu bringen. Und sollte es den Helorern irgendwie gelingen, seine Dampfkessel zu zerstören, könnte man das Luftschiff mit Felsbrocken beladen, über die Stadt fliegen und sie dort hinabfallen lassen – genau so, wie damals die *El Malson* die Brücke von Placé zerstörte, um die Dom-Ulanen an einer Verfolgung des Lescarenkaisers zu hindern.«

Mit der letzten Bemerkung, die Captain Irons deutlich traf, wußte Uriah, daß er weiter gegangen war, als er je geplant hatte. Aber gleichzeitig wurde ihm klar, wie vollkommen gleichgültig ihm war, was Irons oder Kidd mit ihm machen konnten oder würden. *Robin hatte völlig recht, was unsere Arbeit betrifft. Die Kriege, in denen wir kämpfen werden, liegen alle in der Zukunft. Wir können aus der Vergangenheit lernen, aber wenn sie uns nur mit der Vergangenheit beschäftigen, werden wir es nie schaffen, über sie hinauszukommen.*

Diese hypothetische Arbeit und die Verteidigung ihrer Anstrengungen hatte ihm gezeigt, daß die ferne Zukunft alles andere als mit Gewißheit vorherzusagen war, auch wenn ihre unmittelbare Zukunft Uriah deutlich vor Augen stand. Wenn die Prüfungskommission sie durchfallen ließ, und das schien unvermeidlich, würde Robin seine Koje auf der *Saint Michael* verlieren. *Aber immerhin bleibt er Soldat.* Für Uriah jedoch bedeutete das Scheitern bei der Prüfung in Verbindung mit dem Wegfall der finanziellen Unterstützung seines Vaters, daß er Sandwycke verlassen und zurück nach Carvingshire gehen mußte, um ein Pfand im politischen Spiel seines Bruders zu werden. *Wahrscheinlich immer noch besser, als unter dem Befehl eines Idioten wie Irons zu fallen.*

Kidd hob die Hand und erstickte damit Irons' leises Schimpfen. »Ja, die *Sarnitskij* könnte eingreifen, doch würde sie dadurch nicht in erhebliche Gefahr geraten? Es gibt im Dschebel Quirana Höhlen, in denen man eine sehr große Ausführung dieser helansarischen Armbrust verbergen könnte, groß genug, um auch die *Sarnitskij* zu beschießen.«

Robin schüttelte den Kopf. »Der Dschebel Quirana ist die Ruhestätte des Kirana Dost. Niemand außer dem wiedergeborenen Dost darf seinen Umkreis betreten.«

»Könnte nicht Schukri Awan diese Reinkarnation des Dosts sein?«

»Abergläubischer Blödsinn«, brummelte Irons.

»Ja, Colonel Kidd, Schukri Awan *könnte* der wiedergeborene Dost sein. Aber die Fakten sprechen gegen diese Möglichkeit.« Robin hakte zwei Punkte an seinen Fingern ab. »Erstens ist die Wiedergeburt ein Dogma des Ataraxianismus, und da dies ein Irrglaube ist, wissen wir, daß sie nicht stattfinden kann.«

Eine von Kidds Augenbrauen formte sich zu einem erstaunten Bogen über dem Silberauge. »Wollen Sie damit sagen, daß es Gott unmöglich wäre, die Wiedergeburt einer Seele zu bewirken?«

Robin zögerte, dann senkte er den Blick. »Ich möchte nicht sagen, daß es unmöglich ist.«

»Aha, Sie würden es Gott also zugestehen, daß er aus nur Ihm bekannten Beweggründen jemanden wiedererweckt.«

Irons lehnte sich vor: »Wenn Sie gestatten, Colonel. Ihre Frage bewegt sich hart an der Grenze zur Aufforderung an den Kadetten, eine Ketzerei zu unterstützen.«

»Das denke ich nicht, Captain.« Kidds schroffe Entgegnung trieb Irons die Farbe aus dem Gesicht. »Ist nicht Eilyphs verkündete Auferstehung im Fleische am Ende aller Tage eine Reinkarnation seiner selbst?«

»Aber Er ist Gott, und Gott ist durch Ihn.«

»Also sind wir uns als vernünftige Männer darin einig: Was Gott für seinen eigenen Sohn bewirken kann und bewirken *wird, könnte* Er auch für einen anderen tun. Aus Ihm eigenen Beweggründen, Captain.« Kidd wandte sein Gesicht wieder Robin zu. »Vergeben Sie mir die frivole Abschweifung, Kadett. Sie haben noch einen Punkt?«

»Jawohl, Colonel. *Wenn* Schukri Awan seine Soldaten in den Höhlen des Dschebel Quirana in Stellung bringen könnte – es gibt Gerüchte über dämonische Wachen, die den Durchgang sperren –, würde er den Berg entweihen und damit einen Volksaufstand in Helor hervorrufen.«

Kidd nickte. »Lassen Sie uns annehmen, er könnte mit dieser Revolte fertigwerden …«

»Weshalb?« knurrte Uriah und ballte die Fäuste.

»Welche Hinweise haben wir darauf, Sir, daß Schukri Awan in der Lage wäre, Aufstände und Unruhen niederzuschlagen? Sir.«

Captain Irons schoß hoch. »Sie sind nicht mehr bei Trost, Kadett, und haben soeben neue Bereiche der Insubordination betreten!«

»Haben Sie gefragt *weshalb*, Kadett?« Kidds Frage kam ruhig im Kielwasser der harschen Rüge Irons daher.

»Jawohl, ich habe gefragt, weshalb.« Uriah legte all seine Wut darüber, daß Kidd und Irons die Umstände der Schlacht veränderten, wie es ihnen gerade in den Kram paßte, in seine Stimme. »Warum sollten wir annehmen, daß Schukri Awan einen Volksaufstand meistern kann? Alle seine Truppen stehen auf den Wällen, werden mit Splittern und Kartätschen von den stranischen Kanonen in der Ebene vor der Stadt beharkt. Alle außer jenen, die Sie wie aufgescheuchte Hühner hinter den Linien herumrennen und auf Dampfkessel schießen lassen. Er hätte keine Unterstützung. Außerdem würde ihm die Besetzung des Dschebel Quirana die Imans zum Feind machen. Ohne deren Beistand und die damit implizierte Gunst des Atarax würden ihn seine eigenen Leute umbringen und bei den Stranern um Frieden betteln.« Uriah merkte, daß er zu zittern begonnen hatte, aber er kämpfte darum, seine Stimme unter Kontrolle zu halten. »Die Einwohner Helors wissen, daß die Straner zu Greueltaten fähig sind, in Wirklichkeit aber nur ein Absatzgebiet für ihre Handelsgüter und Stabilität an ihrer Südgrenze wollen. Man kann sein Zeug nicht an Tote verkaufen, ebensowenig wie an Feinde. Die Straner wissen das. Die Helorer würden wahrscheinlich sogar Tributzahlungen an den Tacier zustimmen, denn wenn der Dost wiederkehrt – und Sie selbst haben die Möglichkeit eingeräumt, daß er wiederkehren *wird* –, nimmt er Strana und alles andere ein und macht Helor wieder zu seiner Hauptstadt, möglicherweise sogar mit einem stranischen Satrapen als seinem Stellvertreter.«

Uriah wies mit zitternder Hand auf den Sandkasten. »Unsere hypothetische Schlacht basiert auf den solidesten Nachrichten, die wir finden konnten. *Ihre* Abänderungen sind reine Spekulation. Erst machen Sie Schukri Awan klug genug, um Truppenteile im Rücken der Straner operieren zu lassen, dann machen Sie ihn *dumm* genug, den Dschebel Quirana zu entweihen. Sie können nicht beides haben, Colonel. Ein Feind ist nicht klug oder dumm, wie es Ihnen gerade paßt. Wir setzen Handlungsweisen voraus, indem wir sie auf die Grundlage der sichersten Informationen stellen, die wir bekommen können. Die Geschehnisse mögen sich vielleicht nicht genau so ereignen, wie wir sie in unserer Arbeit ablaufen lassen, aber es wird verdammt nah dran sein.«

»Jetzt ist es aber genug, Kadett Smith!« Irons schlug mit der Faust auf den Tisch. Alle drei Kopien der schriftlichen Arbeit hoben vom Tisch ab und klatschten dann in einem Echo des Fausthiebs wieder zurück. »Ihr Verhalten hier ist eines gebildeten Mannes nicht würdig, noch weniger eines Priesters und Soldaten. Sie sind ungehorsam, roh und respektlos. Sie werden sich zum Rapport wegen Ihres Verhaltens melden, und ich werde Colonel Kidd darin unterstützen, wenn er Ihre Entlassung aus Sandwycke beantragt.« Irons' Blick hinüber zu Kidd heischte nach einer Bestätigung seiner Worte, doch der Mann mit den silbernen Augen stand nur mit erschlafften Zügen da und schüttelte den Kopf.

Irons runzelte die Stirn. »Colonel, Sie erwägen doch ein Disziplinarverfahren vor dem Kriegsgericht?«

Kidd blinzelte und wandte hastig den Kopf. »Wie? Nein.«

Irons lächelte. »Ah, Sie haben recht, Sir, ein Kirchentribunal wäre angemessener.«

Uriahs Magen wurde zu einem Klumpen Eis. Eine Verurteilung vor dem Kriegsgericht würde seine Zeit in Sandwycke zu einem vorzeitigen Ende bringen, aber darüber hinaus wenig Folgen haben. Die hohe Position seiner beiden älteren Brüder in der ilbeorischen Kirche und Politik war ein wirksamer Schutz vor den schlimmsten Konsequenzen eines Kriegsgerichtsverfahrens. Eine Verurteilung vor dem Kirchentribunal jedoch konnte zu Schimpf und Schande, Gefängnis, Exkommunizierung, Folter und Exil führen, ohne daß seine Verwandten die Möglichkeit hatten, zu intervenieren. Das würde sein Leben völlig zerstören.

Zwar hielt er sein Leben nicht gerade für allzu bedeutend, doch eine so radikale Zerstörung erschien ihm reichlich übertrieben. *Das hast du nun davon, daß du dich gegen einen Dom-Ulanen gestellt hast – sie geben sich nie mit einem Schwerthieb zufrieden, wo es auch ein halbes Dutzend tut.* Uriah formte sein Gesicht zu einer Maske des Trotzes, um die Leere zu verstecken, die ihn von innen her auffraß.

»Nein, Captain Irons, ich... werde auch das nicht tun.« Kidd sprach stockend, als wäge er jedes Wort zwei oder drei Mal ab, bevor er es in den Mund nahm. »Ich befehle Ihnen, auf eine Anklage zu verzichten. Kadett Smith hat mich heftig attackiert, aber das war kein Vergehen... Er hatte recht. Ich habe meine Stellung mißbraucht, indem ich die Bedingungen veränderte, auf denen die beiden ihre Arbeit aufgebaut haben, und das auf skrupellose Weise. Ihre Grundannahmen sind tatsächlich die bestmöglichen. Ihre Arbeit verdient, als das bewertet zu werden, was sie *ist*, nicht als das, was Sie oder ich uns *gewünscht* hätten. Oder wovon wir annehmen, daß sie es hätte sein *sollen*.«

Kidd rieb sich seine Augen, dann wandte er sich vom

Sandkasten ab dem Ausgang zu. »Nein, er hatte recht, völlig recht.« Kidds linke Hüfte stieß gegen eine Ecke des Sandkastens, ließ den Dschebel Quirana einstürzen und Helor unter sich begraben. »Ich war ... im Unrecht.«

Uriah blickte sich zu Robin um, und sah denselben entgeisterten Ausdruck auf seinem Gesicht, den Colonel Kidd zur Schau getragen hatte.

Der blinde Offizier klopfte Uriah im Vorbeigehen auf die Schulter. »Gute Arbeit, Kadett Drury, Kadett Smith, sehr gute Arbeit. Einfallsreich. Gut.«

Uriah drehte sich um und sah Kidd nach, wie er aus dem Prüfungssaal hinausging. Mit hängenden Schultern und zögernden Schritten glich er in nichts mehr der furchterregenden Gestalt, die mehr als ein Jahrzehnt lang Sandwycke auf Trab gehalten hatte. *Er wirkt so ... besiegt.*

»Augen geradeaus, Kadett Smith!«

Uriah wandte sich wieder um und nahm Haltung an. »Ja, Sir.«

Captain Irons' Augen loderten. »Sie können sich glücklich schätzen, daß Colonel Kidd weit nachsichtiger ist, als ich es bin. Ihre Sandkastenaufgabe gilt als bestanden – gerade noch –, und Sie, Kadett Drury, werden uns verlassen. Die *Saint Michael* kann Sie gerne haben, auch wenn mir um Ihre Männer Angst und Bange ist. Aber was Sie angeht, Kadett Smith, ist dies noch nicht überstanden. Viscount Warcross mag mich daran hindern, Sie für diesen Zwischenfall vor ein Kriegsgericht zu bringen, aber es gibt reichlich andere Möglichkeiten, Sie loszuwerden. Und glauben Sie mir, ich kenne sie alle. Ich kenne sie, und es wird mir eine Freude sein, so viele davon zu nutzen, wie nötig sind, Sie so schnell wie möglich aus meinen Augen zu bekommen.«

4. Kapitel

Marozac (Palast des Taciers), Murom, Muromda Strana

8. Zensus 1687

Natalja Ohanscai schob sich in die Schatten hinter dem Thron ihres Vaters und beobachtete seinen Besucher, Fürst Wassili Arslow, genau. Die Stimme des Mannes war verführerisch tief und ruhig, und es klang gerade so, als würden er und der Tacier nichts bedeutenderes besprechen als eine Schachpartie, das Wetter, oder gemeinsame Erinnerungen an ein vergangenes Abenteuer. Arslows Haltung und Gestik verriet keinerlei Nervosität, und es war ihm auch nichts von der Müdigkeit anzumerken, die er nach der langen Reise in die Hauptstadt hätte spüren müssen.

Ihr Vater, der Tacier, lauschte Arslow schweigend. Gelegentlich nickte er oder zupfte an seinem langen weißen Bart, um dem Fürsten anzuzeigen, daß er ihm noch zuhörte. Natalja erinnerte sich an zahlreiche Gelegenheiten, bei denen sie selbst von ihrem Vater befragt worden war. *Er sitzt fast bewegungslos da, aber seine gelben Augen schauen einen prüfend und suchend an. Sie fordern genaue Erinnerung und völlige Offenheit. Nur wenige können ihn täuschen, und viel mehr glauben, daß sie das könnten, als dazu tatsächlich in der Lage sind.*

Natalja lächelte den Mann vor ihrem Vater an. *Du bist einer von denen, die meinen Vater zum Narren halten können, Fürst Arslow, aber* mich *kannst du nicht täuschen.*

Wassili Arslow war hochgewachsen und elegant, besonders in der Uniform eines Bärenhusaren, und er schien sich im weiten Audienzsaal des Taciers wie zuhause zu fühlen. Natalja mußte zugeben, daß der junge

Fürst eine Haltung und Würde besaß, wie sie nötig waren, um neben den zwölf Pfeilern, auf denen das Gewölbe ruhte, nicht wie ein Zwerg zu erscheinen. Die Pfeiler waren sämtliche als Abbilder der Jünger Eilyphs geformt, einschließlich des Verräters Nemyko. Ihr fiel auf, daß es ausgerechnet Nemyko war, das Gesicht unter einer Kapuze verborgen, dessen Säule hinter dem Fürst aufragte.

Arslows Würde rührte auch von seiner Uniform her. Die marineblaue Uniformjacke war mit zwei Reihen goldener Knöpfe besetzt, die durch goldene Tressen miteinander verbunden von den Schultern bis zu den Hütten reichten; auf den Schultern saßen fransenbesetzte goldene Schulterstücke. Die weißen Reithosen mit goldenem Seitenstreifen steckten in braunen Kniestiefeln. Ein goldener Ringkragen mit dem eingravierten Abdruck einer Bärentatze hing als Kennzeichen der Bärenhusaren an einer dünnen Kette um seinen Hals. Die verschlungenen Goldlitzen oberhalb der Manschetten wiesen ihn als Reichsnaraschal aus – ein Rang, den er sich erworben hatte, bevor er zum Fürsten von Wsorin ernannt worden war.

Arslow schien sich in der Gegenwart ihres Vaters ausgesprochen wohl zu fühlen. Respektvoll, aber ohne Ehrfurcht, verkörperte er genau jene Haltung, die einem Betrachter das Vertrauen einflößte, er könne nahezu jede schwierige Lage meistern. *Befänden wir uns heute in der Zeit vor zehn Jahren und das Lescariheer bedrohte Strana, wäre Arslow gewiß die einzige Wahl für den Posten des Kaiserlichen Oberbefehlshabers.* Vor zehn Jahren war er der Mann gewesen, der Fernandi geschlagen hatte, doch ernteten andere die Früchte seines Sieges; Arslow wurde in übelster Weise übersehen. Da die Umstände ihn um seinen gerechten Lohn gebracht hatten – und Wassili Arslow ein ehrgeiziger Mann war –, schien es Natalja als sicher, daß er erst dann wirklich zufrieden sein würde, wenn er auf ihres Vaters Thron saß und die Nation regierte, die ihm den verdienten Lohn verweigert hatte.

»Rafiq Khast und seine Krieger stellten der Karawane eine Eskorte bis in die Außenbezirke des Distrikts Wsorin. Dort setzten die Händler sich mit Valentin Swilik in Verbindung, einem Kaufmann, der viel für die Beziehungen mit den Helansajaren getan hat.« Der Fürst lächelte gönnerhaft. »Switlitsch berichtete mir, was geschehen war, und ich begab mich sofort an Bord der *Sarnitskij,* um Euch von der Karawane in Kenntnis zu setzen. Wir verließen Wsorin vor acht Tagen und sind heute früh hier angekommen.«

»Ich danke dir, Wassili, daß du mir diese Angelegenheit zur Kenntnis gebracht hast. Das bestätigt den Tenor deiner früheren Berichte, denen zufolge Schukri Awans Herrschaft über Helansajar keineswegs gesichert ist. Dieses Problem beschäftigt mich, wie es für dich gleichermaßen gelten sollte, denn wenn die Schwierigkeiten auf unser Reich übergreifen, wird dies wahrscheinlich im Distrikt Wsorin geschehen.«

»Ich bin mir dessen sehr bewußt, Hoheit. Eben dies war der Grund für meine Reise.« Arslow strich sich mit schmaler, langfingriger Hand über das Kinn. »Es gibt eine ganze Reihe von Möglichkeiten, auf diese Situation zu reagieren.«

»Und welche davon sollten wir Ihrer Meinung nach ergreifen, Fürst Arslow? Könnte die Uniform, die Sie tragen, ein Hinweis darauf sein?« Nataljas grünes Kleid raschelte, als sie aus den Schatten trat. Ihr Vater lächelte ihr zu, und in Arslows blauen Augen zuckte das Erkennen auf. Obwohl beide Männer gewußt hatten, daß sie hinter dem Thron stand, verlangten die guten Sitten von ihnen, ihre Anwesenheit zu ignorieren, bis sie aus dem Schatten ihres Vaters trat. Alle Kinder des Taciers – gleich von welcher seiner Frauen geboren – wurden von Politik und Regierungsgeschäften verschont, bis sie aus freiem Willen den Schutz aufgaben, den ihnen der Schatten des Taciers gewährte.

»Ah, Talija, herzlich willkommen.«

»Spasib, Vater. Es freut mich, Sie wiederzusehen, Fürst Arslow.«

»Ich unternahm die Reise hierher auch in der Hoffnung, Euch wiedersehen zu können, Tachotha Natalja. Ihr Anblick allein erfüllt mich bereits mit großer Freude. Grigori schickt Euch seinen herzlichsten Gruß. Ich wurde von ihm mit einem Sendschreiben an Euch betraut, das ich Euch zu überreichen später die Freude haben werde. Ich freue mich darauf, Euch bald wieder in Wsorin als Gast empfangen zu dürfen.«

»Vielen Dank. Ich erinnere mich nur zu gerne an meine Reise in Ihr Reich.« Ihre meergrünen Augen huschten zu ihrem Vater hinüber. »Aber wir waren bei der Diskussion Ihrer Empfehlung bezüglich einer Vorgehensweise meines Vaters.«

Arslow lächelte, doch irgendwie konnte das die Wirkung der harten Make-up-Linien auf seinem Gesicht nicht abschwächen. Ein feiner blauer Puder bedeckte sein Gesicht, und die Augen wurden von einem etwas dunkleren Blau umgeben. Zusätzlich hatte Arslow mit ein wenig Scharlachrot das Blau um seine Augen eingerahmt und die Wangenknochen betont. Die Schminke entsprach den Emailintarsien auf der Kampfmaske seiner Rüstung. Nach Arslows Beitrag zum Sieg über den Lescarenimperator hatte man dieses besondere Muster aus Rot und Blau in ganz Strana gefeiert.

»In diesem Bericht haben wir zwei klar umrissene Situationen zu unterscheiden, die wir getrennt voneinander betrachten sollten. Da ist erstens die Lage Schukri Awans. Er herrscht über Helor, und dies bedeutet, daß wir, sollte es uns gelingen, mit ihm zusammenzuarbeiten, in der Lage wären, unsere Präsenz in der Stadt und damit der ganzen Region zu stärken. Da Helor der Schlüssel zu Helansajar ist, dürfen wir ihn bei unseren Planungen nicht vernachlässigen. Zweitens haben wir Rafiq Khast. Er kann Schukri Awan Helor nicht nehmen, aber er ist frei und mächtig genug, weit nach Norden vorzustoßen und die Helorer anzugreifen, ohne Vergeltung fürchten zu müssen. Er sympathisiert mit uns und hat nichts für Ilbeoria übrig, seit es seine Bitte um Hilfe abschlug, als Schukri Awan die Khast aus Helor vertrieben hat. Es wäre ratsam, seinen Zorn auf Ilbeoria auszunutzen, um ihn auf unsere Seite zu ziehen.«

»Ihr sagt das so, Fürst, als ob Ihr Ilbeoria für einen Feind meines Vaters hieltet.« Natalja beobachtete ihn, um zu sehen, ob er den Köder aufnahm, mit dem sie ihn lockte. »Sie sehen in Ilbeoria doch nicht unseren Feind, oder doch?«

Arslows Gesicht verdüsterte sich für einen Augenblick. »Ich diene Eurem Vater, Tachotha, und in meiner Eigenschaft als Fürst von Wsorin ist es meine Pflicht, alle denkbaren Bedrohungen meines Lehens abzuwägen. Ilbeoria verfügt über die größte und stärkste Truppenpräsenz in Estanu.«

»Aber die steht sehr weit im Süden, auf der anderen Seite des Himlan, in Aran.«

»Von wo aus sie jederzeit nach Norden verlegt werden kann.«

»Talija, es ist jetzt nicht die Zeit, in diesem Punkt nachzuhaken.« Ihr Vater hob die Hand. »Wassilis Respekt vor den ilbeorischen Truppen ist wohlbekannt. Jetzt aber wollen wir ihn und seine Meinung über die jüngsten Ereignisse in Helansajar hören und nicht über künftige Staatsangelegenheiten reden.«

»Ja, Vater.« Natalja senkte den Kopf, behielt Arslow jedoch im Auge, um zu sehen, ob er Anzeichen von selbstgefälliger Genugtuung über ihre Zurechtweisung verriet. Was ihr Vater *Respekt* nannte, sah sie als wuchernde Paranoia, Ilbeoria betreffend, eine Eigenheit, die ihr schon vor Jahren aufgefallen war. Sie wußte, daß die Beziehungen zum Reich des Wolfskönigs nicht mehr das waren, was sie auf dem Höhepunkt der Allianz gegen Fernandi gewesen sein mochten, doch waren sie auch nicht so katastrophal, wie Arslow Gerüchten zufolge zu denken schien.

Verfolgungswahn und Ehrgeiz sind ein höchst explosives Gemisch.

Der hochgewachsene, schlanke Fürst stand leicht breitbeinig vor dem Tacier und verschränkte die Hände auf dem Rücken. »Ich sehe die Lage wie folgt, Hoheit. Sowohl eine Machtdemonstration gegen Schukri Awan als auch eine Unterstützung Rafiq Khasts *scheinen* militärische Operationen in Helansajar zu erfordern. Ich bin jedoch nicht davon überzeugt, daß dies unseren besten Interessen entspräche. Das Auftauchen einer Karawane in unserem Reich und Rafiq Khasts Bereitschaft, ihr Schutz zu gewähren, deutet darauf hin, daß wir nicht notwendigerweise als der im Norden lauernde Eroberer wahrgenommen werden. Das ist eine Veränderung, die uns nur nützen kann.«

Der Tacier nickte langsam. »Du willst damit sagen, daß der Handel diese Entwicklung fördern und uns Helor noch immer öffnen kann?«

»Da, Hoheit.«

»Das überrascht uns, Wassili.«

»Vergebt mir, Hoheit.«

Der Tacier lächelte. »Du kommst in der Uniform eines Bärenhusaren und rätst doch nicht zu militärischen Maßnahmen? Wir hätten erwartet, daß du uns nahelegst, Schukri Awan aus dem Weg zu räumen und Helansajar unserem Reich einzuverleiben.«

»Vor zwölf Jahren hätte ich genau das noch gewollt, Majestät, aber in der Pflicht und Verantwortung stehend, die sich aus der Führung des Distrikts Wsorin ergeben, bin ich gezwungen, in anderen Bahnen zu denken.« Arslow breitete die Arme aus, dann führte er die Hände sanft wieder zusammen. »Die Wölfe Ilbeorias hätten allen Grund, alarmiert zu sein, würden wir Truppen nach Helansajar in Marsch setzen, ungeachtet deren Stärke. Beschwerden ihrer Kaufleute über unsere Handelsaktivitäten würden andererseits in den Ohren ihrer Krieger kaum bedrohlich klingen. Die angegriffene Karawane war nicht einmal stranischer Herkunft, also könnten wir militärische Operationen auch nicht mit dem dürftigen Deckmantel der Vergeltung umbrämen. Ich halte es derzeit für den besten Kurs, den Handel mit Helor *und* der Khastfraktion voranzutreiben. Diejenige Seite, die sich als die loyalere und stärkere erweist, sollten wir dann unterstützen.«

»Dein Plan hat den zusätzlichen Vorteil, daß er alle Parteien in Helansajar an uns bindet. Unsere Grenzen werden sicherer sein.« Der Tacier nickte bedächtig. »Der Widerstand gegen Überfälle von seiten Ilbeorias wird sich verstärken.«

»Ihr formuliert meine Gedanken, Majestät.«

»Gut dann.« Der Tacier rief einen Diener aus dem Schatten der Säule Sankt Vohls. »Wir sind uns dessen bewußt, daß du schnell nach Wsorin zurückkehren möchtest, doch wollen wir dich heute abend zum Diner begrüßen. Es wird deinen Aeromagikern Zeit zur Erholung von der Reise hierher geben. Boris wird dich zu den für deinen Aufenthalt vorbereiteten Räumen begleiten. Ruh dich etwas aus, er wird dich dann später abholen.«

»Wie immer ist es mir ein Vergnügen, Eure Gastfreundschaft zu genießen. Ich stehe in Eurer Schuld.«

»Eine Schuld, die du dadurch abträgst, daß du meine Talija beherbergst, wenn sie deinen Distrikt besucht.«

»Auch dies ist mir ein Vergnügen, Majestät, das ich

in Zukunft noch oft zu haben hoffe.« Arslow verbeugte sich und folgte dem tonnenbrüstigen Diener aus dem Saal.

Der Tacier wartete, bis das Echo der Schritte verhallt war, dann sah er seine Tochter an. »Du traust Arslow nicht, habe ich recht?«

»Das stimmt, Vater. Er ist höflich und zuvorkommend, aber das macht ihn zu keiner geringeren Gefahr für deinen Thron.«

»Tochter, du hast mir schon früher erklärt, er sei enttäuscht, aber wir konnten hier kein Anzeichen von Verbitterung feststellen, als er auf die einfachste und schnellste Methode, Helor zu öffnen, verzichten mußte.«

»Was nur bedeutet, Vater, daß er bereits einen anderen Weg gefunden hat, Helor zu öffnen.« Sie schüttelte den Kopf. »Es kann kein Zweifel darüber bestehen, daß er verzweifelt ist. Es gibt neun Provinzen im Reich, und jeder der neun Naraschals, die gegen Fernandi gefochten haben, wurde zum Tacarri einer dieser Provinzen erhoben. Wassili Arslow hat mehr dazu beigetragen, Fernandi und seine Heerscharen aus Strana zu verjagen als die Hälfte deiner Naraschals, und doch wurde er nur zum Fürsten über den Distrikt Wsorin eingesetzt. Um Tacarri werden zu können, muß er etwas tun, daß dich dazu veranlaßt, Wsorin den Status einer Provinz zu übertragen. Die Öffnung Helors und Helansajars für Strana würde dazu ausreichen, nicht wahr?«

»Da.«

»Dann wird ihn nichts davon abhalten können, dieses Ziel zu erreichen.«

Das Gesicht des Taciers verzog sich langsam zu einem Lächeln, und Natalja las Belustigung und Übermut in seinen Augen. »Meine kleine Talija, alles, was du gerade über Arslow gesagt hast, paßt genauso gut auf deinen Grigori Khrolic, und doch traust du ihm.«

Natalja verbiß sich einen sofortigen Widerspruch

und dachte einen Augenblick lang nach. Grigori hatte sich beim Kampf gegen Fernandi ebenso ehrgeizig wie Arslow gezeigt. Sie konnte sich noch sehr gut des schneidigen Kavallerieoffiziers und seiner Versuche entsinnen, sie zu beeindrucken, obwohl sie damals erst sechzehn Jahre alt gewesen war. Aber damals hatte sie andere Zerstreuungen am Hofe bevorzugt und sein Werben kalt abgewiesen.

Als er nach dem Krieg zurückkehrte, fand sie ihn verändert und vielleicht ein wenig gemäßigt vor. Er war zu ihr gekommen, um ihr von all jenen zu erzählen, die im Kampfe gegen Fernandi gefallen waren. Natalja spielte gedankenverloren mit einer Locke ihres schwarzen Haares, als sie sich daran erinnerte, wie kummervoll Grigori ihr in den damaligen Gesprächen erschienen war. Der überhebliche, stolze Offizier Grigori Khrolic hatte im Krieg sein Ende gefunden. Verschwunden war die Fassade, das herausfordernde Benehmen eines Mannes, der noch keine Vorstellung vom Grauen der Schlacht und von den Greueltaten hatte, zu denen Soldaten im Kriege fähig waren. Statt dessen fand sie eine Reife, die sie im Laufe der Jahre sehr anziehend fand. Drei Jahre lang waren die 137. Bärenhusaren in Murom stationiert gewesen, und in dieser Zeit hatten Grigori und sie sich ineinander verliebt.

»Wäge deine Worte sorgfältig, Tochter. Immer wenn du eine Haarsträhne um deinen Finger wickelst, weiß ich, daß du versuchst, dir deine Gedanken zurechtzulegen, bevor du sie mir mitteilst.«

Natalja lächelte errötend und zog den Finger aus der Spirale tiefschwarzen Haars. »Grigori *war* ehrgeizig, aber der Krieg hat ihn ruhiger werden lassen.«

Der Übermut verschwand aus Auge und Stimme des Tacier. »Hat ihn der Krieg Zurückhaltung gelehrt oder sieht er in dir nur seinen Weg auf meinen Thron?«

»Nein, Vater, so ist es nicht.« Natalja zuckte zurück,

von der Frage ihres Vaters verletzt. »Ich bin dein neuntes Kind und die vierte Tachotha. Deine Vorlieben hinsichtlich deiner Nachfolger sind wohlbekannt. Meine zwei älteren Schwestern sind mit Tacarri verheiratet, und meine Brüder haben einen starken Rückhalt unter ihnen, also wären die Chancen für meinen Gatten, Thronfolger zu werden, mehr als gering. Grigoris Ehrgeiz, sofern er einen solchen noch besitzt, liegt einzig im Dienst für Strana und für dich, und er würde in diesem Dienst sogar für dich sterben.«

Der Tacier hob die Hände. »Ich akzeptiere deine Einschätzung in dieser Sache, und wohl auch hinsichtlich des Fürsten Arslow. Es würde mich nicht überraschen, wenn du dich im Glockmond oder im Tempest entschließt, Grigori Khrolic in Wsorin zu besuchen. Du wirst diesen Besuch genießen und für einen oder zwei Monate dort verweilen. Dann wirst du zurückkehren und mir alles erzählen, was du dort erfahren hast, da?«

Sie fühlte, wie ihr beim Gedanken an einen Besuch bei Grigori die Röte ins Gesicht schoß. Ihr letzter Besuch war kaum zu beschreiben gewesen, und wenn sie auch wußte, daß der zweite Besuch niemals dem ersten glich, so konnte sie doch hoffen, daß er ihn sogar noch übertreffen würde.

»Ich werde es für dich tun, Vater, aber nur, weil es zum Besten unserer Nation geschieht.«

»Und du wirst überhaupt kein Vergnügen an dieser Pflichtausübung empfinden, kleine Talija?«

»Keines, Vater, es sei denn, ich muß mich mangels anderer Möglichkeiten daran ergötzen, daß ich die wahre Natur meiner Mission geheimhalte.«

5. Kapitel

Wolfsgate, Ludstone, Midcastor
Ilbeoria

16. Zensus 1687

Prinz Trevelien beugte das Knie und kreuzte die Hände über dem Herzen, bevor er den grauen Läufer betrat, der durch den Audienzsaal zu seinem Vater führte. Er erhob sich langsam, geradezu ehrfürchtig, wie es der Respekt vor dem Mann auf dem Thron und dessen Würden gebot. *Und,* erinnerte der Prinz sich, *aus Beschämung über meine übermäßig lange Abwesenheit.*

Obwohl er schon so oft vor seinen Vater getreten war, beeindruckte ihn der Anblick des St. Martinsthrones noch immer, auch vom anderen Ende des Saales aus. Der Heilige selbst formte die Rückenlehne des wuchtigen Steinthrons und stützte ihn, so wie die Martinistische Kirche die Regierung stützte. Erhaben und streng, die Arme zum Gruß geöffnet, überblickte die Figur aus rotem Granit den Saal, als wären alle hier Versammelten seine geliebte Herde.

Zwei steinerne Wölfe, die bis zu St. Martins Oberschenkeln aufragten, formten zu beiden Seiten die Armlehnen des Throns. Die aus demselben grauen Granit gehauenen Wölfe, den man auch für den Bau von Wolfsgate verwandt hatte, schienen aus dem Steinboden herauszuwachsen. Als er noch ein Knabe war, hatte Trevelien sie stets als Teil der Burg gesehen – als körperliche Manifestation der kriegerischen und geistlichen Natur von Wolfsgate und des Mannes, der Ilbeoria von hier aus regierte.

Um den Hals des einen Wolfes hing an einem goldenen Gurt ein in der Scheide steckendes Schwert, während ein goldener Hirtenstab an der äußeren Schulter des anderen lehnte. Schwert und Stab symbolisierten die politische und geistliche Führerschaft König Ronans über die ilbeorische Nation. Ronan herrschte von Gottes Gnaden, gesegnet von Eilyph und beschützt vom Wolf des Herrn. Seine weltliche Macht bedeutete eine Reflexion des Wohlwollens, das Gott für ihn, seine Linie und seine Nation empfand. Schwert und Stab wurden am Thron angebracht, wann immer König Ronan öffentlich Hof hielt, und ihre Präsenz zeigte Trevelien, daß ihn sein Vater nicht aus privaten Gründen hatte rufen lassen, sondern in offizieller Angelegenheit, auch wenn der Saal nahezu leer war.

Das kann nur bedeuten, daß er bereit ist, die Angelegenheit, über die wir in den letzten drei Monaten korrespondiert haben, offiziell zu machen. Als er weiterging, erkannte er seinen älteren Bruder, Kronprinz Ainmire, und John Wellesley, den Marquis of Marlborough neben seinem Vater. Marlboroughs Anwesenheit konnte er verstehen, da der Marquis als Berater des Königs für außenpolitische Fragen fungierte, aber die Anwesenheit seines kränklichen Bruders überraschte ihn. *Noch vor gar nicht allzulanger Zeit lag Ainmire mit schwerem Schwarzfieber darnieder. Er sollte eigentlich nicht so früh wieder herumlaufen.*

»Guten Tag, Vater.« Er nahm die ausgestreckte linke Hand seines Vaters und küßte den Ring mit dem Wolfskopf. »Schön, dich zu sehen, Bruder, und auch Sie, Marquis Marlborough.«

Durch die farbigen Glasfenster strömte das Sonnenlicht herein und ließ bunte Flecken auf der Glatze des Königs tanzen. »Wie stehen die Vorbereitungen für deine Reise nach Aran?«

Trevelien lächelte leicht. »Dann ist es beschlossene Sache, daß ich fahre?«

»Es war bereits beschlossen, mein Sohn, bevor ich dir

geschrieben und dich gebeten habe, die Mission anzunehmen.« Obwohl er auf dem riesigen Thron klein wirkte, war Ronans Macht dem gelassenen Ton und der Art, wie er Trevelien mit rastlosem Blick studierte, überdeutlich zu entnehmen. »Es brauchte Zeit, dich zu überzeugen, aber diese Zeit hatte ich.«

»Nun denn, die Vorbereitungen stehen so gut, wie man es eben erwarten kann. Es ist nicht einfach, mit einem ganzen Haushalt umzuziehen, auch wenn er nur so klein ist wie der meinige.« Er sah hinüber zu seinem halbkahlen Bruder. »Du kannst dich glücklich schätzen, hierzubleiben, Ainmire.«

»Wäre meine Gesundheit so robust wie die deine, so würde ich dir diese Aufgabe gerne abnehmen.« Ainmire hustete hinter der Hand, dann lächelte er. »Du sollst wissen, wie geehrt ich mich von deiner Entscheidung fühle, deine Kinder in meinem Hause wohnen zu lassen, solange du deine Pflichten als Generalgouverneur von Aran erfüllen mußt.«

»Wie könnte ich dir Jeremy und Catherine nicht anvertrauen? Du bist nicht nur der Thronerbe des Wolfskönigs, du hast dich auch in jener Zeit vorbildlich um sie gekümmert, als ...« Der Gedanke an seine tote Frau, Rochelle, schnürte ihm einen Augenblick lang die Kehle zu. »... als ich das nicht konnte.«

»Es sind gute Kinder. Sie lieben dich und ihre Mutter, und sie werden euch beide vermissen.« Ainmire nickte seinem jüngeren Bruder zu. »Es wird ihnen hier gut gehen, und in ein paar Jahren werden wir dich besuchen kommen.«

Trevelien klopfte seinem Bruder nur auf die Schultern, seine Dankesworte blieben in einem Kloß in seiner Kehle stecken. Anders als sein Vater und die meisten anderen Edlen des Hofes hatte er nur eine einzige Ehefrau gewählt. Rochelle Godeau war eine bürgerliche Lescarin gewesen, die er während seiner Kriegsabenteuer in Lescar kennengelernt hatte, auf der Flucht vor Fernandis Soldaten. Ohne ihre Hilfe wäre er damals verloren gewesen, aber dieses Gefühl der Verpflichtung ihr gegenüber bedeutete nur einen Teil der Bande, die sie vereinigt hatten. Sie waren aus Lescar entkommen, hatten Fernandis Meuchelmörder überlistet und sogar König Ronan überzeugt – trotz des Aufruhrs darüber, daß ein ilbeorischer Prinz eine Bürgerliche aus dem feindlichen Ausland heiraten wollte.

Gemeinsam war uns kein Feind gewachsen. Sie hatten zwei wunderbare Kinder bekommen und oft davon gesprochen, wie sie in den Armen des anderen das nächste Jahrhundert begrüßen wollten, umringt von einer Schar von Enkeln. Zu keiner Zeit hatte sich Trevelien ein Leben ohne sie vorstellen können, ebensowenig wie er je im Traum daran gedacht hätte, von ihr zu verlangen, ihn mit einer zweiten Gattin zu teilen, trotz aller Anstrengungen ehrgeiziger ilbeorischer Adliger mit heiratsfähigen Töchtern oder ledigen Schwestern.

Nach Rochelles Tod während der Rotpockenepidemie von 85 war er zusammengebrochen.

Er war in einem schwarzen Meer der Verzweiflung versunken. *Für mich ist damals eine Welt untergegangen. Meine Zukunft war vorbei.* Er hatte sich auf ein trostloses Landgut auf einer öden Meridmarch-Halbinsel zurückgezogen, wo das Heulen des Windes ihn verhöhnte und sein Schluchzen übertönte. Ainmire hatte Jeremy und Catherine ohne Murren in seinen Haushalt in Ludstone aufgenommen, ja, ohne daß es notwendig gewesen wäre, ihn darum zu bitten. In den zwei Jahren, die Treveliens selbstauferlegtes Exil dauerte, hatte er sich damit einen Verdienst erworben, den dieser nie hoffen konnte, abzutragen.

Außer vielleicht durch diese Mission nach Aran.

Treveliens tiefer Schmerz hatte zu einer nationalen Aufwallung von Mitgefühl geführt, zugleich aber auch eine Krise für seinen Vater ausgelöst. Kronprinz Ainmires schwächliche Konstitution ließ bei vielen die Überzeugung wachsen, daß er nur kurze Zeit regieren würde, sollte er tatsächlich jemals auf den Thron steigen. König Ronan war zwar auch in seinem sechsten Lebensjahrzehnt von prächtiger Gesundheit, aber jedem war klar, daß er nicht ewig leben konnte. Die meisten hatten erwartet, daß nach seinem Tode die Krone an Trevelien weitergereicht werden würde. Dessen emotionaler Kollaps jedoch hatte das Vertrauen in seine Fähigkeit zur Führung von Staat und Kirche erschüttert. Die Versetzung als Generalgouverneur nach Aran sollte Adel und der Geistlichkeit fünf Jahre lang beweisen, daß er mehr als fähig war, seine Pflicht für Ilbeoria zu erfüllen, wenn die Zeit kam.

Trevelien nickte. »Ich freue mich auf euren Besuch, Bruder. Ich mache mir keine Sorge um meine Kinder.«

»Und du hättest auch keinen Grund dazu.« Der Wolfskönig lächelte offenherzig. »Jeremy und Catherine wird es an nichts fehlen, Trevelien. Keines meiner Enkelkinder wird je vernachlässigt werden. Außerdem bekäme ihnen gewiß das aranische Klima nicht. Es ist besser, sie hier zu lassen.«

»Ich fürchte nicht um ihr Wohlergehen, Sire, ich fürchte um mein Herz, wenn ich sie hierlasse. Ihre Briefe werden einen Monat brauchen, mich zu erreichen. Sie wachsen in diesem Alter so schnell. Ich werde in den fünf Jahren, die ich in Aran zubringe, viel verpassen.«

»Ich verstehe dich gut. Aber es muß sein.« Sein Vater nickte feierlich. »Die Zeit wird schnell vergehen, und du wirst bald wieder zuhause sein.«

Trevelien hob seinen Kopf. »Aber ich werde ihre Ängste nicht stillen können, wenn sie düstere Nachricht aus Aran bekommen. Ich möchte sie nicht in Sorge um meine Sicherheit wissen.«

»Das will ich auch nicht.« Der König blickte zu seinem Ratgeber. »Marlborough hat neue Meldungen, die darauf schließen lassen, daß dein Aufenthalt nicht so schwierig sein wird, wie wir zunächst angenommen hatten.«

»Oh? Kann das wahr sein?« Trevelien sah den Berater seines Vaters zweifelnd an. »Unsere Kaufleute dominieren den Handel in Urovia, so daß Strana außer in Estanu kaum einen Markt für seine Waren hat. Unsere Händler in Aran wetteifern um dieselben Märkte. Die Lage in Aran entspricht einem gewaltigen Dampfkessel, dessen Druck stetig zunimmt.«

Marlborough schmunzelte. »Spekulationen dieser Art sind beliebt, seit der Tacier Fürst Wassili Arslow in den Distrikt Wsorin versetzt hat. Ich selbst habe dies ebenfalls als Ouvertüre zur Invasion gewertet, aber das Stillhalten Arslows spiegelt das Chaos am Hof des Taciers wieder. Ob der Grund dafür Furcht vor wachsender Macht Arslows ist oder ob der Tacier seiner Nation Zeit verschaffen will, sich von Fernandis Überfall zu erholen, weiß ich nicht.«

Der Prinz runzelte die Stirn. »Zugegeben, ich war nicht in Ludstone und habe die Diskussionen im Parlament nicht verfolgt, daher mag es sein, daß ich nicht wirklich auf dem laufenden bin, aber führt Viscount Hedgelee, Philbert Grimshaw, nicht immer noch eine Koalition von Händlern und Kaufleuten an, die sich für eine offene Invasion Zentralestanus stark macht?«

Ainmire lachte. »Wenn er betrunken genug ist, habe ich ihn sogar erklären hören, wir sollten einfach einmarschieren und Strana selbst erobern.«

»Grimshaw ist ein Idiot.« Marlborough schnaubte angewidert. »Zu schade, daß sein Bruder in Aran so mächtig ist. Auf den solltet Ihr ein scharfes Auge haben, Prinz Trevelien.«

»Das habe ich vor.« Der Prinz warf seinem Vater

einen schnellen Blick zu. »Ich habe das Gefühl, daß es Leute wie er sind, denen ich zu verdanken habe, Generalgouverneur von Aran zu werden.«

Der kleinwüchsige König nickte. »Das spielt in der Tat eine Rolle.«

Marlborough verschränkte die Finger. »Ich bin überzeugt, daß Eure Auswahl für diesen Posten den Stranern signalisieren wird, daß wir gewillt sind, eine Invasion aus dem Norden zurückzuschlagen und eine Invasion aus dem Süden zu verhindern. Grimshaw und seine Anhänger hingegen werden Eure Anwesenheit in Folge Eurer bekannt waghalsigen Abenteuer im Lescarenkrieg als mögliches Vorspiel zu einer militärischen Aktion auffassen. Alle anderen werden darin einen Test Eurer Stärke nach dem Tode Rochelles sehen.«

Und die sentimentalen Zeitungsschreiberlinge werden den Ausflug nach Aran als meine Chance beschreiben, auf Freiersfüßen zu wandeln und die Hand einer estanuanischen Prinzessin zu gewinnen, die mein gebrochenes Herz heilen kann.

Trevelien selbst hegte indessen keine Illusionen hinsichtlich seiner Ernennung. Er war sehr dafür, die Kriegsgefahr im Keime zu ersticken, indem man Strana wissen ließ, daß Ilbeoria Aran nicht kampflos aufgeben würde. Doch hielt er seine Ernennung allein keineswegs für ausreichend, um diese Wirkung zu erzielen, schon gar nicht mit einem Wassili Arslow als Gegenüber. Er sah Marlborough nachdenklich an.

»Mein Herr Marquis, Sie können nicht ernsthaft glauben, meine Anwesenheit würde genügen, Fürst Arslow Angst einzujagen. Ich muß daher annehmen, daß sich Ihre Einschätzung auf mehr als bloßes Wunschdenken stützt. Was also haben Ihnen Ihre stranischen Spione aus Murom berichtet?«

Marlboroughs Miene drückte unverhohlene Freude

aus: »Der Bericht wurde aus verschiedenen Quellen erstellt, aber die meisten sind, wie Ihr vermutet, stranischer Herkunft, mein Prinz. Eine Karawane nach Wsorin wurde an einem Ort namens Schädelbrunnen von helorischen Kräften angegriffen. Rafiq Khasts Leute schlugen die Helorer zurück und eskortierten die Karawane in den Distrikt Wsorin. Dort leitete ein Händler die Nachricht von dem Angriff an Fürst Arslow weiter, der sogleich nach Murom flog, um eine Audienz beim Tacier zu erbitten. In der Hauptstadt angekommen, glauben wir, daß Arslow sofort um die Erlaubnis ersuchte, zu einer Bestrafung der Helorer in Helansajar einmarschieren zu dürfen. Der Tacier lehnte ab und legte Arslow statt dessen nahe, Händler nach Helor zu entsenden, um Handelsbeziehungen aufzubauen. Arslow war darüber nicht erfreut, doch fragte ihn der Tacier, warum er sich mit Blut erkämpfen wolle, was man mit Gold kaufen könne. Arslow zog den Schwanz ein und flog am nächsten Tag nach Wsorin zurück.«

Trevelien runzelte die Stirn. »Wassili Arslow *gab auf*? Er ersuchte um Erlaubnis, und als sie ihm verweigert wurde, *gab er auf*?«

»So berichten mir meine Leute, Hoheit.«

Kann das wahr sein? Oder hat man Ihre Spione entlarvt und Ihnen diese Geschichte zugespielt, um uns in Sicherheit zu wiegen? Der Prinz war nicht überzeugt. *Arslow ist und bleibt gefährlich.* »Wann fand die Audienz beim Tacier statt?«

»Am Achten dieses Monats.«

»Vor neun Tagen?« Treveliens smaragdgrüne Augen verengten sich zu scharfen Schlitzen. »In dieser kurzen Zeit konnte der Bericht selbst mit Schnellkurier kaum hierher gelangen.«

Marlborough lächelte. »Er traf vor zwei Stunden mit der *Elena* ein.«

»Dennoch werden Sie mir zustimmen, Marquis, daß

Sie kaum die Zeit hatten, den Bericht auf seine Stichhaltigkeit hin zu überprüfen. Nach allem, was wir wissen, ist Arslow schon nach Wsorin zurückgekehrt und hat sofort zum Angriff auf Helansajar angesetzt.«

Der Herr der ilbeorischen Spione zuckte die Achseln: »Nach allem, was wir wissen, ist der Dost schon wieder zurückgekehrt und hat Strana geschluckt.«

Trevelien sah seinen Vater an. »Bedeutet dieser Bericht, daß ich auf die besprochene Militärunterstützung verzichten muß?«

»Es scheint in der Tat so, Trevelien, als wären Arslow die Zähne bereits gezogen.«

Der Prinz griff in eine Handvoll brauner Locken an seinem Hinterkopf. »Ich weiß, Ihr wollt nicht zu viele Truppen in Aran haben, damit der Tacier nicht den Eindruck bekommt, wir wollten Strana angreifen.«

Der König hob seine Hand. »Die Truppenstärke in Aran ist angemessen.«

»Aber zu gering, um einen entschlossenen stranischen Angriff zurückzuschlagen.«

»Wenn wir dem Tacier keinen Anlaß bieten, sich von uns bedroht zu fühlen, wird er keinen Grund für einen Angriff auf uns haben.« König Ronan beugte sich vor, und seine Hände streichelten die Wolfsköpfe des Throns. »Und wenn du nicht zu viele Truppen in Aran hast, können die Händler dich auch nicht zu einem Angriff verleiten, der eine Invasion Arans durch die Straner auslöst.«

Ainmire räusperte sich: »Es ist ein Kreislauf, lieber Bruder, in dem die Truppenpräsenz eine Lage hervorruft, die noch mehr Truppen nötig macht. Wenn die Eskalation jetzt einsetzt, wird sie niemals ein Ende finden.«

»Das weiß ich, Ainmire, aber eine zu geringe Truppenstärke für die Verteidigung macht Aran zu einem verlockenden Ziel. Zwei Regimenter hielte ich für ausreichend. Die Danorischen Kundschafter und die Wolfskopf-Grimmands. Mehr verlange ich gar nicht.«

Marlborough schüttelte den Kopf. »Ausgeschlossen. Würden wir solche Eliteeinheiten nach Aran schicken, würde der Tacier Fürst Arslow soviel Spielraum für Zentralestanu einräumen, wie dieser nur möchte.«

»Was macht Sie so sicher, daß er das nicht schon getan hat? Wie kommen Sie darauf, daß Arslow nicht bereits etwas im Schilde führt?« Trevelien hob abwehrend die Hand. »Lassen Sie mich das anders formulieren. Wir wissen, daß er etwas im Schilde führt, jedoch nicht, was.«

»Wirklich?« Marlborough verschränkte die Arme vor der Brust. »Schaut Euch an, was er in den letzten zehn Jahren getan hat, Hoheit. Nichts, absolut gar nichts.«

»Über *nichts* mache ich mir keine Sorgen«, wischte Trevelien den Einwand beiseite: »Ich erinnere mich daran, was er im Kampf gegen Fernandi leistete. Seine taktischen Varianten waren brillant, seine Gefechte entscheidend und endgültig. Unter seiner Führung haben die 137. Bärenhusaren Fernandi von Murom bis nach Ferrace gehetzt. Die Naraschals haben die Früchte von Arslows Leistungen geerntet. Entweder müssen wir den Tacier für dumm halten, daß er einem derart gefährlichen Mann die Belohnung vorenthielt, oder aber der Tacier verfolgt den Plan, Wassilis Enttäuschung als Stachel zu benutzen, mit dem er den Mann dazu treibt, Helansajar seinem Reich als neue Provinz einzuverleiben und sich auf diese Weise den Rang eines Tacarri zu erwerben.«

»Ihr habt etwas vergessen, Hoheit.« Marlborough lächelte den jüngeren Mann gönnerhaft an. »Der Tacier traut dem Fürsten Arslow nicht. Täte er dies, hätte er das Kommando über die in Wsorin stationierten Husaren niemals Grigori Khrolic übertragen.«

»Selbst in Meridmarch habe ich dieses Argument,

Khrolic sei als Bremse gedacht, gehört, Mylord, und ich habe es schon dort nicht akzeptiert.«

Ainmire legte die Stirn in Falten. »Das verstehe ich nicht. Kläre mich auf.«

Trevelien neigte vor dem Kronprinzen höflich das Haupt. »Nachdem Fernandi ins Exil geschickt wurde, machte der Tacier Arslow zum Fürsten des Distriktes Wsorin. Damit wurden seine Bande zu den 137. Bärenhusaren gekappt, denn die blieben in Mjasowo zurück, um die Stadt wiederaufzubauen. Das dauerte sieben Jahre. In diesem Zeitraum stieg Grigori Khrolic vom Bataillonskommandeur zum Pokovnik des ganzen Regiments auf. Danach waren die Husaren für drei Jahre in Murom stationiert. In dieser Zeit entwickelte sich zwischen Khrolic und Tachotha Natalja, der vierten Tochter des Taciers eine romantische Beziehung. Der Marquis glaubt nun, dies mache Khrolic zu einem loyalen Diener des Thrones, und deshalb bedeutet die Verlegung der Husaren nach Wsorin vor zwei Jahren in seinen Augen eine Machtbeschränkung Arslows durch die Anwesenheit seines ehemaligen Adjutanten.«

»Ich rufe Euch in Erinnerung, Hoheit, daß Arslow in diesen zwei Jahren nichts unternommen hat.«

»Außer nach Murom zu fliegen und den Tacier um die Erlaubnis für einen Angriff auf Helor zu bitten.« Trevelien schüttelte den Kopf. »Du siehst den Grund für meine Besorgnis, mein Bruder.«

»Gentlemen«, unterbrach der König und stand auf. »Diese Unterhaltung gerät in ein Stadium, in dem sie uns nichts mehr nützen kann.«

»Verzeiht mir, Vater.«

»Vergebt auch mir, Hoheit.«

Ronan nickte. »Trevelien, ich kann dir die Regimenter, um die du ersucht hast, nicht geben, aber ich will auch nicht, daß du handlungsunfähig bist, sollte es nötig werden zu reagieren. Die *Saint Michael* wird dich nach Dhilica bringen und dann dort bleiben. Bis jetzt haben wir nur Korvetten in Aran stationiert. Die *Saint Michael* besitzt einhundert Geschütze und ist damit jedem anderen Luftschiff der Region überlegen. Wir werden ihr darüber hinaus eine volle Kompanie Ethyrinen zuteilen, so daß du eine Eliteeinheit zu deiner Verfügung hast, wenn sich die Dinge schwieriger gestalten.«

Das ist immerhin etwas. Trevelien neigte den Kopf. »Ich danke Euch für Eure Rücksicht, Vater.«

»Deine Ansichten sind mir sehr teuer, Trevelien, und ich vertraue dir in höchstem Maße. Deine Bedenken hinsichtlich des Fürsten Arslow sind wertvoll, und wir werden sie hier am Hofe in Erinnerung behalten. Doch möchte ich dich für deine Zeit in Aran an eines erinnern: Wenn Aran auch nicht Ilbeoria ist, so bleibt es doch ein wichtiger Teil unseres Reiches.«

Trevelien lächelte. »Das hielt ich eigentlich für offensichtlich, Vater.«

»Wie auch ich, aber die Berichte des derzeitigen Generalgouverneurs versetzen mich in Besorgnis.«

»Wie das?«

Der König deutete zu Ainmire. »Dein Bruder hat den entscheidenden Punkt entdeckt.«

Trevelien nickte seinem Bruder zu: »Worum geht es?«

Ainmire hob bescheiden die Schultern. »Jeder andere hätte ebenso darauf kommen können. Ich hatte in den Archiven die Depeschen studiert, die vor der Revolution vor hundert Jahren von den Gouverneuren Brendanias an die Krone gingen. Während einige dieser Botschaften in einem ziemlich alarmierenden Ton gehalten waren, spielten andere Beamte die Meldungen über die feindlichen Tendenzen der Krone in den Kolonien herunter oder unterdrückten sie sogar völlig. Letztere Beamten waren die ersten, die während der Revolution auf die Seite der Kolonisten überliefen.« Ainmires

Lächeln wurde breiter, und es kehrte etwas Farbe in sein Gesicht zurück, als er sich für sein Thema erwärmte. »Ich war zufällig bei unserem Vater, als Depeschen von Baron Fiske aus Aran eingingen. Als ich sie durchlas, war ich überrascht von der Ähnlichkeit der Wortwahl in Baron Fiskes Brief und jenen Briefen der verräterischen Beamten vor hundert Jahren.«

König Ronan beugte sich auf dem Thron vor. »Wir wissen wohl seit einiger Zeit, daß einige unserer Untertanen hinsichtlich Arans dieselbe Haltung einnehmen, mit der vor hundert Jahren die Kolonisten das ganze nördliche und südliche Brendania betrachteten. Sie glauben, angesichts der gewaltigen Entfernung von Ludstone sei unser Recht für sie nicht angemessen und ihre Treue zur eigenen Nation situationsbedingt. Brendania mag verloren sein, doch Aran wird nicht revoltieren. Du wirst dort auf Leute treffen, die dich und das, was du bist, ohne Ehrfurcht sehen und dich angesichts ihrer eigenen Pläne als Gefahr empfinden mögen.«

»Aber diese Leute glauben doch nicht ernsthaft, sie könnten einen Krieg gegen Ilbeoria gewinnen, oder?« Auf Treveliens Stirn erschienen tiefe Falten. »Arans Wirtschaft ist zu eng mit der Ilbeorias verflochten, als daß es unabhängig von uns überleben könnte.«

»Und wir haben Schritte unternommen, die Arans Abhängigkeit von uns sicherstellen.«

»So etwa die Gesetze zur Verhinderung der Einfuhr von Dampfmaschinen, Konstruktionsplänen für Dampfmaschinen oder ihres Baus in Aran.« Ainmire zuckte mit den Achseln. »Alles das wird als Hochverrat und Kapitalverbrechen geahndet, und dennoch wird der eine oder andere aus Profitgier den Tod riskieren.«

»Das heißt, Vater, daß meine Entsendung nach Aran ebenso als Botschaft an diese Leute verstanden werden soll, wie an die Straner?«

»Genau so ist es.« Der König nickte mitfühlend. »Es ist keine leichte Aufgabe, die ich dir übertrage.«

Ainmire klopfte ihm auf die Schultern. »Wäre sie leicht, hätte unser Vater sie mir übertragen.«

»Wäre sie leicht, würde keiner von *uns* gehen, Ainmire.« Trevelien lachte leise. »Habt keine Sorge, Vater. Aran ist vielleicht nicht Ilbeoria, aber ich bin doch Euer Sohn. Diejenigen, die im Vertrauen darauf ihre Fäden ziehen, daß der Wolf sein Lager in weiter Ferne hat, werden feststellen, daß meine Anwesenheit ihre Kreise gewaltig stört.«

6. Kapitel

Königliches Militärseminar Sandwycke, Bettenshire Ilbeoria

17. Zensus 1687

Malachy Kidd stand allein in seinem Turmzimmer, die linke Hand am Kinn, den Ellbogen auf die Rechte gestützt. Er hatte den Kopf nach vorne geneigt und starrte auf das Schachbrett hinauf. Gleichzeitig war ihm klar, daß es sich um eine lächerliche Geste handelte: er konnte die Figuren nicht sehen. *Wünsche ich mir, ich könnte es doch, oder kann ich nur alte Gewohnheiten nicht abstreifen?*

Er gestattete sich die Andeutung eines Lächelns. Nachdem sein Adjutant ihm den Zug seines Briefpartners mitgeteilt und im Spielbericht eingetragen hatte, hatte Malachy den jungen Mann entlassen und fortgeschickt. Kadett Chauncy Malvern hatte seine Pflichten im Verlauf des Jahres sorgfältig, wenn auch ohne sonderliche Phantasie erledigt. Doch je näher der Tag der Abschlußprüfung rückte, desto nervöser plapperte er über allen möglichen Unsinn. Malachy hatte ihn oft genug deswegen zurechtgewiesen und zur Ordnung gerufen, aber in letzter Zeit fand er es sinnvoller, sich den Kadetten vom Hals zu schaffen, sobald er ihn nicht mehr benötigte.

Malachy konnte das Brett nicht sehen, aber indem er sanft über die Figuren strich, war er in der Lage, die Erinnerung an ihre Stellung wachzurufen. Die Fähigkeit, ein Schachbrett zu visualisieren und sich an die Position aller Figuren zu erinnern, hatte er erst in dem Lescari-Kerker entwickelt, in dem er nach Verlust seines Augenlichts auf das Ende des Krieges gewartet hatte.

Ein ausgeklügelter Klopfcode hatte es ihm ermöglicht, sich mit den Gefangenen in anderen Zellen zu verständigen, und die Konzentration auf das Schachspiel hatte Malachy bei Verstand gehalten.

Oder wenigstens halbwegs bei Verstand. Er wandte sich von dem Brett ab und ging um einen Sessel herum zur Anrichte. Er streckte die Hand aus und nahm einen Kristallpokal aus dem Regal, um sich ein Glas Wein einzuschenken. An der Veränderung des Klangs, mit dem der Wein aus der Kristallkaraffe in das Glas strömte, erkannte er, wann es Zeit wurde, aufzuhören. Als er das Glas hob, strich er mit dem Daumen über das in den Kristall eingearbeitete Warcross-Wappen.

Er nippte. Der Wein war trocken – mit einem Hauch von Süße. Ein tief rubinroter Tropfen aus dem Vurgunt Lescars. Während der Zeit, die er als Spion in Ferrace verbrachte, hatte er eine Vorliebe für diese Marke entwickelt, und obwohl er weder Chauncy noch einen seiner anderen Adjutanten beauftragt hatte, ihn zu besorgen, schien der Vorrat nicht zu versiegen. *Natürlich ist es heute, lange nach Kriegsende, leichter, den Wein zu importieren, aber es bleibt eine Mühe für die Freunde, die versuchen, meinen Schmerz zu lindern.*

Der Wolfspriester kehrte zu dem Sessel zurück, um den er kurz zuvor einen Bogen gemacht hatte, und ließ sich in die lederbezogenen Kissen sinken. Er hielt den Weinkelch mit beiden Händen und versuchte sich vorzustellen, wie das durch das Westfenster fallende Abendlicht aussehen mochte. Er wußte, daß der Stiel des Glases das Licht irgendwo hinter seinem Rücken in einen Regenbogen verwandelte. Er sah eine leuchtende rotgoldene Scheibe vor sich, einen aus den dunklen Tiefen des Weins dringenden Lichtpunkt. Das Warcross-Wappen brach das Licht anders und sorgte dafür, daß seine Details sich in einem eisig weißen Relief abzeichneten.

Einen Herzschlag lang erschien es ihm beinahe, als könne er den Kelch tatsächlich sehen, aber er wußte, daß das unmöglich war, selbst mit Hilfe der Magie. Zauber konnten Objekte und seelenlose Materie beeinflussen. Das zumindest war die anerkannte Wahrheit innerhalb der Eilyphianischen Kirche. Ataraxianische Magie und die weltlichen Perversionen, die seit Fernandis kirchenfeindlicher Revolution in Lescar praktiziert wurden, funktionierten auf andere Weise, aber sie waren teuflischer Natur. Malachy betete täglich um ein Wunder, das ihm sein Augenlicht wiedergab, aber hätte er einen Zauber benutzt, um das zu erreichen, hätte ihn dies seine unsterbliche Seele gekostet.

Das Augenlicht in diesem Leben ist die Verdammnis im nächsten nicht wert.

Eine starke, schwere Hand klopfte an der Tür, und Malachy wendete als Reaktion auf das Geräusch den Kopf nach rechts. »Herein. Es ist offen.«

Das Schloß öffnete sich, und die Tür schwang auf beinahe unhörbar quietschenden Angeln auf. Das Geräusch der Schritte verriet Malachy, daß sein Besucher Stiefel trug, und die Zeit, die verging, daß er von größerer Statur als er selbst war. *Das Geräusch hat etwas Vertrautes, ein Schleifen …*

Malachy erhob sich aus dem Sessel und neigte den Kopf. »Hoheit, welche Ehre.«

Die Schritte stoppten plötzlich. »Hat man Ihnen gesagt, daß ich komme, oder …« Prinz Treveliens Stimme verklang. »Eigentlich dürfte mich nichts überraschen, was Sie tun, Malachy, aber trotzdem gelingt es Ihnen.«

»Wenn Sie müde sind, läßt die Wunde an Ihrem linken Bein Euch mit dem Absatz über den Boden schleifen. Ich erinnere mich an das Geräusch noch von Euren früheren Besuchen her.« Er winkte den Prinz in Richtung des anderen Ledersessels in der Mitte des Zimmers. »Ihr seid aus Ludstone gekommen, und Ihr hattet es eilig, daher die Müdigkeit. Bitte, nehmt Platz. Möchtet Ihr etwas Wein?«

»Haben Sie den Vurgunt da, an dem Sie solches Gefallen fanden?«

»Eine der wenigen verbliebenen Freuden meines Lebens.« Malachy kehrte zur Anrichte zurück und schenkte dem Prinzen ein Glas ein. »Ich sollte mich wahrscheinlich bei Euch dafür bedanken, denn entweder seid Ihr selbst es, der meinen Vorrat auffüllt, oder Ihr wißt zumindest, wer es tut.«

»Es war eine der Bedingungen des Friedensvertrages. Nennen Sie es Tribut. Ihr Wein wird aus dem Exilbudget Fernandis bezahlt.«

Malachy lachte und folgte der Stimme des Prinzen zu seinem Sessel. Er reichte Trevelien dessen Glas, dann nahm er seinen Wein wieder auf und hob den Kelch zu einem Trinkspruch. »Auf die Weisheit Gottes und die Treue seiner Diener bei deren Umsetzung.«

Die Gläser schlugen mit einem klaren Glockenton aneinander. Malachy nahm einen Schluck, bevor er in seinen Sessel zurückkehrte und den Prinzen ansah. »Annehmbar?«

»Allerdings. Ich hätte nichts dagegen einzuwenden, mehr davon in Ludstone zu finden.«

»Ich werde Euch etwas zukommen lassen. Ich bezweifle, daß ich alles trinken kann, was ich geschickt bekomme.«

»Ich weiß das Angebot zu schätzen, aber ich werde mich nicht lange dort aufhalten.« Eine Spur von Besorgnis trat in die Stimme des Prinzen. »Man hat beschlossen, daß unser Volk einen Beweis für meine Fähigkeit benötigt, diese Nation und das Reich zu regieren, falls mein Bruder seinen Verpflichtungen nicht nachkommen kann. Ich werde nach Aran geschickt, um dort als neuer Generalgouverneur zu dienen.«

»Nach Aran?« Malachy lehnte sich zurück, und seine

Gedanken zuckten zu der taktischen Übung zurück, die er anderthalb Wochen zuvor bewertet hatte. »Damit bringt man Euch in eine höchst schwierige Lage.«

»So ist es, und ich bin mir dessen durchaus bewußt.« Das Knirschen des Leders und die veränderte Position der Stimme zeigten Malachy, daß Trevelien sich vorgebeugt hatte und die Ellbogen auf die Knie stützte. *Wahrscheinlich starrt er in sein Glas.* »Fernandis Revolution hat die Macht der Kirche in Lescar gebrochen und geholfen, sie hier zu untergraben. In den Kolonien wurde der Effekt durch das Beispiel der brendanischen Revolution vor hundert Jahren sowie die Tatsache noch verstärkt, daß Ludstone wegen unserer Abhängigkeit von den Rohstofflieferungen und Truppen der Kolonien im Kriegsverlauf beide Augen zugedrückt hat, was Exzesse der Kolonialbehörden betraf. Jedenfalls solange wir erhielten, was wir brauchten. In den letzten zehn Jahren hat es in Aran keinen starken Generalgouverneur mehr gegeben, und die Kirche ist mehr mit der Rettung neuer Seelen beschäftigt als mit der Pflege alter.«

Malachy nickte. »Nicht zu vergessen die potentielle Bedrohung durch Strana.«

»Die ist heute geringer als in der jüngsten Vergangenheit.« Eine Spur von Unglauben klang aus Treveliens Worten. »Die Nachrichten aus Murom deuten darauf hin, daß Fürst Arslow eingesehen hat, daß eine militärische Eroberung Helansajars und Helors keine gute Idee wäre.«

Der Weinkelch des Wolfspriesters stoppte knapp vor dessen Lippen. »Arslow hat darauf verzichtet, dem Tacier mit seinen Truppen eine neue Provinz zu unterwerfen? Das kann ich kaum glauben. Er muß etwas anderes planen.«

»Ich stimme Ihnen zu, mein Freund, aber das ist eine Bedrohung, mit der ich mich erst auseinandersetzen kann, wenn sie greifbar wird.« Der Prinz verstummte für eine Weile. »Worum ich Sie bitten möchte, der Grund für meinen Besuch, ist, ob Sie mich nach Aran begleiten. Ich möchte, daß Sie mich beraten, mir in der dortigen Situation zur Seite stehen.«

Malachy fühlte eine Gänsehaut an beiden Armen emporsteigen. »Ich, in Aran? Nein, nein, das ist nicht machbar.«

»Warum nicht?« Treveliens Stimme wurde stärker. »Sie werden mir eine wichtige Hilfe sein. Ich kann mich mit Ihnen beraten, und Sie stoßen mich auf Dinge, die ich übersehen habe. Ich brauche Ihre Einsicht und Hilfe.«

»Ich höre wohl, was Ihr sagt, Hoheit, und ich wünschte, ich könnte Euren Wünschen Folge leisten.« Malachy stellte den Weinkelch auf der Armlehne ab und lehnte sich vor, ein Spiegelbild der Haltung seines Gegenübers. »Aber Fakt ist, daß Ihr mich keineswegs braucht.«

»Ich weiß, was ich brauche, Malachy.«

»Ihr habt gesagt, daß Ihr meine Einsicht braucht, also erlaubt mir, sie mit Euch zu teilen.« Er öffnete die Hände. »Ich weiß, was Ihr seit Rochelles Tod durchlitten habt. Der Klatsch fließt hier so reichlich, daß man gelegentlich glauben könnte, es wäre ein Salon der Gesellschaft. Ich erinnere mich gut an Eure Frau, und gewiß war ihr Tod ein schrecklicher Schlag für Euch. Viele meinten, er habe Euch völlig zerstört, aber ich wußte immer, daß das nicht stimmte.«

»Seien Sie sich in dieser Hinsicht Ihrer Weisheit nicht allzu sicher, mein Freund.« Der Prinz verstummte für einige Sekunden. »Es vergeht kein Morgen, an dem ich nicht mit der Frage erwache, wo sie ist. Mein Vater und andere drängen mich, mir eine neue Frau zu nehmen, oder auch mehrere, die mir über meinen Schmerz hinweghelfen könnten, aber daran kann ich nicht einmal denken, selbst wenn eine solche Hochzeit ein Bündnis untermauern könnte. Es erscheint mir noch zu früh, und wahrscheinlich wird sich daran nie etwas ändern. Immer wieder frage ich mich, *warum* Gott sie mir genommen hat.«

Malachy schüttelte langsam den Kopf. »Aber das ist genau die falsche Frage. Das ist die Frage, die Euch im Dunkeln und in der Selbstbetrachtung festhält, weil Ihr nie eine Antwort finden werdet, die Euch befriedigt.«

»Ich verstehe nicht.«

»Doch, Hoheit. Ihr versteht es sehr wohl. Ihr habt Sandwycke selbst besucht, habt den Lehrplan bewältigt. Eure Frau ist gestorben, weil sie ihren Teil in Gottes Plan erfüllt hatte. Auch der Schmerz, den Ihr fühlt, ist Teil des göttlichen Plans. Ihr konzentriert Euch auf den Schmerz und die Verwundung und glaubt, ein liebender Gott könnte das niemandem antun, aber Tatsache ist, daß Ihr, indem Ihr diesen Schmerz fühlt, die Schmerzen anderer verstehen lernt. Das ist lebenswichtig für jemanden in Eurer Stellung, denn Ihr könnt die Schmerzen vieler Menschen lindern. Der Schmerz erinnert Euch an Eure Pflicht der Welt und dem göttlichen Plan gegenüber.«

»Und es ist Gottes Wille, daß ich nach Aran gehe und es regiere?«

»Den Anschein hat es.«

»Welche Rolle spielen Sie dann im göttlichen Plan, die Sie daran hindert, mich zu begleiten?«

Malachy lächelte und ließ seine Schultern etwas sacken. »Ich weiß es nicht. Bis vor kurzem glaubte ich, es zu wissen. Als ich zurück nach Sandwycke kam, nachdem Ihr mich aus jenem Kerker zurück nach Ilbeoria gebracht hattet, fühlte ich mich nicht sehr anders als Ihr nach dem Tod Eurer Gattin.«

Der Wolfspriester hob die Hand und fuhr mit dem Finger über die Narbe, die sich quer durch sein Gesicht zog. »Meine lescarischen Bezwinger gebrauchten ihre Magie, um mein Gesicht zu erneuern, aber meine Augen konnten sie nicht retten. Ich fragte mich, warum Gott zuließ, daß ich von dämonischen Kräften berührt und geheilt wurde, warum er mir nach einer Vision, die sich meinem Verständnis entzog, die Sicht nahm. Wie Ihr zog ich mich in mich selbst zurück und verschanzte mich hinter Wut und Selbstmitleid. Dann aber erkannte ich, wie ich es Euch erklärt habe, daß ich sehr wohl wußte, *warum* mir all das geschehen war, daß ich aber nicht wußte, welche Pläne Gott für mich bereithielt. Also verbrachte ich hier die nächsten zehn Jahre damit, Studenten und militärische Studien auf eine Weise zu behandeln, die sich nur als bösartig beschreiben läßt. Ich dachte, indem ich sie zwinge zu *denken,* könnte ich verhindern, daß sie so enden wie ich. Ich dachte, *das* sei es, was Gott von mir erwartete.«

Treveliens Sessel knirschte, als er sich aufsetzte. »Aber das war nicht der Plan?«

»Jetzt scheint dem nicht mehr so, und wirklich deutlich war es nie.« Kidd deutete mit der Linken auf die Regale voller Bücher an den Wänden des Turmzimmers. »Viele dieser Bücher befassen sich mit Militärstudien, aber ebenso viele sind augustinische Werke über Magie, deren Anwendung und Theorie. Im Rückblick auf mein Leben fragte ich mich, ob ich mit der Entscheidung für den Martinisten-Orden einen Fehler begangen hatte, für den ich jetzt bestraft wurde. Ich spielte mit dem Gedanken, eine Versetzung in die Augustinerenklave in Ludstone zu beantragen, um mich dort magischen Forschungen zu widmen. Vielleicht hätte ich sogar helfen können, Zauber zu entwickeln, mit deren Hilfe die Heilmittel für die Rotpocken hergestellt werden konnten. Aber selbst mit diesem Ansporn erschien es nicht als Gottes Wille, daß ich Sandwycke verlasse.« Er fuhr mit einem Finger über seine Unterlippe. »Ich kenne Gottes Plan für mich immer noch nicht, aber ich bin zu der Ansicht gelangt, daß nicht ganz richtig war, was ich getan habe. Eine Erkenntnis, die ich, wie gesagt, erst kürzlich hatte, vor äußerst kurzer Zeit sogar.«

»Was ist geschehen?« Eine Spur des ausgeprägten Wissensdurstes tauchte in Treveliens Stimme auf, an den sich Malachy von früher erinnerte. »Warum stellen Sie in Frage, was Sie bis vor kurzem akzeptiert haben?«

»Vor anderthalb Wochen legten zwei Studenten eine ›hypothetische‹ Taktikarbeit über eine stranische Belagerung Helors vor. Ich habe sie recht brutal in der Luft zerrissen, und einer der Studenten ließ sich meine Einwände nicht gefallen. Er warf mir vor, ungerecht zu sein, die Bedingungen ständig zu verändern und sie nicht danach zu beurteilen, was sie geleistet hatten, sondern danach, was ich mir wünschte, daß sie getan hätten. In meiner ganzen Zeit hier hatte das niemand zuvor je ausgesprochen, auch wenn ich sicher bin, daß jeder Student, dessen Projekt ich zerrissen habe, ganz genauso fühlte. Das gesamte letzte Jahrzehnt über hat mich meine Blindheit beschützt. Jeder hier wußte, wie ich mein Augenlicht verlor und was ich im Krieg leistete. Freundlichkeiten wie Eure, indem Ihr dafür sorgtet, daß ich den Wein bekam, den ich mag – derlei Dinge waren eine ständige Erinnerung für die anderen, daß ich irgendwie besonders war, und ich nutzte ihr Mitleid mit mir gnadenlos aus. Es war grausam und ungerecht.«

»Aber die Kadetten, deren Projekte Sie bemängelten, lernten, besser und klüger zu arbeiten. Sie haben Großartiges mit ihnen geleistet.«

»Nicht mehr als ein Silberstreif am Horizont, Hoheit, einem Horizont, dessen Ferne mich nur noch blinder machte.«

»Dann ist es Ihnen vielleicht doch bestimmt, mich

nach Aran zu begleiten, Malachy. Vielleicht ist es das, was Gott Sie sehen lassen will.«

Malachy lehnte sich zurück und nahm einen Schluck Wein. »Was ich sehe, mein Prinz, ist folgendes: So wie ich durch das Mitleid mit meiner Blindheit beschirmt wurde, so wurdet Ihr durch die Sorge der Menschen um Euer Wohlergehen beschirmt. Ihr habt Euch Euren Kindern gewidmet, und das ist eine höchst löbliche Tätigkeit, aber von Euch wird mehr verlangt. Ihr seid ein Herrscher, eine zivile Autorität. Und Ihr seid Kardinal-Beschützer der Kirche. Diese Eure Pflichten wiegen sogar schwerer als die Verantwortung Euren eigenen Kindern gegenüber, und nun setzt man Euch an eine Stelle, an der Ihr diese Pflichten erfüllen könnt. Ihr seid stark genug, das allein zu schaffen.«

»Bin ich das?«

»Das steht außer Frage. Wäre dem nicht so, wärt Ihr nicht hierher gekommen, um mit mir zu reden.«

»Was?«

Malachy lächelte. »Mein Freund, Ihr seid soeben aus einer langen, furchtbar dunklen Nacht erwacht. Ihr steht im Morgenrot auf einer wundervollen Wiese, und alles um Euch herum erscheint lieblich und wunderbar. Und Ihr habt Euch umgesehen in jener Nacht und dort erblicktet Ihr mich. Ihr wollt nicht, daß ich Euch nach Aran begleite, weil Ihr mich braucht, sondern weil Ihr glaubt, es wäre gut für mich, von hier fortzugehen. Ihr wünscht mir denselben Morgen, den Ihr gefunden habt, und dafür kann ich Euch nicht genug danken.«

Der Prinz sagte eine Weile lang gar nichts, dann seufzte er. »Ich fühle mich mehr wie Sankt Martin nach seinem langen, kalten Winter denn wie ein Mann, der eine schwere Nacht hinter sich hat.«

»Eine sehr passende Analogie, Hoheit. Eure Reise nach Aran wird seinem Weg nach Norden durch die Ferrinen zu uns nach Ilbeoria gleichen, auf dem er uns seine Vision und Weisheit brachte.« Malachy lachte breit. »Sie werden nicht in Begleitung wilder Wölfe reisen, aber eine Vielzahl Soldaten dabei haben, die Euch bei Eurer Mission, den Leib der Kirche zu beschützen, beistehen. Ihr werdet die Verkörperung des martinistischen Ideals sein: der treue Wolf, der dem Guten Hirten hilft, seine Herde zu verteidigen.«

»Aber ich werde es in dieser Herde mit Schweinen im Schafspelz zu tun bekommen. Mit Geldinteressen, denen weit mehr an den Erträgen dieser Welt liegt als an denen der nächsten.«

»Das ist verständlich, Hoheit, und Eure zivile Autorität ist möglicherweise besser geeignet, deren Exzesse einzudämmen – aber vergeßt auch ihre Seelen nicht. Wenn Ihr das Herz eines Menschen bekehrt, wird er mehr für Euch leisten, als das Gesetz von ihm verlangt.«

»Ich werde es mir merken.« Wieder seufzte der Prinz. »Obwohl ich mir ziemlich sicher bin, daß einige der Leute, mit denen ich zu tun bekommen werde, kein Herz haben.«

Malachy beugte sich vor, streckte die Hand aus und klopfte dem Prinzen aufs Knie. »Ihr begebt Euch auf ein großartiges Abenteuer, Hoheit. Ich freue mich darauf, von Euch darüber zu hören. Wenn Ihr wünscht, könnten wir sogar eine Partie Briefschach spielen …«

»Sie meinen, wir könnten die Partie beenden, die ich abbrach, nachdem Rochelle …«

»Ich dachte mehr an eine neue Partie.«

»Das wäre wohl besser. Ich könnte nicht … Rochelle war sehr interessiert an unserem Spiel. Ich mußte ihr die Regeln beibringen, und wir konnten Ihre Züge und meine, unsere Antworten diskutieren. Sie war gut.«

»Eine Frau mit einem Talent für Schach ist ein Gottesgeschenk, Hoheit.«

»Das war sie, und noch mehr.« Der Prinz zwang eine

leichte Note in seine Stimme. »Wenn ich in Aran eintreffe, werde ich zwei identische Schachsets kaufen und Ihnen eines davon schicken, damit wir auf demselben Brett mit denselben Figuren spielen können.«

»Vielen Dank, Hoheit.« Malachy stand auf und reichte dem Prinzen die Hand. »Danke, daß Ihr gekommen seid, um mich vor mir selbst zu retten, aber es scheint, daß die Umstände sich verschworen, uns beide gleichzeitig zu retten.«

»Eine glückliche Fügung, Malachy.« Trevelien umfaßte die Hand des Wolfspriesters mit warmem, festem Griff. »Ich fahre heute noch nach Ludstone, aber am siebten Glockmond kehre ich mit der *Saint Michael* zurück. Ich erwarte Sie am Abend unserer Ankunft an Bord zum Diner.«

»Und Sie werden mich nicht nach Aran entführen, nicht wahr?«

Der Prinz lachte auf. »Jetzt, nachdem Sie meinen Plan durchschaut haben, nicht mehr. Eine Führung, ein Abendessen und vielleicht eine Gelegenheit, mir Ihre Gedanken über Aran, Strana und ganz Estanu anzuhören.«

»Es wird mir eine Ehre sein, Hoheit.« Malachy nickte und deutete mit freundlicher Geste zur Tür. »Der Friede des Herrn sei mit Euch, und möge Sein Wolf Eure Feinde fernhalten.«

7. KAPITEL

Königliches Militärseminar Sandwycke, Bettenshire Ilbeoria

18. Zensus 1687

Uriah Smith kämmte eine widerborstige Strähne seines roten Haars zurück an ihren Platz, dann zerrte er am Saum seiner grauen Uniformjacke. Obwohl die Vorschriften die leichtere Frühjahrsuniform aus Baumwolle zuließen, hatte er sich für die schwerere Wollausführung entschieden, weil er glaubte, daß ihm das dickere Material mehr Autorität verlieh. *Bei einer Anhörung im Amt für Glaubens- und Disziplinarfragen wird das kaum einen Unterschied machen. Aber ich will mir an Würde bewahren, soviel ich kann, bevor sie mein Leben ruinieren.*

Er holte tief Luft und versuchte sich selbst davon zu überzeugen, daß ihn nichts, was Irons gegen ihn inszenierte, wirklich berühren konnte. Doch das bodenlose Loch in seinen Eingeweiden machte ihm überdeutlich, daß er sich damit etwas vormachte. Er war in der Gesellschaft Ilbeorias gefangen wie eine Fliege im Netz einer Spinne. Sandwycke war seine einzige Chance gewesen, sich ein Leben unabhängig von den Wünschen seiner Brüder und deren Mutter zu sichern, aber jetzt war es mit dieser Phantasie vorbei.

Er hatte einen bitteren Geschmack im Mund. *Lieber Gott, laß sie mir wenigstens keine Perücke verpassen.*

Die Ilbeorer betrachteten Kahlheit und weißes Haar als Zeichen der Intelligenz, Erfahrung und Weisheit. Junge Männer, die einen höheren Rang erreichten, durften sich als Belohnung für ihre Dienste an Kirche und Staat den Kopf rasieren und die Haare bleichen. Entehrte und ausgemachte Dummköpfe wurden mit einer Perücke bestraft und mußten mit zotteliger Eselskappe herumlaufen, bis sie ihre Reue oder Besserung bewiesen hatten. *Wenn Captain Irons mit seiner Anschwärzungskampagne gegen mich Erfolg hat, werde ich für den Rest meines Lebens den halben Rücken hinab Zotteln tragen.*

Allein der Gedanke an eine solche Bestrafung ließ Uriah die Fäuste ballen. Die drei Jahre, die er bisher in Sandwycke verbracht hatte, hatten bewiesen, was seine Mutter und sein Vater ihm immer wieder gesagt hatten: Er war wirklich sehr klug. Eben deshalb konnten seine älteren Halbbrüder ihn nicht leiden und versuchten, sein Schicksal zu kontrollieren. In Sandwycke hatte seine Verachtung für geistig unbewegliche Dozenten und begriffsstutzige Studenten ihm wenig Freunde eingebracht. Allein der ältere, erfahrene Robin hatte ihn ertragen können.

Jedenfalls hoffe ich, daß wir Freunde sind. Die Möglichkeit, daß er sich darin irrte, überraschte ihn und öffnete die Schleusen für all die Einsamkeit und Isolation, die er sein ganzes Leben lang gespürt hatte. Die Abneigung der ersten Frau seines Vaters für seine stranische Mutter hatte sich ebenso auf ihn erstreckt und ihn von seinen Brüdern isoliert. Außerdem waren sie alle weit älter als er, was die Distanz zu ihnen nur natürlich machte. Aber obwohl Uriah dies intellektuell akzeptierte, fühlte er sich von ihrer Haltung verletzt. Eigentlich fand er, daß er bei all seiner Intelligenz hätte dazu in der Lage sein müssen, mehr Freundschaften aufzubauen. Leider war er jedoch auch stur und dickschädelig, und hatte jeden zurückgewiesen, der nicht seinen eigenen Maßstäben entsprach. Als er jetzt vor dieser Tür stand, wurde ihm klar, daß er sie alle abgelehnt hatte, weil er sie als seiner nicht würdig betrachtete. *Weshalb hätte ich jemanden akzeptieren sollen, der nicht an mich herankam, wenn meine Brüder mich nie anerkannt haben? Wäre ich klug genug gewesen, das früher zu erkennen, hätte ich diesen ganzen Schlamassel vermeiden können. Vielleicht verdiene ich die Eselskappe tatsächlich.*

Er seufzte. *Und wenn sie mir die Perücke aufsetzen, sollten sie mir auch zur Auflage machen, daß ich sie jeden Tag mit Holzkohle zu pudern habe.* Einen Augenblick lang schoß ihm der unvernünftige Wunsch durch den Kopf, er hätte sich vor der Anhörung seine roten Locken schwarz färben sollen. Aber natürlich empfahl es sich, den Inquisitor, dem seine Angelegenheit übergeben worden war, nicht auch noch herauszufordern. *Ausnahmsweise sollte ich mal keinen Ärger suchen.*

Er klopfte einmal an die schwere Eichentür.

»Der Büßer möge eintreten.«

Uriah mußte den Kopf einziehen, als er durch die Türe trat, und verbeugte sich dabei unfreiwillig vor dem Inquisitor. Er kannte oder erkannte den Mann in Schwarz nicht, schloß jedoch aus der Größe seiner Tonsur und dem künstlich grau gefärbten Haar, daß er einen Dekan vor sich hatte. Dieser kirchliche Rang entsprach grob dem militärischen Hauptmannsrang von Irons. Ein Beamter der Kirchenverwaltung konnte zwar niemals einem Mitglied der militärischen Sparte vorgesetzt sein, aber der Inquisitor saß diesem Gericht vor, und alle Parteien waren an seine Entscheidungen gebunden.

»Kadett Uriah Smith meldet sich wie befohlen, Sir!«

»Danke, Mister Smith. Ich bin Dekan Francis Webster von der Gesellschaft des Heiligen Ignatius. Ich habe meine Untersuchung ihres Falles abgeschlossen.« Der Inquisitor warf zuerst einen Blick nach rechts, dann nach links. »Sie kennen Captain Irons und Colonel Kidd, nicht wahr?«

»Ja, Sir.« Uriah konnte den Haß auf Irons' Gesicht sehen, während Kidds Miene keine Rückschlüsse darauf zuließ, was hinter jenen Silberaugen vorging.

Webster winkte Uriah zu einem Stuhl und nahm dann selbst hinter einem schweren Eichenschreibtisch Platz. Zwei Gaslampen, die hinter dem Inquisitor flakkerten, bildeten die einzige wirkliche Beleuchtung des Raumes. Sie waren zwischen zwei bogenförmigen Fenstern angebracht, durch die zaghaft das erste Tageslicht hereindrang.

Der Inquisitor sah sich zu seinen beiden Begleitern um. »Fangen wir an. Wenn Sie nun mit mir gemeinsam beten wollen.«

Uriah senkte seinen Kopf und faltete die Hände.

Webster kreuzte die Hände über dem Herzen. »Lieber Vater im Himmel, laß Deine Weisheit mit uns sein in dieser Anhörung. Führe uns zu einem Urteil, das Du für weise und gerecht erachtest. Möge die Strafe dem Verbrechen angemessen sein, gemildert werden durch Deine Gnade und in Erwartung Deiner Vergebung des Fehltritts. Darum beten wir.«

»Dein Wille geschehe.« Uriah schaute auf, als seine Stimme sich mit denen der anderen Männer im Raum mischte. *Herr, erhöre mich, und laß Gerechtigkeit walten.*

»Ich habe mir die Vorwürfe angesehen, die Captain Irons gegen Sie erhoben hat. Er kommt recht deutlich zur Sache und führt an, Sie seien von störrischem Wesen und gänzlich bar jeder militärischen Tugend. Er hat zahlreiche Beispiele von Insubordination im einzelnen aufgeführt. Er betrachtet Sie als eine Gefahr für die allgemeine Disziplin, behauptet weiterhin, Sie seien ein Dummkopf, und führt sogar an, Sie seien den Anforderungen des Dienstes körperlich nicht gewachsen.«

Was? Uriah konnte ein Auflachen nicht unterdrükken. »Bitte, Sir, falls Sie gestatten, könnten Sie diesen letzten Anklagepunkt ausführen?«

Der Inquisitor schüttelte den Kopf. »Ich *könnte* alle diese Anklagepunkte ausführen, doch werde ich das nicht tun. Dies liegt nicht im Interesse der hier Versammelten. Mir erschien die Anklage zwar umfassend, als ich ihr aber nachging, fand ich sie in weiten Teilen bedeutungslos. So hat beispielsweise meine Befragung des Colonels Kidd bestätigt, was Captain Irons über Ihre Prüfung im Taktikseminar ausführte. Doch schien Colonel Kidd auf diesen Vorfall keineswegs das Gewicht zu legen, das Captain Irons ihm beimißt. Dies gilt auch für andere Vorfälle, die mir von Captain Irons vorgetragen wurden.« Webster wandte sich an Irons. »Im Zuge meiner Ermittlungen stieß ich auch auf Umstände, die viele dieser mir gemeldeten Vorfälle leicht hätten erklären oder in einem milderen Lichte erscheinen lassen können. Captain Irons, Sie haben es unterlassen zu erwähnen, daß der Vater des Kadetten Mitte des Monats Initibrium gestorben ist, fast auf den Tag genau fünf Jahre nach dem Tod seiner Mutter bei einem Reitunfall. Gewiß hätten Sie erkennen können, daß dies für den Kadetten Smith das Jahr nicht gerade gut beginnen ließ. Selbst wenn Sie die Auswirkungen des Todesfalles auf die Gefühle des Kadetten außer acht ließen, könnte der Monat, den er durch die Reise nach Carvenshire zum Begräbnis und wieder hierher zurück verlor, die etwas schlechteren Noten in seiner Beurteilung leicht erklären.«

Irons' Kopf schoß hoch: »Er will ein Krieger sein, also wird er mit dem Tod klarkommen müssen.«

»Das stimmt zwar, Captain Irons, aber noch ist er kein Krieger. Gäbe es da nicht noch einen Punkt, den ich im Laufe meiner Ermittlungen selbst entdeckt habe, würde ich meine Zeit hier aufs äußerste vergeuden. Wenn sich die Umstände gegen Mr. Smith hier nicht verschworen hätten, würde ich Ihrem Kommandeur nahelegen, Sie für einen Exerzitienmonat ins Kloster des Heiligen Ignatius in Beaconfield zu schicken. Sie sollten sich ernsthaft um Ihr Seelenheil kümmern, Captain, denn ich glaube nicht, daß es um Ihr Verhältnis zu Gott zum besten steht. Wäre dem so, wäre Ihnen der Begriff des Mitgefühls vertraut, wäre ich überhaupt nicht hier.«

Uriah verkniff sich ein Grinsen. In seiner Standpauke drohte der Inquisitor dem Captain mit einer Art der Bestrafung, die kaum wohlwollender war, als ihm eine Perücke zu verpassen. Der Orden der Ignatier, dem der Inquisitor angehörte, war berühmt für seine körperlich fordernden und den Geist erhebenden Ordensregeln. Jeder seiner Novizen mußte vor der endgültigen Aufnahme ein vierzehntägiges Programm durchlaufen, das allem Anschein nach nur ein Schatten jener schweren Prüfungen war, denen man sich bei den einmonatigen disziplinarischen Exerzitien zu unterziehen hatte. Keiner außer den Ignatiern selbst unterwarf sich freiwillig diesen Übungen, und bei manchen Regimentern galt es als Entlassungsgrund, zu diesen Exerzitien befohlen zu werden.

Es fiel Uriah schwer, seine Freude über Irons' Zurechtweisung zu verbergen, aber es gelang ihm – vor allem, weil der Inquisitor sich wieder zu ihm umdrehte und ihn mit kaltem, hartem Blick betrachtete. Uriah wurde es plötzlich sehr heiß, und er fühlte sich äußerst nervös. Er hatte eine böse Vorahnung, konnte sich aber überhaupt nicht erklären, worauf sie sich gründete. *Wenn es ihm gleich ist, was Irons vorgebracht hat, wo kann dann das Problem liegen?*

Websters Miene wurde einen Augenblick lang freundlicher. »Mein Beileid zum Tod Ihres Vaters, Kadett Smith.«

»Danke für Ihr Mitgefühl, Sir.«

»Nichts zu danken. Sie sind ein interessanter junger Mann, Mister Smith. Mit Ausnahme des Captains Irons und einiger weniger anderer fand jeder, mit dem ich gesprochen habe, daß Sie das Potential zu außerordentlichen Leistungen hätten, sich aber nie einer Aufgabe voll widmen würden.«

Uriah senkte den Blick. *Das höre ich nicht zum ersten Mal.* »Jawohl, Sir.«

»Passen Sie auf, Uriah, das ist nicht gut. Ich könnte in Zweifel darüber geraten, daß es Ihnen mit Ihrer Berufung ernst ist, wären da nicht die Leistungen Ihrer Familie im Dienst für Kirche und König. Wenn Sie daran nichts ändern, können Sie leicht in dieselben spirituellen Schwierigkeiten geraten wie Captain Irons, und ich kann mir nicht vorstellen, daß Sie das möchten, oder?«

»Nein, Sir.« Uriah hielt den Blick gesenkt, um sich nicht dem Feuer in den Augen des Inquisitors aussetzen zu müssen. Schließlich blickte er doch wieder zaghaft hoch. »Darf ich aus Ihren Worten schließen, daß ich in Sandwycke bleiben darf?«

»Möglicherweise, aber es ist unwahrscheinlich.« Webster schüttelte den Kopf. »Im Zuge meiner Nachforschungen stellte ich fest, daß Ihr Aufenthalt hier durch Zuwendungen seitens Ihres Vaters finanziert wurde.«

»Das stimmt, Sir.« Die Kirche gewährte jeder Familie, die ein Mitglied im Kirchendienst besaß, ein Stipendium für Sandwycke. Die Priesterweihe seines Bruders Graham hatte Bartholemew die Zahlung der Studiengebühren aus Mitteln der Kirche gesichert. Für ihn war eine Beihilfe nötig gewesen, die sein Vater finanziert hatte.

Aber jetzt ist Vater tot, und offensichtlich gilt das auch für meine Beihilfe. Tybalt muß die Zuwendungen eingestellt haben. Er hat Pläne mit mir und Carvenshire, und offenbar ist in diesen Plänen nicht vorgesehen, daß ich Soldat werde.

»Herzog Tybalt hat in einer Eingabe um eine Beendigung der finanziellen Zuwendungen ersucht, und Kardinal Garrow plant, ihm diese Zustimmung zu erteilen.«

Irons lachte laut auf. »Ja! Ohne Stipendium müssen Sie gehen.«

Uriah schlug sich mit der Faust auf den Oberschenkel. In dem Sekundenbruchteil der Verzweiflung, der ausreichte, Irons' Verachtung für ihn Nahrung zu geben, erkannte Uriah zum ersten Mal, daß er wirklich in Sandwycke bleiben *wollte.* Es ging ihm nicht darum zu bleiben, um Irons zu ärgern, obwohl auch das nett gewesen wäre, sondern er wollte bleiben, um sich auf den *nächsten* Krieg vorzubereiten, damit Männer wie Irons ihre Einheiten nicht durch selbstgefällige Idiotie verheizten.

Ich finde endlich heraus, was ich eigentlich will, und dann wird mir das genommen. Ist das *Gerechtigkeit?*

Webster nickte. »Sie haben recht, Captain Irons, ohne Stipendium muß Kadett Smith die Militärakademie verlassen.«

Uriah schluckte schwer, dann hob er den Kopf und versuchte, den Kloß aus seiner Kehle zu verdrängen. Er machte Anstalten sich zu erheben, doch Webster hielt ihn zurück.

»Wollen Sie uns schon verlassen, Kadett?«

»Ich bitte um Vergebung, Sir, aber ich dachte, daß ich uns allen Zeit ersparen kann, wenn ich ...« Er sah zu Boden. »Wenn ich gleich gehe und meine Stube räume.«

»Haben Sie es so eilig, Sandwycke zu verlassen, Kadett Smith?«

Uriah schüttelte den Kopf. »Nein, aber ich habe kein Geld. Ich möchte hier bleiben, aber ohne Beihilfe ...«

»Der Glaube, Mister Smith, macht alles möglich.«

»Verzeihung, Sir, aber ich dachte, Gott behält sich seine Wunder für die wichtigen Angelegenheiten vor.«

»Vielleicht sind Sie ihm wichtig.« Der Inquisitor presste seine Hände flach auf die Schreibtischoberfläche. »Die Zuwendungen, die Ihnen Ihr Vater für den Besuch von Sandwycke gewährt hat, stellen nicht die einzige mögliche Form der Finanzierung dar. Wie Sie wissen, sind Kadetten wie Robert Drury hier zum Beispiel auf der Grundlage eines Stipendiums, das von den Fabriken getragen wird, in denen sie oder ihre Eltern arbeiten. Solche Beihilfen werden in der Regel erst nach Ableisten eines Dienstes in der betreffenden Fabrik gewährt, aber es gibt noch andere Formen des Arbeitsstipendiums.«

Uriah kniff die grünen Augen zusammen. »Sir, es ist kaum anzunehmen, daß mein Bruder mir gestatten würde, jetzt für eine Beihilfe zu arbeiten, um zu einem späteren Zeitpunkt nach Sandwycke zurückzukehren.«

»Ja, ungefähr dasselbe hat er mir auch in meiner Korrespondenz mit ihm mitgeteilt. Er hat jedoch zugestanden, daß er Ihnen gestatten würde, zu bleiben, falls Sie einen Weg finden, das letzte Jahr der Ausbildung zu bezahlen.« Auf Websters Gesicht machte sich ein Lächeln breit. »Und tatsächlich steht ein Stipendium zur Verfügung. Der Earl of Meridmarch bietet eines für Kadetten an, die wert und willens sind, in Sandwycke zu arbeiten, während sie ihre Ausbildung vollenden.«

»Hier arbeiten, Sir?« Uriah glotzte ihn an. *Sandwycke ist nicht in Meridmarch. Warum gibt der Earl jemandem ein Stipendium, der hier arbeitet?* »Was wäre das für eine Arbeit?«

»Sie hätten für den ältesten Bruder des Barons zu sorgen, Kadett Smith.«

»Was?«

Malachy Kidd lehnte sich vor. »Sie müßten als mein Bursche arbeiten.«

Uriah kippte der Unterkiefer weg. »Aber das können Sie doch nicht wollen. Ich meine, nach dem, was ich Ihnen an den Kopf geworfen habe … Sie können mich nicht als Adjutanten wollen.«

Kidd zögerte etwas, dann nickte er bedächtig. »Ich

habe Sie dafür vorgeschlagen. Mein derzeitiger Bursche macht gegen Ende dieses Monats seinen Abschluß.«

Irons sprang auf und starrte den Colonel wütend an. »Sind Sie übergeschnappt? Dieser Smith ist eine ungehorsame Schlange, die sie schon einmal gebissen hat. Sie sollten sich einen Kadetten als Burschen aussuchen, der dieser Aufgabe wert ist, und nicht so ein Subjekt!«

Webster sah zu Irons hoch und zwang ihn mit strengem Blick auf den Stuhl zurück. »Das reicht jetzt, Captain Irons. Haben Sie vor, noch weitere solcher Ausfälle zu produzieren, oder gestatten Sie mir, die Vorbereitung Ihrer Exerzitien noch etwas hinauszuzögern?«

Irons versteifte sich. »Vergebung, Sir.«

Websters Blick wurde schärfer. »Wir werden sehen, Captain Irons, wir werden sehen. Colonel Kidd ist wohl in der Lage, seine eigenen Entscheidungen zu fällen.«

Uriah schaute Kidd an und war überrascht, wie müde der Mann wirkte. »Sir, ich fühle mich sehr geehrt durch Ihr Angebot, aber Sie können das nicht wollen. Es bleibt unverzeihlich, wie ich mich Ihnen gegenüber während der Prüfung benommen habe.«

»Alles wird vergeben vor den Augen des Guten Hirten.«

»Ja, Sir, so ist es, Sir, nur …« *Der Schwerthieb, der ihm sein Augenlicht genommen hat, muß sein Hirn durcheinandergebracht haben. Er weiß nicht, was er tut.* Uriah schüttelte den Kopf. »Es kann keinen irdischen Grund dafür geben, daß Sie mich als Ihren Gehilfen haben wollen.«

Als Kidd den Kopf hob, wurde der Anschein des Alters und der Schwäche von der Schärfe seiner Stimme gebannt. »Meine Gründe sind für Sie bedeutungslos, Kadett. Wenn Sie hierbleiben wollen, werden Sie das Stipendium annehmen. Tun Sie das nicht, müssen Sie Sandwycke verlassen. Ich hätte nicht gedacht, daß der Mann, der mir so lautstark entgegengetreten ist, Captain Irons das Feld so leicht überließe.«

Irons lief purpurrot an. »Ich kann nicht verstehen, warum Sie das tun.«

»Wenn ich wollte, daß Sie meine Gründe nachvollziehen können, Captain Irons, würde ich für Sie eine Geschichte von den Dom-Ulanen schnurren und Sie die in Ihren Mußestunden analysieren lassen.« Kidd sah Uriah ins Gesicht. »Was ist nun, Mr. Smith, trauen Sie sich, dieses Stipendium anzunehmen?«

Der scharfe Ton der Frage ließ Uriah erkennen, daß ihn beim Dienst für diesen Blinden harte Arbeit und die schiere Hölle erwartete. Wie auch immer er es sich ausmalte, es würde anders und nervenaufreibender und viel schlimmer werden als alles, was ein Captain Irons sich jemals als Bestrafung ausdenken konnte. Sein Verstand bettelte Uriah an, so schnell und so weit wie möglich davonzurennen, aber er zögerte. *Ich habe mich nie wirklich angestrengt, weil ich bis jetzt noch nie eine Herausforderung gefunden habe, die meine Mühe verdiente. Könnte Kidd diese Herausforderung sein?*

Er betrachtete Kidd einen Augenblick lang, dann nahm Uriah die Aufgabe mit einem Nicken an.

»Mr. Smith?«

»Ja, Colonel, ich habe Ja genickt ...« Uriah wurde rot. »Ich meine, Sir, ich nehme das Angebot an.«

»Glänzend.« Der Inquisitor klatschte in die Hände. »Ich schlage vor, wir kommen damit zum Ende und begeben uns zum Frühgottesdienst in die Kapelle. Wir haben alle Anlaß zu einem Gebet des Dankes für die Auflösung dieser verwickelten Lage.«

Irons stand mit knurrigem Gesicht auf. »Ich werde darum beten, daß Gott Ihnen zurückgeben möge, was immer Sie an Hirn verloren haben, als Ihnen Ihre Augen herausgeschlagen wurden, Colonel Kidd. Ich bete darum, daß Er Sie an Seinen wahren Plan für Krieger erinnert, und Ihnen Ihre Rolle darin aufweist.«

»Dafür wäre ich Ihnen sehr verbunden, Captain Irons.«

»Was?« Die Verwirrung stand Irons deutlich ins Gesicht geschrieben. »Warum?«

Kidds Augen wurden zu silbernen Halbmonden. »Wenn wir beide um dieselbe Gnade beten, wird Er mich dieses Mal vielleicht erhören.«

8. Kapitel

Königliches Militärseminar Sandwycke, Bettenshire Ilbeoria

19. Zensus 1687

Robin stand am Rande des Schmelztiegels der Seele. Sein dickes Wollhemd und die dazugehörige Hose kratzten und beschwerten ihn, als seien sie aus Blei gewoben. Der Stoff rieb mit jedem Atemzug und unwillkürlichen Schaudern an seiner Haut. Die neuen ledernen Stiefel und Stulpenhandschuhe fühlten sich steif an, aber sein Schweiß machte sie schnell weicher. Wo der Kragen des Hemds seinen Hals umschloß, drückte er unangenehm auf den Adamsapfel. Sein frisch geschorener Kopf wurde von einer Wollkapuze bedeckt, die bis über seine Schultern reichte und nur das Gesicht frei ließ.

Er kreuzte die Hände über dem Herzen zum Gebet und senkte das Haupt. Die dünnen Schnüre, die jedes seiner Kleidungsstücke mit einem anderen Mitglied des Ordens vom Heiligen Ignatius verbanden, schränkten auch diese einfache Bewegung ein, wenn auch nicht genug, um die Stimmung innerer Einkehr zu erschüttern, in der sich Robin befand. Er hatte die vergangenen zwei Wochen in der Gemeinschaft von elf Ignatinern verbracht, im Beten, Fasten, in der Beichte und der Meditation über sich selbst und seine Berufung zum Dienst am Herrn.

Er hatte getan, was sie von ihm verlangten. Er hatte in ihren Befragungen gestanden im Einklang mit allen Formeln Rede und Antwort, er hatte an den Messen teilgenommen, hatte die Sakramente erhalten und war in die Mysterien der Religion eingetaucht, die ihn schon seit seiner Kindheit für sich beanspruchte. In diesen drei Wochen hatte er mehr über sie gelernt als in den dreißig Jahren zuvor.

Und hier bin ich gelandet. Robin hob den Kopf und starrte auf das schimmernde Becken, das vor ihm lag. Vier Ignatiner knieten an den Ecken des Beckens und hatten den Kopf im Gebet gesenkt. Ihr Schweiß floß in Strömen, aber Robin wußte, daß das nicht an der Hitze lag. Es waren ihre mit Zaubersprüchen verwobenen Gebete, die das Becken glutflüssig machten, und die Konzentration auf diese Sprüche forderte körperlichen und seelischen Tribut.

Robin senkte den Kopf wieder, dann sprach er mit klarer, lauter Stimme. »Von meinen Eltern wurde ich mit Wasser getauft. Gott gab mir die Taufe in Seinem Geiste, indem Er mich berief. Auch Eilyph erfuhr die Taufe in Wasser und Geist. Bei Seinem Tode und vor Seiner Wiederkunft stieg Er in die ewige Verdammnis und durchlitt Seine Taufe im Feuer. Sie brannte Ihm die Sünden aus, die Er in unserem Namen auf sich genommen, auf daß wir im Himmel an Seiner Seite sitzen können am Ende aller Tage. Durch diese Taufe wurde Sein Fleisch ebenso gefeit gegen alle Verderbnis wie Seine Seele. Dieser Schmelztiegel wird mir ausbrennen meine Missetaten und mich von meinen Sünden reinigen, auf daß ich für immer dienen kann dem Herrn und Seiner Herde, für ewig und alle Zeit.«

»Sein Wille geschehe.«

Die anderen wiederholten seinen letzten Satz, dann versanken sie wieder in stillem Gebet. Außer den Vieren an den Ecken des rechteckigen Schmelztiegels hielt jeder Ignatiner eine der dünnen Woll- und Lederschnüre, die an Robins Kleidung angebracht waren. Ihre Gebete würden das Gewand mit einem Zauber des Schutzes und der wunderbaren Wandlung durchwirken, die entscheidend wären, sollte das Sakrament der

Martialischen Ordination nicht in einer Katastrophe enden. Das rötliche Glühen, das aus dem Becken drang, verwandelte die Ignatiner in eine höllische Parodie von Priestern, und bei all dem schien selbst der Hitzeschimmer nicht in der Lage, ihren Gestalten die Härte zu nehmen.

Robin stieg auf den ersten Treppenabsatz hinab. Geschmolzenes Metall schwappte leicht gegen die Kante der Stufe, lockend und zugleich warnend. Sollte er stolpern, sollte sein Glauben wanken, sollte er schwach werden, würde er in Sekunden bei lebendigem Leibe verbrennen. Nur durch den Abstieg in diese Hölle auf Erden und den Wiederaufstieg aus ihren Tiefen konnte er jene Macht für sich in Anspruch nehmen, die einem auserwählten Gotteskrieger gewährt wurde.

Robin senkte seinen rechten Fuß bis zum Knöchel in das flüssige Metall. »Seele des Wolfes, heilige mich.« Sein linker Fuß folgte dem rechten auf dieselbe Stufe nach.

Er konnte die Hitze spüren, wie sie durch die Sohlen seiner Stiefel drang, aber sie erschien fern und gedämpft. Es war nicht die angenehme Wärme eines Feuers in kalter Winternacht. Robin schien sie hart und unbarmherzig, vergleichbar dem siedenden Dampf auf dem Kanonendeck eines Luftschiffs unter Feindbeschuß.

»Fänge des Wolfes, stärket mich.« Er schritt weiter, ließ die Flüssigkeit über die Waden steigen. Die Hitze nahm zu, aber seine Haut blieb unversehrt. Ein erstes Aufflackern von Panik wurde von Begeisterung erstickt, aber Robin blockte das Gefühl ab, bevor es sich zu Stolz auswachsen konnte. *Vorsichtig, Robin. Hier und jetzt ist jede der Sieben Sünden wahrhaft tödlich.*

»Herz des Wolfes, gewähre mir Tapferkeit. Schlauheit des Wolfes, erleuchte mich.« Zwei weitere Abwärtsstufen ließen ihn bis über die Knie eintauchen, und die an seinen Stiefeln befestigten Schnüre lösten sich auf. Als die Flüssigkeit gegen die Wolle seiner Hosenbeine schwappte, wurde die Hitze stärker. Sein Skrotum zog sich zusammen und die Hoden wichen zurück. Einen Herzschlag lang zuckten blitzartig alle möglichen Erinnerungen sinnlicher Lust durch seinen Geist, aber er verweigerte sich der Versuchung, darin aufzugehen.

»Leidenschaft des Wolfes, erfülle mich.« Robin nahm die letzten beiden Stufen wie eine, und das flüssige Metall schwappte über seine Hüften. Die flüssige Hitze umschloß seine Lenden und schmiegte sich an seinen Körper. Er konzentrierte sich auf die Tugenden der Klugheit und der Mäßigung, um seiner Lust Herr zu werden. Sein Körper entspannte sich und die Schnur an seinen Hosen ging in Flammen auf.

»O Guter Hirte, erhöre mich: Ich bin Dein, will schützen Deine Herde.« Robin ging weiter vor und fühlte den Widerstand des geschmolzenen Metalls, der sein Vorankommen erschwerte. Der Boden des Beckens senkte sich hinter der Treppe sanft nach unten und führte ihn immer tiefer in das Metallbad. Die Flüssigkeit wogte um ihn herum und zupfte an Bauch und Armen.

»Gestatte nicht, daß ich von Dir getrennt werde.« Das Metall stieg Rippe um Rippe bis auf die Höhe seiner Brustwarzen. Es umschloß seine gebeugten Arme von den Handgelenken bis unter die Schultern. Die Hitze lastete stärker auf ihm als das Metall und machte jeden hastigen Atemzug zur Qual. Die erstickende Beengung seiner Brust ließ in ihm die Frage aufkeimen, ob er stark genug wäre, das Sakrament durchzustehen, aber er schob den Gedanken beiseite und ging weiter.

»Vor dem böswilligen Feind werde ich schützen Deine Lämmer.« Vor sich sah Robin einen einfachen getöpferten Kelch treiben, nur wenige Zentimeter in das geschmolzene Metall eingetaucht. Es schien daran nichts besonderes, doch gerade darin sah Robin die Bedeutung. *Einen Kelch wie diesen hast Du bei Deinem letzten Mahl benutzt. Mit Ihm hast Du Deine Jünger gesalbt. Indem sie aus ihm tranken, nahmen sie teil an Deiner Erlösung der Menschheit.*

Robin streckte die Hände nach dem Kelch aus, tauchte sie in das glühende Metall, um ihn zu greifen. Das flüssige Metall legte sich über seine Handschuhe und ließ nur noch Kopf und Schultern unberührt. Er hob den Kelch, beugte den Kopf und goß sich das strömende Metall über Kapuze und Schultern. Erneut brannten einige Schnüre weg.

Das Gewicht des Metalls zog an ihm, als er sich wieder in Bewegung setzte. Unmittelbar vor ihm führten die Treppenstufen aus dem Becken heraus. Die Ignatiner, die durch das Verbrennen der Schnüre von ihrer anfänglichen Pflicht befreit waren, erwarteten ihn am Kopf der Treppe, um ihn zu begrüßen. *Und wenn ich jetzt doch noch versage, werden sie nur für den Frieden meiner Seele beten können.*

Noch eine Handlung trennte ihn von der Brüderschaft mit ihnen.

»In der Stunde meines Todes rufe mich. Und hole mich an Deine Seite.« Robin hielt den Kelch mit beiden Händen vor sich und kniete langsam nieder. Einen lodernden Zentimeter nach dem anderen stieg das Metall über seine Schultern und drückte gegen seine Kehle. Sein Körper glühte, glühte so heiß, als sei es nur noch sein eigener Schweiß, der ihn davor bewahrte, in Flammen aufzugehen. Immer tiefer sank er, kämpfte gegen den Drang, mit den Armen zu rudern, um sein Gesicht an der Oberfläche zu halten.

Schließlich ergab er sich dem Unvermeidlichen, beugte seinen Kopf und erlaubte dem Metall, ihn hinabzuziehen.

Die siedende Agonie, mit der er gerechnet hatte,

wenn sich das Metall durch sein Fleisch in den Schädel brannte, blieb aus. Er fühlte das Metall gegen seine geschlossenen Lider drücken, Mund und Nase verschließen, aber es drang nicht ein. Seine Masse drückte die Kapuze enger gegen seinen Kopf, und doch fühlte sich die Hitze auf seiner bloßen Haut nicht schlimmer an als durch die Bekleidung.

Ich habe die Prüfung bestanden! Der Gedanke kam ihm ungewollt und wurde gleich von der Panik gejagt, er könne zu Stolz entarten. Obwohl die Ignatiner diesen während ihrer gemeinsamen Zeit nie entdeckt haben mochten, wußte Robin in seinem tiefsten Inneren, daß er sehr wohl Stolz in seiner Seele hegte. Er war stolz darauf, den Krieg gegen Fernandi überlebt zu haben. Er war noch stolzer darauf, Sandwycke besucht und die Offiziersausbildung erfolgreich abgeschlossen zu haben. Er zog sogar seinen Stolz daraus, Männern wie Captain Irons die Stirn geboten zu haben. Er war als freier Mann nach Sandwycke gegangen, weil er von Gott dazu berufen worden war, und er war sich trotz des Druckes, dem er in der Akademie ausgesetzt war, treu geblieben.

Er wartete darauf, daß die Glut ihn verschlang, aber er brannte nicht. Die Erkenntnis erfüllte ihn mit großer Freude, und zugleich auch mit ein wenig Trauer. *Wäre Uriah nun hier an meiner Stelle, wärst Du ebenso gnädig und würdest ihn verschonen?* Robin hatte in seinem Freund bedeutende Anlagen erkannt, aber Uriah fehlte etwas, das ihn im Schmelztiegel der Seele hätte bestehen lassen. *Bitte, lieber Eilyph, zeige Uriah Deine Gnade und Weisheit. Mag er auch selbst sein größter Feind sein, so steht er doch nicht in den Diensten* des *Feindes. Errette ihn, wie Du uns alle rettest.*

Die unbarmherzige, schroffe Schärfe der Hitze schwand mit abnehmender Entfernung. Selbst in dem Augenblick noch, als ihn die physische Wärme durchdrang und seine Seele erfüllte, konnte Robin nicht fassen, daß Gott ihn hier, an einem Ort, der alle Sünden verzehrte, nicht ebenfalls auslöschte. In einem Moment, die ihm zur Meditation der eigenen Sünden gegeben war, hatte er gewagt, seinen Stolz zu formulieren und dann auch noch Gott um Vergebung für einen Freund zu bitten. Nach allem, was ihm die Ignatiner zu diesem Thema gesagt hatten, hätte er hier dahinschmelzen müssen wie eine Votivkerze in einem Hexenfeuer. Sie waren sehr eifrig und bildhaft gewesen, als sie ihm erklärt hatten, was ihm bevorstand, wenn sein Glaube versagte, und doch hatte Gott ihn verschont.

Während der geistlichen Exerzitien hatte Robin zwar getan, was die Ignatiner von ihm verlangten, aber ständig hatte er das Gefühl gehabt, seine Gebete richteten sich an einen anderen Gott als jenen, dem sie sich verschrieben hatten. Nicht so, als hätte er Atarax verehrt oder irgendeine andere der unzähligen Gottheiten Arans, aber anders, weil Robins Beziehung zu Gott auf eine Weise geschmiedet worden war, die sie nie verstehen könnten.

Sie würden auch nicht verstehen, wie meine Vorstellung von Gott davon geformt wurde.

Der Gott, den Robin kannte, war grimmiger, aber auch mitfühlender als der, den die Ignatiner verehrten. Im Lescarenkrieg hatte Robin die Folgen einer Grausamkeit zu sehen bekommen, die kein freundlicher und liebender Gott jemals hätte zulassen können. Es spielte dabei keine Rolle, daß diese Dinge dem Teufel zugeschrieben wurden. Gäbe es wirklich einen überlegenen Gott, so pflegten die Schlachtfeldatheisten zu sagen, würde er den Teufel vernichten und mit ihm alles Leid der ewigen Verdammnis, von dem die Menschheit unter seinen Augen geplagt wird.

Aber Robin hatte auch die andere Seite der Münze gesehen. Die Geschichten von unzähligen Wundern konnten nicht einfach übergangen werden. Weshalb beispielsweise wurde kein einziger der Bedienungsmannschaft vom siedenden Dampf verbrannt oder von Schrapnell zerfetzt, wenn der Kessel eines Dampfgeschützes explodierte? Er hatte es selbst auf der *Crow* beobachten können. Wie kamen ernsthafte Männer dazu zu melden, sie hätten Engel gesehen, die über ihnen standen und feindliche Soldaten erschlugen, damit die Kameraden ihre Verwundeten bergen konnten? Wie konnten plötzliche Platzregen ein Feuer löschen, das feindliche Brandstifter gelegt hatten oder eine Flutwelle erzeugen, die feindliche Nachschubtransporte davonschwemmten?

Gott schuf den Menschen nach Seinem Bilde, aber des Menschen Gestalt ist vielzählig und vielgestalt. Erlaubst Du mir mein Gottesbild, weil es einen Aspekt Deiner selbst widerspiegelt?

Er erhielt keine Antwort auf seine Frage. Er war nicht überrascht, daß Gott schwieg und fand seinen Trost darin, daß er noch lebte.

Robin stand auf, hob den Kopf aus dem flüssigen Metall und beendete das Gebet: »Mit Deinen Heiligen will ich Dich preisen, ewig und für alle Zeit. Es sei.«

Geschmolzenes Metall floß an ihm herab, als er aus dem Becken stieg. Die Hitze zog sich nur zögernd zurück, und doch lag das Stahlgewebe der Rüstung kühl auf seiner Haut, als er den Schmelztiegel verließ. Er reichte den silberglänzenden Kelch, den er aus dem Becken geborgen hatte, einem der Ignatiner. Dabei bemerkte er, daß sich nun auf einer Seite des Gefäßes sein Familienwappen deutlich abzeichnete. Dann faßte er den im Metallbad entstandenen Helm am Hinterkopf und unter der Gesichtsmaske und hob ihn an. Dank der im Inneren daran festgeschmolzenen Kapuze ließ er sich leicht entfernen.

Robin drehte den Helm herum und starrte auf das

verzerrte Bild, das sich auf der silbrig glatten Oberfläche der Kampfmaske widerspiegelte. Sie war leicht gewölbt und erreichte ihren Scheitelpunkt zwischen Kinn und Stirn, gerade oberhalb der Nasenspitze. Außer den Vertiefungen und Sehschlitzen für seine Augen waren keine Gesichtszüge zu erkennen. Das überraschte ihn, denn er hatte viele Krieger gesehen, deren Masken das darunter geschützte Gesicht nachformten oder mit wölfischen Zügen verbanden. Der Legende nach gab die Kampfmaske den Charakterzug eines Kriegers wider, der Gott am meisten an ihm gefiel.

Pater Anselm lächelte und legte Robin die Hand auf seine Schulter. »Es zeigt deine Gnadenlosigkeit und Weigerung aufzugeben. Ein seltenes Zeichen. Gott hat viel mit dir vor.«

Robin schaute den älteren Mann an. »Ihr habt so etwas schon einmal gesehen, eine solche Kampfmaske?«

»Ja, vor fünfzehn Jahren, eine Maske, die der deinen nahezu vollkommen glich.« Der Ignatiner lächelte. »Ein anderer Kadett stand damals hier, so wie du, und fragte sich, was das Schicksal wohl für ihn bereithielt.«

»Und Gott hatte große Pläne für ihn?« Robin zog die Augenbrauen hoch. »Wie hieß er? Vielleicht kann ich von seinem Beispiel lernen.«

»Das wäre eine ausgezeichnete Idee, Bruder Drury.« Anselm senkte den Blick auf seine Hände. »Vier Jahre, nachdem er da gestanden hatte, wo du jetzt stehst, verlor Malachy Kidd sein Augenlicht. Lerne von seinem Beispiel, aber folge ihm nicht, falls du nicht auch durch Silberaugen blicken willst.«

9. Kapitel

Pjimok, Wsorin, Distrikt Wsorin
Strana

18. Zensus 1687

Wassili Arslow füllte sich aus dem Samowar eine Tasse mit dampfendem Wasser für seinen Tee und drehte dann die Flamme etwas herab. Er hängte eine gefüllte Teekugel in die Tasse und stellte sie zur Seite, damit der Tee ziehen konnte. »Und du willst mir wirklich keine Gesellschaft leisten, Grigori?«

»Danke, nein, mein Fürst.« Khrolic reckte die Arme in Richtung Raummitte. Obwohl sein blaues Hemd und die schwarzen Hosen locker saßen und frei um seinen Körper flossen, schien es Arslow, als versuche der jüngere Mann seine robuste Statur zur Geltung zu bringen. Arslow mußte sich eingestehen, daß ihm im Vergleich dazu während der Zeit als Distriktsgouverneur die Muskulatur des Kriegers abhanden gekommen war, obwohl sie von gleicher Größe waren und im Alter nur fünf Jahre auseinanderlagen. Er war zwar noch schlank, verfügte jedoch nicht mehr über die Straffheit, die Khrolic mühelos zur Schau trug.

»Leite ich aus dieser verschlafenen Darbietung richtig ab, daß es dir während meiner Abwesenheit keine Schwierigkeiten bereitet hat, die Ordnung in der Zivilbevölkerung aufrechtzuerhalten?«

»Es war die Einfachheit selbst. Die Gerüchte darüber, was der Karawane zugestoßen ist, verloren zwar allmählich jeden Bezug zu den tatsächlichen Ereignissen, aber das hat die Bürger nur dazu gebracht, ihre Anstrengungen auf die gemeinsame Verteidigung Wsorins gegen die Unruhen und das Banditentreiben in Helansajar zu konzentrieren.« Khrolic blickte zu den Flügeltüren aus Glas hinüber – und zu dem Balkon, von dem aus man die verschlafene Distrikthauptstadt überblicken konnte. »Die Nächte glichen alle der heutigen, ruhig mit einer leichten Note von Angst. Sehr förderlich für die öffentliche Ordnung. Ich war gerade auf einem Patrouillenausritt, als Sie zurückkamen, weil ich bei meinen Männern nicht den Eindruck aufkommen lassen will, ich würde sie im Stich lassen, um den Luxus hier im Palast zu genießen.«

Arslow lächelte mehr über die Ironie der Bezeichnung seines bescheidenen Zuhauses als Palast, denn aus dem Glauben heraus, daß Khrolic ihn nicht mit Freuden als Herrscher dieses Distrikts beerbt hätte. »Das freut mich, Grigori. Solange deine Männer dulden, daß ich Husarenfarben im Gesicht trage, möchte ich sie nicht so verärgern, daß sie dich an meine Stelle setzen.«

»Es sind genauso Ihre Männer, Fürst Arslow, sie würden sich niemals gegen Sie erheben.«

»Aber sie folgen deinen Befehlen, Grigori.« Arslow rührte seinen dunkler werdenden Tee um. »Sie könnten einen Befehl mißverstehen, und schon wäre ich abgesetzt.«

»Meine Befehle sind nie zweideutig, mein Fürst. Ich bin Ihr Mann.« Khrolic lehnte sich zurück und verschränkte die Arme hinter dem blonden Kopf. »Wie war Ihr Besuch in Murom?«

»Er verlief weitgehend wie erwartet.« Der Fürst nahm seine Tasse und setzte sich Khrolic gegenüber in einen Sessel. Der im zierlichen Stil der Lescaren gehaltene Sessel mit seiner reich bestickten Polsterung war ein Beutestück aus dem Besitz Fernandis. Auch nach elf Jahren blieb das den übrigen klotzigen Stücken an Prunk weit überlegene Möbel Arslows Lieblingsstück, obwohl es nicht gerade bequem war. »Tacier Jevgenij nahm die Neuigkeit aus Helansajar gelassen auf. Hätte ich ihn um die Erlaubnis gebeten, eine bewaffnete Streitmacht auszusenden, hätte er mir meine Bitte abgeschlagen. So erklärte ich ihm, daß ich eine militärische Maßnahme für wenig sinnvoll halte.«

»Sie haben was gesagt?« Khrolic beugte sich vor, stützte die Ellbogen auf die Knie und faltete die Hände. »Habe ich Sie richtig verstanden, mein Fürst? Sie haben nicht auf einer bewaffneten Intervention bestanden?«

»Nein, das habe ich nicht.« Arslow zog die Teekugel aus der Tasse und legte sie auf der Untertasse ab. »Hattest du das erwartet?«

Khrolic zwinkerte mehrmals mit den haselnußbraunen Augen, dann schüttelte er heftig seinen Kopf, als müsse er erst noch wach werden. »Ich muß zugeben, ich bin verwirrt, mein Fürst. Die Eroberung Helors ist Ihr Ziel, seit Sie in dieses Höllenloch hier abgeschoben wurden. Schukri Awan hat Ihnen, ohne es zu wollen, den perfekten Vorwand geliefert, um die nötigen Truppen zur Einnahme Helors zu bitten.«

»Aber ich verfüge über diese Truppen doch schon.« Er nippte an seinem Tee und freute sich an dessen holzigem Geschmack. »Ich habe dich und deine Husaren, deine 3. Sonasnymiliz und meine zwei einheimischen Regimenter.«

»Da, aber Sie haben keine Erlaubnis vom Tacier erhalten, sie einzusetzen.« Khrolic legte die Stirn in tiefe Falten. »Sie haben die ideale Gelegenheit, Ihren Plan voranzutreiben, vertan.«

Dir muß es so vorkommen, Grigori, aber dein Ehrgeiz beschränkt sich darauf, einen Schritt weiter zu kommen. Meine Ambition zielt sehr viel weiter. Könntest du die Tiefe meiner Pläne ausloten und deine Entdeckung in Murom weitergeben, wären all deine Ziele mit einem Schlag verwirklicht, und mir bliebe ein kaltes Grab weit im Osten. Arslow stellte die Tasse auf einem Seitentisch ab. »Mein Freund, haben wir nicht die gleichen Ansichten hinsichtlich meiner hiesigen Verwendung?«

»Da. Seine Majestät hat Sie in der Hoffnung mit der Kontrolle über diesen Distrikt belohnt, daß Sie ihn nach Helansajar ausbreiten und es als neuen Teil seines Reiches erobern. Alle Naraschals seiner Armee sind sich bewußt, daß Sie es verdient gehabt hätten, nach dem Lescarenkrieg zum Tacarri über eine vollwertige Provinz gemacht zu werden. Es war offensichtlich, was der Tacier hier von Ihnen erwartete.«

»Richtig. Und wenn ich so gehandelt hätte, wie er es von mir erwartete, was wäre dann geschehen?«

Khrolic grinste. »Sie hätten Helansajar in sechs Monaten genommen und es in weiteren achtzehn befriedet. Es wäre zur Provinz erklärt worden und Sie wären ein Tacarri.«

»Man hätte mich also im Alter von fünfunddreißig Jahren zum Tacarri erhoben. Die meisten der anderen Tacarri wären doppelt so alt wie ich gewesen.« Arslow öffnete seine Hände. »Sie sind neidisch. Sie fühlen sich bedroht. Ich überlebe es nicht.«

»Aber das hätte Seine Majestät niemals zugelassen.«

»Nicht?«

»Glauben Sie das etwa?«

»Grigori, mein Freund, ihm bliebe in dieser Sache keine große Wahl. Entweder würden die Attentäter hinterher erklären, daß ich den Thron gefährdet hätte, oder, was noch wahrscheinlicher wäre, daß Ilbeoria mich als Bedrohung für Aran betrachtet hätte. Mein Tod würde diese Bedrohung ausschalten, und ungeachtet all ihrer frömmelnden Lippenbekenntnisse zu Eilyph und Seinen Geboten sind die Wölfe Killer. All das habe ich gesehen, ich wußte, was der Tacier wollte, also habe ich abgewartet. Ich dachte, möglicherweise irrtümlich, daß er vor mir der Warterei müde werden und mir andere Pflichten übertragen würde. Aber das tat er nicht.« Arslow stand auf und wanderte in dem kleinen Zimmer auf und ab. »Die Zeit war auf meiner Seite. Alte Naraschals werden immer noch älter und verlieren ihre Fähigkeit, mir Probleme zu bereiten. Ich wußte, daß ich zur Eroberung Helors unsere allerbesten Truppen benötigte, doch war mir genauso klar, daß Seine Majestät mir niemals meine Husaren zurückgeben würde, vor allem jetzt nicht, nachdem du zu den Vandari aufgestiegen bist und eine von nur zehn Vandarikompanien unterstellt bekommen hast. Da du in Murom warst, entschied ich mich also dafür, glänzende Berichte über meine einheimischen Dienstpflichtigen abzuliefern. Wie du weißt, bilden diese zwar ganz ordentliche Einheiten, aber sie sind mit regulären stranischen Truppen nicht vergleichbar.«

»Da, allerdings war das nicht der Eindruck, den Ihre Berichte am Hof hinterließen.«

»Ich weiß.« Arslow lächelte auf seinen Untergebenen hinab. »Meine Berichte ließen die Möglichkeit durchscheinen, daß ich zum Söldner werden und in Aran für Ilbeoria kämpfen oder schlimmer noch, in den Sold Schukri Awans treten könnte. Damit wurde ich augenblicklich von dem Mann, der Helansajar erobern sollte, zu jenem Kerl, der Wsorin den Erben Kirana Dosts ausliefern könnte.«

Khrolic erwiderte das Schmunzeln. »Und Seine Majestät führt uns wieder zusammen, indem er daraufhin mich als seinen Wachhund herschickt. Er hat Ihnen Ihre Truppen also gegeben. Warum setzen Sie sie nicht ein?«

»Alles zu seiner Zeit, Grigori.« Der Fürst setzte sich wieder und trank noch etwas Tee. Der war schon kalt geworden, daher nahm er die Tasse in beide Hände und sprach den einfachsten Zauber, den stranische Soldaten mit magischem Talent erlernen konnten. Sofort wurde die Tasse wieder warm, und ein feiner Dampfstreifen stieg aus dem aromatischen Tee. »In Murom habe ich erfahren, daß Ilbeoria den Prinzen Trevelien als Generalgouverneur nach Aran entsendet. Es war keine Rede von Truppenbewegungen, aber solange Ilbeoria Prinz Trevelien nicht auch mehrere Regimenter mitgibt, droht uns durch diese Entwicklung keine akute Gefahr.«

»Selbst wenn er Truppen mitbringt, würde er mit ihnen einen Feldzug gegen uns starten, der unweigerlich im aranischen Monsun steckenbliebe?«

»Kaum anzunehmen, aber Trevelien ist verschlagen wie der Wolf, der zu sein er vorgibt. Ilbeoria ist die größte Bedrohung für das stranische Reich, und Treveliens Postierung setzt uns den Dolch auf die Brust. Die Zeiten sind nicht gut für uns, Grigori. Zu viele Nationen haben ein begehrliches Auge auf unseren Besitz geworfen, nicht zuletzt Ilbeoria und selbst der Brendanische Bund. Sie sehen uns ebenso wie Fernandi es tat, als er seine Invasion begann, und sie werden über uns kommen. Nicht sofort vielleicht, aber sie werden kommen.«

»Sie stehen mit dieser Ansicht nicht allein. Es muß etwas geschehen.« Khrolic tippte nervös die Fingerspitzen gegeneinander. »Wie sehen Ihre Pläne für die Zukunft aus?«

»Wir müssen vorsichtig vorgehen. Ich werde die wirtschaftliche Annäherung sowohl an Schukri Awan wie auch an Rafiq Khast fortsetzen, so wie der Tacier es vorgeschlagen hat. Eine politisch ungewisse Lage ist zu unserem Vorteil. Im Austausch für Handelsprofite werden wir alles mögliche über die Verteidigung Helors in Erfahrung bringen können, und durch den Handel mit Waffen und anderen Gütern können wir Helansajar weiter destabilisieren. Das wird sehr wichtig sein.«

»So ist es. Was haben Sie für mich und meine Männer geplant?«

»Setzt eure Spähtrupps fort. Wir sollten auch Kundschafter tief nach Helansajar hinein schicken. Wenn wir Helor erst eingenommen haben, will ich die optimalen Einmarschwege von Süden her kennen.«

Khrolic grinste wieder. »Das wären dann auch die besten Wege aus Helansajar in den Süden.«

»Das könnte wohl so sein, ja.«

»Sehr gut, mein Fürst. Nachdem ich etwas geschlafen habe, werde ich mich sofort daranmachen, die Pläne für eine systematische Erkundung Helansajars auszuarbeiten, damit wir unsere bereits vorhandenen Informationen ergänzen können. Darf ich mich zurückziehen?«

Arslow nickte. »Geh ruhig, ich sehe, daß du von deiner Patrouille erschopft bist. Ich habe vorhin ein Nickerchen gemacht, deshalb bin ich noch immer wach.«

Er verkniff sich das Grinsen, bis Khrolic die Türe hinter sich geschlossen hatte. *Es gibt Augenblicke, Grigori, in denen du zu bemerkenswerten Einsichten fähig bist, aber nur dann, wenn du dich nicht so angestrengt darum bemühst.* Offensichtlich glaubte Khrolic, er wolle Helansajar unterwerfen und unverzüglich weiter in den Süden nach Drangiana und Aran vorstoßen. Wenn er Aran erobern könnte, würde es nebensächlich werden, ob ihn der Tacier beförderte oder nicht. Wassili Arslow wäre dann der Herrscher über Inner- und Südestanu. Er würde ein Reich kontrollieren, das sich mit dem der Durranen messen konnte, und leicht in der Lage sein, Strana selbst zu erobern.

Im plötzlichen Aufflackern seiner falschen Einsicht übersah Khrolic, wie gewaltig und voller Probleme der Versuch wäre, ein solches Reich aufzubauen. Außer Kirana Dost war das noch niemandem gelungen, und er hatte seinen Feinden eine Bewaffnung vorausgehabt, die legendär war. Khrolic hatte sich einen Platz unter den Vandari errungen und war dadurch in gewisser Weise Miterbe der durranischen Krieger, die Tsaih,

Estanu und Strana überrollt hatten. Mit der Kompanie seiner Vandariwidder, die über dreißig dieser schrekkenerregenden durranischen Rüstungen verfügte, konnten Khrolic nur die allerbesten Regimenter der Welt standhalten.

Khrolic hatte wie so viele andere jedoch vergessen, daß die insgesamt dreihundert Vandari nicht einmal ein Drittel der Truppen darstellten, die Kirana Dost als Speerspitze seiner Horden eingesetzt hatte. Die Durranen mit ihren scharfen Gesichtszügen und der bläulichen Haut waren als fremdartige, schreckliche Kriegsmaschine aus der Bergfestung Durranias gestürmt. Zuerst hatten sie Tsaih überschwemmt und dessen Herrscherdynastie innerhalb nur eines Jahrzehnts gestürzt. Dann waren sie nach Innerestanu vorgedrungen, wo die Ataraxianer Kirana Dost zum Avatar ihres Gottes erklärten. Dadurch hatte sich ein Stamm nach dem anderen um sein Banner geschart, und seine Heerschar war zu einer Größe angewachsen, wie man sie seither bis zum Lescarenkrieg nicht mehr gesehen hatte.

Der Dost hatte dann auch Strana erobert, das damals nicht viel mehr als ein loser Zusammenschluß von Fürstentümern gewesen war, der nur durch die Hierarchie der Orthodox-Eilyphianischen Kirche zusammengehalten wurde. Kirana Dost hatte die einheimischen Herrscher abgeschlachtet und seine eigene Ordnung in Strana eingeführt. Er hatte charakterstarken und tapferen Männern den gesellschaftlichen Aufstieg ermöglicht und so erst eine nationale stranische Identität geschaffen, die zwischen Haß und Liebe zu den durranischen Herrschern schwankte.

Dann war der Dost gestorben. Sein Reich war zwischen seinen drei ältesten Söhnen aufgeteilt und er der Legende nach im Dschebel Quirana zusammen mit den Ausdari-Rüstungen der einhundert Krieger bestattet worden, die seine Leibgarde gebildet hatten. Die übrigen neunhundert Träger der speziellen durranischen Rüstungen wurden in drei Kompanien aufgeteilt. Die Vandari gingen an den in Murom herrschenden Sohn, die Ostdari kehrten nach Tsaih zurück und die Kiidari blieben in Helansajar, mit Helor als Heimatstützpunkt.

Das Wissen um die Ostdari war verlorengegangen, als sich die Gottprinzen der Neun Städte gegen die Durraner erhoben und deren Herrschaft gestürzt hatten. Irgendwie hatten sie die Zihongde Fenluan errichtet, eine undurchdringliche Wand flimmernder Energie, die künftig die Grenzen Tsaihs markierte. Seit fast achthundert Jahren war niemand mehr nach Tsaih vorgedrungen, und nur gelegentlich gelangte etwas von dort nach außen, wenn furchterregende Gewitter der Wand Risse zugefügt hatten.

Auf ähnliche Weise waren auch die Kiidari verschwunden, als das Helansajarenreich zusammenbrach. So blieben nur die Vandari übrig. Um eine dieser Rüstungen, denen man wundersame Kräfte nachsagte, erringen zu können, mußte ein Krieger imstande sein, mächtige Zauber anzuwenden. Arslow hatte nie mit seinen magischen Fähigkeiten glänzen können – der Spruch, den er zum Aufwärmen seines Tees benutzte, war nicht sein mächtigster, aber tatsächlich der Spruch seines Repertoires, aus dem er den größten Nutzen zog. Er war sich durchaus bewußt, daß es geschmeichelt war, seine magische Begabung auch nur als bescheiden zu beschreiben.

Selbst wenn man die Legenden um die Fähigkeiten der Vandari-Rüstungen mit großer Skepsis betrachtete, auch wenn außer Frage stand, daß sie noch immer zu erstaunlichen Leistungen fähig waren, war doch im Laufe der Jahre das Wissen darüber, wie man sie zu ihrer vollen Leistungsfähigkeit bringen konnte, deutlich verkümmert. Arslow nahm an, daß bei der Übergabe der Rüstungen von einem älteren Krieger an einen jüngeren die Zaubersprüche, mit denen man deren diverse Eigenschaften aktivierte, vergessen oder nicht richtig übermittelt worden waren. Langsam aber sicher waren die Rüstungen schwächer geworden, weil ihre Besitzer sie immer weniger verstanden.

Jene Legenden, die eine Wiederkunft des Dosts prophezeiten, hatten Arslow auf den Gedanken gebracht, es könnte eine Lösung für das Problem der Vandari geben. Die Rückkehr des Dosts und die Wiedereroberung Stranas war nur vorstellbar, wenn es einen Weg gab, auf dem er seinen Truppen die volle Kontrolle über ihre Rüstungen zurückgeben konnte. Und er hatte entschieden, im oder am Dschebel Quirana nach einhundert Ausdarirüstungen und der Möglichkeit zu suchen, deren Träger in ihrem korrekten Gebrauch zu schulen.

Mit einer solchen Einheit voll funktionsfähiger durranischer Rüstungen wäre es möglich, das Reich des Dosts wiederaufzurichten. Die Völker Innerestanus vertrauten darauf, daß der Dost seine Truppen erneut aus ihren Reihen rekrutieren würde, aus Familien wie den Khast, in deren Adern noch immer durranisches Blut floß. Dabei vergaßen die Estanen, daß auch die Herrscherklasse Stranas durranischer Abstammung war. Während jede dieser Gruppierungen alle anderen als minderwertig betrachtete, hatte Arslow doch ernsthafte Zweifel, daß magische Rüstungen sich um irgendwelche nationalen Loyalitäten ihrer Träger kümmerten.

Zudem gab es nichts, was ausschloß, daß er selbst der wiedergeborene Dost war. Manche Stimmen hatten derart ketzerische Gedanken sogar angedeutet, als er Fernandi besiegt hatte. Arslow seinerseits bezweifelte das allerdings stark. Wobei er weniger Zweifel an der Möglichkeit einer Reinkarnation hatte, als er sich vielmehr weigerte, seine militärischen Leistungen irgendeinem anderen Faktor als seiner Intelligenz zuzuschreiben. *Mancherorts fände man daran Gefallen, wenn ich den Mantel des Dosts beanspruchen würde. Noch mehr als jetzt schon könnten Sie mich nicht schmähen; und würde ich mich zu Kiranas Erben erklären, wären die schroffen Meinungen, die man von mir hegt, gerechtfertigt.*

Wassili respektierte die einstige Macht des Dosts und begehrte sie auch für sich selbst, hatte jedoch kein Verlangen danach, Anspruch auf dessen Erbe anzumelden, wie es durch die Jahrhunderte schon so viele getan hatten. Wie die meisten stranischen Kinder war auch er mit Geschichten von durranischen Greueltaten aufgewachsen. Obwohl er wußte, daß diese angesichts der Exzesse des Lescarenheers verblaßten, durchlief ihn noch immer ein leiser Schrecken, wenn er an eine mögliche Wiederkunft des Dosts dachte.

Mehr als nur gewöhnliche Furcht packte ihn, wenn er sich ernsthaft eine Wiederkunft des Dosts vorstellte. *Er war das größte militärische Genie der Geschichte. Fernandi wollte diesen Titel für sich erobern, aber* ich *habe seinem Ehrgeiz ein Ende gesetzt. Wie würde ich mich gegen Kirana Dost halten? Würde auch er es auf Strana abgesehen haben, so wie Ilbeoria und Brendania? Ich weiß, wie ich die beiden in Schach halten kann, aber wäre er ein Feind, den ich nicht schlagen könnte?*

Er trank seinen Tee aus und ließ sich von dem erdigen Aroma aus dem Reich der Phantasie wieder in die Wirklichkeit zurückholen. Wollte er seine Lage verändern, benötigte er die Ausdari. Um sich die zu verschaffen, mußte er in den Dschebel Quirana gelangen, und der Schlüssel dazu war die Eroberung Helors. Mit den Husaren konnte er Helor einnehmen. Da die Naraschals zu Hause immer älter wurden, wäre dann auch Strana reif für die Eroberung. Und nach Strana würde sich ihm keine Macht der Welt mehr entgegenstellen können.

Wollte Arslow ganz über die Husaren verfügen können, mußte er allerdings sicherstellen, daß Khrolic sich an seiner Seite eine strahlendere Zukunft versprach als an der des Taciers und dessen Tochter. Noch hatte er das Mittel nicht gefunden, mit dem er sich Khrolics Gefolgschaft zweifelsfrei sichern konnte, doch rechnete er fest damit, es in die Hände zu bekommen. Sehr bald, wie er hoffte.

Denn Wassili Arslow konnte zwar sehr geduldig sein, wenn es nötig war, aber immerhin hatte er schon zwölf Jahre darauf gewartet, daß seine Träume sich erfüllten. Jetzt wußte er, daß die Zeit des Wartens sich ihrem Ende zuneigte, und er fieberte dem Augenblick entgegen, an dem er aktiv werden konnte.

10. Kapitel

Wadi Hjara
Helansajar

20. Zensus 1687

Rafiq Khast kämpft gegen den Traum an, der ihn gefangen hält. Er weiß wie jeder gläubige Sohn des Atarax, der Ihn nach den Regeln des Kitabna Ittikal verehrt, daß die Allerheiligste Spinne den Traum dazu benutzt, die wahren Gedanken und Ängste Seines Volkes zu lesen. Im Traum gewährt Atarax den Gläubigen verlockende Einblicke in das Gewebe ihrer Zukunft oder offenbart ihnen die Fäden Seines Netzes, die ihre Vergangenheit bestimmt haben.

Rafiq weiß, daß er von einer Prüfung nichts zu befürchten hat. Er dient seinem Gott und seinem Erbe in treuer Ergebenheit. Betet er nicht dreimal täglich zu ihm: ›Es gibt keinen Gott außer Atarax, und das All ist Sein Netz.‹? Trotz all der Tragödien, die seine Familie heimgesucht haben, hält er Ihm die Treue. Er weiß, daß jetzt die Zeit ist, in der die Khast unterdrückt werden, so wie vor Jahrhunderten Atarax unter der Herrschaft der Jedrosiner unterdrückt wurde. Wie sein Gott plant auch er eine vollständige und ruhmvolle Rückkehr seiner Familie auf den Thron Helors.

Obwohl er sich aus seinem Traum freizukämpfen versucht, sprudelt der über von Versprechungen, die seinem Streben nach der Rückeroberung Helors Erfolg verheißen. Was er sieht, ist grauenhaft, verzerrt und ohne Proportionen. Gewaltige dunkle Gestalten stürzen vom Himmel und werfen Schwärme silberner Engel ab. Gewaltige Metallkolosse – zum Teil menschlich, aber weit stärker an Insekten, Untiere oder Maschinen erinnernd – schreiten durch die Weiten seiner Heimat und metzeln nieder, was ihnen entgegentritt. Von Norden und Süden her strömen diese titanischen Truppen zusammen und bringen Zerstörung, Tod und Verderben über das Land.

Schlimmer noch, das ganze Geschehen entfaltet sich unter der elfenbeinernen Scheibe des Vollmonds. *Bei meiner Geburt wurde mir bestimmt, im Kampfe unter dem Vollmond zu fallen. Ist dieser Traum eine Vorahnung meines Todes?*

Eine in seinen Alptraum eingewobene Todesahnung hätte den Geist eines schwächeren Mannes zerrüttet, aber Rafiq erkennt es als eine Prüfung. Als die Metallkolosse immer näher kommen und schon höher vor ihm aufragen als die Dschibal al-Estan, und als die schwarzen Giganten aus dem Himmel herabsinken, erkennt er, daß ihm nicht bestimmt ist, gegen sie zu kämpfen. In seinem Traum steht er allein, nackt und ohne Waffen, aber im Schatten eines gewaltigen Netzes.

Darin liegt ein Hinweis. Der Mittelpunkt des Schattennetzes liegt über seinen Lenden. Rafiq zwingt seinen Geist, über den ersten Grund hinaus weiterzudenken, der ihm als Erklärung für diese Symbolik in den Sinn kommt, denn ein solcher Traum hat sicher nichts mit der Befriedigung animalischer Gelüste zu tun. *Nein, dieser Traum spricht zu mir von meinen Hoffnungen auf die Zukunft und auf die Linie der Khast. Meine Lenden stehen für meine Familie und Blutlinie.*

Im nächsten Augenblick erkennt er explosionsartig die offensichtliche Logik der Bilder. *Mein Vater, so wahnsinnig er war, pflegte sich als Helansajars Atarax zu produzieren. Er saß in Helor, dem Zentrum des Spinnengewebs der Nation, und war voll Vertrauen, alles zu wissen, was sich um ihn herum ereignete. Dann kam Schukri Awan wie eine Wespe, und Helors Spinnenkönig wurde aus seinem Heim verjagt.*

Rafiq öffnet sich seinem Traum und erkennt, daß alles um ihn herum aus dem Blickwinkel Helors dargestellt ist. Er befindet sich wieder im Zentrum des Spinnennetzes. Obwohl furchterregende Kräfte willens scheinen, mit ihm um den Besitz der Stadt zu kämpfen, ist er wieder dort, wo seine Familie ihren Platz hat.

In das Muster des Netzes eingewebt erblickt er Voora Dost, den Enkel Kirana Dosts. Voora hat den Khast Helor anvertraut, als er die Kiidari abzog, um zur Rettung seiner gefährdeten Verwandten den Zugang nach Tsaih zu erzwingen. So hat Rafiqs Vater es ihm an langen, kalten Winterabenden wieder und wieder mit fiebernder Stimme erzählt. Doch bis er es jetzt in seinem Traum geschehen sieht, hat er es nie recht glauben wollen. *Also war Helor von Rechts wegen unser, aber wir haben es nicht besetzt, bis es zu spät war.*

Jahrhunderte waren die Khast damit zufrieden, die ihnen anvertraute Nation aus den Ebenen zu verwalten, ohne die nomadische Lebensweise aufzugeben, die der Schlüssel zum durranischen Erfolg gewesen war. Aber zur Zeit von Tahir Khast, Rafiqs Urgroßvater, geschah ein Wandel. Zum ersten Mal warf Strana gierige Blicke nach Süden, und Tahir Khast nahm die Stadt ein. Drei Generationen der Khast regierten dort und hielten den stranischen Bär in Schach.

Sein Vater Ghalib war der letzte Khastherrscher Helors. Vor zehn Jahren hatte Schukri Awan, bis dahin ein treuer Helfer seines Vaters, den rechtmäßigen Alanim von Helor gestürzt. Dunkle Gerüchte von Mord und Gotteslästerung waren damals über Awan im Umlauf, aber als Rafiq seinen Vater zu warnen versuchte, maß der seinen Worten kein Gewicht bei. Ghalib erinnerte Rafiq daran, daß Qusay Khast bei Awans Geburt vorausgesagt habe, Schukri Awan würde der Vater des wiedergeborenen Dosts werden. »Ein solcher Mann könnte niemals Verrat in seinem Herzen führen, Rafiq.«

Aber Schukri Awan hat sich gegen die Khast erhoben und sie aus Helor vertrieben. Sie haben ihre nomadische Lebensweise wieder aufgenommen, und andere Helansajarenstämme sind ein lockeres Bündnis mit ihnen eingegangen. Doch sie sind niemals stark genug geworden, um Schukri Awan direkt entgegentreten zu können. Bestenfalls können sie seine Pläne stören – durch Einzelaktionen wie die Durchkreuzung von Ferozes Plänen und die Rettung der Karawane –, aber sie stellen keine wirkliche Gefahr für den Herrscher über Helor dar.

Rafiqs Herz schwillt an vor Stolz, als er entscheidet, daß Atarax Botschaft an ihn die Bestätigung der Erzählung seines Vaters ist. Der schwelende Zweifel an deren Wahrheit verläßt seinen Geist, als plötzlich schwarzes Blut aus einem Schnitt in Rafiqs Brust strömt. Er spürt keinen Schmerz, aber die schwarze Flut, die aus seinem Brustkorb bricht, erschreckt ihn. Sie wird zu einem Ozean, der die Monstren und die fliegenden Schattenformen verschluckt, sich dann zu einer Flutwelle auftürmt und über ihm zusammenschlägt, ihn in ihrer stickigen Wärme umfängt.

Er weiß nicht wirklich, wo es nach oben geht, sucht nach der Oberfläche und nach Rettung. Indem er dem Licht des Vollmonds folgt, hat er Erfolg; zumindest dies eine Mal rettet es ihm das Leben, bevor es ihn später vielleicht tötet. Er füllt seine Lunge mit der kühlen Luft, dann sieht er, daß der schwarze Ozean zu einem Bergsee geworden ist. Das Wasser leuchtet blau und hinterläßt auf seiner Haut dieselbe durranische Tönung, wie um seine Augen. Darüber muß er lächeln, und er folgt dem leuchtenden Band des Wassers mit den Blicken. Es fließt in südlicher Richtung ab, stürzt dann einen Steilhang hinab ins Tal.

Plötzlich richtete er sich kerzengerade auf. Das kühle Bergwasser, das ihn gebadet hatte, wurde zu Schweiß, der seinen Körper bedeckte und sein Bettzeug tränkte.

Er warf die Decken fort, zog die Hose an, band sich die Sandalen fest, schritt aus dem Zelt und marschierte mitten durchs Lager. Die Männer am Feuer riefen ihn, aber Rafiq beachtete sie nicht.

Am anderen Ende des Lagers zog er den Zelteingang seines Onkels auf. Eigentlich hatte er erwartet, ihn schlafend vorzufinden, aber er fand ihn bereits wach. Qusay Khast saß mit gekreuzten Beinen auf einem Teppich in der Mitte des Zelts. Er schob Knöchelchen und kleine Holzstäbchen zusammen, schüttelte sie in der Höhlung seiner knochigen Hände, dann warf er sie aus und lachte laut.

»Was ist das, Onkel?« Rafiq kauerte sich nieder und berührte die ausgemergelte Schulter des Mannes. »Was tust du da?«

Qusay lachte wieder, dann drehte er sich zu Rafiq um. Um die Augen besaß seine ledrige Haut dieselbe bläuliche Färbung wie bei seinem Neffen, und sein linkes Auge hatte sogar dieselbe haselnußbraune Farbe. Das rechte Auge lugte milchig unter dem halbgeschlossenen Lid hervor, als er seinen Neffen durch zahlreiche Zahnlücken angrinste. Das Auge war schon von Geburt an blind, und es hieß, Qusay könne damit über die materielle Welt hinaussehen, in die Vergangenheit und Zukunft.

»Sei wachsam, Neffe. Die Zukunft ist die Vergangenheit.«

Der Mann nahm Knochen und Hölzchen wieder auf und ließ sie auf einen kleinen Haufen fallen. Er befingerte einzelne Teile, warf manche hierhin, andere dorthin. Das flackernde Flämmchen der Öllampe ließ die Schatten hin- und hertanzen wie die Fäden eines vom Wind bewegten schwarzen Spinnengewebes.

»Ich verstehe nicht, Onkel.«

Qusay drehte sich in der Hüfte und umklammerte mit schmerzhaft festem Griff Rafiqs Oberarme. »Ich habe es im Schlaf gesehen. Ich sah ein aufbrechendes Ei. Darin lag ein Pergamentstreifen, auf dem geschrieben stand: ›Du bist nur ein Ei, auch wenn du ein Adler sein willst. Aber du kannst erst zum Adler werden, wenn du kein Ei mehr bist.‹«

Rafiq erkannte das Zitat aus dem Kitabna Ittikal. Es stammte aus dem siebenundzwanzigsten Kapitel, in dem der Prophet diejenigen zurückwies, die den Ataraxianismus annehmen wollten, ohne sich zuvor der Sünden entledigt und sich von den negativen Bindungen an ihr altes Leben gereinigt zu haben. »Ich verstehe noch immer nicht, Onkel.«

»Sie waren alle im Unrecht, Rafiq, und diese Schrift enthüllt mir das.« Und wieder warf er Knochen und Holzstäbchen aus. Obwohl sie diesmal ein anderes Muster zeigten – wenigstens in Rafiqs Augen –, starrte sein Onkel darauf, als habe sich überhaupt keine Änderung ergeben. »Die anderen haben die Weissagestäbchen um Vorzeichen befragt und nie Antwort erhalten. Aber das war, weil sie sich im Unrecht befanden.«

»In welcher Hinsicht im Unrecht?« Rafiq massierte sich die Arme, wo ihn der alte Mann gepackt hatte. »Was haben sie falsch verstanden?«

Der Alte lachte dunkel. »Was ist es, wonach wir am meisten streben, Rafiq?«

»Die Rückeroberung Helors!«

»Warum?«

Rafiq runzelte die Stirn. »Helor ist der Ort, an welchen der Dost zurückkehren wird, und wir haben den Auftrag, es für ihn zu bewahren. Übrigens hatte ich heute nacht einen Traum, der unseren Erfolg dabei vorhersagt.«

Falls Qusay den letzten Teil der Antwort gehört hatte, ließ der alte Mann sich nicht anmerken, daß er ihm irgendwelche Bedeutung beimaß. »Und worauf warten wir?«

»Das sind Dinge, die den Kindern beigebracht werden, Onkel Qusay. Hör auf, in Rätseln zu sprechen. Genug von Adlern und Eiern.« Er packte den Alten und rüttelte ihn. »Wovon sprichst du?«

»Der Dost, Rafiq, wir warten auf den Dost.«

»Ja, ja, doch es gab noch keine Zeichen, die seine Wiedergeburt ankündigten.«

Qusay befreite sich mit überraschender Leichtigkeit aus Rafiqs Griff. »Wann wird der Adler geboren? Wenn das Ei gelegt wird?«

»Ja.« Rafiq dachte einen Augenblick lang nach, dann verbesserte er sich: »Nein, wenn er ausschlüpft. Oder beides?«

»Dost zu werden ist ein *Weg*, kein Ereignis.« Qusay fingerte wieder an den Knöchelchen auf dem Teppich herum. »Sie haben alle danach gefragt, ob der Dost geboren wurde – und keine Zeichen erhalten. Ich habe gefragt, ob der geboren wurde, welcher zum Dost *wird*, und ich erhielt ein Zeichen!«

Rafiq starrte mit offenem Mund auf die Weissagungsknochen. Abgesehen von der obszönen Blasphemie, die im Westen praktiziert wurde, konnte sich Zauberei nur auf einen Menschen auswirken und ihn der Bestimmung näherbringen, die Atarax in dessen Zukunft gewoben hatte. Da die Weissagungsstäbchen nur durch ketzerische Magie beeinflußt werden konnten, wie sie keiner von ihnen ausübte, fielen sie aus Qusays Hand, wie es Gott fügte, und was sie sagten, war die Wahrheit. Qusay war bekannt für die Genauigkeit seiner Vorhersagen: Die weise Deutung von Omn war das magische Talent, das Atarax ihm im Austausch für das Licht seines rechten Auges gegeben hatte.

»Du sagst, der Mann, der zum Dost wird, ist schon geboren?«

»Vor ungefähr zwanzig Jahren, hier in Helansajar.«

Qusay runzelte die Stirn. »Er befindet sich in den Bergen, im Westen, glaube ich.«

»Im Westen, in den Dschibal al-Esans? Am Rande der jedrosinischen Hochebene?«

»Ja, Rafiq, so habe ich es herausgelesen.« Qusay schüttelte den Kopf. »Wenn ich genauer nach dem Ort frage, lese ich nur: ›Das ist bekannt.‹ Was wirst du so bleich, Rafiq?«

Dem jüngeren Mann war der Mund trocken geworden, und er fing an zu zittern. »In meinem Traum sah ich mich selbst am Quellfluß des Felsenstroms. Hier stehen unsere Zelte an seiner trockenen Uferböschung, aber auf der Hochebene liegt ein See. Ich schwamm im See und meine Haut war blau, so blau, als sei ich ein echter Durrane. Was soll das bedeuten?«

Qusay sammelte die Stäbchen wieder ein und warf sie noch einmal aus. Bevor sie wieder auf dem Teppich aufkamen, flammten sie auf und blendeten Rafiq für einen Augenblick. Das helle Nachbild in seinen geblendeten Augen formte sich zur Gestalt eines Mannes und tauchte diesen in eine goldene Farbe. Die Erscheinung hielt an, bis sich der blaue Rauch im Hintergrund verzogen hatte.

»Hast du das gesehen, Onkel, den Mann? War das der Dost?«

»Ich weiß es nicht, Rafiq. Als du deinen Mann gesehen hast, sah ich den See deiner Träume.« Der alte Mann wies mit bebendem Finger in Richtung Westen. »Das Schicksal der Welt erwartet uns im Westen. Wir müssen sofort dorthin aufbrechen. Die Zeit des Wartens ist vorüber.«

11. Kapitel

Königliches Militärseminar, Sandwycke, Bettenshire Ilbeoria

31. Zensus 1687

Uriah Smith ertappte sich dabei, daß er ein wenig nervös war, als er sich bei Malachy Kidd melden mußte. Mit jedem Schritt, der ihn auf der Wendeltreppe weiter den Turm hinaufführte, fragte sich Uriah, ob der Viscount Warcross sich nicht inzwischen entschieden haben mochte, sein Stipendium wieder aufzukündigen. Ihm fielen tausend Gründe für Kidd ein, warum er das tun könnte, von denen der nicht der geringste war, daß er seinen gesunden Menschenverstand wiedergefunden und an Irons' Einschätzung Uriahs doch noch einige Weisheit entdeckt hatte. *Er kann nicht glauben, daß er mit mir besser auskommen kann als ich mit ihm.*

Als Uriah vor der eisenbeschlagenen Eichentür angekommen war, klopfte er kräftig dagegen.

»Herein.«

Uriah drückte die Klinke nach unten und stieß die Türe auf. Der runde Innenraum des Turms war in drei Zimmer und einen kurzen Korridor unterteilt worden, der schnurgerade in das größte der drei führte. Dieser Raum nahm ungefähr die Hälfte der Grundfläche ein und war mit Mahagonischränken und Regalen ausgestattet, die vom Boden bis zur Decke reichten. Handschriften, Schriftrollen und Bücher füllten diese Regale in willkürlichem Durcheinander. Uriah schätzte die Anzahl der Bücher auf ungefähr ein Zwanzigstel der Sammlung in der Akademiebibliothek. Allerdings waren darunter Werke, nach denen Bruder Lukas sicher ein Verlangen bis zur Sündhaftigkeit empfunden hätte.

Die sonstige Einrichtung des Zimmers schien in ihrem Stil ebenso elegant wie im Reichtum der Machart. Die braunen Ledersessel und der Tisch besaßen die zierlichen Beine und Blattgoldverzierungen, mit denen er eine lescarische Herkunft verband, aber diese Möbel stammten eindeutig aus einer Zeit lange vor dem Krieg. Einige davon, vermutete er, waren schon alt gewesen, als sein Vater geboren wurde, und sein Vater hatte volle siebenundsechzig Jahre lang gelebt – die stranische Frau seines Vaters hatte Uriah geboren, als der alte Mann es schon längst nicht mehr nötig gehabt hatte, sich die Haare abzuscheren.

»Kadett Smith meldet sich wie befohlen, Sir!«

Malachy Kidd wandte Uriah den Kopf zu. »Danke, Kadett.« Der weißhaarige Mann lächelte. »Klopf in Zukunft leiser. Ich bin *blind*, nicht taub.«

Uriah schoß die Röte ins Gesicht. »Entschuldigung, Sir, ich habe mir nichts dabei gedacht.«

»Du hast dir etwas dabei gedacht, Kadett, aber das Falsche. Du hast unterstellt, daß die Beschädigung eines Sinnes auch die der anderen mit sich führt.« Kidds grimmige Miene ließ vermuten, daß er diese Beleidigung zu späterem Gebrauch gespeichert hatte. »Es ist diese Nachlässigkeit im Denken, die Irons glauben machte, du wärst dumm. Hier wirst du lernen, dich anzustrengen und zu konzentrieren.«

Schweigen hing für eine Minute im Raum. Uriah trat verlegen von einem Fuß auf den anderen, dann verschränkte er die Hände auf dem Rücken. »Sie wollten mich sprechen, Colonel?«

»Ja. Ich will dich um einen Gefallen bitten.«

Einen Gefallen? »Ich bin ihr Bursche, Sir. Sie brauchen mir nur zu befehlen.«

Kidd lächelte kurz, doch Uriah fand darin keinen

Anlaß zur Freude. »Dein Dienst als mein Bursche beginnt erst morgen, am ersten Glockenmond. Da wir heute den letzten Zensus haben, muß ich meine Monatsabrechnung erledigen. Kadett Malvern hat eine Woche frei, um sich auf seine Abschlußprüfungen vorzubereiten. Er hat es versäumt, hier vorbeizukommen, um diese Angelegenheit für mich zu erledigen. Unter den gegebenen Umständen kann ich ihm diesen Lapsus verzeihen.«

Der blinde Mann zeigte auf den Tisch. »Auf dem Schreibtisch liegt ein Kontobuch für die Abrechnungen. Das brauchst du, wenn du zurückkommst. Ich möchte, daß du aus der Schublade ein Blatt Papier nimmst und eine Anforderung über fünf goldene Sonnentaler ausstellst. Bring sie zu Bruder Idris in die Quartiermeisterei. Er wird dir das Geld aushändigen. Außerdem wird er dir eine Quittung darüber geben und eine weitere über den Betrag, den mein Bruder bei ihm für mich hinterlegt hat. Bring beide sofort hierher, mach die Eintragungen im Kontobuch, und dann bezahle mit dem Geld die entsprechenden Personen hier an der Akademie und in der Stadt.«

»Eine Anforderung über fünf goldene Sonnentaler ausstellen, das Geld von Bruder Idris holen, hierher zurückkommen und die Beträge im Kontobuch notieren, bevor ich die Leute auszahle.« Uriah ging hinüber zum Schreibtisch und drehte die Flamme der Öllampe hoch. »Ich glaube, das habe ich verstanden, Sir.«

»Es wird dir keine Schwierigkeiten bereiten?«

Uriah runzelte die Stirn. *Selbst meine nachlässige Art des Denkens schafft einen solchen Auftrag mit Leichtigkeit.* »Sollte es das, Colonel?«

»Keineswegs, aber das bedeutet nicht, daß es nicht trotzdem so sein kann. Deine Schulunterlagen deuten allerdings auf gewisse Fähigkeiten in Mathematik und Geometrie hin, die dir dabei helfen sollten.« Kidds Gesicht fiel in sich zusammen, als er vom Ilbeorischen ins Stranische wechselte. »Außerdem sagt man dir eine Begabung für Sprachen nach. Die Rechnungen sollten auf ilbeorisch abgefaßt werden, in Ordnung?«

»Da.« Der junge Mann nahm ein Blatt Papier aus der Schublade und tunkte einen Federkiel in das silbern eingefaßte Tintenfaß aus Kristallglas auf dem Schreibtisch. »Bruder Idris kann Stranisch nicht entziffern?«

»Njet.« Kidd lachte kurz und leise auf. Das gelbe Licht der Lampe warf eine goldene Iris auf Kidds Silberaugen. »Du bist nicht wie Kadett Malvern.«

»Ist das gut oder schlecht?«

»Was?«

Uriah seufzte: »Ist das gut oder schlecht, *Sir*?«

»Ich nehme an, diese Frage wird ihre Antwort erst im Lauf der Zeit finden. Du hörst auf zu schreiben. Die Anforderung ist fertig?«

»Ja, Sir.« Uriah unterließ es zu nicken, doch rollte er statt dessen mit den Augen. »Soll ich jetzt losgehen, Sir, oder brauchen Sie mich hier noch?«

»Ich habe alles unter Kontrolle, Kadett. Du kannst wegtreten.«

»Ja, Sir.«

»Oh, Kadett Smith?«

»Colonel?«

Kidd deutete auf den Tisch. »Dreh die Lampe wieder herunter, bevor du gehst. Wir wollen nicht unnötig Öl verschwenden, nicht wahr?«

Bis Uriah das Gebäude der Quartiermeisterei erreicht hatte, war er sich ziemlich sicher gewesen, daß Kidd gewußt hatte, wann er mit dem Schreiben aufgehört hatte, weil die Feder nicht mehr auf dem Papier kratzte. *Nicht nur ist er nicht taub, er hört sogar ganz ausgezeichnet.* Wie Kidd allerdings darauf gekommen war, daß er die Flamme in der Lampe nicht wieder heruntergedreht hatte, blieb ihm immer noch schleierhaft. Er glaubte nicht, daß an der Lampe beim Hochdrehen der Flamme irgendein Geräusch zu hören gewesen war, allerdings hatte er in dem Augenblick auch nicht darauf geachtet.

Warum habe ich das Bedürfnis, in dieser neuen Stellung so wachsam wie möglich zu sein? Er lächelte bei der Erkenntnis, daß Kidd eine größere Herausforderung werden würde als alles, womit er es bisher zu tun bekommen hatte. Irons und die anderen in Sandwycke waren ebenso leicht zu entnerven und intellektuell auszumanövrieren gewesen wie seine Brüder. Bis er auf Kidd gestoßen war, hatte es niemanden gegeben, mit Ausnahme seiner Mutter, der ihn vorausberechnen oder verblüffen konnte. Obwohl er sich nicht besonders darum scherte, was andere von ihm dachten oder was sie antrieb, durchschaute er die Leute einfach viel zu leicht, um sie über einen längeren Zeitraum hinweg reizvoll zu finden.

Das Leben in Carvenshire war in Wirklichkeit doch nicht so übel gewesen, wie er oft leichtfertigerweise angenommen hatte, seit sein Vater gestorben war. Natürlich hatte es Spannungen gegeben, weil Herzog Leonard Smith von seiner Stellung als Botschafter in Strana mit einer schwangeren stranischen Gemahlin heimgekehrt war. Lady Alice hatte sich zwar durchgerungen, die Folgen ihrer Entscheidung, ihren Mann nicht nach Murom zu begleiten, stillschweigend hinzunehmen, aber die drei Söhne des Herzogs hatten die neue Frau deutlich abgelehnt, die ihre Mutter verdrängte, ebenso wie deren Kind. In der Kindheit hatten seine Halbbrüder gnadenlos auf ihm herumgehackt, doch gelang es ihm, ihnen gegenüber Mitleid zu empfinden und die schlimmsten Streiche abzuwenden, die sie ihm spielen wollten.

Ludmilla, seine Mutter, hatte ihm keine Zuflucht geboten. Sie ließ ihn die Quälereien ertragen, belohnte jedoch anschließend seine Standhaftigkeit, indem sie alles mit ihm teilte, was zu seinem stranischen Erbe gehörte. Er lernte von ihr die Sprache sprechen, lesen und schreiben und hatte seine Freude dabei, die Bücher zu lesen, die ihre Familie ihr nach Carvenshire schickte. Er sah sich durchaus als ein Smith, zog aber auch einen gewissen Stolz aus seinem stranischen Blut und nahm in diesem Teil seines Selbst Zuflucht, wenn seine Brüder ihm unerträglich wurden.

Während seiner Kindheit hatte er auch an den Heldentaten des Prinzen Trevelien seine Freude gehabt. Ihm erschien der Mut des Prinzen, eine Lescarin zu heiraten, dem seines Vaters gleich, als dieser eine Stranin geheiratet hatte, und dem seiner Mutter, die ihre Heimat verließ, um ihrem Mann nach Ilbeoria zu folgen. Für ihn war der Prinz ein Musterbild wahren ilbeorischen Adels, und er klammerte sich daran fest, wenn sich seine Brüder in ihrem Verhalten gegen ihn in den Niederungen ilbeorischer Barbarei suhlten.

Der dumpfe Schmerz, den der Tod der Mutter ausgelöst hatte, wäre beinahe zuviel für ihn geworden, doch half ihm sein Vater, damit fertigzuwerden und darüber hinwegzukommen. Auch der Tod Prinzessin Rochelles war ein harter Schlag gewesen, weil er seinen Helden als menschlich und verwundbar bloßstellte. Dies setzte Trevelien in seinen Augen nicht herab, doch es ließ ihn wie viele andere Ilbeorer daran verzweifeln, daß er so gar nichts tun konnte, um dem Prinzen wieder aufzuhelfen. Als dann schließlich auch noch Uriahs Vater starb, hatte er sich ganz und gar alleingelassen gefühlt und keinen Sinn mehr in seinem Leben gesehen. Ohne Robins Einfluß hätte ihm jeder Halt gefehlt. *Und ich wäre wahrscheinlich schon vor Monaten aus Sandwycke geflogen.*

Er verscheuchte seine rührseligen Gedanken, als er das Büro des Quartiermeisters betrat, und lächelte den rundlichen Mann mit der Halbglatze und der braunen Kutte an. »Meinen Gruß, Bruder Idris. Ich habe hier einen Scheck auf Colonel Kidds Konto.«

Der Mann nickte ruckartig und streckte seine Hand nach dem Papier aus. »Ich habe davon gehört, daß du der neue Bursche des Colonels werden sollst. Dachte, du fängst erst nächsten Monat an.«

»Kadett Malvern hat anderes zu tun. Ich helfe aus, während er sich auf seine Abschlußprüfung vorbereitet.«

Idris schmunzelte. Uriah konnte sich nicht erklären, was an seiner Antwort diese Reaktion hervorgerufen haben konnte. *Wahrscheinlich hat er sich einfach den Magen verdorben.*

Er ignorierte Idris und wandte seine Gedanken wieder der Öllampe zu. *Die Flamme hat Hitze abgegeben. Könnte er die gespürt haben?* Während er noch andere Lösungen für sein Rätsel in Betracht zog, studierte Idris die Anforderung, stempelte das Papier auf der Vorder- und Rückseite ab, legte es hin und zählte schließlich die Münzen nach. Einige davon steckte er in eine kleine Schachtel auf seinem Schreibtisch und hielt Uriah dann den Rest hin.

»Da hast du Kidds Geld. Ich schreibe dir jetzt die Quittungen aus.«

Die Gold- und Silbermünzen klingelten in Uriahs Hand. *Moment, da stimmt etwas nicht.* Der Scheck war über fünf Sonnentaler ausgestellt worden, doch hatte Idris diesen noch zwanzig Mondsilberlinge hinzugefügt. Das waren zwei Drittel von einem weiteren Sonnentaler. *Und dann waren da noch die Münzen, die er in die Schachtel gesteckt hat.*

Idris händigte Uriah die Quittungen aus. »Hier. Bis nächsten Monat dann.«

Uriah schaute auf die Papiere, die er in die Hand gedrückt bekommen hatte. Das eine war eine Quittung über fünf Sonnentaler, das andere besagte, daß der Earl of Meridmarch sechzig Sonnentaler auf das Konto seines Bruders überwiesen hatte. »Hier liegt, glaube ich, ein Fehler vor.«

»Oh?«

»Ja, oh.« Uriah ließ die Mondsilberlinge in seiner rechten Hand auf- und abspringen. »Ein Fehler von zwanzig Mondsilberlingen.«

»Das ist dein Zuschuß.«

»Was?«

Idris grinste, sprach aber leise: »So nennt Chauncy das. Ich nehme an, daß es ab nächsten Monat dir gehört, da du es jetzt für ihn abholst, was?«

»Und die Münzen in der Schachtel?«

»Du nennst die Melodie, und der Fiedler wird dafür bezahlt, daß er sie spielt.«

Uriahs Nasenflügel bebten. »Wollen Sie damit sagen, Bruder Idris, daß Sie Chauncy Malvern dabei helfen, einen Sonnentaler im Monat zu unterschlagen? Er bekommt acht Sonnentaler im Jahr und Sie vier? Ist es das?«

Der Mönch zögerte, dann setzte er sich auf. Nur das leichte Zittern des Doppelkinns verriet seine Nervosität. »Die Bücher sind in bester Ordnung.«

»Natürlich, weil Sie vermutlich die Beträge, die der Earl of Meridmarch schickt, jedes Jahr um zwölf Sonnentaler gekürzt abrechnen.«

»Was kümmert's dich, Kadett? Du kannst es nicht beweisen.« Idris lachte, aber Uriah wußte, daß es ein gezwungenes Lachen war. »Dein Wort steht gegen meines, außerdem sprechen meine Bücher und der Kadett Malvern gegen dich. Captain Irons würde ein Ehrengerichtsverfahren gegen dich anstrengen und dich hinauswerfen, egal ob du ein Stipendium hast oder nicht.«

»Aber Sie müssen den Kurieren des Earls auch Quittungen ausgestellt haben. Die würden Sie überführen.«

»Ach, und du glaubst, daß der Earl eine Buchprüfung seiner Finanzen erlaubt, nur um jährliche zwölf Sonnentaler ausfindig zu machen? Das ist ein Nichts, und du bist auch ein Nichts.«

»Ich kann Sie immer noch auffliegen lassen.«

»Ach ja? Es mag zwar der Kadett Malvern gewesen sein, der mit diesem Plan gekommen ist, doch *mir* gefällt er. Wenn du irgend etwas ausplauderst, werde ich sagen, daß du es mir vorgeschlagen hast. In einem Augenblick der Schwäche habe ich mitgemacht, es dann jedoch zurückgewiesen. Irons würde dich schlachten.« Idris' dunkle Augen sprühten vor Ärger. »Nimm, was ich dir gebe, und halte dein Maul, oder du wirst fertiggemacht.«

Sprachlos vor Wut und Entsetzen verließ Uriah das Geschäftszimmer und stampfte über den Hof davon. *Wie können sie einen blinden Mann bestehlen?* Allein der Gedanke daran brachte ihn in Rage, doch erkannte er bald, daß er seinen Ärger dazu benutzte, sich gegen das eigentliche Problem abzuschirmen, das sich ihm stellte. *Wenn ich etwas ausplaudere, etwas dagegen unternehme, werden sie mich fertigmachen. Man wird mir die Zottelperücke aufsetzen und mich ins Gefängnis werfen. Und ihnen wird nichts geschehen.*

Aber wenn ich nichts sage … Uriah fühlte es eisig durch seine Gedärme sickern. *Meine Brüder pflegten mich damit zu verspotten, daß ich Nemykos rotes Haar und seine grünen Augen hätte, und jetzt werde ich jeden Monat die zwanzig Silberlinge bekommen, für die er seinen Herrn und Hirten an die Skipianer verraten hat. Und ich werde sie dafür bekommen, daß ich meinen Meister verrate, so wie er den seinen verraten hat. Wenn ich nichts sage, verdiene ich ein Ehrengericht.*

Er stieg wieder die Treppen zur Turmkammer hinauf und spulte dabei in seinem Kopf die Debatte ab. Die Versuchung war groß, das Geld wegzuwerfen und einfach davonzulaufen, aber das wäre das Ende seiner Zeit in Sandwycke gewesen, und Irons hätte ihn als Dieb gejagt. Wieder und wieder empfahl sich das Verschweigen als Weg des geringsten Widerstandes – und sicher auch als der einträglichste –, doch Uriah konnte ihn nicht einschlagen. *Wenn ich das täte, würde ich zu Malverns Melodie tanzen, und das kann ich nicht. Ich werde nicht Teil eines Verbrechens werden, nur weil es mir schaden würde, es aufzudecken. Besser unschuldig und zu Unrecht angeklagt als schuldig und übersehen.*

Er klopfte an die Tür, öffnete sie und trat in die Bibliothek. »Ich bin wieder da, Sir.«

»Darauf wäre ich gar nicht gekommen.«

Uriah ging zum Tisch und ließ jeden Sonnentaler einzeln aus der linken Hand auf die Tischplatte fallen. Jeder Taler klang in einem tiefen, satten Ton auf, der den magischen und handwerklichen Künsten des Münzmeisters zur Ehre gereichte, der sie geschlagen hatte. Dann ließ er die zwanzig Mondsilberlinge aus der Rechten auf den Tisch klingeln. Ihr Klimpern wirkte heller, aber auf seine Art auch sehr angenehm, als sich der kleine Geldhaufen auftürmte und leise scheppernd wieder auseinanderrutschte.

Uriah wartete auf einen Kommentar von Kidd, aber der Blinde schwieg.

»Möchten Sie nicht wissen, warum ich Silberlinge mitgebracht habe, obwohl Sie mich anwiesen, eine Anforderung für Goldmünzen auszustellen, *Sir*?«

»Hatte Idris nicht genügend Sonnentaler?«

»Nachlässig gedacht, Colonel.« Uriah fischte die Goldmünzen wieder aus dem Haufen und ließ sie erneut auf den Tisch klingeln. »Wenn Sie das Kratzen der Schreibfeder auf dem Papier gehört haben, können Sie auch die hier zählen. Es sind fünf, wie Sie angefordert hatten. Und dazu noch zwanzig Silberlinge.«

»Idris hat einen Fehler begangen.«

»Einen gewaltigen, Mylord.« Uriah atmete tief durch. »Kadett Malvern hat Ihnen jeden Monat dreißig Silberlinge gestohlen. Er gibt Idris zehn ab, damit der mitspielt. Idris dachte, ich sei in Malverns Auftrag zu ihm gekommen, deswegen gab er mir das Geld. Er war ziemlich dreist und drohte mir, mich zu ruinieren, wenn ich Ihnen die Unterschlagung enthülle.«

Ein grimmiges Lächeln erschien auf Uriahs Lippen. Er konnte sich noch sehr gut an den geißelnden Sarkasmus erinnern, mit dem Irons von Kidd demontiert worden war. *Malvern wird eine so große Perücke verpaßt kriegen, daß er mit einem Bärenfell auf dem Kopf enden wird, und Idris, nun, seine Frau und seine Familie werden sich bald unter den Bettlern wiederfinden, die im Schatten des Kerkers von Coldstone ihr Dasein fristen.* Sein Lächeln wurde breiter, als Kidd weiter über das Problem nachzudenken schien, das er ihm vorgesetzt hatte. »Was soll ich jetzt tun, Sir?«

Der Blinde saß einen Augenblick lang vollkommen bewegungslos da, dann nickte er. »Wenn du meine Rechnungen in Stadtsandwycke bezahlst, verteile die Mondsilberlinge unter den Bettlern.«

Der junge Mann sperrte seinen Mund auf: »Mylord?«

»Ja, ein Mondsilberling ist eine erhebliche Summe für Leute, die sich sonst mit Kupfersternen zufriedengeben müssen. Aber der Besitz von zwanzig Silberlingen ist eine fürchterliche Sache, und du solltest sie auf eine elegante Weise loswerden.«

»Aber wollen Sie denn nichts wegen Malvern und Idris unternehmen?« Uriah legte seine Hände um den kleinen Geldhaufen. »Das wurde Ihnen gestohlen! Sie müssen etwas tun!«

»Ich habe bereits etwas getan, Kadett Smith.«

»Ich verstehe nicht, Colonel. Was haben Sie getan?«

»Ich habe mir dich als meinen neuen Burschen genommen.«

»Das habe ich damit nicht gemeint, Sir.« Uriah schlug leicht mit einem Finger gegen die Münzen. »Es muß etwas gegen die Diebe getan werden.«

»Ich bin nicht gewohnt, daß man mein Wort in Zweifel zieht, Kadett Smith. Ich habe gesagt, daß ich bereits etwas unternommen habe.« Kidds Gesicht verdüsterte sich. »Du bist noch neu, also erkläre ich dir, was ich meine, nur dieses eine Mal, dann will ich nichts mehr davon hören, ist das klar?«

»Ja, Sir.«

»Gut. Idris kam vor zwei Jahren zu mir, nach dem ersten Vorfall. Er gestand mir, was er getan hatte. Die zehn Mondsilberlinge, die er sich nimmt, gehen als anonyme Spende in die Armenkasse des Sankt-Nikolaus-Waisenhauses in der Stadt.«

»Sie wußten, was passieren würde, als ich Ihren Scheck zu Bruder Idris brachte?«

»Allerdings.«

Uriah stieg gallige Wut in die Kehle. »Es war also eine Prüfung meiner Ehrenhaftigkeit?«

»Es war eine solche Prüfung und noch viel mehr, Kadett Smith.« Kidds Mund verzog sich langsam zu einem Lächeln. »Ich wies Bruder Idris an, wie er sich auf deine mögliche Reaktion hin zu verhalten habe. Er war sich nicht ganz sicher, ob er überzeugend sein könnte, doch ganz offensichtlich war er es.«

»Ein Test.« Uriah schüttelte fassungslos den Kopf. »Ich kann nicht glauben, daß Sie mir so wenig trauten.«

»Würdest du denn jemandem mit deinem Führungszeugnis und deinem Auftreten so einfach vertrauen, wenn du an meiner Stelle wärst?« Kidd zuckte mit den Achseln. »Sorge dich nicht, du hast ihn bestanden.«

»Das heißt gar nichts.« Uriah schüttelte erneut den Kopf, um seiner Verwirrung Herr zu werden. »Wäre ich entlassen worden, wenn ich versagt hätte? Nein, offensichtlich nicht. Malvern wurde ja nicht entlassen.«

»Er war recht vorsichtig, als er mit dem Stehlen begann und versteckte das Geld, nachdem er es sich genommen hatte.« Kidd schloß die Augen. »Dieses Jahr wurde er schamloser; wenn er von der Bezahlung meiner Rechnungen zurückkam, klingelten die Silberlinge in seiner Hosentasche.«

»Und Sie haben nichts unternommen?«

»Das war nicht meine Aufgabe.«

»Aber er hat *Sie* bestohlen, Colonel. Wer sollte sich sonst um ihn kümmern?«

Kidds Silberaugen öffneten sich wieder. »Ich hatte gehofft, er würde sich freiwillig stellen.«

»Aber jetzt wissen Sie, daß er es nicht tut. Sie haben selbst gesagt, daß er dreister geworden ist. Sie müssen ihn anzeigen.«

»Und dann?«

»Wird er bestraft.«

»Aber wird er bereuen?«

»Es wird ihm leid tun.«

»Ja, aber er wird nicht *bereuen*. Es wird ihm leid tun, daß er erwischt wurde, aber er wird niemals seinen Diebstahl bereuen.« Kidd öffnete die Hände. »Er wird eine irdische Strafe erhalten, aber in der Ewigkeit verdammt bleiben.«

»Das ist sein Problem, Sir.«

»Nein, Kadett Smith, es ist *mein* Problem und auch *deines*.« Viscount Warcross verschränkte die langen Finger seiner Hände. »Warum warst du bereit, eine irdische Strafe für ein Verbrechen zu riskieren, das du nicht begangen hast?«

Weil ich Malvern eher ins Gesicht spucken würde, als mich seiner Erpressung zu beugen. Uriah wußte, daß *dies* nicht die Antwort war, die Kidd hören wollte, also behielt er sie für sich. »Ich wollte nicht an einem Verbrechen teilhaben, Colonel.«

»Warum nicht?«

»Es wäre nicht in Ordnung gewesen.« Uriah runzelte die Stirn. »Ich könnte mich dabei nicht wohl fühlen.«

»Auch wenn du wüßtest, daß du nicht erwischt wirst?«

»Ich würde mich dabei dennoch nicht wohl fühlen, Sir.« *Worauf will er hinaus? Oh, natürlich.* »Ich würde nicht mit dieser Sünde auf meiner Seele sterben wollen.«

»Dein Ton ist etwas zu oberflächlich, Kadett Smith.« Kidd nickte. »Aber die Antwort ist korrekt. Die Beziehung eines Menschen zu Gott ist wichtiger als alles andere, dem er sich gegenübersehen könnte. Wer im Geist des Heiligen Wolfes lebt, in Einklang mit Eilyphs Geboten, der wird in der Stunde seines Todes auch Ruhm und Erlösung finden.«

»Aber wir wissen das alle, Sir. Unser ganzes Leben lang wird uns das gelehrt. Auch Malvern weiß das.«

»Aber genau so, wie manche Menschen die Mathematik oder die Sprachen nicht so wie du begreifen, können manche die Wirklichkeit hinter solchen theologischen Konzepten nicht erkennen. Um dich von deinen Sünden reinigen zu können, mußt du sie bekennen und wahrhaft Erlösung ersehnen. Chauncy Malvern kann das nicht verstehen.« Kidd legte die Stirn in schmerzliche Falten. »Wenn jemand nichts von Mathematik versteht, kann er einen anderen anstellen, der ihm die Rechnungen erledigt. Aber wenn jemand nicht weiß, wie er für seine Sünden büßen und Vergebung erlangen soll, kann niemand anders dessen Platz vor Gott einnehmen.«

»Aber Sie können ihn doch nicht so einfach davonkommen lassen.« Uriah schüttelte den Kopf. »Indem Sie ihn der Justiz ausliefern, wird ihm klar werden, daß falsch war, was er getan hat.«

»Wenn wir Malvern bestrafen, wird ihn dies noch weiter von seinem Seelenheil entfernen.« Kidd hob die

Hand. »Es ist meine Pflicht als Wolfspriester, das zu vermeiden.«

»Seit wann ist Ihre Pflicht gegenüber einem einzelnen Mann wichtiger als Ihre Pflicht der ganzen Herde gegenüber, die uns zum Schutze anvertraut wurde?« Uriah ballte in hilfloser Wut seine Fäuste. »Das ist falsch! Wenn Sie Malvern ohne Strafe ziehen lassen, lassen Sie einen Dieb mitten in der Herde los.«

»Indem ich ihm gegenüber in dieser Welt Gnade walten lasse, bewahre ich ihm die Möglichkeit, auch in der anderen Welt Gnade zu erfahren.« Kidds Kopf hob sich. »Wenn er seine Missetaten nicht erkennt und sich nicht aussöhnt, wird Gott ihn strafen, und diese Strafe wird dem Verbrechen angemessen sein, wie es in Gottes Plan für Chauncy Malvern vorgesehen ist.«

Uriah schüttelte den Kopf ohne zu bedenken, daß Kidd ihn nicht sehen konnte. »Ich habe noch nie erlebt, daß sich Gottes Plan so klar und gezielt verwirklicht.«

»Du bist noch jung, Kadett Smith, und wirst mit dem Alter weiser werden. Und du wirst an Distanz gewinnen, die es dir ermöglicht, so etwas deutlicher zu sehen. Für dieses Mal mußt du mir vertrauen.« Kidd klopfte mit einem Fingernagel auf seinen rechten Augapfel. »Du müßtest sogar noch blinder sein als ich, wenn du die Zeichen für die Verwirklichung der göttlichen Pläne in dieser Welt nicht erkennst. Du wirst lernen müssen, die Augen aufzumachen und zu sehen, was er dir zeigt, solange du es noch kannst.«

12. Kapitel

Hauptquartier der 137. Bärenhusaren,
Wsorin, Distrikt Wsorin
Strana

4. Glockmond 1687

Pokovnik Grigori Khrolic schaute aus dem Turm seines Hauptquartiers und wußte, daß er Herr über alles war, was er sah. Mit einem Lächeln nahm er auch Pjimok mit in diese Bilanz auf. Auch wenn Fürst Wassili Arslow ein Mann von großer Gerissenheit und Intelligenz war, blieb auch er einer von Khrolics Schützlingen. Die Leibwachen des Fürsten waren Khrolics Männer, und es lag in seiner Hand, das Leben des Fürsten zu schützen oder auszulöschen.

Deinetwegen sitze ich hier in dieser Falle, Wassili Arslow. Die Lehmziegelbauten Wsorins breiteten sich planlos um ihn herum aus. Die meisten dieser sandbraunen Häuser waren quaderförmig und hatten flache Dächer mit rußgeschwärzten Rauchlöchern und Strohabdekkungen, die zusätzlich mit Schlamm abgedichtet waren. Trotz der geometrischen Regelmäßigkeit der einzelnen Gebäude wurde die Stadt durch deren unterschiedliche Größe und versetzte Bauweise zu einem Labyrinth von engen und überschatteten Gassen. Die Leute zogen sich ihr neues Heim hoch, wo immer sie es dazwischenquetschen konnten, und verbauten jeden öffentlichen Zugang, indem sie einen Irrgarten von untereinander verbundenen Häusern schufen, der drei oder vier Generationen einer Familie in mitleiderregendem Schmutz beherbergen mochte.

Hühner und Ziegen, Hunde, Schweine und verdreckte schwarzhaarige kleine Kinder wimmelten, spielten und wühlten in der offenen Kloake. Wenn der kalte Nordwind blies, was im Sommer für Khrolics Geschmack längst nicht oft genug geschah, trieb er den Gestank dieser ungewaschenen Menschenhorde davon. Die Bewohner der Stadt waren nur dem Namen nach Straner. Von ihrer Abstammung und Kultur her handelte es sich bei ihnen zu hundert Prozent um Estanen.

Deinetwegen, Wassili Arslow, werde ich diesen Ort hier verlassen. Khrolic drehte sich um und schaute nach Norden, auf den neuesten Teil der Stadt. Im und um das Gebiet zwischen der Husarengarnison und Pjimok hatten echte Straner eine richtige Stadt geschaffen. Die Straßen waren mit vor Ort gehauenem Stein gepflastert und hatten Abwassergräben. Sie verliefen vom Stadtrand direkt bis dorthin, wo die alte mit der neuen Stadt zusammenstieß. Stranische Architekten hatten den einheimischen Bauleuten beigebracht, vernünftige Gebäude hochzuziehen. Wenn man genug blinzelte, um die flache braune Ebene im Norden nicht mehr richtig zu sehen, konnte man sich der Vorstellung hingeben, man sei wieder in Mjasowo, Sawensk oder sogar am Stadtrand von Murom.

Grigori Khrolic zog es mit aller Gewalt zurück nach Murom. Es gab zwar viele Persönlichkeiten im Reich, die behaupteten, es gebe noch andere Machtzentren außerhalb Muroms, aber Grigori hatte festgestellt, daß die Entschiedenheit, mit der sie diese Ansichten vertraten, um so stärker war, je weiter sie von Murom entfernt lebten. Niemand, nicht einmal ein Tacarri, bei all der Macht, die er in seiner Provinz ausübte, hätte darauf verzichtet, für die Möglichkeit einer Rückkehr nach Murom alles im Stich zu lassen, um sein Glück wieder am Hofe zu versuchen.

Grigori spielte mit dem Schlüssel, der an einer geflochtenen Schnur um seinen Hals hing, als er langsam die Wendeltreppe des Turms hinabstieg. Seine Stiefel knirschten über die steinernen Stufen, und der von den Stürmen hereingewehte Sand half, den Stein abzuschleifen. Für den Bau des Turms und den Ausbau der Husarengarnison waren einheimische Steinmetze angeheuert worden, und ihre grobklotzige Arbeit lieferte dem Krieger eine nahezu perfekte Möglichkeit, seine Entfernung von Murom abzulesen.

Die Gründe für seinen Wunsch, nach Murom zurückzukehren, gingen weit über seine Machtgier hinaus. Murom war das Zentrum der stranischen Kultur. Konzerte, Opern, Theater und Ballett dienten der Zerstreuung. Bücher, die in Murom Stadtereignis waren, erreichten Wsorin zehn Jahre nach ihrem Erscheinen in der Hauptstadt – wenn er Glück hatte. Die Verpflegung und die Wohnungen in Murom stellten alles andere im Reich und vielleicht auf der ganzen Welt in den Schatten.

Dasselbe galt zweifellos für die Damenwelt.

Er lächelte beim Gedanken an Natalja Ohanscai und tastete nach dem goldenen Rubl in seiner Tasche, auf dem ihr Bildnis eingraviert war. Er liebte sie wirklich – das stand außer Zweifel. Er begehrte sie, seit er sie bei seiner ersten Reise nach Murom, noch als Adjutant des Fürsten Arslow, zum ersten Mal gesehen hatte. Er war damals sechsundzwanzig Jahre alt gewesen und sie ein zierliches Persönchen von fünfzehn Jahren. Zunächst hatte sie ihn ignoriert, doch er wußte, daß sie interessiert war. Er versprach sich damals schon, sie zu gewinnen, und ließ sich damit auf einen Feldzug ein, der noch ganze acht Jahre keinen Erfolg zeitigen sollte.

Am Fuß des Turms angekommen trat Grigori in das Hauptgebäude seines Hauptquartiers. Die zu beiden Seiten der Tür Wache stehenden Gardisten nahmen Haltung an, aber Grigori überging sie einfach. Ihre Postierung beruhte mehr auf der Notwendigkeit, den Husaren Pflichtgefühl einzuimpfen, denn auf irgendeiner Befürchtung, angegriffen zu werden. *Helansajar mag politisch unsicher sein, aber die Gefahr eines Angriffs auf Wsorin ist vernachlässigbar gering. Um uns hier anzugreifen, bräuchten sie einen Anführer, der um nichts weniger waghalsig ist, als ich es bei der Annahme war, Nataljas Herz erobern zu können.*

Ein anderer Mann wäre ungeduldig geworden, aber Grigori hatte gelernt zu warten. Vielleicht lag es daran, daß er aus einer großen Familie stammte. Seine Urgroßeltern, die in seiner Jugend fast alle noch gelebt hatten, waren hundertzwanzig Jahre alt. Seine Eltern pflegten zu predigen: »Gut Ding will Weile haben«, als sei es das elfte Gebot, und die Familie schien insgesamt mit einer Langlebigkeit gesegnet zu sein, die sorgfältige Planung als passende Alternative zur impulsiven Selbstzerstörung erscheinen ließ.

Immer wieder hatte Grigori mitangesehen, wie andere scheinbar rasch zu Erfolg und Ruhm gelangten, dann aber wie Sternschnuppen wieder verblaßten und so schnell abstürzten, wie sie aufgestiegen waren. Der Ilbeorer Malachy Kidd war so ein Mensch gewesen. Er war brillant gewesen – Grigori wußte, was er ihm schuldig war, denn Kidd hatte ihn neue Taktiken für den Einsatz der Husaren gelehrt –, aber in seiner Hast hatte er die Gefahr nicht erkannt, die in unmittelbarer Nähe auf ihn lauerte. Seine Ungeduld hatte Grigori erlaubt, ihn zu vernichten, und indem er das tat, hatte er eine weitere Lektion gelernt.

Niemand ist unbesiegbar.

Diese Lektion war für ihn wichtig geworden, als die Husaren das Lescarenheer bis in deren Heimat verfolgten. Grigori hatte es gelernt, seine Aufträge so auszuführen, daß ihm und seinen Männern unnötige Ausfälle erspart blieben. Die stranische Militärdoktrin pflegte den Wert der Armee über den des einzelnen Soldaten zu stellen, aber Grigori wandelte diese Sichtweise grundlegend ab. Er war zwar immer noch bereit, sein Blut für Strana zu vergießen, zog es aber ganz entschieden vor, das Blut des Feindes für Strana zu vergießen.

Dieser Widerwille, seine Männer durch den Fleischwolf des Krieges drehen zu lassen, paßte gut zu seiner Begabung, Schlachten durch taktische Winkelzüge zu gewinnen. Durch diese Kombination gelang es ihm, seine Männer an sich persönlich zu binden. Als sie nach und nach in höhere Ränge aufstiegen und in andere Bataillone versetzt wurden, verbreiteten sie seinen Ruhm unter den Husaren. Gegen Ende des Krieges war er der populärste Offizier des Regiments gewesen, weshalb seine Ernennung zum Nachfolger Arslows niemanden überrascht hatte – außer Arslow selbst.

Arslow hatte Grigori angeboten, ihn nach Wsorin zu begleiten, aber Grigori hatte es vorgezogen, Pokovnik der Husaren zu werden. Wsorin war zu weit von Murom entfernt, als daß er sich von dort aus weiter hätte um Natalja bemühen können. Noch entscheidender war allerdings gewesen, daß Arslows Versetzung nach Wsorin in Grigoris Sicht eine Behinderung bedeutete, die der um nichts nachstand, die der Ilbeorer Kidd mit dem Verlust seiner Augen erlitten hatte. Grigori hatte kein Interesse empfunden, an Arslows Seite in Wsorin zu versauern und einzugehen. Statt dessen hatte sein neuer Posten ihn nach Mjasowo geführt, in eine Stadt, die er nicht nur gut kannte, sondern die seine Fähigkeiten auch dringend benötigte.

Grigori ging einen Korridor entlang und mehrere breite Stufen hinunter zum Torbogen, der in den Vandari-Flügel des Husaren-Hauptquartiers führte. Für den Bau des Vandari-Stalls waren stranische Arbeiter geholt worden, die sich streng an Grigoris Pläne gehalten hatten. Jede der Rüstungen hatte ihre eigene Box, wie es sich für eine Ausrüstung von derart legendärem

Wert gehörte. *Kein estanuanischer Steinmetz wäre in der Lage gewesen, ihnen eine würdige Unterbringung zu bauen.*

Fünf Jahre hatte er das Ingenieurswissen, das er sich beim Studium an der Tacier-Universität in Mjasowo angeeignet hatte, dazu benutzt, die von Fernandis Truppen in Schutt und Asche gelegte Stadt wiederaufzubauen. Einmal im Vierteljahr hatte er die dreitägige Luftschiffsreise nach Murom gemacht, um Bericht zu erstatten. Gleichzeitig hatte er die Zeit genutzt, sich mit dem Adel anzufreunden, indem er die Gesellschaft mit exotischen Waren versorgte, die über den Hafen von Mjasowo oder über die Goldstraße aus Wsorin gekommen waren.

Nach zwei Jahren freute man sich schon auf seine Besuche, und Feste wurden für die Woche geplant, in der er sich in der Hauptstadt aufhielt. Obwohl ihn viele als ihren Gast begrüßen wollten, hatte Grigori stets die Einladungen Sergej Tsodows, des Naraschals der Vandari, angenommen. Grigoris Freundschaft hatte dem zum Staatsmann avancierten alten Militär geschmeichelt, und Tsodow führte ihn in die inneren Zirkel des Hofes ein.

Als Mjasowo fast ganz wiederaufgebaut war, war als neue Garnison für die 137. Bärenhusaren verständlicherweise einzig Murom in Frage gekommen. Am Abend des Tenebrium, einen Monat nach ihrem Eintreffen, hatten die Husaren einen Ball gegeben, von dem es hieß, er sei so eindrucksvoll gewesen, daß General Winter Murom ihn über einen Monat lang, bis zum Mors, ignoriert habe, aus Empörung darüber, nicht eingeladen worden zu sein.

Grigoris Geduld hatte ihm mehr eingebracht als nur den Posten in Murom und die Chance, Natalja den Hof zu machen. Positionen im Orden der Vandari waren seit den Tagen des Kirana Dost heiß begehrt und heftig umkämpft. Freigewordene Posten unter den dreihundert vorhandenen Stellen wurden üblicherweise mit den besten Absolventen der Militärakademie von Savensk besetzt. Die Ordensmitglieder der Vandari dienten in ihren alten Einheiten, nicht in einem speziellen Verband, und wenn sie sich dort bewährten, wurden sie auch innerhalb des Ordens befördert.

Daß jemandem, der nicht aus dem Savensk-Kader stammte, die Chance zur Aufnahme in den Orden eingeräumt wurde, war noch so gut wie nie vorgekommen, aber als eine Stelle bei den Gardewiddern frei wurde, gab es überhaupt keinen Zweifel daran, daß auch Grigori Gelegenheit bekommen würde, sich darum zu bewerben. Es war auch weiter keine Überraschung, als er die anderen Kandidaten in den meisten der geforderten Tests ausstechen konnte. Zwar war er fünfzehn Jahre älter als die anderen gewesen, aber in dieser Zeit hatte er einen Erfahrungsschatz angehäuft, der die überlegenen athletischen Fähigkeiten der jüngeren Anwärter mehr als wettgemacht hatte.

Das einzige, was danach noch zwischen ihm und seiner Aufnahme in die Vandari – die militärische Elite Stranas, und allen anderen Eliteverbänden weit überlegen – gestanden hatte, war die Initiation. Da die Vandari-Rüstungen durch Magie bedient wurden, mußte jeder Krieger, der einen solchen Panzer erhielt, über ein enormes magisches Können verfügen. Es konnte vorkommen, daß es ihm nicht gelang, alle nötigen Zaubersprüche zu koordinieren und alle Anforderungen zu erfüllen, die an ihn gestellt wurden, wenn er das erste Mal mit der Rüstung in Berührung kam.

Lief es schlecht, konnte es ihn den Verstand kosten.

Versagte er komplett, konnte es ihn völlig verzehren.

Grigori zögerte vor der Tür der Box mit der Nummer Siebenundzwanzig, in der sein Widder wartete. Er strich mit den Fingern über das gravierte Namensschild im Stein neben der Tür, fühlte jeden Buchstaben seines Namens unter den Fingerkuppen vorbeigleiten. Irgendwie konnte er es immer noch nicht glauben, daß es ihm gelungen war, zu den Vandari aufzusteigen, und das Berühren des Namensschilds war zu einem persönlichen Ritual geworden, das ihn an die Realität seines Erfolgs erinnerte.

Die neunundzwanzig anderen Widder hatten ihn am letzten Tag des Jahres eine Stunde vor Mitternacht in ihrem Hauptquartier erwartet. Die Einführung eines neuen Vandari erfolgte grundsätzlich in der ersten Stunde des Initibriums. 1682 hatten sie nur eine Neubesetzung durchführen müssen. Hätte er versagt, wäre Widder 27 bis zum nächsten Initibrium führerlos geblieben.

Grigoris linke Hand tastete unter dem Seidenhemd nach dem bronzenen Schlüssel, der ihm an einer geflochtenen Baumwollschnur um seinen Hals hing. Er drückte das Stück Metall beruhigend gegen sein Brustbein. Dieser Schlüssel verband ihn mit seinem Widder. Er öffnete die Rüstung und verlieh ihm die Kontrolle darüber. Er verband ihn mit seinem Erfolg und symbolisierte das Versprechen einer glücklichen Zukunft.

In jener ersten Nacht hatte es allerdings nicht so ausgesehen. Er hatte vorher eine Woche gefastet und dreimal täglich die Messe besucht. Vor dem Gang ins Hauptquartier der Vandari hatte er die Beichte abgelegt, und dort hatte er nur mit einem weißen Baumwollgewand bekleidet auf dem kalten Steinboden gekniet. Um ihn herum hatten in ähnlichen Gewändern die Vandari weiße Kerzen in den Händen gehalten und Gebete für seine Sicherheit gemurmelt.

Der Feldkaplan der Widder, ein graubärtiger Bischof, hatte ihn gesegnet und dann den Vorhang umrundet, der die Widderrüstung umgab. Bei jedem zweiten Schritt hatte er ein Weihrauchfaß geschwenkt und den Rauch über den Vorhang tropfen lassen, um alle Dämonen zu vertreiben, die sich möglicherweise an der noch verborgenen Rüstung festklammerten. Danach hatte der Geistliche zufrieden ein Gebet angestimmt und Grigori den Schlüssel ausgehändigt. »Gott sei mit dir, mein Sohn. Wenn es Sein Wille ist, wird dein Weg ohne Gefahr sein.«

Die Ironie dieser Aussage war Grigori erst später aufgegangen, denn derselbe Priester hatte ihm nach der Beichte nahegelegt, seinen Nachlaß der Kirche zu vermachen, für den Fall, daß doch nicht alles gut verlief. Der Kaplan hatte offensichtlich nicht viel Vertrauen in Grigoris Tauglichkeit für die Vandari gesetzt. *Oder*, überlegte Grigori, *er kannte das wahre Wesen der Prüfung, die mir bevorstand.*

Der Bischof war danach zur Seite getreten, und der schwarze Samtvorhang um den Widder 27 hatte sich geöffnet. Als solle sie Grigoris Haltung widerspiegeln, hatte die Rüstung auf dem Boden gekniet. Das Kerzenlicht hatte auf der bronzenen Haut des Panzers geglänzt und auf den scharfen Spitzen der Widderhörner gefunkelt, die an seinem Kopf angebracht waren. Die Rüstung hatte auf ihrem Hinterteil gesessen. Die abgerundeten Schenkel gingen über in stahlträgerartige Schienbeine und langgezogene Fußknochen, die in schweren paarigen Hufen endeten. Auch die Oberarme waren gerundet, und verjüngten sich über die Ellbogen zu mechanischen Stahlträger-Unterarmen und ähnlichen Paarhufen wie an den Beinen. Der breit gewölbte Rumpf weitete sich zu mächtiger Schulterbreite. Der dreieckige, bis auf zwei glasverstärkte Sehschlitze vollkommen glatte Kopf saß ohne Hals unmittelbar auf den Schultern.

Die Maschine – denn als solche sah Grigori die Rüstung – hatte Majestät und Macht ausgestrahlt. Obwohl schon vor acht Jahrhunderten von durranischen Schmieden gefertigt, sah sie aus, als sei sie erst in den letzten zehn Jahren von den besten Schmieden Stranas – Wladimir Solowjeff oder Andrej Gorianoff – geschaffen worden. Aber selbst wenn man die Geschichte des Widders 27 beiseite ließ, so reichte allein die Tatsache, daß sich diese beiden Meister der Juweliersschmiedekunst noch nie an einer Arbeit dieser Größe versucht hatten, um ihre Urheberschaft an dieser Maschine auszuschließen.

Und Widder 27 hatte seine eigene Geschichte. Knapp unter der linken Brust hatte Grigori ein Loch gesehen, das etwa den doppelten Durchmesser eines goldenen Rubl besaß. Niemand hatte ihm gesagt, was geschehen war, aber er hatte Gerüchte gehört und während des Lescarenkrieges auch selbst gesehen, welche Schäden ein Vandariwidder aushalten konnte. Ob er von einem eisernen Bolzen durchbohrt oder vom Schuß einer Dampfkanone getroffen wurde, das Resultat blieb stets dasselbe. Der menschliche Körper im Inneren der Rüstung löste sich auf – wenn sich der Krieger einmal mit dem Panzer vereinigt hatte, war er für immer mit ihm verbunden –, und der Panzer blieb beschädigt, bis er einen neuen Meister aufnahm. Er wurde nach Strana zurückgeschleppt und mußte dort auf das neue Jahr und die Initiation eines neuen Kandidaten warten.

Grigori Khrolic war aufgestanden und hatte den Schlüssel vor sich ausgestreckt, wie ein Priester der Gemeinde die Monstranz mit der Hostie darbieten mochte. Seine Stimme war gefaßt geblieben, als er sich dem Panzer mit den Worten genähert hatte: »Ich bin Pokovnik Grigori Khrolic. Ich wurde auserwählt im Wettbewerb mit anderen, die sich für den Dienst mit dir empfahlen. Zusammen werden wir stärker sein als getrennt.«

Als er etwas näher als zwei Meter an die Maschine herangetreten war, hatte diese reagiert. Mit einem metallischen Zischen hatte sich das dreieckige Kopfteil gehoben und ein Loch freigegeben, das leicht den doppelten Durchmesser von Grigoris Hals zeigte. Darunter hatte sich der Rumpf entlang einer vorher unsichtbaren senkrechten Mittelnaht geöffnet. Zwei Türklappen hatten sich vorgeschoben und waren dann nach beiden Seiten einladend aufgesprungen. Mit nur einem kleinen gepolsterten Sitz und einer Ausbuchtung, in der ein ledergebundenes Journal lag, hatte das Innere der Rüstung einen enttäuschend spartanischen Eindruck auf ihn gemacht. An der Stelle, an der in der Außenhülle das Loch zu sehen gewesen war, war an der Innenseite ein dünner Metallfilm erkennbar geworden, so, als sei es die letzte Handlung des Piloten gewesen, Goldfolie auf die Wunde zu packen.

Grigori hatte Widder 27 betreten. Er hatte den Schlüssel in eine kleine Tasche der Baumwollrobe gesteckt, die knapp über seinem Herzen lag, dann hatte er sich umgedreht und den Rücken gegen das kühle Metall der Rüstung gelegt. Er hatte die Arme gehoben und in Schulterhöhe in die Arme der Rüstung geschoben, bis seine Hände fest in den lederähnlichen Innenhandschuhen saßen. Dann hatte er sich auf dem schmalen Sitz niedergelassen und die Beine durch die Löcher in die gepanzerten Beine gesteckt.

Plötzlich hatte sich der Kopf der Rüstung gesenkt, der Panzer war zugeschnappt und hatte ihn in schwarzer Enge eingeschlossen. Kein Licht war durch die Sehschlitze gedrungen. In der Enge des Metallpanzers war ihm sofort warm geworden. Er hatte gegen seine aufkeimende Panik angekämpft und zunächst geglaubt, damit Erfolg zu haben, denn seine klaustrophobische Angst schwand dahin. Dann machten ihm seine Blindheit und der allmähliche Verlust des Tastsinnes klar, daß etwas sehr Merkwürdiges vorging.

Ein grelles weißes Licht hatte sich durch die geschlossenen Lider in seine Augen und bis in sein Hirn gebohrt. Ein Schrei hallte in seinen Ohren wieder. Ein sengender Schmerz bohrte sich durch ihn hindurch und schien bei jedem Atemzug in seiner linken Lungenhälfte einen Brand zu entfachen. Seine Hände verkrampften sich zu Fäusten, und seine Kiefer mahlten vor Schmerz.

Er kämpfte gegen den Tod an, zwang sich zu atmen, unterdrückte seine Schmerzensschreie und begann zu zählen. *Atmen, eins, zwei; ausatmen, drei vier …* Indem er sein Hirn mit Zahlen und logischen Überlegungen beschäftigte, gelang es ihm, den Schmerz zu verdrängen. Er wollte, er konnte nicht zulassen, daß die Rüstung ihn umbrachte und ihm seine Träume nahm.

Die Lage veränderte sich, die körperlichen Schmerzen ebbten ab. Doch in deren Kielwasser kam etwas nach, vor dem Grigori sich noch mehr ängstigte als vor dem Sterben selbst. Er fing an zu schlottern, als die Kälte an seinen Händen und Füßen nagte. Sie berührte seine Knie, wo sie auf dem Boden gelegen hatten, dann die bloße Haut seines Gesichts. Er fühlte, wie an Nasenspitze und Ohrläppchen Frostbeulen zu brennen begannen. Eine schwere Müdigkeit schien ihn hinabzuziehen.

Nein! Ich werde nicht erfrieren! Er schüttelte seine Lethargie ab und pumpte mit Armen und Beinen. Er sprach den Bewegungszauber, den er im Lauf der Initiationsübungen gelernt hatte. *Ich muß ihm meine Kontrolle aufzwingen, sonst wird er mich zerstören.*

Die Welt schien um ihn herumzurasen, er war völlig verwirrt. Er spürte, daß er fiel, streckte die rechte Hand aus, um sich irgendwo zu halten und fühlte plötzlich einen entfernten Stoß, der seinen Fall auffing. Funken tanzten vor seinen Augen. Dann hob er den Kopf und langsam wurde verschwommen die Außenwelt sichtbar. Die Sehschlitze hatten ihm nur ein eingeschränktes Blickfeld geboten, aber das reichte aus, sich zu orientieren und darüber klarzuwerden, wo oben und unten war. Er hatte Kopf und Schultern hochgezogen und es geschafft, sich aufzurichten, indem er sich mit dem rechten Bein hoch drückte und den linken Arm streckte.

Die Anstrengung hatte ihn heftig keuchen lassen. *Als hätte ich diese Maschine zu Boden gerungen.*

Gedämpfter Beifall war aufgeklungen, als er sein Gleichgewicht wiedergefunden und seine Widderkameraden aus dem Innern von Nummer 27 mit zaghaftem Salut gegrüßt hatte. Er hatte die anderen Widder stolz über seinen Erfolg strahlen sehen können, und ein Teil von ihnen schien über den Gruß baß erstaunt. Mit einiger Anstrengung hatte er es geschafft, den Widderkopf mit dem rechten Huf nicht zu verbeulen und sich auch nicht in dessen Horn zu verfangen. Als er den Widder zurück in eine sitzende Stellung brachte, hatte Grigori sich sogar aller Erschöpfung zum Trotz ein Grinsen gestattet.

Während er so dasaß, hatte er bemerkt, daß das Geräusch des Beifalls sich so natürlich anhörte, als sei er nicht vom tonnenschweren Metall dieses Satyrn umschlossen gewesen. Er hatte angenommen, daß die Geräusche ihm irgendwie über eine Art Schalltrichter zugetragen wurden. *Die mechanischen Raffinessen dieser Maschine sind unglaublich.*

Allmählich war ihm noch anderes aufgefallen, magische Besonderheiten, die ihn nicht weniger überraschten. Schwarze Symbole auf rotem Untergrund waren durch sein Sichtfeld geglitten. Wenn er versucht hatte, sie mit seinem Blick zu fassen, waren sie ihm ausgewichen und hatten am Rande seines Sichtfelds verharrt. Er hatte einige Sekunden nachgedacht, ohne einen klaren Blick auf auch nur eines von ihnen zu ergattern. Dann hatte er an den Bewegungszauber gedacht, den er kurz zuvor angewandt hatte, und eines der Symbole war in sein Blickfeld gedriftet, wo er es klar sehen konnte. Anders als die anderen Zeichen war dieses rot auf schwarzem Grund gewesen.

Das bedeutet, der Spruch ist aktiv. Grigori war in Gedanken alle Zaubersprüche durchgegangen, die er kannte, und hatte entdeckt, daß sie alle durch ein entsprechendes Symbol vertreten waren. Dabei entdeckte er auch, daß es genügte, den Blick auf den Rand eines Symbolfelds zu richten, um das Symbol mit einem Gedankenbefehl in sein Sichtfeld zu ziehen. Auf diese Weise hatte er zwei Zaubersprüche gefunden, die er schon als Kind gelernt hatte, und sogar einen Spruch, von dem er nicht einmal gewußt hatte, daß er ihn kannte.

Das Symbol schien ein Kind darzustellen. Grigori lächelte – vor dieser Art von Zeichen hatte man ihn gewarnt, da Symbolfeld und Symbol dazu tendierten, sich der Persönlichkeit des Piloten anzupassen. *Dieses Symbol setzt die Initiation in Gang.* Da er nicht dumm war und die Schmerzen seiner Initiation noch fühlen konnte, hatte er keinerlei Wunsch verspürt, dieses Symbol aufzurufen und den Prozeß noch einmal anlaufen zu lassen.

Er hatte den Panzer wieder in kniende Haltung zurückgebracht und ihm befohlen, ihn freizugeben. Die Rüstung hatte gehorcht und sich auf dieselbe Weise geöffnet, wie sie ihn aufgenommen hatte. Grigori hatte Arme und Beine befreit und war fast aus dem Panzer gefallen. Er hatte sich ausgelaugt gefühlt, so erschöpft, daß er zunächst gar nicht bemerkt hatte, daß er nackt war, bis er auf den Boden sackte und den kalten Stein auf seiner bloßen Haut spürte. Erst später hatte er erkannt, daß sein Gewand zu der Kordel verwoben worden war, an der jetzt der Schlüssel seiner Rüstung hing.

Grigori öffnete die Tür zur Box seines Widders, und ein Lächeln trat auf seine Züge, als er das bronzene Ungetüm vor sich knien sah. 27 wartete auf ihn, auf Hochglanz poliert, ohne einen Kratzer auf seiner metallenen Haut, schweigend und eiskalt. Als er ihn ansah, konnte Grigori fast eine Intelligenz spüren, aber die Sichtfenster blieben leer, und er unterdrückte den Wunsch, einzusteigen und herumzustolzieren.

Durch den Erfolg bei der Aufnahme in die Vandari hatte sich sein Ruhm ums Hundertfache gesteigert. Die Vandarikompanien operierten gewöhnlich auf sich gestellt, doch in Anbetracht seines Ranges und seiner Stellung war Grigori zum Kommandeur der Widderkompanie gemacht und wie diese den 137. Bärenhusaren zugeteilt worden. 1685 waren die Widder dann zusammen mit den Husaren nach Süden aufgebrochen und hatten Grigori nach Wsorin begleitet, um ihm bei seinem Auftrag zu helfen, Fürst Arslow und dessen Aktivitäten an der Südgrenze des Reiches im Auge zu behalten.

Grigori reckte sich, dann streckte er die Hand aus und klopfte seiner Rüstung auf den breiten Schenkel. Er sah das Ende seines Exils näherrücken. Durch seinen Befehl, Kundschafter tief ins Innere Helansajars zu entsenden, hatte Arslow mehr von seinen Plänen preisgegeben, als er wohl beabsichtigte. Grigori erinnerte sich, daß Arslow sich auf der Friedenskonferenz, die den Lescarenkrieg beendet hatte, mit der ilbeorischen Delegation nicht allzu gut verstanden hatte. Prinz Trevelien war ein Teil dieser Delegation gewesen, und Grigori kannte Arslow gut genug, um zu wissen, daß dieser dem Prinzen nie verziehen hatte, was auch immer dieser sich in seinen Augen hatte zuschulden kommen lassen. Arslow hatte sein Mißtrauen gegen Ilbeoria bei der Konferenz von Ferrace wie einen guten Tropfen eingekeltert, und jetzt schien langsam der Augenblick gekommen, ihn zu trinken.

Treveliens Ernennung zum Generalgouverneur von

Aran machte die Eroberung dieser ilbeorischen Kolonie für Arslow noch interessanter. Die politische Instabilität in Helansajar machte es unumgänglich, Helor einzunehmen. Aber durch Treveliens Anwesenheit in Aran würde diese Aktion für den Fürsten darüber hinaus zu einem Genuß werden. Grigori zweifelte nicht daran, daß der Fürst einen Weg zur Eroberung der Kolonie finden würde, obwohl er nicht sicher war, ob er dies ohne weitere Unterstützung nur mit den Husaren und den beiden Milizregimentern aus Wsorin schaffen konnte. *Arslow wird auch dafür einen Plan haben.*

Grigori sah sich nur vor der Qual der Wahl zwischen einer Fülle guter Gelegenheiten. Wenn Arslows Pläne aufgingen, würde er sie unterstützen, dem Reich zum Nutzen und mit dem Dank des Taciers als Lohn. Wenn nicht, oder falls sich die Lage schwieriger entwickelte als vorhergesehen, würde Grigori den Feldzug abbrechen, das bis dahin Gewonnene halten und der Laufbahn eines rücksichtslosen und ehrgeizigen Adligen ein Ende bereiten, bevor dieser nach dem Thron des wahren Taciers im Herz des Reiches greifen konnte.

Mit einem Lächeln verzichtete Grigori darauf, sich jetzt die möglichen Früchte seines Planes auszumalen. Diese Art der eitlen Spekulation führte leicht zu überhasteten Aktionen, und Grigori wollte nicht in diese Falle tappen. Er hatte genug Zeit, die Dinge in aller Ruhe zur Reife kommen zu lassen. Schließlich standen nur acht Geschwister zwischen dem Gatten Nataljas und dem Thron.

Er hatte noch ein *langes* Leben vor sich. Er konnte es sich leisten zu warten. Keine Ewigkeit, aber es würde auch keine Ewigkeit mehr dauern, bis Arslow über die eigenen Füße stolperte und sich für Grigori die Gelegenheit ergab, seine Zukunft zu sichern.

13. Kapitel

Königliches Militärseminar, Sandwycke, Bettenshire Ilbeoria

7. Glockmond 1687

Auf dem Kamm des Hügels, der das Seminar von dem Tal trennte, in dem die Docks für die Luftschiffe lagen, blieb Uriah Smith stehen und starrte mit offenem Mund hinab. Vorsichtig setzte er die Schubkarre ab. »Gott segne uns, Robin, ist das schön!«

»Schön genug, um einem den Atem zu rauben.« Robin deutete mit der offenen Rechten ins Tal. »Das ist die *Saint Michael,* mein neues Zuhause.«

»Sie ist riesig!«

»Das ist sie«, lachte Robin. »Weit größer als es die *Crow* gewesen ist.«

Das Luftschiff *Saint Michael* maß vom Heck bis zum Bug siebzig Meter. Ohne die Flügel an Bug und Heck hätte man es mit dem gekenterten Rumpf eines Schiffes verwechseln können, das man irgendwie eine halbe Meile über Land gezogen hatte, ohne es dabei zu Kleinholz zu zertrümmern. Die Bugschwingen spreizten sich in sanfter Halbmondform vom Steven und gingen beinahe so in den Rumpf über wie der Kopf eines Hammerhais. Die Heckschwingen saßen über dem offenen Flügeldeck und hatten mit einer Spannweite von fünfundvierzig Metern dieselben Ausmessungen wie die Bugschwingen. Darüber ragten die beiden Steuerruder weitere sechs Meter senkrecht auf. Am Heck saßen auch die Antriebsschrauben, aber solange das Schiff im Dock lag, wurden sie nicht benutzt.

Uriah blinzelte. »Wirklich gigantisch.«

Rob nickte. »Eines der größten Luftschiffe auf der ganzen Welt.«

Uriah zählte fünfzehn Luken auf jedem der drei Geschützdecks und sah drei weitere Geschützluken am Steuerbordbug. Er wußte, daß das Luftschiff zusätzlich über vier Heckgeschütze verfügte, was die Gesamtbestückung auf einhundert Dampfkanonen brachte. Das machte die *Saint Michael* zu einem der drei größten Militärluftschiffe der ilbeorischen Flotte. Komplett bemannt bot sie über achthundert Luftmatrosen Platz, einschließlich der vierundfünfzig Aeromagiker, deren Zauberei das Schiff in der Luft hielt. Zusätzlich zur Schiffsbesatzung führte die *Saint Michael* noch einhundertfünfzig Krieger mit. Darunter war auch eine Kompanie von fünfzig Ethyrinen, deren neuer Kommandeur Bruder Robin Drury war.

Uriah schob den Schubkarren auf das rechteckige Heck des Schiffes zu, wo über den Zwillingsschrauben zwei Schornsteine schwarzen Rauch spuckten. Er deutete mit dem Kopf auf eine Laufplanke, die zum Flügeldeck führte. »Wirst du mich herumführen, wenn wir deine Kleiderkiste verstaut haben?«

»Wir werden Gelegenheit haben uns umzusehen, *während* wir meine Kiste unterbringen.« Robin zeigte auf den Bauch des Schiffes und den Graben, den man darunter ausgehoben hatte. »Das Schöne am Fliegen ist, daß der Rumpf geöffnet werden kann, so daß wir direkten Zugang zum Laderaum haben. Da gibt es kein Herunterlassen von Frachtgut, bei dem das Zeug womöglich kaputt geht.«

Der jüngere Mann runzelte die Stirn. »Aber du bist ein Offizier. Du wohnst achtern im Bereitschaftsraum. Es wird einfacher sein, die Kiste von oben herunterzulassen als sie von unten nach oben zu bringen.«

»Ich weiß, und genau deshalb werden wir es nicht so machen.«

»In Ordnung, Rob, du findest, ich würde mich bei den Arbeiten, die ich bekomme, nicht anstrengen, aber ich habe dir deine Kiste gehörig weit hierher geschoben, oder?«

»Stimmt, aber das hast du mir nur angeboten, um das Schiff sehen zu können.« Rob deutete auf den Rumpf. »Wir gehen da unten an Bord.«

»Ich verstehe nicht, warum du nicht mit den übrigen Offizieren an Bord gehen willst, wie es dir zusteht.«

Robin winkte Uriah hinter sich her. »Im Lescarenkrieg war ich auf der *Crow*. Das weißt du.«

»Du warst Kanonier.«

»Und du hast mir gesagt, du würdest das nicht verstehen.«

Uriah knurrte den Ethyrinen an. »Hat dir Kidd Unterricht darin gegeben, mich zu foltern?«

»Nicht nötig. Deine bloße Gegenwart inspiriert mich.« Robin schlug ihm auf den Rücken. »Wenn du schon mal auf einem Schiff gedient hast, gibt es ein paar Dinge, an die du dich immer wieder erinnerst. Dazu gehören zum Beispiel frischgebackene Sandys, die an Bord kommen und sich einbilden, sie wären Gottes Geschenk an den unwissenden Pöbel, der auf den Geschützdecks herumkriecht.« Robin zeigte auf die dreifache Reihe der Lukendeckel. »Außer den Offizieren, die achtern in den Kabinen schlafen und ein paar anderen pennt die ganze Besatzung in Hängematten auf diesen Decks. Der Platz für ihre Matte ist gerade mal 35 Zentimeter breit. Ich habe fünf Jahre so geschlafen, direkt über meiner Kanone.«

»Und?«

»Für jemanden, der so klug ist …« Robin rollte seine Augen. »Uriah, ich weiß, daß die Luftmatrosen es nicht leicht haben. Und die Mannschaft soll wissen, daß ich das weiß.«

»Oh.« Uriah blickte auf seine Hände hinunter. Der

Abstand zwischen den Griffen des Schubkarrens war größer als der Platz für eine Hängematte, so wie Robin es beschrieben hatte. *Reichlich eng für so ein großes Schiff, aber es muß auch fast tausend Mann unterbringen.* »In deinem Bereitschaftsraum hast du aber mehr Platz, oder?«

»Prinz Trevelien wird die große Kabine bekommen, das heißt, der Käpt'n verdrängt seinen Ersten Offizier und so weiter und so fort. Ich würde sagen, der Bereitschaftsraum wird reichlich überfüllt sein.« Robin grinste müde. »Außerdem liegt er gleich über dem Maschinendeck mit unseren drei Maschinen. An den Lärm und Gestank werde ich mich erst gewöhnen müssen.«

»Drei Maschinen?«

»Wie du bereits festgestellt hast, Uriah, haben wir hier ein *großes* Schiff vor uns.« Robin grinste breit. »Je eine für beide Schrauben am Heck und eine, um die Ladestationen für die Geschütze zu betreiben. Ich werde es dir zeigen, wenn wir reinkommen.«

»Gut.« Jetzt, da sie näher heran waren, schaute Uriah zu den Wimpeln hoch, die an den drei Signalmasten längs des Luftkiels flatterten. »Der sieht aus wie die Fahne des Prinzen. Ist er schon an Bord?«

Robin wog den Kopf. »Könnte sein.«

»Denkst du, wir werden ihm begegnen?«

»Wahrscheinlich nicht.« Der große Mann lächelte verschmitzt. »Er wird wahrscheinlich bei einem Empfang für Kadetten sein, die eine Schwester haben und sie mit ihm verheiraten möchten. Ich glaube, Captain Irons hat seine Tochter mitgebracht.«

»Nein! Auf den Prinzen wird in Aran schon genug Ärger warten...« Uriah kniff die Augen zusammen. »Es ist eine Verletzung des Ehrenkodex, dermaßen zu lügen.«

Robin lachte laut auf und spielte mit dem goldenen Ring an seiner rechten Hand. »Ich habe meinen Abschluß schon. Der Lehrstab hat keine Gewalt mehr über mich. Außerdem, glaubst du, sie würden *dir* glauben?«

»Nur wenn Irons seine Tochter nach Aran begleiten würde.« Uriah hob die Schultern. »Aber es wäre toll, den Prinzen zu sehen. Nicht ihn zu treffen, einfach nur, ihn zu sehen.«

Der Ethyrine hielt an und stemmte die Fäuste in die schmalen Hüften. »Außer dem Ausschmücken kleiner Siege über Ausbilder gibt es nur ein einziges Thema, dem du dich je mit auch nur einem Funken Begeisterung gewidmet hast, und das ist Prinz Trevelien. Er war eine Art Held für dich, nicht wahr?«

»Ist er immer noch.« Uriahs Blick wanderte über das abgenutzte Holz der Kleiderkiste. »Bei den Geschichten von seinen Abenteuern ist mir heiß und kalt geworden.«

»Genau wie uns allen. Als seine Frau starb ...«

»Ja, das hat uns alle getroffen.« Uriah lächelte verlegen und sah zu dem Ethyrinen auf. »Jetzt fliegt er nach Aran, um zu beweisen, daß er noch immer das Zeug zum Helden hat.«

»Er ist nicht der einzige Held in Sandwycke.« Robin deutete mit dem Daumen auf das in der Ferne sichtbare Seminar. »Colonel Kidd ist auch einer.«

Uriah schnaubte. »Ja klar, ein Held. Weißt du, was ich für ihn tun mußte? Ich mußte jedes einzelne Buch in seiner Bibliothek aus dem Regal nehmen und abstauben, und jetzt soll ich die Bücher neu ordnen, so daß es effizienter wird. Ich weiß genau, daß das nur wieder einer seiner Tests ist, und daß er von mir verlangen wird, sie anschließend genauso zu ordnen, wie sie standen, aber ich habe ihn überlistet und mir genau aufgeschrieben, wo sich jeder Band befand, damit ich sie zurückstellen kann.«

Robin schüttelte den Kopf. »Bei ganz einfachen Aufgaben strengst du dich überhaupt nicht an, und dann übertreibst du plötzlich bei anderen Gelegenheiten maßlos. Wahrscheinlich kann ich froh sein, daß ich in Aran sein werde, wenn du deinen Abschluß machst.«

»So, jetzt werde ich mich anstrengen und dann eine Versetzung nach Aran beantragen. Das wird dich lehren.«

»Ich werde das ganze Jahr vor Furcht zittern, Uriah.«

»Wer's glaubt.« Uriah grinste seinen Kameraden an. »Aber hör mal, wenn der Prinz an Bord *ist*, hätten wir die beste Chance, ihm zu begegnen, wenn wir erst zum Flügeldeck hoch- und von dort aus dann wieder runterstiegen, nicht wahr?«

»Netter Versuch, aber den Weg nehmen wir nicht.«

Uriah seufzte in gespieltem Protest, als sie an drei schwerbeladenen Ochsenkarren im Schatten des Schiffs vorbeischwenkten und er Robin unter die Rumpfkante in den engen Tunnel unter dem Schiff folgte. Im Rumpf waren für die Ladearbeiten zwei Schotten geöffnet worden. Schwitzende, halbnackte Männer luden eine Karre mit Zwiebackkisten ab. Sie packten die Kisten auf Holzpaletten und hievten sie dann in den Laderaum hoch, wo andere Männer die Paletten wieder entluden.

Der Lademeister schaute auf Robins Kiste und runzelte die Stirn. »Sie müssen eine Weile warten, bis ich das verladen kann, Sir. Wir müssen zuerst die Karren abfertigen.«

»Keine Sorge, Mac, ist meine Kiste und mein Rükken.«

Der Mann schielte zu Robin hinüber, dann verzog sich langsam sein Mund zu einem breiten Grinsen, das eine Menge schiefer Zähne sehen ließ. »Drury, bist du das?«

»Aye, Mac.«

»Ich hab dich gar nicht wiedererkannt mit deinem halbkahlen Schädel und ohne Blauzeug.«

»Zehn Jahre her, Mac.« Robin drehte sich zu Uriah um. »Mac war auch auf der *Crow.*«

»Simon MacAllen, Sir.« Der Lademeister streckte Uriah die Hand hin. Sein Griff war stark und der Handschlag ehrlich wie sein Lächeln. Er ließ Uriahs Hand los und umarmte Robin. »Verdammt, ich wußte gar nicht, daß du ein Sandy bist.«

»Fabrikarbeit war nichts für mich, und die Kutschenwerke in Lakeworth waren von mir auch nicht begeistert.«

»Ich hab gleich gewußt, daß dir die Art Arbeit nicht liegt. Ich hatte erwartet, daß du inzwischen in Coldstone steckst.«

Uriah blinzelte vor Überraschung. »Was? Robin im Gefängnis?«

MacAllen setzte zu einer Erwiderung an, aber Robin brachte ihn mit einem Blick zum Schweigen. »Mac kannte mich, als ich noch ein bißchen stürmischer war und mich für so schlau hielt, wie du dich jetzt. Mac, wer schippert diesen Engel hier?«

»Prinz Trevelien ist an Bord, also gibt es nur einen, den sie ans Steuer stellen können.«

»Lonan Hassett?«

»Kapitän inzwischen. Ich habe gehört, wie er bei der Kommandoübergabe in Ludstone seine Befehle verlesen hat.«

Uriah schloß aus dem Lächeln der beiden Männer, daß sie sich über diesen Kapitän freuten. »Ist dieser Kapitän Hassett derselbe, der die *Spottdrossel* von den Lescaren kaperte und den Prinzen aus Lescar herausbrachtet?«

»Aye, mein Junge, genau der.« Der Blick, den Mac mit Robin wechselte, sagte Uriah, daß an dieser Geschichte noch mehr dran war, aber keiner der beiden erzählte von sich aus weiter.

»Laßt hören.«

Robin grinste. »Uriah sammelt gerade für eine Biographie des Prinzen Trevelien…«

»Oh, dann wollen wir ihm natürlich keine Lügen erzählen.«

»Oder Gerüchte.«

»Das heißt, ihr wollt mir gar nichts erzählen, nicht wahr?«

»Vielleicht ist er doch klüger, als du denkst, Rob.«

»Ein weiteres Jahr Sandwycke wird auch das noch schaffen. Mac, wir werden mehr Zeit zum Klönen haben, wenn wir erst den Himmel unter uns gebracht haben.« Rob packte den Ledergriff seiner Kiste und hievte sich den schweren Kasten auf den Rücken. »Schön, dich wiederzusehen.«

»Wart einen Augenblick, Rob… äh… Bruder Drury.« Mac fuchtelte ungeduldig zu den Männern im Laderaum hoch. »Laßt die Palette wieder runter, ihr Lerchen. Hier ist ein Offizier, der an Bord muß.«

»Der Sandy hat Beine, oder?« rief jemand aus der Dunkelheit des Laderaums herunter.

»Aye, aber es werden deine Bandscheiben sein, die ihn hier an Bord begrüßen. Bevor er ein Sandy wurde, war er Matrose, und verdammt noch mal der beste Richtschütze, den wir auf der *Crow* hatten.« Die Palette kam schnell wieder herunter, und Mac winkte Robin und Uriah hinauf. »Willkommen an Bord, Sir. Erfreut, Sie bei uns zu haben.«

Sie stiegen auf die Palette und wurden langsam in den Schiffsrumpf gezogen. Von außen hatte der Eichenholzrumpf des Luftschiffs riesig ausgesehen, aber einmal in seinem Innern erkannte Uriah, wie beengt doch alles war. Die Männer, die hier oben im Laderaum die Paletten entluden, mußten alle gekrümmt stehen. Kisten und Kästen waren eng zusammengepackt und verkeilt oder festgeschnürt, so daß sie nicht verrutschen konnten, wenn das Schiff flog.

Die Männer, die sie ins Schiff hochhievten, zogen sie durch den ganzen Laderaum bis zur obersten Frachtluke und dann weiter auf das Maschinendeck hoch. Uriah sprang von der schwankenden Palette und fiel fast über einen Stapel von Käfigen mit lebenden Hühnern. Das Federvieh gackerte los und seine Federn flogen durch die Luft, aber die Schweine und die vier Kühe, die hinter ihnen eingepfercht waren, nahmen die Störung nicht zur Kenntnis.

Er war drauf und dran Robin zu fragen, warum das Schiff lebendes Vieh an Bord hatte, beschloß dann jedoch, ihm nicht noch mehr Munition für Sticheleien über sein Denkvermögen zu liefern. Als er ein wenig nachdachte, kam er selbst drauf. Die ganze Verpflegung, die unten in den Laderaum geladen wurde, schien so zubereitet, daß sie möglichst haltbar war. Auf der monatelangen Reise nach Aran würde die *Saint Michael* möglicherweise nur ein paarmal landen können – an den Versorgungspunkten, um Kohle aufzunehmen, und auf St. Martin. In der übrigen Zeit mußte sich das Schiff selbst versorgen. Ein ausreichender Vorrat an Milch, Eiern und frischem Fleisch war wichtig.

Robin lächelte, als ob er Uriahs Gedanken gelesen hätte. »Frisch heißt auf einem Luftschiff gewöhnlich alles, worin noch mehr von den eigentlichen Lebensmitteln übrig geblieben ist, als wenn Kornwürmer und Maden darin herumwuseln.«

Uriah grinste. »Ich wußte, daß es einen Grund gab, warum ich ein einfacher Infanterist statt Ethyrine werden wollte. Wenigstens können wir uns selbst versorgen.«

»Ja, aber wir schlafen dafür nicht im Dreck.«

»Echter Vorteil, das.«

Robin deutete mit einem Kopfnicken zum Heck des Schiffes. »Die drei Dampfmaschinen sind dahinten. Die zwei für die Schrauben werden immer unter Dampf gehalten, für den Fall, daß ein schneller Start nötig ist. Der Gefechtskessel dagegen nicht, er frißt viel Kohle, wenn er betrieben wird. Aber es laufen Rohre von den kleineren Maschinen durch den Wassertank des Gefechtskessels. Die halten das Wasser darin heiß genug, um den Kessel in relativ kurzer Zeit aufheizen und in Betrieb nehmen zu können. Er treibt eine Welle an, die im Gefecht über Keilriemen, weitere Wellen und Getriebe die Kolben der Dampfgeschütze antreiben. Wenn die Dampfmaschine einer Schraube ausfällt, kann der Gefechtskessel auch für den Schraubenantrieb benutzt werden, aber nur bei langsamer Geschwindigkeit und in einem echten Notfall.«

Robin stieg die Treppen mitschiffs hoch und zog seine Kiste auf das unterste Geschützdeck. Hier waren dreißig Geschütze aufgereiht, fünfzehn auf jeder Seite. Trosse und Rollen konnten benutzt werden, um die Geschütze zum Feuern nach vorne aus den Luken zu ziehen. Die Lafetten der Geschütze waren am Rumpf festgekettet, um ihren Rückstoß nach einem Schuß abzufangen und zu verhindern, daß sie quer über das ganze Deck geschleudert wurden. Lederne Keilriemen liefen von einer Kurbelwelle, die so lang war wie das ganze Schiff, zu entsprechenden Getrieben, mit denen die Kolben der Kanonen angetrieben wurden, sobald der Kanonier sie einkuppelte.

»Eine gute Mannschaft mit einem aufgeheizten Dampfkessel kann zweimal in der Minute schießen. Ein achtpfündiges Geschoß fliegt sechshundert Meter weit, aber auf die Entfernung nimmt die Zielgenauigkeit ab.« Rob tätschelte eine der großen Kanonen. »Die Dampfkessel der Geschütze bleiben kalt, für den Fall, daß eine rauhe Witterung hier alles durcheinanderkippt. Ein Feuer an Bord wäre ein echtes Problem.«

»Kann ich mir vorstellen.« Uriah folgte Robin über eine weitere Treppe auf das mittlere Geschützdeck hinauf und dann weiter nach achtern. Er bemerkte eine kleine Kabine etwa in der Mitte des Decks. Was sie besonders auffällig machte, waren die eisengepanzerten Wände. »Was ist das?«

Robin sah sich um, dann nickte er. »Das ist eine Aeromagikerstation. Es gibt noch zwei weitere, eine am Bug und eine im Heck. Je drei Aeromagiker arbeiten über eine sechsstündige Schicht darin, um das Schiff mit ihren Zaubern in der Luft zu halten. Wenn sie gut sind, reichen drei Aeromagiker dafür aus, aber wir haben drei Stationen, damit wir in der Luft bleiben können, auch wenn sie im Gefecht getroffen werden.«

Uriah zuckte zusammen. »Das gäbe eine harte Landung.«

»Und eine Menge Brennholz.«

Ihr Durchkommen nach achtern wurde durch Hängematten über den Kanonen und durch das allgemeine Treiben der Matrosen behindert, die damit beschäftigt waren zu verstauen, was sie während des Landaufenthalts erworben hatten. Uriah versuchte, mit niemandem zusammenzustoßen, aber unter den gegebenen Umständen war das vergebene Liebesmüh. *Rob schafft es allerdings irgendwie.* »Ganz schön voll hier, was?«

»Das kommt, weil jetzt alle hier sind, die nicht verladen müssen. Während der normalen Wachen sind die Männer auf ihren Stationen. Solange wir im Dock liegen, haben die Lerchen nichts zu tun.« Robin zog die Kiste auf seinem Rücken höher. »Im Flug verdienen sie sich ihre Freiheit.«

Am Ende des mittleren Geschützdecks erreichten sie dann den Bereitschaftsraum. Die zwei Ethyrinen zu beiden Seiten des Eingangs nahmen ruckartig Haltung an, als Robin näher auf sie zukam. Er setzte die Kiste ab und grüßte zackig, wobei er die rechte Hand mit abgekehrter Innenfläche zum Kopf führte. Sie erwiderten den Gruß, verzichteten jedoch auf ein Lächeln und irgendeine andere Geste, die den ernsten Ausdruck ihrer Gesichter hätte aufhellen können.

Uriah packte das hintere Ende der Kiste und half Robin, sie in den Raum zu tragen. Er war sofort vom Ausblick gefangen. Die Fenster in der Heckschottwand boten ihm einen guten Blick auf die beiden riesigen Schrauben, die das Luftschiff durch den Himmel treiben sollten. »Das ist beeindruckend.«

»Stell dir vor, wie es ist, wenn wir so hoch sind, daß die Kühe auf den Feldern aussehen wie Fliegen und Wolken vor uns auftauchen wie Nebel auf dem Meer.«

»O Mann.« Uriah drückte sich die Nase an einem der Fenster platt. »Es ist ein bißchen heiß hier drin, hier über den Dampfkesseln. Warum sind die Fenster nicht auf?«

»Sie lassen sich nicht öffnen.« Rob schob seine Kiste an einen freien Fleck unter die gepolsterte Bank, die unter den Fenstern verlief. »Die Schrauben erzeugen einen solchen Sog, daß Unterlagen und Karten sofort hinausfliegen würden. Die Bedingungen hier drinnen wirken nicht gerade einladend, aber ich werde mich daran gewöhnen.«

»Daran gewöhnen? Hier ist es wie im Backofen.«

Rob zeigte hoch zum Himmel. »Da oben nicht. Wenn die Luft dünn wird, wird sie auch kalt. Im Winter ist es sicher keine harte Belastung, als Heizer an Bord eines Luftschiffs zu arbeiten. Die Kamine, die durch die Kabinen hier hinten nach oben durchlaufen, halten sie warm. Natürlich können sie auch tödlich sein, wenn sie durchlöchert werden und das ganze Schiff mit Rauch füllen.«

Uriah drehte sich mit bewunderndem Blick einmal in der Kabine herum, dann erstarrte er, als er einen Offizier in leuchtend rotem Uniformrock mit goldenen Schrägstreifen an den Manschetten in der Tür stehen sah. Der Akoluth schien genauso überrascht zu sein wie Uriah. Der Bordoffizier ging hastig aus dem Weg und nahm Haltung an, dann verkündete er: »Der Kapitän betritt den Bereitschaftsraum!«

Uriah und Robin nahmen ruckartig Haltung an, als Kapitän Lonan Hassett durch das Schott trat. Auch ohne den goldenen Stern an beiden Manschetten hätte seine Tonsur ihn als einen Mann ausgewiesen, der Respekt verdiente. Er bewegte sich mit der nüchternen Sparsamkeit, die bei einem so schlanken und großen Mann nicht unerwartet kam. Doch zugleich lag etwas Schelmisches in seinem Gang, das sich auch in den braunen Augen und der Andeutung eines Lächelns um seine Mundwinkel bemerkbar machte, als er die beiden ansah. Er nickte ihnen zu, ohne zur Kenntnis zu nehmen, daß sie nicht gegrüßt hatten, dann drehte er sich um und winkte zwei weitere Männer herein.

Uriahs Kehle war plötzlich staubtrocken, als Prinz Trevelien in den Bereitschaftsraum trat. Er war dem Prinzen zwar schon in seinen Tagträumen begegnet – welcher Kadett wäre das nicht? –, aber derartige Vorstellungen hatten sich immer um seinen Abschluß in Sandwycke oder eine Ordensverleihung für vaterländische Verdienste gedreht. Niemals hatte er eine so zufällige Begegnung erwartet, und all die großen Worte, die er sich für eine solche Gelegenheit zurechtgelegt hatte, waren wie weggeblasen. *Was mache ich jetzt? Was soll ich sagen? Muß ich mich verbeugen oder kann ich ihm die Hand schütteln? Was tue ich, wenn er sie mir nicht entgegenstreckt? Oder mich übersieht?*

Uriahs Angst nahm noch zu, als hinter dem Prinzen Malachy Kidd den Raum betrat. Er hielt einen Stock in der Hand, obwohl er ihn eher wie ein Gentleman bei einem Spaziergang hielt als wie ein Blinder, der ihn brauchte, um seinen Weg zu ertasten.

»Guten Tag, Gentlemen.« Kapitän Hassett erwiderte den verspäteten Salut. »Entschuldigen Sie die Störung.«

»Bruder Robert Drury meldet sich zum Dienst, Sir.«

»Ach ja, unser neuer Ethyrinenchef.« Uriah hatte den Eindruck, daß der Kapitän schon einiges über seinen neuen Offizier wußte. »Als Offizier *dürfen* Sie über das Flügeldeck an Bord kommen, Bruder Drury.«

»Ja, Sir. Ich weiß, Sir.«

Uriah schaute zu Robin hinüber. *Er ist nervös! Rob?*

»Alte Gewohnheiten lassen sich schlecht ablegen, was, Bruder Drury?«

Robins Lampenfieber zerbrach auf dem Amboß dieser leicht dahingeworfenen Frage. »Ja, Sir, so ist es.«

»Freut mich, einen Sandy an Bord zu haben, der sich auf einem Schiff schon auskennt.« Hassett verschränkte die Hände auf dem Rücken und wandte sich an Uriah. »Und wer sind wohl Sie?«

»Ich bin, Sir, ich meine, ich bin ...«

Kidd trat neben Hassett. »Das, Kapitän, dürfte Kadett Uriah Smith sein, mein neuer Bursche. Er und Bruder Drury haben im vergangenen Semester eine sehr interessante Fallstudie über einen Angriff Stranas auf Helor entwickelt.«

»Ah, war es das, wovon Irons gesprochen hat?«

Uriah zuckte unwillkürlich zusammen.

Kidd nickte. »Er schien sie in der Tat für sehr denkwürdig zu halten.«

»Nun, dann wird Mister Drury Seiner Hoheit und mir vielleicht eines Abends beim Essen etwas über diese bemerkenswerte Studie erzählen.« Hassett schaute sich zum Prinzen um und wurde mit einem zustimmenden Nicken belohnt. Anschließend trat der Prinz einen Schritt näher, und Hassett lächelte. »Eure Hoheit, darf ich Euch Bruder Robert Drury und Kadett Uriah Smith vorstellen?«

Der Prinz erwiderte den militärischen Gruß der beiden. »Ich freue mich darauf, von Ihrer Arbeit zu hören, Bruder Drury. Und von Ihnen, Kadett Smith, erwarte ich, daß Sie Ihrem Colonel Kidd so loyal dienen, wie es Ihr Vater bei dem meinen getan hat. Sie sind sich dessen jetzt vielleicht noch nicht bewußt, aber Sie genießen ein Privileg, um das viele Sie beneiden würden. Sie sind in der Lage, von einem Genie zu lernen. Verschwenden Sie diese Gelegenheit nicht.«

»Nein, Sir, Hoheit, Sir, das werde ich nicht.«

»Nun gut.« Hassett drehte sich um und nickte dem Akoluthen zu, der sie durch das Schiff führte. »Wir lassen Sie nun in Ruhe Ihre Ausrüstung verstauen, Bruder Drury. Fühlen Sie sich auf der *Saint Michael* wie zu Hause, Kadett Smith.«

Die beiden warteten in Habachtstellung, bis Hassetts Gruppe den Bereitschaftsraum verlassen hatte und der Akoluth das Schott wieder zuzog. Rob stieß einen tiefen Seufzer aus. »Tja, Uriah, jetzt hast du deinen Prinzen getroffen.«

»Ich weiß.« Uriah verzog das Gesicht. »›Nein, Sir, Hoheit, Sir, das werde ich nicht.‹«

»Sehr beredsam, Uriah, aber irgendwie wohl nicht ganz so einprägsam, daß es in die Unsterblichkeit eingehen wird.«

»Ich muß bei keinem Genie lernen, um das zu begreifen.« Der Kadett ließ sich auf die Bank plumpsen. »Ich habe das Glück, Prinz Trevelien zu begegnen, und bringe nicht einmal meinen eigenen Namen heraus, statt dessen brummle ich ihm Unsinn zu.«

»Wenigstens hast du ihn nicht verärgert.«

»Ja, und das ist kein kleines Wunder, nehme ich an.« Uriah verschränkte die Hände im Nacken und blickte zur Decke. »Was hat Colonel Kidd hier getrieben? Woher kennt er den Prinzen?«

Robin schüttelte den Kopf. »Ich weiß es nicht, aber du bist in der bevorzugten Lage, es herauszufinden. Frag ihn einfach.«

»Und ich bekomme eine ernsthafte Antwort? Kaum.«

Langsam lächelte der junge Kadett. »Ich sage dir was, Rob. Ich werde ein wenig herumschnüffeln und sehen, was ich darüber herausbekommen kann, und du tust dasselbe. Wir können unsere Notizen vergleichen und es so herausfinden.«

»Es wäre einfacher, wenn du ihn danach fragtest. Außerdem wäre mir neu, daß du für eine Menge Arbeit zu begeistern wärst.«

»Die Dinge wandeln sich, Rob. Ich habe immerhin schon eine Woche bei einem Genie gelernt, und ich weiß, daß Kidd mich für jede seiner Antworten teuer bezahlen lassen wird. Wenn ich es aber selbst herausfinde, bin ich ihm einen Schritt voraus und kann es zu meinem Vorteil nutzen.«

Der Ethyrine runzelte die Stirn. »Haben so nicht auch deine Schwierigkeiten mit Captain Irons angefangen?«

»Schon, Rob, aber diesmal ist es anders.« Uriah Smith gestattete sich ein kurzes Lachen. »In Malachy Kidd könnte ich einen Gegner gefunden haben, bei dem selbst ich meine Mühe haben werde, ihn zu schlagen.«

14. Kapitel

Bahara al-Njûn,
Dschibal al-Arals, Helansajar

10. Glockmond 1687

Rafiq Khast fuhr jäh aus dem Schlaf auf, als hätte er einen Schrei oder das Donnern eines Gewitters gehört, aber er spürte keine Furcht. Kein Schweiß perlte auf seiner Haut, sein Herz schlug nicht schneller, und es zitterten weder seine Hände noch brannten seine Augen vor Schlaflosigkeit. Er verspürte keinen Drang, in der Dunkelheit nach dem Griff seines Krummsäbels zu greifen, um sich zu versichern, daß ihm keine Gefahr drohte.

Er mußte über sich selbst lächeln, ja sogar lachen, daß er mitten in der Nacht einfach wach wurde, aber dann hörte er ein Wort, ein Flüstern im nächtlichen Wind.

»Rafiq.«

Sein Name. Mehr nicht. Leise wie ein Murmeln im Schlaf. Allein in seinem Zelt, das mit den anderen der Horde am Westufer des Sternensees stand, konnte er sich leicht verhört haben. Vielleicht war es wirklich nur ein Windhauch gewesen, oder ein Posten, der nach ihm rief, um ihm etwas Auffälliges zu melden. Es gab ein Dutzend Möglichkeiten, was es hätte sein können, aber Rafiq wußte genau, was er gehört hatte.

»Rafiq.«

Das zweite Mal – eigentlich das dritte Mal, erkannte Rafiq, weil es wohl auch der Klang seines Namens gewesen war, der ihn geweckt hatte – kam das Wort nicht lauter oder drängender als zuvor. Es klang nicht wie eine Bitte oder ein Befehl, eher wie eine Bekräftigung dessen, was er vorher gehört hatte. Man hatte ihn mit Namen gerufen, und ganz offensichtlich erwartete der Rufer die übliche Höflichkeit einer Antwort.

Er schlüpfte in seine Hosen und band sich die Sandalen an die Füße, dann warf er den Zeltlappen am Eingang zurück und trat in die kühle Nachtluft. Um sich herum sah er seine Männer aus ihren Zelten kommen. Alle wirkten verwirrt – alle außer seinem Onkel Qusay. Der knochige alte Mann war ans Seeufer getreten und kauerte wie ein Kind am Wasser, das über seine Zehen schwappte. Er zeigte zur Mitte des Sees.

»Ein Zeichen, Rafiq.«

Der See verdiente eigentlich kaum diesen Namen und wurde nur deshalb als etwas Besonderes betrachtet, weil die Legende sagte, das kleine Gewässer besäße keinen Grund. Es hieß, die Sterne, die sich des Nachts auf seiner dunklen Oberfläche spiegelten, schienen in Wahrheit auf der anderen Seite der Welt. Rafiq hatte daran geglaubt, aber selbst er wußte, daß er nicht tief genug tauchen konnte, um in der Mitte des Sees auf Grund zu kommen. *Was über den See erzählt wird, ist vielleicht nicht die reine Wahrheit, aber es muß auch nicht in allem falsch sein.*

Beim ersten Blick auf das Zeichen, auf das sein Onkel ihn hingewiesen hatte, durchfuhr Rafiq ein Schauer. Im Herzen des Sees sah er eine Insel aus Gold, vom Durchmesser etwa so groß wie die Spannweite seiner Arme. Damit hatte sie genug Wert, um einen Alanim auszulösen. Natürlich konnte sie nicht wirklich auf dem Wasser schwimmen, da sie aus Metall war. Zumindest erschien ihm das unmöglich, aber die Scheibe schien auf der vom Wind bewegten Wasseroberfläche zu hüpfen und zu tanzen. Noch beunruhigender war die Erkenntnis, daß sich die Oberfläche des Metalls in einer trägen, unvollkommenen Nachahmung des Wassers zu wellen schien.

Rafiq trat näher heran, doch bevor er den Rand des Wassers erreicht hatte, begann die Metallscheibe sich zu verändern. Sie wurde flacher, nicht aber größer. Die Angriffsfläche, die sie dem Wind bot, wurde immer geringer, bis nur noch ihre schmalen Kanten wie die Seidenflaggen über den Mauern Helors flatterten. Das Gold tanzte über dem Wasser wie ein schimmernder Lichtreflex und schien noch feiner zu werden, fast durchsichtig, bevor sich darauf wieder undurchsichtige Flecken bildeten.

Die Flecken verwandelten sich in Klumpen, von denen sich einer zwischen zwei anderen langsam erhob, als ein an der Oberseite abgerundeter Zylinder sich durch den Goldfilm schob. Silberne Streifen erschienen, als das immer größer werdende Objekt sich langsam zu drehen begann und sich dabei in den goldenen Metallfilm wickelte. Rafiq erkannte die Klumpen schnell als Kopf und Schultern, dann sah er, wie der Goldfilm auch den Rest des aufsteigenden Körpers bedeckte.

Die Gestalt erhob sich über die Wasseroberfläche und schwebte schließlich in der Luft wie ein Leichnam, den man in ein nasses Tuch gewickelt hatte. Die eindeutig als Mann erkennbare Gestalt begann zu atmen, und das goldene Tuch spannte sich über ihrem Mund. Die Augen öffneten sich und blickten irgendwie durch den Metallfilm, dann floß dieser wie verflüssigt herab, bis er sich schließlich zu einem knielangen Lendenschurz formte.

Vollendet ausgebildet schwebte der goldene Mann mit der silbernen Tigerung einige Zentimenter über dem nun wieder sanft daliegenden See.

Rafiq bemerkte, daß der Mann sich auf der Oberfläche des Sees golden widerspiegelte. Die Feststellung freute ihn, machte ihm aber gleichzeitig auch Angst. Hätte die Gestalt kein Spiegelbild besessen, so hätten sie es mit einem Ifrit zu tun und wären in Gefahr, ihre Seelen zu verlieren. Das Spiegelbild bewies, daß die Erscheinung kein Dämon war, aber damit stellte sich um so mehr die Frage, was sie denn dann war. Angesichts dieses Rätsels fühlte sich Rafiq gar nicht wohl.

Der goldene Mann öffnete langsam die Hände und spreizte seine Finger. »Willkommen, zehntausendmal willkommen.«

Rafiq erstarrte. Die Grußformel an sich war allgemein üblich, aber die Wortwahl war von Bedeutung. *Hundert* oder *tausend* Willkommensgrüße wäre beim Wiedersehen lange auseinandergerissener Freunde angemessen gewesen, aber die Zahl *Zehntausend* verwies auf eine jahrhundertalte enge Beziehung zwischen verschiedenen Familien.

Außerdem hieß es, der Dost habe so seine treuesten Anhänger begrüßt.

Qusay beugte sich vor, bis die kleinen Wellen des Sees an seine Stirn lappten. »Unsere Sehnsucht nach deiner Wiederkehr kennt kein Ende.«

»Sie ist die Zwillingsschwester meines Wunsches, zu euch zurückzukehren.« Die goldene Gestalt wies lässig auf den Boden. »Nehmt bitte Platz und seid meine Gäste. Ich würde euch Speise und Gastfreundschaft gewähren, aber noch ist meine Zeit, den Gastgeber zu spielen, nicht gekommen.« Seine Beine verschmolzen ineinander und stiegen an seinem Rumpf empor, bevor sie sich neu formten, als sitze er mit gekreuzten Beinen inmitten Gleichgestellter.

Noch immer schockiert von der Erscheinung setzte sich Rafiq sofort in den aufspritzenden Kieselsand. Seine Männer folgten dem Beispiel. Er wollte fragen, wer der goldene Mann sei, aber er fürchtete sich vor der Antwort.

Der Goldene schaute ihn offen an. »Du solltest mich oder das, was ich bin, nicht fürchten. Du hast nach dem wiedergeborenen Dost gesucht und ihn gefunden. Als ich zuvor hier war, kannte man mich als Kirana, aber jetzt bin ich Nimtschin. Ich bin wiedergekehrt, um die Verheißungen zu erfüllen, die ich deinem Volke, *meinem* Volke gemacht habe.«

Akhtar, der jüngste Sohn Qusays, zeigte mit dem Finger auf den ehernen Mann. »Wie können wir wissen, daß du der wiedererstandene Dost bist?«

»Ihr wißt es durch eure Furcht und eure Hoffnung.« Die Gestalt beugte sich vor, lehnte dabei einen Arm auf ihr Knie und streckte den anderen in einer freundlichen Geste zu Akhtar aus. »Du, Akhtar, erkennst es, weil du Furcht verspürst, deines Geburtsrechtes als Khast nicht würdig zu sein, da du weder ein Seher bist wie dein Vater, noch ein Krieger wie dein Vetter Rafiq. Und du hoffst, daß ich in meiner legendären Weisheit als Dost auch für dich einen Platz in meiner neugestalteten Welt finden werde. Ist es nicht so?«

Der Trotz im Gesicht des jungen Mannes schmolz dahin, dann nickte er. »Es ist so.«

»Und ich habe einen Platz für dich in der Welt, die ich wieder aufbauen werde. Du gibst den Zweifeln eine Stimme, die sie alle in sich tragen, denn ohne sie wärt ihr keine Menschen. Aber meine Worte haben dich nicht zufriedengestellt.«

Akhtar blickte ihn finster an. »Der Dost wurde lange herbeigesehnt, und es gab viele Anwärter auf seinen Titel. Worin unterscheidest du dich von ihnen?«

Der goldene Mann öffnete die Arme. »Ist das nicht offensichtlich?«

Rafiq schüttelte den Kopf. »Das Schauspiel ist beeindruckend, aber das gilt nicht weniger für Straner in ihrer Vandari-Rüstung.«

»Und doch sind sie nicht der Dost«, vervollständigte der Goldene Rafiqs Gedankengang. »Akhtar, wann soll ich der Weissagung gemäß zurückkehren?«

»Wenn die Zeiten am schlimmsten sind.«

»Sind nun die Zeiten nicht schlimmer als je zuvor?«

»Als dein Reich vor vielen Generationen zerfiel, wurden viele Tausend erschlagen und auseinandergetrieben.« Wasim, einer der kühnsten Krieger der Horde knurrte den Goldenen aufgebracht an. »*Das* war die schlimmste Zeit.«

»Ist das wahr?«

Wasim nickte feierlich. »Der Ruhm des Reiches ist nichts als eine Erinnerung für uns. Der Stoff, aus dem die Träume sind – nächtliche Hirngespinste, die sich bei Tag verflüchtigen und uns verbittert und enttäuscht zurücklassen.«

Der goldene Mann hob den Kopf. »Steht nicht geschrieben ›Bittere Träume und ein gutes Leben sind dem Gegenteil vorzuziehen‹?«

»So steht es geschrieben, aber …«

»Aber du glaubst, daß sich die Schrift in diesem Punkt irrt?« Das glatte Gesicht des Goldenen verzog sich und ließ dabei Augen und Brauen sofort schärfer hervortreten. »Was ist die größte Freude im Leben eines Mannes?«

Qusay bellte ein kurzes Lachen heraus. »Ein schnelles Pferd, ein scharfes Schwert, Feinde, die er erschlagen kann, Frauen, die seine Nächte wärmen und drei Gebete jeden Tag.«

Der Goldene klatschte mit einem Glockenschlag in die Hände, der von den Bergen widerklang. »Als wir unser Reich eroberten, kannten wir diese Freuden. Unsere Söhne und deren Söhne vergaßen sie und bauten sich ein Reich von gemauerten Städten. Ihr Leben war bitter und die Träume, die ihnen gesandt wurden, waren Träume von sorgenlosen Tagen des Streifens durch die freie Welt. Sie ignorierten diese Zeichen und zerstreuten sich.«

Rafiq zog die Augen zusammen. »Dann war es ein Fehler von den Khast, Helor einzunehmen?«

»Halte deine Ahnen nicht für Toren, weil sie sich die Stadt erobert haben, Rafiq. Sie hatten Recht damit. Es war ihre Pflicht, so zu handeln.« Die Andeutung eines Lächelns zuckte über goldene Lippen. »Du willst wissen, warum ihr die Stadt verloren habt.«

Rafiq fuhr zurück. *Schon das zweite Mal hast du meine Gedanken gelesen. Kennst du all mein Wissen?* »Warum haben die Khast Helor verloren?«

»Damit du jetzt hier sein kannst. Hättet ihr die Stadt nicht verloren, wäre es dir nie möglich geworden, all das zu sehen, was du gesehen hast. Du würdest jetzt nicht wissen, was du weißt, du wärst nicht der Mann, der du jetzt bist – keiner von euch wäre der Mann, den ich brauche.« Der Goldene stand langsam auf, noch immer gut einen Meter über der Wasseroberfläche. »Es heißt, ich würde in der schlimmsten aller Zeiten wiederkehren, und so geschieht es. Als mein Reich zerfiel, war dies nicht schlimm, es war ein Segen. Wir, die Estanen durranischer Abstammung, konnten zu unserer angestammten Lebensweise zurückfinden. Wir gewannen eine Freiheit, die jenen unbekannt und fremd bleiben mußte, die sich in die Städte sperrten. Ihr Leben ist weicher, ihr Sinn für die schmale Linie zwischen Leben und Tod verwischt. Sie kämpfen darum, jeden Schmerz zu lindern, und können keine Freude daraus ziehen, ihn zu besiegen, wie wir es tun. Sie verdrängen den Tod und machen sich so zu seinen Sklaven, gewinnen zusätzliche Jahre, die sie damit vergeuden, den Tod in Schach zu halten.«

Nimtschin – Rafiq ertappte sich dabei, den goldenen Mann schon als Dost zu sehen – winkte mit beiden ausgestreckten Händen. Eine große Welle erhob sich unter seinen Füßen, fiel jedoch nicht wieder zurück. Statt dessen formte sich das Wasser zu einem Relief ganz Estanus. Rafiq erkannte es am Dschebel Quirana und sah, daß, was er und seine Vorfahren je erkundet hatten, ein Gebiet weit darüber hinaus umfaßte. Im Süden erkannte er das gebirgige Drangiana und Aran. Oberhalb von Helansajar lauerte Strana wie ein Dieb auf sorglose Reisende.

»Dies ist unsere Welt, meine Brüder, und dies ist die schlimmste aller Zeiten. Strana braucht Helansajar. Die fremden Herrscher über Aran können ihm Helansajar nicht überlassen. Wegen dieser widerstreitenden Interessen ist das Leben, das wir als das *beste* kennen, in Gefahr.«

»Strana hat Helansajar schon früher begehrt.« Wasim hob die Scheide mit seinem Schamschir. »Wir haben es ihm immer verwehrt.«

»Du hast nicht zugehört, Wasim.« Rafiq schüttelte den Kopf über den stattlichen Krieger. »Der Dost hat nicht *begehren* gesagt, sondern *brauchen*, und das sind zwei vollkommen verschiedene Dinge.«

»Begehren hin, brauchen her, weder das eine noch das andere wird ihre Wunden stillen.«

»Das stimmt, Wasim, aber ihr Brauchen wird weit mehr Wunden schlagen, als du ahnst.« Während er sprach, veränderte sich Nimtschin. Sein Körper schien härter zu werden und kantig. »Vor kaum einem Jahrzehnt wurde Urovia von einem Krieg verschlungen, wie die Welt ihn seit meiner ersten Lebenszeit nicht mehr gesehen hatte. Als die Khast aus Helor vertrieben wurden, wieviel Krieger hatte Schukri Awan auf seiner Seite?«

Wasim kreuzte seine Arme vor der Brust. »Zehntausend?«

»Vor knapp zwölf Jahren verlor ein urovischer Tyrann zehnmal diese Zahl bei seinem Rückzug aus Strana. Im darauffolgenden Frühling kehrte er mit einer Armee nach Strana zurück, die doppelt so groß war. Und er wurde geschlagen.« Einer von Nimtschins Fingern dehnte sich und stieß auf die Stelle der Wasserkarte, an der das stranische Wsorin lag. »Der Häuptling, der damals die stranische Armee befehligte, ist heute hier, kaum einen Monat Wegstrecke von Helor entfernt.«

Wasim setzte sich zurück und schien zu schrumpfen. Rafiq fühlte, wie sich seine Gedärme zusammenzogen. *Hunderttausend Mann gefallen, und er konnte über den Winter ein Heer ausheben, das doppelt so groß war? Selbst wenn ganz Helansajar zu einem Stamme vereinigt wäre, würden wir niemals zweihunderttausend Krieger zusammenbekommen.*

»Deshalb bin ich da.« Die Verwandlung setzte sich weiter fort. Das Leben schien aus dem Leib des goldenen Mannes zu fließen und hinterließ scharfkantige Riegel, Platten, Gestänge und anderes, was Rafiq unter den seltenen stranischen Waren auf dem Basar in Helor gesehen zu haben glaubte. »Strana und die Wolfskönige in Aran verfügen über große Schmieden, die Schwerter und Rüstungen im Überfluß herstellen. Sie besitzen riesige Schiffe, die mit Feuer in ihrem Bauch fliegen können und hundert Mäuler besitzen, die eiserne Kugeln ausspeien, mit denen sie Mauern zerschmettern und Krieger töten. Sie haben die Macht, Städte auszulöschen und Männer niederzumetzeln, und zwar in einer Zahl, die man nicht mehr zählen kann. Sie könnten alles vernichten, was uns ausmacht, und sie werden es tun, wenn wir sie nicht aufhalten.«

»Können wir sie aufhalten?«

Nimtschin schwieg einen Augenblick und kehrte in seine menschliche Gestalt zurück, bevor er Akhtar antwortete. »So sehr Strana uns auch vernichten muß, noch mehr müssen wir es aufhalten.«

Rafiq stand langsam auf. »Um dies zu können, müssen alle Stämme Helansajars sich vereinen. Das kannst du schaffen, aber diese Aufgabe wird Zeit kosten, und die haben wir nicht, oder?«

»Nein, Rafiq Khast, diese Zeit haben wir nicht.«

»Wenn Zeit so wichtig ist, warum hast du dich dann dazu entschieden, nur uns zu erscheinen?«

Die Wasserkarte des Dosts löste sich sanft wieder auf. »Ihr seid alle aus der Sippe der Khast – oder ihr verschworen. Ihr habt dem Auftrag meiner Nachfahren treu entsprochen. Ihr wart ausersehen, die Ersten unter denen zu werden, die ich rufen werde, und ihr seid mir zu größtem Nutzen bestimmt. In mir und meinen Diensten werdet ihr die Erfüllung all eurer Wünsche finden.«

Schukri Awan, der tot in einer Blutlache lag, trat vor Rafiqs inneres Auge. *Im Dienste des Dosts werde ich meinen Vater rächen und die Ehre meiner Familie wiederherstellen.* Der Khastführer neigte seinen Kopf. »Ich lebe, um Euch zu dienen, Nimtschin Dost.«

»Liefere dich nicht so leichtfertig aus.« Der goldene Mann blickte auf Akhtar. »Bist du zufriedengestellt?«

Der Junge lächelte. »Ich lebe, um Euch zu dienen, Nimtschin Dost.«

»Gut.« Der Dost breitete seine Arme aus. Ein Gespinst funkelnder Fäden verband seinen Körper mit den Unterseiten seiner Arme und formte sich zu Flügeln. Seine Finger wurden lang und länger wie die einer Fledermaus, und auch das Gespinst weitete sich in Verbindung mit seinen Fingern aus.

Indem er einmal mit seinen juwelenbesetzten Flügeln schlug, stieg der Dost höher. »Euer erster Auftrag in meinem Dienst ist folgender: Ihr werdet in einem Monat in Wsorin sein. Dort werdet ihr den Straner, der unsere Sprache beherrscht, gefangennehmen und ihn zu mir bringen. Wie ihr dies macht, bleibt euch überlassen. Bringt euren Gefangenen nach Süden. Wenn die Zeit kommt, werde ich euch wieder erscheinen, und die Schlacht um unsere Zukunft wird ausbrechen.«

Der Dost stieg schnell nach oben, bis er nur noch ein

Stern zu sein schien, dann schoß er quer über den Himmel und verschwand als goldener Strich in den Bergen des Südens. Rafiq sah ihm nach, und langsam breitete sich ein Lächeln auf seinem Gesicht aus. *Du jagst durch den Himmel wie der Stern, der verglühen wird, um Schukri Awans Ende anzuzeigen.* Als er seinen Blick aus den Bergen, die den Dost verschlungen hatten, wieder der nahen Umgebung zuwandte, sah er, wie ihn seine Männer aufgeregt, furchtsam und verwirrt anstarrten.

»Gesegnet sind wir, denen der Dost als erster erschienen ist.« Er stemmte die Fäuste in die Hüften. »Geht, schärft eure Schwerter und sattelt unsere schnellsten Pferde. Es gilt, im Dienste des Dosts Feinde zu erschlagen. Besser kann das Leben nicht werden.«

15. Kapitel

Königliches Militärseminar Sandwycke, Bettenshire Ilbeoria

10. Glockmond 1687

Uriah Smith rieb sich vergeblich die brennenden Augen. Er fühlte sich körperlich nicht so erschöpft, wie er erwartet hatte, geistig war er allerdings ausgelaugt. Kidd verlangte viel von ihm, und das in einer Art und Weise, die Uriahs ganze geistige Beweglichkeit forderte. Manchmal kam es ihm vor, als hätte er Kidd unterschätzt, als er zu Robin sagte, er habe einen gleichwertigen Gegner gefunden. Aber zugleich wollte er sich das nicht eingestehen.

Vom ersten Augenblick an hatte Kidd Uriahs Vorstellungen vom Charakter seiner Tätigkeit unterlaufen. Der hatte einiges an Beschäftigung erwartet: Mahlzeiten servieren, Aufräumen und ähnliche Tätigkeiten, die einem Blinden schwer fielen. Doch in dieser Hinsicht hatte Kidd sich als erstaunlich selbständig erwiesen. Es gab auch keine demonstrativen Moralprüfungen mehr – Kidd fand jedoch andere Wege, seine intellektuellen Fähigkeiten zu fordern. Das Wiedereinsortieren der Bücher, zu dem sich Uriah entschlossen hatte, um sie zunächst in Kategorien aufzuteilen, bevor er sie alphabetisch nach Autor sortierte, hatte ihn erschöpft und dabei gezwungen, ein Urteil über jedes einzelne Buch zu fällen, um keine Fehler zu begehen.

Und er verlangte nicht von mir, sie auf die simple Art und Weise zurückzustellen, in der Chauncy sie einsortiert hatte. Kidds Fragen über Uriahs System hatten ihn veranlaßt, einzelne Aspekte noch einmal zu überdenken, aber jetzt war er mit dem Ergebnis zufrieden. Selbst Kidd gab zu, daß sein Organisationsschema dem ansonsten im Seminar üblichen überlegen war, das alle Bücher ohne Rücksicht auf ihr Thema nach Autor und Jahr der Veröffentlichung sortierte.

Bevor er zu Bett ging, sah Uriah sich noch ein letztes Mal in der Turmwohnung um. Er ließ den Blick über die Bibliothek schweifen und seufzte: »Mir war klar, daß ich ihm seine Augen ersetzen muß, aber ich hatte keine Vorstellung davon, was das bedeutet.«

Uriahs Morgenbeschäftigung hatte darin bestanden, Kidd aus einem neuen theologischen Text vorzulesen, der die Natur des Menschen und seine Position in Beziehung zu Gott behandelte. Der Autor, ein Samojitaner namens Cort ip Harril, argumentierte, der Körper eines Menschen sei nur ein Gefäß für dessen unsterbliche Seele. Die Entwicklung von Zaubern, die den menschlichen Körper veränderten oder beeinflußten, sei im Kern eine Entweihung dieses Gefäßes, die zum Verderben der Seele führen mußte. Eilyph hingegen sei göttlicher Geist, ein Fragment des Allmächtigen selbst, das Fleisch geworden war. Da Gott gegen jede Korruption gefeit war, galt dasselbe auch für Eilyph und Seinen Körper, und daher seien auch die Wunder, die Er gewirkt hatte, nicht teuflischer Natur gewesen, obwohl Zauberei, die gleiches bewirkte, zu Recht verboten war. Eilyph aber hatte Seine Jünger diese Magie nicht gelehrt, sondern nur deren Fähigkeiten bestärkt, eine gewöhnliche, auf Objektbasis arbeitende Magie zu wirken, und daraus folge eindeutig, daß eine Anwendung anderer Arten von Zauber Seinem Willen zuwiderlaufe.

Uriah fand den Text faszinierend, hatte aber erhebliche Schwierigkeiten, dem Gang der Argumentation zu folgen. Kidd hatte Uriah häufig unterbrechen lassen, um ein anderes Buch zu holen und Abschnitte daraus vorzulesen, die bestimmte Punkte der Diskussion deutlicher machten, aber gelegentlich auch erst recht verwirrten. Ab und zu hatte diese zweite Quelle auf eine dritte verwiesen und so weiter. Innerhalb kürzester Zeit war er drei oder vier Bücher von ip Harrils Text und meilenweit von den Punkten entfernt gewesen, die dieser beleuchtete.

Er hatte es nahezu unmöglich gefunden, sich noch daran zu erinnern, wo er sich auf seiner Suche gerade befand. Kidd jedoch verlor niemals die Spur, also mußte es eine Methode geben, sich seines Standorts zu vergewissern. Schließlich kam er darauf, eine Reihe von numerierten Lesezeichen zu verwenden, um seine eigene Spur zurückverfolgen zu können. Es war ein kleiner Sieg, der ihm nur ein Nicken Kidds einbrachte, aber Uriah klammerte sich fest daran.

Das Studium der dualen Natur der Menschheit und der Unkorrumpierbarkeit der Seele Eilyphs dauerte bis zum Eintreffen der Post. Uriah hatte die Briefe sortiert und Kidd die Absender vorgelesen. Der Blinde hatte jeden Brief in eine andere Schreibtischschublade ablegen lassen, nur einen nicht. Dieser Brief war aus Ragusa gekommen und hatte Kidd zu einem feierlichen Nicken veranlaßt, als Uriah ihm dies mitteilte.

»Bevor du ihn öffnest, ziehe die dritte Schublade aus dem äußersten linken Schrank und bringe sie hinüber auf den Schreibtisch.«

Das gab's bisher noch nicht. Uriah ging durch den Raum zu einem Regal, dessen untere Hälfte hinter geschlossenen Schranktüren verborgen lag. Eine Tür schlug leicht gegen das danebenstehende Regal, und Kidd zischte: »Sieh dich vor, Kadett.«

Uriah lächelte spöttisch, dann meinte er: »Wie Sie wünschen, Sir.«

Die Schubfächer schienen recht ungewöhnlich, da keines von ihnen mehr als zehn Zentimeter hoch war. Durch die Griffaussparungen an der Vorderseite wirkten sie auf Uriah wie Servierbretter. Als er die bezeichnete Schublade herauszog, schob er die rechte Hand in die Dunkelheit und fand auch an der anderen Seite einen solchen Handgriff, der es ihm leicht machte, die ganze Lade wie befohlen aus dem Schrank zu ziehen.

Als er sie ganz ins Licht gezogen hatte, sah er, warum Kidd ihn dazu ermahnt hatte, vorsichtig zu sein. Auf den Boden der Schublade war ein Schachbrett gemalt, auf dem die Figuren einer laufenden Schachpartie angeordnet waren. Ungeschickte oder hastige Bewegungen hätten die Figuren durcheinandergeworfen. Uriah bewegte sich, als er das Brett zum Schreibtisch brachte, so langsam und vorsichtig wie jemand, der einen bis zum Rand gefüllten Eimer Milch trägt.

»Remius spielt mit den schwarzen Figuren. Er wird mir einen Gegenzug zu meinem letzten geschickt haben. Du wirst seinen Zug auf dem Spielprotokollzettel notieren und dann die bezeichnete Figur an den angewiesenen Platz stellen.« Kidd hob den Kopf. »Du *spielst* natürlich, oder?«

Uriah runzelte die Stirn. »Meine Mutter war Stranin. Natürlich spiele ich, Sir.«

»Gut.«

»Keiner in meiner Familie konnte mich schlagen, Sir.«

»Du mißverstehst mich, Kadett. Deine Spielkünste interessieren mich nicht, mir geht es nur darum, daß ich dir die Regeln der Schachnotation nicht beibringen muß.« Seine Augenwinkel zogen sich scharf zusammen. »Du *beherrschst* die richtige Schachnotation?«

»Möchten Sie es lieber stranisch oder ilbeorisch, Sir?«

»Ilbeorisch. Die stranische Methode ist sparsamer, beschreibt aber die Züge nicht so gut.« Kidd führte die Fingerspitzen zusammen und preßte sie gegen das Kinn. »Was schreibt Remius?«

Uriah öffnete das Wachssiegel und entfaltete das Papier. »Kaiserturm auf Kaiserrang 1.« Der junge Mann zog die Stirn in Falten, als er die nächste Zeile las. »Das verstehe ich nicht. Er schreibt ›Auslösung Kaiserluftschiff gegen Heerführerchampion und Heerführerchampion-Bauer‹.«

»Du meinst, es gibt etwas im Schach, das du *nicht* kennst?«

»Ich verwechsle Intelligenz nicht mit Bildung, Sir. Selbst die stärkste Dampfmaschine ist wertlos ohne Kohle.«

»Ah, unser erster Durchbruch.« Der Blinde nickte. Das gedämpfte Licht der Schreibtischlampe warf goldene Glanzlichter auf seine Silberaugen. »In Ragusa existiert eine Variante des Schachspiels, die es den Spielern erlaubt, verlorene Spielfiguren beim Gegner wieder auszulösen. Im vorliegenden Fall will er sein schwarzes Luftschiff zurückhaben, das diagonal über die weißen Felder schlägt. Im Austausch bietet er mir einen Champion und einen Bauern. Alle Figuren werden auf ihre Anfangsposition zurückgestellt, wenn ich das Angebot annehme. Er räumt mir einen Punktvorteil ein, da ein Luftschiff und ein Champion einen ähnlich hohen Wert haben, aber das Luftschiff läßt sich erheblich schneller zum Einsatz bringen als mein Champion.«

»Also werden Sie ablehnen.«

»Möglicherweise.« Kidd tippte mit einem Finger gegen seine Schneidezähne. »Ich werde darüber nachdenken, nachdem wir gegessen und noch ein wenig gelesen haben.«

»Mehr Theologie, Sir?«

»Nein, diesmal vielleicht Kriegsführung. Du hast den neuen Colistan eingeordnet, ja?«

Uriah stöhnte. Der Band wog eine Tonne und war in winzigen Schriftzeichen gesetzt. »Ja, Sir, er steht gleich dort drüben.«

»Gut.« Kidd sah ihn kalt an. »Achte darauf, was du

ißt. Es empfiehlt sich, beweglich zu bleiben, wenn man den Colistan angeht.«

Der restliche Nachmittag und Abend hatte sich aus der Lektüre, dem Einräumen von Büchern, dem Herausholen von Büchern und noch mehr Lektüre zusammengesetzt. Uriahs Einschätzung nach hatte Colistan die Zukunft der Kriegsführung ziemlich zutreffend vorausgesagt. »Seine Vision der Kriegsführung ist richtig, Sir. Wenn er sagt, daß die Armeen der Zukunft als Kader ausgehoben werden müssen, die nationalen Interessen statt bestimmten Örtlichkeiten verpflichtet sind, spricht er an, wie sich die Welt verändert, und nimmt auf, was jetzt schon funktioniert.«

»Und was wäre das, Kadett?«

»Das System, nach dem *unsere* Truppen organisiert sind, Sir.«

Kidds Augen verengten sich. »Du siehst also eine Entsprechung zwischen Colistans Konzept einer nationalen Armee und der aktuellen Struktur der ilbeorischen Streitkräfte?«

»Ich halte das für offensichtlich, Sir.« Uriah legte ein Lesezeichen in das Buch und klappte es zu. »Sie anscheinend nicht.«

»Ganz und gar nicht, Kadett. Colistan argumentiert, der Krieg sei die logische Weiterentwicklung der Außenpolitik einer Nation. Seine Vision zielt auf hochtrainierte Militäreinheiten, die zu dem besonderen Zweck ausgehoben werden, einer Regierung als Mittel zur Durchsetzung oder Ausbeutung ihrer Politik zur Verfügung zu stehen.«

»Unsere Truppen sind die Verkörperung eben dieses Konzeptes, Colonel.«

»Nein.«

Kidds glatte Verneinung überraschte den Kadetten. Hätte er mit Captain Irons gesprochen, wäre klar gewesen, daß ein solches Nein aus dessen Persönlichkeit und nicht aus vernünftigen Überlegungen zur Sache heraus motiviert gewesen wäre. »Aber Colonel, unsere Truppen werden ständig zur Durchsetzung der nationalen Interessen Ilbeorias eingesetzt. So war es vor einem Jahrhundert bei dem Versuch, Brendania im Reich zu halten, vor dreißig Jahren bei der Niederschlagung der Ghur in Aran und vor zwölf Jahren im Kampf gegen Lescar. Unsere Truppen werden entsprechend den Richtlinien eingesetzt, die Colistan herausgearbeitet hat.«

»Du irrst dich, Kadett.« Kidds Augen blitzten silbern auf. »Unsere Truppen wurden ausgehoben, um gemäß den Geboten Gottes zu kämpfen, um Seine Pläne zu fördern.«

Uriah lehnte sich zurück, vom enormen Gewicht des Colistan-Bandes auf den Schenkeln gesichert. »Sir, dies mag die moralische Grundlage für die Handlungen des Königs sein. Ludstone befiehlt oft Maßnahmen, die nachträglich durch Zitate aus der Heiligen Schrift gerechtfertigt werden. Aber nachträgliche Rechtfertigungen können keine Handlungen heiligen, die aus weltlichen oder politischen Gründen durchgeführt wurden.«

»Was du sagst, hat seine Gültigkeit, Kadett, insbesondere außerhalb Ilbeorias, aber Gottes Gebote für *unsere* Streitkräfte sind klar und eindeutig, und nur ein törichter Kommandeur verstößt gegen sie. Während unserer Kreuzzüge gegen die Ataraxianer gab es zahllose Beispiele für Ungehorsam durch Kommandeure vor Ort, nämlich gegen die Befehle aus Ludstone. Und wir alle wissen, welche Katastrophen sich daraus entwickelten.«

»Ja, aber das geschah, bevor durch die Erfindung der Dampfmaschine der Luftschiffsverkehr zuverlässig wurde. Luftschiffe, die für ihr Vorwärtskommen auf den Wind angewiesen sind, hängen von den Launen des Wetters ab. Es gab keine Möglichkeit vorherzusagen, wann sie eintreffen würden, also konnten die Befehle aus der Ferne für die Lage vor Ort nicht relevant sein. Heute werden die Befehle aus Ludstone auf der Grundlage zuverlässiger Meldungen ausgearbeitet und nicht mehr auf der Basis veralteter Informationen wie früher. Und die aktuellen Befehle treffen rechtzeitig ein.«

»Du hältst Befehle, die einen Monat alt sind und auf der Grundlage zwei Monate alter Informationen erstellt wurden, für aktuell?« Kidd schüttelte den Kopf. »Ich bezweifle, daß dein Freund Drury die Befehle, die er in Aran erhält, besonders aktuell finden wird.«

»Das kann wohl sein, Colonel, aber muß man nicht fragen, ob das, was er in Aran tun wird, in Gottes Interesse liegt oder im Interesse Ilbeorias und seiner Wirtschaft?«

»Wenn Gott nicht gefällt, was sich in Aran ereignet, wird er Sein Mißfallen kundtun, davon bin ich überzeugt.«

Uriah blickte skeptisch drein. »Wollen Sie damit sagen, Gott würde Krieger strafen, die Befehle ausführen, die Gott mißfallen? Warum sollte der Soldat vor Ort Gottes Zorn zu spüren bekommen, wenn er tut, was ihm befohlen wird? Gott muß wissen, daß der Soldat in dem Glauben handelt, Gottes Werk zu tun.«

»Ein interessanter Einwand, Kadett Smith. Er dürfte uns morgen zurück zu ip Harril bringen.« Kidd starrte ihn an. »Begnügen wir uns vorerst damit, daß ein Krieger, der seiner Beziehung zu Gott treu bleibt, ein Zeichen bezüglich seiner Befehle erhalten wird.«

»Und wenn ein Krieger in dem Glauben handelt, ein solches Zeichen erhalten zu haben, sich darin aber irrt?«

Schmerz schoß in Kidds Gesichtsausdruck auf. »Auch das kann eine Katastrophe sein.« Er rieb sich mit den Händen über das Gesicht, dann stand er auf. »Ich bin müde. Es ist Zeit für mich, zu Bett zu gehen.«

»Was ist mit Ihrem Gegenzug zu Remius Schachzug? Wenn ich ihn jetzt aufsetze, kann er mit der Morgenpost abgehen.«

Kidd setzte zu einer Antwort an, dann schüttelte er den Kopf. »Vielleicht, nein, ich glaube, vielleicht, ach nein...« Er runzelte die Stirn und wandte sich zum Eingang des Schlafzimmers um. Dann stieß er mit dem Schenkel gegen die Ecke eines Tisches. »Du kannst das Schachbrett zurückstellen. Ich werde meinen Zug überschlafen.«

»Wie Sie wünschen, Sir.«

Kidd schlurfte ins Schlafzimmer und schloß die Tür, womit er Uriah aus dem unbeleuchteten Raum aussperrte. Der Kadett wartete, ob Kidd ihn wegen irgend etwas zu Hilfe rief, und räumte in der Zwischenzeit die Bücher wieder ins Regal. Als er sie fein säuberlich an ihren Platz zurückgestellt hatte, schob er auch die Schublade zurück in den Schrank.

Uriah trat einen Schritt zurück, und plötzlich brandete Wut in ihm auf. Morgens Theologie, nachmittags und abends Kriegsführung, wobei die Diskussion sich wie im Kreis zurück aufs Gebiet der Theologie bewegte. Das ergab für ihn keinen Sinn. Wenn das ganze Jahr, das er mit Kidd verbringen mußte, sich wie dieser Tag entwickelte, würde er in spätestens einem Monat nur noch ein lallender Idiot sein. *Kein Wunder, daß Malvern ihn bestohlen hat.*

Hier inmitten der Bücher hatte Uriah das Gefühl, die Wände schlössen sich um ihn. Es waren zu viele Bücher, und er würde aus ihnen allen vorlesen und sich daran erinnern müssen, was er gelesen hatte, aber zu welchem Zweck? Er wollte nur ein Soldat werden, für König und Vaterland in den Krieg ziehen und, zugegeben, auch für die Martinistische Kirche. Kidd versuchte, seine Überlegenheit zu beweisen, indem er Uriah mit mehr Fakten und philosophischen Blickweisen erschlug, als sich irgendein Mensch jemals merken konnte.

Er brauchte eine Möglichkeit, Kidd seinerseits zu treffen, und als er die Schränke mit den Schachladen betrachtete, bildete sich in seinem Geist allmählich ein Plan. *Eigentlich ist es nur eine Weiterführung dessen, was er mich ohnehin schon hat tun lassen.*

Anscheinend hatte sich Kidd irgendwie die exakte Position aller Bretter der gerade laufenden Partien gemerkt. Jeder Schrank enthielt fünf Schubfächer, woraus folgte, daß Kidd dreißig verschiedene Partien gleichzeitig spielte. Uriah zweifelte nicht daran, daß Kidd die genaue Aufstellung aller Figuren kannte und wahrscheinlich für jedes Spiel schon mehrere Zugfolgen vorausberechnet hatte.

Die Schlacht zwischen uns beiden wird auf dem Schlachtfeld seiner *Wahl geschlagen.* Solange Malachy mehr Kontrolle über seine Umgebung hatte als Uriah, würde der Blinde die Oberhand behalten. Jede kleine Einbuße dieser Kontrolle bot Uriah einen Vorteil, den er gegen Kidd ausnutzen konnte.

Mit einem kalten Lächeln entschloß sich Uriah, die Spiele alphabetisch nach dem Namen des jeweiligen Schachgegners zu ordnen. *Auf diese Weise werde ich wissen, wo das betreffende Schachbrett steckt, wenn Post kommt, und Kidd nicht.* Die Schachbretter enthielten Figurensets unterschiedlicher Machart. Der größte Unterschied lag in der Darstellung der Figur, die Urovier als Luftschiff bezeichneten. Einige Spiele, ein antikes Set und zwei aus Aran, benutzten Segelschiffe, während andere diese Figur als einen Attentäter, einen Dieb oder eine Konkubine darstellten. Ein Set bestand aus beinahe obszönen Figuren, aber da das betreffende Spiel aus Zante stammte, war das nicht weiter verwunderlich.

Es war überhaupt kein Problem für ihn, die Schachspiele neu zu ordnen, aber die Liste der Gegner, mit denen Kidd Fernschach spielte, enthielt zwei Überraschungen. Die erste war ein zwanzig Züge altes Spiel, in dem Kidd mit den schwarzen Figuren gegen Prinz Trevelien spielte. Der letzte auf dem Merkzettel ausgewiesene Zug war von Kidd ausgeführt worden, am 14. Arkan 1685. Das bedeutete, der Brief mit dem Schachzug war vermutlich kaum eine Woche vor dem Tode Prinzessin Rochelles in Wolfsgate eingetroffen.

Uriah lief es eiskalt den Rücken herunter. Seine erste Reaktion, als er Prinz Trevelien auf der Liste von Kidds Gegenspielern sah, war Freude über die Entdeckung gewesen, daß der Prinz Schach spielte – *und* daß damit auch das Geheimnis gelüftet war, woher Kidd den Prinzen kannte. Aber jetzt schien ihm seine Freude wie ein Hohn über die Trauer, die der Tod Prinzessin Rochelles verursachte, und die Liebe ihres Gatten zu ihr.

Zu Rochelles ehrenvollem Angedenken ordnete er dieses Spiel unter ihrem Namen ein und schob es unter das von Remius.

Die zweite Überraschung war ein Schachspiel, in dem noch überhaupt kein Zug ausgeführt worden war. Das Figurenset aus Ahorn und Zedernholz enthielt die üblichen ilbeorischen Figurenformen und war viel gröber geschnitzt als alle anderen Spiele hier. Das Spielprotokoll wies aus, daß das Spiel am 12. Glockmond 1677 begonnen worden war, aber für Uriah hatte dieses Datum weiter keine Bedeutung, wenn er auch erkannte, daß es fast ein Jahr nach dem Ende des Lescarenkriegs gewesen war. Er erkannte die Handschrift nicht, in der das Protokoll geschrieben war – vermutlich war es ein früherer Bursche gewesen. Kidd hatte offensichtlich Schwarz gewählt und wartete darauf, daß sein Gegner den ersten Zug übermittelte.

Das Bizarre daran war, daß kein Gegner aufgelistet

war. *Hätte Kidd darauf gewartet, daß ihm ein Gegner schreibt, um ein neues Spiel anzufangen, hätte er wohl kaum ein Datum ins Spielprotokoll eingetragen, oder doch? Merkwürdig, aber was ist bei Colonel Kidd schon nicht merkwürdig?*

Uriah zuckte mit den Schultern. »Wenigstens eine Person war so gescheit, sich nicht mit Colonel Silberauge einzulassen. Eines Tages werde auch ich so klug sein.« Er schob das Spiel ins erste Schubfach für ›Anonym‹ und schloß die Schränke, um jede Spur seiner Teufelei zu verwischen. Nachdem er einen letzten Blick in die Runde geworfen hatte, nickte er, blies die Tischlampe aus und zog sich in seine eigene kleine Kammer zurück.

Müde fiel er auf sein Bett. In seinem Geist kämpften hölzerne Krieger gegeneinander, und wanderten dabei über ein Gelände, daß mit einem Quadratmuster bedeckt war. Zu Anfang lächelte er bei sich und freute sich darüber, sein neues Zuhause unter Kontrolle gebracht zu haben, aber dieses Gefühl verschwand schnell. Der Schlaf wollte sich nicht einstellen, und mit jedem wachen Moment wurde Uriah unbehaglicher zumute.

Er zitterte, als wäre er in eine Schneewehe gefallen. *Ganz egal, was für ein übler Schinder Colonel Kidd ist, er bleibt ein Blinder. Nur durch Gottes Gnade …* Sein Magen verkrampfte sich und sandte beißende Säure seine Kehle hinauf, als er daran dachte, welch einen grausamen Streich er einem Blinden gespielt hatte. *Der Prinz hat mich ermahnt, ein Genie zu studieren, und statt dessen verhalte ich mich kleinlich und dumm.*

Er schleuderte die Decke beiseite und wollte gerade aufstehen, als ein Schrei ihn zusammenzucken ließ. Das unmittelbar darauf folgende Krachen und Brechen von splitterndem Holz ließ ihn aus dem Bett springen. Nur mit Unterhosen bekleidet stürzte er in den dunklen

Raum und schlug mit dem Schienbein an einen Tisch. Er faßte nach seinem Bein, und hüpfte fluchend weiter.

»Wer ist da?«

Ein unverständliches Murmeln, vermischt mit einem Knurren, ließ ihn in Richtung des Schrankes starren, in dem er kurz zuvor das Remius-Schachspiel verstaut hatte. Er hörte das Klackern und Klickern von Schachfiguren, die auf einem Brett herumrollten, dann wurde er plötzlich mit Schachfiguren bombardiert wie von einem unsichtbaren nächtlichen Hagelschauer. Er ließ sein Schienbein los und machte einen Schritt auf den Schrank zu, aber sein rechter Fuß trat mit vollem Gewicht auf einen Bauern. Als er vor Schmerz wieder zurückhüpfte, traf ihn eine Schublade an der Brust und warf ihn um.

Ich brauche Licht! Uriah blieb auf dem Boden und kroch auf den Schreibtisch zu. Als er sich dahinter in die Hocke hochzog, hörte er Schachfiguren abprallen und auf den Boden fallen. Er tastete in die Schreibtischschublade, griff sich ein Zündholz, schlug es an und sprang auf, um die Lampe anzuzünden. Er drehte den Docht hoch und badete den Raum in Licht.

Sein Magen krampfte sich zusammen, als er die Lampe hob und mit seinem Körper abschirmte. Wie ein Wahnsinniger riß Malachy Kidd die letzte Schublade aus dem Schrank, fuhr mit seinen Fingern durch die durcheinandergeworfenen Figuren und warf dann das ganze Spiel achtlos weg. Die Schublade wirbelte durch die Luft und hätte um ein Haar die Lampe zerschmettert, hätte Uriah sie nicht gerade noch rechtzeitig in Sicherheit gebracht.

Kidd wandte sich von dem Schrank ab und schoß hinüber zu dem anderen, der das Brett mit dem anonymen Gegner enthielt. Der Blinde zog es aus dem Schrank und hielt es triumphierend in die Höhe. »Ja!« Er warf es hoch in die Luft, dann ließ er sich mit gekreuzten Beinen zu Boden fallen, als ob er darauf wartete, daß die Figuren auf ihn herunter regneten. Das Schachbrett traf ihn an der Schulter, fiel nach rechts weg und schlug mit einem trockenen Knall auf den Boden.

Uriah ging zu ihm hinüber und setzte die Lampe auf dem Tisch ab. »Sie haben sich geschnitten, Sir, über dem rechten Auge.« Der Kadett riß einen Streifen aus Kidds Nachthemd und tupfte damit die Wunde ab. »Was machen Sie hier draußen?«

Kidd sah zu ihm auf, als könne er ihn mit seinen Silberaugen tatsächlich erkennen. »Ich habe ihn gesehen.«

»Wen gesehen, Sir?«

»Den Dost. Ich habe ihn gesehen. Jetzt verstehe ich.« Der Mann hielt die Hände vor sich ausgestreckt, als wiege er ein kleines Kind in seinen Armen. »Er war so winzig, so verwundbar. Und ganz aus Gold. Keine Putte, kein Bild, nein, eine Maschine. Eine kindliche kleine Maschine. Und er sagte: ›Erkenne dein Mündel.‹«

Er ist über den umgestürzten Stuhl gestolpert und hat sich den Schädel angeschlagen. Das hat vollendet, was die Lescaren in Glogau anfingen. Sein Verstand ist hinüber. »Sie haben eine kindliche Maschine sprechen gehört?«

»Nein, du Idiot. *Gott* hat zu mir gesprochen. Jetzt verstehe ich.« Kidd packte Uriahs Handgelenke mit so festem Griff, daß es schmerzte. »Seine Offenbarung kommt bald und geschwind.«

»Sir, Sie haben sich den Kopf gestoßen, *hart* den Kopf gestoßen.«

»Ich habe es schon vorher gesehen. Die Vision, sie erschien mir im Schlaf.«

»Dann war es wohl ein schlechter Traum, Sir.«

»Nein, das war es nicht. Es war eine Botschaft des Herrn. Er hat gesprochen.«

Uriah befreite seine Handgelenke aus der Umklammerung des alten Mannes, dann legte er Kidds Hände auf den Stoffstreifen an dessen Stirnwunde, der sich langsam mit Blut vollsog. »Sie sind verletzt, Sir. Sie müssen einen Heiler aufsuchen.«

»Nein! Ich bin in Ordnung. Du hast selbst gefragt, ob Gott den Menschen Sein Mißfallen kundtut. Also, da hast du deine Antwort. Heute nacht hat Er es getan, mir gegenüber.« Kidd packte seinen Burschen an den Schultern und ein Tropfen Blut rollte langsam an seiner rechten Gesichtshälfte hinab. »Schau auf das Schachbrett. Los, schau hinunter. Schau hinunter!«

Das beharrliche Drängen in der Stimme des Mannes zwang Uriah, auf das Schachbrett zu blicken. Er wußte nicht einmal, ob es aufrecht gelandet war, aber selbst wenn, wußte er doch genau, was er sehen würde: eine Handvoll über das Brett wahllos verstreut liegender Figuren. *Gib ihm nach, um ihn zu beruhigen, und dann hol Hilfe.*

Er senkte den Blick und begann zu zittern, noch bevor er überhaupt richtig verstanden hatte, was er da sah. Die Schublade war in der Tat aufrecht gelandet, und alle Figuren standen aufrecht auf ihren Feldern. Fünf Figuren hatten ihre Anfangsposition verlassen. Der weiße Heerführer war in einem Zug, der gegen die Regeln zu verstoßen schien, um ein volles Feld über den vor ihm stehenden Bauern hinausgerückt. Auch der Champion des schwarzen Heerführers war über den vor ihm stehenden Bauern gesprungen, aber diese Figur durfte andere in ihrem Weg ignorieren. In dieser Stellung beschützte sie den Bauern des schwarzen Königs, der um zwei Felder vorgerückt war. Auf der weißen Seite war der Champion des Königs neben den Heerführer gerückt und bedrohte den schwarzen Bauer.

Uriahs Mund wurde trocken. Als er sich das Set kurz zuvor angesehen hatte, waren die Figuren beider Seiten in ilbeorischen Motiven gehalten gewesen. Jetzt hatte Weiß statt Wölfen Bären als Türme. Es konnte nicht sein, daß er sich zuvor geirrt hatte, denn er wußte sicher, daß in keinem der Schachspiele Ilbeoria Strana gegenübergestanden hatte. Aber genau das war hier und jetzt der Fall. Was die Sache noch gespenstischer machte, war die Tatsache, daß der schwarze König die Züge Prinz Treveliens angenommen hatte, während der Königschampion wie Robin ausah, und der Königinnenchampion kleine Augen aus Silber besaß.

Und der vorgerückte schwarze Bauer hätte Uriahs Zwilling sein können.

Noch erstaunlicher aber war die Anwesenheit einer dreiunddreißigsten Figur auf einem Feld, das von Weiß bedroht und von Schwarz verteidigt wurde. Sie war aus einem goldfarbenen Holz geschnitzt und sah aus wie ein Baby. Es lag auf dem Rücken in der Mitte des Bretts. Die Figur wirkte verwundbar, aber die Aufstellung der schwarzen Figuren machte deutlich, daß Weiß einen hohen Preis würde zahlen müssen, wenn es sie schlagen wollte.

»Das verstehe ich nicht, Colonel. Eine neue Figur, ein unerlaubter Spielzug. Das ist verrückt.«

»Nicht verrückt, Uriah, nicht in den Augen Gottes.« Der Blinde deutete unbeirrt auf die kleine goldene Figur im Zentrum des Spiels. »In Helansajar hat der Heerführer beim Eröffnungszug das Recht zum Sprung. Dort ist der Dost, zwischen Strana und Aran. Die Botschaft ist klar.«

»Was ist klar?«

»Wir gehen nach Aran.« Kidd lächelte durch eine Maske von Blut. »Der Dost schwebt in Gefahr, und von Aran aus werden wir uns daran machen, ihn zu retten.«

16. Kapitel

Luftschiff *Saint Michael*
Über der Küste von Errat

12. Glockmond 1687

Die untergehende Sonne badete die dünnen Wolken in rotviolettem Licht, als sich Robin Drury auf dem Flügeldeck der *Saint Michael* meldete. Er räusperte sich, um seine Gegenwart anzukündigen. »Bruder Drury meldet sich wie befohlen, Sir.«

Lonan Hassett, der einzige andere Mensch auf dem offenen höchsten Deck der *Saint Michael*, drehte sich langsam um und lächelte. »Danke, daß Sie so schnell gekommen sind, Bruder Drury. Stehen Sie bequem. Ich wollte Ihnen mein Lob dafür aussprechen, wie gut Sie mit dem Ethyrskiff zurechtkommen.«

Robin zuckte lässig mit den Achseln. »Kein Problem, Sir. Ich bin verpflichtet, die Zauber zu üben, die ich brauche, sollten wir gezwungen sein, ein anderes Luftschiff zu entern.«

»Aber ein Ethyrskiff ist etwas schwieriger zu handhaben als ein Paar Flügel, und die Strömungen da unten über der südlichen Landzunge Errats sind ziemlich tückisch.«

»Heute muß dann wohl ein ruhiger Tag gewesen sein, Sir.«

Hassett nickte bedächtig. »Es gibt nicht viele Sandys mit Ihrem Sinn für Bescheidenheit.«

»Stolz ist eine der Sieben Todsünden, Käpt'n.«

»Und es entwickeln auch nicht viele Ihre Geschicklichkeit im Einsatz von Flugzaubern. Sie hätten Aeromagiker werden können, aber das wollten Sie nicht. Warum nicht?«

Robin zögerte. Sein Kommandeur hatte ohne Zweifel das Recht, ihm jede Frage zu stellen, die er stellen wollte, und Robin war verpflichtet, ihm zu antworten. Es gab keinen Platz für Privatsphäre und Geheimnisse in einer Truppe, in der absolutes Vertrauen zwischen den einzelnen Soldaten herrschen mußte. Trotzdem hätte Robin es vorgezogen, seine Taten für sich sprechen zu lassen, statt über seine Beweggründe Auskunft geben zu müssen. *Aber einem Mann, der an Informationen dieser Art nicht interessiert war, hätte man nicht den Befehl über ein Schlachtschiff anvertraut.*

»Bitte erinnern Sie sich, Sir, daß ich schon in der Luftflotte gedient habe, bevor ich nach Sandwycke ging. Ich habe äußerste Achtung vor den Aeromagikern, aber ich weiß auch noch sehr gut, wie ich damals im Lescarenkrieg mein Bestes gab, damit keiner von ihnen getötet wurde, während wir selbst kämpften. Ich ziehe es für mich persönlich vor, feindliche Aeromagiker zu töten, als selbst Zielscheibe von Angriffen zu werden.«

»Aber es sind in der Regel Aeromagiker, die es irgendwann zum Befehl über Luftschiffe wie dieses bringen.« Hassett fuhr mit der Hand über die Eichenreling. »Sie wären damit zufrieden, einen Ethyrinenverband zu führen, wenn Sie der Kommandeur des ganzen Schiffes sein könnten?«

Bevor Robert antwortete, drehte er sich um und ließ den Blick über das ganze Schiff schweifen. Vom Flügeldeck aus konnte er alles überblicken. An den drei schlanken Signalmasten, die sich über dem Luftkiel in die Höhe reckten, flatterten Wimpel. Die Zwillingsschrauben am Heck sangen mit ihrer kehlig brummenden Stimme, während sie das Schiff durch den Himmel trieben. Der Wind brauste vorbei und ließ ihn leicht frösteln, Wolkenfetzen wirbelten hoch und über die Kanten der Bug- und Heckschwingen.

Es wäre schon eine tolle Sache, so ein Schiff kommandieren zu dürfen. »Bitte um Erlaubnis, offen zu sprechen, Sir.«

Hassett, an dessen Kleidern und braunen Haaren der Wind rupfte und zupfte, sah aus wie eine Vogelscheuche, als er nickte. »Bitte.«

»Im Krieg habe ich viele Offiziere gesehen, Sandys und auch andere, die sich zu sehr in das Schiff verliebt hatten, über das sie befahlen. Sicher fühlen sich viele von uns so, als seien sie mit dem Schiff verheiratet, oder betrachten es als eine Geliebte, angesichts der Ansprüche, die es ständig stellt. Aber für diese Offiziere war das Schiff zum Sukkubus geworden. Sie hätten alles für den Ruhm riskiert, der es ihnen ermöglicht hätte, sich ein neues, noch größeres Schiff zu verdienen. In diesem Hunger nach Macht haben sie eine Menge Männer sinnlos verheizt.«

Hassetts Gesicht wurde zur Maske. »Als die *Merridmach* in Lescar niederging, habe ich hundert Luftmatrosen aus einer Mannschaft verloren, die knapp das Doppelte zählte.«

»Das weiß ich, Käpt'n, aber indem Sie die *Merridmach* auf diese Weise eingesetzt haben, konnten Sie die *La Admiracio* daran hindern, unsere *Saint Birgit* zu vernichten. Und sie konnte entkommen, Sir.« Robin lächelte vorsichtig. »Es hat in der ganzen Flotte keinen Wolkenfresser gegeben, der Sie nicht dafür bewunderte. Ich hätte sicherlich gehofft, unter den damaligen Umständen eine ähnliche Entscheidung wie Sie zu treffen, aber ich könnte mir dessen nicht sicher sein, und deswegen ist es schon ganz gut so, daß ich kein Kommando über ein Schiff habe.«

»Schon wieder legen Sie eine Bescheidenheit an den Tag, die Sie auszeichnet, Bruder Drury.« Hassett verschränkte die Hände hinter dem Rücken. »Ich hätte es erwarten müssen, so wie Sie an Bord gekommen sind, auch nach all dem, was Mr. MacAllen mir über Sie erzählt hat.«

Robin seufzte. »Sie sollten Mr. MacAllen nicht alles glauben, was er über mich daherredet. Wir kennen uns schon lange, und er behandelt mich wie den Sohn, den er nie besaß. Was die Art betrifft, wie ich an Bord gekommen bin: Es gibt *Flotten*offiziere und *Schiffs*offiziere, und es ist schade, daß es – außer Ihnen und wenigen anderen Ausnahmen – nur wenige Männer gibt, die beides verkörpern. Es mag hilfreich sein, Freunde bei Hof zu haben, wenn es um Beförderungen geht, aber im Gefecht ist es allein die Crew, von der abhängt, ob man überlebt oder fällt. Ich möchte lieber von meinen Männern geachtet werden, als der Liebling irgendeines Höflings zu sein, wenn der Geschoßhagel durch die Wolken prasselt.« Robin lächelte. »Genau das habe ich gehofft, auch dem Kadetten Smith nahezubringen. Er ist hochintelligent, glaubt aber, das wäre genug. Wenn er sich wirklich anstrengen, ernsthaft an sich arbeiten und ein echter Schiffsoffizier werden würde, könnte er einmal einer der besten Kommandeure in der Luftflotte sein.«

»Das wäre beachtlich. Ich bin sicher, Colonel Kidd wird ihm dabei helfen.« Lonan Hasset nickte ernst. »Sie sollen wissen, wie sehr ich es schätze, einen Mann unter meinem Befehl zu haben, der bereit ist, mehr als nur seine Pflicht zu tun, und zum Beispiel ein Skiff zu unserem Stützpunkt auf Errat hinunterbringen kann oder es schafft, einen dickköpfigen Kadetten zu erziehen. Bitte verraten Sie mir, wie wir Ihrer Ansicht nach aus der *Saint Michael* ein noch besseres Schiff machen können, als sie jetzt schon ist. Ich bin von der Mannschaft sehr angetan, aber in Aran werden wir es mit einer ganz neuen Lage zu tun bekommen, und ich möchte die Entwicklungen soweit wie möglich unter Kontrolle behalten.«

»Verzeihen Sie die Frage, Sir, aber Sie scheinen in Aran Probleme zu erwarten?«

Hassett schürzte einen Augenblick die Lippen, bevor er antwortete. »Sie waren schon früher in der Luftflotte, Mr. Drury. Sie wissen, daß die Mannschaft fern der Heimat widerspenstig werden kann. Aran ist ein fremdartiges Land. Soweit ich informiert bin, ist es heiß und dichtbesiedelt, voller heidnischer Tempel und in ein so rigides Kastensystem gezwängt, daß der einzige Weg, einen höheren Stand zu erreichen, darin besteht, zu sterben und wiedergeboren zu werden.«

»Ist der gesellschaftliche Abstieg leichter, Käpt'n?«

»Soviel ich weiß, ja. Man kennt dort Verbrechen, zu denen es bei uns kein Gegenstück gibt, und ihre Strafen sind barbarisch. Sie schreien nach dem Scheiterhaufen, wo bei uns eine Auspeitschung reichen würde, und das gilt bereits für Vergehen gegen Mitmenschen, nicht etwa gegen eine der tausendundeins Gottheiten, die sie dort verehren.« Hassett schüttelte den Kopf. »Dieser wirren Mixtur dürfen Sie noch den Widerstand gegen uns zugeben. Wir haben nun schon seit dreißig Jahren die Macht in Aran, und eine ganze Generation ist in einer Heimat aufgewachsen, über die sie keine Kontrolle mehr besitzt. Die Araner sind aus gutem Grund aufgebracht, und das kann Schwierigkeiten geben.«

Robin nickte. »Und dann gibt es noch die Straner.«

»Die Straner«, warf eine neue Stimme ein, »sind zur Zeit unsere geringste Sorge.«

Robin drehte sich um und sank jäh auf ein Knie. »Hoheit.«

»Bitte, Mr. Drury, stehen Sie auf.« Prinz Treveliens blauer Gehrock schlug ihm gegen die Beine, vor und zurück, wie Brecher gegen die Stützen eines Landungsstegs. »Ich habe mir die Arbeit durchgelesen, die Sie und der junge Smith auf Sandwycke vorgestellt haben. Ich muß Sie für Ihre Lagebeurteilung loben – Ihre Annahmen entsprechen durchaus meiner Einschätzung der stranischen Absichten in Zentralestanu. Allerdings erschien mir der Gedanke einer Eroberung Helors durch Strana weniger beunruhigend als etwas anderes, das mir bei Ihrem Projekt auffiel.«

»Hoheit?«

»Ihre Informationsquelle über Helor.«

»Skinny Hopper?« Robin verbesserte sich: »Ich meine Simon Hopper? Er ist ein Angestellter bei Grimshaw Mercantile, der für mich einiges aus den Berichten abgeschrieben hat, die er aus Aran bekam. Was wir herangezogen haben, hatten Uriah und ich uns aus verschiedenen Gerüchten herausgefiltert. Wäre irgend etwas von militärischem Wert dabeigewesen, hätten wir es sicher weitergegeben.«

Der Prinz hob die Hand. Obwohl er einige Zentimeter kleiner als die beiden anderen war, strahlte er eine ruhige Selbstsicherheit aus, die es leicht machte, ihn zu respektieren. »Viscount Hedgelee hat sich äußerst kooperativ gezeigt, was die Übermittlung von Informationen an das Militär betrifft, wenn er auch bei den Zahlenangaben – soweit wir sie mit unseren eigenen Quellen vergleichen können – zur Übertreibung neigt. Was mich an der ganzen Sache beunruhigt, ist die Tatsache, daß er allem Anschein nach viel mehr Informationen aus Innerestanu erhält als wir. Er verfügt ganz offensichtlich über eigene Agenten in Drangiana, und ich rechne damit, daß er sie bis zum Ende des Sommers auch in Helor haben wird – falls das nicht jetzt schon der Fall ist.«

Robin furchte die Stirn. »Wenn ich mich einer Rede richtig entsinne, die ich einmal in der Fabrik gehört habe, in der ich früher arbeitete, reichten unsere Handelsbeziehungen in nördlicher Richtung nur bis zum Himlan. Ich wußte nicht, daß der König Rechte für den Handel außerhalb Arans erteilt hat.«

»Das hat er auch nicht, was die Kaufleute allerdings keineswegs an dem Versuch gehindert hat, ihren Handel über die aranischen Grenzen bis nach Innerestanu auszudehnen. Wie Sie sich erinnern werden, haben unsere brendanischen Kolonien vor hundert Jahren revoltiert und ihre Unabhängigkeit erkämpft.« Die Miene des Prinzen wurde sorgenvoll. »Es gibt Stimmen, die mit einer Wiederholung der Geschichte in Aran rechnen.«

»Aber, Hoheit, wenn sie wirklich versuchen sollten, ihre Unabhängigkeit auszurufen und sich von Ilbeoria zu lösen, gäbe es nichts mehr, was Strana an einem Überfall auf Aran hindern würde.«

»Korrekt, Mr. Drury, es sei denn, einer von zwei möglichen Fällen tritt ein: Ihre wirtschaftliche Basis müßte dazu ausreichen, so viele Söldner zu verpflichten und auszurüsten, wie zur Verteidigung nötig sind. Die meisten Handelsgesellschaften verfügen schon über eigene Milizen, also werden bereits Schritte in diese Richtung unternommen. Wäre die Wirtschaft wirklich stark, könnte man vielleicht sogar Fürst Arslow bestechen, Aran in Ruhe zu lassen und einen Bürgerkrieg in Strana anzuzetteln.«

Robin schüttelte den Kopf. »Uriah hat die meisten Meldungen über Arslow gelesen, da sie alle auf stranisch geschrieben waren, aber ich hatte beileibe nicht den Eindruck, daß er käuflich sein könnte.«

»Die gefährlichsten Männer haben keinen Preis, den man in Gold messen könnte.«

Hassett nickte dem Prinzen zu. »Die zweite Möglichkeit bestünde im Herstellen einer Situation, die es Strana ebenso wie Ilbeoria unmöglich machen würde, gegen einen Aufstand zu intervenieren.«

Der Ethyrine schluckte schwer. »Der einfachste Weg dazu wäre, einen Krieg zwischen Strana und Ilbeoria in Urovia anzuzetteln. Ein solcher Krieg würde die stranische Wirtschaft weiter in den Ruin treiben und die ilbeorischen Streitkräfte näher an den eigenen Grenzen binden. Allein der Gedanke an einen solchen Plan ist bestialisch.«

Der Prinz wirkte angewidert. »Krieger fürchten den Krieg, weil sie um seine wahren Kosten wissen: Leichen und Blut. Händler, die am Krieg – oder an seinen Folgen – profitieren, bewerten diese Dinge anders.«

Robin schauderte. »Eine solche Situation zu schaffen, wäre aber doch ein Akt von Hochverrat?«

»Allerdings, Mr. Drury.« Der Prinz nickte nachdrücklich, und seine grünen Augen funkelten. »Unglücklicherweise haben wir keine Beweise. Das bedeutet jedoch nicht, daß es niemanden gibt, der solche Pläne verfolgt, nur, daß die Betreffenden sich vorsehen. Und deshalb müssen wir um so vorsichtiger sein, wenn wir ihre Pläne vereiteln wollen.«

»Wir scheinen mitten in eine noch weit verzwicktere Lage geraten zu sein, als ich es mir vorher ausgemalt hatte.« Robin schüttelte den Kopf. »Es war schon seltsam genug, eine hypothetische Schlacht zwischen Strana und Helor auszuarbeiten. Unsere Truppen gegen unsere eigenen Bürger in Aran einzusetzen, wäre noch viel abseitiger gewesen. Damit hätte ich mir wahrscheinlich auf diesem Schiff hier keine Koje verdient.«

»Unsere Absicht, Mr. Drury, ist es, zu verhindern, daß es soweit kommt.« Der Prinz lächelte, aber nicht annähernd selbstsicher genug, um Robin beruhigen zu können. »Wenn wir uns in Aran gut schlagen, bleiben *alle* diese Szenarien und Gefechte hypothetisch.«

»Wenn Ihr mir die Frage gestattet, Hoheit, wie schätzt Ihr die Chancen für einen solchen Erfolg ein?«

»Ganz gut, will ich hoffen, Mr. Drury.« Der Mund des Prinzen zog sich zu einem grimmigen Strich zusammen. »Aber stellen Sie sicher, daß Ihre Ethyrinen die Schwerter schärfen, nur für den Fall, daß ich mich furchtbar irre.«

17. Kapitel

Luftschiff *Ljeschij*, Mjada, im Anflug auf Mjasowo Strana

18. Glockmond 1687

Natalja wischte sich das schwarze, im Fahrtwind flatternde Haar aus dem Gesicht, als sie wieder in den Salon der *Ljeschij* trat. Oben auf dem Flügeldeck des Briggschoners hatte sie eine meilenweite Aussicht gehabt, und auch hier schien der Blick aus den Fenstern der drei Wände des riesigen Salons auf keine Grenze zu stoßen. Fruchtbare Ebenen breiteten sich unter dem Luftschiff aus wie ein grüner Teppich. Der Murom durchschnitt wie ein silbernes Band die Wiesen, und kleine Ortschaften wuchsen wie Pilze an den Windungen des trägen Flusses.

Der Übergang vom hügeligen Waldgebiet der Provinz Muromda über Kroda zu den grünen Ebenen von Mjada war mehr als nur ein Wechsel der Landschaft. Die kalte, düstere Förmlichkeit der kaiserlichen Hauptstadt schmolz hier in den äußeren Provinzen dahin. Naraschal Gennadij Cususow hatte Nataljas Schwester Marina zu seiner Hauptfrau genommen und war für seine Verdienste im Lescarenkrieg zum Tacarri von Mjada erhoben worden. Obgleich er ein fanatischer Anhänger des Taciers war, förderte Cususow die maritime Kultur Mjadas und das träge und müßige Leben der Oberschicht.

Das Leben in Mjada und Mjasowo war leichter und weniger gehetzt als in der Hauptstadt. Da Mjasowo erst jüngst wieder aufgebaut worden war, besaß die neue Stadt alle möglichen Annehmlichkeiten. Die neuen Gebäude verfügten nicht nur über Gaslicht, sondern darüber hinaus auch über große Dampfkessel in den Kellergeschossen, mittels derer man überall die eisernen Heizkörper betreiben konnte. Die Winter in Mjasowo waren zwar nie ausgesprochen kalt, aber dennoch schien die Zentralheizung fast wie ein Wunder, wenn sie den Briefen ihrer Schwester Glauben schenken durfte. *Und meine magische Begabung zur Entfachung von Feuern, die in den eiskalten Wintern Muroms hochgeschätzt ist, wird vom Fortschritt überflüssig gemacht.*

Auch andere Errungenschaften, von der Stahlträgerkonstruktion der Häuser bis hin zu den Aufzügen, mit denen man mühelos vom Boden aus sechs oder sieben Stockwerke hochfahren konnte, ließen die Stadt unbestreitbar modern und ihrer herausragenden Stellung bewußt erscheinen. Ihre Oberschicht war von dieser lebensfrohen Sichtweise durchdrungen, die sich unter anderem in nächtlichen Festlichkeiten widerspiegelte, die ihresgleichen in Murom nur im Festibrium fanden. Dieser ständige gesellschaftliche Wirbel hatte Natalja überwältigt, als sie das letzte Mal in Mjasowo haltgemacht hatte, zu Beginn ihrer letzten Reise nach Wsorin, und sie hätte dieses Mal gern auf einen Aufenthalt verzichtet, wenn sie ihre Schwester Marina nicht gar so sehr vermißt hätte.

Als sie an ihre Schwester dachte, ging Natalja hinüber zu einem Fensterplatz und ließ sich in die prallen Kissen sinken. Durch das Fenster konnte sie die Kreuzform des Ethyrskiffs der *Ljeschij* erkennen, das sich von unten her dem Heck des Luftschiffs näherte. Da es zu klein für eine Dampfturbine war, die eine Schraube hätte antreiben können, besaß es einen vollgetakelten Mast, dessen Rahsegel sich im Wind blähte. Das kleine Luftboot kam rasch an das große Schiff heran und verschwand aus ihrer Sicht, als es heranmanövrierte, um durch die Frachtluken einzufliegen.

Auch wenn ich Marina nicht hätte wiedersehen wollen,

hätte ich in Mjasowo Halt gemacht. Ein Direktflug nach Wsorin hätte übereifrig ausgesehen und wäre zu auffällig gewesen. Der Auftrag meines Vaters hindert mich daran, so offensichtlich zu agieren. Wenigstens vermutet auf diese Weise niemand in Wsorin irgend etwas Ungewöhnliches hinter meinem Besuch.

Die Antwort auf ihre Bitte, zu Besuch kommen zu dürfen, war herzlich gewesen, sowohl von seiten Grigoris als auch von der des Fürsten Arslow. Grigori lag zudem sehr daran, daß sie kam, sobald es ihr paßte. Die Ehrlichkeit der formellen Einladung Arslows hingegen machte sie mißtrauisch und rief gleichzeitig ein leichtes Schuldbewußtsein in ihr hervor. Er hatte irgend etwas vor, und das wollte sie bei diesem Besuch beweisen.

Irgendwie fragte sie sich allerdings auch, ob sie ihre Schlüsse nicht voreilig zog. Obwohl sie bei allem, was Fürst Arslow betraf, Vorsicht für angebracht hielt, war ihr durchaus bewußt, daß man ihre Befürchtungen seinetwegen für nicht weniger extrem halten konnte als seinen Verfolgungswahn den Wolfspriestern gegenüber. Indem sie auf Grund ihres Mißtrauens dem Fürsten gegenüber deren Bedrohung herunterspielte, übersah sie möglicherweise eine tatsächliche Gefahr für das Reich ihres Vaters. *Was hieße, ich sollte mich weniger um Arslow sorgen, aber dann würde überhaupt niemand sich um die Gefahr kümmern, die er darstellt.*

Sie schüttelte den Kopf, dann streckte sie sich auf dem Fensterplatz aus. »Es wird später noch genug Zeit sein, derlei Überlegungen zu wälzen.« Vom Flügeldeck aus hatte sie Mjasowo schon am Horizont gesehen. Der Kapitän hatte ihr gesagt, daß sie die Stadt in drei Stunden erreichen würden, so daß gerade noch genug Zeit für die Vorbereitungen auf den Empfang blieb.

Polina betrat den Salon durch die Luke zur Privatkombüse des Salons. Sie trug ein silbernes Tablett, auf dem neben einem leeren Kristallkelch zwei Äpfel, etwas Brot und Käse lagen. Sie stellte es auf dem Teakholztisch ab, der mitten im Raum stand, holte eine Glasflasche unter dem Arm hervor und zog mit einem Quietschen den Korken aus der Flasche. Dann füllte sie das Glas mit der klaren Flüssigkeit, steckte den Korken zurück und stellte die Flasche auf den Tisch.

»Kapitän Selow läßt seine Entschuldigung übermitteln, Hoheit. In dieser Gegend treibt er gewöhnlich Handel mit einer ganz bestimmten Familie, aber deren Patriarch ist vorgestern verstorben. Seine Männer sind mitten in die Beerdigung geplatzt. Dies hier ist das Beste, was sie anbieten konnten.«

Natalja setzte sich hoch und hob die rechte Hand zum Hals. »Sie wurden dafür entschädigt, da?«

»Sie fühlten sich geehrt, Euch dienen zu dürfen, Hoheit.«

»Das genügt nicht. Laß mein Badewasser ein, und dann soll Kapitän Selow das Skiff noch einmal hinunterschicken. Gib ihnen einen Ballen von dem gelben Stoff als Geschenk mit, den ich für meine Schwester eingepackt habe. Marina wird eine Farbe des Regenbogens nicht vermissen, schon gar nicht gelb. Das läßt sie fett aussehen. Schnell jetzt.«

»Ja, Herrin.«

Die kleine Frau öffnete die Luke zur Badekabine und drehte die Hähne auf. Heiß dampfendes Wasser schoß aus dem einen, während aus dem anderen kaltes Wasser in die große Wanne aus Gußeisen und Porzellan floß. Polina streute einige blaue Kristalle ins Wasser, und Rosenduft drang mit dem Dampf in den Salon.

Als ihre Zofe den Salon wieder verließ, zog Natalja sich aus. Für die Reise mit dem Luftschiff hatte sie sich zu einer Kleidung entschlossen, die dem Reitanzug eines Mannes ähnelte: Stiefel, hautenge Reithosen, eine weiße Bluse und ein Wollmantel gegen die Kälte zwischen den Wolken. Gewöhnlich bevorzugte sie einen

Rock, aber an Bord eines Luftschiffes mit seinen engen Gängen und steilen Leitern waren Röcke unpraktisch.

Natürlich werde ich zu meiner Ankunft in Mjasowo ein Kleid tragen müssen. Polina wird eines für mich aussuchen. Welches Kleid sie aussuchte, war nicht weiter von Bedeutung. Spätestens nach einer Stunde in der Gesellschaft ihrer Schwester würde sie sich in irgendeine neue Kreation genäht wiederfinden – nach der neuesten Sommermode der Stadt geschnitten – und zur ersten Party des Abends geschleppt werden.

Natalja ließ ihre Kleidung auf dem Boden verstreut hinter sich und ging in die Badekabine. Sie drehte die Wasserhähne zu und rührte mit einer Rückenbürste das Badewasser. Sie prüfte mit dem Zeh die Temperatur und drehte für eine halbe Minute noch einmal das kalte Wasser auf. Wieder rührte sie im Bad, dann war es zwar immer noch ein bißchen heiß, aber doch akzeptabel. Sie wickelte ihr langes Haar zu einer dicken schwarzen Schlange zusammen, band es hoch und stieg dann in das heiße, duftende Bad.

Als sie sich zurücklegte, lächelte sie in wohliger Erinnerung an den schönsten Teil ihres letzten Besuchs in Mjasowo. Alle, so schien es, hatten über ihre Zuneigung zu Grigori Khrolic Bescheid gewußt und von ihm nur in den höchsten Tönen gesprochen. Mjasowo, sein Geburtsort und die Stadt, in der er zur Schule gegangen war, schien fast vor Stolz auf seine Leistungen beim Wiederaufbau zu platzen. Die Menschen sahen in ihm den Retter ihrer Stadt, weil er nicht nur die Lescarenhorden verjagt, sondern nach dem Krieg auch eine neue Stadt aus der von den Lescaren hinterlassenen Asche hatte erstehen lassen.

Natalja war es vorgekommen, als gründe ihr Ansehen hier mehr auf der Liebe Khrolics zu ihr als auf ihrer eigenen Stellung. Für sie war das eine einzigartige Erfahrung gewesen, weil sie sich schon so sehr daran gewöhnt hatte, überall als des Taciers Tochter behandelt zu werden, die mit der Ergebenheit und Verehrung rechnete, die das Volk ihr zwangsläufig schuldete. *Bei der Bevölkerung von Mjasowo ist es anders.*

Überall sonst in Strana konnte sie daraus, wie jemand sich ihr bei der Vorstellung näherte, voraussagen, wie das Gespräch verlaufen würde. Es fiel ihr leicht, die Fragen vorherzusehen und auf die abgegriffensten Fragen witzige und charmante Antworten zu geben. Die eingeübte Ehrlichkeit, mit der sie das tat, machte der Kunst der größten stranischen Schauspielerinnen Konkurrenz, und ihre Gesprächspartner entfernten sich in dem Glauben, sie mit ihrer Konversation bezaubert zu haben.

Bei ihrem letzten Besuch waren die Bürger Mjasowos viel mehr an Grigori interessiert gewesen als an ihr. Sie hatte es genossen, Geschichten über ihn mit ihren Zuhörern teilen zu können, und aus dem, was man ihr erzählte, die Einsichten anderer über Grigori zu erfahren. Die übermäßige Bewunderung der Menschen für Grigori hatte ihr geholfen, die Liebe zu ihm noch zu verstärken und ganz eindeutig ihr Verständnis für ihn verbessert. Sie hatte sehr schnell erfahren, daß Grigori Khrolic ein typischer Sohn dieser Stadt war, und das hatte seine Faszination in ihren Augen noch gesteigert.

Allerdings hatte Mjasowo ihr auch einen Nachteil offenbart. Wie sie auf jener Reise erfahren hatte, zogen seine Bürger Glücksspiele wie Backgammon und Whist ihrem Lieblingsspiel Schach vor. Schach wurde als zu streng und von Regeln eingeengt gesehen, als daß es Spaß machen könnte. Die wilde Ausgelassenheit, mit der die Mjasowen gewaltige Summen auf so ziemlich alles setzten, was eine Wette möglich machte, hatte sie überrascht und zugleich bezaubert. *Wie es zu einer modernen Stadt voll neuer, wunderbarer Entwicklungen paßt.*

Der Besuch in dieser Stadt vor dem Wiedersehen mit

Grigori hatte ihr die Augen für dessen wahren Charakter geöffnet, und sie war überzeugt davon, daß sich diese neue Offenheit in Grigoris Reaktion widergespiegelt hatte. Sie wagte zwar kaum zu hoffen, daß der Besuch dieses Mal ebenso herrlich verlaufen würde, aber sie wünschte sich, zumindest einen Teil des damaligen Zaubers wiederzufinden. Die Ungezwungenheit und Leidenschaft der Bevölkerung außerhalb des Hauptstadtdistrikts mochte ihr fremd sein, aber genau wie ihre Schwester konnte auch sie lernen, sich daran anzupassen.

Trotzdem werde ich den Hauptzweck meines Besuches nicht vergessen. Natalja nickte feierlich. *Wenn es eine Bedrohung für meinen Vater oder das Reich gibt, werde ich sie an der Wurzel fassen und vernichten.*

18. Kapitel

Luftschiff *Stoat*, über Glogau

18. Glockmond 1687

»Au!« Uriahs Kopf prallte hart gegen den Hauptbalken der Kajüte. Er setzte sich mit finsterer Miene wieder auf die Holzbank, wobei er um ein Haar den Teller mit Essen umstieß, der dort zwischen ihm und Kidd abgestellt war.

Der grauhaarige alte Kapitän der *Stoat* sah auf und verzog den Mund zu einem Mittelding zwischen Grimasse und Grinsen. »Ihr Neffe scheint richtig Spaß dran zu haben, mit dem Kopf gegen mein Kajütendach zu knallen, so oft wie er das tut.« Der rundliche Seemann lachte rauh, dann säbelte er sich noch eine dunkle Scheibe Dörrfleisch ab und stopfte sie sich in den Mund. »Paß auf, daß du dir nicht das Hirn raushaust, Jungchen, sonst schmeißen wir dich über Bord.«

Wenn ich dir damit keinen Gefallen täte, würde ich von allein springen. Uriah massierte sich die schwellende Beule auf seinem Schädel. »Wenn ich mir genug Hirn raushaue, könnte ich in Ihrer Mannschaft anheuern.«

Das hörte Kapitän Ollis gar nicht gerne. »Sind bessere Leute in der Mannschaft als du, Kerlchen. Wenigstens wissen die, welcher Körperteil zum Denken bestimmt ist. Wenn du bloß so schlau wie der Dümmste von denen wärst, hättest du Kardinal Garrow nicht die Hörner aufgesetzt, oder? Aber du hast mit deinem kleinen Pillermann gedacht, Jüngelchen, und dein segenswerter Onkel hat dir lebenslangen Ärger erspart, indem er dich zu mir auf die *Stoat* gebracht hat. Aran ist wahrscheinlich der einzige Platz, an dem ein Schwachkopf wie du vor der Kirche sicher sein kann. Trotzdem, und ich sag das nur zu deinem Besten: Ein Narr wie du findet überall Ärger, wo immer er auch hingeht.«

Uriah ließ die Schultern sacken, weil er bemerkt hatte, daß diese Art der Ernüchterung Ollis seine Predigt gewöhnlich vorzeitig beenden ließ. Als der Alte weiterredete und von jemandem aus seinem Bekanntenkreis erzählte, der in Aran irgendeinen Blödsinn angestellt hatte, nahm Uriah einen Zwieback und schlug ihn gegen die Kante der Holzbank. Der Keks zerbrach nicht, aber Uriah fühlte, wie die Maden in seinem Innern vor der Erschütterung flohen. Er klopfte noch zweimal mit dem Zwieback gegen die Bank, dann brach er ihn in zwei Hälften und zog zwei weiße Würmer mit schwarzen Köpfchen aus den harten, trockenen Hälften.

Er knabberte eine Ecke des schalen Zwiebacks an und nickte reumütig. »Ja, Sir, Sie haben recht, ich bin ein Trottel.«

Ollis ließ sich nicht im mindesten besänftigen und sprach weiter über die Hirnlosigkeit und deren üble Folgen.

Wenn deine Mannschaft so gewitzt ist, woher hast du dann so viele Geschichten von ihren Dummheiten, die du mir erzählen kannst? Anfangs war Uriah eingesprungen und hatte geholfen, die *Stoat* für die Fahrt klarzumachen, weil er sich an Robins Ermahnung erinnerte, wie wichtig ein gutes Verhältnis zur Mannschaft wäre. Er bewältigte die Aufgaben, die man ihm gab, ohne Schwierigkeiten und fand sogar ab und zu einen Weg, die Arbeit zu vereinfachen. *Ein paar von ihnen haben zwar gegrummelt, als ich ihnen zeigte, wie sie sich unnötige Arbeit sparen konnten, aber letztlich haben sie es dann doch so gemacht, wie ich es vorschlug.*

Mit den Luftmatrosen war er gar nicht mal so schlecht ausgekommen, auch wenn sie ein wenig ungehobelt und ignorant waren. In der ersten Nacht hatte er sogar bei ihnen gegessen, sowohl, um sich anzufreunden wie auch, weil Ollis hatte erkennen lassen, daß Uriah es seiner Ansicht nach nicht verdient hatte, bei den ›Gentlemen‹ zu speisen. Nach dem Essen hatte er dann mit einigen Matrosen Karten gespielt.

Während des Spiels war die latente Verärgerung über seine Einmischung bei den Arbeiten des Tages aufgebrochen. Die Luftmatrosen hatten angenommen, Uriah habe noch nie vorher gespielt, und er hatte keinen Anlaß gesehen, diesen Eindruck zu korrigieren. Da er aber mit den Spielen durchaus vertraut und außerdem in der Lage war, sich die Karten zu merken und seine Chancen blitzschnell zu berechnen, hatte er bald gewonnen. Er beendete die Partie zehn Sonnentaler reicher, und ein zerlumpter Matrose namens Philo hatte etwas über Betrug in den Bart gebrummelt. Uriah hatte sofort erwidert, ein Gentleman betrüge nie und war beleidigt davongestampft. Seit dieser Vorstellung wurde er vom Rest der Mannschaft geschnitten. *Kein großer Verlust, abgesehen davon, daß ich dadurch gezwungen bin, mich mit Ollis abzugeben.*

Während der weiterdröhnte, warf Uriah Kidd einen heimlichen Blick zu. Der Colonel saß schweigend am anderen Ende der Bank und kaute gedankenverloren ein Stück Dörrfleisch. Dunkelgetönte Brillengläser verbargen seine Augen und ließen ihn in Verbindung mit der dunklen, würdevollen Kleidung und dem Gehstock mit poliertem Messingknauf wie einen alten Schulmeister aussehen.

Klar, sitz du nur da, als wäre alles in bester Ordnung. Seit Kidds Vision hatten sich die Ereignisse regelrecht überschlagen. Uriah hätte Kidd gerne als verbrauchten, ausgelaugten Greis gesehen, aber die Intensität von Kidds Glauben an dessen Vision machte ihm Angst. Kidd hatte darauf bestanden, sich ›wie ein Dieb in der Nacht‹ davonzustehlen, damit sie niemand aufhalten konnte.

Uriah verstand warum, denn die Kirche Eilyphs hatte achthundert Jahre zuvor als Dogma verkündet, der Dost sei die Inkarnation des Bösen. Uriah hatte ernste Zweifel am Interesse von König und Kardinälen an der Unterstützung einer Rettungsmission für den Dost.

In Stadtsandwycke hatten sie sich weltliche Kleidung gekauft und die Überfahrt nach Wroxter gebucht. Wroxter war Teil des ilbeorischen Reichs, aber ebenso wie Danoria und Klydlin wurde es von einem Volksstamm bewohnt, der einst die ganze ilbeorische Halbinsel beherrscht hatte. Die Überfälle illyrischer Invasoren, die Ilbeoria Jahrhunderte vor der Geburt Sankt Martins eroberten, hatten sie schon vor langer Zeit verdrängt, und auch wenn diese Einheimischen ihre politische Entmachtung duldeten, verteidigten sie zugleich verbissen ihre angestammte Kultur. Es hieß sogar gelegentlich, sie würden immer noch ihre alten heidnischen Rituale praktizieren. Ihre Feindschaft gegen den Wolfskönig und Ilbeoria machte Wroxter zu einer Brutstätte des Schmuggels und Aufruhrs.

Eben deshalb hatten Kidd und Uriah dort an Bord eines kleinen Luftschiffs mit Kurs auf Aran gehen können. Kidd hatte Kapitän Ollis mit gedämpfter Stimme in das Geheimnis eingeweiht, wie Uriah sich mit einer der jüngeren Frauen Kardinal Garrows zwischen den Laken vergnügt hatte. Diese tätliche Mißachtung der Kardinalswürde hatte ihnen Ollis' Bewunderung eingebracht, aber trotzdem hatte sie ihre Flucht ein Dutzend Goldsonnen pro Kopf gekostet. Und damit nicht genug, mußte Uriah sich außerdem noch einen endlosen Strom von Belehrungen anhören, auf die er mit Freuden hätte verzichten können.

Bei der Besichtigung zusammen mit Robin hatte er die Unterkünfte auf der *Saint Michael* beengt und bedrückend gefunden, aber im Vergleich mit den Quartieren der *Stoat* waren sie fürstlich. Das kleine Schiff verfügte über eine bescheidene Dampfmaschine, aber Ollis nutzte überwiegend den Wind als Antriebskraft. Dementsprechend blieb der Kessel kalt, und warme Mahlzeiten waren bald nur noch eine Erinnerung. Den Frachtraum hatte er mit allem möglichen Zeug vollgestopft – jedes einzelne Stück davon Konterbande, da war sich Uriah sicher –, und das bedeutete, Uriah, Kidd und die zwölf Besatzungsmitglieder mußten ihre Hängematten über den Frachtluken aufhängen.

Der Kapitän erwies seinen Gästen immerhin die Ehre, daß sie die Mahlzeiten bei ihm in der Kajüte einnehmen durften – wenn auch in Uriahs Fall mit Widerwillen. Er hatte vom ersten Augenblick an erklärt, die Mannschaftsmesse sei nicht der geeignete Ort für einen Gentleman wie Kidd, allerdings war sich Uriah sicher, daß selbst Hunde die Gastfreundschaft des Kapitäns nicht ohne weiteres angenommen hätten. Salziges Pökelfleisch, wurmstichiger Zwieback und saurer Apfelwein waren ein schwacher Anreiz, dem Kapitän in seiner düsteren, engen Kajüte Gesellschaft zu leisten. Allerdings war Uriah klar, daß diese Kost immer noch besser als die der Mannschaft war, und so ertrug er die Mahlzeiten so gut es eben ging.

Falls Kidd die Reise beschwerlich fand, ließ er es sich nicht anmerken. Sein Zwieback schien nie so viele Würmer zu haben wie der Uriahs, und er stieß auch nie mit dem Kopf gegen irgendwelche Balken oder Luken, wenn Uriah in der Nähe war. Er spielte in ihrer kleinen Täuschungsgeschichte den noblen Part, was ihm sogar den Respekt der Mannschaft eingetragen zu haben schien. Sie verbeugten sich und machten Kratzfüße, wenn er vorbeikam, während sie vor Uriah seit dem Kartenspiel nicht einmal ausgespuckt hätten.

Kidd kaute ruhig auf seinem Zwieback, als Ollis Geschichte sich endlich dem Ende zuneigte. »Ich bin sicher, werter Kapitän, daß mein Neffe seine Lehren aus

Ihrer Erzählung ziehen wird. Auch ich möchte nicht, daß er in Aran irgendwelche Tempel entweiht oder Ghurprinzessinnen belästigt, und ich sollte meinen, nach diesem Bericht wird er weder das eine noch das andere wagen.«

»Nein, Onkel, ganz sicher nicht.«

»Sieh zu, Bursche, daß du nur immer auf deinen Onkel hörst.« Ollis biß in seinen Zwieback und spie dann einen Wurm in die Ecke zum Pinkelluk. »Er ist ein Heiliger, Bursche, daß er dir hilft, blind wie er ist.«

»Ja, Sir.«

Kidd tätschelte Uriah das Knie. »Käpt'n Ollis, kann ich aus den Turbulenzen vor einigen Stunden schließen, daß wir uns nicht mehr über Wasser befinden?«

»So ist es, Mister Fletcher. Wir sind in den Lüften über Glogau. Ich hatte eigentlich nicht beabsichtigt, so weit nach Westen zu schippern, aber wir hatten guten Wind, und es sind ein paar Heilige über dem Ozean.«

»Ah ja, die *Saint Birgit* und die *Saint Moritz* haben auf St. Martin ihren Heimathafen.«

»Aye, und die *Saint Michael* ist mehrere Tage vor uns von Sandwycke aus mit Kurs auf Aran ausgelaufen. Ich dachte daran, für das Stück über Sakaria im Kiel des Erzengels zu segeln. Aus Morea sind einige Ethyrjacks unterwegs. Dem Skipper der *Saint Michael* wird es wohl nicht auffallen, wenn ein Schiff mehr oder weniger wie ein Küken seinem Weg folgt. Über St. Martin und in Skipia hat schon eine recht große Schar auf ihn gewartet.«

Uriah fiel Ollis' leichtes Zögern in der letzten Hälfte seiner Erklärung auf. »Ich habe gehört, Lonan Hassett kommandiert die *Saint Michael*.«

Ollis wurde blaß, dann schüttelte er den Kopf. »Thomas, mein Ältester, war Matrose auf der *Merridmach*, genau wie ich. Er ging drauf, als sie abschmierte. Ein

Wolfspriester kam zu uns nach Hause, hat mit meiner Frau gesprochen und ihr einen Brief vorgelesen, angeblich von Hassett, nachdem er abhauen konnte.«

Der Mann verfiel einen Augenblick in Schweigen, und die Kajüte schien noch düsterer zu werden. Das Knarren und Ächzen des Luftschiffes erfüllte die Kabine wie rächende Geister. Ollis nahm einen tiefen Zug Apfelwein aus seinem Krug, dann wischte er sich mit dem Hemdsärmel die Knollennase.

»Ich geb keinen warmen Wermutstropfen auf die meisten Offiziere der königlichen Luftflotte, außer auf Hassett. Ich hab diesen Brief nie gesehen, aber meine bessere Hälfte meinte, der Priester habe ihn ordentlich vorgelesen. Erzählte, wie Tommy auf seinem Posten ausgehalten und immer weiter auf die *La Admiracio* geschossen hat. Hassett schrieb, daß mein Junge ein Held war, und daß alle, die es überlebt haben, das meinem Tommy zu verdanken hätten. Ich weiß nicht, ob das die Wahrheit ist, oder ob er es uns nur leichter machen wollte, um sein Gewissen zu beruhigen. Er schrieb auch, er läßt jedes Jahr in den Iden des Gewittermonds eine Messe für Tommy lesen. Das ist St. Swithinstag, ein Feiertag in Wroxter.«

Kidd legte dem Mann über den Zwischenraum zwischen den Bänken hinweg die Hand auf die Schulter. »Ich bin mir sicher, Käpten Ollis, daß Ihr Junge gewußt hat, an was für einem Tag er kämpfte, und daß St. Swithin ihm den Mut gegeben hat, auf seinem Posten auszuharren. Auch ich werde seiner in meinen Gebeten gedenken, wenn der Tag kommt.«

Uriah fragte mit leiser Stimme, kaum lauter als ein Flüstern: »Werden wir Aran bis dahin schon erreicht haben?«

Ollis wischte sich eine Träne aus dem Augenwinkel und nickte. »Werden Land zwischen dem ersten und neunten des Gewittermonds erreichen, eher gegen den neunten zu. Die *Saint Michael* soll um den ersten herum eintreffen. Wir werden ihr folgen, aber nicht allzu dichtauf, also kann es ein wenig später werden.«

»Ich dachte nicht, daß wir selbst auch nur in diesem Abstand der *Saint Michael* folgen wollten.«

»He, Jungchen, was meinst du nun damit schon wieder?«

Kidd lächelte beschwichtigend. »Er meint, daß Ihr Frachtraum vollgestopft ist mit wundervoll duftenden Sachen, die ihn an die Heimat erinnern. Er brachte das mit Ihrer Bereitwilligkeit in Verbindung, einen blinden Mann und seinen flüchtigen Neffen aus dem Land zu schmuggeln und schließt daraus, daß Sie eine große Ladung Fracht nach Aran bringen, auf der sich nicht alle verlangten Zollstempel finden könnten.«

Ollis blickte Kidd mit harten Augen an. »Sie sind blind, aber nicht dumm. Könnte es sein, daß ich *Sie* aus Ilbeoria herausschmuggeln mußte und Ihr Neffe nur die Reisebegleitung ist?«

»Es macht doch wohl mehr Sinn, daß die Frau des Kardinals eher meinen Neffen anziehend fand, als sich für einen blinden Mann zu interessieren, meinen Sie nicht?« Kidd hob die Schultern, dann tippte er sich gegen seine Nase. »Die hier sagt mir, daß Sie eine ordentliche Menge brendanischen Tabak an Bord haben sowie Zucker und Kaffee. Nichts, was einem schaden könnte.«

»Das ist richtig, nichts, was einem schaden könnte.« Ollis stand auf und stopfte sich sein letztes Dörrfleisch in den Mund. »Muß jetzt meine Runden drehen.«

»Lassen Sie sich von uns nicht aufhalten, Käpt'n. Sie haben mir einen großen Gefallen erwiesen, und ich werde es Ihnen nicht vergessen.«

Ollis nickte, dann trat er an Kidd vorbei und verließ die Kajüte. Er schloß das Luk hinter sich und ließ die beiden allein.

Uriah nahm einen kleinen Bissen von seinem Dörrfleischstreifen. »Haben Sie tatsächlich all das im Frachtraum gerochen? Ich habe nur Kaffee herausriechen können.«

»Ich habe die anderen Sachen dort unten erst dadurch entdeckt, daß ich darüber gestolpert bin, als wir die Küste überflogen. Ich hielt es für das Beste, Ollis klarzumachen, daß wir von seiner Schmuggelei wissen, ohne sein wahres Schmuggelgut zu erwähnen.«

Der junge Mann runzelte die Stirn. »Wie meinen Sie das?«

»Beschreibe mir den Laderaum.«

»Bis oben hin vollgepackt, außer über den Frachtluken. Es ist so eng da unten, daß nicht mal die Bordratten Platz hätten, sich auszustrecken.«

»Sehr plastisch ausgedrückt, Kadett, aber wenig präzise.«

»Ja, Sir.« Uriah streckte Kidd die Zunge heraus. »Der Laderaum ist voll, einschließlich des Platzes um den Dampfkessel und die Turbine. Selbst im Kohlenlager ist Kaffee gelagert.«

»Das heißt, selbst wenn die Umgebung der Dampfmaschine freigeräumt wäre …«

Uriah blinzelte. *Natürlich.* »Man könnte sie nicht benutzen, Colonel.«

Kidd nickte feierlich. »Tatsächlich wurde diese Dampfmaschine noch nie benutzt. Erinnere dich daran, worin der Schlüssel zur Wirtschaft des Reiches liegt: Rohstoffe kommen nach Ilbeoria und Fertigprodukte aus unserer verarbeitenden Industrie gehen zurück in die Kolonien. Obwohl Länder wie Aran weder die nötige Menge noch die erforderliche Qualität Stahl produzieren können, um Dampfmaschinen zu bauen, wird schon das Überbringen entsprechender Konstruktionspläne als Hochverrat geahndet.«

Ein grausames Lachen rollte in Uriahs Kehle. »Ollis

schmuggelt eine ganze Maschine? Und dieser Bastard wagt es, *mir* Vorträge über Dummheit zu halten?«

»Ich bezweifle, daß er der erste ist, der es versucht, und er wird auch nicht der letzte sein.« Kidd hob eine Braue. »Ich meine damit das Schmuggeln.«

Der junge Mann ignorierte die Stichelei. »Aber eine neue Maschine muß ihn Tausende Sonnentaler gekostet haben. Das ist locker mehr, als dieses ganze faulige Flugfaß wert ist. Wie kann Ollis sich das leisten?«

Kidd schüttelte den Kopf. »Er könnte sich das gar nicht leisten. Was bedeutet, daß ihm jemand sehr viel Geld dafür bezahlt, die Maschine nach Aran zu schaffen. Die Ansicht, Aran sollte denselben Weg wie Brendania nehmen, hat durchaus ihre Befürworter. Die Errichtung von Fabriken in Aran würde die Kolonie der Unabhängigkeit einen Schritt näherbringen.«

Uriah kratzte sich am Kopf. »Erst Ihre göttlich inspirierte Vision und jetzt auch noch das. Es war schon schwer genug, sich mit einem Problem abgeben zu müssen, aber jetzt haben wir zwei davon.«

»Zwei? Ich denke nicht.« Kidd lächelte geheimnisvoll. »Niemand, der ein starkes und unabhängiges Aran will, kann ein Interesse daran haben, daß der Dost nach Estanu zurückkehrt und Aran seinem erneuerten Reich einverleibt. Unsere Entdeckung hier und jetzt ist nur ein weiteres göttliches Zeichen, daß unsere Mission nicht scheitern darf.«

19. Kapitel

Sorrok (Palast des Tacarris), Mjasowo, Myada Strana

22. Glockmond 1687

Natalja Ohanscai und ihre Schwester Marina drehten gleichzeitig den Kopf, als Polina leise aufschrie. Die Zofe sprang weg von dem Koffer, den sie gerade geöffnet hatte … einem von vielen, die im ganzen Raum verteilt lagen.

Natalja runzelte die Stirn. »Was ist, Polina? Hast du eine Maus gesehen?«

»Nein, Herrin.« Das Mädchen lächelte verlegen und zog ein Kästchen aus dunklem Holz aus dem Gepäck. »Das hier muß schon seit Eurer letzten Reise nach Wsorin darin gelegen haben. Seitdem haben wir diesen Koffer nicht mehr benutzt.«

Das Kästchen wirkte auf Natalja vertraut, aber sie konnte es nicht einordnen, ohne es sich näher anzusehen. Marina lief hinüber und nahm es Polina aus der Hand, dann drehte sie sich weg, um es dem Zugriff ihrer Schwester zu entziehen. »Sehr schön gearbeitet, das Kästchen, Talija. Die Perlmuttarbeit auf dem Deckel zeigt einen aufrecht sitzenden Bären, der mit Tau und Ankertrosse spielt. Darunter steht ein lescarischer Schriftzug, El Os. Bedeutet das nicht Bär?«

»Bär?!« Nataljas Rechte flog an ihren Mund. *Bei allen Heiligen, das hatte ich ganz vergessen.*

Polina sah zu Boden. »Ich hätte die Koffer durchsuchen müssen, als wir es vermißten, Herrin. Es ist mein Fehler, daß Ihr so lange darauf verzichten mußtet.«

Marinas braune Augen weiteten sich. »Das hast du während des Kriegs von deinem Freund bekommen.«

Die Tochter des Taciers ignorierte einen Augenblick lang ihre Schwester und kümmerte sich um die Zofe. »Es ist nicht deine Schuld, Polina. Außerdem haben wir es jetzt ja gefunden.«

Natalja warf ihrer Schwester einen strengen Blick zu, den die ältere und etwas größer gewachsene Stranin mehrere Sekunden ertrug. »Marina. Bitte.«

Marinas Schultern sackten leicht ab, dann reichte sie Natalja das Kästchen. Sie nahm es dankbar in Empfang und genoß das Gewicht in ihren Händen. Das Kästchen und sein Inhalt waren auf jeden Fall von Wert, aber für sie persönlich waren sie unbezahlbar. *Habe ich es wirklich vergessen, oder wollte ich mich nur nicht daran erinnern?*

Marina sah hinüber zu der Zofe. »Du darfst jetzt gehen, Kind. Bring uns etwas Wein, vielleicht noch etwas Käse. Aber nicht zu viel. Meine Schwester sprengt schon jetzt fast die Nähte aller Kleider, die ich für sie habe anfertigen lassen ...«

Natalja hörte die Bemerkung ihrer Schwester sehr wohl, ignorierte sie jedoch. Sie nahm auf der Kante des mit Kleidern aller Farben bedeckten Bettes Platz und öffnete das Kästchen. Die Erinnerungen überfluteten sie. *Das könnte ich nie vergessen.*

Natalja war während des Lescarenkriegs aufgewachsen und hatte in dieser Zeit auch ihr politisches Bewußtsein entwickelt. An ihrem fünfzehnten Geburtstag hatten Fernandis Truppen die Eroberung Samojitas vollendet, und im Frühjahr waren sie in Strana eingerückt. Bis zum Sommer hatten sie Mjasowo geplündert und nur einen Monat später Murom erreicht und besetzt. Sie und ihre Familie waren in die Berge Transstranas geflohen und den Invasoren entkommen, aber die Stadt war niedergebrannt worden. Die Vernichtung war fürchterlich gewesen.

Wie durch ein Wunder aber war Marozac, die Heimatfestung des Taciers, den Flammen entkommen, und obwohl Fernandi reichlich Plündergut mitgenommen hatte, war es seinen Pionieren nicht gelungen, das Gebäude einzureißen. Der Tacier und seine Familie waren nach Murom zurückgekehrt, während Arslow und die 137. Bärenhusaren an der Spitze des Heers die Lescarenhorden zurückgetrieben hatten. Am 20. Mors war es gelungen, die Überreste der Invasionsstreitmacht über die Grenzen Stranas zu treiben, und die Husaren waren für die Feierlichkeiten nach Murom beordert worden.

Wie es sich für die siegreichen Husarenoffiziere gehörte, waren sie zu vielen der Festibrefeiern eingeladen worden. Auf diesen Partys, Diners und Bällen war Natalja den Helden vorgestellt worden. Einer von ihnen war Grigori Khrolic gewesen, ein äußerst schneidiger, gutaussehender Mann zudem.

Marina blieb vor ihrer Schwester stehen. »Woran erinnerst du dich, kleine Talija? An die erste Begegnung mit deinem Geliebten?«

»Ja, Grigori war da.«

Marina lachte. »Von ihm rede ich nicht, sondern von dem Mann, der dir das Kästchen gab, das du da hast. Du hast ihn in Murom zum erstenmal gesehen, als wir aus den Bergen zurückkamen.«

»Stimmt.«

Grigori und die anderen Husarenoffiziere hatten eine beeindruckende Figur gemacht, in reich mit Orden bestückten Uniformen, die Gesichter wild bemalt in den Farben der Einheit, aber sie hatte sich von keinem von ihnen angezogen gefühlt. Ihre von Sieg und Übermut gespeiste Fröhlichkeit war ihr in einer in Trümmern liegenden Stadt unangebracht erschienen. Sie hatte sich in sich selbst zurückgezogen, hatte Ruhe gesucht, und war unwillkürlich in die Nähe des stillen Mannes gerückt, den der König Ilbeorias an den Hof ihres Vaters gesandt hatte.

Captain Malachy Kidd hatte sie betört, weil auch er auf der Feier fehl am Platze schien. Er hatte sich stranischer Sitte gemäß das Gesicht bemalt, aber in gedämpften Blau- und Rottönen, den Farben der Husaren. Im Gegensatz zu anderen Ilbeorern am Hofe hatte er sein Haar weder kurzgeschoren getragen, noch sich den Kopf rasiert, und auf die Frage, warum er nicht den Gebräuchen seiner Heimat folgte, hatte sie ihn antworten hören: »In Strana kultiviert der Weise sein Haar als Verbündeten gegen General Winter.«

Aus einigen im Verlauf der Party aufgeschnappten Gesprächsfetzen hatte Natalja die Geschichten zusammengesetzt, die sie über Kidd gehört hatte, während sie im Thronschatten ihres Vaters stand. Erzählungen über Malachy Kidd hatten den Hof überschwemmt, als der Mann aus Ludstone eingetroffen war. Er hatte zwei Jahre als Spion in Lescar verbracht, wo er sich bei Les Revisors Carmí eingeschlichen hatte, dem Geheimdienst des Kaisers. Die Lescaren hatten keinerlei Verdacht geschöpft und waren völlig überrascht worden, als er in Clermon geholfen hatte, das Luftschiff *El Os* zu kapern. Er und seine Verbündeten – einer davon sollte sogar Prinz Trevelien gewesen sein – waren ihren lescarischen Verfolgern entkommen und nach Ilbeoria geflohen.

Ihre Schwester strich Natalja übers Haar. »Oh, ich erinnere mich gut an deinen Wolfspriester, Schwester. Bei seiner Jugend, dem Heldenmut seiner Aktionen und der großen Ehre einer Berufung nach Murom hätte ich erwartet, einen unerträglichen Egoisten vorzufinden. Ich hätte sicher nicht damit gerechnet, daß er seine Leistungen so herunterspielt.«

Natalja nickte unwillkürlich. »Er war ganz anders als seine Landsleute bei Hof. Er hat hart daran gearbeitet, Stranisch zu lernen, und hatte keine Probleme mit traditioneller stranischer Verpflegung. Er hat sich hervorragend angepaßt. Es war wirklich nicht schwer zu verstehen, wie er Fernandis Leute so lange täuschen konnte. Und auch die Art, wie er selbst den Mund hielt und anderen aufmerksam zuhörte, war ein Zeichen für seine Geduld, die Geduld, die ihn zu einem guten Spion gemacht haben muß.«

Marina nahm eines der Kleider vom Bett und hielt es vor sich hin. »Ich erinnere mich, daß einige der Tacarri meinten, ein so stiller Mann könne unmöglich all das geleistet haben, was ihm zugeschrieben wurde.« Sie zuckte die Achseln und betrachtete sich in einem großen dreiteiligen Spiegel. »Männer lernen nur selten den Wert des Zuhörens … Und dein Grigori ist keiner dieser seltenen Spezies.«

»Grigori kann zuhören.«

»Aber nicht so gut wie dein Wolfspriester.« Marina schnitt eine Fratze und warf das Kleid beiseite. »In Gelb sehe ich fett aus.«

Eine Beobachtung, die auch Malachy gemacht haben könnte, selbst wenn er sie niemals ausgesprochen hätte. An jenem ersten Abend hatte Natalja in Kidds Verhalten ihr Spiegelbild gesehen, und eine Reflexion der Methoden, mit denen sie die sozialen Fallstricke des höfischen Lebens meisterte. Natalja verbrachte soviel Zeit wie möglich im Schatten ihres Vaters. Dort lernte sie weit mehr über Politik und den Zustand der Nation als ihre Geschwister. Wichtiger noch aber war, daß sie erkannte, wieviel man über das hinaus in Erfahrung bringen konnte, von dem andere glaubten, es einem mitzuteilen, wenn man sich zurückhielt, ohne unaufmerksam zu werden. Und so wie sie von sich selbst feststellte, daß sie sich zu einer vollendeten kleinen Hofspionin mauserte, so hatte sie erkannt, daß Malachy Kidd dieselben Fähigkeiten nutzte, um seinen Platz in der stranischen Gesellschaft zu finden.

Natalja lachte fröhlich, was ihr einen tadelnden Blick

Marinas einbrachte. »Nein, Schwesterherz, du kannst in Gelb gar nicht fett aussehen. Du bist kein bißchen fett.«

Marina zog die Nase hoch. »Doch, bin ich wohl, aber danke. Dafür vergebe ich dir das Lachen.«

»Ich habe über mich selbst gelacht.« Natalja lächelte ihrer Schwester zu. »Ich erinnere mich, daß ich mir einbildete, Malachy Kidd wäre ein Spion, der unseren Vater belauschen sollte, als ich bemerkte, wie still und aufmerksam er war. Jetzt weiß ich, daß kein Spion so offen in Murom aufgetaucht wäre wie Malachy damals, aber da war ich noch zu jung, um das zu erkennen.«

»Jung vielleicht, aber nicht dumm. Wenn ich mich richtig entsinne, warst du geradezu besessen von ihm.«

Natalja wurde rot. »Ich war *besorgt*, nicht besessen. Ich habe versucht, mehr über ihn herauszufinden.«

»Du hast ihn gejagt wie der Jäger den Wolf.« Der Vergleich ließ Marina schmunzeln. »Ganz und gar wie der Jäger einen Wolf.«

»Stimmt, und ich habe ihn erwischt.«

»Ich würde sagen, es war eher umgekehrt.«

»Details. Probier das rote Kleid.« Natalja legte die Schachtel auf das Bett und reichte ihrer Schwester das Ballkleid, um sie abzulenken. »Das steht dir bestimmt traumhaft.«

Ihre Jagd nach Malachy Kidd hatte sie gezwungen, in der Hauptstadt eine ganze Reihe von Feiern zu besuchen. Eine Aussicht, die ihre Geschwister begeisterte, aber Natalja gehörig langweilte. Gegen Ende Festibre hatte Kidd bemerkt, wie sie ihn beobachtete, als sie ihn dabei erwischte, wie er einer ihr unbekannten Leidenschaft frönte. Auf einem Ball des Großfürsten Leonid Kuletschuk war der Wolfspriester vor einem Gemälde stehengeblieben, das im vorigen Jahrhundert von Irina Worowsi, der großen Dame der stranischen Malerei geschaffen worden war. Das Bild mit dem Titel *Männer beim Schachspiel* zeigte zwei ältere Herren über ein Brett gebeugt, das sie auf den Knien balancierten. Im Hintergrund spielten ein paar Kinder Fußball, aber eines sah über die Schulter hinüber zu den Schachspielern.

Immer wieder war Malachy im Verlauf des Abends vor dem Gemälde stehengeblieben. Er legte den Kopf nach rechts oder links, betrachtete es eine Weile, dann ging er weiter. Nach seinem vierten Besuch hatte Natalja schließlich versucht, herauszufinden, was ihn daran so faszinierte. So sehr sie sich auch bemühte, sie sah nur zwei Männer beim Schachspiel. Kunstfertigkeit und Technik machten das Bild zu einem der Meisterwerke Worowsis, aber als *so* interessant hatte Natalja es nie empfunden.

»Meiner Meinung nach, Tachotha Natalja, spielt Schwarz die Lescari-Verteidigung.«

Natalja war heftig zusammengezuckt, hatte sich aber schnell wieder gefangen. »In dem Fall wird Weiß gewinnen, denn er hat seine Figuren zur Sawensk-Eröffnung gruppiert.«

Malachy war hinter ihrem Rücken an ihre linke Seite vorgetreten. »Verzeiht mir, daß ich Euch erschreckt habe, Tachotha. Das war nicht meine Absicht. Nachdem Ihr mich den ganzen Abend nicht aus den Augen gelassen habt, war ich mir sicher, Ihr wüßtet, wo ich bin.«

Sie hatte fragend eine Braue schräggestellt und den Fächer geöffnet, um ihr Gesicht halb dahinter zu verbergen. »Mein lieber Captain Kidd, Sie irren sich, wenn Sie meinen, ich hätte Ihnen nachspioniert.«

Seine blauen Augen hatten schelmisch geblitzt. »Verzeiht mir. In Lescar war der Verfolgungswahn alltäglich, und ich habe mich noch nicht ganz davon befreit.«

»Strana ist nicht Lescar, Captain.«

»Allerdings nicht, Tachotha. Dort hatte niemand eine Ahnung vom Schach.« Er runzelte einen Augenblick lang die Stirn. »Nur lescarische Intellektuelle spielen

Schach, aber während meiner Zeit dort habe ich nicht einen kennengelernt.«

Natalja lächelte vorsichtig. »Ich könnte mir nicht vorstellen, nicht wenigstens einmal die Woche eine Partie zu spielen. Zwei Jahre ohne Schach wären eine Ewigkeit.«

»Es heißt, die Hölle ist ein Ort, an dem kein Schach gespielt wird.«

»Sie haben natürlich seit Ihrer Ankunft in Murom gespielt?«

Er schüttelte sanft den Kopf. »Die Bärenhusaren Eures Vaters sind gewaltige Krieger und haben tapfer gekämpft, um Mütterchen Strana vor den Lescaren zu retten. Was ihnen an Zeit außerhalb der Schlacht blieb, haben sie nicht für Kriegsspiele genutzt, sondern zum Schlaf.«

»Aber lehrt Schach nicht Strategie und Taktik?«

Malachy schmunzelte und deutete auf das Bild. »Das wohl, aber die Lescari-Verteidigung im Feld ist verbissener als im Spiel, und der Lescarenkaiser hat mehr als acht Bauern.«

Sie legte den Fächer auf ihr Dekolleté. »Wir werden eine Partie spielen, ja? Sie und ich? Morgen, im Marozac?«

»Eure Einladung ehrt mich, Tachotha, aber …« Malachy sah sich um.

»Aber?«

»Ist das gestattet?«

Natalja sah auf und stellte fest, daß einige Gäste zu ihnen herübersahen. Malachys stahlgraue Uniform mit den violetten Litzen und Streifen und den goldenen Knöpfen bildete einen deutlichen Kontrast zu den weißen Winteruniformen der stranischen Offiziere. Ihr lavendelfarbenes Kleid paßte zum Violett seiner Verzierungen, und sie schienen ihre Kleidung beinahe aufeinander abgestimmt zu haben.

Verwirrt von seinem Einwand runzelte sie die Stirn. »Warum sollte das nicht gestattet sein?«

Er senkte den Blick. »Unser Gespräch scheint Aufmerksamkeit zu erregen. Ihr seid eine Tachotha, und ich nur ein ilbeorischer Priester.«

Natalja kicherte leise und fächerte sich Luft zu. »Es ist Ihre Person und Leistung, die Aufmerksamkeit erregt, Kapitän Kidd. Ich bin zwar eine Tachotha, aber ich habe reichlich Brüder und Schwestern, die vor mir auf der Thronfolgeliste stehen. Sie sind ein gutaussehender und galanter junger Mann, was Sie für die Frauen bei Hofe interessant macht. Und eben dadurch werden Sie zur Gefahr für fette alte, kahl werdende Naraschals, deren junge Frauen zuviel Freizeit haben. Und man nimmt an, daß Sie als Wolfspriester im Zölibat leben.«

Malachy blinzelte überrascht. »Wie bitte?«

»Ihr Keuschheitsgelübde wird je nach Sichtweise bedauert oder als Herausforderung empfunden.«

»Aber ich bin weder ein Ignatiner noch ein Donnist oder Neotit. Ich habe kein Keuschheitsgelübde abgelegt.«

»Trotzdem sind Sie den Fallen und Einladungen von Verführerinnen ausgewichen, die berühmt für ihre Schönheit und Gewitztheit sind.«

Langsam breitete sich ein Lächeln auf dem Gesicht des Priesters aus. »Ach so. Man sucht nach Gründen für meine Weigerung, mich umgarnen zu lassen …«

»Und nur das Zölibat könnte Ihren Widerstand erklären.« Sie sah sich mit halbgeschlossenen Lidern um. »Jetzt fragt man sich, ob es jemandem wie mir gelingen könnte, Sie zum Bruch Ihres Gelübdes zu bewegen.«

Malachy verschränkte die Arme und sah sie einen Augenblick lang prüfend an. »Wie alt seid Ihr?«

Natalja faltete den Fächer elegant in die behandschuhten Hände. »Ich werde im Frühjahr sechzehn.«

Sie versuchte, ihre Stimme unter Kontrolle zu halten, aber trotzdem schlich sich eine Spur von Verärgerung in die Antwort ein. »Eine Menge der Frauen bei Hofe sind in meinem Alter verheiratet und haben bereits ihr erstes Kind ausgetragen.«

Er schüttelte den Kopf. »Ich wollte damit keinen Zweifel an Eurer Heiratsfähigkeit andeuten. Meine eigene Mutter brachte mich kurz nach ihrem sechzehnten Geburtstag zur Welt. Ich war nur erstaunt über Eure Reife in Denken und Handeln.«

Sie lächelte und entschied sich, es diesmal nicht hinter dem Fächer zu verstecken. »Im Marozac wird man entweder sehr schnell oder sehr langsam erwachsen, und manchmal überhaupt nicht.« Natalja schlug ihm leicht den Fächer auf die Schulter. »Und? Kann diese Tachotha Sie verführen, Ihr Gelübde zu brechen?«

Malachy lachte ehrlich amüsiert. »Hätte ich ein Keuschheitsgelübde abgelegt, wäre ich äußerst versucht. Aber obwohl ich die hiesigen Frauen wunderschön und hochinteressant finde, bin ich im Auftrag meines Königs hier. Deshalb darf ich mich nicht in Intrigen verwickeln lassen, so harmlos oder erfreulich sie auch sein mögen. Und da ich Priester bin, ist es gut für meine Seele, mit der Versuchung zu ringen und ihr zu widerstehen. Mich und die Damen Muroms der gegenseitigen Zuwendung zu berauben, bringt uns alle der Erlösung einen Schritt näher.«

»Und ohne die würden Sie in der Hölle enden«, hatte Natalja gelacht. »Wo es kein Schach gibt.«

»Ihr könnt meine Gedanken lesen, Tachotha Natalja.«

»Erst recht, wenn wir gegeneinander gespielt haben, Captain Kidd.«

Marina studierte kritisch ihr Spiegelbild, dann nickte sie. »Hätte ich dieses Kleid in Murom gehabt, hätte ich das Keuschheitsgelübde deines Wolfspriesters besiegt. Für heute abend durchaus angemessen.«

»Dazu wäre mehr als dein Kleid nötig gewesen, Marina.«

»Ja, Schwesterchen, mich darin oder auch gerade nicht darin.« Marina lachte triumphierend und drückte ihrer Schwester einen schnellen Kuß auf die Wange. »Ich hätte ihn mir geangelt, aber du warst so begeistert von ihm. Ich fand es wunderbar, wie er auf deinen Spielsinn eingegangen ist.«

Natalja kniff die Augen zusammen. »Dir hat doch nur nicht gefallen, daß ihm der Sinn nicht nach deiner Art Spiel stand.«

»Das ist näher an der Wahrheit als dir lieb sein kann, Natalja.« Ihre ältere Schwester legte das rote Kleid aufs Bett und nahm ein seegrünes auf. »Hier, das wird dir stehen. Halt es mal hoch. Es paßt zu deinen Augen. Bleib stehen, rühr dich nicht. Laß mich dich ansehen. Denk an was Hübsches, damit du lächelst.«

»Dein Wunsch ist mir Befehl.«

Sie versuchte, sich Eindrücke ihrer letzten Reise nach Wsorin ins Gedächtnis zu rufen, aber ihre Gedanken wanderten ungebeten zurück nach Murom und zu Malachy Kidd. Der Wolfspriester hatte ihre Einladung angenommen, und im Verlauf der nächsten anderthalb Monate hatten sie mindestens einmal am Tag eine Partie Schach gespielt. Er hatte sich als starker, findiger Gegner erwiesen, obwohl Natalja ihn regelmäßig schlagen konnte. Das einzige, dessen sie sich bei einem Spiel gegen ihn sicher sein konnte, war, daß er sie überraschte. Gegen Ende ihrer Zeit hatte Malachy immer häufiger ein Patt erzwungen und an seinem letzten Tag in Murom sogar gesiegt.

Natalja lächelte ihre Schwester an. »Er war sehr stark und erfinderisch.«

»Das ist ein großer Vorzug im Bett.«

Natalja wurde rot. »Ich meinte, als Schachspieler.«

Ihre Schwester seufzte. »Hätte ich soviel Zeit mit ihm

verbracht, wäre zwischen uns mehr gewesen als nur ein Holzbrett.«

»Du meinst *weniger*, nicht wahr?«

Marina knurrte, und Natalja unterdrückte ein Auflachen.

Während ihrer gemeinsamen Wochen waren sie und Malachy untrennbar und unerträglich gewesen. Als Tochter des Taciers war sie überall willkommen, wo Malachy auftauchte, und sie begleitete ihn überallhin, zu Militärkonferenzen ebenso wie zu Truppenmanövern. Wenn Malachy nicht zu arbeiten hatte, spielten sie Schach oder unterhielten sich über das Leben. Bei gesellschaftlichen Ereignissen steckten sie die Köpfe zusammen und teilten ihre geheimen Beobachtungen über die Leute bei Hof oder gingen die verschiedenen Strategien durch, die sie in den Spielen des Tages eingesetzt hatten.

»Das Kleid wird dir wunderbar stehen«, nickte Marina langsam. »Um der Wahrheit die Ehre zu geben, Schwesterchen, ich hätte es mit deinem Wolfspriester versucht, wenn er nicht immer so reserviert und zurückhaltend gewesen wäre.«

»Wie ich?«

»In gewisser Weise vielleicht.« Marina zuckte die Achseln. »Ich bevorzuge feurigere Männer.«

»Es hatte seinen Grund, daß du ihn nur steif und förmlich gesehen hast. Er war weit weg von zu Hause, als Repräsentant seines Königs und seiner Nation in einem fremden Land, dessen Sprache und Gebräuche er erst lernen mußte. Die Disziplin, der er sich unterwarf, war dieselbe, die ihn zu einem guten Schachspieler machte, ihm erlaubte, in Lescar zu überleben, und den guten Soldaten in ihm auszeichnete. Privat öffnete er sich mehr, sprach von seinen Träumen und Wünschen.«

»Wünschen, in denen du keine Rolle spieltest?«

Natalja verzog das Gesicht. »Seine Wünsche waren

definiert von der Pflicht der ilbeorischen Krone gegenüber. Doch ich wußte, wonach ihm der Sinn gestanden hatte, bevor er auf diese Pflicht eingeschworen worden war. Er hat sich eine einfache Gemeinde gewünscht, ein einfaches Leben. Was er statt dessen tat und getan hatte, wo er statt dessen war, hat ihn fast übermannt.«

Zwei Wochen nach ihrer Begegnung hatte sie gewußt, daß sie sich hoffnungslos verliebt hatte. Wenn sie eine seiner Figuren vom Brett nahm, hielt Natalja sie ihm erst hin. Sie wartete, bis die Fingerspitzen seiner Hand die Unterseite ihres Handgelenks berührten, bevor sie die Figur in seine Handfläche fallen ließ, und wenn sie die Hand zurückzog, strichen ihre Finger jedesmal über die Knöchel seiner Faust. Nach den Spielen hatte sie immer darauf bestanden zu hören, was er während der Partie gedacht und geplant hatte, und sie hatte seine Hände festgehalten, so daß er ihr nicht entkommen konnte, bis sie alles gehört hatte, was sie wissen wollte.

»Na, Talija, es war jedenfalls offensichtlich, daß er dich übermannt hat.« Marina schüttelte den Kopf. »Auf Bällen und Partys hast du dich bei ihm untergehakt oder dich angelehnt, wenn du über seine Witze lachtest: Es war reichlich schamlos. Wenn ihr miteinander flüstertet, habt ihr die Köpfe zusammengesteckt, bis eure Gesichter sich beinahe berührten und eure Lippen nur Zentimeter auseinander waren. Und wenn ihr getanzt habt, nun, das war ein fesselnder Anblick. Ihr habt euch bewegt wie ein Körper und Geist, leicht und stark, elegant und schnell, allein mitten in der Menge. Ich habe mir so gewünscht, dein Wolfspriester könnte das meinen Verehrern beibringen.«

»Siehst du, was du davon hast, dich mit Männern einzulassen, die kein Schach spielen?«

»Ja, einen Ehemann.«

Natalja zuckte zusammen. Sie hatte gewußt, daß Malachy sie ebenfalls liebte, hatte es an den kleinen Hinweisen gesehen, die er ihr gab. Er bat sie fürsorglich zum Tanz, wenn sich ihr zielsicher steinalte Adlige oder junge Offiziere näherten, von denen er wußte, daß Natalja sie verabscheute. Er lernte, ihre Gefühle zu lesen und sie mit einem Witz oder einem passenden Zitat der Heiligen Schrift vor düsterer Melancholie oder feurigen Zornesausbrüchen zu bewahren. Sie sah seine Augen begeistert aufblitzen, wenn sie den Raum betrat, und mehr als einmal entdeckte sie ein Stirnrunzeln, wenn sie mit einem anderen tanzte oder sich zu einem ihrer Spiele verspätet hatte.

Keiner von ihnen hatte jedoch die Gefühle erwähnt, die sie füreinander hegten, und der Grund dafür war Malachys Erklärung auf dem Ball des Großfürsten gewesen. Bei ihr konnte der Ilbeorer er selbst sein, und wären sie irgendwie auf einer einsamen Insel im Kreuzmeer gestrandet, hätten sie ihren Gefühlen nachgeben und ein Liebespaar werden können. Aber in Murom war sie die Tochter des Taciers und er der Repräsentant der ilbeorischen Krone, und ein Eingeständnis dessen, was sie beide im Innersten wußten, hätte nur Frustration und Enttäuschung nach sich ziehen können. Malachy war im Auftrag seines Königs in ihrem Land, um ihrem Volk beim Kampf gegen den Lescaridespoten beizustehen. Seine Mission war wichtig genug gewesen, ihrer beider Glück hintanzustellen.

Nataljas Stimme sank zu einem Flüstern herab. »Wir glaubten beide, nach Fernandis Niederlage – und unsere Sicht der Zukunft erlaubte dazu keine Alternative – würde sich die Lage für uns ändern. Er würde nicht länger seinen König vertreten müssen, und ich könnte mit ihm vermählt werden, um die Bindungen zwischen unseren Völkern zu vertiefen. Aber dann zog sich der Winter allzu schnell vor dem Frühlingstauwetter zurück, und Gerüchte darüber, daß Fernandi ein neues Heer ausgehoben hatte, trafen ein. Unmittelbar danach kamen die Berichte, daß er gen Osten nach Strana marschierte, und die Krieger rückten aus.«

Am Tag bevor die Husaren Murom verließen, hatte Malachy mit ihr im Palast ihres Vaters zu Abend gegessen. Bevor er ging, hatte er ihre Hände genommen und geküßt. »Ich verlasse Murom als Mann des Königs, um den Husaren zuzusehen, wie sie vollenden, was sie im letzten Herbst begonnen haben. Wenn das erledigt ist, werde ich als mein eigener Herr wiederkehren. Und für dich.«

Er hatte ihr ein hölzernes Kästchen mit einem Perlmuttbär auf dem Deckel gegeben. »Ich möchte dir das als Erinnerung hierlassen. Es stammt aus dem lescarischen Luftschiff *El Os*. Ich habe es in der Kajüte des Kapitäns gefunden. Er hielt sich für einen Intellektuellen.«

Natalja ließ das grüne Kleid zu Boden sinken und setzte sich wieder aufs Bett. Sie nahm das Kästchen auf den Schoß und strich mit den Händen über das Holz. Es war so glatt wie vor zwölf Jahren, und sein Gewicht beeindruckte sie immer noch. Als sie es öffnete, sah sie zweiunddreißig Figuren. Sechzehn waren aus Silber gegossen, die anderen sechzehn aus Gold. Fernandi, seine Marschälle und ein Heer von Soldaten stellten die goldenen Stücke. Die Ilbeorer bestanden aus Sankt Martin als Heerführer an der Seite König Ronans, aus Luftschiffen, gepanzerten Priestern und Wölfen als Figuren sowie beleibten Mönchen mit Tonsur als Bauern.

»Er hat mir das gegeben, damit ich ihn nicht vergesse. Er hatte es aus dem gekaperten Lescarischiff, mit dem er Prinz Trevelien befreit hatte. Ich weigerte mich, es anzunehmen, weil ich wußte, wieviel es ihm als Trophäe bedeutet haben muß. Aber er hat darauf bestanden.«

Sie hob einen der silbernen gepanzerten Priester aus

der mit purpurnem Samt ausgelegten Form. *Ich habe ihm gesagt, ich würde das Set für ihn aufbewahren, und er versprach, es nach dem Krieg abzuholen. Und mich dazu.*

Ihre Hand schloß sich um die Figur, und sie fühlte die Kälte des Metalls. Malachy war nie wiedergekehrt. Sie hatte Berichte gehört, er sei gefallen oder in Gefangenschaft geraten, und sie hatte um ihn getrauert. Als Grigori Khrolic zurück nach Murom gekommen war, hatte er ihr gestanden, daß Captain Kidds Unglück *seine* Schuld gewesen war. Hätte er eher von Malachys geheimer Mission erfahren und schneller reagiert, wäre der Ilbeorer nie verstümmelt und gefangen worden.

Natalja fühlte die Hände ihrer Schwester auf ihren Schultern. »Ich erinnere mich, wie du geweint hast, als du hörtest, was ihm zugestoßen war.«

»Und ich erinnere mich, wie du mich getröstet hast.«

Auf der Grundlage von Grigoris Bericht über die Ereignisse in Glogau hatte der Tacier eine Belobigung für Besonderen Heldenmut unterzeichnet und Malachy Kidd zum Helden des Stranischen Reiches gemacht. Eine Depesche war nach Ilbeoria gegangen, um Malachy nach Murom einzuladen, damit er die Ehrung in Empfang nehmen konnte. Doch der ilbeorische Botschafter hatte geantwortet, Malachy befände sich ›in Kontemplation‹ und könne keinerlei Zeremonien beiwohnen. Wiederholte Anfragen hatten immer wieder zur selben Antwort geführt, bis sie schließlich eingestellt wurden.

Natalja hatte die Hoffnung, ihn wiederzusehen, jahrelang nicht aufgegeben. Sie hatte geduldig auf Briefe gewartet, und alle Diplomaten, die nach Ludstone aufbrachen, hatten gewußt, daß Tachotha Natalja sich über jede Neuigkeit über Malachy Kidd freuen würde. Deren Berichte jedoch waren von entmutigender Gleichheit: Er hatte in der lescarischen Gefangenschaft furchtbar gelitten. Er war ein blinder, gebrochener

Mann. Nachdem die Lescaren ihm silberne Augen eingepaßt hatten, war er ein Eigenbrötler geworden, der in Sandwycke lebte und seinen Turm nur noch ab und zu verließ, um den Studenten dort das Leben zur Hölle zu machen.

Marina ging in die Hocke und hob das grüne Kleid vom Boden. »Es hat mich überrascht, Natalja, als du nach deiner Trauer für den Wolfspriester die Avancen gerade des Mannes angenommen hast, der die Verantwortung für Kidds Verstümmelung auf sich genommen hatte.«

»Diese Ironie ist auch mir nicht entgangen, Marina.« Natalja schüttelte den Kopf. »Nach dem Krieg hatte Grigori sich verändert, nach seiner Zeit hier. Er war ein anderer geworden, genau wie ich.«

Als Grigori Khrolic mit den 137. Bärenhusaren nach Murom zurückgekehrt war, hatte er Natalja mit seiner Reife und der Organisation seines Lebens beeindruckt. Sie erkannte, daß sie sechs Jahre lang nichts weiter getan hatte, als darauf zu warten, daß Malachy Kidd sein Versprechen einlöste und wiederkehrte. Obwohl alle Informationen, die sie über ihn hatte, darauf hindeuteten, daß dies eine vergebliche Hoffnung war, hatte sie sich das tief in ihrem Herzen nicht eingestehen wollen. Durch dieses Warten hatte sie ihr Leben in all den Jahren vergeudet, und sie hatte sich entschlossen, dem Warten ein Ende zu machen.

Grigori hatte sich um sie bemüht, aber seine Bemühungen waren nicht mehr so leidenschaftlich gewesen wie bei seinem ersten Aufenthalt in Murom. Er hatte ihr seine Gefühle offenbart, wenn sie tanzten, und auch in privaten Augenblicken, aber in der übrigen Zeit war er der vollendete Gentleman geblieben. Als sich ihre Liebe zu ihm entwickelte, hatte sie erkannt, daß er es von Beginn an darauf angelegt hatte, sie zu gewinnen, und daß er diesen Feldzug ebenso sorgfältig geplant hatte wie das neue Mjasowo oder den Sieg über die Lescaren.

»Hatte er sich wirklich verändert, Talija, oder hatte er nur einen neuen Plan geschmiedet, wie er dein Herz erobern konnte?«

»Das eine erforderte das andere. Entweder ein veränderter Mann, der einen alten Plan verfolgte, oder der alte Mann mit einem neuen Plan. So oder so war er nicht mehr der Mann, den ich zu Gunsten Malachy Kidds ignoriert hatte. Wenigstens wollte er in meiner Nähe sein, und das war eine beträchtliche Änderung gegenüber meinen damaligen Erfahrungen.«

Sie hatte entschieden, daß Grigoris Anstrengungen eine Belohnung verdient hatten und war schwach geworden. Sie hatte ihren Erfahrungen mit ihm gestattet, die Erinnerungen an Malachy Kidd zu verdrängen. Es hatte sie selbst überrascht, wie leicht dies zu geschehen schien und die Erlösung genossen, ihre Bindung an den Wolfspriester lösen zu können.

»Du irrst dich, Schwesterchen. Derselbe Mann, der einen neuen Plan verfolgt, ist dadurch noch lange kein veränderter Mann. Es gibt viel an Grigori Khrolic, was du nicht siehst oder nicht sehen willst.«

»Zum Beispiel?«

»Sein Ehrgeiz.«

»Sein Ehrgeiz ist es, der Krone zu dienen.«

»Sein Ehrgeiz, der Krone zu dienen, hätte sich auch sehr gut verwirklichen lassen, ohne einen Platz bei den Vandari zu erringen.« Marinas Augen wurden zu Schlitzen. »Grigori Khrolic will mehr werden als nur ein Soldat. Er hat Fehler, Talija, aber du schließt die Augen vor ihnen.«

»Ich kenne sie sehr wohl. Sie sind ohne Bedeutung.« Natalja warf ihrer Schwester einen strengen Blick zu, konnte aber ein kaltes Schaudern nicht unterdrücken. Sie wünschte sich, daß ihre Beziehung zu Grigori die

Erinnerungen an Malachy vollständig verdrängte, und beinahe wäre das auch gelungen – hätte Grigori nicht einen einzigen Fehler gezeigt.

Er und Natalja hatten nur ein einziges Mal Schach gespielt, auf ihr Drängen hin. Als Spieler war er nicht sonderlich stark. Sie hatte ohne Probleme gewonnen und in Erwartung eines Lächelns und des Angebots einer Revanche vom Brett aufgesehen. Beides bekam sie, aber erst, nachdem sie in Grigoris braunen Augen die Glut der Empörung hatte auflodern sehen. In diesem Augenblick hatte sie erkannt, daß sie nie wieder Schach spielen würden, und daß ein kleiner Teil Grigoris sie immer dafür hassen würde, daß sie ihn besiegt hatte.

Vor diesem Spiel war Natalja entschlossen gewesen, Malachy sein Schachset zurückzuschicken. Nach Grigoris Niederlage hatte sie es sich anders überlegt. Ihre Erinnerungen an das Schachspiel würden Malachy immer präsent halten, und der Bruchteil einer Sekunde, in der Grigoris Gesicht sich zu einer Fratze verzerrt hatte, war eine Erinnerung, die sie nur zu gerne vergessen wollte. Es machte sie unsicher, was ihn betraf, und sie hatte Malachys Schachset im vorigen Jahr nach Wsorin mitgenommen wie eine winzige Armee, die sie beschützen sollte.

Aber das war nicht nötig.

Ihr Aufenthalt in Wsorin war eine überaus glückliche Zeit gewesen. Grigori war nach ihrer fast ein Jahr dauernden Trennung in der Öffentlichkeit höflich und privat feurig und leidenschaftlich gewesen. Es war beinahe, als hätte er fern der kalten Mauern Muroms Energie aus der Wüste gezogen und seine Liebe für sie daraus gespeist. *Er war ein neuer Mann und ein Mann, vor dem ich keinen Schutz brauchte.*

Als sie den silbernen Priester zurück in das Kästchen legte und den Deckel schloß, wurde ihr klar, daß sie seit ihrer Reise nach Wsorin nicht mehr an dieses Schachset oder überhaupt an Schach gedacht hatte. Grigori und ihrer beider Liebe hatte den Teil ihres Lebens übernommen, der bis dahin für das Schachspiel reserviert gewesen war. Sie dachte nicht mehr an das Spiel, spürte kein Bedürfnis, es zu spielen, und war begieriger, nach Wsorin zurückzukehren, als sie es je auf irgendeine Schachpartie gewesen war.

Marina schnaubte kurz, dann schüttelte sie den Kopf. »Wer ist hier blind, Natalja: dein Wolfspriester, der nicht sehen kann, oder du, die nicht sehen will?«

Natalja lächelte ihre Schwester an und stellte das Schachset ab. »Oder die Schwester, die Schatten sieht, wo keine sind?«

»Glaube das ruhig, wenn du willst.«

»Genau das werde ich tun, und jetzt genug davon.« Sie betastete den Stoff der Kleider. »Wir wollen uns für die Feier umziehen, da? Um Nebensächlichkeiten können wir uns hinterher immer noch kümmern.«

»Du weißt, wie du mich abschmettern kannst, Talija.« Marina lachte wieder auf, dann wurde ihre Miene ernst. »Was wird aus dem Schachset?«

Natalja hob das Kinn. »Meine Zofe kann es wieder einpacken. Wenn ich aus Wsorin zurück bin, werde ich es seinem Eigentümer zurückschicken. Ich brauche es nicht mehr.«

20. Kapitel

Wsorin, Distrikt Wsorin
Strana

27. Glockmond 1687

Rafiq Khast hockte im Staub der Straße, an der die Grenze zwischen Alt-Wsorin und dem neuen von den Stranern gebauten Sektor der Stadt verlief. Er war in dreckige Lumpen gekleidet, trug einen schmutzigen Mullstreifen über dem rechten Auge und rasselte mit einer zerkratzten Tonschale, sobald jemand vorbeikam, indem er mit einer schnellen Drehung des Handgelenks die Kupfermünzen darin in die Luft warf und klingelnd wieder auffing. Die estanuanischen Fußgänger machten einen weiten Bogen um ihn, während ihn die Straner völlig ignorierten.

Unter anderen Umständen wäre Rafiq wütend gewesen, daß sein eigenes Volk einen Bettler scheute, obwohl der Kitabna Ittikal alle gläubigen Ataraxianer anhielt, den Armen gegenüber großzügig zu sein. Außerdem vertrat er die Ansicht, daß gerade diese religiöse Laxheit Atarax davon abhielt, seinem Volk den Dost zurückzugeben. Jetzt aber war der Dost wiedergekehrt – als Teil einer Mission, die er vom Retter seines Volkes erhalten hatte.

Akhtar, der sich das rechte Bein hochgebunden hatte, humpelte hinüber und lehnte sich neben Rafiq an die Wand. Er stützte sich mit beiden Händen auf seine grobe Krücke und ließ sich auf die Erde sinken. Als er im Sitzen sein Gewicht auf das gefesselte Bein legte, zuckte er schmerzhaft zusammen. »Da gibt es etwas, das du sicher wissen willst, Vetter.«

»Ich bin halbblind, nicht taub. Erzähle!«

Der junge Mann senkte seine Stimme. »Eine Anzahl stranischer Dienerinnen ist im Auftrag ihrer Herrinnen auf den Bazar gekommen. Sie haben Qusay gebeten, ihnen die Weissagungsstäbchen zu werfen. Das hat er getan und dabei viel erfahren.«

Rafiq lächelte und neigte immer wieder den Kopf, wenn ihm jemand eine Kupfermünze in seine Schale warf. »Gott in seiner Weisheit wird es dir lohnen.«

Nach ihrem Zusammentreffen mit dem Dost in den Bergen waren Rafiq und seine Leute so schnell sie konnten nach Norden geritten. Vor zwei Tagen waren sie am Stadtrand von Yazdan eingetroffen – diesen Namen hatte Wsorin getragen, bevor die Straner einmarschiert waren und ihren Distrikt eingerichtet hatten. Es war nicht schwer gewesen, durch den alten estanuanischen Teil in die Stadt einzusickern. Die Männer hatten sich aufgeteilt und hielten als Bettler verkleidet Ausschau nach jemandem, der den Anforderungen des Dosts entsprach. Indem sie sich bei den Einheimischen umhörten, hatten sie von einem Händler namens Valentin Swilik erfahren, der recht aggressiv Geschäfte mit Estanen verfolgte. Er sprach Estanisch, verstand die Gebräuche und hatte ein gutes Auge dafür, welche Waren in Helor und Strana gefragt waren. Nachdem Rafiq Swilik zu ihrem Ziel erklärt hatte, waren sie recht schnell in der Lage gewesen, ihn zu finden und seine Gewohnheiten zu studieren.

Es war in vieler Hinsicht ein Glück für sie, daß Swilik Händler war, denn dadurch begab er sich oft auf der Suche nach Informationen und Kontakten in die älteren Stadtviertel. Die Khastfraktion hatte schnell einige der Personen identifiziert, die mit ihm zusammenarbeiteten. Rafiq hatte sich an die Ausarbeitung eines Plans gemacht, wie er einen von Swiliks Agenten zum Verrat an seinem Meister bringen konnte, auch wenn ihm diese Methode nicht so majestätisch erschien, wie er es sich eigentlich für den ersten Streich im Namen des Dosts gewünscht hätte.

Auf ihrem Ritt in die Stadt hatte Rafiq auch entschieden, daß ihnen Qusay am meisten nutzen konnte, wenn er in aller Öffentlichkeit auf dem Basar weissagte. Als die Khast noch in Helor regierten, hatte Qusay sich als Vergeltung seiner Gefangenschaft in Wsorin drei stranische Gelehrte als Sklaven gehalten. Er beherrschte ihre Sprache fließend und hatte Rafiq das bißchen Stranisch beigebracht, das er konnte. In Wsorin kauften sich die Straner Qusays Dienste als Unterhaltung und deuteten frei für sich, was immer er in gebrochenem Stranisch an Vorhersagen machte.

»Diese Frauen kommen alle und stellen immer die gleichen Fragen, allesamt. Alle wollen sie wissen, ob ihre Kleider oder ihr Haus N'tala gefallen werden. Sie ist sehr bedeutend, diese N'tala, und sie ist hierher unterwegs.« Akhtar hob die Hand und spreizte seine Finger. »In fünf Tagen. Vielleicht sollten wir *sie* als unser Ziel wählen.«

»Nein, Vetter, weil wir nicht wissen, ob sie unsere Sprache spricht. Aber ich bin sicher, wir werden eine Verwendung für sie finden.« Rafiq verkniff sich ein Lächeln. *Wie du deine Fäden ziehst, Atarax, wenn du deine Macht enthüllen willst!* In drei Tagen sollten weitere Verbündete der Khast vor Wsorin ihre Zelte aufschlagen. Rafiq hatte geplant, sie zur Störung des Handelsverkehrs einzusetzen, um die Husaren aus der Stadt zu locken, während er Swilik entführte. Aber nun, da diese N'tala in die Stadt kommen sollte, würden die Husaren Wsorin kaum verlassen. Das war jedoch nicht weiter schlimm, denn es war ebenso gut, wenn sie dadurch an einen Ort gebunden wurden, daß sie eine hochgestellte Persönlichkeit beschützen mußten. Sie würden ihn nicht verfolgen, um Swilik zurückzuholen, sobald sie ihn vermißten, falls überhaupt.

Wenn seine Krieger diese N'tala bedrohten, würden die Husaren zu deren Schutz in den Kampf ziehen. Rafiqs Verbündete würden sich nur ungern in der Stadt mit den Husaren anlegen, aber er wußte, daß diese Zurückhaltung verschwinden würde, sobald sie erfuhren, daß der Dost ihre Dienste benötigte. Er würde ihnen seine eifrigsten Männer schicken, damit sie die anderen mit dem Feuer ansteckten, das der Dost in ihren Herzen entfacht hatte. Danach würden die Estanen sich auf diese Gelegenheit stürzen, ihren Teil beizutragen.

»Findet heraus, wann und wie genau diese N'tala ankommen soll. Findet heraus, ob es eine Feier geben wird.« Rafiq verstummte, als zwei Husaren vorbeischlenderten. »Qusay soll ihnen weissagen, daß dem oder der ersten, der sie bei ihrem Eintreffen begrüßt, das Glück gewiß ist, oder etwas in dieser Art.«

Akhtar nickte und hebelte sich mit der Krücke vom Boden. »Es wird geschehen, wie du befiehlst.«

Fünf Tage. Die Zeit reichte aus, Swiliks Entführung vorzubereiten. Obwohl der Mond bis dahin fast voll sein würde, hatte er keine Sorge um sich oder die sichere Erfüllung seines Auftrags. Er wußte zwar nicht, wer diese N'tala war, aber ganz offenbar hatte Atarax ihr Eintreffen bewußt in das Gespinst seines Lebens eingewoben. *Ihre Ankunft wird uns ermöglichen, den Willen des Dosts auszuführen.*

Eine Kupfermünze klingelte in seiner Schale.

Rafiq blickte hoch und lächelte. »Gott ist gut, Gott ist groß, und gesegnet sind die, deren Leben mit dem Netz seines Willens verwoben sind.«

21. Kapitel

Regierungsgebäude, Dhilica
Aran

2. Tempest 1687

Der graue Binder lag um Robins Kehle wie eine Würgeschlinge. In der violetten Ausgehuniform, mit schwarzen Stiefeln, grauen Hosen, Weste und weißem Oberhemd fühlte er sich auf diesem Empfang ungemütlicher als während der gesamten beengten Reise hierher, und das, obwohl er sich hätte amüsieren sollen. Hätte man ihm die Wahl gelassen, hätte er jetzt trotz aller Gefahren lieber eine Streife durch das Varathaviertel der Stadt angeführt, als hier fein gekleidet Höflichkeiten austauschen zu müssen.

Er lächelte bei sich, weil er genau wußte, daß darin nicht der Kern seines Unbehagens lag. Auch wenn er nur ein niedriger Offizier war, erwartete man seine Anwesenheit auf diesem Fest, das Prinz Trevelien für Baron Mortimer Fiske, den scheidenden Generalgouverneur, gab. Es spielte keine Rolle, ob der Mann diese Ehre verdiente oder nicht, der Schein mußte gewahrt bleiben. Also hatten die Offiziere der *Saint Michael* und ihres Ethyrinenkontingents die Uniform angelegt und sich aufs Fest begeben.

»Machen Sie nicht so ein mürrisches Gesicht, Mr. Drury. Keine Gefahr hier heute abend.« Lächelnd bot ihm ein Ethyrine, der fast dieselbe Uniform wie Robin trug, einen Kristallbecher mit Punsch an. »Sie werden das bald genug brauchen können. Runter damit.«

Robin schnüffelte mißtrauisch. »Was ist das, Bruder Dennis?«

»Am Anfang war es mal Glühwein, aber dann ist er

mit jeder Menge Fruchtsaft verdünnt worden. Hat weniger Alkohol als der Grog auf Ihrem Engel.«

Robin nahm einen Schluck. Das Getränk schmeckte sehr süß, wie er es von Glühwein erwartete, aber der Fruchtzusatz hatte den Sherrygeschmack fast abgetötet. Das Getränk hinterließ einen herben Nachgeschmack, der ihn überraschte, und war stark genug, ihn von einem zweiten herzhaften Schluck abzuhalten. »Interessant. Danke, Sir.«

»Hier werden Sie lernen, viel zu trinken, Mister Drury. Im Augenblick mag zwar Regenzeit sein, aber wenn eigentlich ein ordentlicher Winter herrschen sollte, wird es hier verteufelt heiß.« Der braunhaarige Ethyrine senkte die Stimme. »Es ist recht spaßig anzusehen, wie die meisten der Hohen und Mächtigen ihre Diener gebleichte Baumwolle zu weichen Knäueln spinnen lassen, um für die Eilyphsnacht im Festibrium imitierten Schnee zu haben.«

Robin nickte und nippte noch einmal an seinem Getränk. Bruder Dennis Chilton befehligte die Ethyrinenkompanie, die Baron Fiske als Ehrenwache diente. Obwohl er fünf Jahre jünger als Robin war, hatte Chilton einen höheren Dienstgrad. Er hatte seinen Abschluß in Sandwycke ein Jahr nach Robins Aufnahme ins Seminar gemacht und war sofort nach Aran kommandiert worden. Jetzt sollte er zusammen mit Fiske nach Ilbeoria zurückkehren, doch bis dahin versuchte er sein Bestes, um Robin mit den Schwierigkeiten und Annehmlichkeiten des Lebens in Dhilica vertraut zu machen.

»Der Anblick dürfte sich lohnen: geklöppelter Schnee. Mit alten Gewohnheiten läßt sich wohl schlecht brechen, Sir.«

»Allerdings.« Chilton fuhr sich mit der Hand durch sein Haar und klopfte es zurecht. »Eines sollten Sie auf jeden Fall tun, ganz gleich, wie falsch es scheinen mag:

Sie müssen Ihren Jungs Hüte für die heiße Jahreszeit besorgen. Die werden sich zwar beschweren, daß Sie ihnen Perücken verpassen wollen, aber die Sonne brennt hier wirklich heiß, und wir verlieren jeden Winter und Frühling Männer durch Hitzschlag.« Er hob seinen Kelch zum Mund und leerte ihn.

Robin trank noch etwas. »Ich werde Sergeant Connor nach der Patrouille daransetzen, Hüte aufzutreiben. Danke, Sir.«

»Der Dienst hier ist so übel nicht, Mr. Drury.« Chilton blickte hinaus auf die Menge. »Das größte Problem ist, sich daran zu erinnern, daß es hier drei Verhaltensrichtlinien gibt. Die erste ist das örtliche Brauchtum, das die Ilbeorer und Urovier jedoch nicht betrifft. Die hiesige Verwaltung kann die einheimischen Gesetze und Bräuche uns gegenüber nicht durchsetzen. Zum Beispiel sind Kühe bei den Laamti heilig, aber wir dürfen sie trotzdem kaufen und verkaufen, schlachten und verzehren. Im allgemeinen nehmen wir dafür nur Vieh aus importierten Beständen, aber nicht alle unsere Bürger scheren sich darum, ob sie mit ihren Handlungen die Eingeborenen beleidigen.«

»Aber die Urovier hier unterliegen wohl dem ilbeorischen Recht, oder?«

»Da haben Sie den zweiten Standard. Von unseren Bürgern wird erwartet, daß sie sich unserem Gesetz gemäß verhalten. Natürlich besteht da ein gewisser Spielraum: Körperverletzung ist ein Verbrechen, aber die Körperverletzung eines eingeborenen Dieners ist etwas anderes als eine Rauferei unter Ilbeorern.«

Das wäre nicht schwer zu erraten gewesen. »Und die dritte Richtlinie?«

Chilton nickte hinüber zu dem Gequirle im großen Ballsaal. »Vor sich sehen Sie die Crème de la Crème der ilbeorischen Gesellschaft in Aran. Viele von ihnen stammen aus Adelshäusern, wenn auch aus Nebenlinien. Einige dieser Herrschaften sind der Ansicht, daß *unsere* Gesetze hier nicht mehr als freiwillige Richtlinien sind, und, der Herr sei uns gnädig, Gouverneur Fiske hatte die Neigung, ihnen zuzustimmen.«

Robin runzelte die Stirn. »Das könnte als Pflichtvergessenheit gewertet werden.«

»In Aran, sagt man, haben wir die beste Regierung, die man sich für Geld kaufen kann.« Chilton schaute durch den Raum dort hinüber, wo der fette Fiske saß und mit Prinz Trevelien plauderte. »Baron Fiske wird seinem Sohn einen Sitz im Laienparlament kaufen, und sein Bruder soll zum Kirchendekan in Whartonfields gemacht werden.«

»In Kürze dürfte sich der Regierungsstil in dieser Kolonie grundlegend ändern.« Robin erlaubte sich ein Lächeln. »Der Prinz ist nicht käuflich.«

»Ich würde einen solchen Wechsel liebend gerne sehen, aber leicht wird er sich nicht durchsetzen lassen. Sie haben alle lautstarke Verwandte daheim. Trotzdem sind nicht alle Urovier hier schlecht. Tatsächlich sind manche unter ihnen etwas ganz Besonderes.«

»Da bin ich mir sicher, Mister Chilton.« Robin betrachtete die Menge und fand die Mischung durchaus normal. Im allgemeinen hatte Robin festgestellt, daß die Menschen überall gleich waren – mit Ausnahme derjenigen, die sich einbildeten, ihr blaues Blut mache sie irgendwie zu etwas Besserem. Er wollte sich gerade wieder zu Chilton umdrehen, um ihn an dieser Weisheit teilhaben zu lassen, als sich in der Menge eine Gasse öffnete und eine Frau ihm offen in die Augen blickte.

Das überraschte und erfreute Lächeln auf ihrem Gesicht nahm Robin den Atem. *Ich kenne sie nicht. Warum schaut sie mich so an? Warum winkt sie?*

Robin wollte schon zurückwinken, als ihn Chiltons Schlag auf seinen Rücken davor rettete, sich lächerlich zu machen. »Kommen Sie, Mr. Drury. Ich möchte Ihnen jemanden vorstellen.« Chilton lachte. »Sie ist eine von jenen ganz besonderen Leuten, die ich erwähnt habe.«

Wsorin, Distrikt Wsorin
Strana

Valentin Swilik starrte finster in den Spiegel. Er zwang sich zu entspannen, dann zog der wuchtig gebaute Händler geschickt mit dem Pinsel ein exaltiertes Muster in dunkelgrüner Farbe um seine Augen. Vorsichtig brachte er auf der Innenseite eine hellere Schattierung an und bemühte sich, das Augen-Make-up nicht mit den hellen Blautönen auf dem übrigen Gesicht zu verschmieren. *Perfekt, auch wenn's darauf nicht ankommt.*

Am Morgen, der inzwischen eine Ewigkeit zurückzuliegen schien, hatte er sich noch auf einen angenehmen Abend mit seiner Mätresse beim Ehrenempfang anläßlich der Ankunft Tachotha Nataljas gefreut. Antonia war damit einverstanden gewesen, ihn auf den Empfang zu begleiten, obwohl auch ihr Ehemann mit seiner Erstfrau dort sein würde. Der Mann war von ehrwürdigem, aber niederem Adel und hatte seine Drittfrau aus reinen Prestigeerwägungen geheiratet. Ihre Familie hatte sie für den gebotenen Brautpreis freigegeben. Alles in allem war es ein keineswegs unübliches Geschäft gewesen, und Antonias Gatte hatte es bemerkenswert gelassen aufgenommen, als seine neueste Ehefrau sich einen Liebhaber zugelegt hatte.

Seine Einstellung zur Liaison seiner Gattin Antonia mit Valentin hatte sich sogar noch spürbar verbessert, seit Valentins Geschäfte nach Eintreffen der ersten großen Karawane aus Helor einen Aufschwung erlebten. Die Tatsache, daß Valentin zudem mit Fürst Arslow gesprochen hatte, bevor der nach Murom abgereist war, trug ebenfalls zu seinem Ansehen bei. Die hohe Wertschätzung, die Valentin genoß, konnte nämlich teilweise auch auf Antonias Ehemann abfärben. Tatsächlich hatte Graf Suijew nur dieser Wertschätzung und Bekanntheit eine Einladung zum Abendempfang und der Landung der *Ljeschij* in Pjimok zu verdanken. Selbst Valentin war nicht zu der kleineren Empfangszeremonie bei der Ankunft des Luftschiffs geladen, eine Tatsache, die ihm anfangs durchaus recht gewesen war.

Aber da hatte er auch noch geglaubt, Antonia würde so etwas wie ein Hirn in ihrem hübschen Köpfchen tragen. Über seine Quellen in der estanuanischen Gemeinde Wsorins hatte er von einem Seher erfahren, der die stranischen Damen und ihre Zofen mit Voraussagen von unbeschreiblichem Glück für diejenige unter ihnen unterhielt, die der Tachotha zuerst begegnete. Er persönlich hatte die Behauptungen des Sehers als puren Unsinn abgetan – nachdem er einen seiner Diener losgeschickt hatte, um sich dessen Botschaft aus erster Hand anzuhören –, Antonia sah das jedoch anders. Sie hatte ihren Gatten überredet, sie zum Anlegeplatz der fürstlichen Residenz mitzunehmen.

Das aber hieß, daß sie den ganzen Abend über an der Seite ihres Mannes zu finden sein würde. Natürlich hatte sie Valentin von ihren geänderten Absichten viel zu spät in Kenntnis gesetzt, als daß er sich um eine andere Begleitung hätte kümmern können. Abgesehen von ein oder zwei Tänzen mit ihr würde er von Antonia wohl erheblich weniger zu sehen bekommen, als er beabsichtigt hatte. Es war *eine* Sache, wenn der Graf ihm gestattete, seiner Gattin die Freizeit zu vertreiben, und eine ganz andere, dem Kaufmann zu erlauben, Antonia von seiner Seite zu entführen.

Der Schein muß gewahrt bleiben. Valentin beendete sein Make-up, fuhr sich mit der Hand durch das volle, schwarze Haar und betrachtete zufrieden das Ergebnis. Da er kein Krieger war, wurde von ihm nicht erwartet, das Blaurot der 137. Kaiserlichen Bärenhusaren anzulegen. Da der Ballsaal mit Husaren dicht bevölkert sein würde, konnte er die Gelegenheit nutzen, sich von der Menge abzusetzen. *Das wird es Antonia leichter machen zu sehen, was sie verpaßt.*

Hinter ihm ging die Tür auf, und im Spiegel sah Valentin seinen greisen Kammerdiener den Raum betreten. »Vergebt, Herr, aber ein Gassenkind hat mir das für Euch übergeben.« Er hielt ihm ein gefaltetes Papier entgegen.

Valentin legte den Pinsel weg, wandte sich im Sitzen um und nahm dem Diener die Botschaft ab. Er brach das Wachssiegel und faltete das Papier auseinander. Darauf sah er einen Halbmond, ein Schwert, ein Kreuz und einen kleinen Vogel. Er studierte den Bogen kurz, dann gab er ihn Eduard zurück. »Verbrenn das. Dann wirst du in die fürstliche Residenz gehen und mein Bedauern übermitteln, daß ich mich verspäte. Ich werde kommen, sobald es mir möglich ist.«

Der Alte nickte und zog sich aus dem Raum zurück.

Valentin stand auf und warf sich einen Umhang über, ohne vorher noch Jacke, Weste oder Krawatte anzuziehen. *Derartige Eleganz wäre bei der alten Vettel Duah vergebliche Liebesmüh und ließe mich in der Altstadt erst recht fehl am Platz erscheinen.*

Weil die große Mehrheit seiner estanuanischen Handelspartner Analphabeten waren, hatte Valentin eine Reihe einfacher Zeichen erfunden, mit deren Hilfe sie ihn zu einem Treffen bestellen konnten. Der Halbmond zum Beispiel war im ersten Viertel gewesen, was bedeutete, daß Duah ein Treffen möglichst noch am selben Abend verlangte. Bei einem halbvollen Mond hätte die Begegnung um Mitternacht stattfinden sollen. Das Kreuz stand für ein Treffen, dessen Ort sie schon bei der letzten Begegnung festgelegt hatten. Dieses Mal würde es ein kleiner Teeladen in der Altstadt sein. Das

Schwert betonte, daß es dringend war, und der kleine Vogel war ihre Unterschrift. Hätte die Botschaft einen Totenschädel oder einen gebrochenen Knochen enthalten, hätte Valentin mit Gefahr rechnen müssen.

Wobei es sich nicht auszahlt, hier irgendwohin zu gehen, ohne auf Gefahren vorbereitet zu sein. Valentin verließ das Zimmer und nahm einen Stockdegen mit schwerem Messingknauf aus einem Elefantenfußständer neben der Tür. Er hielt den Spazierstock am hölzernen Schaft, drehte den Metallknauf und zog mehrere Zentimeter der silbern blitzenden Dreikantklinge hervor. Dann schob er ihn mit einem zufriedenen Lächeln zurück.

»Vergiß die hübschen Weiber, Valentin«, murmelte er bei sich. »Die Pflicht ruft und du hast zu antworten.«

Luftschiff *Stoat*, Varathaviertel, Dhlica
Puresaran, Aran

Uriah Smith schimpfte leise, während er mit beiden Händen in seinem ledernen Seesack wühlte. Dessen Inhalt war schon vor seiner ersten Suchaktion völlig durcheinander gewesen, und dieser inzwischen dritte Versuch stellte vollends sicher, daß seine sauberen Sachen ganz und gar mit der Dreckwäsche vermischt waren. Er bestätigte ihm auch, daß seine Lederbörse mit den zehn goldenen Sonnentalern, die er beim Kartenspiel gewonnen hatte, verschwunden war.

Knurrend warf Uriah den Sack auf den Boden und richtete sich auf. Sein Kopf knallte an einen Balken. »Heilig's Blut!« Er griff sich an den Hinterkopf, konnte jedoch nichts Feuchtes oder Klebriges fühlen, nur einen pochenden Schmerz, als ihm eine Beule wuchs. Den Fluch hatte er allerdings mehr aus Wut und Enttäuschung ausgestoßen als aus Schmerz.

Dieser diebische kleine Affe Philo hat es geklaut, das weiß ich genau! Uriah knurrte wieder und stieß beinahe noch einmal mit dem Kopf gegen die Decke. Kidd hatte von dem Geld nichts gewußt; es war als Notgroschen für unvorhergesehene Zwischenfälle gedacht gewesen. Er war unsicher, was Kidds Geisteszustand und die Reaktion der Kirche betraf, wenn diese von ihren Plänen erfuhr. Doch Uriah wußte, daß er mit dem Geld hätte überleben können, bis ihm ein Weg zurück nach Ilbeoria eingefallen wäre.

Ich habe diesen rattengesichtigen Kandidaten für eine Zottelkappe genau gesehen, wie er sich hier unten in der Nähe meiner Koje herumgedrückt hat. Seit jenem Kartenspiel damals hatte er auf einen Versuch Philos gewartet, es ihm heimzuzahlen, und ein feiger Diebstahl schien genau zu dem Kerl zu passen. »Ich hätte das Geld nicht aus den Augen lassen sollen.«

Mit eingezogenem Kopf arbeitete sich Uriah nach vorn, wo die Mannschaft durch die offenen Ladeluken die Fracht ausschiffte. Uriah sah Philo unter einer Frachtluke stehen und sprang hinter ihm zu Boden. Er packte den kleinen Mann an den Schultern, aber Philo duckte sich und wand sich aus Uriahs Griff.

»Willste Ärger, Bürschchen?« Er entblößte sein löcheriges Gebiß und fuhr sich mit der Hand über das Stoppelkinn. »Geh besser rauf ins Schiff und hol dein Zeugs.«

»Ich hole mir mein Zeug.« Uriah deutete auf die Lederbörse, die an Philos Seilgürtel baumelte. »Das Geld gehört mir. Du hast es gestohlen.«

Philo grinste und schaute zu den vier Luftmatrosen, die paarweise links und rechts von ihm standen. »Könnte sein, könnte aber auch sein, daß ich es von dir gewonnen habe, wie ich's diesen Jungs hier erzählt hab, als ich meinen Gewinn mit ihnen teilte.« Er spuckte sich in die Hände, rieb sie aneinander und ballte sie zu Fäusten. »Wenn du mich einen Dieb nennst, dann nennst du auch sie Diebe.«

Uriah ballte die Fäuste. »Du kriegst mehr Ärger, als du dir denkst.«

Die anderen vier Matrosen bewegten sich auseinander, um Uriah zu umzingeln. »Mit groß daherschwätzen gewinnt man keinen Kampf, Kerlchen.« Philo kam näher, der Kreis wurde enger. »Zeit für dich zu lernen, wie die Dinge hier in Aran liegen.«

22. Kapitel

Luftschiff *Ljeschij*, Pjimok, Wsorin, Distrikt Wsorin Strana

2. Tempest 1687

Stolz und würdevoll stand Natalja Ohanscai auf dem Flügeldeck der *Ljeschij*, als das Schiff langsam durch die mondhelle Nacht sank. Sie trug einen schwarzen Umhang und einen dunklen Schleier, um sich und ihr Kleid vor dem rußigen Rauch zu schützen, der aus dem Schornstein der *Ljeschij* herübertrieb. Obwohl sie ihr Gesicht bedeckt hielt, konnte sie den hell erleuchteten Landeplatz an der Ostseite von Arslows Residenz leicht ausmachen.

Einen kurzen Augenblick taten Natalja die Leute leid, die sich dort unten versammelt hatten, wo das Licht der Fackeln die Nacht in eine gelbsüchtige Parodie des hellen Mittags verwandelte. Sie sahen alle glänzend aus in ihren prächtigen Roben, aber selbst in der vergleichsweise kühlen Abendluft mußten sie furchtbar schwitzen. Sie erkannte Uniformen von Armee-Einheiten aus allen Teilen des Reiches, die zugleich für einen großen Teil seiner Geschichte standen. Die Damen trugen erstaunliche Kleider in tiefem Scharlachrot, leuchtendem Grün oder blendendem Blau und dazu passendes Geschmeide. Die Kleider hatten enge Mieder, die üppige Busen betonten, und die Wespentaillen flossen zu weiten Röcken aus, die sich über glockenförmige Krinolinen breiteten. Aus der Luft sah es aus, als wären die Frauen von der Hüfte abwärts in Satin gehüllte Pilze.

Natalja schüttelte langsam den Kopf. *Ich hätte es wissen müssen.* In Mjasowo hatte ihre Schwester Marina sie mit der neuesten Mode vertraut gemacht. Statt der engen Mieder, wie sie die Damen unter ihr trugen – und die sie in Murom selbst getragen hätte –, war die Damenwelt in Mjasowo teilweise zu dem zurückgekehrt, was die lescarischen Kaiserinnen getragen hatten. Die neue Mode in Mjasowo zeichnete sich durch ärmellose Kleider aus hauchfeinem Stoff aus, die über seidener Unterwäsche getragen wurden. Die Röcke wurden mit einem Band locker an der Taille gerafft, so daß sie über das Becken herabhingen, und darunter breitete sich vollerer Stoff zum Boden hin aus. Die Krinoline war Vergangenheit, statt dessen durften die Seidenröcke der Form der Beine folgen und sie nachzeichnen.

Wären das jadegrüne Hemd und die Unterröcke, die sie unter dem hauchdünnen weißen Gazekleid trug, nicht so undurchsichtig gewesen, hätte Natalja sich in dieser Mode ganz und gar nackt gefühlt. Ihre Schwester und andere aus deren Freundeskreis waren darauf verfallen, die Hemden anzufeuchten, so daß sie sich wie eine zweite Haut an den Körper schmiegten, was nur eine Peinlichkeit vorwegnahm, die nach einem Dutzend schneller Tänze unvermeidlich schien. Natalja hatte in Mjasowo darauf verzichtet, ihr Kleid befeuchten zu lassen und keinerlei Absicht, diese Idee bei Gesprächen über die neue Mode auch nur zu erwähnen.

Als Natalja all die Damen dort unten sah, die sich nur ihretwegen hier versammelt hatten, war sie froh, ein Cape umgelegt zu haben. Die Frauen würden zwar erkennen, daß sie anders gekleidet war, da der Umhang sich nicht über einer Krinoline aufbauschte – doch sie hoffte, man würde dies für eine praktische Reisekleidung halten. *Natürlich ist dieses Kleid nur praktisch, wenn man jemanden verführen will, aber das ist nicht eben ungünstig, denn Grigori wird sicher auch dort unten warten.*

Sie spürte nur einen leichten Stoß, als Kapitän Selow

die *Ljeschij* in einem ebenso untadeligen Landemanöver andockte wie zuvor schon in Mjasowo. Luftmatrosen machten die Reling vor ihr frei. Am Boden hoben Männer in Husarenuniform eine Landungsbrücke an und fuhren sie langsam auf sie zu. Zwei Matrosen der *Ljeschij* knieten vor ihren Füßen und lenkten die Landungsbrücke an die richtige Stelle, um sie dann mit Leinen zu sichern und die Taue ihres Geländers an der Reling festzubinden.

Natalja nahm all das Treiben um sie herum kaum zur Kenntnis. Sie hob ihren Schleier und lächelte. Am anderen Ende der Empfangsplattform sah sie Fürst Arslow. Grigori Khrolic stand in der Reihe hinter ihm, groß und strahlend in seiner Husarenuniform. Wie der bronzene Avatar einer heidnischen Dämonengottheit der Einheimischen kniete Grigoris Widder 27 hinter seinem Piloten. Ein langer roter Teppich zog sich zwischen den Rängen des Adels entlang und verband sie mit Grigori. Zwei Husarenzüge standen entlang des Läufers aufgereiht, um die Leute in respektvollem Abstand zu halten.

Die beiden Matrosen der *Ljeschij* stiegen die Landungsbrücke hinab und verzurrten die Taue des Geländers an zwei Pfosten auf dem Anlegeplatz. Dann nahmen sie Haltung an. Einer der beiden wandte sich zu Fürst Arslow um: »Bitte um Erlaubnis, mit der Ausschiffung beginnen zu dürfen!«

Arslow trat einen Schritt vor und streckte seinen rechten Arm weit aus, als trennten ihn nicht noch ganze vierzig Meter vom Schiff. »Erlaubnis mit großer Freude erteilt. Tachotha Natalja, seid uns in Wsorin herzlich willkommen.«

Regierungsgebäude, Dhilica, Puresaran
Aran

Robin stellte sein Glas auf einem Seitentisch ab und folgte Chilton. Er lächelte, als sich die junge Frau nach vorne beugte und Chilton auf die Wange küßte. »Bruder Dennis, ich bin so froh, Sie zu sehen. Als ich nichts von Ihnen gehört habe, nahm ich an, Sie würden nicht kommen. Und ich wollte doch unbedingt noch eine Gelegenheit finden, mit Ihnen zu sprechen, bevor Sie nach Ilbeoria zurückkehren.«

Sie schaute mit einem überraschten Ausdruck hoch, als ihre Blicke denen Robins begegneten, dann trat die Andeutung eines Lächelns auf ihr Gesicht. Robin spürte einen Ruck in seinem Inneren. Er wußte, daß er der Höflichkeit halber den Blick hätte abwenden sollen, schaffte es aber nicht. Ihre Gesichtszüge wiesen eine innere Stärke auf, ohne scharf zu wirken oder an jugendlicher Weichheit einzubüßen. Er kam zu dem Schluß, daß diese Stärke von ihrer geraden Nase und dem beseelten Feuer ihrer braunen Augen herrührte. Ihr hochgestecktes dunkelbraunes Haar unterstrich die Vitalität und Klugheit, die er an ihr wahrnahm, und das machte sie noch weit anziehender für ihn als ihre Schönheit oder gute Figur.

Sie schlug die Augen nieder. »Ich bitte um Vergebung, mein Herr.«

Robin schüttelte den Kopf. »Nein, ich bin es, der sich entschuldigen muß, Miss.«

Sie schwieg. Im Ausdruck ihrer Augen und ihres Mundes mischten sich Verwirrung und Neugierde. »Bitte, Sir«, gab sie schließlich zurück, und tadelte ihn dafür, sie angesprochen zu haben, ohne ihr vorgestellt worden zu sein.

Chilton lachte laut auf. »Gestatten Sie mir, Sie aus dieser unwürdigen Lage zu erretten, Amanda. Ich hätte gedacht, er weiß es besser, nachdem er geradewegs von Sandwycke kommt.«

Robin wurde rot und schaute zu Boden. Er haßte diese Reaktion, wußte aber, daß seine Verlegenheit mehr auf ihr Unbehagen zurückging als auf die Tatsache, daß er sich zum Narren machte. Auf den Galabällen in Sandwycke hatte er alle gesellschaftlichen Feinheiten beachtet, wenn auch weitgehend ohne eigenes Zutun. Wenn er an einem Tanz teilnahm, hatten die Protokollmeister seine Begleiterin im voraus festgelegt. Er war zu der entsprechenden Dame geführt und ihr vorgestellt worden, und dann hatte er sie unterhalten, bis man ihn zu einer neuen Tanzpartnerin führte.

Chilton wartete, bis Robins Gesicht in voller Röte erblüht war, dann erst klopfte er ihm wieder auf die Schulter. »Miss Amanda Grimshaw, es ist mir eine Ehre, Ihnen Bruder Robin Drury von der *Saint Michael* vorstellen zu dürfen. Ein frischgebackener Ethyrine von Sandwycke. Robin, das ist Miss Amanda Grimshaw.«

Robin ergriff die ihm dargebotene Hand zum Kuß. »Bitte verzeihen Sie mir mein schlechtes Benehmen, Miss.«

»Ich muß mich bei Ihnen entschuldigen, Bruder Drury, denn ich habe Sie zuerst angesprochen. Sie antworteten mir nur und vergalten mir so meinen Bruch der Etikette durch Ihre Höflichkeit.« Amanda lächelte Chilton zu. »Kannten Sie Bruder Dennis auf Sandwycke?«

»Nein, er war lange vor meinem Jahrgang dort.«

»Aber wir beide sind Ethyrinen, und das verbindet. Die Männer sind selten, die sich für den geflügelten Kampf entscheiden.« Chilton blickte an Amanda vorbei, und seine Gesichtszüge wurden scharf. »Ah, Lisa Marsh kommt in unsere Richtung. Ich sollte mit ihr reden. Entschuldigen Sie mich.«

Amanda hob die Hand zum Hals und lachte leise. »Natürlich, Bruder Dennis. Essen wir morgen gemeinsam zu Mittag?«

»Mit Vergnügen.«

Robin schaute Chilton einen Augenblick nach, als er auf eine blauäugige Blondine zuhielt, die ein gelbes Rüschenkleid mit Tournüre trug. Amandas Kleid dagegen hatte zwar ein ebenso enges Mieder, aber keine Gesäßpolster. Es war aus königsblauer Seide gefertigt und mit Perlen und Schleifen geschmückt, ohne dadurch protzig oder übertrieben zu wirken. »Ich nehme an, Bruder Dennis wollte uns einen Gefallen erweisen?«

»Damit könnten Sie recht haben, obwohl es für ihn eher eine pikante Qual bedeuten dürfte.«

Der Ethyrine hob eine Augenbraue. »Sind Sie so frei, mir zu erklären, was Sie damit meinen?«

Amanda lächelte zu ihm hoch und sah dann zur Seite. »Ich halte Sie für klug genug, das meiste selbst erkennen zu können. Miss Marshs Vater ist ein recht erfolgreicher Groß- und Außenhändler hier. Die Familie lebt seit über zwanzig Jahren in Aran. Außer den ersten fünf Jahren ihres Lebens und vier Jahren, die sie in Ilbeoria auf einem Internat verbracht hat, hat sie Aran nie verlassen. Sie kam mit demselben Luftschiff aus dem Internat zurück, das auch Bruder Dennis herbrachte, und sie sind seither recht gute Freunde.«

»Ich verstehe.« Robin bemerkte eine leichte Verlagerung ihrer Schultern, und in ihren Augen blitzte es schelmisch auf. »Oder doch nicht?«

»Sie verstehen sicher vieles, Bruder Robert, da habe ich keine Zweifel,.«

»Bitte, Miss Grimshaw, nennen Sie mich Robin.«

»Dann müssen Sie mich Amanda nennen.«

»Das ist nur gerecht.« Er kramte die Bruchstücke und Erinnerungsfetzen an die Festivitäten in Sandwycke aus seinem Gedächtnis und bot ihr den rechten Arm.

»Wenn es Ihnen genehm ist, könnten wir uns zu einer Erfrischung in den Speisesaal begeben, Miss Amanda.«

»Das Thema dürfte uns lange genug beschäftigen, vielen Dank.« Sie hakte den linken Arm unter seinen rechten und ließ sich von ihm durch die Menschenmenge hinaus führen. »Vor einem Jahr kam eine meiner Freundinnen aus der Akademie St. Marys auf Besuch hierher nach Aran: Jocasta Myles, die dritte Tochter des Earl of Norcliffe. Sie kennen sie?«

Robin verkniff sich ein kurzes Lachen. »Die Töchter des Earls verkehren nicht in denselben Kreisen wie ich, fürchte ich, Miss Amanda.«

»Aber ich hörte, Sie hätten auf der *Crow* gedient, bevor Sie nach Sandwycke gingen. Jocastas ältester Bruder Harry war ein Akolyth auf der *Crow*.«

»Wohl nach meiner Zeit.«

»Natürlich, ich hätte es wissen müssen. Harry ist ein fürchterlicher Trottel, also glaube ich nicht, daß Sie sich viel mit ihm abgegeben hätten, oder doch, Bruder Robin?«

Robin warf gerade in dem Augenblick einen Blick auf Amanda, als sie mit einem Lächeln zu ihm aufschaute. »Sie sprachen von seiner Schwester?«

»Ah ja, Sie geben vor, die Frage nicht gehört zu haben. Bei mir funktioniert das, aber bei manch anderer Dame hier in Dhilica wird es das nicht tun. Seien Sie auf der Hut.«

»Das werde ich.«

»Wie gesagt, Jocasta kam auf Besuch und fühlte sich sehr zu Bruder Dennis hingezogen. Er war ebenso von ihr hingerissen, und die liebe Lisa hatte sich just diesen Zeitpunkt ausgesucht, Interesse an einer untergeordneten Charge des Grenzregiments der Mrilanischen Leichten Reiterei zu bekunden. Ihr tapferer Krieger marschierte ab und ließ sich im Himlan umbringen, und unsere Lisa fühlte sich sogar verpflichtet, in der heißen Jahreszeit eine ganze Woche lang Trauer zu tragen. Bis sie dann wieder dazu in der Lage war, sich an die Rückeroberung des Bruder Dennis zu machen, hatten sich Jocasta und er bereits verlobt. Sie wollen bei seiner Rückkehr nach Ilbeoria heiraten.«

Während Amanda das verwickelte Privatleben Chiltons ausbreitete, waren sie über die große Haupttreppe in den Bankettsaal unterhalb der Empfangshalle gelangt. Dort hatte man große Tische aufgestellt und mit allen möglichen Speisen überhäuft. Robin sah, daß ein kompletter Ethyrinentrupp aus Chiltons Kommando dazu abgestellt war, Stücke vom Rindfleisch, von riesigen Schinken und sechs verschiedenen Sorten großer Geflügelarten zu schneiden. Neben den Platten mit dem dampfenden Fleisch gab es alle möglichen Obstsorten, die man auf verschiedene Tische zwischen den Tafeln mit Bedienung verteilt hatte. Drei weitere Tische waren mit Brot und Käse vollgestellt, und in den Ecken des Saales fanden sich Tische mit allen Getränken, die man sich nur wünschen mochte.

Amanda lächelte Robin zu. »Ich bin nicht so schrecklich hungrig, aber ein wenig Wein wäre nicht schlecht.«

Robin führte sie zu einem der Tische, wo sie sich jeder einen Kristallkelch mit kräftigem Rotwein nahmen. Mit einem leichten Zug an seinem Arm führte Amanda ihn zu einer relativ freien Stelle zwischen zwei Weintischen, wo sie stehenbleiben und den anderen Gästen zusehen konnten, ohne belauscht zu werden.

»Bruder Robin, macht es Ihnen etwas aus, wenn ich Ihnen ein paar persönliche Fragen stelle?«

»Nicht, wenn Sie mir zuerst eine Frage beantworten, Miss Amanda.«

»Ja?«

Robin ließ sich nicht auf ihren verschmitzten Unterton ein. »Wer ist an den Antworten interessiert?«

»Wie meinen Sie das?«

Der Ethyrine nippte an seinem Wein. »Sie wissen bereits, daß ich auf der *Crow* gedient habe. Hier gibt es also offensichtlich einen munteren Tratschmarkt. Ich möchte gerne wissen, wie weit meine Antworten getragen werden.«

Sie legte eine Hand auf seinen Arm und drückte ihn leicht. »Ihre Antworten dienen in erster Linie dazu, meine Neugierde über Sie zu befriedigen.«

»Und in zweiter Linie?«

»Sie haben recht mit dem Gerede.« Sie lachte, und der Klang brachte Robin zum Lächeln. »Ihre Antworten werden mir als Richtschnur dafür dienen, wie sehr unsere kleine Gemeinde hier zur Übertreibung neigt. Weiter werden sie nicht kommen. Sehen Sie, Bruder Dennis und ich sind gute Freunde. Wir sind miteinander bekannt, seit er hier eintraf, hatten aber nie eine Liebesbeziehung. Ich persönlich finde, daß es unsere Freundschaft gestärkt hat. Dennis hätte uns einander nie vorgestellt, wäre er nicht der Meinung, daß wir Freunde werden könnten.«

Ihre Betonung des Wörtchens *Freunde* ließ Robin sich unwillkürlich fragen, welche der unzähligen Bedeutungen dieses Begriffs sie damit meinte. »Bruder Dennis kennt mich erst seit gestern. Er könnte sich in seiner Beurteilung geirrt haben.«

»In den drei Jahren, die Dennis nun schon hier ist, hat ihn seine Menschenkenntnis meines Wissens noch nie im Stich gelassen.«

»Oh, aber wenn das wahr wäre, so befände er sich nicht da oben, um mit Miss Marsh zu reden.«

Amanda lachte wieder, und Robin schloß die Fülle und Aufrichtigkeit ihres Lachens endgültig ins Herz. »Oh, er wußte genau über sie Bescheid, als er sie traf. Jung und weit weg von zu Hause, lag sein Problem darin, nicht zu erkennen, daß sie nicht wirklich das war, wonach er suchte.«

Robin dachte darüber nach, dann nickte er. »Sie haben mich überzeugt. Ihre Fragen?«

»Nun, zuerst die wichtigste für die meisten Leute hier: wie viele Frauen haben Sie?«

»Keine.«

»Witwer?«

»Nie geheiratet.«

»Das ist kaum zu glauben.«

»Sie stehen wohl in Korrespondenz mit meiner Mutter?«

Amanda kicherte. »Sie kann es auch nicht glauben?«

»Überhaupt nicht, aber es gibt reichlich Gründe dafür, daß ich mir nie eine Frau genommen habe. Von meinem zwölften Lebensjahr an bis ich zwanzig wurde, habe ich auf der *Crow* gedient. Da man Fahnenflucht befürchtete, besaß die Mannschaft nicht viel Freiheit. Unsere Anstrengungen, die Lescaren aus Merida, Beregia und Skipia zu vertreiben, machten manche Frauen zwar äußerst dankbar, aber die Infanteristen hatten es viel leichter Kriegsbräute zu finden, als die Matrosen der Luftflotte.« Robin zuckte die Achseln. »Als ich dann heimkehrte, konnte ich nur in einer Fabrik Arbeit finden. Zwölf Stunden am Tag, außerdem mußte ich noch meinem Vater auf dem Hof helfen, da blieb nicht viel Zeit, auf Freiersfüßen zu wandeln.«

»Aber Sie sind doch ein findiger Bursche – Dennis sagt das immer von allen Ethyrinen. Es muß jemanden gegeben haben, die Sie mochten.«

Er zögerte einen Augenblick, dann nickte er. »Ja, die gab es. Ihr Vater war der Besitzer der Kutschenwerke in Lakeworth, in denen ich gearbeitet habe. Sie mochte mich wohl vor allem, weil ich ihrem Vater ein Dorn im Auge war.«

»Wenn das ihr einziger Grund war, war sie eine Närrin.«

»Sie hatte keinen Bruder Dennis, der uns einander

vorstellen konnte.« Robin nahm einen Schluck Wein. »Ihr Vater bezahlte mein Stipendium in Sandwycke, und sie wurde an einen dortigen Schweinezüchter verheiratet – der allerdings ein Gentleman ist.«

»Natürlich, ein Gentleman.« Amanda nickte, dann kniff sie die Augen zusammen. »Die Orden auf Ihrer Uniform. Wie haben Sie die bekommen?«

»Im Krieg.«

Sie setzte zu einem Lächeln an, und er ahnte einen Versuch, ihm die Antwort abzuschmeicheln. Um sie aufzuhalten, runzelte er die Stirn, und ihr Lächeln verschwand. »Ich kann mir nicht vorstellen, Bruder Robin, daß Sie angenehme Erinnerungen an diese Zeit hegen.«

»Die meisten sind schlecht, einige auch ganz gut. Ich habe noch heute Freunde, die ich auf der *Crow* kennenlernte.« Robin starrte in sein Glas und beobachtete das Funkeln des Weins im breiten Kristallkelch. »Manche Leute philosophieren über den Krieg – Fernandi war berühmt für seine Auslassungen –, aber sie alle treffen nicht den Kern der Sache. Im Krieg töten die Menschen einander, weil ihre Vorstellungen von *Recht* und *Gerechtigkeit* nicht übereinstimmen. Ich sage damit nicht, daß es keine Situationen gäbe, die einem keine andere Wahl ließen. Manche Leute machen es sich zu leicht mit dem Blutvergießen.«

Amandas Augen hatten sich bei seinen Worten verengt, dann wurde ihr Lächeln fest und sie drückte seinen Arm. »Dennis hat sich in Ihnen nicht im mindesten getäuscht.«

Die Bewunderung in ihrer Stimme machte ihn sprachlos. Er hatte ihr gegenüber, einer vollkommen Fremden, mehr von seinen Gefühlen enthüllt und über sich selbst gesprochen als jemals sonst gegenüber irgend jemandem außer Uriah, seit er von Bord der *Crow* gegangen war. Dem Jungen hatte er versucht klarzumachen, daß Intelligenz nicht immer gleichbedeutend mit

Weisheit war, vor allem nicht auf Sandwycke. Meistens hatte Uriah ihn nicht begriffen, aber immerhin schien es ihm manchmal zu dämmern – gerade genug, um Robin die Hoffnung nicht aufgeben zu lassen. So nervenaufreibend Uriah oft sein konnte, er enttäuschte doch ein in ihn gesetztes Vertrauen nicht, und Robin hatte sich dabei wohl gefühlt, wenn er mit ihm redete.

Bei Amanda fühlte er sich beim Austausch von Vertraulichkeiten ähnlich wohl, aber bei seinem Gespräch mit ihr stieß er auf ein Problem, das er bei Uriah nicht gehabt hatte. Er *sorgte* sich tatsächlich darum, was sie von ihm und seinen Gedanken hielt. Ihre schnelle Bereitschaft, seine Bemerkung über den Krieg zu akzeptieren, schmeichelte ihm, und er fühlte sich viel jünger und leichtsinniger, als ihm eigentlich zustand. Dieses Gefühl, so schloß er, konnte passend mit dem von ihr gebrauchten Ausdruck ›pikante Qual‹ beschrieben werden.

Bevor er in der Lage war, sich zu seiner Entdeckung zu äußern, rief von der anderen Seite des Saales her jemand ihren Namen. Robin trat instinktiv einen Schritt vor, als ein älterer Mann mit streichholzdünnen Beinen, einer bösartigen Hakennase und kleinem runden Schmerbauch durch die Menge auf sie zuhastete. Der leichte Druck an seinem Arm machte Robin deutlich, daß Amanda den Mann nicht als Bedrohung sah, aber die Art und Weise, wie er mit seinem Spazierstock hin- und herwedelte, um sich den Weg durch die Menge zu bahnen, ließ ihn an ihrem Urteil zweifeln.

»Da bist du ja, Amanda. Komm, wir gehen.«

Robin schaute sie an und zog eine Braue hoch.

Amanda lächelte. »Vater, wo bleiben deine Manieren? Das ist Bruder Robert Drury von der *Saint Michael*. Bruder Robin, mein Vater, Mr. Erwin Grimshaw.«

»Sehr erfreut, Ihre Bekanntschaft zu machen, Mr. Grimshaw.«

»Das sind Sie sicher, Sir.« Grimshaw blickte seine Tochter an, dann wieder hoch zu Robin. »Von der *Saint Michael* sind Sie?«

»Ja, Sir.«

»Nun, ich habe gerade Ihren Kapitän Hassett getroffen.« Grimshaw wischte sich mit einem Taschentuch den Schaum aus den Mundwinkeln. »Ich halte ihn für einen absolut widerwärtigen Kerl, absolut widerwärtig. Was, mein Herr, haben Sie dazu zu sagen?«

23. Kapitel

Yazdan (Altstadt von Wsorin), Distrikt Wsorin Strana

2. Tempest 1687

Der gleitende Flug der *Ljeschij* ließ in Rafiq Khast zugleich Bewunderung und Abscheu aufsteigen. Das hölzerne Luftschiff schwebte vor der Elfenbeinscheibe des Mondes wie ein Falke, der auf den Aufwinden über der Wüste segelte. Es war ein herrliches Bild. Der Mann am Steuerruder mußte wirklich sehr geschickt sein, wenn er ein so großes Schiff inmitten der Stadt zu Boden bringen wollte.

Rafiq hoffte, seine Männer würden den Steuermann töten.

Zu seinem Besten.

So schön das fliegende Schiff auch aussah, es war ein Werkzeug des Bösen. Zauberei war nur für die Menschen bestimmt. Wunderbare Geschichten und phantastische Märchen hatten in Rafiqs Kindheit von verhexten fliegenden Teppichen berichtet – und von Lampen, in denen Djinni hausten. Sie waren immer die Schöpfung eines bösen Zauberers gewesen, und selbst wenn sie einem Helden zu Nutzen waren, um diesen zu besiegen, verschwanden diese Schöpfungen stets zusammen mit ihrem üblen Herrn und Meister. Die bloße Existenz solcher Werke lästerte Atarax, und sie gehörten vernichtet.

Der Dost wird uns führen in der Vernichtung dieser Monstrositäten.

Akhtar kam ins Dachgeschoß des Hauses hinauf, wo Rafiq stand. »Der stranische Händler kommt. Er dürfte in fünf Minuten unten im Laden eintreffen.«

»Gut.« Rafiq beugte sich hinunter und hob eine stranische Blendlaterne hoch. »Du erinnerst dich an das Signal für den Angriff auf das Luftschiff?«

Akhtars Gesicht leuchtete auf. »Zwei langdauernde senkrechte Lichtzeichen, von unten nach oben. Die Bestätigung ist ein Lichtzeichen nach rechts, dann eines nach unten.«

»Ausgezeichnet.« Er reichte seinem Neffen die Laterne. »Öffne diese Klappe, hebe die Laterne nach oben, dann schließe sie wieder. Du schaffst das, nicht wahr?«

»Ja, aber gebührt nicht dir die Ehre, den Angriff auszulösen?«

»Und ich gebe sie an dich weiter, Akhtar. Der Dost braucht Männer, und diese große Verantwortung verdient einen besonders vertrauenswürdigen Mann.« Rafiq deutete nach Nordosten. »Der Angriff beginnt, sobald Swilik eintrifft.«

Luftschiff *Stoat*, Varathaviertel, Dhilica
Puresaran, Aran

Fünf Mann, aber keiner von ihnen sieht so hart aus wie meine Brüder. Trotz seiner aussichtslosen Lage erwog Uriah keine Sekunde wegzulaufen. Wenn er davonrannte, würden sie ihn wahrscheinlich einholen und dann zusammenschlagen. Er hatte schon früh gelernt, daß es besser war zu kämpfen als zu flüchten.

Angesichts dieser Übermacht wollte er seinem Gegner zumindest größtmöglichen Schaden zufügen. In den drei Jahren seiner Ausbildung auf Sandwycke waren ihm alle möglichen Arten äußerst mächtiger Kampfzauber beigebracht worden, aber ohne eine Waffe waren sie nutzlos. Zwar kannte auch er zahllose Geschichten von Kriegern, die Zaubersprüche erfanden und sie der Lage anpaßten, um Schnürsenkel in magische Peitschen zu verwandeln oder Bierkrüge in Streitkolben – doch ihm blieben hier nur seine Fäuste.

Zum Glück bestand die Ausbildung auf Sandwycke nicht *ausschließlich* aus Zauberei.

Uriah stürzte sich auf Philo und täuschte mit der Rechten einen Schlag zum Körper an. Philo ließ beide Hände fallen, um seinen Leib zu schützen und öffnete dadurch die Kopfdeckung. Uriahs linker Schwinger knallte mit der Wucht eines Holzhammers auf Philos Schläfe. Die Knie des schmutzigen Diebes wackelten, dann brach der Mann zu einem Häufchen Elend zusammen.

Uriah wirbelte auf dem rechten Fuß herum und rammte einem der Luftmatrosen den linken Ellbogen in den Bauch. Der Mann klappte nach vorn und hielt sich den Leib. Uriah riß die Faust hoch und knallte sie ihm voll auf den Mund. Der Matrose taumelte davon. Nun stand Uriah mit dem Rücken zu einer Holzkiste drei kräftigen, kampfbereiten Luftmatrosen gegenüber.

Jetzt könnte es unangenehm werden. Er machte sich bereit und hoffte, daß sie einzeln kommen würden – aber so dumm waren sie nicht. Ihre narbigen Gesichter und eingerissenen Ohren machten deutlich, daß sie schon manche Hafenschlägerei überlebt hatten. Sie kamen wie ein Mann. Uriah hämmerte dem mittleren zwei Fausthiebe ins Gesicht, aber das half wenig. Die bloße Masse der drei vorwärts drängenden Körper warf ihn hart nach hinten gegen die Kiste.

Uriah hörte etwas brechen und wußte eine Sekunde lang nicht, ob das Geräusch von seinen Rippen oder von den Holzbrettern der Kiste stammte. Eine Frage, die plötzlich akademisch wurde, als das Knie eines der Matrosen seinen Unterleib fand. Der Schmerz explodierte in seinen Eingeweiden, lähmte seine Lunge und spülte jeden klaren Gedanken hinweg. Der Angreifer riß das Knie noch einmal hoch, verschlimmerte die Wirkung damit weiter und nahm Uriah effektiv jeden Rest von Kampfgeist, ohne den Kampf zu beenden.

Die erstickenden Qualen machten Uriah jeden zusammenhängenden Gedanken unmöglich. Feuer loderte in seiner Lunge. Er wollte Atem holen, aber es war fast, als hätte er vergessen wie. Schläge und Tritte prasselten auf seine Rippen, machten die Schmerzen in der Brust zu einer Agonie. Sterne explodierten vor seinen Augen. Stickig warmes Blut lief von seiner Kopfhaut über die Stirn und in seine Augen, machte ihn halbblind. Dann schleuderte ihn ein besonders brutaler Tritt in den Magen nach vorn. Er fing sich mit den Händen ab, wodurch er wieder jede Deckung der Rippen verlor, und erbrach die Überbleibsel seines Abendessens über das Luftdock.

Uriah nahm noch den Geschmack von Blut und Erbrochenem wahr und brach zusammen. Immer noch trafen ihn harte Fußtritte, aber nach ein paar Sekunden ließ ihre Wildheit nach. Grölendes Lachen, selbstgefällige Prahlereien und üble Beschimpfungen wurden laut, als die Matrosen ihren Sieg feierten. Uriah hörte ihre Kommentare kaum heraus, da selbst der lauteste das Klingeln in seinen Ohren nicht übertönen konnte. Bei jedem Atemzug schäumte Blut aus seiner Nase, und der Schmerz in seinen Rippen machte jeden flachen Atemzug zur Qual.

Finger griffen in sein Haar und rissen ihm den Kopf hoch. Philos Gesicht schwamm undeutlich in Uriahs Blickfeld. Es sah schief aus, aber Uriah wußte nicht, ob das an einer Schwellung durch seinen Fausthieb lag oder nur daran, daß er nicht mehr klar sehen konnte.

»O Kerlchen, jetzt hastes geschafft.« Philo griff hinter sich und zog ein Messer aus der Scheide auf seinem Rücken. Glanzlichter funkelten auf der Schneide. »Die Prügelei hat mein Messer durstig gemacht, durstig nach deinem Blut.«

Pjimok, Wsorin, Distrikt Wsorin
Strana

Natalja war noch mehrere Meter vom festen Boden entfernt, als schrilles Kriegsgeschrei den höflichen Applaus durchschnitt. Schwarze Pfeile flogen aus der Dunkelheit heran. Die Hochrufe wurden zu Schreien, als Männer und Frauen verwundet und sterbend niederfielen. Aus dem Schatten brachen wilde Reiter mit krummen Säbeln und langen Lanzen hervor, die ihre Pferde den Hügel hinauf trieben. Die Husaren versuchten sich aus der panischen Menge freizukämpfen, um sich den Angreifern entgegenzustellen.

Ein Pfeil zischte haarscharf an Nataljas Kehle vorbei und blieb zitternd im Rumpf des Luftschiffs stecken. Wie betäubt blieb sie einen Herzschlag lang stehen. Einer der Luftmatrosen der *Ljeschij* lief den Landungssteg empor. »Runter, Tachotha!« Sein Mund formte sich zu einem weiteren Zuruf, aber statt Worten strömte Blut hervor. Er taumelte gegen das Tau der Reling, dann kippte er kopfüber weg und fiel, einen Pfeil im Rücken, vom Schiff.

Ich bin hier eine perfekte Zielscheibe. Sie raffte ihre Röcke und rannte den Steg hinunter, so schnell sie konnte. Unten kauerte sie sich unter ihren schwarzen Mantel. »Grigori! Hier bin ich!«

Wie ein Vogelschwarm schwenkte die Menge vom Palasttor weg und hetzte an ihr und dem Schiff vorbei. Natalja schaute hoch und sah einen dunkelhäutigen Mann auf einem prächtigen schwarzen Hengst über den Rand des Luftdocks preschen. Der Estanenkrieger brüllte etwas, als er sie sah, lenkte das Roß in ihre Richtung, und dann stieß er mit der stählernen Spitze seiner Lanze nach ihr.

Das scharfe Metall durchbohrte ihr Gewand, und sie schrie vor Überraschung auf. Der Mann hielt es offensichtlich für einen Schmerzensschrei, denn er lehnte sich herab und stieß die Lanze bis zur anderen Seite des Mantels durch. Er zog die Lanze zurück, und Natalja folgte ihr. Die offensichtliche Freude des Kriegers über seine Heldentat verwandelte sich in Verwirrung, als Natalja auf die Füße kam und die hölzerne Lanze mit ausgestreckter linker Hand festhielt.

Auch wenn andere Nataljas Zauberei immer für minderwertig und nur für Küchenjungen und Laternenanzünder geeignet gehalten hatten, war sie sich deren schrecklicher Zerstörungskraft stets bewußt gewesen. Sie sprach die Formel, die ihr Talent bündelte, und ließ all ihren Zorn und ihre Furcht hineinfließen.

Feuer schoß den hölzernen Schaft der Lanze hoch und sprengte sie wie der Blitzschlag einen Baum. Der Stoß traf ihre Hand und schleuderte sie zu Boden, aber sie schrie nicht auf. *Ich bin eine Tachotha, ich darf keinen Schmerz zeigen.*

Der todeswunde Schrei des Kriegers, der das dickere Ende des Lanzenschafts eng gegen seine Rippen gepreßt gehalten hatte, zerriß die Nacht. Das Feuer warf ihn aus dem Sattel und brannte ihm den rechten Arm an der Schulter ab. Der kohlschwarze Arm fiel noch rauchend auf den Steinboden des Luftdocks neben Natalja. Der Hengst des Angreifers ging vor Schrecken durch und stürmte viel zu schnell an ihr vorbei, um aufspringen und sich in Sicherheit bringen zu können. Der Körper des Kriegers fiel in die Menschenmenge und verschwand.

Natalja riß sich den glutversehrten Mantel herunter und warf ihn über den verkohlten Arm.

Ein anderer estanischer Reiter sah sie und schlug sich einen Weg durch die Menge, um zu ihr zu gelangen. Sein Schamschir hieb nach links und rechts mitten in die fröhlich bunt gekleideten Straner. Damen in Krinolinen versuchten ängstlich auszuweichen und stießen sich gegenseitig um. Eine Frau in Scharlachrot fiel zu Boden und verwandelte sich jäh von einer eleganten Schönheit in ein wenig elegantes Bündel weißer Unterröcke und panisch strampelnder Beine. Andere Flüchtende stolperten über sie und rissen in ihrem besinnungslosen Versuch, wieder auf die Füße zu kommen, noch mehr zu Boden.

Der Reiter zügelte sein Pferd, als sich die Menge um Natalja teilte. Er grinste. Blut rann in einem kleinen Bach an der gebogenen Klinge seines Säbels herab. Einen Augenblick lang konnte sie pure Lust in seinen Augen funkeln sehen, dann wurde sie von Abscheu verdrängt. Mit grausamer Miene hob er den Säbel, um sie zu töten.

Yazdan (Altstadt von Wsorin), Distrikt Wsorin Strana

Obwohl er regelmäßig und oft genug auch nachts durch die älteren Viertel Wsorins gekommen war, hatte Valentin Swilik es noch nie zuvor geschafft zu bestimmen, was genau sie ihm so *fremdartig* erscheinen ließ. Er lächelte über diesen Gedanken. Er wußte wohl, daß er der Eindringling in dieser Stadt war, die schon alt gewesen war, als Strana noch nicht existiert hatte. *Hier bin* ich *der Fremde.*

Yazdans hohes Alter lieferte zumindest einen Teil der Gründe, die ihm die Stadt fremd machten. Moderne Annehmlichkeiten wie Gaslaternen an den Straßen gab es in der Altstadt nicht. Eine dicke Staubschicht schien alles in ein ewiges Zwielicht zu kleiden, das durch den Einbruch der Nacht nur noch verdüstert wurde. Die Schatten schienen hier schwärzer und unheimlicher. Die Häuser hatten sich in ihrem Alter nicht gut erhalten, und gelegentlich überschwemmte offenes Abwasser die Straßen, wenn die Leiche eines Hundes oder eines Menschen den Rinnstein blockierte.

Was die ganze Sache noch schlimmer machte, war Swiliks Erkenntnis, daß die scheinbar wahllose Anordnung der engen Gassen und Durchgänge keineswegs das Ergebnis zufälliger Bauschübe über die Jahrhunderte weg war. Er wußte genug über die estanuanische Kultur und die ataraxianische Philosophie, die das Leben der Menschen hier bestimmte, um genau zu wissen, daß hier kaum etwas zufällig geschah. Die Imans wurden zu allem um Rat gefragt, was die Straßenführung, die Plazierung der Gebäude, ja sogar die genauen Stellen für Türen und Fenster betraf. All das sollte auf den Kitabna Ittikal abgestimmt sein.

Durch diese Ratschläge der Imans glich die Altstadt Wsorins einem Spinnennetz aus Straßen und Gassen. In der nackten Wirklichkeit war sie ein Labyrinth, in dem sich zu viele Dinge verbargen, als daß sich Valentin Swilik selbst im Stranerviertel der Stadt hätte sicher fühlen können. Unzählige Gerüchte gingen um über Atarax geweihte unterirdische Tempelkomplexe, über Orte, an denen ergebene junge Männer zu Meuchelmördern ausgebildet wurden, und Freudenhäuser, in denen stranische Frauen als Sklavinnen die Begierden reicher Estanen stillen mußten.

Swilik hatte sich ein Netzwerk von Spitzeln aufgebaut, um den Mantel der Geheimhaltung zu durchlöchern, der die Altstadt umhüllte. Er wollte die Menschen kennenlernen, ihre Bedürfnisse erfahren und die Möglichkeiten, wie er ihre Wünsche befriedigen konnte. Der letzte Distriktgouverneur vor Arslow hatte die einheimische Bevölkerung gegen sich aufgebracht, indem er eine große Zahl der alten Bauten niederreißen ließ, um an ihrer Stelle Pjimok, das Luftdock und das jetzige Hauptquartier der Husaren zu errichten. Ob der Mann bald darauf einem Giftanschlag zum Opfer gefallen oder wirklich nur an einer einfachen Herzattacke gestorben war, konnte niemand mit Sicherheit sagen, aber Arslow rechnete mit dem Schlimmsten und hatte Maßnahmen getroffen, um die Bevölkerung Wsorins wieder zu beruhigen. Er befragte nicht nur die Imans zu den baulichen Einzelheiten bei der Fertigstellung Pjimoks, sondern griff auch scharf gegen zwei Banditenbanden durch, die in der Altstadt Angst und Schrecken verbreitet hatten.

Diese Maßnahmen zum Wohl der Bevölkerung der Altstadt hatten Swilik das Anwerben neuer Spitzel erleichtert, aber eigentlich war diese Feststellung eine ähnliche Übertreibung wie zu behaupten, das Anzünden eines kleinen Feuers im Initibrium könnte den Winter beenden. Es waren seine Appelle an die Habgier der Leute, die Valentin die meisten Informationen verschafften, aber oft funktionierte es auch, wenn er örtliche Beamte bestach, damit sie bestimmte Personen auf freien Fuß setzten, die für kleinere Straftaten im Kerker gelandet waren. Diebe waren überall in Wsorin gleichermaßen Diebe, und wenn ein Estane beim Diebstahl im Stranerviertel erwischt und den Imans zur Abstrafung überstellt wurde, hackte man ihm die Hand ab. Dementsprechend erntete Valentin dessen Dankbarkeit, wenn er dafür sorgte, daß die Anklage fallengelassen wurde – und die Währung, in der diese Dankbarkeit berechnet wurde, war Information.

Bei Duah war es anders gewesen. Die Alte war zu Valentin gekommen, weil der Sohn eines stranischen Adligen ihre pubertierende Tochter Thurraya entführt hatte. Der junge Mann war von seiner Familie aus Murom verbannt worden, und Swilik hatte herausgefunden, daß es als Strafe für ›Perversitäten‹ geschehen war. Ohne Vollmacht oder richterlichen Erlaß, die er für diese Sache auch nie erhalten hätte, war Swilik in das Haus des jungen Mannes eingedrungen, hatte das Mädchen als seine Geliebte ausgegeben und dem Burschen gedroht, ihn umzubringen, weil er sie geraubt hatte. Der Adlige hatte sich entschuldigt und das Mädchen unangetastet wieder freigegeben – wobei er etwas davon gebrabbelt hatte, der Mond habe ohnehin noch nicht die richtige Phase für sein Vorhaben erreicht.

Swilik hatte das Mädchen zur Mutter zurückgeschickt und sich mit dem jungen Adligen angefreundet. In einer mondlosen Nacht, die sich bestens für Valentins Vorhaben eignete, hatte er ihn dann in die Altstadt gebracht. Später hatte er die örtliche Stadtwache sogar für deren Bericht bezahlt, der zu dem Schluß gekommen war: »Die tödlichen Wunden wiesen zwar in der Tat eine verdächtige Ähnlichkeit mit Messerstichen und -schnitten auf, Augenzeugen konnten jedoch bestätigen, daß eine Horde wilder Hunde den Grafen angefallen und getötet hatte. Die Hunde wurden in der Folge niedergemacht.«

Duah war zu einer der wichtigsten und wertvollsten Informationsquellen Swiliks geworden. Ihre Informationen waren immer stichhaltig und erzielten stets ein gutes Geschäft für Valentin und andere Händler. Weil er ihre Tochter gerettet hatte und sie wußte, wer den stranischen Adligen in den Tod geführt hatte, traute Valentin ihr.

Er zog seinen Kopf ein, als er den kleinen Teeladen betrat, den Duah in einem Anbau ihres Wohnhauses führte. Eine Anzahl Männer saß an Tischen nahe der Ausgänge zu den Gassen, aber daran fand Valentin nichts Außergewöhnliches. Duah erschien im Durchgang zur Küche und wies ihn an einen Tisch. Er nickte und setzte sich, um darauf zu warten, daß sie sich zu ihm hockte.

Er schaute auf und blinzelte vor Überraschung, als ein braunäugiger Estane mit dunklem Haar und sauber gestutztem Schnurrbart ihm gegenüber Platz nahm. »Was soll das?« fragte er auf estanisch.

»Sei unbesorgt, Freund Valentin. Ich bin Rafiq Khast,

und bin gekommen, dir die größte Gelegenheit deines Lebens anzubieten.« Khast lächelte vorsichtig. »Ich habe wunderbare Neuigkeiten. Der Dost ist auferstanden.«

»Darin sehe ich keinen Profit für mich.«

»Das wird noch kommen, mein Freund.« Rafiqs Hand schloß sich um Valentins rechtes Handgelenk. »Er hat mich ausgesandt, dich zu ihm zu bringen, und indem wir seinem Willen folgen, werden wir alle profitieren.«

24. Kapitel

Luftschiff *Stoat*, Varathaviertel, Dhilica
Aran

2. Tempest 1687

Uriah brachte die Hände unter seinen Körper und versuchte, Philo auszuweichen, aber seine Kräfte verließen ihn. Philo zerrte ihn unbarmherzig auf die Knie, und dann zwang er seinen Kopf nach hinten, bis Uriah ihm die ganze Kehle schutzlos darbot. »Mein Messer wird einen tiefen Schluck nehmen.«

Bevor der Mann ihm die Kehle aufschlitzen konnte, blitzte es über ihnen im dunklen Laderaum hell auf. Kidd sprang auf das Luftdock, und seine Augen funkelten weißglühend hinter den dunklen Brillengläsern. Er landete gewandt auf den Füßen und hieb mit dem Gehstock um sich. Der hölzerne Stock leuchtete eine Sekunde lang blau auf, bevor er Philo von der Seite ins Gesicht schlug. Der elende kleine Mann klappte zusammen, als hätte ihn eine Eisenstange getroffen.

Uriah zwang sich hoch, versuchte auf die Füße zu kommen. Kidd konnte unmöglich gegen die anderen Luftmatrosen kämpfen. Er war blind. Ein Glückstreffer war nicht genug, einen derartigen Kampf zu entscheiden. *Ohne meine Hilfe werden sie Kidd übermannen und töten.* Er hievte sich weiter hoch und hielt sich ein, zwei Sekunden auf den Beinen, dann fiel er hart auf Philos Brustkasten zurück.

Kidd kämpfte wie ein Besessener. Er schlug einem der Matrosen den Stock quer über die Brust, daß der stämmige Bursche davonflog wie ein leeres Kleiderbündel. Mit einer schnellen Drehung rammte er einem anderen den silbernen Knauf des Stocks in die Magengrube, daß der zusammenklappte. Als der Matrose zu Boden ging, duckte sich Kidd unter den wilden Schwingern seines dritten Gegners. Aus der Hocke riß er den Stock herum und stieß ihn mit der Spitze in den Unterleib des Angreifers. Als der Mann keuchend auf die Knie sank, hämmerte Kidd ihm den Stockknauf gegen die Stirn und gab ihm damit den Rest.

Der letzte Angreifer wandte sich zur Flucht. Ohne sich umzudrehen, peitschte Kidd den Stock nach hinten und schleuderte ihn so durch die Luft, daß er dem Mann wirbelnd zwischen die Beine fuhr und ihn stürzen ließ. Er fiel mit dem Gesicht voran aufs Deck, überschlug sich und krachte dann voll in eine abgestellte Kiste. Er prallte ab und fiel auf den Rücken. Seine Schulter sah übel mitgenommen aus.

»Uriah, wo bist du?«

»Hier.« Er schüttelte sachte den Kopf, aber die beiden Kidds vor seinen Augen wollten sich nicht zu einem Bild vereinigen. Sein grauhaariger Mentor kroch langsam und zögernd näher. »Ich bin hier, Sir.«

Offensichtlich dem Klang von Uriahs Stimme folgend, arbeitete sich Kidd auf ihn zu und tastete sich schließlich an den Beinen Philos zu Uriah vor. »Bist du in Ordnung? Nein, dumme Frage. Wie schwer bist du verletzt?«

»Schnittwunden und blaue Flecken. Ich kann nicht klar sehen.« Uriah preßte die linke Hand gegen die Schnittwunde am Haaransatz. Mit der Rechten langte er nach unten und griff sich Philos Börse. Sie schien schwer genug für die zehn Sonnentaler zu sein, also steckte er sie sich in die Jackentasche. »Ich werde für den Ritt nach Helansajar nicht sehr gut in Form sein.«

»Aber du hast dich gut genug erholt, um einen Toten zu bestehlen.« Der Vorwurf in Kidds Stimme schmerzte.

Uriah zuckte zusammen. »Er hat mir das Geld gestohlen. Ich habe es beim Kartenspiel gewonnen.«

»Das wußte ich nicht.«

»Ich habe das Geld vor Ihnen versteckt, weil ich dachte, es würde Ihnen nicht gefallen.«

»Da hast du recht.«

»Was ist falsch an ein bißchen Glücksspiel?«

Kidd schüttelte den Kopf. »Es gibt bessere Methoden für dich, deine Zeit zu verbringen. Vielleicht wird dir das eine Lehre sein, Kadett. Deine unrechtmäßig erworbenen Einkünfte haben dich hierher gebracht. Und du hast den irdischen Strafen mißtraut!«

»Bitte, Colonel, dafür *leide* ich jetzt zuviel.« Er stöhnte, um es zu unterstreichen. »Aber ich bin noch imstande, Ihnen für die Lebensrettung zu danken.«

Das schien Kidd zu überraschen. Sein düsterer Gesichtsausdruck hellte sich merklich auf. »Du bist meinetwegen hier. Ich bin für dich verantwortlich.«

»Ich werde versuchen, daran zu denken, daß ich hier bin, um Ihnen zu helfen, nicht umgekehrt, Sir.« Uriah versuchte seine Stimme unbeschwert klingen zu lassen. »Und ich wäre Ihnen dafür dankbar, wenn Sie mir den Zauber beibrächten, den Sie im Kampf gegen diese Männer benutzt haben.«

Kidds Gesicht wirkte wieder verschlossen. »Den Zauber.«

Uriahs Eingeweide verkrampften sich, als Kidd sich abwandte. Er hatte ihn unter den Matrosen wüten sehen wie einen Riesen, der mit kleinen Kindern ringt, aber jetzt schienen ihn das Selbstvertrauen und die wilde Wut, mit der er seine Gegner besiegt hatte, verlassen zu haben. *Er ist verwirrt, und... Hat er etwa Angst?*

»Ja, Sir, den Zauber. Ich habe Ihre Augen glühen sehen. Konnten Sie die Luftmatrosen sehen?«

»Sie sehen? Nein, das ist unmöglich.« Kidds Augenbrauen stießen zusammen, so stark runzelte er seine Stirn. »Ich – ich habe einfach gewußt, wo sie waren. Möglicherweise ihr Atem und ihre Schritte – ich habe mich an Philos Stimme orientiert, um ihn zu finden, und an deiner jetzt, um zu dir zu kommen. Wenn du schon so lange blind wärst wie ich, hättest du auch gelernt, die Dinge zu spüren oder ihren Platz im Gedächtnis zu behalten.«

Einen Platz im Gedächtnis behalten, an dem man noch nie gewesen ist? Als ich deine Schachspiele durcheinandergebracht habe, warst du völlig hilflos. Was geht hier vor? »Ja, Sir, so muß es wohl gewesen sein.«

»Ja, der Klang und das Gedächtnis.« Kidds Gesichtsausdruck zeigte Uriah, daß der Wolfspriester genau wußte, wie unsinnig diese Antwort war. »Brauchst du ärztliche Hilfe?«

»Ich werde ein paar Stiche für meine Kopfhaut brauchen, und selbst wenn Sie Dinge spüren *können*, möchte ich nicht, daß Sie mich vernähen.«

»Nein, da stimme ich dir zu – obwohl ich das Brenneisen bevorzuge.« Kidd lächelte kurz, aber das hielt nur an, bis er wieder auf den Füßen stand. »Hast du gesagt, meine Augen hätten geglüht?«

»Ja, Sir.« Uriah ließ sich von Kidd aufhelfen. »Was bedeutet das?«

»Ich weiß es nicht.« Kidd zuckte die Schultern. »Aber angesichts der Tatsache, daß es meinen wundersamen Sieg in meiner ersten Schlägerei seit zwölf Jahren begleitet hat, will ich es als ein gutes Zeichen werten. Wir sind auf der richtigen Spur, und Gott scheint nicht zu wollen, daß uns irgend etwas daran hindert, den Dost zu retten.«

Regierungsgebäude, Dhilica, Puresaran
Aran

Robin erstarrte. »Sie meinen Kapitän Lonan Hassett, Sir?«

»Allerdings.« Der kleine Mann schüttelte sich ärgerlich. »Ein überaus irritanter Kerl.«

Amanda legte die rechte Hand auf die Schulter ihres Vaters und schob sich zwischen die beiden Männer, die sie damit zugleich verband. »Du hast das Whistspiel nicht gerade genossen, nicht wahr, Vater?«

»Der Mann hat mir einen Monatsverdienst an Sonnentalern abgeknöpft.« Grimshaw funkelte Robin böse an. »Und dann besaß er die maßlose Frechheit, an Ort und Stelle einen Schuldschein von mir zu verlangen. Ihm wurde zwar von allen und jedem versichert, daß das Geld da sein wird, wenn ich ihm zusage, es am Morgen mit einem Diener zu schicken, aber er meinte…«

»›Ich habe es von Ihnen gewonnen, Sir, also bekomme ich es auch von Ihnen, Sir.‹« Robin lächelte, als er den Satz vollendete. »Sie haben tatsächlich Kapitän Hassett getroffen.«

»Wie ich sagte.« Erwins Ausdruck wurde schärfer. »Sie haben also auch beim Whist gegen diesen Mann verloren?«

»Ich habe mit ihm Whist gespielt.« Robin schaute zu Amanda. »Man hat auf einem Luftschiff nur wenig freie Zeit, aber auf St. Martin hatten wir einen Tag Ausgang.«

Erwin trat näher heran. »Und Hassett hat immer das Geld direkt aus Ihrer Hand verlangt, wenn Sie gegen ihn verloren haben?«

»Sie mißverstehen mich, Sir. Ich sagte, ich hätte gegen ihn gespielt, nicht, daß ich gegen ihn verloren habe.« Robin hob ein wenig den Kopf. »Aber alle diejenigen, die gegen ihn verloren, bekamen eben diese Ermahnung, ihm schnell und persönlich ihre Spielschulden zu bezahlen. Es ist eine Angewohnheit aus dem Lescarenkrieg – Witwen erkennen Spielschulden nur selten an.«

»Solche Schulden werden wohl auch kaum an die Witwen ausgezahlt.«

Robin nickte Amanda zu. »Es war damals in der Flotte ein gängiges Wort, daß den Toten immer ein Anteil von Hassetts Kriegsbeute zustand und daß ihre Spielschulden bei der Aufteilung der Beute geregelt wurden.«

Amandas Vater strich sich sein Kinn und nickte bedächtig. »Ein Mann mit Prinzipien.«

»Ein Mann, der seinen Offizierseid ernst nimmt.«

»Sehr gut, Bruder Robert, nicht wahr? Sehr gut.«

Robin sah Amanda an und war ein wenig überrascht, daß sie ihren Vater nicht verbesserte und aufforderte, die vertraulichere Form seines Namens zu verwenden. Er hätte das natürlich nicht gerade geschätzt, aber eigentlich hatte er erwartet, ihre offensichtliche Zuneigung zu ihrem Vater würde sie dazu bewegen, es mit ihm zu teilen. Als sie es nicht tat, lächelte Robin sie an. *Du bist ein genauso gerissener Menschenkenner wie Bruder Dennis.*

Als er wieder zu Erwin Grimshaw blickte, sah er, daß mit dem Mann eine Verwandlung vorgegangen war, die nicht weniger erstaunlich war als jene des Frosches in einen Prinzen, nachdem er von der Prinzessin einen Kuß bekommen hatte. Er stand aufrecht da, und seine rote Gesichtsfarbe war einem gewöhnlicheren Rosaton gewichen. Seine Augen schienen nicht mehr hinterhältig zu stechen, auch wenn Robin ihn immer noch für berechnend hielt.

»Es hat den Anschein, Bruder Robert, daß ich Ihnen meine Tochter mit meinen Ansprüchen auf ihre Zeit stehle. Eine solche Trennung scheint Sie beide zu belasten, was ich bedaure.« Der ältere Mann lächelte vorsichtig und beinahe freundlich. »Aber morgen beginnt mein Tag schon früh, deshalb müssen wir jetzt aufbrechen.«

Robin nickte, dann nahm er Amandas rechte Hand und küßte sie wieder. »Es war mir eine Freude, Sie kennenzulernen, Miss Grimshaw.«

»Die Freude war ganz auf meiner Seite, Bruder Robert.« Auch wenn sie jetzt die formelle Version seines Namens gebrauchte, spürte er am leichten Druck ihrer Hand, daß sie nicht vergessen hatte, wie sie ihn eigentlich nennen sollte.

Robin bot ihrem Vater die Hand zum Abschied. »Es war mir auch ein Vergnügen, Sie kennenzulernen, Sir.«

»Ganz meinerseits, Sir.« Der Krieger fand Erwins Handschlag überraschend fest und trocken, auch wenn sich dessen Hand ein wenig kalt anfühlte. »Vielleicht möchten Sie mit uns auf Gauntlan Manor speisen, Bruder Robert. Ich habe den Eindruck, meine Tochter würde sich über eine Auffrischung Ihrer Bekanntschaft freuen. Sagen wir, heute in einer Woche?«

»Bitte machen Sie uns die Freude.«

»So sehr ich mir wünschte, annehmen zu können, ich muß Sie leider enttäuschen.« Robin verzog das Gesicht. Er hätte wirklich gerne zugesagt. »Kapitän Hassett wünscht, daß uns Bruder Dennis Chilton auf eine Patrouille zur Himlangrenze und nach Mrilan führt, bevor Gouverneur Fiske Aran verläßt. Wir werden den größten Teil der Woche unterwegs sein, und danach werde ich mich um meine Männer kümmern müssen.«

»Dann in zwei oder drei Wochen. Ich werde Ihnen eine Einladung zukommen lassen.« Grimshaw griff in die Tasche seiner Weste und zog eine Visitenkarte heraus. »Wenn Sie sich hier einrichten, bedienen Sie sich bitte jeder Unterstützung, die Ihnen meine Leute bieten können. Grimshaw Mercantile & Transportation, Ltd. hat reichlich Möglichkeiten. Wir wissen das Opfer sehr zu schätzen, das Sie und Ihre Männer hier für uns bringen.«

Robin nahm die Karte an und verstaute sie in seiner Westentasche. »Vielen Dank, Mr. Grimshaw. Falls ich meinerseits irgend etwas für Sie oder Ihre Tochter tun kann, zögern Sie bitte nicht, sich an mich zu wenden.«

»Im Augenblick fiele mir da nichts ein, Bruder Robert«, entgegnete der alte Mann, »aber das wird sich womöglich finden, bis wir Sie auf Gauntlan Manor begrüßen können.«

Pjimok, Wsorin, Distrikt Wsorin
Strana

Ein riesiger Bronzehuf schleuderte den estanischen Krieger, der Natalja bedrohte, aus dem Sattel. Der Mann flog an ihr vorbei und krachte hart gegen den Rumpf der *Ljeschij*. Sein Körper war zerschmettert, und fahle Knochensplitter ragten durch seinen Kettenpanzer. Das Pferd des Toten ergriff die Flucht vor dem Leichnam und der Kreatur, die seinen Reiter getötet hatte, und ließ Natalja wie unter einer kleinen schützenden Glocke allein mit der bronzenen Mordmaschine zurück.

Der Vandariwidder ragte schützend über Natalja auf, und sie fühlte sich wie ein Kind, das in einem Alptraum gefangen war. Der rechte Vorderhuf des Widders umfaßte sie, als die Kreatur sich niederhockte. Sie wollte nur weg, dem Pferd hinterher, als der Widder sie näher zog – und fast wäre sie in blinder Panik davongestürzt, doch das Metallmonster erwies sich als erstaunlich behutsam.

Der Widder schnappte den linken Vorderhuf nach unten. Das Geräusch erinnerte Natalja an das ärgerliche

Aufschlagen eines Fächers in der Hand einer Dame der Gesellschaft. Sie staunte, als sich der Huf Schicht um Schicht halbkreisförmig um sie herum auszubreiten begann, um sie vollkommen vor dem Hagel schwarzer Pfeile zu schützen, der auf sie herunterprasselte. Mit einem lauten Klingeln schlugen die meisten der estanuanischen Pfeile auf den Hufschirm, prallten ab und fielen zu Boden. Einem Pfeil gelang es tatsächlich, zwischen zwei keilförmigen Panzerteilen einzudringen, er blieb aber sofort danach zwischen ihnen stecken.

Natalja klammerte sich an das kalte, leblose Metall des rechten Widderbeins. Der rechte Arm schlug aus und holte einen weiteren estanuanischen Reiter aus dem Sattel. Natalja nahm den Schlag nur als einzelne kleine Lichtblitze und schnelle Schatten wahr, aber der gewaltige Hufabdruck in der zerschmetterten Brust des Estanen prägte sich ihr für immer ein.

Die durchdringend hohen Kriegsschreie der Estanen wechselten im Tonfall, und der Widder über ihr hob den Kopf. »Sei unbesorgt, liebste Natalja. Sie brechen den Angriff ab und fliehen.«

»Grigori, bist *du* das?«

»Euer Diener, Tachotha.«

Natalja erschauerte. Sie hatte gewußt, daß Grigori in diesem Widder sitzen *mußte*. Sie kannte die Rüstung und hatte sie sogar schon bei Paraden gesehen, aber noch nie in der Situation, für die Vandarirüstungen geschaffen waren: Es war eine Waffe. Sie hatte immer um ihre Fähigkeiten gewußt – oder ihr Potential zumindest erahnt –, aber sie sich niemals so gewalttätig und furchteinflößend vorgestellt.

Trotz des metallischen Untertons erkannte sie Grigoris Stimme. Die kleinen Gitterroste im Hals des Panzers, aus denen sie zu dringen schien, beraubten die Stimme jedoch allen Gefühls, das sie erwartet hätte, wenn er mit ihr sprach. Wenigstens nahm sie an, in seinen Worten hätten Gefühle wie Furcht, Liebe, Angst, Sorge oder Reue mitgeschwungen, aber gehört hatte sie nichts davon. Es war, als hielte die Rüstung auch seine Menschlichkeit zurück.

Oder als sei Grigori im Innern des Widders weniger menschlich als ohne ihn.

Gerade so wie sie gewußt hatte, daß die Rüstung eine Waffe war, war ihr auch klar gewesen, daß Grigori ein Krieger war. Bis zu diesem Augenblick allerdings hatte sie ihn diesen Beruf nie ausüben sehen, nie beobachten können, wie er die Fähigkeiten anwandte, an denen er in all den Jahren der Übung gefeilt hatte. Immer wenn er mit ihr über den Krieg sprach, war es in derselben Weise geschehen wie damals nach dem Lescarenkrieg. Er hatte ihr gegenüber nur von seinen Gefühlen für die Männer gesprochen, die er verloren hatte und die unter seinem Befehl gefallen waren. Er schien sich mit der Art seiner Berufung nie leicht zu tun.

Hier jedoch war er ganz er selbst gewesen, wie er sich schnell und sicher durch den Mahlstrom der Menschenmenge bewegt hatte, um sie zu beschützen. Hätten die Estanen ihren Angriff nicht abgebrochen, hätte Grigori der Widder sicher eine erhebliche Verwüstung unter ihnen angerichtet. Sie wären nur Köter im Kampf mit einem mächtigen Bären gewesen. Er hätte sie zertreten, weil das seine Pflicht war.

Und um sie zu beschützen.

Natalja hörte ein Zischen und Klicken hinter und über sich. Sie trat aus dem Schatten der Rüstung und lächelte, als Grigori aus dem Inneren stieg. Statt der roten und blauen Uniform, die er auf dem Luftdock getragen hatte, war er jetzt in eine schweißgetränkte einteilige Montur aus blauem Flanell gekleidet. Sie umhüllte ihn von den Schultern bis fast zu den Knien und war an der Vorderseite durch weiße Knöpfe geschlossen. Ein Schlüssel hing an einer geflochtenen Kordel um seinen Hals; sie konnte ihn sehen, weil Grigori die zwei obersten Knöpfe der Montur nicht geschlossen hatte.

Natalja streichelte ihm die Wange, wobei sie ihm die blaue Farbe um seine Augen etwas verschmierte. Er lächelte und sie drückte ihn an sich – so fest sie konnte. »In deinen Armen werde ich mich immer sicher fühlen, Grigori.«

»Du brauchst nichts zu fürchten, solange ich lebe, Tachotha Natalja.« Er küßte sie schnell einmal auf den Mund, dann löste er sich aus ihren Armen. »Da kommt der Fürst.«

Natalja gab ihn zögernd frei, ließ die Schultern jedoch unter seinem linken Arm. Sie preßte ihre Linke auf seinen Bauch, um ihn atmen zu spüren, und ignorierte dafür das unangenehme Gefühl schweißnassen Flanells. Sie zog Stärke aus seiner schieren Nähe. Als eine Schweißperle von seiner Nasenspitze auf ihre Stirn fiel, lächelte sie.

Wassili Arslow schritt zielstrebig um die Verletzten herum und kam über das Luftdock auf sie zu. Trotz des blutigen Säbels in seiner Rechten und einer in Schenkelhöhe zerfetzten Uniformhose brachte er es fertig, elegant und überlegen auszusehen. Die Verletzten am Boden zogen neue Kraft aus seiner Gegenwart und hörten auf zu wimmern, wenn er an ihnen vorbeiging.

Er verbeugte sich respektvoll vor Natalja. »Ihr seid doch nicht verletzt, Tachotha?«

»Nein, Fürst Wassili.«

»Dann wurden meine Gebete erhört, nicht zuletzt dank der Ritterlichkeit Pokovnik Khrolics. Auch du bist unverletzt, Grigori?«

»Nur müde, mein Fürst.« Grigori schaute nach hinten zu seinem Panzer. »Mein Widder hat mir mehr als nur die Uniform abverlangt. Ich beklage mich nicht über das Opfer, aber ich werde Schneider und Schlaf brauchen, um alles wieder instand zu setzen.«

Arslow lächelte. »Kümmere du dich um den Schlaf, Grigori. Für deine Leistung heute abend werde ich meine Schneider deine Garderoben mit Uniformen füllen lassen. Ohne dich wäre es ein episches Gemetzel geworden. Geh jetzt und nimm Tachotha Natalja mit. Ich lasse deine Männer die überlebenden Angreifer zusammenklauben, damit wir uns später um sie kümmern können. Selbstverständlich werden wir zuerst nach unseren Gästen sehen.«

»Natürlich, Herr.«

»Tachotha Natalja, ich werde Euer Gepäck von Bord holen lassen. Eure Zofe befindet sich noch auf der *Ljeschij* und kann Euer Gepäck zusammenstellen? Gut. Anschließend würde ich die *Ljeschij* gerne dazu benutzen, die Banditen auf der Flucht aus unserer Stadt zu verfolgen. Sie werden uns nicht entkommen, und dann werden sie für das bezahlen, was sie hier angerichtet haben.«

Die grimmige Drohung, die aus Arslows Worten sprach, überraschte Natalja nicht und sie fühlte sich davon auch nicht abgestoßen. »Kapitän Selow und die *Ljeschij* stehen zu Ihrer Verfügung, Fürst Wassili. Ich wünsche Ihnen Glück bei Ihrer Jagd.«

»Danke, Tachotha.« Arslow neigte den Kopf. »Wir dürfen nicht zulassen, daß die Feinde Stranas ungeschoren davonkommen.«

Darin stimmen wir überein, Fürst Arslow. Natalja fröstelte, als der Fürst den Landungssteg zum Flügeldeck der *Ljeschij* hochmarschierte.

Grigori drückte sie eng an sich. »Du brauchst nicht zu zittern, meine Talija. Ich werde dich beschützen.«

Yazdan (Altstadt von Wsorin), Distrikt Wsorin Strana

Rafiq war nicht überrascht, als er sah, daß der Strane zu der alten Frau hinüberblickte, die ihn herbestellt hatte. »Warum, Duah, warum dieser Verrat?«

Rafiq schloß seinen Griff enger um das Handgelenk des Mannes. »Du hast ihre Tochter gerettet und den Mann vernichtet, der ihr die Unschuld rauben wollte. Das war recht gehandelt, aber hier sieht man Thurayya jetzt als befleckt an. Ich werde sie mit mir nehmen und dem Dost als Frau anbieten. Wenn er sie nicht will, soll mein Neffe sie bekommen, denn er ist in dem Alter, wo man sich eine Frau nimmt. Sie wird in die Khast einheiraten, Valentin, und so ihre Ehre zurückerhalten.«

Der Strane öffnete den Mund, als wolle er protestieren, dann schloß er ihn wieder und schüttelte den Kopf. »Ich gab dem Mädchen sein Leben, und du bietest ihr ein Leben in Ehre. Ich verstehe.«

Rafiq grinste. »Ich habe Duah versprochen, daß wir dir nichts antun, wenn du dich nicht widersetzt.«

»Die Männer hinter mir gehören zu dir?«

»Vier meiner Besten, genauso wie die vier, die draußen warten.« Rafiqs Grinsen wurde breiter. »Und dann bin ich auch noch da.«

Swilik nickte. Rafiq konnte seine Gedanken beinahe galoppieren hören. An Valentins Stelle hätte er jetzt auf jeden Fall seine Chancen abgewogen, und sie dann gegen den Wert der Information über die Wiederkunft des Dosts eingeschätzt. »Der Dost hat dich nach mir geschickt?«

»Er hat nach jemandem wie dir verlangt, ja.«

»Woher wußte er, daß es in Wsorin jemanden wie mich gab?«

»Er ist der Dost. Er wußte es.«

Swilik legte den Spazierstock mit der linken Hand

auf den Tisch, dann legte er das linke Handgelenk über das rechte. »Du wirst mich fesseln wollen.«

»Und du wirst Brot und Wasser mit mir teilen wollen, bevor wir uns auf den Weg machen.«

Swilik schien überrascht von dem Angebot. »Ich kenne mich im Ataraxianismus gut genug aus, um zu wissen, daß ich dann nicht mehr um mein Leben zu fürchten brauche. Ich vertraue dir und komme mit.«

»Wie der Dost es vorhergesehen hat.« Rafiq lachte und winkte Duah, etwas zu essen zu bringen. »Die Reise, auf die wir uns heute abend machen, wird das Schicksal unser beider Nationen bestimmen. Es ist ein gutes Omen, sie im Vertrauen zu beginnen.«

25. Kapitel

Büro des Generalgouverneurs,
Regierungsgebäude, Dhilica, Puresaran
Aran

3. Tempest 1687

Prinz Trevelien verschränkte die Hände und sah sich in der Runde der Kolonialminister um, die sich um den Konferenztisch zusammengefunden hatte. Er lächelte herzlich, ließ in seiner Stimme jedoch eine leichte Schärfe mitschwingen. »Lassen Sie uns beten.«

Eine Reihe von Köpfen hob sich, und ihre Besitzer starrten ihn an. Es überraschte ihn nicht, daß einige der Anwesenden nicht auf diese Eröffnung vorbereitet waren. Auf dem Empfang am gestrigen Abend hatte Baron Fiske einen oberflächlichen Segen gesprochen – einen Segen, dessen Formulierung ihm nicht viel Mühe abgefordert haben konnte und der die Zuhörer nicht mit einer Botschaft behelligte. *Dieses Versehen werde ich heute morgen wieder gutmachen.*

»Lieber Vater im Himmel, auch wenn wir uns hier in einem reichen und freudespendenden Land befinden, das voll der Naturschönheiten und reich an Möglichkeiten ist, laß uns nicht vergessen, woher wir gekommen sind und daß Dein Gericht auf uns wartet, wenn wir sterben. Laß uns nicht über den irdischen Freuden unsere Pflicht Dir, o Herr, gegenüber vergessen. Laß uns nicht in Versuchung geraten, unsere Verantwortung für unsere Herde zu vergessen, die weit größer ist als unsere Verantwortung uns selbst gegenüber. In Deinem heiligen Namen wurde uns offenbart, daß es das größte Zeichen der Nächstenliebe sei, sein Leben für das eines anderen zu opfern. Laß uns nicht vergessen, daß *alle* unsere Handlungen unsere Liebe zum Nächsten widerspiegeln sollen. Du bist der Gott der Weisheit, Liebe und Vergebung, und wir wollen Dir nacheifern nach besten Kräften. Gewähre uns die Geduld, dies tun zu können, und die Weisheit, Gerechtigkeit zu üben, wo sie gefordert ist. Darum bitte ich Dich im Namen des Vaters, Seines Sohnes und des Geistes des Heiligen Wolfes.«

»Dein Wille geschehe.«

Als Trevelien den Kopf wieder hob, stellte er erfreut fest, daß auf einigen der glänzend polierten Schädeln der Schweiß stand. »Guten Morgen, meine Herren.« Er nahm ihre Erwiderungen nickend entgegen, dann schnitt er sie ab, indem er mit der linken Hand auf den langgezogenen Mahagonitisch schlug. »Sie werden sich *jetzt* setzen, und ich werde eine Erklärung abgeben. Danach werden Sie mir über Ihre Aktivitäten Bericht erstatten und mir auf alle meine Fragen in allen Einzelheiten Rede und Antwort stehen, bis ich zufrieden bin.«

Die Minister, allesamt in Gehrock, Weste und Krawatte in dunklen Farben, setzten sich gehorsam hin wie verschüchterte Schuljungen. Einige versuchten unbesorgt auszusehen. Andere gaben sich mit zusammengekniffenen Augen den Anschein von Ärger, um ihre Furcht zu überdecken. Doch Trevelien wußte genau, daß sein Gebet und der plötzliche Schlag auf den Tisch in ihnen die Befürchtung geweckt hatte, er sei verrückt, verärgert oder gar ein göttlicher Racheengel.

Letzteres ist mir das liebste.

Der Prinz zog seine Jacke aus und hängte sie über die Rückenlehne des Sessels am Kopf des Tisches. »Mein Vater hat mich ermahnt, daß Aran nicht Ilbeoria sei. Gestern abend, als mir die ilbeorischen Bürger hier in Aran in leuchtenden Farben Baron Fiskes Verwaltung schilderten, haben sie mir das deutlicher vor Augen geführt, als es mein Vater je gekonnt hätte, und ich setze große Stücke auf die Überzeugungskraft meines Vaters. Ich konnte letzte Nacht sehen und hören, daß Aran wirklich nicht Ilbeoria ist, und die Schuld an diesem Eindruck liegt, zumindest was den Bereich der Regierung angeht, bei Ihnen.«

Trevelien löste seine Krawatte und wischte sich damit den Schweiß von der Stirn, während er um den Konferenztisch ging. »In diesem Augenblick denken einige von Ihnen das, was noch vielen anderen durch den Kopf gehen wird, wenn sie von dieser Besprechung hören. Sie denken: Wir haben mächtige Freunde in der Heimat. Den Prinzen kann man wieder abberufen. Da mögen Sie vielleicht recht haben, aber Sie sollten alle Faktoren berücksichtigen, die meine Abberufung betreffen. Es wird Sie einen guten Monat kosten, Ihre Freunde darum zu bitten, meine Abberufung zu erwirken, und noch einen Monat, bis ein solcher Befehl aus Ludstone hier eintreffen kann. Dann noch einen Monat, bis mein Einspruch gegen diese Anordnung Ludstone erreicht, und einen weiteren Monat, bis mein Vater oder mein Bruder hier erscheint, um mich mit Gewalt aus dem Regierungsgebäude zu entfernen. Vier Monate, bevor Sie mich los wären, Gentlemen. Tempest, Majest, Autumnal und Tenebrium. Reichlich Zeit für mich, Sie alle zu brechen und zu ruinieren.«

Er blieb jäh stehen und deutete mit dem Finger auf einen Mann von der hageren Statur einer Vogelscheuche, der bei seiner letzten Äußerung gegrinst hatte. »O Lord Farnham, Sie bilden sich ein, zu viel an Schmiergeldern gehortet zu haben, als daß ich Sie zu einem Bettler machen könnte?«

Das Grinsen des Mannes verzerrte sich zu einer schreckenerregenden Grimasse. »Nein, Hoheit, ich dachte nur an die zu erwartenden Reaktionen auf Eure Maßnahmen. Die Überheblichkeit gewisser anderer wird im Angesicht Eurer Entschlossenheit dahinschmelzen wie Butter in der Sonne.«

»Ja, davon bin ich überzeugt.« Er knöpfte sich die Manschetten seines weißen Leinenhemdes auf und rollte die Ärmel über die Ellbogen hoch. »Ich weiß, unter Baron Fiske und den Generalgouverneuren vor ihm wurde ein Gefallen mit einem Gefallen beglichen. Viele von Ihnen haben von Unternehmungen profitiert, die im Widerspruch zu den Interessen Ilbeorias und der Heiligen Kirche Sankt Martins standen. Damit ist es jetzt vorbei.«

Seine Wanderung um den Tisch herum hatte ihn wieder ans Kopfende geführt. Der Prinz öffnete die Hände. »Machen Sie Ihren Leuten klar, daß ich mein Vorhaben, der Korruption hier in Aran Einhalt zu gebieten, außerordentlich ernst meine. Wenn ein Kolonialoffizier, -beamter oder -angestellter Schmiergelder nimmt und die Gesetze umgeht, begeht er Verrat. Wenn ihm jemand ein Bestechungsgeld dafür anbietet, daß er irgendwelche Vergehen übersieht, ist auch das ein Akt des Verrats. Jedes Angebot, gegen Zahlung eines Schmiergelds eine Erlaubnis zu erteilen, eine Verfehlung zu übersehen, eine Ungesetzmäßigkeit zu erlauben oder zu verheimlichen, ist ein Akt des Verrats und wird entsprechend geahndet. Ist das deutlich?«

Die zwölf Minister in der Tischrunde nickten feierlich. Der Prinz lächelte, zog seinen Stuhl unter dem Tisch hervor und setzte sich. »Sehr schön. Sie sollten sich auch darüber im klaren sein, daß ich jedermann in dieser Verwaltung für alle Aktionen zur Rechenschaft ziehen werde, die er vor meinem Amtsantritt begangen hat. Gleichzeitig biete ich allerdings jedem von Ihnen eine umfassende und vollständige Amnestie an. Um in deren Genuß zu kommen, müssen Sie zwei Bedingungen erfüllen: erstens den Verbleib auf Ihrem Posten und zweitens die Erstellung eines vollständigen und genauen Berichts über die geheimen und offiziellen Pfade, auf denen die Amts- und sonstigen Geschäfte in dieser Kronkolonie ablaufen. Mir ist klar, daß Sie gewisse Bedenken haben könnten, einzelne Personen mit einem Verbrechen in Zusammenhang zu bringen. Lassen Sie mich darauf hinweisen, daß das ilbeorische Recht die Möglichkeit vorsieht, das Eigentum eines Verräters zu beschlagnahmen, und es zum Teil oder sogar zur Gänze dem Patrioten als Belohnung auszuhändigen, der den Verrat bei den Behörden angezeigt hat.«

Trevelien schwieg für eine Minute, damit sie Gelegenheit hatten, seine Worte auf sich wirken zu lassen. Sie waren allesamt Diebe, aber Diebe, die über die Identitäten und Operationsmethoden aller anderen Diebe in Aran bestens informiert waren. Ihnen im Austausch gegen ihre Mitarbeit eine Amnestie zu versprechen, erschien Trevelien zwar eine himmelschreiende Ungerechtigkeit, aber ohne Zweifel hielt Gott für sie viel härtere Strafen bereit, als alle, die *er* ihnen auch nur androhen konnte.

Einige, das war ihm klar, würden auf sein Angebot eingehen, um dann dennoch zu versuchen, ihren Profit daraus zu schlagen. Er hoffte jedoch, daß ein Teil sich mit Leib und Seele auf seine Seite schlagen würde. Der Konflikt zwischen diesen beiden Gruppen und den Dieben außerhalb der Verwaltung würde seine Regentschaft nicht gerade erleichtern. Aber daß eine schwierige Aufgabe vor ihm lag, hatte er von Anfang an gewußt. Indem er es wagte, diejenigen herauszufordern, die sich für die wahre Macht in Aran hielten, hatte er eine Chance, die Zustände dort so zu beeinflussen, daß er die Kolonie im Reich halten konnte.

»Nun, wenn niemand hier den Drang verspürt, zurückzutreten und nach Ilbeoria heimzukehren, wollen wir anfangen.« Der Prinz lächelte und lehnte sich in seinem Sessel zurück. »Sie haben einen Monat Zeit, Ihre Berichte oder Ihr Rücktrittsgesuch einzureichen. Heute erzählen Sie mir nur das Dringendste und Wichtigste, was ich wissen muß, um hier regieren zu können.«

Pjimok, Wsorin, Distrikt Wsorin
Strana

Wassili Arslow atmete durch ein mit Myrrhe getränktes Taschentuch, um dem Gestank von verbranntem Fleisch zu entgehen. Die Schreie der Estanen drangen ungedämpft an sein Ohr, aber er hatte schon lange aufgehört, sich daran zu stören. Wie auch bei den Befragungen der anderen gefangenen Krieger brachten die Stimmbänder nach der ersten Stunde keine allzu penetranten Schreie mehr heraus.

Der Folterknecht hielt das Eisen wieder ins Feuer, und die an der Spitze hängenden Hautfetzen loderten kurz auf. Dann sah er den Offizier an, der als Übersetzer fungierte. Der Übersetzer seinerseits schaute zum Fürsten. »Ich glaube nicht, daß wir von diesem Mann noch Neues erfahren, mein Fürst.«

Arslow nickte und winkte dann mit dem Taschentuch in Richtung des Opfers und seines Folterers. »Nun gut. Tötet ihn und schafft ihn weg.«

Der Folterknecht nickte und erdrosselte den Estanen, während Arslow sich langsam aus seinem Stuhl erhob. In den langen Stunden, die er in der engen Folterkammer verbracht hatte, waren seine Muskeln steif geworden. Die Oberschenkelwunde klopfte schmerzhaft, doch Arslow ignorierte es. Der estanuanische Säbel hatte ihn nur oberflächlich verletzt und den Muskel nicht durchschnitten, so daß der Schmerz in keinem Verhältnis zur Schwere der Verwundung stand. Nachdem sie ihm ausgewaschen und vernäht worden war, hatte er sie aus seinem Bewußtsein verdrängt.

Leutnant Vorobiga öffnete die Tür und hielt sich bereit zu helfen, falls der Fürst Schwierigkeiten beim Treppensteigen hätte. Arslow vermerkte anerkennend, wie der junge Offizier mitdachte, besonders, daß er sich taktvoll zurückhielt, bis er um Hilfe gebeten wurde. *Du bist ein Denker, Anatolij, und Denker kann ich immer gebrauchen.* »Begleiten Sie mich, Leutnant. Sie erinnern sich vielleicht an Dinge, die ich übersehen habe.«

»Zu Ihrer Verfügung, mein Fürst.«

Arslow nickte und begann den steilen Aufstieg die Treppen hinauf zum Erdgeschoß der Burg. Die Aussagen der Estanen, die den Angriff überlebt hatten, belasteten ihn mehr als sein verwundetes Bein, aber tief in seinem Innern war er sicher, mit beidem fertig zu werden. *Mit meinem Bein zweifellos schneller als mit dem, was ich gehört habe.*

Die Angreifer hatten überraschend bereitwillig über den Angriff gesprochen. Einige schienen fast damit zu prahlen. Das beunruhigte Arslow, denn es bedeutete, daß sie glaubten, was sie ihm erzählten. Sie blieben sogar unter der Folter noch voller Hochmut und unterstrichen damit ihre Überzeugung, daß der Dost nach Helansajar zurückgekehrt war.

Die Wiederkehr des Dosts hatte jeder Strane seit Kindesbeinen fürchten gelernt. Ungezogenen Kindern drohte man damit, daß der Dost, hungrig auf Menschenfleisch, des Nachts kommen und sie schlachten werde. Vom Dschebel Quirana hieß es, er verberge das Tor zur Hölle – daran glaubte jedes Kind so fest, wie es auch glaubte, daß eines Tages Eilyph in Murom erscheinen werde, um das Ende der Welt zu verkünden. Selbst die Gefahr durch Fernandi hatte niemand in Strana als so schlimm empfunden wie die des Dosts, denn dem war es bereits einmal *gelungen*, Strana zu unterwerfen. Die Straner hatten bei ihrem Widerstand gegen das Lescarenheer einen wilden Stolz daraus gezogen, daß *nur* Kirana Dost ihr Reich je erobert hatte, und sie kämpften nicht bloß um die Rettung ihrer Heimat, sondern auch um die Legende des Dosts und das Herrscherrecht seiner Nachkommen.

Und der Dost hatte auch tatsächlich zur Niederwerfung des Lescarenheers beigetragen. Alle dreihundert Vandari hatten Fernandi wirksam beschäftigt gehalten. Während die Vandari seine nördliche Flanke bedrohten, war es Arslow und seinen 137. Bärenhusaren gelungen, die Lescarenlinien immer wieder zu durchstoßen und deren Rückzug zu erzwingen. In offenen Feldschlachten hatte der Einsatz einer einzigen Vandarikompanie genügt, um die Lescaren zum Rückzug zu veranlassen.

Die Wiederkehr des Dosts wäre eine Katastrophe, für Strana ebenso wie für Wassili Arslow. *Warum gerade jetzt?* Seine Pläne waren so gut gediehen. Er konnte darauf zählen, daß Khrolic seine Husaren zur Eroberung Helors führen würde. Arslow hegte keinen Zweifel daran, daß Grigori fest daran glaubte, er würde sich dann nach Süden hin gegen Aran wenden. Doch was Khrolic glaubte, hatte nicht das geringste mit Arslows wahren Plänen für die Zeit nach der Eroberung Helors zu tun.

Das Auftauchen des Dosts, ganz gleich, ob er es wirklich war oder nur einer der vielen falschen Anwärter, die in Zentralestanu immer wieder auftauchten, konnte die Lage nur komplizieren. Der bisher aussichtsreichste falsche Dost hatte sich vor vierhundert Jahren in Drangiana erhoben. Pandit Dost hatte sich nach Süden gewandt und den größten Teil Arans erobert. Dort hatte er das Varathareich errichtet, dessen Überreste heute noch in ilbeorischen Vasallenstaaten wie Mrilan und Manaran existierten.

Der Dost konnte die zentralestanuanischen Stämme einen und einen zähen Widerstand gegen die Husaren organisieren. *Falls* ihm das gelang, waren Arslows Pläne zum Scheitern verurteilt. Um Erfolg zu haben, mußte er Helor in einem schnellen, zielsicheren Feldzug einnehmen. Von dort aus würde er dann nach Strana zurückkehren, um sich von der Welle seines Erfolges auf den Thron des Taciers tragen zu lassen. Daß er dabei auf Widerstand stoßen würde, bezweifelte er nicht, aber er war sich ebenso sicher, jede militärische Opposition durch Anstiftung zur Meuterei, Bestechung oder brutale Gewalt auflösen zu können.

Der Fürst drehte sich zu seinem Untergebenen um. »Alle Gefangenen haben behauptet, sie seien Khast oder mit Rafiq Khast verbündet, da?«

»Da, mein Fürst. Sie waren stolz darauf.«

»Spasib.« Schon während der Befragung war Arslow aufgefallen, daß die Gefangenen ihre Beziehung zum Dost seltsamerweise alle über die Sippe der Khast aufgebaut hatten. Die Mitglieder der Familie hatten ein phantasievolles Märchen von einem Mann aus Gold erzählt, der in den Bergen zu ihnen gesprochen haben sollte, während ihre Verbündeten eine verzerrte Version derselben Geschichte vortrugen. Er hatte bemerkt, daß jene, die behaupteten, den Dost selbst gesehen zu haben, den Schmerzen der Folter besser standhielten. Auch das bestätigte die Tiefe ihres Glaubens an diese Geschichte.

Die Identifizierung der Khastsippe ließ in Arslow zugleich Freude und Besorgnis aufsteigen. Der Tacier wußte, daß die Khast in der Lage waren, einen Anwärter auf den Thron des Dosts aufzubauen, und jeder derartige Anwärter war eine Gefahr für Strana. Die Beteiligung der Khast bedeutete, daß sich die Lage in Helansajar verschlechterte, aber Arslow war ja vor Ort, um die Dinge unter Kontrolle zu halten. Diese neue Lage mochte sogar ein Ersuchen um Truppenverstärkung vernünftig erscheinen lassen.

Arslow war allerdings verstört darüber, daß Rafiq nicht in der logischen Art und Weise vorging, die man ihm als charakteristisch für diesen Mann beschrieben hatte. Der Fürst hätte es für einen brillanten politischen Schachzug gehalten, wenn Rafiq sich *selbst* zum Dost erklärt hätte. Daß sich Rafiq jedoch einem Dost unterwarf, machte die Behauptung von der Wiederkehr des Dosts glaubhafter. Falls Rafiq nicht plante, einen falschen Dost zu benutzen, um die Stämme aufzuwiegeln, und sich dann von ihm als dessen Stellvertreter in Helansajar einsetzen zu lassen, sah Arslow keinen Vorteil, den Rafiq aus dessen Auftauchen ziehen könnte.

Vielleicht hat sich Rafiq selbst täuschen lassen und glaubt jetzt, daß er echt ist. Ein paar der Gefolterten hatten ausgesagt, ihr Angriff habe nur dazu gedient, die Husaren beschäftigt zu halten, während Rafiq und seine Leute im Auftrag des Dosts den Händler Valentin Swilik entführten. Er hatte Swiliks Haus durchsuchen und seine Diener befragen lassen, aber es gab keinen Hinweis auf Swiliks Aufenthaltsort. Swilik war schon öfter untergetaucht, niemals jedoch, ohne daß irgend jemand gewußt hätte, wohin er unterwegs war oder mit wem er sich treffen wollte. Die Gefangenen hatten ausgesagt, der Dost habe nach einem Stranen verlangt, der Estanisch sprach. Doch ein Händler erschien Arslow nicht gerade als die Art von Informationsquelle, auf die er sich bei der Vorbereitung eines Feldzugs gestützt hätte.

Vielleicht haben die Jahrhunderte im Grab den Dost schwachsinnig gemacht.

Die Berichte über den Überfall und die Gerüchte über eine Wiederkehr des Dosts würden in Murom wie eine Bombe einschlagen. Sollte es zur Aufstellung einer Expeditionstruppe kommen, um den Dost aufzuspüren und unschädlich zu machen, war Arslow klar, daß er nicht damit rechnen konnte, an deren Spitze zu stehen. Zweifellos würde sich der Tacier mit dem Wolfskönig über die Ausschaltung dieser Bedrohung ihrer jeweiligen Besitztümer in Estanu beratschlagen. Prinz Treveliens Anwesenheit in Aran machte ihn zur ersten Wahl, wenn man einen Führer für diese Expedition suchte. *Wenn die Wölfe einmal in Helansajar stehen, werden sie es nie wieder verlassen.*

Auch ohne die Bedrohung durch den Dost – und Arslow weigerte sich zu glauben, daß er wirklich wiedergekehrt war – wäre es selbstmörderisch gewesen, die Nachricht vom Überfall und der Gefährdung Tachotha Nataljas nach Murom durchsickern zu lassen. Arslows Feinde hätten den Angriff benutzt, um zu argumentieren, daß man ihm nicht einmal ein Hinterwäldlerkommando anvertrauen konnte. Es würde heißen, er sei nur noch ein Schatten des Mannes, der Fernandi aus Strana vertrieben hatte, und der Tacier würde die Gefährdung seiner Tochter zudem als persönliche Beleidigung auffassen. Arslow würde aus Wsorin abgezogen, und allen Einflusses und Ranges beraubt in Murumyskda stationiert werden. Seine letzten Tage würde er damit verbringen dürfen, über die borealische Meerenge auf die eisstarre Nordspitze Brendanias zu starren.

Arslow hinkte die Kerkertreppe hinauf in eine marmorne Vorhalle, deren Gewölbe auf vier Eckpfeilern ruhte. Er wandte sich um und lächelte Vorobiga zu. »Leutnant, nehmen Sie sich einen Trupp Ihrer Leute und sperren Sie die Luftdocks im Norden von Wsorin. Alle Abflüge werden unterbunden, bis wir herausgefunden haben, ob der Angriff in der letzten Nacht nicht Teil einer Verschwörung gewesen sein kann, Tachotha Natalja zu töten und ihren Vater zu stürzen.«

Der Mann runzelte kurz die Stirn und schaute zurück zum Kerker, dann nickte er. »Es wird geschehen, wie Sie befohlen haben, Herr.«

»Außerdem werden Sie keinem Menschen davon erzählen, was Sie da unten gehört haben. Diese estanuanische Phantasiegeschichte wird die Gerüchteküchen der Altstadt noch früh genug brodeln lassen. Außerdem halte ich die ganze Geschichte für einen Versuch helansajarischer Elemente, hier einen Volksaufstand anzuzetteln. Wir werden ihnen dabei nicht auch noch helfen.«

»Jawohl, mein Fürst.«

»Gut. Aber bevor Sie sich zum Luftdock aufmachen, suchen Sie bitte Pokovnik Khrolic für mich.« Arslow lächelte breit. »Bitten Sie ihn, er möge sich bei mir melden, sobald Tachotha Natalja seine Anwesenheit nicht mehr benötigt. Es gibt da noch eine Kleinigkeit, zu der ich seine Meinung hören möchte.«

26. Kapitel

Luftschiff *Saint Michael*, auf Patrouille in Puresaran Aran

5. Tempest 1687

Robin Drury trat zu Kapitän Hassett und Bruder Dennis Chilton auf das Flügeldeck der *Saint Michael*. Er trug ein graues Baumwollhemd, liturgisch-violette Hosen und schwarze Stiefel. An der vorderen Reling stand der Akoluth Foster neben dem Steuermann, einem strammen Burschen namens Sorrell, und behielt den Kompaß im Auge. Das Luftschiff stieg langsam auf und entfernte sich von Dhilica. Tief im Innern des Schiffs stampften die Dampfmaschinen, und die Zwillingsschrauben zerstreuten den schwarzen Rauch der Schornsteine.

»Schwenken auf 315 Grad, Sir.«

»Sehr schön, Mr. Foster. Kurs halten.« Hassett nahm die Hände auf den Rücken, so daß die goldenen Sterne auf den Manschetten seiner scharlachroten Kardinalsjacke nicht mehr zu sehen waren. »Der Vorteil der Vogelperspektive wird Ihren Erdkundeunterricht sicher erleichtern, Mr. Chilton.«

»Ja, Sir. Wie ich schon unten an der Karte ausgeführt habe, liegt Dhilica im Herzen des nördlichen Aran. Es ist die Hauptstadt Puresarans und war durch die Jahrhunderte Sitz zahlreicher Dynastien und Königreiche.« Chilton deutete auf einen braunen Fluß, der sich durch das Dhiltal schlängelte. »Der Hianura führt Schlamm aus dem Himlan im Norden und von der Decaraebene im Süden mit. Er tritt in jedem Winter über die Ufer und hinterläßt eine Schicht frischer Erde. Das macht das Dhiltal zum wohl fruchtbarsten Talboden der ganzen Welt.«

Robins Blick folgte dem Fluß stromaufwärts bis zu den schneebedeckten Gipfeln des Himlanmassivs. Die Bergkette zog sich in einer unregelmäßigen Linie von der Südgrenze Tsaihs weit im Osten bis hinüber zur jedrosinischen Grenze im Westen. Auf seinen Reisen hatte Robin schon alle möglichen Gebirge zu sehen bekommen, von den Ferrinen zwischen Ilbeoria und Merida bis hin zum Gebirgsgrat über Jedrosia. Aber so großartig alle diese Bergzüge gewesen sein mochten, verglichen mit dem Himlanmassiv waren sie nur herausstaffierte Hügel. Seine scharfkantigen Klippen und der Anblick der gewaltigen Schneefelder, die sich das ganze Jahr über an die Gipfel klammerten, ließen den Himlan majestätisch und abweisend zugleich erscheinen.

Chilton setzte seine Ausführungen fort. »Der Himlan sorgt für die Bewässerung des Tals und schützt es gegen Eindringlinge. Weiter im Westen, am Oberlauf des Ajmur, führt ein Paß nach Norden, etwas weiter im Osten ein weiterer, über den jedrosinische Abtrünnige von Zeit zu Zeit Mrilan überfallen. Man nennt ihn den Khacpaß, nach dem jedrosinischen Wort für Staub. Der nördliche Paß ist der Varathapaß.«

»Nach dem alten Reich benannt?«

»Ja, Käpt'n. Dieses Reich hat auch dem gefährlicheren Teil Dhilicas seinen Namen gegeben.« Chilton nickte nach backbord. »Die Varathanen leben heute überwiegend in Mrilan, obwohl es auch eine recht große Volksgruppe in Dhilica gibt. Sie sind zum größten Teil Ataraxianer, allerdings ist in ihrer Version dieser Religion eine versteckte Laamtiströmung erkennbar. Die mrilanischen Prinzen stehen sich sehr gut mit uns, und die Einheiten der Grenzgarden, die sich aus Mrilanern rekrutieren, sind die besten Truppen, die wir hier haben.«

Robin nahm das mit einem Nicken auf. »Mit welchen

Problemen können wir im Zuge unserer Patrouille rechnen?«

Chilton zuckte mit den Achseln. »Mit wirklich nicht allzu vielen. Das Land ist zerklüftet, die Leute sind verhältnismäßig arm und haben nichts, was man stehlen könnte. Trotzdem gehen immer wieder Banditenbanden auf Raubzug, doch das geschieht meist im Herbst oder Frühling, nach der Ernte oder dem Kalben. Am häufigsten sind die Banditen entlang der Handelsstraßen auf Beute aus, aber die Grenztruppen haben Erfahrung darin, diese Leute aufzuspüren und zu vernichten. Die Hauptgefahr für Ilbeorer und Urovier in dieser Gegend sind nationalistische Ghur und religiöse Extremisten. Die Ghur reiben sich an unserer Herrschaft über sie, und ihr neuer Herrscher, Prinz Agrasho, nutzt diese ilbeorerfeindliche Stimmung, um sich an der Macht zu halten. Zu unserem Glück ist sein Einfluß auf den Himlan begrenzt, und im größten Teil Arans spielt er keine große Rolle. Etwas näher an der Heimat können sich die Dinge explosiver entwickeln. Vor etwa einem Jahr hat in Dhilica ein betrunkener Ilbeorer eine furzende Kuh zu Tode geknüppelt und damit beinahe einen Volksaufstand ausgelöst. Ein paar Filyphsmissionen in abgelegenen Gebieten sind Belästigungen ausgesetzt, aber das war weiter nicht ernst. Vermutlich warten die Fanatiker auf die versprochene Wiederkehr des Dosts, bevor sie uns alle umbringen.«

Hassett runzelte die Stirn. »Ich war immer der Ansicht, der Dost hätte Aran seinem Reich nie einverleibt. Weshalb also sollten die Araner seine Wiederkehr erwarten?«

»Die Truppen Kirana Dosts drangen auch hier ein, und die hiesigen Könige schworen ihm die Treue, aber er herrschte hier nicht wirklich wie in Strana, Estanu oder Tsaih, weshalb Ihr Einwand durchaus zutrifft, Käpt'n. Tatsächlich sind es die Varathanen, die sich seine Wiederkehr wünschen. Sie haben ihr eigenes Reich unter der Herrschaft eines Mannes errichtet, der für sich in Anspruch genommen hatte, der neue Dost zu sein, und an diese Geschichte können sie anknüpfen. Außerdem sind sie vom Glauben her zumeist Ataraxianer. Der Dost wurde bei seinem ersten Auftreten als Avatar des Atarax angesehen. Es hängt alles miteinander zusammen, ich halte das allerdings nicht für eine ernsthafte Bedrohung. Die Varathanen betrachten sich zwar als eine gesonderte Volksgruppe, die mit der Mehrheit der Araner nichts zu tun hat, werden aber kaum beabsichtigen, Ilbeoria durch eine offene Revolte zu verärgern.«

»Und warum nicht, Bruder Chilton?« Robin sah sich um. »Es ist ein schönes Land, um das es sich zu kämpfen lohnt.«

Chilton nickte zustimmend. »Es gibt zwei Gründe, die gegen eine Rebellion sprechen. Während der Lebensdauer des Varathareichs bezog jeder Beamte, Adlige und Krieger sein jährliches Einkommen auf der Grundlage der Ertragsmenge seines Lehens. Die eine Hälfte der durch das Lehen erzielten Einkünfte wurde an den Varathaherrscher abgeführt, die andere Hälfte ging an den Lehenshalter. Um zu verhindern, daß der zu mächtig wurde, lag sein Lehen grundsätzlich weit entfernt von dem Ort, an dem er dem Reich diente. Außerdem wurden die Lehen alle vier Jahre je nach Verdienst um den Staat neu verteilt. Als wir hier ankamen, haben wir das System so geändert, daß die Lehenshalter ihr Einkommen an dem Ort beziehen, an dem sie arbeiten. Das verbindet sie mit dem Land, und da wir die Lehen erblich gemacht haben, ist das Wohlergehen ihrer Familien an ihre Loyalität zu den ilbeorischen Behörden gekoppelt. Diese Klasse der Landadligen verdankt uns ihren Wohlstand, und das werden sie nicht vergessen.«

»Das ist ein Grund, Bruder Chilton, und ein guter zudem. Was ist der andere?«

»Vor zwei Jahren haben ein paar Ghurräuber das östliche Mrilan terrorisiert. Sie benutzten ein altes, verlassenes Laamtikloster als Stützpunkt. Baron Fiske sandte die *Kestrel* aus Dhilica hinüber, um sich der Sache anzunehmen. Wir flogen das Kloster an und nahmen es in mehreren Flügen unter Beschuß, zweimal von Norden, zweimal von Süden. Wir beharkten es mit Breitseiten und landeten sechzig Treffer. Legten es in Schutt und Asche. Das war eine Lektion, die sich viele aranische Adlige zu Herzen genommen haben.«

Hassett nickte anerkennend. »Das kann ich allerdings nachvollziehen.«

Chilton grinste. »Ja, Sir. Die Vorführung wäre mit der *Saint Michael* noch viel eindrucksvoller gewesen.«

»Mit etwas Glück werden wir das nicht nötig haben, Mr. Chilton.« Hassett blickte nach Osten. »Wenn ich es richtig verstanden habe, führt uns diese Patrouille der nördlichen Territorien in das Gebiet südlich von Dughur, am Himlan entlang zur Bucht von Vlengul, dann wieder zurück an Dhilica vorbei in die nordöstlichen Ausläufer des Dhiltals.«

»So verlief die Route jedesmal, wenn ich an der Patrouille teilnahm, Käpt'n.«

Robin nahm die Resignation in Chiltons Stimme wahr, und auch Hassett stellte eine Augenbraue hoch. »Ich weiß nicht, wie es mit Ihnen ist, Sir, aber ich für meinen Teil würde gerne eine eingehende Erklärung dieser Antwort hören.«

Hassett lächelte. »Sprechen Sie sich aus, Mr. Chilton. Sie klingen enttäuscht über den Kurs der Patrouille.«

Chilton holte tief Atem, dann runzelte er die Stirn. »Es ist kein Geheimnis, Sir, daß hier in Aran in beträchtlichem Ausmaß geschmuggelt wird. Die Patrouille macht einen Abstecher nach Süden und kehrt dann mitten durchs Land wieder zurück, weil Baron Fiske das so festgelegt hat. Unsere Passage von Ost nach West reicht aus, um Banditen abzuschrecken, und in unserem Kielwasser fliegen eine Menge kleiner Ethyrskiffs aus, um Handel zu treiben. Bis jetzt konnte ich nichts unternehmen, um die Einhaltung der ilbeorischen Gesetze zu erzwingen, da es dem höchsten Würdenträger des Landes vor allem darum ging, sich bei den reichen Händlern beliebt zu machen. Möglicherweise fänden Sie es angebrachter, an der Bucht zu wenden und entlang dieser Route zurückzufliegen, um ihre Aeromagiker an die Windverhältnisse über dem Himlan zu gewöhnen, Käpt'n.«

»Ich werde darüber nachdenken, Mr. Chilton, vielen Dank.« Hassett tätschelte die Reling. »Bei dieser Geschwindigkeit werden wir die Bucht in drei Tagen erreichen. Wenn diese Händler ihre Entscheidungen mit demselben Geschick wie beim Whist treffen, könnte ein Rückflug übers Gebirge sich durchaus als profitabel erweisen.«

Varathaviertel, Dhilica, Puresaran
Aran

Uriah schreckte hoch, als zwei sich balgende Affen vor seinem geschlossenen Fenster vorbeijagten und laut über das Dach polterten. Er brauchte einige Sekunden, um sich zu sammeln und sich zu erinnern, wo er war, was er hier machte und warum es ihm überall so weh tat. Dann rollte er sich auf die Seite und schob sich vorsichtig in eine sitzende Stellung hoch. Er kämpfte das Schwindelgefühl nieder und drehte mit der linken Hand den Docht der Nachttischlampe hoch.

Als das gelbe Licht den Raum durchflutete, sah er Kidd ihm gegenüber auf einem Stuhl mit zerbrochenen Armlehnen sitzen. Die Möblierung des Wiltonhotels war nicht mehr die neueste und vielfach beschädigt, doch Kapitän Ollis hatte ihnen versichert, daß der Eigner sehr diskret wäre, solange er gerade nicht trinke, und sich an nichts erinnern konnte, solange er nicht nüchtern wäre. Er hatte ihnen dieses Zimmer besorgt und geraten, es nicht zu verlassen, bis er wieder nach Dhilica zurückkäme.

Uriah sah aus dem Fenster und stellte fest, daß der Himmel sich von Westen aus rötlich färbte. »Es wird Abend, nicht wahr, Sir?«

Kidd nickte. »Wie fühlst du dich?«

»Gut.«

»Das glaube ich dir nicht, Kadett. Du bist schwer zusammengeschlagen worden.«

Uriah zuckte zusammen. *Es tut zu weh, um diese Scharade aufrechtzuerhalten.* »Ich fühle mich nicht ganz so schlecht wie ich… aussehe, glaube ich. Meine Rippen sind noch immer empfindlich und meine Nase schmerzt. Ich bin ein einziger blauer Fleck.« Uriah zögerte einen Augenblick, dann beugte er sich vor und stützte die Ellbogen auf die Knie. »Halten Sie es für klug, hier auf Käpt'n Ollis zu warten?«

»Er wird wiederkommen, Mr. Smith. Auch wenn er aus Wroxter stammt, wird er diesmal zu seinem Wort stehen.«

Wenn ihn seine Mannschaft inzwischen nicht schon umgebracht hat. Ollis war Kidd von der Kabine aus gefolgt und hatte gesehen, wie der blinde Wolfspriester fünf Matrosen außer Gefecht gesetzt hatte. Ollis war klar, daß er ernsthaften Ärger bekommen konnte, weil seine Mannschaft einen Wolfspriester angegriffen hatte. Sein erster Gedanke war der gewesen, sich davonzumachen. Zu seinem Pech war der größte Teil seiner restlichen Mannschaft – sechs Aeromagiker, ein Navigator und ein Steuermann – zu erschöpft. Bei seinem Versuch, sie zu überreden, die *Stoat* wieder in die Luft zu bringen, hatte er erfahren, daß die von Kidd ausgeschalteten Matrosen den Rest der Mannschaft tyrannisiert hatten. Mit Philo als Rädelsführer hatten die vier Frachtmatrosen geplant, Ollis umzubringen und das Schiff zu übernehmen.

Nachdem Ollis klar geworden war, daß er Kidd sein Leben verdankte, hatte er ihnen das Zimmer im Wilton besorgt und ihre Versorgung mit Lebensmitteln durch eine aranische Familie sichergestellt. Er hatte Philos Leiche beseitigt, dessen Kumpane entlassen und in einer der Hafenschenken des Varathaviertels eine neue Frachtmannschaft angeheuert. Ollis behauptete, seine Fracht vertragsgemäß ›in den Norden hoch‹ liefern zu müssen, hatte jedoch versprochen, zurückzukommen und ihnen bei ihren Angelegenheiten in Aran zu helfen, ohne weiter zu fragen, wie diese aussähen.

»Ich neige nicht dazu, ihm zu vertrauen.« Uriah wollte sich strecken, aber der Schmerz in Schultern und Rippen ließ ihn schnell wieder davon abkommen. »Er muß erraten haben, daß Sie ein Wolfspriester sind, und er weiß auch, daß wir von seinen Schmuggelgeschäften wissen. Wenn er uns so einfach los würde wie Philos Leiche, könnte er sich eine Menge Ärger ersparen.«

»Käpt'n Ollis ist nicht bereit, die Folgen eines Mordes auf sich zu nehmen.«

»Der Schmuggel von Dampfmaschinen aus Ilbeoria ist bereits ein Kapitalverbrechen. Man kann einen Mann nur einmal hängen.«

»Ich bezog mich auf die Folgen in der *Ewigkeit*, Kadett.« Kidd atmete langsam aus. »Er weiß, daß er auf dieser Welt zwar dem Henker entkommen kann, Gott dem Herrn jedoch niemals. Ollis mag für die ilbeorischen Gesetze keinen sonderlichen Respekt aufbringen, aber Gottes Gebote liegen ihm näher am Herzen.«

»Sie haben recht. Ich erinnere mich an seinen Sohn und St. Swithinstag.« Uriah kratzte am Schorf seiner

Kopfwunde. »Es tut mir leid, daß ich unseren Aufbruch verzögere.«

»Du wurdest brutal zusammengeschlagen. Du bist noch jung, du wirst dich schnell wieder erholen, aber du brauchst Ruhe.« Der Blinde zögerte, dann beugte er sich nach vorne. »Davon einmal abgesehen, reichen meine Pläne nicht weit darüber hinaus, Aran zu erreichen. Ich hatte eigentlich geplant, Pferde und Vorrat für uns zu erwerben, aber Kapitän Ollis wies mich auf einige Schwierigkeiten hin, die bei einem Ritt von hier nach Helor entstehen können.«

»Auf Pferden würden wir zwei Monate für die Reise brauchen, weil wir das Gebirge überqueren müßten, während die *Saint Michael* es bei voller Fahrt in sechs Tagen schaffen kann.«

Kidd zog die Augenbrauen hoch. »Ich wußte nicht, daß du während meines Gesprächs mit ihm wach lagst.«

Uriah schüttelte den Kopf, hörte jedoch sofort damit auf, als der Raum zu schwanken begann. »Ich habe das im Zuge unseres Taktikprojekts herausgefunden, weil ich annahm, daß Irons davon ausgehen würde, ich wüßte über solches Zeug nicht Bescheid.«

»Und du wolltest ihm eine Falle stellen?«

»Ich wollte seine Erwartungen übertreffen.«

»Eine hübsche Umschreibung für eine Falle, Kadett.« Kidd grinste anerkennend, und Uriah hätte zurückgelächelt, wenn es nicht so weh getan hätte. »Kapitän Ollis ließ durchblicken, daß in diesem gesamten Gebiet Banditen operieren, und war der Meinung, ohne einen kundigen Führer sei schon der Versuch eines Ritts nach Helansajar zum Scheitern verurteilt.«

»Wie sieht Ihr Plan jetzt aus?«

»Kapitän Ollis pflegt regelmäßigen Handel mit einer Ortschaft weit oben im Varathapaß. Er glaubt, daß wir von dort aus einen guten Vorsprung hätten, und ist bereit, uns bei seiner nächsten Tour mitzunehmen. Er kann uns sogar einheimische Führer besorgen. In weniger als einer Woche würden wir von dort in nördlicher Richtung Drangiana erreichen, und zwei Wochen später in Helor sein.«

Das Bett quietschte, als Uriah in dem vergeblichen Bemühen, es sich etwas bequemer zu machen, das Gewicht verlagerte. »Haben Sie Ollis erzählt, daß wir gekommen sind, um den Dost zu retten?«

»Er ist nicht mein Beichtvater.« Kidd kniff die Augen zusammen. »Ich habe ihn glauben lassen, daß wir den Alanim von Helor missionieren wollen.«

»Aber Priesterkrieger des Heiligen Martin missionieren nicht und sind nur in begrenztem Maße autorisiert, die Sakramente zu erteilen. Wir können nur taufen und die Letzte Ölung durchführen.« Uriah schnaufte. »Wenigstens eines davon dürfte sich auf dieser Mission als nützlich erweisen.«

»Ich wäre Ihnen dankbar, wenn Sie bei Ihren Kommentaren auf Blasphemie verzichten würden, Mr. Smith.« Kidd zuckte die Achseln. »Kapitän Ollis' Wissen um die Feinheiten der Kirche ist bescheiden, und er könnte dadurch die Einzelheiten unserer Mission mißverstanden haben. Er weiß aber, daß jeder Gläubige eine Taufe durchführen darf, wenn dies nötig ist, also wird er meine Worte kaum hinterfragen.«

»Nun gut, gesegnet sei der, welcher die Werke des Herrn befördert.«

»Du solltest dich nicht über ihn oder über Gott lustig machen, Smith.« Kidds Gesicht wurde zu einer Maske der Entschlossenheit. »Kapitän Ollis ist in ungesetzliche Geschäfte gegen Kirche und Staat verwickelt. Er bedarf allen Segens, den er erhalten kann. Sein Unwissen rettet ihm die Seele. Daß er damit auch den Dost rettet, braucht ihn nicht zu kümmern.«

27. Kapitel

Pjimok, Wsorin, Distrikt Wsorin
Strana

5. Tempest 1687

Natalja Ohanscai war tief in Gedanken verloren. Sie bemerkte nicht, daß sie nicht mehr allein war, bis sie sich vom Fenster abwandte und jemanden an der Tür sah. Sie brauchte einige Augenblicke, bis sie seine Gegenwart bewußt registrierte, und es dauerte noch länger, bis sie erkannte, wer es war.

Natalja lächelte und wickelte eine Haarlocke um den Zeigefinger, um ihre Überraschung zu überspielen. »Grigori, du bist es.«

»Ja, mein Liebling.« Er schaute zurück zur Tür. »Ich habe geklopft und gerufen, aber keine Antwort bekommen. Normalerweise wäre ich nicht hereingekommen, aber nach allem, was bei deiner Ankunft geschehen ist… Ich wollte es nicht auf noch einen Helansajarenüberfall ankommen lassen.«

»Du brauchst dich nicht dafür zu entschuldigen, daß du um mich besorgt bist. Es macht mich glücklich und verjagt meine Furcht.« Erneut wickelte sie ihr schwarzes Haar um den Finger. »Komm und setz dich, ich muß etwas mit dir besprechen.«

Natalja hatte eine Suite im dritten Stock der Festung erhalten. Da sie in einem Eckbereich der Burg lag, waren die Räume in einem rechten Winkel angeordnet. Grigori war in den Salon gekommen und begab sich auf ihre Einladung zur Couch, die vor dem offenen Kamin an der Innenwand der Suite stand. Auf der anderen Seite der Wand beheizte derselbe Kamin das große Schlafzimmer. Ein kleines Zimmer für Polina lag dem großen Ankleidezimmer gegenüber, eingequetscht zwischen Salon und Schlafgemach.

Die Tachotha setzte sich ihm gegenüber auf die Couch und lehnte sich mit dem Rücken an die verschnörkelte Armlehne. Grigori beugte sich vor, als wolle er näher rücken, schien dann aber zu spüren, daß sie ein ernstes Anliegen hatte, und bremste sich. »Grigori, man hat mir, wenn auch höflich und korrekt, bedeutet, daß die *Ljeschij* jetzt dem Kommando Fürst Arslows unterstehe und ich meinem Vater keinen Bericht über die hiesigen Ereignisse erstatten darf. Das erfüllt mich mit großer Besorgnis.«

»Talija, du solltest dich nicht sorgen. Fürst Arslow hat seine Gründe für das, was er tut…«

Sie hob die Hand, um Grigori das Wort abzuschneiden. »Bitte, Grigori, ich weiß, daß du mich nicht bevormunden willst, aber du versuchst mir zu erklären, Fürst Arslows Überlegungen ergäben aus militärischer Sicht einen Sinn. Ich kann das nicht akzeptieren. Ich versuche seine Gründe nachzuvollziehen, mir seine Absicht zusammenzureimen, aber es gelingt mir nicht. Das ist es, was mich beunruhigt.«

Grigori schluckte seinen Widerspruch hinunter, schloß die Lippen und senkte den Blick. *Ich habe ihn verletzt.* Natalja wollte ihre Hand zu ihm ausstrecken, ihm zeigen, daß sie ihm nicht böse war, aber seine Nähe hätte sie nur von den Bedenken abgelenkt, die sie ihm unbedingt mitteilen wollte.

»Grigori, Helansajaren haben hier in Wsorin einen Überfall auf Pjimok verübt. Selbst wenn ich nicht hier gewesen wäre, bliebe das eine ernste Sache. Wenn Fürst Arslow jetzt verhindern will, daß Nachrichten darüber nach Murom gelangen, muß ich mich fragen, ob es schon vorher solche Überfälle gab, die man nicht weitergemeldet hat.«

Der blonde Husarenoffizier schüttelte den Kopf. »Ich

gebe dir mein Wort, Natalja, als Offizier der Kaiserlichen Streitkräfte und als ein Mann, der dich liebt: Es hat vorher noch keinen solchen Überfall gegeben.«

»Von dem du wüßtest.«

Grigori runzelte kurz die Stirn, dann nickte er. »Natürlich, von dem ich wüßte. Aber ich würde meinen guten Ruf verwetten, daß ich über jeden einzelnen Angriff auf unsere Truppen Bescheid weiß, seit ich hier bin. So etwas hat es noch nie gegeben.«

Sie seufzte. »Wenn es vorher keinen derartigen Überfall gegeben hat, weshalb will Fürst Arslow dann meinen Vater nicht davon unterrichten? Hat er etwas vor ihm zu verbergen?«

»Natalja, ich weiß, daß du nicht dumm bist. Ich weiß auch, daß du Fürst Arslow nicht traust.« Grigoris breite Schultern sackten etwas herab. »Bitte laß dich nicht durch deinen Mangel an Vertrauen hinsichtlich seiner Intelligenz und seiner wahren Liebe zu Strana blenden.«

Ihr Widerspruch erstarb in einem ernüchterten Nikken. »Du hast recht, Grigori, mein Lieber.«

»Fürst Arslow hat seine Gründe, Natalja. Der erste und wichtigste dieser Gründe ist das fehlende Wissen über die Hintermänner dieses Mordanschlags auf dich.«

Ihre Stirn legte sich in Falten. »Ich habe gedacht, ihr kennt sie. Es waren Helansajaren, die den Überfall durchführten. Ihr habt Gefangene, man kann sie befragen.«

»Sie *wurden* schon befragt. Sie haben zugegeben, von einem Helansajarenführer kommandiert worden zu sein, aber keiner von ihnen wußte, wer hinter diesem Anführer stehen könnte.«

»Befragt sie noch einmal, sie mögen sich vielleicht an etwas anderes erinnern.«

Grigori schüttelte den Kopf. »Dazu ist es zu spät.«

»Man hat sie ermordet?«

»Bitte, Natalja, ziehe keine voreiligen Schlüsse.« Grigori zog langsam den Atem ein, blähte die Nüstern und starrte sie mit seinen haselnußbraunen Augen fest an. »Helansajaren – genaugenommen alle Estanen – sind ein primitives Volk. Sie beten einen üblen, finsteren Gott an. Sie wissen um Leben und Tod, aber kennen keine Abstufung dazwischen. Diese Gefangenen wurden verhört und dann getötet. Ihre Leichen sind in der Altstadt abgeladen worden. Damit schicken wir eine deutliche Botschaft an Rafiq Khast und seine Verbündeten. Sie werden es nicht noch einmal riskieren, uns anzugreifen.«

»Aber sie wurden ohne rechtmäßigen Prozeß umgebracht.«

»Natalja, Liebste, denk nach, bevor du sprichst. Sie haben versucht, dich umzubringen. Hunderte unserer angesehensten Bürger und tapfersten Soldaten waren Zeugen. Es bestand kein Zweifel an ihrer Schuld. Bei einem Prozeß wären sie mit Sicherheit schuldig gesprochen und in ein oder zwei Wochen ohnehin hingerichtet worden. Verurteilt wegen eines Mordanschlags auf das Kind des Taciers, hätte man sie geköpft und dann verbrannt. Dadurch, daß wir ihre Leichen auf die Straßen der Altstadt geworfen haben, warnen wir die anderen, nicht denselben Fehler wie sie zu begehen. Die Estanen verstehen ein *schnelles* Urteil. Ein formaler Prozeß bedeutet ihnen nicht viel mehr als ein Spiel. Dies war sicher der bessere Weg, die Sache zu handhaben.«

Natalja runzelte heftig die Stirn. »Ich kann nicht glauben, daß irgend jemand ein Motiv für ein Attentat auf mich haben könnte.«

»Vielleicht nicht, Natalja, aber könnte nicht jemand ein Motiv haben, dich hier, in Wsorin, umbringen zu lassen?«

»Was willst du damit sagen?«

Grigori lächelte. »Natalja, du bist der Augenstern deines Vaters und bei Hof beliebt. Wärst du hier umgekommen, bei einem Überfall am Schloß des Fürsten Arslow, so wäre sein Ruf zerstört – und das wäre noch das mindeste, womit er rechnen könnte. Selbst wenn ihn dein Vater nicht wegen Versagens hinrichten ließe, würde Arslow Rang und Posten verlieren und nach Murumyskda verbannt werden, wo er verrottende Fischköpfe zu bewachen hätte. Alle Verdienste Arslows im Kampf gegen Fernandi wären vergessen. Dieser Mann, der unserer Nation so viel zu bieten hat, fiele in Ungnade und würde kaltgestellt. Er ist zu wertvoll, als daß wir das zulassen könnten.«

Er blickte zur Tür hinüber, dann schob er sich auf der Couch vor und sprach mit gesenkter Stimme weiter. »Ich habe mit Arslow gesprochen. Er hält es für möglich, daß dieser Angriff auf dich von den Ilbeorern eingefädelt wurde. Die Wolfspriester mögen Fürst Arslow nicht, und es ist allein seine Gegenwart, die sie davon abhält, durch den Himlan nach Norden vorzustoßen und uns anzugreifen. Wenn man ihn diskreditieren könnte – und viele am Hofe in Murom würden genau das nur zu gerne sehen – würde er aus Wsorin abgezogen werden. Keiner seiner Nachfolger wäre auch nur annähernd so fähig wie er. In Aran sitzt jetzt Prinz Trevelien als Generalgouverneur, und er hat das Schlachtschiff *Sant Mikhail* mitgebracht.«

»Aber das ist unmöglich.« Grigoris leiser, verschwörerischer Flüsterton erinnerte sie an Marinas Warnung vor ihm. »Wie hätten die Wolfspriester von meiner Ankunft erfahren haben können?«

Grigori zuckte die Schultern, als sei diese Frage ohne Bedeutung. »Es reicht doch, daß sie von deiner letztjährigen Reise hierher wußten und erfahren hatten, daß du einen weiteren Besuch planst. Wie du an der Menge sehen konntest, die dich willkommen heißen wollte, war deine Ankunftszeit hier nicht gerade ein Geheimnis. Die Wolfspriester bräuchten nur eine Prämie auf deinen Kopf auszusetzen, und die Helansajaren wären schon von sich aus hinter dir her, um dich zu töten.«

Natalja fuhr sich mit beiden Händen durchs Haar. Die Erklärung, die Grigori ihr da anbot, besaß eine verführerische Folgerichtigkeit. Sie war durchaus plausibel, allerdings behauptete sie eine so weitreichende Verschwörungstheorie, daß sie einfach nicht daran glauben konnte. Es waren unzählige Gründe dafür denkbar, daß man Prinz Trevelien nach Aran geschickt hatte, aber hier ging man anscheinend fraglos davon aus, er solle die Eroberung Stranas von Süden her betreiben.

Sie wußte, daß viele ihrer Landsleute genau das befürchteten, aber sie hielt es für höchst unwahrscheinlich. Es lag auch durchaus nicht an einem Rest von Gefühlen für Malachy, daß sie so dachte und eine ilbeorische Verschwörung nicht akzeptieren wollte. Ilbeorias überlegene Wirtschaftsmacht stellte sicher, daß Strana früher oder später zu Zugeständnissen gezwungen sein würde, daher ergab eine offene Aggression gar keinen Sinn. *Andererseits hat es vielleicht gerade deshalb einen Wert, durch den Überraschungseffekt, den eine derart sinnlose Aktion hätte.*

Ihr schien es offenkundig, daß Grigori vor allem an dieses Szenario glaubte, weil er es von Fürst Arslow gehört hatte. Grigori schätzte den Fürsten offensichtlich sehr, aber andererseits war er auch klug genug, nicht alles widerspruchslos hinzunehmen, was Arslow sagte.

»Grigori, deine Sorge um mich hat dich blind gemacht für den grundlegenden Schwachpunkt dieses Szenarios. Denke an St. Kristows Axiom: Die Äpfel am Boden stammen vermutlich von dem Baum, unter dem sie liegen.«

»Was meinst du damit, Natalja?«

»Einfache Erklärungen sind immer die besten, Grigori. Fürst Arslow hat recht – die Nachricht von diesem Überfall wäre verheerend für seine Stellung am Hof, aber das gilt ungeachtet dessen, ob der Angriff Teil einer Verschwörung oder eine zufällige Attacke gegen ein wahrscheinlich wertvolles Ziel gewesen ist. Da wir keine Verschwörung für den Fall vorauszusetzen brauchen, damit der Angriff Fürst Arslow in Verlegenheit brächte, ist es am besten, diese Theorie beiseite zu lassen. Die Maßnahmen, die Arslow ergriffen hat, dienen einfach nur dazu, seinen Ruf zu schützen. Etwas anderes zu unterstellen, hieße uns selbst über die Gründe hinwegzutäuschen, aus denen er seinen Ruf wahren will.«

»Er will seinen Posten hier nicht verlieren.«

»Sicher, Grigori, aber warum nicht? Wir wissen doch alle, daß seine Talente hier vergeudet sind. Jedermann rechnet doch damit, daß er etwas unternimmt, um seine Stellung zu verbessern. Wenn ihn dieser Überfall in Schwierigkeiten bringt, bevor er seine Pläne zur Ausführung gebracht hat, ist er zum Scheitern verurteilt.«

Grigoris Gesichtszüge erschlafften kurz, dann verengten sich seine Augen. Seine Stimme wurde zu einem Flüstern. »Wenn du damit recht hast, was wird er deiner Ansicht nach tun?«

Natalja senkte ebenfalls die Stimme. »Ich denke, er wird mit deinen Husaren Helor angreifen. Wenn er sie jetzt in Marsch setzt, ist er in der Lage, es einzunehmen, bevor Ilbeoria ihm von Aran her Truppen entgegenstellen kann. Da der Winter in Strana früher enden wird als im Himlan, könnten wir Helor im Frühjahr verstärken, bevor die Ilbeorer etwas unternehmen können.«

Sie sprach ihre Befürchtung nicht aus, daß Arslow den Beifallsjubel über seinen Sieg und die seinem Befehl unterstellten Verstärkungen dazu benutzen könnte, ihren Vater vom Thron zu stürzen. *Grigori mag glauben, daß Arslow nach Ruhm strebt, aber er könnte nie verstehen, daß jemand nach dem Thron des Taciers gieren würde.*

Der Husarenkommandeur nickte bedächtig. »Wenn er also eine Invasion Helansajars anspricht, wissen wir, was er spielt.«

»Und du wirst mir das gleich melden, so daß ich es meinem Vater weitergeben kann.«

»Gewiß, meine Liebe. Das versteht sich von selbst.«

»Gut, Grigori, sehr gut.« Natalja beugte sich vor und küßte ihn auf die Wange. *Und noch etwas versteht sich von selbst: So sehr ich dich auch liebe, Grigori, Strana liebe ich noch mehr. Läßt du mich im Stich, läßt du deine Nation im Stich und stellst dich auf Arslows Seite, bin ich gezwungen, dich zu vernichten.*

28. Kapitel

Helansajar
Südlich der Grenze zum Distrikt Wsorin

6. Tempest 1687

Im Lager war alles in den üblichen Trott der nächtlichen Routine verfallen, und doch spürte Rafiq Khast, daß an diesem Abend irgend etwas anders war als sonst. Spannung lag in der Luft, und Rafiq konnte sie zum Teil auf ihren Gefangenen zurückführen. Valentin Swilik hatte die Silhouette eines Luftschiffs vor dem abnehmenden, noch fast voll gerundeten Mond gesehen, und ging davon aus, daß seine Landsleute nach ihm suchten. Aber Rafiq fürchtete das Luftschiff nicht, auch wenn es in seinen Augen eine fliegende Monstrosität war. Früher oder später würde es nach Wsorin zurückkehren müssen, um Proviant zu laden, und außerdem setzte er voraus, ihm schon lange vorher entkommen zu können.

Das gelassene Vertrauen der Helansajaren in den Dost und seine Macht, mit jedem nur möglichen Problem fertig zu werden, belustigte Swilik und machte ihm gleichzeitig Angst. Was ihn daran amüsierte, war, wie er es Rafiq beschrieben hatte, die scheinbare Unschuld der Helansajaren in all ihrer Inbrunst, mit der sie an den Dost glaubten. »Selbst du, Rafiq, sicherlich einer der gerissensten und vorausschauendsten Männer in ganz Helansajar, hast deine Zukunft ganz und gar in die Hände des Dost gelegt. Während du früher wohl der verschlagenste Feind warst, den Schukri Awan nur haben konnte, hat dein Glauben an den Dost dich jetzt in ein geistloses Werkzeug verwandelt.«

Rafiq verstand gut, daß seine bedingungslose Hingabe an den Dost Valentin erschreckte. Der Strane verstand nicht, wer oder was dieser Dost sein sollte – und kein Strane konnte daran glauben, daß der Dost tatsächlich wiedergekehrt war. Für Swilik bedeutete die Stärke des Glaubens unter den Khast, daß ein Angriff auf Strana aus Zentralestanu kurz bevorstand. *Würde meine Heimat durch die Eroberung von Kriegern unter dem Kommando des Dosts bedroht, hätte ich auch Angst.*

Im Augenblick jedoch sah Rafiq kaum Grund zur Besorgnis. Die Meldungen, die von den Reitern der Nachhut kamen, deuteten darauf hin, daß sie aus Wsorin nicht verfolgt wurden. Darüber herrschte eine gewisse Freude, die sich mit den Klagen um all jene aus ihren Reihen vermischte, die auf dem Luftschifflandeplatz gefallen waren, aber darüber hinaus gab es kaum eine Reaktion. Die Truppe war auf der Hut gewesen, solange sie sich noch im Distrikt Wsorin bewegte, aber kaum hatte sie Heimaterde erreicht, entspannten sich die Helansajaren, als befänden sie sich auf einem anderen Erdteil als Strana und wären gegen jeden Angriff gefeit. *Alles ist bestens verlaufen, wie es der Dost geplant hat.*

Swilik saß vor einem kleinen Zelt und hob die gefesselten Hände, um eine Schale Tee von Rafiq Khast entgegenzunehmen. »Danke«, sagte er auf estanisch.

»Nichts zu danken, Valentin.« Rafiq kauerte sich neben den Stranen. »Du bist schweigsam. Ärgerst du dich, daß deine Leute noch nicht gekommen sind?«

»Nein, ich versuche, mir darüber klar zu werden, wie ein Mann wie du sich vorspielen lassen kann, der Dost sei wiedergekehrt. Wie du einen solchen Glauben an ihn entwickeln kannst.«

Rafiq zog eine Braue hoch und strich sich dann langsam mit der rechten Hand den Schnurrbart glatt. »Ich habe mein ganzes Leben darauf gewartet, Valentin. Ich schulde ihm diesen Glauben.«

»Ich bin geschult, meine Umgebung zu beobachten, Rafiq.« Swilik nickte in Richtung der Männer, die in der Mitte der Schlucht um das Feuer hockten. »Deine Männer zeigen keine Disziplin. Ihr habt keine Wachen aufgestellt. Ihr zündet Lagerfeuer an, obwohl ihr wißt, daß die *Ljeschij* da oben Ausschau hält. Ihr benehmt euch ganz und gar nicht so, wie ich es erwartet hätte.«

Der Helansajare schmunzelte. »Ah, ich verstehe dein Unbehagen. Es gibt für all das einen Grund, aber es ist einer, den du nicht akzeptieren wirst, weil du ein Ungläubiger bist.«

Swilik nippte an seinem Tee, dann runzelte er die Stirn. »Beleidige mich nicht, mein Freund. Es stimmt, ich glaube an Eilyph, aber kenne ich nicht auch den Kitabna Ittikal?«

»Wissen ist nicht Glauben.«

»Mangel an Glauben ist keine Ignoranz.«

»Das stimmt, Valentin.« Rafiq blickte auf und wies mit einer lässig kreisenden Geste über das Lager. »Fällt dir irgend etwas besonderes an diesem Ort hier auf?«

»Er ist als Lagerplatz gut geeignet, weniger gut zur Verteidigung, aber immer noch annehmbar.«

»Ich habe diesen Ort schon früher gesehen, Valentin.«

»Wie ich es von jemandem erwarten würde, dessen Heimat Helansajar ist.«

Rafiq schüttelte den Kopf. »Nein, ich habe diesen Ort genau so gesehen, wie jetzt, noch vor der heutigen Nacht. Auf unserem Ritt aus Wsorin habe ich ihn jede Nacht genauso vor mir gesehen wie jetzt. Es ist bestimmt, daß wir genau heute nacht hier lagern.«

Swilik nahm noch einen Schluck bitteren Tee aus seiner Schale und runzelte nachdenklich die Stirn. »Ich weiß, daß du überzeugt bist, Atarax habe in deinen Träumen zu dir gesprochen. Die Geschichte, wie der

Dost euch erschienen ist, erscheint mir in vielen Punkten auch wie ein Traum.«

»Du glaubst, wir hätten alle diesen Traum geteilt, uns das alles nur eingebildet?«

Valentin nickte. »Das muß ich als mögliche Antwort in Betracht ziehen.«

»Weil der Dost, wenn diese Begegnung wirklich stattgefunden hat, offensichtlich über eine gewaltige Macht verfügt. Und das zu glauben, kannst du dir nicht erlauben.«

»Das kann ich allerdings nicht.« Der Strane schaute Rafiq an. »Weshalb ist uns bestimmt, heute nacht hier zu lagern?«

Der Helansajare wies hinauf zum Nachthimmel. »Sieh hin!«

Swilik sah hoch. Zunächst blickte er noch ganz unbeteiligt. Die Sterne funkelten in der Schwärze der Nacht, dann schoß ein goldener Fleck durch den Himmel. Selbst Rafiq hielt ihn zuerst für eine Sternschnuppe, aber dann näherte sich der Lichtpunkt der dunklen Silhouette der *Ljeschij* und umkreiste das Luftschiff, bevor er auf das Lager zustürzte. Swilik starrte ihm mit offenem Mund entgegen.

Eine goldene, harpyienähnliche Gestalt mit dem Körper und Kopf eines Menschen, aber fledermausartigen Flügeln an Stelle der Arme senkte sich aus dem Himmel hinab in ihr kleines Tal.

Swiliks Haare wurden vom Windzug der schlagenden Goldflügel aufgewirbelt. Das Wesen zögerte im Flug und blieb zwei Meter über dem Lagerfeuer in der Luft stehen – wie auf festem Boden. Silberne Glanzlichter funkelten auf den Tigerstreifen, die seinen Leib und seine Gliedmaßen bedeckten, dann zogen sich die Flügel zusammen, die Finger schrumpften, und aus dem geflügelten Ungeheuer wurde in wenigen Augenblikken eine gewöhnliche Männergestalt.

Die Teeschale fiel Swilik aus den Händen. »Er ist ganz aus Metall!«

Rafiq stand auf und zuckte die Schultern. »Er ist der Dost.«

Der goldene Mann kam auf sie zu, als schritte er die Stufen einer unsichtbaren Treppe hinab. Er erreichte den festen Boden ungefähr eine Mannslänge von ihnen entfernt, aber seine Schritte waren nicht zu hören. Der goldene Mann sah auf Swilik hinab, und obwohl der Dost keine richtigen Augen zu haben schien, war es dem Stranen, als habe jemand in seine Brust gegriffen und sein Herz gepackt.

Ein Schauder durchlief ihn. »Wer bist du?«

Der goldene Mann hob den Kopf. »Minja sawut Nimtschin. Ja Dost.«

Swiliks Reaktion, als der Dost ihm auf stranisch antwortete, war bemerkenswert. »Bist du wirklich wiedergekehrt?«

»Da, Valentin Swilik.« Der Dost nickte langsam und streckte die linke Hand aus. Er legte sie Swilik auf den Kopf. Rafiq empfand diese Geste als freundlich, fast väterlich, und der Gefangene mußte lächeln. Dann wurden die Züge des Mannes weich, und seine Augen schlossen sich in friedlichem Schlaf.

Rafiq Khast wich für einen Augenblick zurück, als der Körper des Dosts wie Wasser über den zusammengesackten Stranen floß. Einige Sekunden konnte er Valentins Umrisse noch sehen, dann schien die goldene Flüssigkeit fester zu werden. Die Gestalt des hockenden Mannes verschwand, als sich die goldene Substanz zu einem Ei formte.

Die Hand des Dosts lag weiter auf dessen Spitze. »Du hast dich bewährt, indem du mir Valentin Swilik gebracht hast, Rafiq Khast.«

»Wir leben, um Euch zu dienen, mein Dost.« Rafiq

deutete mit dem Kopf auf das Ei. »Hätten wir gewußt, was Ihr wünscht, hätten wir Euch nur seinen Kopf gebracht. Wie hat er Euch beleidigt?«

Der Dost schüttelte langsam den Kopf. »Er hat mich nicht beleidigt. Er ist auch nicht tot. Er wird mir noch von Nutzen sein, wie du, wenn auch nicht von so großem Nutzen.«

Der goldene Mann schlug die offene rechte Hand nach unten, als wolle er einen Skorpion auf dem Boden zerschmettern. Die Erde bebte, als habe sie eine schwere Last getroffen, und eine kleine Staubwolke stieg aus dem trockenen Kieselsand zwischen Rafiq und dem Dost auf. Als sie sich langsam wieder senkte, sah Rafiq, daß sich Sand und Kieselsteine zu einer dreidimensionalen Karte von Zentralestanu geformt hatten.

Ein strahlender Rubin von der Größe eines Daumens ragte an ihrem ungefähren Standort aus dem Boden. Der Dost bewegte kurz die Hand, und der Rubin kippte und bewegte sich langsam über die zentrale Tiefebene Helansajars, vorbei an Helor und am Dschebel Quirana, zu einem Punkt im drangianischen Hochland, an den nördlichen Ausläufern des Himlan. »Weißt du, wo das ist?«

Rafiq schüttelte den Kopf. »Ich bin noch nie so weit nach Süden gereist, Herr. Dieses Gebiet beherrscht ein Ghurbandit namens Haytham Kasi mit seiner Bande. Er nennt sich Herr des Varathapasses und versammelt Krieger um sich, die wie Schakale über Dörfer und Karawanen herfallen. Wir fürchten ihn nicht, aber nur ein Narr reizt einen tollwütigen Köter ohne Grund.«

»Ich will, daß du dich dorthin begibst.«

»Dann ist das Grund genug.« Rafiq nickte feierlich. »Wir werden mit Freuden gehorchen, Nimtschin Dost. Sollen wir allein dorthin aufbrechen, oder dürfen wir die Ehre, Haytham Kasi zu vernichten, mit anderen Helansajarenbrüdern teilen?«

»Meinen Zwecken wäre besser gedient, würde nur deine Truppe die Reise antreten, aber ich werde dich nicht in den Tod schicken. Wie lange wirst du brauchen, um diesen Ort zu erreichen?«

»Drei Wochen, vielleicht weniger.«

»Gut. Bis dahin wird Haytham Kasi tot sein.«

Rafiq runzelte die Stirn. »Wenn Ihr nicht wollt, daß wir ihn ausschalten, wozu benötigt Ihr uns dann dort?«

»Ihr werdet diesen Ort aufsuchen. Dort werdet ihr auf zwei Männer stoßen, Fremde. Sie werden nicht leicht zu verfehlen sein, denn einer der beiden ist noch jung, und der andere besitzt Augen aus Silber.« Eine kurze Geste des Dosts ließ die Karte verschwinden. Durch die Staubwolke erhob sich der Rubin und blieb in der Luft stehen. »Wenn du sie gefunden hast, halte diesen Rubin an dein Herz. Denke an mich, und ich werde kommen.«

»Was, wenn sie vor uns fliehen?«

»Dazu wird es nicht kommen, Rafiq.« Der Dost hob das Ei mit Swilik hoch und nahm es auf den Rücken. Sein Körper verschmolz mit der Eierschale, um sie zu befestigen. Dann breitete er die Arme aus, und diesmal verwandelten sie sich in die Schwingen eines gewaltigen Vogels. Mit einem machtvollen Flügelschlag hob sich der Dost in die Luft. »Ihr Khast seid furchterregend, aber diese Männer sind Krieger des Wolfes.«

»Auch Wolfspriester sind schon davongerannt, mein Dost«, rief der Helansajare dem Dost hinterher.

»Diese beiden werden nicht davonlaufen, Rafiq, denn sie sind von weither gereist, um mich zu finden.« Als der Dost weiter in den Himmel stieg, hörte Rafiq ein leises, fast melodisches Lachen. »Sie haben ihre eigenen Gründe, mich zu suchen. Aber leider ist das, was sie von mir erwarten, und das, was ich von ihnen will, ganz und gar nicht dasselbe.«

29. Kapitel

Luftschiff *Saint Michael*, auf Patrouillenflug, Mendhakgaon, Mrilan Aran

10. Tempest 1687

Die Flügel an den Gurten über eine Schulter gehängt, stieg Robin vom Arsenal der *Saint Michael* hinab zum Maschinendeck. Das Herz in seiner Brust pochte im gleichen Rhythmus wie das donnernde Stampfen der Dampfmaschinen. »Erzengelzug formiert sich voraus, Hoheitszug dahinter. Paare bilden und die Flügel anlegen. Die Flügel werden erst nach dem Absprung entfaltet.«

Er hievte sich seine eigenen eng gefalteten Flügel über den Kopf und schob die Arme durch beide Schultergurte, dann ließ er den rechteckigen Tornister auf seinen Platz fallen. Er schnallte sich die Gurte über Kreuz auf der Brust fest, befestigte die Beingurte und zog den Hüftgurt an. Als er die Ellbogen zurückzog, konnte er die Hände ohne Probleme an die Aufziehgriffe bringen.

»Bruder Robin, bitte überprüfen Sie mir die Flügel.«

Robin drehte sich um und grinste Dennis Chilton an. »Aber gerne, wenn Sie dasselbe bei mir tun.« Er zerrte an Chiltons Gurten und zog einen fest, dann nickte er. »Flügge.«

Robins Flügel wurden schwer, als Dennis daran zog. Das rechteckige Bündel wirkte lästig im Vergleich zu seiner Rüstung aus Stahlseide, aber wenn er die *Saint Michael* erst verlassen hatte, würde er beide nicht mehr bemerken. Sobald er draußen war und seine Flügel entfaltet hatte, würde ihm sein Flugzauber gestatten zu schweben, zu steigen oder zu sinken und weich genug zu landen, um sich nicht zu verletzen. Einmal gelandet, würde er die Flügel abwerfen und zu Fuß den Kampf aufnehmen – aber wenn nötig, konnte er sie jederzeit wieder anlegen und davonfliegen.

Das Problem bei einem längeren Flug war, daß der Flugzauber, durch den er erst möglich wurde, äußerst kräftezehrend war. Ein Ethyrine, der sich für so etwas wie einen menschlichen Kriegsfalken hielt, lief ernste Gefahr, sich zu verausgaben, noch bevor er überhaupt ins Gefecht eingegriffen hatte. Die beste Strategie bestand darin, nur gerade so viel Magie einzusetzen, wie unbedingt nötig war, um das Schlachtfeld zu erreichen. Das aber hieß, daß Flügel und Flugzauber den Absprung von einem Luftschiff nur ein wenig kontrollierter machten als den freien Fall.

Chilton grinste wieder. »Sie sind flügge, Mr. Drury.«

»Danke.« Robin nickte. »Gott sei mit Ihnen.«

»Und mit Ihnen.« Robin drehte sich zu seinem Zug um und sah, daß die meisten schon ihren Helm aufgesetzt hatten. Ungefähr die Hälfte der Kampfmasken glichen dem Gesicht, das sie verbargen, die andere Hälfte zeigte tierische Züge – meistens wolfsartige, aber es waren auch mehrere Greifvogelmasken vertreten. *Das wird unser erstes gemeinsames Gefecht. Wir wollen hoffen, daß unsere Armbrüste treffsicher schießen und unsere Schwerter sauber schlagen. Ich bete, daß es gut für uns ausgeht.*

»Herhören. Die Lage unten sieht wie folgt aus: Das Dorf Mendhakgaon und die dortige Donnistenmission werden angegriffen. Das Dorf steht in Flammen, die Mission liegt unter Beschuß. Die Angreifer zählen zwischen fünfzig und hundert Mann. Der Feind ist beritten, Bewaffnung besteht aus Schwert, Speer und Bogen. Erzengelzug landet am Südrand des Dorfes und stößt von dort zur Mission vor. Hoheitszug landet im Westen der Mission und rückt auf sie zu. Unser Ziel ist es, die Mission zu entsetzen und den Feind in nordostwärtiger Richtung zum Varathapaß zu drängen. Die Verfolgung wird eingestellt, sobald die Missionsstation gesichert ist.«

Ein kehliger Dampfpfiff unterbrach von oben das Rumpeln der über ihnen an die Schießscharten rollenden Kanonen. Unter ihnen meldete das Rasseln von Ketten und eine plötzlich hereinbrechende Lichtflut, daß die große Ladeluke geöffnet wurde. Robin streckte den Arm aus und hob die Querstange von dem Geländer, mit dem das große Loch im Boden des Maschinendecks abgesichert war.

»Erzengel springt nach zwei Pfiffen, Hoheit nach drei. Denkt daran: Springen, bis drei zählen, dann die Flügel raus. Die Missionsstation liegt am Nordrand des Dorfes.« Robin nahm seinen Helm von einem Nagel an einem der Schiffsbalken. »Lasset uns beten. Lieber Gott, Dein Blut wurde im Haß vergossen und Deine Wunden hat die Liebe geheilt. Wisse, daß wir in Liebe zu Dir handeln, um jene zu verteidigen, die Du zu Deinem Dienst berufen hast, und um Deine Feinde in den Abgrund zu schmettern. Wir bitten Dich in Deinem Namen um gutes Gelingen. Dein Wille geschehe.«

Robin zurrte den Helm fest und fühlte, wie er sich eng an seinen Schädel schmiegte. Er wollte grinsen, aber die Angst in seinen Gedärmen hielt ihn davon ab. Dieselbe Furcht hatte er schon als Kanonier auf der *Crow* gespürt, aber jetzt war sie stärker, weil er allein war und nicht Teil eines Teams, das die Dampfkanone lud, damit zielte und sie abfeuerte. Diesmal war die Furcht persönlicher und deshalb auch viel verzehrender.

Er spürte eine Hand auf der Schulter. Als er sich umdrehte, sah er in Chiltons Wolfsmaske. »Feuertaufe, Mr. Drury. Verschwenden Sie keinen Gedanken an sich selbst, sondern denken Sie an die Menschen, die wir hier retten sollen.«

»Danke.« Robin hob die Armbrust. »Erzengel, fertigmachen!«

Zwei kurze Signaltöne aus der Dampfpfeife des Schiffes hallten übers Maschinendeck. Robin trat in den Durchgang zwischen das Geländer, hakte seine Daumen in die Aufziehgriffe und sprang durch das Loch im Rumpf der *Saint Michael*.

Der Wind heulte ihm in den Ohren. Eine halbe Sekunde vergaß er, wer er war und was er tun sollte, dann konzentrierte er sich auf das weißgetünchte Gebäude in der Ferne und das brennende Dorf zwischen sich und der Mission. Er packte die Aufziehgriffe mit fester Hand und sprach den Flugzauber. Ein blaues Leuchten breitete sich von seinen Händen über die Griffe aus.

Hinter ihm tat der Zauber seine Wirkung. Die Flügel waren sechsmal ineinander gefaltet. Als der erste Meter parallel zu Robins Schultern aufschnappte, schob sich ein Sicherungsstift heraus und verankerte das erste Drehgelenk. Ein Gelenk ums andere schnalzte auf, bis sich schließlich mit dem letzten auch die schichtweise gelegten und zusammengefalteten metallenen Federn fächerförmig ausbreiteten. Schlagartig wurde Robins Sturz abgebremst, und er schnellte wieder etwas nach oben.

Der vorherrschende Wind über dem Tal blies aus Südwesten. Deshalb setzten die beiden Ethyrinenzüge auf der feindfreien Seite Mendhakgaons auf. Feuer hüllte die verstreute Ansammlung von Holzhäusern auf den am Berghang angelegten Terrassen ein. Der Rauch verschleierte das Gelände um die Missionsstation, und mit etwas Glück würde er die Landung der Ethyrinen vor dem Gegner verbergen, so daß sie ihm in den Rücken fallen konnten. Wenn es ihnen gelang, unbemerkt zu bleiben, bis sie gelandet waren und sich zum Angriff formieren konnten, konnten sie mit einem schnellen Sieg rechnen.

Durch die Rauchschwaden meinte er, den Schimmer eines Feldzeichens und ungefähr ein Dutzend nach Süden reitende Männer zu sehen. *Sie werden die Landezone erreichen, bevor wir mausern können. Wenn wir mit Flügeln kämpfen müssen …*

Ohne eine Sekunde nachzudenken, ließ Robin die Armbrust an der Halteleine herabfallen, zog sein Schwert und neigte die Flügel abwärts. Er ging in einen steilen Sturzflug über und faßte sein Schwert mit beiden Händen fest am Heft. Der Knauf drückte sich in seinen Nabel, und die Spitze hob sich und zeigte auf einen Punkt einen Meter vor seinen Füßen. Er drehte die Hände so, daß die Handflächen zum Kopf wiesen, stemmte die Ellbogen gegen den Leib. Mit einem leisen Stoßgebet an den Heiligen Judas, Schutzpatron der verlorenen Hoffnung, sprach er die Kampfzauber, die Rüstung und Schwert stärkten, dann glich er seinen Sturzflug aus und glitt flach in die Rauchschwaden hinein.

Er sah nichts als Schwarz und Grau und fürchtete, zu tief angeflogen zu sein. Das Pfeifen des Windes um seinen Helm verschluckte jedes Geräusch, das von unten hochdringen konnte. Dann öffnete sich der Rauchvorhang. Vor ihm zeichnete sich eine Silhouette ab und verwandelte sich schnell in einen dunkelhäutigen Banditen. Robin riß den Kopf hoch, legte die Schultern zurück und bekam wieder ein wenig Höhe. Der Helmschmuck des führenden Reiters wischte über Robins Kampfmaske, dann riß ihm der Schlag, als sein Schwert sich in den Leib des Mannes bohrte, die Waffe fast aus der Hand.

Er hielt sich krampfhaft daran fest und verstärkte wenige Meter hinter dem Sterbenden den Zauber auf den Schwingen. Sofort zog er wieder hoch, und glaubte schon, es geschafft zu haben, als sein linker Flügel gegen ein Hindernis prallte. Die kräftige Holzstange der Standarte, die er aus der Luft gesehen hatte, splitterte unter dem Aufprall. Das schwere, rotschwarze Fahnentuch löste sich und wickelte sich um die zerbrochene Flügelspitze.

Die Schultergurte gruben sich tief in sein Fleisch, und plötzlich spürte Robin, daß es ihn nach links zog. Der rechte Flügel zeigte in den Gleitweg und kippte ab, als er versuchte, den linken wieder hochzubringen. Dann schlug er auf den Boden. Der Flügel knickte weg und verbog sich, und die Metallsparren an seiner Vorderkante kreischten protestierend. Dann brachen die Sparren auf halber Höhe des Flügels mit einem Donnerknall entzwei, aber da taumelte Robin bereits außer Kontrolle durch die Luft.

Der Ethyrine schlug hart mit dem Rücken auf dem Boden auf. Er prallte ab und rollte weiter den staubigen Weg entlang. Robin zog Arme und Beine an, so gut er konnte. Sein linker Flügel bog sich einen Augenblick lang unter seinem Körper, als wolle er ihn zurück in die Lüfte katapultieren, dann brach er auseinander. Metallfedern flogen hinter ihm her, vermischt mit Erdklumpen, die die zerberstenden Flügel vom Boden hochgeschleudert hatten. Als er sich überschlug, bohrte sich der Stumpf des rechten Flügels in die Erde und brach an der Schulter ab. Robin durchzuckte ein heftiger Schlag, der ihn seitwärts davonschleuderte, aber den Schwung, der ihn über den Boden getrieben hatte, fast völlig aufzehrte. Schwert und Armbrust flogen durch den grauen Rauch davon. Robin überschlug sich noch einmal durch eine Schlammpfütze und blieb dann plötzlich mitten auf dem Weg im Dreck liegen.

Seine Rüstung hatte die Härte des Aufschlags abgemildert, aber trotzdem war er von der Bruchlandung durchgeschüttelt und zerschlagen. Ihm klingelte es in den Ohren, und er schmeckte Blut. Sein Rücken schmerzte, doch konnte er Arme und Beine noch bewegen, also schien er sich zumindest weder das Rückgrat noch irgendein Körperglied gebrochen zu haben. Als er sich einigermaßen gefangen hatte, bemerkte er, daß ihm irgendwo die Waffen abhanden gekommen waren. Es war lebenswichtig, daß er sie wiederfand.

Aus der Rauchwand heraus galoppierte an ihm vorbei ein herrenloses Pferd nach Norden.

Er riß am Schnellverschluß auf seiner Brust und konnte die Schultergurte lösen. Dann zog er ein Messer aus dem rechten Stiefelschaft und durchtrennte Hüft- und Schenkelgurte, so daß er sich aus den Flügeln herausrollen konnte. Er sah sich nach seinem Schwert um, fand es aber nicht. *Weit kann es nicht sein, es sei denn, es ist in eines der Häuser geflogen.*

Ein Rauchvorhang trieb über die staubige Straße. Als sich die Sicht wieder geklärt hatte, sah er das Schwert am Steinfundament eines schwelenden Hauses lehnen.

Robin rannte hinüber und packte es, dann steckte er seinen Dolch wieder in den Stiefelschaft. *Nächster Punkt: Zurück zu meinen Leuten finden.*

Als er in der nächsten Gasse Deckung suchte, um sich zu orientieren, blickte er mitten ins Gesicht eines verängstigten kleinen braunhäutigen Jungen. Tränen hatten von seinen Augen aus eine Spur durch das verrußte Gesicht des Knaben gezogen. Er trug zwei Lumpen, einen um die Lenden, den anderen um den Kopf gewickelt und kauerte vor Furcht schlotternd im Schatten. An seine Brust preßte er eine etwa dreißig Zentimeter große Statuette aus Gold.

Wären da nicht die acht Arme der Figur gewesen und die Tatsache, daß sie keine Kleidung trug, hätte Robin annehmen können, es sei die Statuette irgendeines Heiligen. *Ein laamtistischer Götze wahrscheinlich, irgendein einheimisches Heidenidol.* Robin sah den Knaben an und lächelte, aber erst als sich am Entsetzen des Kindes nichts veränderte, fiel ihm ein, daß seine Kampfmaske den Ausdruck seines Gesichts nicht weitergab.

»Du bist jetzt in Sicherheit, mein Sohn.« Robin zwinkerte ihm zu. *Sankt Martin, falls es dir gefallen sollte, mir hier und jetzt ein Zeichen zu schicken, könnte ich deine Hilfe wahrlich brauchen.*

Das Donnern von Hufschlägen lenkte Robin von dem Jungen ab. Er sprach neue Kampfzauber über Rüstung und Schwert. Ein hellblitzender Funken tanzte vom Heft bis zur Spitze über die verdreckte Waffe und verschwand in den Rauchschwaden. Die Klinge blieb glänzend und sauber zurück. Robin hörte den Knaben aufkeuchen, dann erklangen kehlige Flüche und das Knirschen von Lederzeug auf Pferdehaut von der Straße.

An so eine Art von Zeichen hatte ich eigentlich nicht gedacht.

Vier der fünf Reiter schienen überrascht, Robin in einer Gasse hocken zu sehen. Der fünfte sah den Knaben und deutete mit wilden Gesten auf ihn. Der Anführer des Trupps brüllte einen Befehl, und alle gaben ihren Pferden die Sporen.

Robin sprang auf die Straße, so daß er zwischen den Reitern und dem Kind zu stehen kam, und weil er sich auf der rechten Seite der Straße hielt, waren die Banditen gezwungen, mit ihren Schwertern am eigenen Leib vorbei zu schlagen, wenn sie ihn treffen wollten. Trotz dieser Behinderung und des Zwangs, ihn einzeln anzugreifen, stürmten sie auf ihn ein, den Krummsäbel hoch erhoben, den Schild bereit.

Robins Schwert hieb ein großes Stück aus dem runden Schild des ersten Reiters heraus und schnitt einen großen Halbkreis von der oberen Kante weg. Seine Klinge setzte ihren Weg fort und hieb ein noch größeres

Stück aus dem Reiter selbst. Der Mann schrie auf und fiel blutüberströmt aus dem Sattel.

Die anderen Reiter rissen an den Zügeln ihrer Pferde und starrten mit weit aufgerissenen Augen auf ihren toten Kameraden. Eine neue Rauchwolke trieb die Straße herauf und schnitt sie von Robin ab. Doch bevor er die Banditen aus der Sicht verlor, sah er, wie die Haut eines der Reiter rot aufglühte. Obwohl er nichts sehen konnte, warf Robin sich nach vorne und bewegte sich tief geduckt an der Reihe seiner Gegner vorbei auf den hintersten zu. Als ein Windstoß den Rauch lichtete, stand Robin genau dort, wo er es geplant hatte, neben dem letzten der Angreifer. Er sprang auf, trieb sein Schwert in den Rücken des Mannes und hebelte ihn vom Pferd.

Dann packte er mit der linken Hand die Zügel und schwang sich in den Sattel. Noch während er die Füße in die Steigbügel schob, schlug er das Schwert flach auf die Kruppe eines vor ihm aus dem Qualm auftauchenden Pferdes. Es sprang vor, prallte auf die beiden Pferde vor ihm, und die ruckten ebenfalls nach vorne.

Robin grub seinem Pferd die Fersen in die Weichen und trieb den Braunen vorwärts, mitten durch den Pulk der anderen Reiter. Er ignorierte den Mann zu seiner Linken und schlug nach den beiden Reitern rechts neben sich. Er erwischte den leuchtenden an der linken Schulter und sah dessen Blut in einer hohen Fontäne in die Luft spritzen. Ein zweiter Hieb verfehlte den anderen, aber beide rissen ihre Pferde herum und machten sich im Galopp nach Norden davon. Ein Angriff aus dem Himmel, gefolgt vom Anblick eines einzelnen Kriegers, der ihre Kameraden abschlachtete, war mehr, als sie ertragen konnten.

Als Robin das Pferd umwandte, sah er, wie der letzte der Reiter aus dem Sattel sprang und sich auf das Kind warf. Er packte die Goldfigur und zerrte, aber der

Junge ließ sie nicht los. Die Zähne des Knaben blitzen weiß in seinem dreckverkrusteten braunen Gesicht, als er den Angreifer in die Hand biß. Der Bandit zog mit der rechten Hand einen Krummdolch aus dem Stoffgürtel um seine Hüfte und hob ihn zum Stoß.

Ein schneller Hieb mit Robins Schwert trennte die Hand des Mannes am Gelenk ab. Der Bandit hielt sich den Armstumpf und drehte sich mit von Schmerz und Wut verzerrtem Gesicht um. Er wollte etwas brüllen, aber ein senkrechter Schwerthieb traf seinen Bronzehelm, spaltete Metall und Schädel und schleuderte ihn zu Boden.

Robin beugte sich aus dem Sattel. »Komm, Junge, ich bringe dich in Sicherheit.«

Der Knabe drehte sich von Robin weg und schirmte das Götzenbild mit seinem Körper gegen Robins Blick ab.

»Nicht *das,* dich!« Robin deutete auf sich, dann auf das Kind, und klopfte hinter sich auf den Rücken des Pferdes. »Komm schon, hier rauf!«

Immer noch halb weggeduckt, streckte der Junge eine Hand zu Robin hoch. Der Krieger packte sie und hievte den Knaben über den Toten hinter sich auf das Pferd. Er hakte die freie Hand des Kindes hinten an seinem Gürtel ein. »Festhalten.«

Robin ließ das Pferd nach Süden zurücktrotten und traf nach dreißig Metern auf den Rest des Erzengelzuges. Die vorderen Ethyrinen hoben die Armbrüste zum Himmel und schüttelten den Kopf, während die Männer hinter ihnen ihn nur stumm anstarrten. Robin konnte in ihren Masken nicht lesen, aber daran, wie sie ihre Waffen schwenkten, erkannte er zum einen, daß keiner von ihnen damit gerechnet hatte, er könne seinen Sturz in die Rauchwand überlebt haben, und zum anderen, daß sie glücklich waren, ihn am Leben zu sehen.

»Mir nach, wir müssen die Mission retten!« Robin hob den Jungen zu Sergeant Connor hinunter und deutete auf einen umgestürzten Wagen. »Warte dort.«

Er wußte nicht, ob ihn das Kind verstanden hatte, aber der Junge rannte gehorsam zum angewiesenen Versteck. Er hielt noch immer das goldene Götzenbild an seine Brust gepreßt, aber Robin ignorierte es. *Heide oder nicht, im Augenblick braucht er unseren Schutz nicht weniger als irgendein Kardinal.* Er stieß dem Pferd die Fersen in die Seite, um es vorwärts zu treiben, hielt es dabei aber auf einer Höhe mit seinen Männern, die um ihn herum den Hang hinauf stürmten.

In weniger als einer Minute erreichten sie den Nordrand des Dorfes. Der Rauch um die Missionsstation verzog sich allmählich und gab den Blick auf den Hoheitszug frei, der westlich davon in Stellung gegangen war. Die Banditen um die Mission herum schienen etwas durcheinander geraten zu sein, und inmitten ihrer Schlachtaufstellung war eine heftige Debatte im Gang. Als der Rauch sich vollends verflüchtigt hatte, schrie einer der Männer in dieser Gruppe laut auf, und der Knoten um ihn herum teilte sich, um zu Robin und den Erzengeln hinüber zu starren.

Robin hob das Schwert und wies in Richtung der Banditen. »Erzengel marsch! Macht euch bereit, euch hinzuwerfen, wenn sie angreifen!« Der Wolfspriester trieb das Pferd mit leichten Hackenschlägen an und ließ es vor die Reihen seiner Leute stolzieren.

Einer der Banditen, ein riesiger kahlköpfiger Kerl mit Hakennase und einem ausladenden Schnauzbart sprang in den Sattel und zog seinen Schamschir blank. Er schlug mit dem Schwert auf den Stahlbuckel seines Schilds und brüllte eine Herausforderung. Den Krummsäbel hoch über dem Kopf, bereit, im Vorbeiritt einen gewaltigen Hieb auszuteilen, trabte der Bandit heran. Er ritt genau auf den Wolfspriester zu, und

Robin schien es, als warteten Banditen und Ethyrinen gleichermaßen ab, ob er die Herausforderung annahm.

Robin wirbelte einmal mit dem Schwert, dann brachte er es ebenso hoch wie sein Gegner. Ein Ethyrine hielt Robin den Schild eines gefallenen Banditen entgegen, aber er schüttelte den Kopf. *Wenn ich einen Schild brauche, stecke ich in großen Schwierigkeiten.* Er nickte seinem Gegner zu, dann trieb er sein Pferd zum Galopp. Als das Tier schneller wurde, brachte er den Arm nach vorne und streckte sein Schwert aus wie einen Speer oder eine Lanze. Er trieb das Pferd direkt auf seinen Gegner zu.

Der Bandit erkannte, daß Robin ihn mit seinem Stoß treffen würde, noch ehe er selbst die Chance bekam, ihn aus dem Sattel zu schlagen, und hob seinen Schild ein wenig an. Der eisenverstärkte Kreis bedeckte den größten Teil seiner Brust. Sein Säbel kam ein Stück vor, um den Hieb zu verkürzen. Offensichtlich wollte er einen schnellen Schlag landen, während sie aneinander vorbeiritten.

Als sie nur noch drei Meter voneinander entfernt waren, hob Robin die Spitze des Schwerts und zielte auf die Augen seines Gegners. Der Rundschild kam hoch, um das Schwert abzublocken, und nahm dem Banditen für einen Augenblick die Sicht. Der Wolfspriester kippte das Handgelenk in einer Drehbewegung ab und zog die Schwertspitze zurück an die rechte Schulter. Als die beiden Reiter einander passierten, hieb er es unter dem angehobenen Schild seines Gegners hoch.

Die Klinge des Ethyrinen durchschlug das nietenverstärkte Lederwams des Banditen wie Butter. Robin spürte einen Ruck, als die Klinge auf eine Rippe traf, zog die Waffe aber wieder frei, als er sich unter dem Gegenschlag des Banditen wegduckte. Der Schamschir pfiff an seinem Ohr vorbei und verfehlte seinen Kopf nur knapp.

Robin zog seinen Gaul am Zügel herum und fand sich inmitten des Wehklagens von der Seite der Banditen und des Triumphgeschreis seiner Ethyrinen wieder. Der riesige Räuber schwankte im Sattel wie sturzbetrunken, dann kippte er nach links. Er schlug auf die Erde wie ein Sack ohne Knochen, Schwert und Schild sprangen in die Höhe. Sein Pferd ging mit schreckgeweiteten Augen durch – in dem verzweifelten Versuch, vor dem zerbrochenen Etwas davonzulaufen, das ihm vom Rücken gefallen war.

Noch bevor Robins Schwert sich reinigen konnte, stürmten die Ethyrinen von Süden und Westen her auf die Banditen zu. Mit hoch erhobenen, im Sonnenlicht funkelnden Schwertern, eingehüllt in Stahlseiderüstungen und Helmen mit grimmigen Kampfmasken, wirkten sie wie ein Heer von Metallkriegern. Robin hatte Mühe, sein Pferd im Griff zu behalten, als die Ethyrinen vorbeipreschten.

Einige Banditen stellten sich dem Kampf zu Fuß, aber die meisten ergriffen die Flucht, als die erste Armbrustsalve einschlug. Diejenigen, die nicht getroffen zu Boden fielen oder davonrannten, liefen schmutzbedeckt und in zerfetzten Klamotten ins Gefecht. Ihre gebogenen Klingen zersplitterten bei dem Versuch, die Hiebe der Ethyrinen abzublocken. Ein Ilbeorerschwert schleuderte mit einem Hieb einen turbanbewehrten Kopf durch die Luft, und das Tuch, aus dem die Kopfbedeckung gebunden war, rollte sich im wirbelnden Flug ab. Ein anderer Bandit wankte davon, und kostbares Blut spritzte stoßweise aus dem Stumpf seines Schwertarms. Die trotzigen Schreie der Banditen verwandelten sich schnell in Schmerzensschreie, bevor sie völlig erstarben.

Der Rest der Bande schwang sich auf die Pferde und machte sich im Galopp nach Nordosten davon. Die vordersten Ethyrinen brachten einige der Flüchtenden zur

Strecke, aber einem Kavallerieangriff konnten sie nicht standhalten, auch nicht einem, der so verzweifelt und zerlumpt war wie der dieser Banditen. Mehr als ein Ethyrine wurde beim Ausbruch der Banditen von einem panischen Pferd umgerannt.

Der Weg der Banditen aus dem Dorf heraus führte sie im donnernden Galopp über einen staubigen Pfad, der auf den Berghang hinter Mendhakgaon zulief und dort verschwand. Eher ein Viehpfad als eine Straße, durchschnitt der braune Pfad das grüne Weideland und setzte sich nach Nordosten in Richtung auf den Varathapaß fort. Die Reiter folgten ihm in weit auseinander gerissener Reihe, vor und hinter ihnen begleitet von reiterlosen Pferden mit wild peitschenden Zügeln.

Die Ethyrinen fingen an Pferden ein, was sie konnten, und sechs von ihnen ritten auf Robin zu, um die Verfolgung aufzunehmen. Er schüttelte den Kopf. »Wir haben sie von der Mission verjagt. Ihnen nachzusetzen wäre dumm und selbstmörderisch.«

Durch das Ausbleiben einer Verfolgung mutig gemacht, brüllten die fliehenden Banditen Drohungen und Herausforderungen. Robin verstand nicht, was sie genau riefen, da er ihre Sprache nicht beherrschte, aber der Tonfall ließ keinen Zweifel an der Bedeutung des Gebrülls. Sie schwenkten ihre Säbel und zügelten ihre Pferde auf Schrittempo. Ein paar stritten sich sogar mit den anderen und deuteten zurück in Richtung Dorf.

Sergeant Connor, der auf einer grauen Stute saß, schüttelte den Kopf. »Die kommen wieder, Sir.«

»Das glauben Sie vielleicht, Sergeant«, antwortete Robin und steckte das Schwert zurück in die Scheide. »Aber Sie irren sich.«

Ein krachendes Donnern füllte das Tal, hallte von den Felswänden und den lodernden Häusern des Dorfes wider. Der Lärm pulsierte wie ein Herzschlag, wenn auch stetiger und drängender. Er wurde nicht schneller vor Erregung, als er sich dem Schlachtfeld näherte, sondern blieb gnadenlos gleichmäßig und kräftig.

Robin drehte sich im Sattel und sah hoch. Auf sein Gesicht trat ein Grinsen. »Sie irren sich ganz gewaltig.«

Der Bug der *Saint Michael* schob sich durch die Rauchwolken über dem Dorf und stieß weiter vor. Qualm wirbelte um ihre Flügelspitzen wie Schneewolken über den Gipfeln des Himlan. Das Brummen der Maschinen brachte Robins Brustkorb zum Schwingen, als das ganze Luftschiff sichtbar wurde. Rußiger Dampf quoll aus den beiden Schornsteinen, zog als schwarze Streifen hinter dem Schiff her und verband es mit der Vernichtung von Mendhakgaon.

Das Luftschiff kreuzte knapp hundert Meter über dem Talboden und brachte das Heck herum, so daß die *Saint Michael* auf Parallelkurs zum Fluchtweg der Banditen flog. Ein Teil von ihnen drohte dem Schiff mit erhobenen Säbeln, aber andere trieben die Pferde an und galoppierten links und rechts an ihnen vorbei. Diejenigen, die begriffen, was sie da sahen, schrien vor Entsetzen, während ihre ignoranten Kumpane lachend hochschauten.

Die *Saint Michael* übertönte die Stimmen der Banditen mit ihrem Donner. Wo Robin eben noch die Banditen gesehen hatte, waren sie im nächsten Augenblick von riesigen weißen Dampfwolken verschlungen. Die Steuerbordgeschütze des Schlachtschiffs feuerten gleichzeitig und schleuderten eine Druckwelle, die im ganzen Tal widerhallte. Der ungeheure hölzerne Kriegsvogel legte sich nach Backbord und stieg dann wieder aus dem Tal in die Höhe, wobei er einen Großteil des Pulverdampfs mitzog.

Die weißen Dampfwolken lösten sich auf und enthüllten eine Szenerie der Verwüstung. Wo einst grüne Weiden gelegen hatten, befand sich jetzt ein Meer aus braunem Schlamm. Der Trampelpfad existierte nicht mehr, und von den zuvor über den Hang verstreuten verwitterten Felsbrocken waren nur über den Boden verteilte graue Flecken zurückgeblieben. Pfützen glitzerten dunkel auf dem Boden, und ab und zu sah man einen Farbtupfer, aber abgesehen davon und von einem einsamen, schäumenden Pferd, das wild in die Berge davongaloppierte, sah Robin keine Spur der Banditen.

An der Reaktion des Schiffes auf die Salve hatte Robin erkannt, daß Hassett den Banditen eine Breitseite von allen drei Geschützdecks verpaßt hatte. Fünfundvierzig Kartätschenladungen aus Dutzenden von Bleikugeln, von denen keine größer war als ein Hühnerei, hatten die Banditen in Stücke gerissen und den Berghang umgepflügt. Als er genauer hinsah, konnte Robin noch schwache Bewegungen am Berg ausmachen, aber sie waren krampfartig, ohne Rhythmus und erstarben schnell ganz.

Als das Maschinengeräusch der *Saint Michael* im Tal abflaute, quollen die Schmerzensschreie halb begrabener und zerschmetterter Kreaturen vom Abhang herab. Robin wußte, daß sie eigentlich etwas hätten unternehmen sollen, um den Verwundeten und Sterbenden ihre Schmerzen zu erleichtern, aber es machte wenig Sinn, sie zu heilen, nur um sie dann zu hängen. Das gespensterbleiche Aussehen der Überlebenden auf den Mauern der Missionsstation hielt ihn zusätzlich davon ab, etwas zu tun. *Diese Leute sehen aus, als hätten sie in die Hölle geschaut, und genau das steht den Männern dort oben bald bevor. Mögen ihre Schmerzen sie bußfertig machen.*

Robin, der Helm und Kampfmaske längst abgenommen hatte, runzelte die Stirn, als er Sergeant Connor anblickte. »Sie scheinen da einige Dolche mehr zu tragen als bei unserer Ankunft, Sergeant. Es gibt Vorschriften gegen Plünderung.«

»Bitte um Entschuldigung, Sir, das hat nichts mit

Plünderung zu tun.« Der bullige Veteran ließ seine Hände auf dem Heft eines der Dolche ruhen, die er sich in den Gürtel gesteckt hatte. »Es wäre gut, ein paar davon für die Ausbildung unserer Männer mitzunehmen, Sir. Hierzulande werden sie wahrscheinlich noch öfter damit zu tun bekommen.«

»Guter Gedanke.« Robin sah, wie sich der besorgte Ausdruck Connors entspannte. »Übergeben Sie die Dolche dem Quartiermeister, wenn wir zurück sind.«

»Ja, Sir.«

»Außer ein oder zwei Exemplaren, die Sie selber behalten sollten, falls wir sie einmal dringend benötigen.«

»Ja, Sir.« Connor strahlte. »Und ich werde aufpassen, daß hier niemand plündert, Sir.«

»Und haben Sie ein Auge auf den kleinen Jungen.«

»Um den habe ich mich schon gekümmert, Sir.«

»Weitermachen, Sergeant Connor.« Robin drehte sich um und ging hinüber zu der Stelle, an der gerade das erste Ethyrskiff der *Saint Michael* niederging. »Das Dorf ist gesichert, Sir.«

Kapitän Hassett sprang über Bord, als das Ethyrskiff noch einen Meter über dem Boden war, und landete sicher auf beiden Füßen. »Sehr schön, Mister Drury. Wie geht es den Leuten von der Mission?«

»Sie haben es überlebt, sind aber alle mit den Nerven am Ende, Sir. Wenn Sie mir folgen, können Sie es selber sehen.« Robin führte ihn in den Schatten der Mission, wo sich die überlebenden Dorfbewohner versammelt hatten. »Kapitän Hassett, dies ist Pater Loughlin Ryan vom Orden des Heiligen Donnan. Pater Ryan, das ist Kapitän Lonan Hassett von der *Saint Michael*.«

Hassett streckte dem kleinwüchsigen Priester die Hand entgegen. »Erfreut, Sie kennenzulernen.«

»Gleichfalls, Kapitän, wenn es auch unter anderen Umständen erfreulicher gewesen wäre.« Obwohl der rothaarige Mann kaum größer als anderthalb Meter und dürr wie eine Vogelscheuche war, hatte er einen festen Handschlag und ein trotziges Funkeln in den grünen Augen. »Ich müßte lügen, wollte ich jetzt behaupten, daß ich damit gerechnet habe, um diese Zeit noch zu leben.«

Hassett blickte auf die kleine Gruppe von Personen, die Ryan aus dem Missionsgebäude ins Freie gefolgt war. »Das sind die einzigen Überlebenden?«

»So ist es.« Ryan zeigte auf die zwei weißen Frauen auf einer Seite der Gruppe. »Schwester Maria Denise und Schwester Elizabeth Katherine sind Schwestern der Göttlichen Gnade. Die anderen sind alle Bekehrte.«

Robin lenkte Hassetts Aufmerksamkeit wieder auf die ausgebrannte Ortschaft. »Die Banditen hatten eine Vorhut geschickt und Tribut verlangt. Während der Verhandlungen um die Höhe der Abgaben haben sie den Ort ausgekundschaftet und entschieden, ihn einzunehmen. Pater Ryan war mißtrauisch und lud die Dorfbewohner ein, bei ihm Zuflucht zu suchen, aber die Mehrheit hat abgelehnt.«

»Ich kann es ihnen nicht übelnehmen, Kapitän. Sie dachten, die Anwesenheit von Eilyphisten würde Kasi in Wut versetzen, so daß er vor allem die Mission angreifen könnte. Die Ghurbanditen zwangen alle in das Haus des Dorfältesten, das große Gebäude im Zentrum, dann steckten sie den Ort an.« Ryan nickte zu dem Jungen hinüber, den Robin gerettet hatte. »Der kleine Nataraj scheint der einzige Überlebende von außerhalb der Mission zu sein. Er überging die Befehle der Banditen, im Haus zu bleiben, und stahl die goldene Statuette einer Laamtigottheit zurück, die bei der Plünderung aus dem hiesigen Tempel entwendet worden war.«

Hassett lächelte. »Tapfere Tat für einen so jungen Burschen.«

»Das Götzenbild stellte Devinataki dar, eine kleinere

Göttin des Tanzes. Sein Namensvetter ist in den Laamtilegenden mit ihr verbunden.« Ryan zuckte mit den Achseln. »Wir haben viele Kinder hier, die so handeln würden, um die Entweihung einer Kirche zu verhindern. Eine solche Glaubenskraft erfüllt mich mit Hoffnung, wenn wir sie bekehren können.«

Der Kapitän der *Saint Michael* nickte. »Da nur so wenige von Ihnen hier sind, mache ich mir Sorgen um Ihre Sicherheit.«

»Wir werden überleben. Sie haben die Banditen getötet.«

»Und genau dadurch haben wir Ihre Mission zu einem Symbol gemacht, das andere werden zerstören wollen.« Hassett runzelte besorgt die Stirn. »Sie leben hier sehr abgelegen und weit entfernt von jedweder Hilfe.«

Ryan überkreuzte seine Arme. »Wenn Sie meinen, ich hätte Angst hier draußen …«

Robin schüttelte den Kopf. »Das hat der Kapitän nicht gemeint, Pater. Er hofft nur, Sie sind sich klar darüber, daß es keine gute Idee wäre, dasselbe Schicksal wie Sankt Donnan herauszufordern, nur weil er den Märtyrertod fand, als die Heiden in Culordain seine Kirche niederbrannten und all seine Bekehrten im Feuer umkamen. Natürlich würde der Märtyrertod auch Sie zu einem Heiligen machen, doch es gibt auch noch andere Wege zur Kanonisation.«

»Worum ich Sie in der Tat bitte, Pater Ryan, ist, mit Ihren Überlebenden und uns nach Dhilica zurückzufliegen.« Hassett legte dem Priester die rechte Hand auf die Schulter. »Sie wissen viel über dieses Land, und ich glaube, auch der Generalgouverneur würde Ihre Sicht der Dinge gerne hören.«

»Fiske? Den kümmert nur, wie man aus einer Münze zwei machen kann, möglichst ohne dabei selbst ins Schwitzen zu geraten.«

»Nein, ich nehme an, das hat sich noch nicht bis hier oben herumgesprochen, aber inzwischen ist Prinz Trevelien der neue Generalgouverneur. Ich kann Ihnen versichern, daß er gerne hören würde, was Sie über Baron Fiske zu sagen haben.«

Ryan verzog langsam den Mund zu einem Lächeln. »Und ich würde dem Prinzen meinerseits nur zu gerne erzählen, was ich von Baron Fiske halte. Nur wegen Fiske habe ich die Donnistenmission in Dhilica aufgegeben und bin hierher gekommen. Es ist schwierig, Leute zum Übertritt zu unserer Kirche zu überzeugen und sie zu einer frommen Lebensführung zu bewegen, wenn sich die reichsten unserer Bürger wie wildgewordene Heiden aufführen.« Der kleine Priester nickte. »Nun gut, Kapitän Hassett, wenn Sie uns nach Dhilica bringen, besorge ich uns eine Unterkunft in der dortigen Missionsstation. Danach stehe ich Ihnen zur Verfügung.«

»Es wäre mir eine Freude, Sie an Bord der *Saint Michael* zu begrüßen.«

»Und mir, dem Prinzen alles über Aran zu erzählen.« Die Augen des Priesters wurden zu Schlitzen, und Robin fühlte einen Schauer sein Rückgrat hinablaufen. »Natürlich gibt es da einiges, von dem er sich wünschen könnte, er hätte es besser nie gehört, und wieder anderes, von dem er sich wünschen wird, er könnte es ungeschehen machen.«

30. Kapitel

Pjimok, Wsorin, Distrikt Wsorin
Strana

12. Tempest 1687

Grigori Khrolic durchlief ein Ruck der Überraschung, als er den Zustand von Fürst Arslows Schreibtisch sah. Seine saubere Ordnung war einem wirren Durcheinander von Übersichten, zusammengerollten Karten, Büchern und losen Zetteln gewichen, die mit Geschreibsel und Diagrammen überzogen waren. Selbst im Lescarenkrieg war es nie so chaotisch geworden. *Arslow sah damals auch nicht so müde aus wie jetzt.*

»Ich habe nur einen knappen Bericht, Herr.«

Arslow blickte hoch und schien ein paar Sekunden zu benötigen, um Grigori zu erkennen. Er hatte vor Müdigkeit Ringe um die Augen, die das übliche Himmelblau beinahe schwarz wirken ließen. Aber trotz der Übermüdung wurde Arslows Blick schnell wieder scharf und strahlte dasselbe Feuer aus, das Grigori schon zwölf Jahre zuvor darin gesehen hatte. »Meldung von der *Ljeschij*?«

»Da.«

Arslow legte den Gänsefederkiel hin und setzte sich steif zurück. »Bitte, was hat sie durchgegeben?«

»Die *Ljeschij* befindet sich vierzig Meilen südlich und ist auf dem Rückweg, um Kohlen zu laden. Die letzte Sichtverbindung zu den Khast bestand westlich von Helor, von wo aus sie sich in südliche Richtung weiter fortbewegte. Die *Ljeschij* brach die Beobachtung vor zwei Tagen ab, konnte jedoch vorher über Spiegelsignale unsere dortigen Kundschafter alarmieren. Die Kundschafter werden Khast weiter verfolgen und Markierungen setzen. Die *Ljeschij* dürfte in vier Stunden hier eintreffen und könnte bis morgen früh wieder einsatzbereit sein.«

Der Fürst schüttelte den Kopf. »Njet. Für die weitere Verfolgung nehmen wir die *Sarnitskij*. Sie hat genügend Geschütze, um mit vereinigten Stämmen oder was auch immer fertig zu werden, auf das sie in Helansajar stoßen könnte. Der Wegstrecke nach zu urteilen, scheinen sie zum Varathapaß unterwegs zu sein, um Swilik im Austausch für Unterstützung gegen Schukri Awan an Ilbeoria zu verkaufen.«

»Das ist möglich, Herr.«

Arslow runzelte die Stirn. »Du stimmst nicht mit mir überein?«

»Ich finde es verfrüht auf der Grundlage unserer jetzigen Informationen Schlußfolgerungen zu ziehen.« Khrolic zuckte die Achseln. »Für Khast macht es Sinn, bei den Ilbeorern um Unterstützung nachzusuchen, aber auch für einen wiedererstandenen Dost? Weshalb sollte er *uns*, die Erben eines vollen Drittels seines alten Reiches, als eine Bedrohung einschätzen, gegen die er die Intervention von Ausländern erbittet?«

»Falls es diesen Dost überhaupt gibt.«

»Ein ausgezeichneter Einwand, Herr. Wir wissen nur durch die Wahnbilder Sterbender von seiner Rückkehr. Wenig zuverlässig.«

»Deine Nachricht vom Aufenthaltsort Khasts wirft die Frage auf, ob die ganze Geschichte von der Wiederkehr des Dosts nicht ein Märchen sein könnte, das die Wolfspriester erfunden haben, um uns von den wirklichen Geschehnissen abzulenken.«

Wenn deine Paranoia ein Pferd wäre, hättest du es inzwischen schon totgeritten. Grigori wog den Kopf. »Möglich, mein Fürst, aber unwahrscheinlich.«

»Du hast vielleicht recht, Grigori, aber die Wolfspriester würden es sicher vorziehen, wenn wir sie und

Aran ignorierten.« Arslow nickte und schloß für eine Sekunde die Augen. Hätte er nicht die Fingerspitzen aneinander gelegt, hätte Grigori gedacht, der Fürst sei endlich vom Schlaf übermannt worden. »Stimmst du mir darin zu, daß diese Ereignisse, was immer sie auch bedeuten, ein Handeln nötig machen?«

Ich habe diese Art Frage schon früher von ihm gehört. Es ist eine Einladung zur Gefahr und möglicherweise auch zu großen Ehren. »Ich halte diesen Schluß für unvermeidlich, mein Fürst.«

»Stimmst du mir nicht auch darin zu, daß wir uns an einem Scheideweg der Geschichte befinden, Grigori?«

Der jüngere Offizier legte die Hände auf den Rücken, während er über die Frage nachdachte. *Die Formulierung deutet an, daß andere dies verneinen und damit sogar Strana schaden könnten. Kann meine Antwort ihm als Indiz dafür dienen, daß ich bereit bin, mich zu seinem Vorteil mit ihm zu verschwören?* Er formulierte eine Antwort, mit der er die Schlinge vermeiden konnte, die der Fürst ihm ausgelegt hatte. »Ihre Deutung scheint eine gewisse Gültigkeit zu besitzen, Herr.«

Arslows Gesicht verzog sich langsam zu einem Lächeln. »Du bist ein kluger Mann, Grigori. In diesen Zeiten muß man Vorsicht walten lassen.« Seine eisigen Augen schnappten wieder auf. »Diese Zeiten bedürfen auch der Weitsicht. Setz dich. Ich werde dir erklären, was es mit all dem hier auf sich hat. Zum Schluß werde ich dich dann um deine Entscheidung bitten – eine Entscheidung, die meine Zukunft, deine Zukunft und die Zukunft deiner Nation, wahrscheinlich sogar der ganzen Welt bestimmen wird.«

Grigori zog sich einen Stuhl heran – ebenfalls aus der Hinterlassenschaft des Lescarenkaisers – und ließ sich darauf nieder. Als er Arslow das letzte Mal in einem solch ernsten und feierlichen Ton hatte sprechen hören, standen sie vor der Entscheidungsschlacht gegen Fernandi in Jajce. *Damals erklärte er, wir wären die Meister unseres Schicksals. Damals hatte er recht, aber gilt das auch heute?*

Der Fürst strich sich mit beiden Händen über das braune Haar, dann überflog er mit raschem Blick die Gegenstände vor sich auf dem Schreibtisch. Er nickte kurz und schaute Grigori in die Augen. »Es mag dich verwirren, das zu hören, aber die Anwesenheit des Dosts ist für unsere Überlegungen ohne Bedeutung. Seine Gegenwart, ganz gleich, ob er es wirklich ist oder wieder nur ein falscher Anwärter auf seinen Titel oder sogar nur ein Gerücht, wirkt lediglich als Katalysator. Sein Handeln wird unsere Aktionen antreiben oder aber den Untergang Stranas. Du bist ein kluger Mann, Grigori. Du kennst dich in vielem aus. Du hast Mjasowo wiederaufgebaut und weißt genau, wie primitiv Wsorin im Vergleich mit deiner Neuschöpfung ist.«

Grigori konnte ein Lächeln nicht zurückhalten. Mjasowo war aus den Ruinen einer alten, baufälligen Stadt entstanden und zu einem Monument für den Fortschritt der Menschheit geworden. Man hatte ein Kanalsystem für die Abwasserbeseitigung gebaut. Die Straßen waren großzügig und gerade angelegt, erleichterten und ermunterten den Handel. Es gab Gasbeleuchtung, Müllabfuhr, eine Berufspolizei, und man hatte Wasserleitungen in die einzelnen Gebäude gelegt. Moderne Konstruktionsmethoden waren beim Bau jener Gebäude angewandt worden, die Straßen alle gepflastert. Er hatte ein Wunder geschaffen, und er wußte es. Mochte es auch eine Sünde sein: Er war stolz darauf, was er geleistet hatte.

»Du weißt auch, Grigori, daß Murom und das restliche Strana verglichen mit deinem Mjasowo primitiv sind. Und doch, so wunderbar dein Mjasowo auch ist, du weißt, daß es in Ilbeoria, ja selbst in Lescar Städte gibt, die noch modernere Annehmlichkeiten besitzen.

Du weißt von den neuen, mächtigen Dampfmaschinen und Eisenbahnen in Ilbeoria. Du hast von ihren Fabriken und Walzwerken gehört, die viel effizienter produzieren, als es unsere jemals schaffen werden. Dir ist klar, daß wir an jedem Tag, an dem wir nicht einen Schritt nach vorn tun, zwei Schritte zurückfallen. Du weißt, daß der Abstand zwischen Ilbeoria und Strana immer größer wird und bald nicht mehr zu überwinden sein wird.«

Grigori nickte bedächtig. »Das stimmt.«

Arslow stand langsam auf, scheinbar mehr von seinen Überlegungen ausgezehrt als von Schlaflosigkeit. »Du kommst aus Mjasowo. Ich habe von einem Sprichwort der dortigen Fischer gehört: Der Fisch fault vom Kopf aus.«

Dem jüngeren Mann wurde kalt. *Du tanzt auf dem schmalen Grat zum Verrat, Wassili.*

»Du brauchst nichts zu sagen, Grigori. Das ist gefährlicher Boden. Ich markiere den Weg, und du kannst dich entscheiden, ob du mir folgen oder mich verraten willst. Das einzige, um das ich dich zunächst bitte, ist, mir zuzuhören.«

»Das werde ich, Herr.«

»Ich danke dir.« Arslow breitete eine Karte von Estanu aus und legte auf jede Ecke ein Buch, um sie glatt zu halten. »Als wir gegen Fernandi kämpften, fochten wir mit Männern und Stahl. Ilbeoria hat sein Teil dazu beigetragen, aber es hat auch mit Gold gefochten. Es hat eine Blockade in der Luft und auf dem Meer errichtet, die Lescar von seinen brendanischen Kolonien isolierte. Lescar wurde ebensosehr dadurch in die Knie gezwungen, daß wir seine Soldaten getötet haben, wie auch dadurch, daß Ilbeoria ihm wirtschaftlich die Kehle durchgeschnitten hat. Jetzt setzt Ilbeoria dieselbe Klinge *uns* auf den Leib, und wir müssen etwas unternehmen, sonst werden wir mit Sicherheit untergehen. Unsere Führung setzt sich aus alten Männern zusammen, die sich in dem Ruhm sonnen, den wir ihnen im Kampf gegen Fernandi eingebracht haben, und ihr Ziel ist es, Strana so wiederaufzubauen, wie es einst war. Sie haben keinen Respekt vor deiner Vision, Grigori, und versuchen die Vergangenheit wiederaufzurichten, während wir vor einer Zukunft stehen, die uns zu verschlingen droht. Diese Untätigkeit bietet den Wölfen eine erstklassige Gelegenheit, uns zu verschlingen.«

»Ich stimme voll mit Ihnen überein, mein Fürst.« Grigori beugte sich in seinem Stuhl nach vorne. »Deshalb hat es mich überrascht, daß Sie die Husaren nicht schon längst gegen Helor in Marsch gesetzt haben. Wir können diese Stadt einnehmen, um das Gebiet zu befrieden und unsere Märkte in Innerestanu zu sichern. Von dort aus kann bald auch Aran unser sein.«

Arslow kicherte, und Grigori fragte sich, ob die Erschöpfung den Mann aus dem Gleichgewicht gebracht hatte. Er runzelte finster die Stirn. »Habe ich etwas gesagt, das Sie zum Lachen bringt, mein Fürst?«

Der Fürst beruhigte sich wieder und starrte Grigori in die Augen. »Glaubst du wirklich, ich halte dich für so einfältig, in der Eroberung Arans eine Lösung des Problems zu sehen, von dem ich rede? Dich, den Schöpfer Mjasowos? Eine Eroberung von Aran wäre, als wollten wir versuchen, eine Gallone Wodka in eine Literflasche zu füllen. Strana kann unmöglich von einer Ausdehnung nach Aran profitieren, außer insofern, als es Ilbeoria damit eine Kolonie nähme.«

»Ganz genau, mein Fürst. Unsere Präsenz in Estanu könnte den Wolfskönig bedrohen und ihn dazu bringen, uns wirtschaftliche Zugeständnisse zu machen.«

»Na schön, verfolgen wir diesen Gedanken.« Arslow klopfte mit ausgestrecktem Finger auf die Karte. »Sagen wir, daß ich dir morgen befehle, Helor zu nehmen. Deine Husaren werden mitten im Majest dort ankommen und Helor in weiteren zwei Wochen in ihre Hände gebracht haben. Du könntest im Autumnal Drangiana erobern. Zum ersten Tenebrium jedoch setzt der Schneefall ein, und damit wäre eine Überquerung des Himlan unmöglich. Sind wir uns darin einig?«

»Darin sind wir uns einig.«

»Gut. Mit solchen Eroberungen auf deiner Seite …«

»In deinem Namen, mein Fürst.«

»… da, in meinem Namen, wird Wsorin in den Rang einer Provinz und ich in den eines Tacarri erhoben. Vielleicht.«

Grigori hob den Kopf. »Stünde das in Frage?«

»Du warst in Murom. Du verstehst dich auf Politik.« Arslow ballte die Fäuste. »Dieselben Naraschals, die mich nach dem Sieg über Fernandi um meinen gerechten Lohn gebracht haben, werden, berechtigterweise, hervorheben, daß *du* Helansajar und Drangiana erobert hast. Und ebenso, daß ich zehn Jahre nichts getan habe. Wsorin wird eine Provinz mit mir als Tacarri werden. Helansajar und Drangiana werden zur Provinz Zentralestanu, du wirst ihr Tacarri, dann heiratest du die Tachotha Natalja und stellst mich in den Schatten.«

Grigori, dem die Lageeinschätzung des Fürsten insgeheim durchaus gefiel, schüttelte trotzig den Kopf. »Ich würde mich nie zu einem solchen Verrat an Ihnen hergeben, mein Fürst.«

Arslow kicherte wieder, aber jetzt ohne den leicht irren Unterton, der vorher in seiner Stimme gelegen hatte. »Schön, du würdest gegen diese Ungerechtigkeit beim Tacier Beschwerde einlegen. Seine Antwort darauf wäre, daß ich meine Chancen an dich abgetreten hätte. Dann würdest du darauf bestehen, daß er mir im Frühjahr die Führung einer Expeditionsstreitmacht zur Eroberung Arans überträgt. Er würde erklären, ein solcher Feldzug sei nicht zu rechtfertigen. Er würde dir sagen, wenn du an seiner Stelle säßest, könntest du erkennen, was du jetzt nicht sehen kannst, und damit wärst du in der Patsche.«

Der jüngere Mann runzelte die Stirn. Das Szenario, das ihm Arslow ausmalte, klang in allen Einzelheiten schlüssig. General Winter, der noch immer bei der Verteidigung Stranas geholfen hatte, würde so früh wie immer über den Himlan kommen und Grigori daran hindern, seinen Angriffsschwung aus der Eroberung Helansajars und Drangianas zu nutzen, um auch nur einen Brückenkopf in Aran zu bilden. Im Winter könnten die Ilbeorer Verstärkungen nach Aran ziehen und eine Eroberung unmöglich machen. Außerdem gäbe er dem Tacier und den anderen Tacarri genug Zeit, um einen Weg zu finden, wie sie ihn als Bedrohung ihrer Machtstellung kaltstellen konnten.

Ein gar nicht zu seinem Charakter passendes Gefühl der Enttäuschung überkam Grigori. Er hatte immer vorgehabt, Arslow zu verraten, um seinen eigenen Aufstieg zu beschleunigen, aber jetzt hatte der ihm klar vorgeführt, wie man auch ihn betrügen würde. Die Tacarri und der Tacier würden mit ihm genauso verfahren, wie sie es schon mit so großem Erfolg an Fürst Arslow vorexerziert hatten. Schlimmer noch, mit dieser Handlungsweise würden sie Strana in den Abgrund reißen. Sie waren ein Bremsklotz des Fortschritts, weil sie nicht zu erkennen vermochten, daß Ilbeoria eine Bedrohung darstellte, mit der man fertigwerden mußte. Sonst würden die ilbeorischen Händler Strana irgendwann einfach kaufen.

Grigoris haselnußbraune Augen verengten sich. »Wissen Sie eine Lösung für dieses Problem?«

Arslow zögerte, sah zu Boden, dann nickte er langsam. »Ich werde diese Lösung mit dir teilen, Grigori, weil mir klar ist, daß du die Gelegenheit hast, dich dort zu etablieren, wo es mir verwehrt ist. Was ich dir jetzt sage, läuft auf Hochverrat hinaus. Wenn du der Ansicht bist, meine Logik sei fehlerhaft, kannst du mich stürzen, indem du Natalja erzählst, was ich dir jetzt sage, und sie dann nach Hause schickst. Du wirst an meine Stelle treten und kannst deinen Zauber auf Wsorin wirken lassen, wie du es schon in Mjasowo getan hast.«

Grigori durchlief ein Schaudern, als Arslow eine weitere Landkarte entrollte. Diese zeigte in etwas kleinerem Maßstab ganz Estanu und Urovia. »Wir waren uns darin einig, Grigori, daß Modernisierung genau das ist, was wir benötigen – und daß eine solche Modernisierung ein mühsamer Vorgang ist. Drei Methoden der Modernisierung stehen uns zur Verfügung: Technologie erfinden, Technologie einkaufen und Technologie stehlen. Erfindungen brauchen viel Zeit und können nur auf dem aufbauen, was man schon besitzt. Wir werden bis in alle Ewigkeit noch einmal erfinden müssen, worüber Ilbeoria längst verfügt. Zum Handel müßten wir etwas haben, das ein anderer braucht. Ilbeoria aber braucht nicht viel von dem, was wir bieten können, und nicht genug, um im Austausch dagegen ihre Technologie zu verkaufen. Wenn wir Technologie stehlen wollen, heißt dies, wir müssen einen Ort besetzen, dessen Technologie auf einem höheren Stand ist als die unsere – Ludstone zum Beispiel –, und das wiederum würde einen Konflikt beinhalten, den unser Tacier niemals entschuldigen oder gar erlauben würde.«

Grigori nickte. »Sie sehen die Lage so, wie sie ist.«

»Ich arbeite seit Jahren daran. Ursprünglich hatte ich daran gedacht, auf der Basis dieser Überlegungen selbst zu handeln, wenn die Umstände gefährlich genug würden. Die gegenwärtige Krise ist nicht so schnell zum Siedepunkt gekommen wie ich erwartet hatte, daher wirst du jetzt von meinen Plänen profitieren.« Arslow strich liebevoll mit der Hand über die Karte. »Wie schon im vorigen Szenario wirst du Helansajar und Drangiana noch in diesem Jahr erobern. Wenn das Gebiet befriedet ist, bringen wir die Husaren und deine Vandarikompanie auf dem Luftweg nach Murom, um den Dank der Nation für das entgegenzunehmen, was du geleistet hast. Alle Tacarri werden dort sein, um dich zu ehren. Du wirst in den Stand eines Tacarri erhoben, wirst dort jedoch mit deinen Truppen eine Meuterei in Szene setzen, alle die Tacarri töten, die dich nicht unterstützen, und Tacier Jevgjenij vom Thron stürzen.«

Arslow hob die Hand, um einem Widerspruch zuvorzukommen. »Tacier Jevgjenij muß beiseite geräumt werden. Er ist fünfundsechzig. Er hat geheiratet, als noch nicht einmal die Dampfmaschine erfunden war. Seine altmodische Nostalgie wird uns für immer an diese *alten* Zeiten ketten. Wir brauchen deine Weitsicht, um den Schritt in die Zukunft tun zu können.«

Grigori nickte. »Angenommen, es kommt dazu, wie ginge es danach weiter?«

»Du schickst unverzüglich eine Botschaft an den Wolfskönig in Ilbeoria, in der du ihm erklärst, daß du keinen Wunsch verspürst, Aran anzugreifen. Du sagst ihm, daß du Drangiana und Helansajar als Pufferstaaten unter deiner Hoheit ansiehst, die jedoch dem Handel offenstehen.«

»Aber das wird Ilbeoria noch mehr Märkte öffnen – was wir gerade nicht wollen.«

Der Fürst lächelte. »Ein tödlicher Dolch steckt oft in einer hübschen Scheide.«

»Ich verstehe nicht.«

»Das wird sich gleich ändern.« Arslow trat um die Karte und tippte auf Lescar. »Ilbeoria hat Lescar von seinen Kolonien abgeschnitten. Lescar hatte für seine Waren nur einen sehr beschränkten Markt. Im kommenden Frühjahr werden wir mit Ilbeoria dasselbe tun. Du wirst mir erlauben, denn das ist es, was *ich* von dir will, Grigori, unsere Truppen in einen Eroberungsfeldzug gegen Urovia zu führen. Wir beide, du und ich, haben Urovia vor zehn Jahren schon einmal überrannt. Wir wissen, daß nichts und niemand uns aufhalten kann. Wir besetzen Urovia, berauben Ilbeoria damit wichtiger Märkte und öffnen diese gleichzeitig für unsere eigenen Kaufleute. In Lescar, das mit ilbeorischer Hilfe wiederaufgebaut wurde, holen wir uns die Technologie. Im Tausch gegen eine Wiederöffnung der eroberten Märkte für den ilbeorischen Handel können wir außerdem ins Technologiegeschäft mit den Wölfen einsteigen.«

»Aber wenn wir Urovia besetzen, wird uns Ilbeoria dort entgegentreten müssen.«

»Ja, Grigori, aber das ist wie beim Schach: Wir haben sie in der Zwickmühle. Treten sie in Urovia zum Kampf an, bedrohen wir sie in Aran.« Arslow grinste wie ein Fuchs. »Strana hat schon immer über einen bestimmten Rohstoff verfügt, bei dem keine andere Nation mit uns gleichziehen kann: Menschen. Wir haben ausreichend Truppen, um unser gesamtes Reich zu verteidigen. Nicht so Ilbeoria.«

»Was, wenn Ilbeoria sich weigert, uns seine Technologie zu verkaufen?«

»Seine Regierung mag diese Haltung einnehmen, aber nicht seine Händler. Wenn er ihnen genug Gold bietet, verkaufen sie dem Henker den Strick, an dem der sie dann aufknüpft. Wir bieten ihnen Geld, Handelsmöglichkeiten und vielleicht auch Unterstützung, wenn sie sich zur Revolte entschließen, wie es Ilbeorias brendanische Kolonien getan haben. Wir spielen sie gegen Ludstone aus, und wir werden die Gewinner sein.«

Grigori runzelte leicht die Stirn. Er fand die Logik in Arslows Plan nicht nur unanfechtbar, auch die Gedanken dahinter schienen in schreckenerregender Weise brillant. Grigori war selbst ehrgeizig genug, aber damit zufrieden gewesen abzuwarten. Jetzt erkannte er das als seine Schwachstelle, denn es gab Zeiten wie die jetzige, in denen entschlossenes Handeln der einzige Weg schien, eine Katastrophe größeren Ausmaßes zu verhindern.

Wassili Arslow hatte ebenfalls gewartet, und die Umstände waren so arrangiert worden, daß er fern der Macht gehalten wurde. *Wenn ich warte, werden die Mächtigen mich dann mit demselben Mißtrauen beäugen und mir den Weg an die Macht versperren?* Viel wichtiger noch war das sehr reale Risiko, daß er sich seine *beste* Gelegenheit entgehen ließ.

Allein der Gedanke daran wand sich durch Grigoris Eingeweide wie eine Schlange mit Schuppen aus Rasiermessern. Er kannte dieses Gefühl genau – er hatte es schon einmal verspürt. Es rührte vom inneren Kampf zwischen dem her, was seine Vernunft als die kluge Vorgehensweise und dem, was sein Herz als die richtige Vorgehensweise erkannte. Damals war er der Stimme seines Herzens gefolgt, und es hatte sich als die richtige Entscheidung erwiesen. *Es gibt Zeiten, in denen schnelles und entschiedenes Handeln nicht impulsiv, sondern notwendig ist.*

Dennoch enthielt Arslows Plan aus Grigoris Sicht einen Fehler. »Es gibt keinen Grund, mein Fürst, warum ich Tacier werden müßte, damit Ihr Plan gelingt. Sie selbst könnten Tacier werden.«

Arslow schüttelte feierlich den Kopf. »Ich bin ehrgeizig, Grigori, aber ich bin auch ein Patriot. Ich hätte einen Aufstand anzetteln können, als ich hierher nach Wsorin geschickt wurde. Du wärst mir mit anderen gefolgt. Ich hätte Tacier Jevgjenij absetzen und an seiner Stelle regieren können. Ich habe das nicht getan, weil es Strana geschadet hätte, und das will ich nicht. Du jedoch, Grigori, verkörperst die Zukunft Stranas. Du wirst noch lange leben und großen Einfluß haben. Du hast die Weitsicht und den Willen, das Antlitz Stranas zu verändern. Und du besitzt das Talent dazu. Meine Begabung reicht nur für den Krieg. Als dein Oberbefehlshaber werde ich dir Urovia einbringen. Ich werde für immer als der größte Krieger Stranas in unsere Geschichte eingehen. Und solange ich lebe, wird jeder, der dich absetzen will, mich entweder anwerben, woraufhin ich ihn an dich ausliefern werde, oder sich mir entgegenstellen müssen. Jede Opposition werde ich zertreten. Ich bin der Kriegsbogen und du bist der Pfeil. Ich werde im Ruhm der Nation fortleben, die du erschaffen wirst.« Der Fürst zuckte mit den Achseln, dann hob sich sein Blick von der Landkarte. »Aber das gilt nur, wenn du dich dazu entschließt, die nötigen Schritte zu unternehmen, um den Plan auszuführen.«

Grigori nickte. »Ich bin bereit.«

Arslow hob die Hand. »Es gibt da eine letzte Einzelheit, der du zustimmen mußt.«

»Die wäre?«

»Tachotha Natalja.«

Grigori blieb der Atem in der Kehle stecken. *Ich hätte es voraussehen müssen.* Er wußte, daß sie sich Arslows Plan widersetzen würde, *wenn sie davon erfuhr.* Also durfte sie nichts davon erfahren. Der logische Schluß wäre gewesen, sie nach Murom abzuschieben, aber nach dem versuchten Anschlag auf ihr Leben war es unmöglich, sie zurück in die Hauptstadt zu schicken. Hätte man sie jetzt dorthin zurück gelassen, würde man Arslow für seine mangelnden Vorsichtsmaßnahmen gegen das Attentat zur Rechenschaft ziehen. Damit wäre sein Plan gestorben.

Der junge Offizier lehnte sich zurück. »Wir können sie niemals über unsere Pläne hinwegtäuschen. Sie wird ihre Freiheit für Stranas Zukunft opfern müssen.«

Der Fürst nickte. »Das ist auch meine Einschätzung,

obwohl ich befürchte, daß sie sich später wegen dieser Sache weigern wird, dich zu heiraten.«

Grigori zuckte die Schultern. »War das nicht schon immer denkbar? Eine Ehe mit ihr würde meinen Anspruch auf den Tacierthron legitimisieren, aber mir stehen viele Ehefrauen zu, und sie hat zahlreiche Schwestern. Sie werden von mir erwarten, daß ich Frauen aus den eroberten urovischen Ländern heirate. Natalja *könnte* die erste unter ihnen sein, aber wenn sie mich zurückweist, ist sie zu ersetzen.«

Er war von seiner eigenen Kaltblütigkeit überrascht. Er liebte sie, aber diese Liebe war ihm nicht so wichtig wie seine Träume, vor allem jetzt, nachdem das Gespräch mit Arslow ihm den Weg zu deren Verwirklichung geöffnet hatte. Natalja zu gewinnen, war ein Ziel in sich, aber auch eine Etappe bei der Verwirklichung seiner Träume gewesen. Er wünschte sich zwar, daß sie ihn begleitete und Teil seiner Zukunft wurde, aber wenn sie sich als Hindernis erwies, mußte er sie beiseite schieben.

Ein schwer zu deutender Ausdruck huschte über Arslows Gesicht. »Ich hatte vergessen, wie pragmatisch du sein kannst.«

»Ja?«, fragte der jüngere Mann in freudiger Erwartung, daß Arslow einen seiner größten persönlichen Siege ansprechen würde.

»Du hast die Kompanie Kundschafter in Glogau geopfert, nur um dich des Wolfspriesters zu entledigen, der Tachotha Nataljas Leidenschaft erregt hatte.«

»Ja, das tat ich.« Grigori grinste verschlagen. »Dann begann ich meine Kampagne um sie, indem ich ihr von meinem Kummer über ihren Verlust erzählte. Es wäre dumm von mir gewesen, diese Gelegenheit nicht zu erkennen – und nachlässig, sie nicht zu nutzen. Genau wie diesmal.« Der Husar stand auf. »Wann planen Sie, den Feldzug zu beginnen, mein Fürst?«

»Wenn wir von unseren Kundschaftern oder der *Sarnitskij* Bericht über Khast und seine Truppe erhalten, werden wir wissen, wie wir seine Gefechtsstärke in unsere Rechnung mit einzubeziehen haben. Zum Ende des Monats, mit Sicherheit.« Arslow lächelte. »In sieben oder acht Tagen solltest du deine Husaren zu Manövern an die helansajarische Grenze führen. Laß sie vorausmarschieren, du kannst ihnen dann hinterherfliegen, um den Befehl über sie zu übernehmen, wenn die *Sarnitskij* zurück ist. In etwa einem Monat wird Helor dir gehören, und es wird das erste Juwel in deiner Krone als Tacier werden.«

31. Kapitel

Varathapaß, Himlan
Aran

17. Tempest 1687

Uriah Smith klammerte sich auf dem Rücken eines stämmigen Bergponys an seinem Sattel fest und überlegte sich, daß er gute zweitausend Meilen Vogelfluglinie von Carvenshire entfernt – und auf dem Weg hierher sogar noch weiter gereist war. *Auf einer einzigen Reise habe ich eine größere Wegstrecke zurückgelegt als mein Vater auf seinem Weg an den Hof des Taciers.* Er schüttelte den Kopf, als ihm bewußt wurde, daß die meisten Ilbeorer sich nicht einmal vorstellen konnten, so weit zu reisen, geschweige denn, eine solche Reise zu überleben.

Ringsum ragten die Gipfel des Himlan in den Himmel wie zackige Scherben granitener Töpferware, die durch eine Kruste aus Erde und Schnee stießen. Obwohl noch Sommer war, heulte in den Hochpässen der Wind eisig von den Gipfeln nieder. Bisweilen wurden die Gipfel von schnell treibenden Wolken verborgen. Immer, wenn sich die Wolken zurückzogen, ertappte sich Uriah dabei, wie er nach oben schaute, halb überzeugt, die Berge seien noch größer geworden, während sie von den Wolken verhüllt blieben.

Vor und hinter ihnen ritten zwei himlanische Dorfbewohner, die Kapitän Ollis überredet hatte, sie nach Drangiana zu führen. Ollis hatte ihnen erklärt, es würde schwierig werden, geeignete Führer zu bekommen, aber die Leute in Thandragaon waren gerne bereit gewesen, die Wolfspriester zu führen. Ollis hatte zunächst recht überrascht gewirkt, dann hatte er ihnen grinsend erzählt, was die Einheimischen gesagt hatten.

»Scheint, daß Ihre *Saint Michael* eine Bande von Ghurbanditen zerschlagen hat, die den Paß von Drangiana herabgekommen ist. Der Geschützdonner hallte durch die Täler und ein paar Hirten fanden dann die Leichen. Einige paar Überlebende erzählten eine wilde Geschichte. Ein einzelner Wolfspriester zu Pferd hatte ihren Anführer getötet und dann die Bande davongejagt. Die *Saint Michael* kam dazu und setzte ihre Geschütze gegen die abrückenden Banditen ein. Da Sie zu zweit sind, denken sich die Leute, daß Sie jetzt mit dem Rest der Banditen in Drangiana aufräumen.«

Der Preis für die beiden wegkundigen Führer war auf zwei Pfund Zucker und ein paar Töpfe und Pfannen ilbeorischer Herkunft festgelegt worden. Den Rest der Ladung, die Ollis mit sich führte – Waren, die in Dhilica geladen worden waren –, konnte er gegen Decken, Teppiche, Stickereien und einige besonders hübsche Schmuckstücke eintauschen. Als Uriah beim Entladen der *Stoat* geholfen hatte, war ihm aufgefallen, daß die Dampfmaschine fehlte. Er hatte auch bemerkt, daß die Markierungen der Grimshaw Mercantile & Transportation, Ltd. auf den Kisten mit den ilbeorischen Tauschwaren fast restlos weggebeizt waren. An keiner der Kisten war ein Zollsiegel zu sehen, und er bezweifelte ernsthaft, daß die Waren aus Thandragaon auf ihrem Weg aus Aran irgendein Zöllner zu Gesicht bekommen würde.

Die Offenheit, mit der Ollis seine Geschäfte betrieb, verblüffte Uriah. Der Kapitän hatte sich zwar beklagt, die *Saint Michael* sei von ihrem Kurs abgewichen, als sie die Banditen vernichtete, aber er meinte dann auch, die *Stoat* sei bereits auf dem Rückweg nach Dhilica gewesen, bevor er das Kriegsschiff mit den Überlebenden an Bord in die Stadt zurückkehren sah. Abgesehen von dieser leichten Irritation schien Ollis in keinster Weise besorgt wegen irgendwelcher amtlichen Überprüfungen zu sein. Vor Uriah hatte er nichts verborgen, und um sich weitere Predigten zu ersparen, hatte der sich seinerseits gehütet, Fragen zu stellen.

Natürlich kam Ollis aus Wroxter und sah von daher den Schmuggel als eine nationale Aufgabe an, nicht etwa als ein Verbrechen. Da Uriah und Kidd heimlich aus Ilbeoria ausgereist waren, stufte Ollis sie ebenfalls als eher weniger gesetzestreu ein. Und nachdem ihm Kidd das Leben gerettet hatte, betrachtete er sie sogar als enge und liebe Freunde. Er half ihnen und vertraute darauf, daß sie ihn nicht verrieten.

Ollis ist ein Idiot. Er hat keinen Grund anzunehmen, daß wir ihn nicht verraten könnten. Er hat eine Dampfmaschine aus Ilbeoria herausgeschmuggelt und weiß genau, daß wir davon wissen. Wenn wir ihn auslieferten, wären uns alle möglichen Belohnungen und Gunstbeweise sicher. Er hätte niemals wegen uns zurückkommen dürfen, sondern nach Ilbeoria zurücksegeln und darum beten sollen, daß wir in Dhilica oder auf dem Weg nach Helor sterben. Oder gleich selbst dafür sorgen, daß uns jemand den Garaus macht.

Uriah blickte nach rechts, wo Kidd an seinem Sattel festgezurrt neben ihm her ritt. »Colonel, kann ich Sie etwas fragen?«

Kidd schien zuerst nichts zu hören, dann nickte er. »Du kannst. Und du darfst es auch.«

Der junge Mann überhörte den grammatischen Verweis. »Warum ist Kapitän Ollis unseretwegen noch einmal zurückgekommen?«

»Er steht zu seinem Wort. Es wäre unter der Würde eines solchen Ehrenmannes gewesen, uns im Stich zu lassen.«

»Ollis, ein *Ehrenmann*?« Uriah platzte mit einem lauten Lachen heraus und hörte das spöttische Echo von den Bergen zurückschallen. »Er könnte den Rest seines

Lebens mit der Beichte verbringen und würde einer Absolution nicht näherkommen.«

»Ach, und ein Sünder kann in deiner Sicht der Welt keine Ehre besitzen? Interessant.« Kidd wandte Uriah den Kopf zu. Seine Silberaugen blitzten im Sonnenlicht auf. »Wie kommst du darauf, daß Ollis irgendwelche Sünden zu beichten hätte?«

»Nun, Sir, er ist ein Schmuggler. Er bestiehlt die Regierung. Seine Verbrechen entspringen dem Neid und der Gier.« Uriah schniefte, um den blinden Mann auf ein Schulterzucken hinzuweisen. »Er ist ganz offensichtlich ein Sünder.«

»Du bist ein schlampiger Denker und das ist alles andere als offensichtlich.« Ein Ausdruck der Enttäuschung huschte über Kidds Gesicht. »Wende die analytischen Fähigkeiten, die du bei deiner Seminararbeit gezeigt hast, auf dieses Problem an. Welches sind die Bedingungen, unter denen eine Sünde begangen werden kann?«

Uriahs Nasenflügel bebten. *Frage ihn nach seiner Meinung, und du erntest ein Streitgespräch.* »Der Sünder muß wissen, daß sich sein Handeln gegen das Gesetz richtet, und er muß den Gesetzesbruch vorsätzlich und im Wissen um seine Gesetzlosigkeit begehen.«

Kidd nickte. »Im Himlan ist es Gesetz, daß Kühe heilig sind und Rindfleisch nicht verspeist werden darf. Das ist dir bekannt. Würdest du eine Sünde begehen, wenn du hier Rindfleisch ißt?«

»Nein.«

»Aber es ist gegen das hiesige Gesetz, Rindfleisch zu essen. Du weißt das, also würdest du vorsätzlich eine ungesetzliche Handlung begehen. Entspricht das nicht *deiner* Definition von Sünde?«

»Ja, aber das Gesetz hier gilt nicht für mich.«

»So, du stehst also über dem Gesetz? Warum gilt es nicht für dich?«

Uriah verzog das Gesicht. »Weil es ein Gesetz für die Araner ist. Für sie ist das Essen von Rindfleisch falsch, aber nicht für mich.«

Kidds Miene wurde streng. »Die Sünde ist also von der jeweiligen Situation abhängig? Es gibt kein letztgültiges Urteil darüber, was sündhaft ist und was nicht?«

»Das Böse ist sündhaft. Böse Handlungen sind sündhaft.«

»Aha, und was ist dann böse?«

»Führt das nicht ein wenig zu weit von meiner ursprünglichen Frage weg?«

»Du hast den Angriff geführt, nun komme auch klar mit den Piken, Kadett.«

Das Bild einer Pike, auf der Kidds Kopf aufgespießt war, zuckte durch Uriahs Hirn. »Das Böse ist das Gegenteil der Liebe.«

»Was ist dann Liebe?«

Uriah schnaubte leise. »Die größte Liebe, die ein Mann einem anderen Menschen angedeihen lassen kann, ist es, sein eigenes Leben für das eines anderen zu opfern.«

»Ein hübscher Vortrag der Ermahnung Eilyphs an Seine Jünger, aber das kannst du besser.« Kidd seufzte und schüttelte den Kopf. »Doch für den Augenblick soll es uns reichen. Du würdest also sagen, daß Liebe darin besteht, sein Selbst mit anderen zu teilen, eine Selbstlosigkeit, die man freigebig erweist?«

Uriah nickte. »Jawohl.«

»Schön. Was ist dann das Gegenteil davon? Was ist der Kern der Sieben Todsünden?«

Der junge Mann kratzte sich am Kopf. »Faulheit, Völlerei, Habsucht, Geiz, Wollust, Neid und Stolz. Sie drehen sich alle um das Selbst.«

»Also scheint es, als sei das Böse der letzte Ausdruck der Selbstsucht und Eigenliebe.«

»Ich schätze, ja.«

»Du bist dir nicht sicher?«

»Nun …«

»Warum ist Selbstsucht böse?«

»Das ist offensichtlich.«

»Wenn es so offensichtlich wäre, Kadett, würdest du mir eine vollständige Antwort geben. Du könntest dir etwas mehr Großzügigkeit im Gebrauch deiner mentalen Fähigkeiten abverlangen, wenn du willst, mehr Liebe und weniger Selbstsucht.«

»Mit diesem Problem haben Philosophen und Theologen gerungen, da ist es doch sicher zu schwierig für einen so unzureichend geschulten Kadetten wie mich.« Uriah stierte Kidd wütend an, weil der ihn so schnell durchschaut hatte. »Bitte, Sir, erleuchten Sie mich.«

»Ich bezweifle, daß selbst ich *dazu* imstande wäre, aber ich werde dir das Böse erklären.« Kidd schloß die Augen. »Eigenliebe entfernt den Menschen von Gott. Sie versucht, den Menschen selbst in die Mitte des Lebens zu stellen, und Gott von dort zu verdrängen, und dadurch treibt sie ihn in die Krallen des Teufels. Es ist ein Grund zur Sorge, da ein Mensch, der sich von Gott entfernt hält, niemals das ewige Leben erfahren wird und statt dessen die ewige Verdammnis erleiden muß.«

Kidds ruhige Vortragsweise überraschte Uriah. Er fühlte eine leichte Kälte über seinen Rücken laufen. Uriah zitterte. »Danke, Sir.«

»Du hättest es auch erkannt, Kadett, und zwar leicht und ohne allzu große Anstrengung, wenn du dich nur bemüht hättest. Du bist intelligent, aber zuallererst suchst du nach der Lösung, die für dich die bequemste ist, und versuchst, die Welt dazu zu bringen, sich deinen Standards anzupassen. Diese Vorgehensweise ist der Weg zu Gefahr und Schmerzen.«

»Sprechen Sie aus Erfahrung, Colonel?«

Kidd versteifte sich und Uriah wußte, daß er einen Treffer gelandet hatte, der den Wolfspriester tief im Innersten verletzte. Er antwortete mit langsamer und tiefer Stimme. »Ich habe nie behauptet, ein makelloses Leben geführt zu haben, Kadett. Auch ich bin anfällig für die Sünde des Stolzes: Ich gestatte mir zu glauben, ich könne anderen helfen, aber das erweist sich manchmal als Irrtum. Was uns voneinander unterscheidet, ist, daß ich einen Blick in meine Seele geworfen und meine Schwächen erkannt habe, im Gegensatz zu dir. Wenn du diese Selbsterkenntnis findest, bevor es zu spät ist, kannst du Großes leisten. Wenn nicht, wirst du wie Captain Irons enden, alt und verbittert. Und das wäre eine echte Verschwendung.« Kidd hob die Hand und blockte Uriahs Einspruch ab. »Aber über diesen Punkt könnten wir lange debattieren, ohne irgend etwas damit zu erreichen. Außerdem würden wir damit wirklich von deiner ursprünglichen Frage abschweifen. Also sag mir: Ist Ollis nun ein Sünder oder nicht?«

Uriah hatte Mühe, seinen Ärger zu schlucken. *Was bildet der Mann sich ein, so mit mir zu reden!* Er zitterte vor Wut, und trotzdem fühlte er einen Anflug von Angst unter dem Zorn, der sich aus der Wahrheit in Kidds Worten speiste. Er gestand sich ein, daß es ein fester Bestandteil seines Charakters war, moralische Urteile über andere zu fällen, eine Eigenschaft, die sich aus seiner Jugend erklärte, und dem harten Kampf, seine Identität zu finden, eine Identität, die ihm ein Selbstwertgefühl unabhängig von seinen verhaßten Brüdern ermöglichte. Indem er die Frage gestellt hatte, mit der die Debatte ihren Anfang nahm, hatte er versucht, Ollis als ihm unterlegen einzustufen, als verachtungswürdig. Doch allmählich wurde ihm klar, daß das keinerlei Wert hatte. *Ganz egal, wer oder was er ist, Ollis hat uns den einen oder anderen Gefallen erwiesen, und eilyphianisch wäre es, ihm zu danken und ihn dafür zu ehren.*

Die Andeutung, er könne wie Captain Irons enden, hatte gesessen, aber Uriah wußte wohl, daß ein Ende als Irons' Ebenbild noch das Beste war, worauf er hoffen konnte, wenn er sich nicht bald änderte. *Kidds Lebensziel ist es, Gottes Plan für sein Leben zu erforschen und umzusetzen. Mein Ziel war es bis jetzt zu beweisen, wie gut ich bin, wieviel besser als alle anderen. Ich diene niemandem als nur mir selbst, und das bedeutet, ich suhle mich im Bösen.*

Ohne sich einzugestehen, daß er Angst davor hatte, was er über sich selbst herausgefunden hatte, nahm Uriah den Ausweg an, den ihm der Wolfspriester wies. »Ollis weiß, daß der Schmuggel gegen das Gesetz verstößt, er tut es dennoch mit vollem Bewußtsein und für seinen eigenen Profit – eindeutig selbstsüchtig –, also muß ich die Frage bejahen: Kapitän Ollis ist ein Sünder.«

»Aber er ist ein Wroxtermann, der seinen Sohn auf einem ilbeorischen Kriegsschiff verloren hat. Kann er nicht mit Fug und Recht argumentieren, daß seine Handlungsweise ein Protest gegen eine illegitime Tyrannei ist, die auf seinem Heimatland lastet?«

»Das könnte er wohl sagen, Sir, aber dadurch würde es doch nicht wahr, oder? Wroxter ist ein Teil Ilbeorias. Ihm stehen dieselben Wege offen, einen Wandel in der Regierung herbeizuführen, wie allen anderen Ilbeorern auch.«

»Angenommen, der Wolfskönig verfügte, daß wir an jedem Kirchensonntag jedes alte Weib, das wir treffen, zu verprügeln hätten – würdest du das tun?«

»Nein, denn dieses Gesetz wäre eindeutig schlecht.«

»Auch wenn der König sagte, er habe von Gott die Anweisung dazu erhalten?«

»Gott würde das nicht tun.«

»Dann sehen die Menschen in Wroxter vielleicht auch die Zollgesetze als nicht bindend für sie an, genau so wie du das Laamtiverbot beiseite schiebst, daß man kein Rindfleisch essen darf.«

»Er ist also *kein* Sünder?«

Kidd begann zu lächeln. »Du hattest mit deiner ersten Aussage recht. Kapitän Ollis *ist* ein Sünder.«

»Wozu dann diese Kreisargumentation?«

»Argumente kommen aus dem Kopf, Kadett, aber nur das Herz weiß, was böse ist.« Kidd klopfte sich auf die Brust. »Die Sünde sitzt im Herzen, und du mußt die Menschen nach ihrem Herzen beurteilen, nicht nach ihrem Hirn. Der Verstand kann rechtfertigen, daß der Zweck die Mittel heiligt, das Herz wird dies niemals können.«

Uriah grübelte einen Augenblick darüber nach, dann nickte er. »Das macht Ollis und Fernandi zu Brüdern im Geiste.«

»Kaum. Ollis ist ein Mann wie wir alle. Seine Sünden sind verzeihlich, weil er im Geist und zum Teil auch im Herzen davon überzeugt ist, daß seine Vergehen nicht so schlimm sind. Er wird nicht für alle Zeiten verdammt sein, wenn er ohne Absolution stirbt, wie etwa Fernandi. Darin liegt der Schlüssel, den viele Menschen vergessen: Sünden, alle Sünden, können vergeben werden, wenn man diese Vergebung ernsthaft sucht, mit offenem und liebendem Herzen. Sünde ist ein Fehler in uns selbst, eine Unvollkommenheit, die uns von Gott trennt.«

»Sie sagen, daß Fernandi niemals Vergebung finden kann, Colonel?«

»Fernandi, Kadett Smith, wird niemals um Vergebung *bitten*.«

»Aber wenn jemand um Vergebung bittet, würde ihm vergeben?«

Kidd nickte. »Jedem Menschen, jede Sünde.«

Uriah sah zum höchsten der Berggipfel empor. »Sie haben mir einmal gesagt, daß Gott manchmal auch Menschen für ihre Sünden bestraft, die noch auf Erden weilen. Er kann ihnen als Strafe für diese Sünde ein Leiden auferlegen. Wie kommt es, daß Fernandi einer solchen göttlichen Vergeltung entgangen ist, wenn seine Sünden so gewaltig waren, während andere für geringere Vergehen leiden müssen?«

Kidd zuckte die Schultern, und Müdigkeit zog über sein Gesicht. »Darauf habe ich keine Antwort, Kadett. Mein … Leiden …«

»Nein, Sir, damit wollte ich nicht andeuten …«

»Mein Leiden ist eine Erinnerung des Herrn, ein Anstoß, tätig zu werden. Das letzte, was ich gesehen habe, bevor mir die Augen genommen wurden, war eine Vision, deren Bedeutung zu enträtseln ich Jahre brauchte. Du warst dabei, als Gott mich daran erinnerte, und du hast auf dem Schachbrett gesehen, was ich sah. Das hat uns auf diese Reise geführt.«

»Dann deuten Sie an, daß Gott Ihnen die Augen wiedergeben wird, wenn es Ihnen gelingt, den Dost zu retten?«

»Ich weiß es nicht. Ich weiß nicht, ob ich nach den Sünden noch würdig bin, das Augenlicht zurückzuerhalten. Den Sündern, zu denen mich mein Stolz darüber, diese Vision gehabt zu haben und meine Entschlossenheit, sie zu enträtseln, getrieben haben.«

»Von welchen Sünden reden Sie?«

»Kadett, daß ich jeden Seminaristen terrorisiert habe, der eine fortgeschrittene Taktikarbeit vorgelegt hat, ist nur ein Beispiel. Als ich mein Augenlicht verlor, habe ich Freunde im Stich gelassen und noch andere selbstsüchtige Akte begangen, alles, weil ich Schmerz und Zorn fühlte und mich an diese Vision wie an meine einzige Rettung klammerte. Ich habe lange gebraucht, um zu erkennen, welcher Fehler das war, und als ich diesen Punkt erreicht hatte, gewährte Gott mir eine Vision, die mir zeigte, daß ich den rechten Weg wiedergefunden hatte.« Kidd schlug sich mit der Faust auf die Brust. »In meinem Herzen weiß ich, daß dies richtig ist, aber ich weiß auch, daß es Sünden gibt, für die ich büßen muß. Falls Gott in Seiner Weisheit mir die Absolution erteilt und durch ein Wunder mein Augenlicht wiederherstellt, werde ich mich darüber sehr freuen. Aber wenn nicht, werde ich mich bemühen, Ihm noch näher zu kommen, damit ich in der kommenden Welt all das genießen kann, was ich in dieser entbehren mußte.«

Uriah schüttelte den Kopf. »Ich wäre sicher wütender auf Gott, als Sie es sind.«

»Das habe ich eine Weile ausprobiert – und herausgefunden habe ich folgendes: Noch schlimmer als blind zu sein, ist es, blind und dumm zu sein.« Kidd schenkte Uriah ein zaghaftes Lächeln. »Jemanden zu hassen, der bereit ist, jedes Verbrechen zu verzeihen, erscheint mir als das Dümmste, was es geben kann..«

»Der Gedanke ist mir noch nie gekommen.«

»Es ist eine Lektion, die viele nie lernen, Kadett.« Kidd nickte nachdenklich. »Fernandi hat mir einmal gesagt, wenn er sich gestatten würde, an Gott zu glauben, dann nur, um Ihn zu hassen. Ich antwortete ihm, wenn er sich irre und Gott existiere, würde er in der Hölle schmoren. Woraufhin Fernandi meinte, falls ich damit recht hätte, würden wir es zumindest warm haben und könnten eine Ewigkeit darüber lachen, wie falsch wir gelegen hätten. Ich bin hier, um sicherzustellen, daß diese Vorhersage sich nicht erfüllt, denn, um der Wahrheit die Ehre zu geben, so kalt war mir nie, und mich bis in alle Ewigkeit mit Fernandi unterhalten zu müssen, wäre wirklich die Hölle.«

32. Kapitel

Gauntlan Manor, Dhilica, Puresaran
Aran

20. Tempest 1687

Als Robin Drury vor dem ausgedehnten Landsitz der Grimshaws aus der Kutsche stieg, wäre es ihm lieber gewesen, noch einmal von der *Saint Michael* mitten in eine offene Feldschlacht abzuspringen. Er fühlte sich in seinem neuen eleganten Abendanzug ganz und gar nicht wohl. Einer der letzten Punkte, von denen ihn Dennis Chilton hatte überzeugen können, war, daß er für ein Abendessen im Hause Grimshaw eine dem Anlaß angemessene Kleidung benötigte. Robin hätte es vorgezogen, in Ausgehuniform zu erscheinen. Doch der Schneider, den Chilton empfohlen hatte, versicherte ihm, daß so etwas für einen *Gentleman* undenkbar war.

Ich hätte ihm sagen sollen, daß ich kein Gentleman bin. Robin rang sich ein Lächeln ab, während er den weißen Kiesweg zum Eingang hinaufschritt. *Wäre ich ein Gentleman, könnte ich mich nicht so unwohl fühlen. Ich bin ein Wolfspriester. Ich wurde für höhere Zwecke ausersehen.* Er grinste bei sich. *Wahrscheinlich ist es gar nicht so schlecht für mich, wenn mir unter den Reichen unwohl ist.* Seine Begegnung mit der Aristokratie und ihren Umgangsformen gegenüber denen, die sie als unterlegen ansah, war ihm während seiner Tage in den Lakeworth-Kutschenwerken übel aufgestoßen. Es gab zwar einzelne Ausnahmen wie Dennis Chilton und Amanda Grimshaw, die offensichtlich in der Lage waren, das Korsett ihrer Erziehung abzustreifen, aber die meisten Aristokraten schienen Robin hoffnungslos selbstgefällig und ignorant zu sein, was die Realität der Welt anging, in der sie lebten. *Sie betrachten andere Menschen wie ein Schachspieler die Figuren auf dem Brett, und eine derartige Entfremdung von der Wirklichkeit ist monströs.*

Selbst in der Dämmerung, als die Palmen und Sträucher der Umgebung das Gutshaus schon in Dunkelheit zu hüllen begannen, war Gauntlan Manor einen Blick wert. In der Mitte erhob sich das Gebäude drei Stockwerke hoch unter einem steilen Dach, das mit roten Keramikziegeln gedeckt war. Um diesen zentralen Turm herum dehnte sich das Haus ebenerdig über eine so große Fläche aus, daß der Turm bei einem Einsturz – gleichgültig in welche Richtung – vollständig auf einen anderen Teil des Bauwerks aufschlagen mußte. Ein rotbeziegeltes Dach schützte eine Veranda, die das gesamte Haus umgab.

Die Fabrik, in der ich damals in Ilbeoria arbeitete, war kleiner als dieses Haus. Robin ging die Treppenstufen hinauf und hinüber zum Eingang. Der große Messingtürklopfer glänzte trotz der hohen Luftfeuchtigkeit makellos. Robin hob den schweren Klopfer an und ließ ihn gegen die Platte unter dem detailliert herausgearbeiteten Wolfskopf knallen.

Ihm fiel auf, daß man den Klopfer, wenn man ihn ganz nach oben hob, auch gegen den Wolfskopf schlagen konnte, und er glaubte an der Abnutzung sogar zu erkennen, daß andere vor ihm genau das getan hatten. Einen Türklopfer so in die falsche Richtung zu werfen, war ein Zeichen von Verachtung für die Kirche, an das er sich noch gut aus seiner Kindheit erinnerte. Er vermutete allerdings stark, daß diejenigen, die es hier getan hatten, diese Geste weniger aus knabenhafter Lust an Streichen gemacht hatten, sondern aus echter Verachtung für den König und seinen Einfluß auf die Geschehnisse hier in Aran.

Er trat ein paar Schritte zurück, um sich das Haus noch einmal anzusehen, während er wartete. *Wenn ich es mir recht überlege, war das Dorf, in dem ich gelebt habe, kleiner als dieser Landsitz hier.*

Ein – bis auf den weißen Turban – nach urovischer Mode gekleideter Araner öffnete ihm die Tür. »Guten Abend, Sir.«

»Bruder Robert Drury.«

»Man erwartet Sie, Sir.« Der Araner sprach Ilbeorisch mit scharfen, abgehackten Silben, denen der Singsang des Pidgin-Ilbeorischen fehlte, wie es die meisten Araner, denen Robin begegnet war, sprachen. »Bitte folgen Sie Pradip.«

Robin trat in die Vorhalle und folgte einem anderen Araner den zentralen Flur hinab, der sich über die ganze Länge des Gebäudes zu ziehen schien. Pradip schwieg, aber aus seiner sehr begrenzten Erfahrung mit Lakaien wußte Robin, daß ein Diener nicht mit Gästen zu sprechen hatte, es sei denn in einem Notfall oder auf eine starke Anfrage hin. Nicht, daß der Mann etwas hätte sagen müssen – allein von seiner Körpergröße her war Robin schon beeindruckt. Auch wenn er die paar Zentimeter abzog, die durch den Turban hinzukamen, stach der Diener Robin nicht nur der Körpergröße nach aus, sondern auch in der Schulterbreite. Robin war es nur selten passiert, daß er kleiner als sein Gegenüber war, und er fragte sich im stillen, ob Grimshaw sich einen so riesigen Lakaien zugelegt hatte, um es Robin unbehaglich werden zu lassen.

Oder hat er sich so einen Riesen zugelegt, weil es ihm Vergnügen bereitet, jemanden herumzukommandieren, der ihn wie dürres Holz entzweibrechen könnte?

Pradip öffnete die Tür zum Salon und bat Robin hinein. Der Wolfspriester fand sich sofort im Zentrum der Aufmerksamkeit und kam sich vor, als sei er in einen Hinterhalt geraten. Chiltons Anweisungen für eine solche Abendgesellschaft hatten die Mahnung beinhaltet, anstandshalber fünfzehn Minuten nach der angegebenen Zeit zu erscheinen. Chilton hätte ihm niemals einen falschen Rat erteilt, also blieb ihm nur die Folgerung, daß man allen anderen Gästen eine frühere Ankunftszeit als halb acht nahegelegt hatte.

Sein Unbehagen verflüchtigte sich, als Amanda Grimshaw sich umdrehte und ihn anlächelte. Sie entschuldigte sich bei zwei älteren Damen, mit denen sie sich unterhalten hatte, und schritt keck auf Robin zu, der noch immer vor dem Eingang stand. Das Rascheln ihres goldfarbenen Satinkleids knisterte durch das peinliche Schweigen, das mit seinem Eintreffen entstanden war. »Ich freue mich, Sie wiederzusehen, Bruder Robert.«

Robin verbeugte sich und begrüßte sie mit Handkuß. »Das Vergnügen ist ganz auf meiner Seite.«

»Ich habe von einem ganz außergewöhnlichen Abenteuer gehört, das Sie in Mendhakgaon erlebt haben sollen.«

»Woher wissen Sie denn davon?«

»Ich habe meine Quellen.«

Erwin Grimshaw schob sich zwischen zwei Männern durch, deren Leibesumfang die Nähte ihrer Westen ungemein strapazierte. »Ausgezeichnet, Sie sind da. Pradip, melde Lutley, daß wir jetzt vollzählig sind.« Der Hausherr betrachtete Robin und lächelte. »Die Neuigkeiten von Ihren Heldentaten haben sich schnell in unserer Gemeinde verbreitet. Als ich damals sagte, wir würden Sie als unseren Gast hierher bitten, ahnte ich nicht, daß wir solch einen Helden unter uns haben würden.«

»Ich bin kein Held.«

»Falsche Bescheidenheit überlebt an diesem Ort nicht, Sir. Sie sind hier unter verständigen Freunden.«

Verständig? In Grimshaws öligem Tonfall war etwas, das Robin einen kalten Schauer den Rücken hinabjagte.

Die Türen des Salons öffneten sich und ein Ilbeorer

von durchschnittlicher Größe und mit vollem, wallend weißem Haar rief: »Es ist angerichtet.«

Die Leute bewegten sich rasch auf ihre jeweiligen Tischnachbarn zu und folgten dem Diener in Zweierreihe. Amanda hakte sich rechts von Robin ein und führte ihn hinter ihren Vater und eine Frau, die sie als ihre Tante vorstellte.

»Ist Ihr Vater Witwer?« flüsterte er ihr zu, als sie sich in die Halle begaben und nach links abbogen.

»Nein, meine Mutter ist noch in Ilbeoria.« Amandas Lächeln gefror um ihre Augen. »Sie hat nicht das Temperament für Aran. Tante Philomena vertritt sie hier, um für einen geregelten Haushalt zu sorgen.«

»Ich verstehe«, murmelte Robin höflich. Er hatte den Eindruck, daß ihn Amanda zwar nicht angelogen hatte, aber auch nicht die ganze Wahrheit über ihre Mutter gesagt hatte. Die Art und Weise, wie sie mit der Rechten seinen Arm packte, verriet ihm, daß sie ihn nicht absichtlich hatte täuschen wollen, und zudem, daß sie sich schämte, es möglicherweise doch getan zu haben. Das überraschte ihn nicht – Frauen von ihrer Erziehung war es nicht gegeben, leicht lügen zu können, schon gar nicht Mitgliedern der Kirche gegenüber.

Robin schaute über die Schulter zu den anderen Gästen. Die meisten Männer schienen fünf bis dreißig Jahre älter als er selbst, und alle besaßen eine mehr oder minder weit fortgeschrittene Korpulenz, wie sie generell mit größerem Wohlstand einherging. Robin besaß die Abneigung aller Militärs gegen solch offensichtlichen Mangel an körperlicher Fitneß, und der Anblick der vom Alkohol geröteten Gesichter und der nachgerade extrem geschorenen Köpfe verstärkte diese Antipathie noch. Während die militärischen Dienstvorschriften eindeutig vorschrieben, welche Tonsurgröße jedem Rang zustand, besaß der Laienstand keine solchen festen Regeln. *Bei den meisten der hier versammelten*

Herren scheint das Rasiermesser ihrer Weisheit um Meilen voraus zu sein.

Die Frauen wirkten durchweg älter als ihr jeweiliges männliches Pendant. Die meisten waren mit Schmuck überhäuft und hatten ihre vollschlanken Figuren in dicke Schichten von Seide gehüllt. Einige trugen lange Fingernägel, die sich nur für ein Leben des Müßiggangs eigneten. Die restlichen Damen waren so schlank, daß sie schon fast Skeletten glichen. Zwar wies nichts in ihrer Gesichtsfarbe darauf hin, daß sie krank sein könnten, aber ihr Lächeln schien unter den hohlen, toten Augen in ihren Schädel gemeißelt.

Robin lächelte Amanda zu. »Man könnte meinen, daß Aran nur wenigen glücklichen Ilbeorerinnen bekommt.«

»Ich werde das als ein Kompliment auffassen, Bruder Robin.«

»So war es auch gemeint. Sie sind hier offensichtlich aufgeblüht.«

Lutley führte die Gästeschar in einen Saal auf der rechten Seite des Korridors. Erwin Grimshaw nahm seinen Platz am Kopf der Tafel ein und behielt Philomena zu seiner Rechten. Robin stand neben ihr, dann Amanda neben Robin. Die anderen sechs Paare verteilten sich um den Tisch herum, wobei sich Michael Crowe am entgegengesetzten Ende des Tisches und Anthony Ekins, der Herausgeber des Dhilica Monitor, Robin gegenüber aufstellte.

Erwin Grimshaw breitete die Arme aus. »Willkommen, meine Freunde. Bitte, genießen Sie die Gastfreundschaft von Gauntlan Manor.« Er zog seinen Stuhl heraus und wollte sich setzen, hielt jedoch inne, als seine Tochter leise hüstelte. »Ja, Amanda?«

»Vielleicht, lieber Vater, möchte Bruder Robert ein Tischgebet sprechen?«

Grimshaws Miene verdüsterte sich kurz vor Verärgerung, dann hellte sie sich mit einem Lächeln auf. »Wenn Sie die Güte hätten, Bruder Robert.«

Robin neigte den Kopf. »Lieber Vater im Himmel, wir danken Dir für dieses Mahl und eine solche Gesellschaft. Durch Deine Güte genießen wir diese Gaben, die Früchte harter Arbeit von Menschenhand – und dennoch Dein Geschenk. Dein Wille geschehe.«

Die Männer hielten ihren Damen den Stuhl, nur Grimshaw nicht. Lutley zog für Philomena den Stuhl zurecht, dann wies er Pradip und einen anderen Lakaien, ebenso groß und vom Turban bis zu den Schnallenschuhen ähnlich gekleidet, an, den Gästen die Suppe zu bringen. Die Bedienung erfolgte auf eine Art und Weise, die Chilton als ›stranischen Stil‹ bezeichnet hatte. Ein Diener erschien an Robins linkem Ellbogen mit einer dampfenden Terrine klarer Rinderkraftbrühe, und Robin schöpfte genug heraus, um seine Suppenschale zur Hälfte zu füllen.

Er stellte die Schöpfkelle vorsichtig wieder in die Terrine zurück, um den Diener nicht mit der heißen Suppe vollzuspritzen. Dann ging ihm plötzlich auf, daß der Mann sicher kein Interesse daran hatte, verbrüht zu werden, aber wahrscheinlich mehr der Herkunft der Brühe wegen besorgt war als um deren Temperatur. Auf der anderen Seite des Tisches sah er Diana Ekins, eine der mageren Vogelscheuchen, die Schöpfkelle geradezu in die Terrine zurückwerfen, ohne sich im geringsten um das Unbehagen des laamtischen Dieners zu kümmern.

Chiltons Instruktionen für das Abendessen hatten alle Aspekte berücksichtigt, und Robin hatte keine Probleme, sich an seine erste Regel zu halten. »Bruder Dennis sagte mir, es sei meine Pflicht, ein Tischgespräch mit Ihnen zu führen, Miss Grimshaw, falls Sie das nicht aufdringlich finden.«

»Ich würde es sehr genießen, mich mit Ihnen zu unterhalten, Bruder Robin.« Sie lächelte einladend. »Wie Ihnen Bruder Dennis sicher auch gesagt hat, sollte ein Tischgespräch sich auf Belanglosigkeiten beschränken, aber das ist eine Konvention, die ich in diesem Fall umgehen möchte, denn meine Neugierde zwingt mich, Sie zu fragen, wie Sie Mrilan und den Himlan fanden.«

»Aran insgesamt ist ein sehr schönes Land. Es gibt hier unberührte Orte, die noch so aussehen, wie ich mir den Hain von Urjard vor dem Sündenfall vorstellen würde.« Auf weitere Fragen Amandas hin lieferte Robin über der Suppe und zwei Fischgängen seinen Reisebericht ab. Sie antwortete mit der Beschreibung einer Reise, die sie vor einem Jahr nach Vlengul unternommen hatte, was die beiden durch Austern, Lammkoteletts und aranische Antilopensteaks führte. Erwin Grimshaw verlangte einen Bericht über die Schlacht von Mendhakgaon zu hören, den Robin im Interesse der anwesenden Damen kürzte und verharmloste. Während dieses Vortrags wurden gegrillte Rebhühner verspeist, und damit erreichten sie den letzten Hauptgang: gebratenes Rinderfilet.

Dennis hatte Robin erklärt, daß man nicht von ihm erwartete, alles zu essen, was ihm serviert wurde. Er mußte sich allerdings immer wieder selbst daran erinnern, denn das Essen war wunderbar. Auch wenn er nun schon seit dem Zwölften des Monats in Dhilica weilte und nicht länger Schiffsverpflegung ertragen mußte, waren die Rationen der Luftflotte doch selbst am Boden nicht annähernd so gut und reichhaltig wie die Reste am Tisch Grimshaws. Obwohl er sich stets zurückgehalten hatte, fühlte sich Robin fast schon zu voll, um noch etwas essen zu können, als ihm Pradip jetzt vom Rinderfilet anbot.

Nur der Höflichkeit halber nahm er sich eine Scheibe – doch man hatte sein Zögern schon bemerkt. Die anderen am Tisch schienen gemeinsam aufzuatmen, als er das Fleisch auf seinen Teller legte. Robin konnte sich nicht erklären, warum sein Verhalten für sie von Bedeutung sein sollte, aber dann fiel ihm auf, wie sich alle anderen großzügige Portionen Rindsfilet auf die Teller schaufelten.

Sind diese Leute so *vulgär?* Die einzige Erklärung, die Robin für ihre Völlerei fand, sah Robin darin, daß die Diener nichts vom Rind essen konnten. Indem man sie dazu zwang, es aufzutragen, den Gästen dabei zuzusehen, wie sie es aßen, und dann noch die Teller zu säubern, wurde die Kluft zwischen Ilbeorern und Aranern in eindeutiger und verletzender Weise betont. Robin war selbst ein einfacher Arbeiter in Ilbeoria gewesen und hatte nicht den geringsten Zweifel, daß die Bediensteten den gesellschaftlichen Abgrund zwischen sich und den Gästen genau kannten. Er fragte sich, warum die Gäste es für nötig hielten, die Unterschiede so brutal zu betonen.

Robin legte Messer und Gabel beiseite, ohne das Rindfleisch auch nur anzurühren. Er sah, wie Amanda es ihm nachtat und ihm kurz zulächelte. Dem Rest der Tischgesellschaft war das nicht aufgefallen. Sie verschlangen ihr Fleisch so rasch, als hätten sie seit Tagen nichts mehr gegessen. Da beim einen oder anderen dennoch Fleisch auf dem Teller übrigblieb, dachte jeder, Robin und Amanda hätten auch ihren Anteil verzehrt.

Als Nachtisch kamen Mangofrüchte und Käse auf den Tisch, aber Robin hatte jeden Appetit verloren. Die anderen beendeten das Dessert zügig, dann legte Philomena ihre Leinenserviette beiseite und erhob sich. »Ladys, wollen wir uns zum Kaffee in den Salon zurückziehen?«

Die Damen verabschiedeten sich leise von ihren Tischgenossen und folgten Philomena aus dem Raum. Amandas Verabschiedung hörte sich zwar gleichmütig an, die Art jedoch, wie sie ihre Hand über Robins

Schulter streifen ließ, zeigte ihm, daß sie nur widerwillig ging. Er lächelte ihr zu und wußte, daß er sie wiedersehen würde, wenn sich die Herren nach Portwein und Zigarre ebenfalls zum Kaffee in den Salon begaben. Da ihr Vater auch begierig auf Whist war und die Abendgesellschaft sechzehn Leute zählte, stand sogar zu erwarten, daß der Abend im Kartenspiel ausklingen würde.

Nachdem Amanda den Speisesaal verlassen hatte, schloß Lutley die Türflügel an der Kopfseite des Tisches und ging dann ans andere Ende des Saales. Robin achtete nicht darauf, aber als der Wolfspriester hörte, wie ein Teil der Wandtäfelung beiseite glitt, schaute er auf. Erwin erhob sich und deutete auf die Geheimtür und die dahinter sichtbaren Treppenstufen. »Gentlemen, wenn Sie mir in den Turm folgen wollen, dort werden wir unser Vergnügen haben.«

Chiltons Instruktionen hatten sich nicht speziell auf einen solchen Fall bezogen, hatten aber die generelle Regel enthalten, Einladungen des Gastgebers wohlwollend anzunehmen. Die anderen Gäste waren schon von ihren Stühlen aufgesprungen, noch ehe Grimshaw seine Aufforderung beendet hatte. Also erhob sich auch Robin und schloß sich ihnen an.

Durch den beträchtlichen Körperumfang der Männer, die vor ihm die Treppe hinaufgingen, stand Robin schon auf dem Treppenabsatz im ersten Stock, bevor er endlich einen Blick auf ihr Ziel werfen konnte. Der Raum, in den sie sich begaben, lag in der Mitte des Turms und hatte schmale Bogenfenster in der Nord- und Südwand. In der West- und Ostwand sah Robin anstelle der Fenster Durchgänge in kleine dunkle Gemächer. Eine Treppe in der entgegengesetzten Ecke des Raumes führte ins oberste Stockwerk des Turms.

Das Zimmer war opulent geschmückt und stand in scharfem Gegensatz zur unteren Etage des Gebäudes.

Die Ausstattung unten war in typisch ilbeorischem Stil gehalten – schwere, strenge Möbel, kantig aus dunklem Holz gezimmert. Mit nur wenigen Farbtupfern durch ein paar Webteppiche aus der hiesigen Gegend aufgehellt, wurde der Wohnbereich von Gauntlan Manor von düsterem Braun und tiefdunklem Mahagoni beherrscht. Abgesehen von der hohen Luftfeuchtigkeit und den aranischen Bediensteten hätte Robin im Erdgeschoß fast glauben können, daheim in Ilbeoria zu sein.

Hier oben dagegen hingen hauchzarte, farbenprächtige Seidentücher von der Decke. Sie schienen aus regenbogenfarbenen Nebelschwaden gewoben und verliehen dem weiten Gemach eine intime und fast traumhafte Atmosphäre. Große Polsterkissen lagen im ganzen Zimmer verstreut und übereinandergehäuft auf dicken, üppigen Teppichen. Die einzigen Sessel, die Robin in diesem Raum sah, waren in jenem kaiserlich-lescarischen Stil reich verziert, der in den Augen der meisten Ilbeorer morbider Dekadenz gleichkam.

Die zwei Lakaien schlossen die Türe und gingen zu einer Anrichte, von der sie Tabletts mit halbgefüllten Cognacschwenkern und einer Zigarrenkiste aufnahmen. Sie machten mit unbewegtem Gesicht die Runde unter der Herrengesellschaft, aber ihre Bewegungen wirkten leicht stockend. Nachdem sich die Gäste bedient hatten – Robin genehmigte sich einen Cognac, lehnte die Zigarre jedoch ab –, zogen sich die Diener zu den Türen zurück. Einer der anwesenden Herren, Harald Sinclair, ein Ingenieur, führte sein magisches Talent vor, indem er die Zigarren mit einer Berührung seines Fingers ansteckte.

Anthony Ekins beugte sich verschwörerisch vor, wobei eine dicke Rauchwolke aus seinem Mund stieg. »Also, Ihre Erzählung von der Schlacht bei Mendhakgaon unterscheidet sich aber von dem, was ich darüber gehört habe, ganz beträchtlich. Jetzt, da die Frauen weg sind, brauchen Sie nichts mehr zu beschönigen. Was ist wirklich passiert?«

Robin bewegte unbehaglich die Schultern, als Ekins Frage die Aufmerksamkeit aller auf ihn zog. »Es war im großen und ganzen so, wie ich es beim Essen erzählt habe. Die Ortschaft brannte, und die Banditen belagerten die Mission. Wir griffen sie an, töteten einige von ihnen, und der Rest rannte davon.«

Ekins stieß seine Hand mit der Zigarre abwärts und zog einen Rauchschweif hinter ihr her. »Dann kam die *Saint Mike* und gab diesen diebischen Reisfressern, was sie verdienen.«

Grimshaw schnaubte Rauch wie ein Drache. »Ein gutes Signal an die Heiden. Sehr gescheit von euch, die Überlebenden nach Dhilica zu bringen, damit sie die Neuigkeit verbreiten konnten. Vor einem Jahr war es die *Kestrel*, die das geregelt hat, jetzt hat die *Saint Michael* die Botschaft mit Nachdruck wiederholt. Trotzdem, mein Junge, Ihre Rolle dabei blieb nicht unbemerkt. Man erzählt sich, daß Sie den Bandenführer mittendurch gehackt und das Lumpenpack die Gottesfurcht gelehrt haben. Es ist ein tapferer und kluger Mann nötig, um zu erkennen, wie man einen Feind bricht. Solche Männer brauchen wir hier.«

»Sir, ich würde meinen, daß Ihr Urteil sich zu sehr auf Gerüchte stützt.«

Grimshaw zerblies Robins Einwand mit einer Rauchfontäne seiner Zigarre. »Das denke ich nicht, Sir. Ich habe Nachforschungen über Sie angestellt, Sir, seit wir uns das erste Mal begegnet sind, und es hat mich sehr beeindruckt, was ich zu hören bekam. Ich bin mir sicher, daß Aran besser mit Ihnen als ohne Sie fährt.«

Robin wußte, daß Grimshaw etwas im Schilde führte und hätte es bevorzugt, wenn er ohne Umschweife zum Punkt gekommen wäre. Er wußte auch, daß Grimshaw genau das nicht tun würde, da er ein vorsichtiger

Mann war. »Ich glaube kaum, Sir, daß mein Einfluß groß genug ist, um eine ganze Nation auf mich oder meinen Beitrag zur Geschichte aufmerksam zu machen.«

Ekins fuchtelte mit seinem Schwenker in Robins Richtung und verschüttete einen Teil des goldflüssigen Inhalts. »Da liegen Sie falsch, Sir. Sie haben einen Räuber getötet, der von Drangiana aus über die Grenze nach Aran gekommen ist. Sie und Ihre Ethyrinen haben sich furchtlos und der Lage gewachsen gezeigt, und das zählt viel hier in Aran. Hier hat zwar jeder von uns seine eigene kleine Miliz für verschiedene Unternehmungen, aber Sie befehlen die stärkste Kampftruppe auf diesem Subkontinent.«

»Wir sind nicht einmal hundert Mann.«

»Aber Aran ist ein Land, in dem ein Mann am richtigen Ort und zur richtigen Zeit den Fluß der Geschichte in ein Bett seiner Wahl lenken kann.« Grimshaws graue Augen wurden zu Schlitzen. »Sie wissen natürlich, daß die Bereger vor dreihundert Jahren zum ersten Mal nach Aran kamen. Julio De Souza ging damals zum Hranje von Vlengul und erklärte ihm, er sei ein Gesandter des Königs von Beregia. Er schwatzte dem Hranje einen Vertrag auf, der Beregia die Exklusivrechte für den Handel mit Vlengul einräumte, dann kehrte er in seine Heimat zurück und überredete König Gervasio dazu, diesem Vertrag beizupflichten.«

»Ich kenne diese Geschichte, Sir, und sie ist äußerst unterhaltsam. Aber Fakt ist, daß diese Zeiten vorüber sind.« Robin hustete leicht hinter der Hand. »Aran ist ein großes Land. Ich bin hier, um unserer Nation zu dienen, so gut ich kann. Nicht weniger.«

»Aber vielleicht doch ein bißchen mehr?«

Der Wolfspriester sah Grimshaw wachsam an. »Sir?«

»Ihr Dienst hier kann Ihnen nicht weniger Nutzen bringen. Diese Abendgesellschaft zum Beispiel wird

Ihnen zu Ehren abgehalten. Die Herren hier, meine Freunde, werden Ihnen weitere Einladungen zukommen lassen – wenn auch keiner von ihnen eine so reizende Tochter hat wie ich.« Grimshaw grinste durch den Zigarrenrauch. »Wir sind eine überschaubare Gemeinschaft hier, Bruder Robert, und wir bekennen uns zu der Schuld, in der wir bei anderen stehen. Wir zahlen Gefälligkeiten in gleicher Münze zurück.«

»Aber mein Dienst erhebt keinen Anspruch auf Rückzahlung.«

»Trotzdem drängt uns unsere tiefempfundene Dankbarkeit, uns Ihnen auf sehr direkte Weise erkenntlich zu zeigen. Aus diesem Grunde werden Sie also jetzt als erster an die Reihe kommen.«

»Als erster?«

Ekins grinste ihm zu. »Nach dieser Ehrung werden Sie ganze Kompanien von Reisfressern erschlagen.«

Grimshaw leerte sein Cognacglas und nahm Robin dessen noch nicht ganz leeren Schwenker aus der Hand. »Wenn Sie sich bitte dort hinüber stellen, neben das rote Kissen.«

Robins Beine waren steif vor Angst, als er in die Mitte des Raumes trat. Er hörte jemanden, vermutlich Grimshaw, zweimal in die Hände klatschen. Ein Windstoß fuhr aus der Ecke, in der sich der Treppenaufgang befand, in den Raum. Der Wind blähte die Seidentücher auf, teilte sie und ließ sie dann wieder zurückwallen.

Dem Windstoß folgte eine Serie von Frauen, und Robin klappte vor Überraschung der Mund auf. Insgesamt zehn Mädchen kamen dort die Treppe herab und eine nach der anderen in das Turmzimmer. In Wuchs und Größe unterschieden sie sich zwar, aber allesamt waren sie von makelloser Schönheit. Sie trugen bestickte Seidenwesten, die so knapp geschnitten waren, daß man unter ihrem Saum die weiche Rundung der

Brüste sehen konnte. Ihre Röcke, die von einem Gürtel aus Sonnentalern an den schmalen Taillen zusammengehalten wurden, waren aus demselben hauchzarten Stoff geschneidert, mit dem auch der ganze Raum drapiert war. Die Seide lag in ausreichend vielen Schichten übereinander, daß er sich vorstellen mußte, was nicht wirklich darunter zu erkennen war – doch diese Bekleidung war ein wahres Stimulans für seine Phantasie und ließ sie in alle möglichen Richtungen schweifen.

Robin schaute sich die Frauen der Reihe nach an. Einige waren dunkelhäutig, mit vollen Lippen und langen schwarzen Haaren, wie sie charakteristisch für die Wüstenbewohner Decaras waren. Andere zeigten eine Hautfarbe, die kaum dunkler war als seine eigene, und ihre Gesichtszüge ähnelten stärker denen, die er aus Urovia kannte. Er nahm an, daß es sich bei ihnen um Mischlinge handelte. Wieder andere, etwas größer und mit leicht golden getönter Haut, hatten spitze Ohren und einen blauen Teint um die Augen. Er ordnete sie als Helansajaren von durranischer Abstammung ein. Ihre Heimat lag weit entfernt und wie alle Importwaren mußten sie sehr teuer gewesen sein.

Die Frauen lächelten ihn an, und er spürte die Lust in seinen Lenden. Sie waren zweifellos anziehend, und an den sinnlichen Bewegungen ihrer Hüften und den subtilen, verlegenen Gesten ihrer Hände erkannte Robin, daß sie ihre Aufgabe mit Sicherheit äußerst talentvoll erfüllten. Er hatte diese Blicke schon früher gesehen und die Liebkosungen gespürt, die dieses Lächeln verhieß, damals während des Kriegs in den urovischen Hafenstädten. Erinnerungen an seine Abenteuer stiegen in ihm auf, als ein zweiter Windstoß die Röcke rascheln ließ und den Duft der Mädchen zu ihm herübertrug.

Lust. Für Robin war sie die offensichtlichste, grundlegendste und heimtückischste aller Todsünden. Als die Durranin am Ende der Reihe sich mit der glänzenden Zungenspitze über die Lippen fuhr, drängte es seinen Körper zu ihr hin. Sein Herz raste, als sie mit den Händen über ihren flachen Bauch hinabstrich und sie auf den Hüften ruhen ließ. Dann stieß sie ihre Hände mit den Handflächen nach außen vor und reckte sich ungezwungen. Diese Bewegung vertiefte die Spalte zwischen ihren Brüsten, und sie wußte sicher, daß sie damit Robins Atem beschleunigen würde.

Seine körperliche, animalische Natur drängte ihn, diese Durranin zu wählen. In seinem Herzen wollte er sich mit ihr davonstehlen, sie in eines der mit Kissen gepolsterten Gemächer tragen. Er wollte ihr die Kleider vom Leib reißen und sie einfach nehmen, ihr den Schweiß der gemeinsamen Leidenschaft vom Körper lecken und sie wieder und wieder besitzen. Alles in seinem Körper trieb ihn, sich in hemmungsloser Fleischeslust zu verlieren, mit dem Denken aufzuhören und nur noch zu handeln.

Und es gab eine Zeit, in der ich jetzt aufgehört hätte zu denken und nur noch gehandelt haben würde.

»So wollen Sie mir Ihren Dank abstatten?« Robin wandte sich langsam um und sah sieben Männer lüstern und erwartungsvoll in seine Richtung schielen. »Mit einer Konkubine?«

Grimshaw nickte. »Nehmen Sie sich zwei, wenn Sie wollen, es sind genug für uns alle da.«

Robin sah seinen Gastgeber nachdenklich an, war sich nicht sicher, ob er richtig gehört hatte. »Zwei, Sir?«

Eskins lachte. »Er ist ein junger Bock, frisch zurück aus dem Krieg. Wahrscheinlich will er sie *alle*.«

Die Miene des Wolfspriesters wurde ernst. *Ich glaube es nicht, was hier geschieht. Diese Männer sind verrückt.* »Das ist falsch.«

Grimshaw schien überrascht. »Die Gesetze dieses

Landes erlauben es Männern mit ausreichenden Mitteln, sich Konkubinen zu halten.«

»Mir geht es nicht um die Gesetze dieses Landes.« Robin verschränkte die Arme, und seine Augen wurden zu Schlitzen. »Sie können das nicht tun. Es ist *falsch*.«

Ekins lachte. »Kommen Sie, Sie sind ein gesunder junger Mann, Sie haben Appetit. Haben Sie nie ...?«

Robin schnitt ihm das Wort ab: »Was *ich* getan oder nicht getan habe, steht hier nicht zur Debatte, Sir.«

»Wir sündigen, ist es das?« gähnte Peter Marsh. »Sie wollen uns sagen, daß wir unser Seelenheil gefährden.«

Eakins winkte mit der Zigarrenhand ab. »Machen Sie sich keine Sorgen um uns, Bruder Robert. Wir haben die Nachricht erhalten. Morgen oder übermorgen gehe ich in eine Kirche, beichte meine Sünden einem Ihrer Brüder und bringe mein Seelenkonto wieder in Ordnung.«

»Sie gefährden Ihr Seelenheil und verspotten den Herrn, wenn Sie sich einbilden, Ihre Sünden würden vergeben, wenn Sie nicht bereuen. Aber selbst das ist nicht meine Hauptsorge.« Robin wies hinter sich zur Tür. »Ihre Ehefrauen und Töchter sind dort unten. Die müssen wissen, was Sie hier oben treiben. Und das verletzt sie mit Sicherheit.«

»Kaum anzunehmen.« Einer der Männer deutete auf ein mit geschnitzten Schnörkeln verziertes Holzpaneel an der westlichen Wand. »Meine verehrte Ehefrau mag es, dabei zuzusehen.«

»Ich sollte darüber wohl nicht überrascht sein – doch ich bin es.« Robin schüttelte den Kopf. »Selbst wenn Ihre Ehefrauen Ihr Tun hier billigen, bleibt es falsch. Denken Sie daran, was Sie diesen Frauen hier antun.«

Grimshaw zuckte die Achseln. »Wir bitten Sie um Dienste, auf die sie sich vollendet verstehen, Dienste, für die sie auch gekauft wurden. Wir sind voll der Anerkennung und helfen ihnen dabei, ihren Lebenszweck auf dieser Erde zu erfüllen.«

»Ich bezweifle sehr, mein Herr, ob sie sich von ihrem Leben genau das erhofft haben, was sie hier finden.«

»Wirklich, Bruder Robert?« Grimshaws Gesicht wurde hart. »Wenn sie nicht hier wären, müßten diese Frauen in einem Bordell im Varathaviertel in verwanzten Betten hausen, Abfälle fressen und mit allem möglichen verschwitzten und verlausten Abschaum kopulieren. Die meisten von ihnen wären schon tot und *alle* hätten sich mit irgend etwas angesteckt, ihre Zähne wären verfault, das Haar fettig und verfilzt, ihre vollen Brüste schlaffe Euter, die gegen den knochigen Leib klatschen. In ihrem Leben hier fehlt es ihnen an nichts.«

»Außer an ihrer *Freiheit*, Mister Grimshaw.« Robin sah zu den Frauen, dann wieder zu den Männern, die nach ihnen gierten. »Eine gutversorgte Stute in einem sauberen Stall mag ein besseres Leben haben als ein Ackergaul, der ein Feld umpflügt, aber sie bleibt ein Stück Eigentum. Ich bin sicher, Mister Grimshaw, daß Sie und Ihre Freunde glauben, Sie täten diesen Frauen damit einen großen Gefallen, sie vor dem Leben zu retten, daß sie ansonsten führen müßten, aber Sie helfen den Frauen nicht um *der Frauen willen*, sondern allein, weil es Ihnen nützt. Das ist falsch, und ich will damit nichts zu tun haben.«

Robin marschierte geradewegs zwischen den Männern hindurch zur Tür, doch die beiden Diener versperrten ihm den Weg. Robin blieb stehen.

»Sagen Sie ihnen, sie sollen mich passieren lassen, oder ich werde sie verletzen müssen. Ernsthaft verletzen.«

»Sie rügen uns als lüstern und selbst wiegen Sie sich in dem Stolz, Sie könnten die beiden besiegen.«

Robin drehte sich um und starrte Grimshaw an. »Sie

glauben offensichtlich, Sie seien noch nicht mit mir fertig, aber ich bin es mit *Ihnen*.«

»Dieses eine Mal mögen Sie recht haben, Sir.« Grimshaw sah zu seinen anderen Gästen hinüber. »Diese Männer und ich repräsentieren hier in Aran die wahre Macht. Ich sage Ihnen das, damit Sie verstehen, warum Ihr Leben hier von nun an so elend sein wird. Sie haben uns beleidigt und eindeutig bewiesen, daß Sie keinerlei Sympathie von unserer Seite verdienen. Also werden wir Sie zerquetschen. So funktioniert das hier in Aran: Sie sind entweder für uns oder Sie sind gegen uns. Wir haben Ihnen Ihre Chance gegeben. Eine zweite werden Sie nicht bekommen.«

Als Grimshaw fertig war, zog Robin ein Paar weißer Handschuhe aus der Innentasche seines Anzugs, streifte sie über und nickte kurz. »Mister Grimshaw, Gentlemen, nehmen Sie bitte zur Kenntnis, daß ich nicht Ihr *Eigentum* bin und es auch nie sein werde. Und wenn Sie wirklich so mächtig wären, wie Sie selbst von sich glauben, hätten Sie es nicht nötig, Menschen zu versklaven, damit diese sich Ihrer Gesellschaft erfreuen.«

»Wir halten uns diese Frauen nicht, weil uns nichts anderes *übrigbleibt*, sondern weil wir sie uns leisten können.« Ein heiseres Lachen rasselte aus Grimshaws Kehle. »Macht bedeutet nichts, wenn sie nicht angewandt wird.«

»Ungenutzte Macht bleibt immer noch Macht, mißbrauchte Macht ist *wertlos*.« Robin drehte sich auf dem Absatz zurück zum Ausgang. Ein Stoßgebet an den heiligen Martin auf den Lippen, hob er die Hände und ballte sie zu Fäusten. Der Zauber, den er gesprochen hatte, hüllte seine weißen Handschuhe in ein blauviolettes Leuchten. »Sagen Sie ihnen, Sie sollen beiseite treten.«

»Pradip, Harinder, laßt ihn durch, dann schenkt uns ein.«

Die aranischen Riesenzwillinge öffneten Robin die Tür und schlossen sie hinter ihm, sobald er hindurchgetreten war. Er blieb einen Augenblick auf dem oberen Treppenabsatz stehen, allein in der Dunkelheit, die nur vom Leuchten seiner Handschuhe erhellt wurde. Das Echo ihres höhnischen Gelächters drang durch die Türen und strömte über ihn hinweg.

Sie lachen, weil sie sich einbilden, sie hätten mich gedemütigt und aus den Reihen der Weisen Arans verbannt. Robin öffnete die verkrampften Fäuste und betrachtete seine leuchtenden Handschuhe. Dann grinste er und sprang die Treppe hinunter, zwei Stufen auf einmal. Schließlich lachte er sogar schallend. *Und* ich *lache, weil die Weisen Arans glauben, Handschuhe, die nicht mehr können als leuchten, wären ein Zeichen der Macht! Sie mögen nicht dumm sein, aber sie wissen längst nicht so viel, wie sie sich einbilden, und das kann die Rettung für Aran bedeuten.*

33. Kapitel

Matrah Ghul
Drangiana

24. Tempest 1687

Was soll ich überhaupt hier? fragte Uriah sich nicht zum ersten Mal, seit er und Kidd den Himlan hinter sich gelassen hatten. Der Ritt durch die Berge war anstrengend gewesen, körperlich wie geistig. Da er die Sprache ihrer Führer nicht beherrschte, konnte er sich ihnen nur auf sehr bruchstückhafte Weise mitteilen. *Ich weiß kaum etwas und bin ganz offenbar nicht der Bursche, den Kidd bei dieser Mission braucht. Robin sollte an meiner Stelle sein oder sonst jemand.*

An der Grenze zu Drangiana kehrten ihre Führer um und machten sich wieder auf den Heimweg. Uriah sah sie ungern gehen, denn sie waren es bis dahin gewesen, die ihre Lagerplätze ausgewählt, für Trinkwasser gesorgt, Feuerholz gesammelt, nach den Pferden gesehen und das Essen zubereitet hatten. Er hatte nur wenig über das Überleben in diesem Teil der Welt von ihnen lernen können, und als sie die beiden Reisenden verließen, waren die Qualität der Mahlzeiten und Lagerstellen so rapide gefallen, daß selbst die Reise auf der *Stoat* sich dagegen wie der pure Luxus ausnahm.

Uriah schob noch mehr Holz in das Feuer, das er entfacht hatte, um die abendliche Kälte abzuhalten. Der Weg nach Norden Richtung Helansajar hatte sie zwar bereits deutlich von den Höhen des Himlan und dem Varathapaß in tiefere Lagen geführt, aber auch im drangianischen Hochland war die Luft dünn, und die Nächte wurden eisig. Weit ärgerlicher als die Kälte war für Uriah allerdings die Entdeckung, daß er in der dünnen Luft keinerlei Ausdauer besaß. Er mußte die Arbeit von zwei Männern verrichten, besaß aber nur die Kraft eines halben.

Seine Unfähigkeit, die anfallenden körperlichen Arbeiten zu verrichten, hatte sich in seine Gedanken gefressen und nagte an seinem Selbstgefühl. Ihm wurde klar, daß nicht einmal er selbst es schaffte, seinen hohen Ansprüchen zu genügen, daß er an seine Grenzen und darüber hinaus gefordert wurde. Er hatte sich vorher nie bis an einen Punkt getrieben, an dem er zu versagen drohte, und die Selbstzweifel, die er nun fühlte, waren eine neue, erschreckende Erfahrung. *Ich habe mich an dem* Ich *festgeklammert, zu dem ich mich gemacht hatte, und jetzt bröckelt es. Was bleibt mir, wenn es zusammenbricht?*

Er sah hinüber zu Kidd, der mit dem Rücken an einem großen Felsbrocken lehnte und die Stiefelabsätze an den Rand eines Spalts in dem Felsen gehakt hatte, auf dem er saß. Der alte Mann hatte sich in eine schwarze Wolldecke gehüllt und starrte still in die Weite. Die aufkommende Abendbrise zerrte an seinem weißen Haar, aber Kidd schien es gar nicht zu bemerken. Unbeweglich und bleich saß er in der beginnenden Dämmerung und zeigte soviel Leben wie ein Stein.

Kidd scheint nicht einmal zu spüren, wie dreckig es uns geht. Er hat sein Ziel, und das hält ihn aufrecht. Der junge Bursche zitterte, mehr aus Angst als vor Kälte, und suchte in den Satteltaschen nach etwas Eßbarem. Kidd hatte sich nicht darüber beklagt, wie langsam sie vorwärts kamen, seit die einheimischen Führer über den Himlan nach Hause gegangen waren, aber Uriah wußte, daß er schneller ans Ziel kommen wollte. *Nach der langen Wegstrecke hält er seine Ungeduld immer noch zurück!*

»Colonel, wollen Sie Ihr Rindfleisch trocken oder soll ich es aufkochen?«

»Ich bin nicht wirklich hungrig.«

»Sir, Sie müssen etwas essen. Sie sind völlig abgemagert, auch wenn Sie das selbst nicht sehen.« Uriah schlug die Hand vor den Mund. »Tut mir leid, Sir, ich habe es nicht so ...«

»Schon gut, Kadett, ich habe es richtig verstanden.« Kidd schüttelte den Kopf. »Kümmere dich um dich selbst, Uriah. Mir geht es gut.«

»Es macht mir nichts aus, Ihr Fleisch gleich mit zu kochen«, meinte Uriah in freundlichem Ton. »Etwas Brühe würde uns beiden guttun, und gekochtes Fleisch läßt sich leichter kauen.«

»Das ist wohl wahr, Uriah.« Kidd schauderte und zog die Decke enger um seinen Körper. »Aber deine Mühe wäre vergeudet. Keiner von uns beiden wird heute etwas essen.«

Uriahs Magen protestierte mit lautem Knurren. »Warum denn das nicht?.«

Der Colonel zwinkerte mit seinen silbernen Augen. »Heute geht es zu Ende. Heute kommt der Dost.«

»Was?« Uriah stand auf und blickte sich um. »Ich sehe nichts und höre nichts von ihm. Woher wollen Sie das wissen?«

»Ich weiß es.«

Uriah hörte eine gewisse Traurigkeit aus Kidds Stimme heraus. »Denken Sie darüber nach, was jetzt geschehen wird, ob Sie recht haben oder sich vielleicht doch irren?« Der junge Mann warf ein großes Holzscheit ins Feuer und sah den Funken zu, wie sie in den Himmel emporstoben. »Ich verstehe nicht, wie Sie so gelassen sein können.«

»Ich bin nicht wirklich gelassen, Uriah, eher bedächtig. Ich habe mir gestattet, mir vorzustellen, wie mein Leben hätte verlaufen können, wenn ich mich manchmal anders entschieden hätte.« Kidd schüttelte den Kopf. »Es ist ein Spiel für Zeitverschwender, und eigentlich sollte ich mich darauf nicht einlassen.«

»Aber es schadet auch nichts, oder, Sir? Wenn Sie sich nicht entschieden hätten, mich als Burschen zu nehmen, hätte mein Bruder mich inzwischen wohl schon verheiratet.« Uriah seufzte und schnallte die Riemen der Proviantasche wieder fest. »Ich bin mir nicht sicher, ob mir das gefallen würde. Wahrscheinlich wäre mir wärmer, und ich wäre besser genährt.«

Kidd schmunzelte. »Und ich vermute stark, daß du in deiner Braut eine angenehmere Gesellschaft finden würdest als in mir.«

»Kann schon sein, aber es wäre eine, die mein Bruder ausgesucht hätte, nicht ich. Ich schätze, die Frau, die ich haben wollte, wäre eine, die sich wünschen würde, hier zu sein.«

»Jemand, der deinen hohen Anforderungen entspricht, Uriah?«

»Ja, Sir.« Uriah erlaubte sich ein kurzes Lachen. »Wenn sich die Dinge für Sie anders entwickelt hätten, Colonel, wären Sie dann heute verheiratet?«

»Du weißt, daß Wolfspriester heiraten dürfen.« Kidd zog die Beine an die Brust und umklammerte die Knie. »Ich hätte erwartet, inzwischen verheiratet zu sein, ja, aber dann, meine Augen ...«

In Kidds Stimme lag ein Bedauern, das Uriah den Blick senken ließ. »Was war sie für eine Frau, Sir?«

»Du gehst davon aus, daß es da jemand Bestimmtes gab, Kadett.« Der ältere Mann sah herüber, und seine Augen glänzten fahl im Licht der Sterne. »Und in diesem Fall ist deine Annahme korrekt.«

»War es jemand, den Sie in Lescar getroffen haben, Sir, wie Prinz Treveliens Rochelle?«

»Nein, ich habe sie erst später kennengelernt, aber in mancher Hinsicht war sie Rochelle sehr ähnlich. Intelligent – und bereit, Verantwortung zu übernehmen. Sie besaß eine natürliche Neugierde, die von gesundem Menschenverstand gezügelt wurde. Ihr Lachen konnte die düsterste Stimmung zerschlagen ... Obwohl ich in ihrer Gegenwart nie in schlechter Stimmung war. Ich hatte die feste Absicht, sie nach dem Krieg zu meiner Frau zu machen, aber ...« Kidd schloß die Augen.

»Sie hört sich wundervoll an, Sir.« Uriah zuckte die Schultern. »Aber es wäre schon eine Last gewesen, einen blinden Ehemann zu haben. Sie können es ihr nicht übelnehmen, daß sie sich soviel Verantwortung nicht aufbürden wollte, jedenfalls nicht, solange sie noch unter dem Schock stand.«

»Tu ihr kein Unrecht, Uriah. So oberflächlich war sie nicht.« Das Flackern des Lagerfeuers ließ goldene Glanzlichter über Kidds blinde Augen tanzen. »Ich entschied mich, ihr meine Sorge nicht aufzubürden, und nicht etwa, weil ich glaubte, sie könnte oder wollte damit nicht fertigwerden. Ich wollte mich einfach nicht als Last fühlen. Es ...«

»Es hat Ihnen Ihr Bild von sich selbst geraubt, und daran mußten Sie sich festhalten, an den Gedanken, daß Sie es wieder erreichen konnten, um nicht aufzugeben.«

Kidd blinzelte überrascht. »Das war sehr gut, Mr. Smith. Sie haben sofort erkannt, wozu ich Jahre brauchte.«

»Um der Wahrheit die Ehre zu geben, Sir: Ich habe meine ganzen dreiundzwanzig Lebensjahre dafür gebraucht und es gerade erst selbst entdeckt.« Uriah warf die Provianttasche zur Seite und rieb sich das Gesicht. »Ich wollte immer mein eigener Herr sein, unabhängig von meinen Brüdern. Ich wollte nicht wirklich nach Sandwycke, weil mein Bruder Bartholomew schon auf dem Seminar gewesen war, aber alle Alternativen waren noch schlechter. Die Tatsache, daß ich recht mächtige Kampfzauber sprechen kann, oder jedenfalls die Möglichkeiten dazu habe, wenn meine Ausbildung erst abgeschlossen ist, war immerhin etwas, worauf ich stolz sein konnte. Trotzdem, daß mein Bruder schon vor mir dort gewesen war …«

»Hat das Studium für dich unangenehm und abstoßend gemacht. Hast du dich deshalb nur dort hervorgetan, wo er es nicht getan hatte?«

»Ich schätze, ja, Sir, so wird es gewesen sein.« Uriah schnaubte. »Das scheint mir jetzt alles so kindisch.«

»Geradezu selbstsüchtig?«

»Ja.«

Kidd lachte laut auf. »Herzlichen Glückwunsch, Uriah Smith. Du hast soeben einen Punkt deines Lebens erreicht, an den es nur wenige Menschen je schaffen, und den noch weniger als Schwelle zum Rest ihres Lebens nutzen. Du hast erkannt, daß es möglicherweise nicht genug ist zu sein, wer du sein möchtest und für wen du dich hältst. Es existiert mehr, es existiert Gottes Plan. Ich habe das akzeptiert, und es hat mich hierher gebracht. Wenn du es auch annimmst, wirst du weit größere Dinge erreichen, als du dir je vorstellen könntest.«

»Gut, Sir. Ich werde daran arbeiten zu akzeptieren, was Er für mich vorgesehen hat.«

Kidd nickte ernst. »Du wirst nur Grund haben, das zu bedauern, wenn du in alte Schwächen zurückfällst.«

Das Scheuern von Metall auf Fels ließ Uriahs Kopf hochfahren, bevor er eine Antwort formulieren konnte. Seine Augen brauchten ein, zwei Sekunden, um sich an die Dunkelheit außerhalb des Lichtkreises um das Lagerfeuer zu gewöhnen, dann sah er die schattenhaften Gestalten von etwa sechs Männern am südlichen Ende der Senke zwischen den Felsbrocken näher kommen. Er drehte sich langsam um, schaute über Kidd hinweg und sah noch mehr Männer kommen. »So etwas sehe ich gar nicht gerne.«

Kidd warf seine Decke beiseite und richtete sich auf. Als er in die Dunkelheit spähte, war das Keuchen der

Männer am nördlichen Ende der Senke deutlich zu vernehmen. »Wie viele, Uriah?«

»Es wimmelt von ihnen, Sir. Sie sind vorsichtig, aber sie tragen mehr Messer bei sich, als ich jemals im Speisesaal von Sandwycke gesehen habe.« Uriah sah sich noch einmal um. »Zwanzig, vielleicht auch mehr.«

Sie waren alle dunkelhäutig und verdreckt, allerdings machte Uriah im Augenblick wahrscheinlich auch keinen appetitlicheren Eindruck. Die meisten von ihnen blieben außerhalb des Feuerscheins stehen, nur ein großgewachsener, dunkelhaariger Mann mit vollem Schnurrbart und geraden Gliedern trat nach vorne und hockte sich dann nieder. Er kramte in einem Beutel nach etwas, dann schien er einen Rubin hervorzuziehen. Er drückte ihn an sein Herz und schloß die Augen. Seine Männer gingen ebenfalls in die Hocke. Uriah wurde es immer unbehaglicher zumute, als sie ihren Anführer stumm beobachteten und warteten.

Leise setzte ein Summen ein, das allmählich anschwoll, ohne daß Uriah seinen Ursprung ausmachen konnte. Er sah einige der Eindringlinge zum Himmel schauen und folgte ihren Blicken zum weißen Gespinst der Sterne auf dem nachtschwarzen Tuch des Firmaments. Etwas Goldenes blitzte durch den Nachthimmel und senkte sich auf einer Spiralbahn herab. Gleichzeitig wurde das Summen lauter, und Uriah schauderte.

»Etwas Seltsames geht hier vor, Colonel.«

»Was?«

»Ich weiß nicht. Es ist nicht natürlich.« Was Uriah sah, war so unglaublich, daß er nicht wußte, wie er es beschreiben sollte. Zunächst erinnerte es ihn an eine gewaltige Libelle mit einem goldenen Körper, dessen Haut so blankpoliert war, daß sie das Licht des Feuers fing und widerspiegelte. Die Flügel, die aus silbernem Kristall geformt schienen, bewegten sich so schnell, daß sie verschwammen. Außer der erstaunlichen Größe und metallischen Beschaffenheit paßte auch der Kopf nicht. Es war der eines Menschen. »Es ist ganz aus Metall – und riesengroß – und hat einen Menschenkopf, Sir.«

Uriah konzentrierte sich auf diese Tatsache, dann fiel ihm plötzlich auf, daß das Summen verstummt war und sich der Körper verändert hatte, während er den Kopf studierte. Der Insektenleib hatte sich an manchen Stellen verengt, an anderen ausgedehnt. Gliederbeine und Flügel hatten sich vereinigt und waren zu menschlichen Armen und Beinen geworden. Aber selbst ohne Flügel und Geräusch schwebte die Kreatur in der Luft, einen Meter über dem Fels. Silberne Tigerstreifen zogen sich über die Haut der goldenen Statue. Gerade hatte Uriah akzeptiert, daß die Gestalt wie auch immer in der Luft hing, als deren Gliedmaßen sich bewegten und sie wie über eine unsichtbare Treppe herab auf den Grund der Talsenke stieg. »Dobrij vjetschjer.«

Kidd zog eine Augenbraue schräg. »Er spricht Stranisch. Trägt er eine Vandarirüstung?«

»Zu klein, zu fremdartig.« Uriah schaute zu dem Colonel hinüber. »Er ist ganz aus Gold, Sir. Als das Summen noch zu hören war, sah er aus wie eine Libelle, jetzt ist er ein Mann aus Gold mit silberner Tigerung.«

»Gold mit silbernen Streifen?« Kidd schauderte. »Sieht er aus wie ein Bär?«

»Nein, Colonel. Ich sagte: ein Mann.«

Der Mann aus Gold sprach die Eindringlinge in einer Sprache an, die Uriah nicht verstand, woraufhin sie mit dem unverkennbaren Schleifen von Klingenstahl auf der Scheide ihre gebogenen Schwerter blankzogen.

»Njet, njet!« Kidd klopfte sich auf die Brust. »Mjinja sawut Malachy Kidd. Drauka!«

Der goldene Mann preßte die Hand auf die Brust, und die Finger schienen mit dem Körper zu verschmelzen, als sei seine Haut flüssig. »Minja sawut Nimtschin. Ja Dost.«

Uriah klappte der Mund auf. »Der Dost?«

»Ja.«

»Dann findet es heute nacht *wirklich* ein Ende.«

Der Dost sagte wieder etwas zu den Männern, die ihn begleiteten. Sie schwärmten auf die beiden Ilbeorer zu und packten sie.

Kidd schrie etwas in stranischer Sprache, aber Uriah erkannte, daß Worte hier nichts ausrichten konnten. Der junge Mann schlug dem Mann auf seiner linken Seite den Ellbogen in den Magen, dann riß er die linke Faust herum und versuchte, den Gegner auf seiner Rechten zu treffen. Der jedoch rammte seinen Schädel Uriah geradewegs ins Gesicht. Eine Explosion von Schmerz bohrte sich von dessen Nasenbein durch den Schädel bis zum Hinterkopf und zurück in sein Gesicht. Ein Fußtritt fegte Uriah von den Beinen, und er setzte sich hart auf den Fels.

Der Mann, dem er den Ellbogen in den Leib gerammt hatte, gab ihm eine Ohrfeige, dann setzte er sich auf Uriahs Beine – aber das nahm der Kadett kaum zur Kenntnis. Auf der anderen Seite der Feuers hatten drei Männer Kidd nahe bei seinem Felsblock zu Boden gerungen. Kidd konnte sich nicht mehr wehren, nachdem ihm einer auf den Beinen hockte und jeweils einer einen ausgestreckten Arm zu Boden drückte. Er bäumte sich noch einmal kurz auf, dann ließ er seinen Kopf zurückfallen. Blicklos starrte er in den Nachthimmel.

»Laßt ihn, er ist blind.«

Der Dost hielt mitten im Schritt an und blickte sich zu Uriah um. Das Licht des Lagerfeuers glitt weich über seine Muskelstränge, und der Dost erschien wie das Idealbild eines Menschen. Wieder sagte er etwas, und die Männer, die Uriah festhielten, verstärkten ihren Griff um dessen Glieder.

Der Dost ließ sich neben Kidd auf ein Knie nieder. Er strich mit der rechten Hand über Kidds Gesicht, als wolle er einem Toten sanft die Augen schließen. Uriah konnte sehen, wie sich Kidds Körper so gewaltsam aufbäumte, daß der Mann, der seine Beine hielt, abgeworfen wurde. Dann blieb der Wolfspriester bewegungslos liegen.

Uriah versuchte vergeblich, sich freizuzerren. »Was macht ihr mit ihm? Wenn ihr ihn umgebracht habt, werdet ihr dafür bezahlen!«

Der Dost blickte Uriah an. »Er… nicht sein… tot.«

Der Schock, daß der Dost ihn plötzlich auf ilbeorisch ansprach, ließ Uriahs Widerstand für einen Augenblick erschlaffen. »Was haben Sie mit ihm gemacht?«

Der Dost berührte erneut Kidds Stirn, aber der Körper zeigte keine Regung. Der goldene Mann sah zu den beiden Helansajaren, die Kidd an den Armen hielten, und sagte etwas. Sie gaben die Handgelenke des bewußtlosen Mannes frei, und der Dost nahm Kidds rechtes Handgelenk in seine Linke. Er zog den Körper des Colonels dreißig Zentimeter nach links und legte das Handgelenk über einen dunklen Riß im Felsboden.

»Lassen Sie ihn in Ruhe!« Uriah versuchte wieder vergeblich, seine Arme freizubekommen. »Um Gottes willen…, lassen Sie ihn in Ruhe!«

Der Körper des Dosts glänzte einen Augenblick auf, dann wurde seine linke Hand flüssig und zerlief in den Riß hinunter. Wo die Hand des Dosts Kidds Handgelenk umklammert hatte, war dieser jetzt mit einer goldenen Handschelle an einen Pflock gefesselt, der fest in dem Felsspalt saß. Als der Dost den Stumpf seines Arms zurückzog, wuchs ihm eine neue Hand.

Der Dost erhob sich. »Es sein… ist Zeit zu gehen.« Er sagte etwas auf estanuanisch, und Uriah wurde grob auf die Füße gezerrt.

»Wartet, ihr könnt ihn nicht einfach hier zurücklassen.« Uriah versuchte, seine Wächter zu Kidd hinüberzuziehen. »Er ist blind. Ihr könnt ihn hier nicht allein lassen. Er wird sterben.«

Der goldene Mann blickte von Uriah zu Kidd und wieder zurück. »Ich bin der Dost. Ich tue, was getan werden muß.«

»Sie können ihn nicht hierlassen!«

»Das ist nicht deine Angelegenheit.«

»Ich bin für ihn verantwortlich, verdammt noch mal!«

»Dann hast du dich dieser Verantwortung schlecht gewachsen gezeigt.« Der Dost zuckte die Schultern. »Egal. Es ist Zeit für ihn, die Verantwortung für sich selbst zu übernehmen.«

»Lassen Sie ihn nicht allein! Tun Sie es nicht!« Uriah knurrte die beiden Männer an, die ihn festhielten. »Er ist hierhergekommen, den ganzen Weg von Ilbeoria hierher, nur um *Sie* zu retten, *Ihr* Leben zu retten.«

»Es ist ohne Bedeutung, ob Malachy Kidd meinetwegen gekommen ist.« Der Dost schüttelte den Kopf. »Sein Schicksal interessiert mich nicht.«

»Wie können Sie das sagen?«

»Es ist ganz einfach.« Der Dost zuckte die Schultern, und große Engelsflügel wuchsen aus seinem Rücken. »Ich bin nicht hierhergekommen, um seine Suche zu beenden, sondern um meine eigene zu befördern. Ich bin hierhergekommen, weil ich nach *dir* gesucht habe, Uriah Smith, und jetzt, da ich dich habe, bin ich meinem Ziel, meine Herrschaft auf dieser Welt wiederzuerrichten, einen weiteren Schritt nähergekommen.«

* * *

So endet das Buch des Wolfes.

II. BUCH

DAS BUCH DES BÄREN

34. Kapitel

Matrah Ghul
Drangiana

25. Tempest 1687

Malachy Kidd öffnete die Augen und stellte fest, daß er immer noch blind war. Diese Tatsache überraschte ihn. Gleichzeitig überraschte ihn eben diese Überraschung darüber. *Ich bin schon seit zwölf Jahren blind, warum sollte ich also erwarten, daß sich jetzt alles geändert hat?* Trotzdem nagte eine versteckte Überzeugung an seinen Gedanken, daß er eine Änderung seines Zustands hätte erwarten können.

Er versuchte sich aufzusetzen, aber ein Druck und Schmerz an seinem rechten Handgelenk stoppte ihn. Er versuchte, den Arm freizubekommen, erreichte damit aber nur, daß er sich fast die Schulter ausrenkte. Panik stieg in ihm auf. Er kämpfte dagegen an und zwang sich zu kühler Überlegung. Dabei stiegen Bilder und Eindrücke in seinem Geist auf, die langsam erstaunliche Schärfe annahmen.

Daß seine Eindrücke des vorigen Abends auch visuelle Elemente enthielten, erschreckte Malachy. So etwas hatte er seit über zehn Jahren nicht mehr erlebt. Seine Erinnerungen an das Gespräch mit Uriah blieben in Schwärze gehüllt, aber mit dem Auftauchen der Eindringlinge und besonders dem Brummen an dessen Ende tauchte ein kleiner goldener Funke vor seinen Augen auf, der immer heller wurde. Nicht mehr als ein Punkt in der Leere, die sein Leben geworden war. Das Brummen erstarb, und eine Stimme erklang. Sie sprach Stranisch.

Ich habe versucht, ihm zu erklären, daß wir Freunde sind.

Malachy bekam eine Gänsehaut. *Er sagte, er sei Nimtschin, der Dost.*

Mit einem Schaudern zwang er sich, über die mögliche Bedeutung dieser Information hinwegzugehen. Er erinnerte sich, daß er zu Boden gerungen und niedergehalten worden war, dann hatte er eine kalte Hand auf seiner Stirn gespürt, die ihm über die Augen strich. Einen verschwommenen, unvollständigen Augenblick lang hatte er einen goldenen Mann gesehen, der sich über ihn beugte. Zwischen den Goldfingern hatte er einen rothaarigen Ilbeorer bemerkt, der von Helansajaren festgehalten wurde. Dann war ihm ein blitzartiger Stoß durch den Leib gefahren. Und danach nur noch das Nichts.

Nein, nichts *auch wieder nicht.* Kidd wurde der Mund trocken, als sich in der Dunkelheit seines Hirns ein anderes Bild enthüllte. Golden aus den schwarzen Schatten geschnitzt sah er einen Wolfskopf. Obwohl er keine Vergleichsmöglichkeit hatte, wußte er, daß der Kopf gewaltig war. Konturlose silberne Augen starrten auf ihn herab, aber in ihnen erkannte er sein Spiegelbild.

Die Worte: »Erkenne dich selbst!« hallten durch seinen Geist.

Wieder schüttelte ihn ein Schaudern. Er brachte diese Vision mit denen in Glogau und Sandwycke in Verbindung. »Ein Bär, ein Neugeborenes und ein Wolf. Alle aus Metall, und alle stehen für eine bestimmte Rolle: den Feind, meine Mission und mich selbst. Ich dachte, es wäre logisch durchschaubar, ich hätte meinen Feind und denjenigen erkannt, den ich retten sollte, aber ich dachte auch, *meine* Rolle wäre mit der Rettung des Kindes vor dem Feind bereits festgelegt. Die dritte Vision scheint überflüssig.«

Warum sollte Gott ohne erkennbaren Grund ein Wunder bewirken?

Malachy lachte über sich selbst. »Den Grund gibt es,

nur du erkennst ihn nicht, Malachy Kidd. Du siehst Seinen Plan noch immer nicht vollständig. Es scheint, daß hier und jetzt nicht der Ort und die Zeit sind, den Dost zu retten, *falls* das meine Aufgabe ist. Vielleicht ist der Dost noch nicht bereit, gerettet zu werden. Oder ich bin nicht bereit, ihn zu retten.«

Er zerrte an der Fessel, die ihn auf dem Felsen hielt. *Unter diesen Umständen bestimmt nicht.*

Er legte sich auf die rechte Seite, tastete die Handschelle ab und steckte die linke Hand soweit es ging in den Riß im Fels. Er tastete sich am kühlen Metallpflock hinab, so weit die Finger reichten. Wie es schien, saß der schlanke Pflock noch viel tiefer.

Malachy rollte sich in eine unbeholfene Sitzhaltung hoch und versuchte dann mit der linken Hand und dem linken Fuß den Pflock zu bewegen. Es nutzte nichts. Er versuchte, ihn durch Vor- und Zurückwakkeln freizubekommen, aber auch damit hatte er keinen Erfolg. Er drückte von oben auf den Pflock und hoffte, ihn weiter in den Felsen zu treiben, und wieder waren alle Anstrengungen vergebens.

Er tastete die Handfessel erneut ab und konnte keine Naht oder Spalte finden, keine Spange und keinen Verschluß. Er wußte, daß es außer durch mächtige Zauber unmöglich war, eine solche Schelle zu formen. Die glatte Oberfläche der Handschelle erinnerte ihn an die konturlose Gesichtsmaske seiner Rüstung. *Die Maske war das Ergebnis mächtiger Magie. Ob es mir gelingt, mich aus dieser Fesselung zu befreien, muß eine Prüfung meiner Fähigkeiten ergeben. Schaffe ich es, kann ich meinen Auftrag fortsetzen.*

Eine halbe Sekunde ärgerte Malachy sich. Er fand es reichlich unfair, ihm angesichts dessen, was er bereits über sich hatte ergehen lassen, um hierher zu kommen, eine derartige Prüfung aufzuerlegen. Er verdrängte den Gedanken sofort, zerquetschte ihn unter der Überzeugung, daß Gott nur von ihm verlangte, was ihm helfen konnte, seine Rolle in Gottes Plan besser zu erfüllen. *Tatsache ist, daß ich seit Jahren keine mächtigen Zauber mehr eingesetzt habe. Ich habe mein Talent brachliegen lassen, und jetzt brauche ich es, um mich zu befreien.*

Sein Verstand sagte ihm, daß es einen Weg gab, sich von der Handschelle zu befreien. Was Magie geschaffen hatte, konnte auch durch Magie zerstört werden. Für jeden Zauber existierte ein Bannzauber oder ein anderer Spruch, der beeinflussen konnte, was die Magie geformt hatte. Wäre er ein Ignatiner, hätte er sich mit den Zaubersprüchen ausgekannt, die nötig waren, um Metall aufzuweichen, denn die Ignatiner lernten sie, um den Kadetten beim Erschaffen ihrer Stahlseiderüstungen und Kampfmasken zu helfen. Er kannte diese Zauber nicht, aber das Wissen um ihre Existenz gab ihm zumindest einen Ansatzpunkt. Außerdem hatte er einiges von den augustinischen Texten gelesen, so daß er über Hintergrundwissen verfügte, mit dessen Hilfe es ihm möglich sein sollte, etwas zu improvisieren.

Als er die Analyse seiner Lage fortsetzte, stellte er fest, daß es hinsichtlich der Handschelle, die ihn festhielt, ein Problem gab. Der Dost, falls es denn tatsächlich der Dost gewesen war, der ihn hier festgesetzt hatte, war in der ataraxianischen Tradition groß geworden und würde sich auf deren Magie stützen. *Könnte er mit ataraxianischer Zauberei meinen Arm dazu gebracht haben, um das Metall in die Fessel zu fließen? Und warum hatte ich den Eindruck, ich könnte ihn und Uriah und die Männer, die bei ihnen waren, sehen? War das auch ataraxianische Magie oder etwas ganz anderes? Benutzt der Dost eine dritte Art der Magie, durranische Zauberei, die Aspekte urovischer und estanischer Magie vereint?*

Malachy lachte laut auf und schüttelte den Kopf. *Halte dich an das Hauptproblem, Malachy. Du sitzt nicht in deiner Bibliothek, in der du deinen Burschen durch die*

Bücher hetzen kannst. Zum Nachdenken bleibt später noch genug Zeit, jetzt heißt es handeln. Ganz gleich, auf welche Tradition der Dost sich stützt, was er mit seiner Magie bewirkt hat, macht ihn zu einem überaus mächtigen Zauberer. Das sollte ich besser nicht vergessen. Und es heißt leider auch, daß ich mich verteufelt werde anstrengen müssen, einen Ausweg zu finden.

Schließlich spielte es keine Rolle, ob das Metall um seinen Arm geflossen war oder sein Arm um das Metall. Die Schelle bestand aus Metall, und es war dieses Metall, mit dem er sich beschäftigen mußte. *Ich muß mich auf das Problem konzentrieren, dann kann ich es auch lösen.* Jeder Sandwyckeabsolvent lernte, wie man Zaubersprüche abwandelte und improvisierte. Der Zauber, den Malachy über seinen Stock gesprochen hatte, um die Luftmatrosen der *Stoat* zu besiegen, war ein Kriegszauber für Streitkolben und Dreschflegel gewesen. Fast ohne nachzudenken hatte er ihn abgewandelt und abgeschwächt, da der Gehstock dessen volle Macht nicht ausgehalten hätte und seine Gegner keine Rüstung getragen hatten. Und trotzdem hatte selbst der abgeschwächte Zauber genügt, Philo den Schädel zu spalten.

Nachdem er etwas mehr Hirnschmalz auf seine mißliche Lage angewandt hatte, erkannte Malachy, daß er als erstes den Pflock aus dem Fels lösen mußte. Wenn er erst wieder über seine Bewegungsfreiheit verfügte, konnte er daran arbeiten, sein Handgelenk aus der Schelle zu befreien. Dazu brauchte er Zauber, die das Metall weich genug machten, um es aus dem Spalt zu drehen. Er kannte zwar keine Schmiedezauber, wohl aber einfache Sprüche zum Erhitzen von Objekten. Es war ein Spruch, der sich in kalten Nächten im Feld als sehr nützlich erwies, wenn es nicht ratsam war, Feuer zu machen. *Für den Anfang schon ganz gut.*

Malachy legte seine Hände im Gebet zusammen. Es war zwar nicht unbedingt ein Gebet nötig, um Zauber zu sprechen oder abzuwandeln, aber die Heiligen hatten schon manchen Narren vor den Folgen seines Handelns bewahrt. In Anbetracht der Tatsache, daß es gefährlich werden konnte, Zauber zu improvisieren und ihre Macht zu erhöhen, entschied er sich für ein Gebet an Sankt Dunstan, den Schutzpatron der Metallarbeiter. Malachy rief sich ein Fensterglasbild des Heiligen im St. Vohlsdom in Ludstone vor Augen und fixierte das Bild in seinen Gedanken.

Mit dem Bild eines muskelbepackten Dunstan vor Augen, der mit dem Schmiedehammer die beiden goldenen Armschienen bearbeitete, die er König Edgar 825 geschenkt hatte, senkte Malachy den Kopf im Gebet und rief seinen Zauber auf. »Heiliger Dunstan, ich bitte dich um deine Fürsprache beim Allmächtigen und Ewigen Gott. Sprich für mich, und sage ihm, Sein unvollkommener Knecht, Malachy Kidd, versucht, Seinem Willen gehorsam zu folgen, so gut es ihm möglich ist, und muß zu diesem Zwecke auf dieses Metall einwirken.«

Der Wolfspriester spürte, wie das Metall um sein Handgelenk warm wurde. Er versuchte, den Pflock zu bewegen, aber der rührte sich noch immer nicht von der Stelle, und er kanalisierte zusätzliche Energie in den Zauber. Die Wärme nahm zu und vertrieb den Rest der nächtlichen Kälte aus dem Erz. *Ich mache Fortschritte. Gut.*

Malachy versuchte wieder, den Pflock zu lockern und meinte eine Bewegung zu spüren. Er speiste noch mehr Energie hinein, wiederholte sein Gebet zu Sankt Dunstan. Dann stieg die Hitze rasch an. Dem Wolfspriester wurde es unangenehm heiß auf der Haut, dann fing er den beißenden Geruch verbrannter Haare auf.

Zu stark, zu schnell. Entweder hat Sankt Dunstan mir einen riesigen Machtschub gewährt, oder an diesem Metall ist etwas höchst merkwürdig. Er zog an dem Pflock und merkte, wie er sich verschob – dank der Kraft, die seine Muskeln unter der aufsteigenden Panik entwickelten –, aber sein rechter Arm loderte vor Schmerz. *Wenn ich nichts unternehme, um diesen Zauber unter Kontrolle zu bekommen, brenne ich mir die Hand ab!*

Er stieß durch die Panik hindurch und konzentrierte sich trotz der Schmerzen auf das Bild des heiligen Dunstan. Er bündelte seine Kräfte völlig auf die schwellenden Muskeln des Heiligen und die Armschienen unter dessen Hammer, suchte nach der schmerzfreien Kraft jener Votivglasarme. Malachy stieß ein weiteres Gebet aus: »Heiliger Dunstan, deine Hilfe hat mich fast befreit, aber ich brauche dein Geschick, um mit dem fertigzuwerden, dem ich mich gegenübersehe. Ich flehe dich an, lenke mein Handeln, damit mein Werk hier den Guten Hirten ebenso erfreuen kann wie deine Arbeit an den Armschienen.«

Der Schmerz ließ den letzten Teil des Gebets zu einer Abfolge von Zischlauten und schrillen Schreien werden. Malachy fühlte den Schmerz seinen Höhepunkt erreichen und ein Gefühl der Erstickung ihn überschwemmen. Er wurde schwächer, aber ihm war klar, daß er verloren war, wenn er jetzt die Beherrschung verlor. Er würde in Ohnmacht fallen, der Zauber würde ihm das Leben aus dem Körper ziehen, und von ihm würde nichts als ein verkohlter Leichnam mitten im Nirgendwo zurückbleiben. Aus voller Lunge schreiend packte er den Pflock fest mit der linken Hand, stemmte die Absätze in den Riß und stieß sich mit beiden Beinen ab, um ihn freizuzerren.

Der Pflock glitt augenblicklich aus dem Boden und bot nur einen Bruchteil des Widerstands, den er bis dahin geleistet hatte. Malachy fiel nach hinten, prallte von einem Steinbrocken ab und rollte auf die rechte Seite. Er streckte die Hände aus, und die Hitze stieg immer weiter an. Er kam auf die Knie hoch, hielt den Pflock von sich wie eine Schlange und versuchte, ihn von seinem Handgelenk abzuschütteln. Aber das Metall ließ nicht locker.

Zu seinem Entsetzen fühlte Malachy, wie die Hitze des geschmolzenen Metalls sich auch um sein linkes Handgelenk legte.

Jetzt stieg die Temperatur nicht weiter an, sie nahm aber auch nicht ab. Statt dessen breitete sie sich aus, arbeitete sich von den Handgelenken beide Arme hoch zu den Ellbogen. Der Gestank verbrannter Haare verband sich mit dem Geruch verkohlender Stoffasern, als die Ärmel seines Hemdes Feuer fingen. Von den Handgelenken bis hinauf zu den Ellbogen schienen sich seine Arme in lodernde Fackeln verwandelt zu haben. Er sah vor sich, wie seine Haut Blasen warf und aufplatzte, wie seine Unterarme einschrumpelten, zu verkohlten Ästen wurden, die auf den Felsen in zahllose Holzkohlesplitter zerbrachen.

Die Arme weit ausgebreitet, kreischte Malachy seinen Schmerz hinaus, bis der Lärm die Qualen übertönte. Als seine Kehle wund war und sich anfühlte, als wäre sie selbst in Brand geraten, hustete er und verstummte. Ausgepumpt lehnte er sich zurück und ließ die Schultern unter dem Gewicht seiner ausgestreckten Arme sacken.

Die Hitze und der Schmerz waren verschwunden, aber er fürchtete, daß dies nur daher kam, daß seine Arme abgebrannt waren, und die gefolterten Nerven Kraft für einen neuen Angriff sammelten. *Solange ich nicht an meine Arme denke, tun sie mir auch nicht weh.* Er versuchte angestrengt, an alles mögliche zu denken, nur nicht an seine Arme, mit dem voraussehbaren Ergebnis, daß sie überhaupt das einzige wurden, mit dem seine Gedanken sich beschäftigen konnten. Er wartete ergeben auf die nächste Welle der Agonie.

Dann schlug sein rechter Unterarm auf einen Stein.

Es schepperte.

Wie? runzelte Malachy die Stirn. *Verbrannte Arme scheppern doch nicht.*

Immer noch mit dem Rücken gegen den Felsen gelehnt und sich seiner allmählich einschlafenden Beine bewußt werdend, bewegte er die Finger der rechten Hand.

Es gelang.

Er wünschte sich, er hätte es sehen können. Dann schnippte er mit den Fingern.

Sie schnippten. Er spürte es. Er hörte es.

Langsam richtete er sich auf und schnippte mit den Fingern der linken Hand.

Er hörte das Schnippen und spürte seine Finger.

Er streckte nur die beiden Zeigefinger aus und brachte beide Hände vor sich zusammen.

Die Finger berührten einander mit den Spitzen.

Gut. Ich habe noch Unterarme und Hände, aber was war das für ein Scheppern?

Er ließ die Hände aneinander vorbei und die Arme hinauf gleiten, bis sie auf kühles Metall trafen. Vom Handgelenk bis zum Ellbogen waren beide Unterarme von zu drei Vierteln geschlossenen Metallschienen umgeben. Auf der rechten Schiene ertastete Malachy das Reliefbild eines Schwertes, auf der linken das eines Hirtenstabs. *Das Schwert und der Krummstab.* Über beiden Bildern fand er noch einen Wolfskopf.

Genau wie die goldenen Armschienen, die Sankt Dunstan für König Edgar geschaffen hat! Wie ist das möglich? Er dachte einen Augenblick lang nach, dann nickte er. *Mit meinem zweiten Gebet habe ich um Können gefleht, damit mein Werk Gottes Wohlgefallen errege wie das Dunstans. Es scheint, daß mein Gebet wörtlicher genommen wurde, als es beabsichtigt war, aber das Ergebnis scheint sich sehen lassen zu können.*

Malachy tastete an der Öffnung der Armschienen entlang und versuchte, den Daumennagel unter das Metall zu schieben. Es gelang ihm nicht. Soweit er es durch Abtasten feststellen konnte, war das Metall nahtlos mit seiner Haut verschmolzen. Aber als er auf die Armschienen klopfte, spürte er zwar die Erschütterung, konnte jedoch keinerlei Berührung auf der Metalloberfläche spüren. *In der Hinsicht ähneln sie stark meiner Rüstung. Dieses Verschmelzen ist erstaunlich, aber sicher gibt es dafür eine Erklärung.*

Im Augenblick ist nur wichtig, daß ich frei bin.

Malachy nickte und ließ sich zurückfallen. Er hob das Gesicht zum Himmel. »Lieber Gott, ich danke Dir, daß Du mir die Fähigkeiten geliehen hast, die ich benötigte, um mich befreien zu können. Ich danke dir, heiliger Dunstan, für deine rechtzeitige und erleuchtete Fürsprache. Diese Armschienen mögen mich immer an deine Gottergebenheit erinnern, der nachzueifern ich mein Bestes tun will. Dein Wille geschehe.«

Erschöpft von der Zauberei und ausgesprochen durstig, zog Malachy sich mit wackeligen Beinen hoch und lehnte sich schwer auf den Felsblock zu seiner Linken. Uriah hatte ihm von einem kleinen Bach südlich von ihrem Lagerplatz erzählt, und da inzwischen wohl Morgen war, konnte er feststellen, wo Osten lag, indem er sich im Kreis drehte, bis er die wärmenden Strahlen der Sonne auf dem Gesicht fühlte.

Uriah. Den habe ich ganz vergessen. »Uriah, wo bist du?«

Er hörte ein Geräusch rechts von sich und drehte sich in diese Richtung, dann hörte er noch etwas hinter sich. Bevor er sich danach umdrehen konnte, traf ihn plötzlich mit betäubender Wucht ein Schlag ins Genick und warf ihn zu Boden. *Was?* Er versuchte, die Hände unter den Leib zu ziehen, um sich hochzustemmen, aber ein gestiefelter Fuß auf seinem Rücken stieß ihn wieder hinab. »Uriah?«

Er bekam keine Antwort auf seine Frage, aber der Mann über ihm sprach. »Da, Dmitri, es ist ein Ilbeorer.«

»Warum sollten die Khast dem Wolfspriester fast alles wegnehmen und ihn hier ausgerechnet mit goldenen Armschienen und silbernen Augen zurücklassen?«

»Das weiß ich nicht. Deshalb bin ich ja auch nur ein kleiner Kundschafter, der sich hier herumtreiben darf, und kein Edelmann, der in Wsorin hockt. Die *Sarnitskij* soll morgen nach Wsorin zurückkehren, um Kohle aufzunehmen. Laß uns ihr ein Zeichen geben, daß sie uns und diesen Mann hier mitnehmen soll. Deine Frage hat eine Antwort verdient, und Fürst Arslow wird einen Weg finden, sie von dem hier zu bekommen.«

35. Kapitel

Pjimok, Wsorin, Distrikt Wsorin
Strana

27. Tempest 1687

»Gott sei Dank, daß du gekommen bist, Grigori!« Natalja warf sich in seine Arme und klammerte sich an ihm fest. »Fürst Arslows Wachen halten mich jetzt schon seit vier Tagen hier in meiner Suite fest. Sie behaupten, daß sie ihre Befehle von dir hätten, aber ich weiß, daß das nicht wahr ...«

Sie spürte, wie er seine Arme von ihrem Körper hoch zu den Schultern bewegte. Widerstrebend gestattete sie ihm, sich aus der Umarmung zu lösen. Insgeheim betend, daß sie ein Lächeln sehen würde, schaute sie hoch zu seinem Gesicht.

Seine Miene ließ sie frösteln. »Was ist los, Grigori?«

Der Gesichtsausdruck des blonden Kriegers war nicht ganz zu einer strengen Maske der Förmlichkeit erstarrt, aber doch weit davon entfernt. »Bitte, Tachotha Natalja, können wir uns setzen?«

Natalja nickte und nahm seine linke Hand in die ihre, als sie hinüber zur Couch gingen. Sie schob ein Bein unter sich, als sie sich setzte. »Grigori, du brauchst dich nicht so kühl zu geben.«

Der Husar saß auf der Kante des Sessels und massierte sich mit der rechten Hand die Stirn. »Ich will nicht kühl erscheinen, Natalja. Ich weiß, daß ich in den letzten zwei Wochen nicht viel Zeit mit dir verbracht habe ...«

»Wir waren vier Tage zusammen, Grigori, und noch weniger Nächte.«

»Ja, ja, ich weiß.« Er schluckte schwer und legte die

Hände in den Schoß. »Ich sehe jetzt, daß es ein Fehler war, dich schützen zu wollen. Es war nicht in Ordnung, aber ich habe es nur aus Liebe zu dir getan. Das mußt du mir glauben.«

Natalja runzelte verwirrt die Stirn. »Mich beschützen? Vor was mußt du mich beschützen?«

Grigori seufzte schwer und strich sich mit den Fingern durch das lange blonde Haar. »Wir haben eine Verschwörung gegen dich aufgedeckt. Man plant einen erneuten Entführungsversuch. Was wir für ein Attentat auf dich gehalten haben, war in Wirklichkeit ein Versuch, dich zu entführen. Schukri Awan, der Regent von Helansajar, wollte dich in seine Gewalt bringen. Was er jedoch nicht ahnte, war, daß sein Agent in Wahrheit in den Diensten Rafiq Khasts steht. Khast machte aus der Entführung ein Attentat, um Awan in ernste Schwierigkeiten zu bringen.«

Natalja sah ihn mit offenem Mund an. »Das ergibt überhaupt keinen Sinn, Grigori. Mich zu entführen, würde den ganzen Zorn Stranas über Helansajar bringen. Schukri Awan ist doch kein Selbstmörder.«

»O Liebste, er würde sich nicht umbringen.« Grigoris Hände ballten sich zu Fäusten. »Wir haben in Erfahrung bringen können, daß Schukri Awan schon seit einem ganzen Jahr in Verhandlungen mit einem der stranischen Tacarri steht. Deshalb solltest du entführt werden. Dieser Tacarri will Schukri Awan dazu benutzen, Fürst Arslow in Ungnade zu bringen und aus Wsorin entfernen zu lassen. Danach will er selbst Verhandlungen über deine Rückkehr einleiten und sich den Dank der Nation verdienen. Diesen Dank wird er dann in eine Revolution ummünzen, um deinen Vater zu stürzen.«

Natalja schüttelte den Kopf, versuchte, sich der lähmenden Taubheit zu widersetzen, die sie zu umschlingen drohte. Es war unfaßbar, daß jemand es wagen sollte, sie so skrupellos für eine derartige Verschwörung zu mißbrauchen. Niemand hätte geglaubt, ein Tacarri könne jemals so tief sinken. Es stimmte schon, daß im Lauf der Geschichte mehr als ein Tacier aus den Reihen der Tacarri aufgestiegen war, aber immer aus einer Nebenlinie der regierenden Dynastie. Durch den Lescarenkrieg und die Belohnungen, die der Tacier allen seinen Naraschals gewährt hatte, stammte von den gegenwärtigen Tacarri *kein einziger* aus dem Haus Ohanscai, auch wenn mancher von ihnen eine Tochter des Taciers geheiratet hatte und damit offiziell in die Thronfolgeliste aufgenommen worden war.

Wer könnte so etwas tun? Murina? Ihr fiel kein Tacarri ein, dem sie einen solchen Plan zutrauen würde. Die meisten von ihnen dachten nicht politisch genug, um alle Für und Wider einer solchen Verschwörung abschätzen zu können. *Wäre es denkbar, daß eine meiner Schwestern auf diese Weise versucht, ihren Gemahl auf den Thron zu hieven?* Sie mußte sich eingestehen, daß es vorstellbar wäre, wenn auch unwahrscheinlich. Natalja wußte, daß sie als die unverheiratete neunte Tochter des Taciers am Hof und im Denken ihrer Landsleute nur einen unbedeutenden Platz einnahm. Ihr Vater mochte ihren Retter belohnen, aber durch ihre Befreiung würde der kaum den nötigen Auftrieb erhalten, um ihren Vater stürzen zu können.

Ihre grünen Augen funkelten vor Zorn. »Wer ist es, Grigori? Sag es mir!«

»Ich kann es nicht. Wir wissen es noch nicht.«

»Nein, bei einem so verschachtelten Plan wäre es schwer, die Identität des führenden Kopfes zu ermitteln.« Natalja wickelte sich langsam eine Haarsträhne um den Finger. »Du hast meine Verwahrung hier angeordnet, um meine Entführung zu verhindern?«

»Ja, Tachotha.«

»Und weil du noch nicht weißt, wer der verräterische

Tacarri ist, wäre für mich auch eine Rückkehr nach Murom ein Risiko?«

Grigori nickte traurig und sackte ein wenig nach vorne, als würde er vom Henker über den Richtblock gedrückt. »Ich fühle mich... gar kein rechter Mann mehr..., weil ich dieses Geheimnis nicht enthüllen und dich beschützen kann.« Er hob den Kopf. »Ich liebe dich sehr, Natalja, und ich würde dir niemals Schmerz zufügen wollen, aber deine Verwahrung hier ist zu deinem eigenen Besten. Du mußt das verstehen.«

Natalja zwang sich zu entspannen. Sie beugte sich vor und streichelte Grigori die Wange. »Ich verstehe es, Grigori, und ich werde mich deinen Wünschen beugen. Dafür mußt du mich aber auch auf dem laufenden halten. Ich möchte alles wissen. Ich weiß, daß ihr die *Ljeschij* auf Patrouille geschickt habt. Das gilt auch für die *Sarnitskij*, da?«

Khrolic brachte ein kleines Lächeln zustande. »Die *Sarnitskij* befindet sich gerade auf dem Rückflug. Sie dürfte morgen mittag eintreffen. Dann werden wir mehr wissen.«

»Gut.« Natalja schaute zu Boden und kaute auf ihrer Unterlippe. »Grigori, ich brauche dich und deine Stärke. Ich will dich heute nacht bei mir haben. Ich möchte dir zeigen, daß du immer noch ganz und gar ein Mann bist. Ich werde dir meine ganze Liebe beweisen und dich daran erinnern, warum du mich in Sicherheit wissen willst.«

Der Husar nickte feierlich. »Ich möchte nirgendwo anders sein als bei dir, Natalja. Du bist alles, was mein Herz begehrt.«

Natalja ließ die Locken ihres rabenschwarzen Haares über ihren Zeigefinger gleiten. »Und du gibst meinem Leben seinen Sinn.« *Der jetzt ein doppelter ist: zu erfahren, wie Arslow dich zwingen konnte, mich so anzulügen, und eine Möglichkeit zu finden, seine Pläne zu durchkreuzen.*

36. Kapitel

Dayi Marayir
Helansajar

28. Tempest 1687

In den vier Tagen, seit Uriah Malachy an den Boden gefesselt hatte zurücklassen müssen, waren der Schock und die Empörung des jungen Mannes einer siedenden Wut gewichen. Nur wenige im Trupp der Khast sprachen Stranisch, und seine ersten Wutausbrüche über Kidds Behandlung hatten ihm nur Hiebe, Tritte und Stöße eingebracht. Uriah verbarg jedes Anzeichen von Schmerz vor den Helansajaren, damit sie keine Befriedigung darin fanden, ihn zu mißhandeln.

Seine blauen Flecken und die immer noch schmerzende Nase vom Kampf in jener Nacht erinnerten ihn an den Kampf, aus dem Kidd ihn gerettet hatte. *Und dann ist er bei mir in dem Hotel geblieben, hat für mich gesorgt, als ich eigentlich für ihn sorgen sollte. Und ich habe es ihm zurückgezahlt, indem ich zuließ, daß diese Banditen ihn mitten im Nirgendwo aussetzten.*

Uriah hatte sich entschlossen, aus der Gefangenschaft der Helansajaren zu fliehen und zu Kidd zurückzukehren, solange noch Zeit blieb, ihn zu retten. Als er sich daran machte, seine Flucht zu planen, wurde ihm allerdings schnell klar, daß seine Ausbildung, die er immer für sehr umfassend gehalten hatte, in Wirklichkeit weit davon entfernt war, seinen augenblicklichen Bedürfnissen zu entsprechen. In den ersten drei Studienjahren hatte er gelernt, Waffen zu führen und eine Reihe defensiver Kampfzauber einzusetzen. Dazu waren Strategie und Taktik gekommen, und etwas magische Theorie, aber nichts, was sich auf diese Situation anwenden ließ. Insbesondere auf einem Gebiet klaffte in seiner Ausbildung eine gewaltige Lücke, nämlich im Bereich der Flucht- und Ausbruchstechniken.

In seinen düstersten Augenblicken kam ihm das gar nicht einmal seltsam vor: Martinisten, die niemals an Flucht dachten, wie Malachy Kidd, wurden Märtyrer und damit zu Heiligen. Wenn man auch die Kaperung der *Mockingbird* in Lescar als einen großen Sieg der Ilbeorer hatte hochleben lassen, so lag der Grund für diese Bewertung vor allem darin, daß sie Fernandi so nachdrücklich beschämt hatte. Da alle zivilisierten Nationen Kriegsgefangene auslösten und austauschten, wobei die Höhe des Lösegelds als Zeichen für den Status eines Gefangenen genommen werden konnte, sah man Flucht als einen verachtenswerten Beweis niederer Herkunft an.

Die entscheidende Schwierigkeit, der sich Uriah bei der Fluchtplanung gegenübersah, lag darin, daß ihm die Helansajaren zahlenmäßig weit überlegen waren. Er konnte zwar ein paar recht mächtige Zaubersprüche aufbieten, aber sie alle setzten irgendeinen Gegenstand voraus, über den er den betreffenden Zauber sprechen konnte. Und ob das nun Zufall war oder Absicht, die Kleider auf seinem Leib, die Seile, die ihn fesselten und der Sattel, auf dem er saß, waren die gefährlichsten Gegenstände, auf die er zurückgreifen konnte.

Wie kann man von einem Wolf erwarten, daß er über seine Herde wacht, wenn er den Schlingen und Fallen nicht entkommen kann, die ihm von seinen Gegnern gelegt werden? Dumme Verbote und Ehrbegriffe, genau die Art von Nebensächlichkeiten, die einem Captain Irons so etwas wie Halt gaben, verurteilten Uriah dazu, in dieser Situation ohne geeignete Hilfsmittel dazustehen. *In der Wildnis würde ein gefangener Wolf sich selbst das Bein abnagen, um wieder freizukommen, aber wir nehmen es hin, daß man uns fesselt. Das ist verrückt.*

Nach drei Tagen gestand sich Uriah seine Niederlage ein. Selbst wenn ihm die Flucht noch gelang, konnte er niemals rechtzeitig zum Colonel zurückgelangen, bevor der erfroren, verdurstet oder von wilden Tieren angefallen und getötet worden war. *Selbst wenn ich ihn jetzt noch finden könnte, wäre es zu spät.* Es schien ihm eine grausame Ironie des Schicksals, daß Kidd den langen Weg nach Drangiana zurückgelegt hatte, nur um dort so profan zu verrecken. *Er hätte einen besseren Tod verdient.*

Einen Tag, nachdem Uriah jede Hoffnung für Kidd aufgegeben hatte, ritt die Truppe, Uriah in ihrer Mitte, in eine enge Schlucht. Riesige Felswände aus rotem Sandstein türmten sich zu beiden Seiten auf und ließen vom Himmel nur ein breites blaues Band erkennen. Aus den Windungen und Kurven, denen die Schlucht folgte, schloß Uriah, daß ein Fluß sie in äonenlanger Abnutzung aus dem Fels geschnitten hatte. Was das Wasser grob herausgearbeitet hatte, war von den rauhen Winden vollendet worden, die den Felsen bizarre Formen aufgeprägt hatten. Der junge Ilbeorer sah eine Anzahl menschenähnlicher Formen, die man für wundersame Erscheinungen dieses oder jenes Heiligen hätte halten können, und dieser Gedanke erinnerte ihn wieder an Kidd. *Noch ein Märtyrer für die Kirche. Sankt Malachy.*

Bevor seine Wut wieder voll aufflammen konnte, liefen die Wände der Schlucht immer dichter über ihnen zusammen und bildeten schließlich einen hohen Tunnel. In unzähligen Windungen schlängelte er sich unter den östlichen Rand der jedrosinischen Hochebene. Dabei führte der Weg sie leicht abwärts, und die Luft wurde wärmer. Uriah schnüffelte erwartungsvoll und wurde mit einem schweren Schwefelgeruch in der trocken staubigen Luft belohnt. *Vielleicht sehen wir uns früher wieder, als ich erwartet hatte, Colonel.*

Hinter einer Biegung erleuchtete das gespenstisch rote Glühen einer züngelnden Wand aus Feuer den Tunnel. Als sie sich dessen Ende und dem hellen Lichtkreis näherten, an dem er abbrach, hörte Uriah einen Pfiff. Das rote Licht ließ etwas nach. Sie gelangten in eine Höhle am Ende des Tunnels. Uriah sah zu beiden Seiten der Öffnung große Barrieren aus flammenden Metallgittern und grinste.

Es erschien ihm offensichtlich, daß die wohl mit Holz, ölgetränkten Tüchern und schwefliger Kohle gefüllten Gitterbarrieren, wenn sie angezündet und geschlossen waren, bei jedem, der zufällig auf sie stieß, den Eindruck erwecken mußten, er sei über das Tor zur Hölle gestolpert. Es gab gewiß kaum jemanden, ob er an Atarax oder an Eilyph glaubte, der sich näher heranwagen würde. Ganz abgesehen vom infernalischen Bild, das diese Barrieren boten, reichte schon die von ihnen ausgehende Hitze aus, bis auf die fanatischsten Forscher jeden von dem Versuch abzuhalten, sie zu überwinden.

Die Höhle, in die sie jetzt ritten, beeindruckte Uriah aus vielerlei Gründen. Sie war größer als der St. Vohlsdom in Ludstone – wenn auch nicht ganz so lang, dafür aber viel höher und breiter. Drei Seiten des Gewölbes waren von Künstlern bearbeitet worden, die zunächst die Wände geglättet und dann Pfeiler und Tigersymbole aus dem Felsen gehauen hatten. Obwohl die riesigen Katzen in einem Stil gehalten waren, der sie geschmeidiger als die Tiger der ilbeorischen Heraldik erscheinen ließ, war Uriah von der Macht und Majestät beeindruckt, die sie ausstrahlten. Man merkte dem Werk den Respekt und die Liebe an, die der Künstler für sein Thema empfunden hatte.

Am anderen Ende der Höhle erhob sich eine Empore, in deren Zentrum ein Thron aufragte, der Uriah fast wie eine Parodie auf den Thron des Wolfskönigs in

Ludstone erschien. Statt der Wölfe, die dort die Armlehnen bildeten, flankierten hier zum Sprung geduckte Tiger den steinernen Sessel. Ein gewaltiger, hochaufgerichteter Bär bildete die Rückenlehne des Throns, und ein liegender Wolf diente als Fußstütze. Die Bedeutung dieser Symbolik behagte Uriah ganz und gar nicht, auch wenn der Wolf nicht den Eindruck machte, als sei er tot oder mißhandelt.

Auf dem Thron saß reglos der Dost. Obwohl sein Körper noch immer die goldene und silberne Tigerung aufwies, die Uriah schon beim ersten Mal aufgefallen war, hatte er sich verändert. Er hatte kantige Formen angenommen, und an Ellbogen und Knien waren Scharniere sichtbar. Er schien Uriah von einem Schmied mit grundlegenden anatomischen Kenntnissen zusammengesetzt worden zu sein.

Zu seinen Füßen kniete ein Mann von zweifellos urovischer Abstammung. Durch die große Entfernung konnte Uriah den Mann nicht deutlich genug erkennen, um ihn der einen oder anderen Nation zuordnen zu können, aber sein Bart und ihre gegenwärtige Nähe zu Strana erlaubte ihm eine erste Schätzung.

Hinter diesem Mann stand eine große rotgekleidete Gestalt, in deren Bekleidung von der Kapuze über Schleier, Jacke und Bluse bis zum langen Rock schwarze Tigerstreifen eingearbeitet waren. Es waren allerdings nicht Schleier und Rock, die Uriah veranlaßten, die Gestalt als weiblich einzuordnen, auch wenn diese Kleidungsstücke ihm die Entscheidung erleichtert hatten. Sie und die vier anderen ähnlich gekleideten Gestalten, die dem Dost auf der Empore Gesellschaft leisteten, besaßen eine flüssige Eleganz der Bewegung, die er bei Männern nicht erwartet hätte. Sie erschienen ihm ausgesprochen katzenhaft und selbstbewußt.

Der Dost beugte sich auf seinem Thron vor und machte eine Geste in Richtung der Barrieren. Sie schlossen sich, und Uriah spürte, wie sein Mund austrocknete. Urovische Magie konnte Gegenstände beeinflussen, aber dazu mußte man diese berühren. Die Teufelsmagie der Estanen wurde auf Menschen angewandt und steigerte deren Fähigkeiten. Keine der beiden magischen Schulen gestattete die Beeinflussung eines Ziels ohne unmittelbaren Kontakt. Uriah schaute noch einmal zurück, um nachzusehen, ob er irgendeine Person oder mechanische Vorrichtung übersehen hatte, die die Kohlenpfannen und Gitter wieder an ihren Platz gezogen haben konnten, sah jedoch weder das eine noch das andere. Furcht nagte an seinen Eingeweiden.

Die Reiter stiegen ab, und zwei der Tigerfrauen kamen herab, um die Pferde durch eine Öffnung in eine Seitenhöhle zu führen. Uriahs Hände waren noch immer auf dem Rücken gefesselt, so daß er Hilfe benötigte, um vom Pferd steigen zu können. Dabei verlor Qusiesi, sein Helfer, die Balance und geriet unter Uriahs Gewicht ins Stolpern. Just in dem Augenblick, als Qusiesi zu stürzen schien, fühlte Uriah einen Druck auf Gesicht und Brust, der seinen Fall bremste und es Qusiesi ermöglichte, ihn besser in den Griff zu bekommen.

Als Uriah aufschaute, sah er den Dost nicken und die Hand senken. Der junge Ilbeorer schüttelte den Kopf. *Das ist unmöglich. Eine solche Zauberei kann es nicht geben.*

Der Dost erhob sich, und sein Körper floß aus der mechanisch abgezehrten Form zu jener menschlicheren Gestalt zusammen, die Uriah bereits kannte. Er sprach die Helansajaren in ihrer eigenen Sprache an. Uriah hatte auf seinen Reisen einige Wörter dieser Sprache gelernt, verstand aber nichts von dem, was der Dost jetzt sagte. Es überraschte ihn etwas, als sich die ganze Truppe umwandte und hinter den Pferden hermarschierte.

Uriah drehte sich ebenfalls um und wollte sich ihnen

anschließen, aber Rafiq packte ihn am Arm und hielt ihn zurück. Der Mann, mit dem der Dost gesprochen hatte, wurde von der hinter ihm stehenden Frau durch eine Öffnung, die im Schatten eines Pfeilers verborgen lag, tiefer in den Höhlenkomplex geführt. Eine andere Frau kam vom Podium herab und nahm Rafiq zur Seite, so daß Uriah schließlich mit dem Dost und der letzten der Tigerfrauen allein blieb.

»Ist es dir auf deiner Reise hierher wohl ergangen?«

Uriahs Kiefer mahlten. »Sie haben einen Mann an einem Felsen gefesselt zurückgelassen. Er ist jetzt tot.«

Der Dost runzelte die Stirn. »Ist er das? Wie willst du das wissen?«

»Das ist doch wohl offensichtlich, oder etwa nicht?« Uriah kämpfte gegen seine Fesseln an, konnte seine Hände aber nicht befreien. »Glauben Sie, er könnte all diese Zeit so überlebt haben, wie Sie ihn zurückließen?«

»Nein, aber ich habe auch nicht erwartet, daß er so liegenbleibt.«

»Wie bitte?«

»Dein Malachy Kidd war durchaus in der Lage, sich zu befreien. Ob er das getan hat oder nicht, braucht deine Sorge nicht zu sein. Ich habe dich nicht hierher bringen lassen, um mit dir über ihn zu debattieren.« Der Dost sah die Frau an seiner Seite an. »Das ist meine Schwester Turikana. Sie wird sich um deine Bedürfnisse kümmern, solange du bei uns weilst.«

Uriah starrte sie finster an. »Das einzige, was ich brauche, ist meine Freiheit.«

Der goldene Mann legte kurz die Stirn in Falten, dann starrte er Uriah streng an. Plötzlich schien dem Ilbeorer der Kopf zu schwirren. Er spürte ein Prickeln an seinem Rückgrat auf- und abwandern, als ginge jemand über sein Grab. Dieses Gefühl wanderte durch seinen Hals in den Kopf und durchrieselte sein Gedächtnis, als ließe ein Kind Sand zwischen den Fingern zerrinnen.

Uriah vergrub sein Gesicht in den Händen, und die fremde Gegenwart in seinem Kopf verschwand. »Was haben Sie mit mir gemacht?«

Der Dost überhörte die Frage. »Freiheit will verdient sein, und du besitzt noch nicht die Kenntnisse, die du benötigst, um dir die Freiheit zu verdienen. Bis es soweit ist, wird sie für dich verantwortlich sein, und du wirst dich vor ihr verantworten.«

»Ach ja?«

»Trotz habe ich erwartet, aber du bist kein Narr. Du wirst bald feststellen, daß sie dir sehr wohl gewachsen ist.«

Uriah schaute sie sich noch einmal an. Sie war zwar nicht so groß und schwer wie er, aber auch kein zartes Weibchen, das er leicht überwältigen konnte. Trotzdem glaubte er, mit ihr fertigwerden zu können, bis sich ihre Blicke begegneten. Ihre grüngoldenen Augen leuchteten mit einem starken, beinahe wilden Glanz. Ein Schock durchfuhr ihn und nahm ihm ein Stück seines Selbstvertrauens.

Der Dost lächelte. »Du wirst unsere Sprache von ihr lernen, und sie lernt von dir Ilbeorisch. Sie spricht fließend Stranisch, das könnt ihr zur vorläufigen Verständigung benutzen. Wenn du sie nicht unterrichtest, werden wir uns von Zeit zu Zeit über deine Heimat, eure Lebensweise und eure Philosophie unterhalten. Der andere Mann, den du vorhin gesehen hast, ist ein Straner, und ich habe viel von ihm darüber gelernt, wie sich die Welt seit meinem letzten Aufenthalt verändert hat. Ich erwarte mir von dir weitere Aufklärung.«

»Ich werde Ihnen nichts erzählen, was Sie für eine Eroberung meiner Heimat nutzen können.«

»Das braucht dich nicht zu kümmern, Uriah Smith.«

»Sie haben bereits angekündigt, daß Sie Ihr Reich wiedererrichten wollen.«

»Und genau das werde ich auch tun.« Der Mann aus Gold zuckte beiläufig die Achseln. »Ich bin der Dost. Mein Reich wurde vernachlässigt. Was ich von dir lerne, wird die Eroberung Ilbeorias weder beschleunigen noch verzögern. Es wird lediglich wichtig für meine Entscheidung sein, wie ich mit deinem Volk umgehen werde, wenn sie einmal die wahre Bedeutung der Rückkehr des Dosts in diese Welt erkannt haben.«

37. Kapitel

Regierungsgebäude, Dhilica, Puresaran
Aran

29. Tempest 1687

Prinz Trevelien verzichtete darauf, Erwin Grimshaw die Hand zu reichen, als der kleine Mann das Büro des Prinzen betrat. Nur die jüngsten Unruhen und die Probleme, die Regierungsarbeit aufrechtzuerhalten, brachten ihn überhaupt dazu, sich mit ihm zu treffen. *Er hat das alles arrangiert, damit ich gezwungen werde, seinen Rat zu suchen.*

»Mister Grimshaw, bei den Diskussionen mit meinen Ministern ist Ihr Name oft gefallen.«

Der welke Handelsherr lächelte, als habe er die Weigerung des Prinzen, seine Hand zu schütteln, nicht bemerkt. »Ich hoffe, er wurde nur in günstigem Zusammenhang erwähnt, Hoheit.«

»Ihr Ruf ist zweifelsohne bemerkenswert.«

»Ah, das ist immerhin etwas, aber nicht unbedingt dasselbe wie *gut*.«

»Man hat nicht gelogen, als man mir von Ihrem wachen Verstand berichtete, Mr. Grimshaw.« Der Prinz führte den Händler zu einem Stuhl mit kerzengerader Lehne, ging dann um den Schreibtisch herum und setzte sich. »Da Sie um diese Audienz gebeten haben, ist es wohl an mir zu fragen, was ich für Sie tun kann.«

Grimshaw setzte sich auf die Stuhlkante. »Vielleicht, Hoheit, solltet Ihr mich fragen, was ich für Euch tun kann.«

Aufhören, dich in die Regierung einzumischen, das ist es, was du für mich tun kannst. Nachdem er von seinen Kolonialministern Loyalität und vorbehaltslose Offenlegung gefordert hatte, waren die Regierungsgeschäfte langsam zum Erliegen gekommen. Die Ministerien führten alles aus, was in ihrer Pflicht lag, allerdings nur zögernd. Sie unternahmen alles, was sie konnten, um den Prinzen in seiner Regierungsfähigkeit zu behindern. Routineangelegenheiten, die auf niedrigster Ebene hätten erledigt werden sollen, wurden ihm zur Genehmigung vorgelegt. Sein Büro wurde unter der Papierlawine, die durch diese Taktik entstand, begraben.

Nachdem er seinen Ärger über diesen bürokratischen Handstreich in den Griff bekommen hatte, hatte sich Trevelien eingestehen müssen, daß die Handelsprinzen Arans nicht die ausgemachten Einfaltspinsel waren, für die er sie anfangs gehalten hatte. Wenn ihre Winkelzüge auch nicht sonderlich raffiniert erschienen, so hieß das noch lange nicht, daß die Männer, in deren Händen die Fäden zusammenliefen, nicht in der Lage waren, verschlagen zu operieren. Sie hatten *bisher* noch keinen Versuch unternommen, ihre geschäftlichen Aktivitäten zu verbergen, weil ihnen *bisher* noch niemand auf die Finger geschaut hatte.

Mit seiner Ankunft und der ersten explosiven Dienstbesprechung mit seinen Ministern hatte Trevelien ihnen den Fehdehandschuh hingeworfen. Grimshaw und die anderen hatten ihn begeistert aufgenommen. Ihr Gegenangriff hatte die strukturelle Schwäche der Kolonialregierung ausgenutzt. War die Arbeitsbelastung früher eher gering gewesen, weil man so viele Vorschriften einfach ignoriert hatte, stürzte die Kolonialverwaltung bei einer konsequenten Beachtung der Gesetze schneller ab als ein Luftschiff nach dem Ausfall des letzten Aeromagikers. Und während die Regierung in der Papierschwemme versank, blieb den Händlern derselbe Handlungsspielraum wie zuvor.

Und jetzt sparen sie auch noch die Bestechungsgelder. Der Prinz ließ seinen Ärger verrauchen und schnaubte ein kurzes Lachen. »Na schön, was können *Sie* für *mich* tun?«

»Zunächst danke ich Euch für Eure Nachsicht.« Grimshaw grinste schwach, als ertrage er mannhaft seinen Schmerz. »Ich glaube, Hoheit, daß dieser erste Monat hier in Aran für Euch nicht alles das gebracht hat, was er Euch hätte bringen sollen. Anfängliche Mißverständnisse schufen manche Bitterkeit, und ich bin der Ansicht, daß solche Zwistigkeiten nicht produktiv sind.«

»Dem will ich gerne zustimmen. Nun, was habe ich hier in der ilbeorischen Kronkolonie Aran falsch verstanden?«

»Hoheit, Aran ähnelt in keiner Weise Ilbeoria. Aran ist ein Land der unbegrenzten Möglichkeiten, das einer haushälterischen und lenkenden Hand bedarf, wenn es sein volles Potential ausschöpfen soll.«

Trevelien nickte. »Deshalb bin ich hier, Mister Grimshaw.«

»Tatsächlich, Hoheit?«

Trevelien schätzte den öligen Ton Grimshaws ganz und gar nicht. »Aus welchem Grund haben Sie angenommen, sei ich hierhergekommen?«

»Viele Leute kommen nach Aran, um ihr Unglück zu vergessen ...«

Das Bild seiner verstorbenen Frau, ihr seidiges Haar, ihre tiefblauen Augen, blitzte vor ihm auf. *Rochelle* ... Der Prinz fixierte Grimshaw mit stechendem Blick. »Ich bin hier zum Wohle Arans, aus keinem anderen Grunde.«

»Natürlich, Hoheit, wie Ihr sagt, zum Wohle Arans. Unglücklicherweise seid Ihr hier angekommen und habt versucht, auf urovische Weise zu regieren. Die Perspektive verschiebt sich, wenn man erst einmal in Dhilica ist, das habt Ihr, glaube ich, inzwischen bemerkt.« Grimshaw wies zur Fensterfront hinter dem Prinzen.

»Hier in Dhilica könnt Ihr die Probleme und Chancen Arans umfassend kennenlernen, die in Ilbeoria meiner Überzeugung nach höchstens als nicht aussagefähige abstrakte und oftmals unvollständige Berichte ankommen. Eben diese meine Überzeugung hat Euch einige Unbequemlichkeit bereitet. Als Eure Minister mit den Anschuldigungen zu mir kamen, die Ihr gegen Sie und damit indirekt auch gegen mich erhoben habt, da habe ich, so befürchte ich jetzt, überreagiert. Ich sagte allen meinen Standesgenossen, daß wir uns nun an die ilbeorischen Regeln halten müßten. Ich habe jetzt jedoch den Eindruck, daß genau das die Regierung überlastet hat.«

Der Prinz nickte. »Unsere Kapazitäten sind etwas strapaziert.« Er hielt seine Stimme ruhig, auch wenn er kaum glauben konnte, was er hier zu hören bekam. *Was bildet dieser Mann sich ein, wer er sei? Wie kann er es wagen, hierherzukommen und vor mir die Verantwortung dafür zu übernehmen, daß meine Regierung lahmgelegt wurde? Rochelle, wie hättest du über diesen Tölpel gelacht!* »Wir werden uns den Gegebenheiten mit der Zeit anpassen.«

»Sicher, mein Prinz, aber die Unruhe unter den Bürgern scheint schnell zu wachsen. Wie Ihr wißt, haben einige von uns ihre Milizen nach Dhilica geschickt, um dabei zu helfen, Ruhe und Ordnung aufrechtzuerhalten.«

Die Lähmung der Regierung hatte bei den Bürgern zur Verärgerung über die Bürokratie geführt. Einheimische Arbeiter, die keine Passierscheine bekommen konnten, waren nicht mehr in der Lage, zur Arbeit oder nach Hause zu fahren, und der aufgebrachte Mob protestierte vor dem Arbeitsministerium. Die Territorialpolizei hatte die Menge ziemlich brutal zerstreut und einen Aufruhr verhindert, damit aber in ganz Dhilica für wachsende Nervosität gesorgt. Vandalismus und Übergriffe gegen Ilbeorer hatten zugenommen, und die

Reaktion der Bevölkerung auf diese Vorfälle steigerte noch die Furcht und Unzufriedenheit mit der neuen Verwaltung.

»Ein Mann mit weniger Verständnis als ich, Mister Grimshaw, könnte annehmen, Sie hätten Ihre Privatarmeen nach Dhilica gebracht, um so etwas wie eine Revolution auszurufen.«

Grimshaw schüttelte sehr bestimmt den Kopf. »Nichts dergleichen ist beabsichtigt, Hoheit. Wir haben Ehefrauen, Kinder und uns am Herzen liegende Angehörige hier in Dhilica. Wir wollen sie nur in Sicherheit wissen. Keiner von uns möchte Eure Machtstellung antasten. Im Gegenteil setzten wir sehr große Hoffnungen auf Eure Zukunft in Aran, vorausgesetzt, unsere anfänglichen Schwierigkeiten können ausgeräumt werden.«

»Heißt das, Sie werden den Ministern raten, Ihre Angelegenheiten zügiger zu erledigen?«

»Ich denke doch, man könnte ihnen das nahelegen, wenn die Dinge zu einer befriedigenden Lösung kommen.« Grimshaw lächelte wieder und ließ dieses Mal seine Zähne sehen. »Ihr seid ein vernünftiger Mann. Wir sollten eigentlich zu einer Verständigung finden können.«

Trevelien nickte wachsam. »So formuliert, bedeutet diese Wendung im allgemeinen, daß ich, wenn ich vernünftig bin, Ihre Sicht der Dinge übernehmen werde.«

»Dann verzeiht mir bitte diese Formulierung.« Grimshaws Augen verengten sich. »Ich glaube wirklich, daß Ihr ein vernünftiger und vernunftbegabter Mann seid. Wäre ich davon nicht überzeugt, Hoheit, würden sich die Dinge jetzt ganz anders entwickeln. In der Tat empfinde ich äußersten Respekt vor Euch und wünschte mir ehrlich, daß Ihr in der Thronfolgerlinie für den St. Martinsthron vor Eurem Bruder Ainmire stündet.«

Der Prinz genehmigte sich ein Lächeln. »Gewiß, denn dann wäre ich in Ludstone – und Ainmire wäre hier.«

»Das habe ich damit nicht gemeint, Hoheit.«

»Vielleicht nicht, aber es würde Sie auch nicht übermäßig schmerzen, meinen Bruder hier an meiner Stelle zu sehen.«

Grimshaw rutschte auf seinem Stuhl nach hinten. »Nein, nein, sicher nicht.«

»Das, mein Herr, ist wohl das erste wahre Wort, das ich heute von Ihnen gehört habe.«

Der kleine Mann ließ die verletzende Bemerkung verklingen, als habe er sie nicht gehört. »Ich würde es vorziehen, Euch auf dem St. Martinsthron zu sehen, weil ich Euch für einen Mann mit Weitsicht halte. Ihr seid hierher nach Aran gekommen und habt gesehen, daß das, was hier vor sich ging, nicht hinzunehmen war. Ihr habt Euch zu Veränderungen entschieden, die Euch Aran annehmbar machen können. Ich möchte behaupten, Hoheit, daß hierbei Euer einziger Irrtum daher rührte, daß Ihr Aran und seine spezifischen Probleme aus einem typisch ilbeorischen Blickwinkel und nicht aus einem aranischen beurteilt habt. Aran, Hoheit, ist viermal so groß wie Ilbeoria und umfaßt ein Dutzend kleinerer Nationen mit eigenen Bräuchen und einer eigenen Geschichte. Zwei große Weltreligionen beherrschen dieses Gebiet, und der Eilyphsglauben ebenso wie der Martinismus breiten sich schnell aus. Wir haben hier zwei fruchttragende Jahreszeiten, und das Dhiltal ist so fruchtbar, daß es eine Bevölkerung ernähren kann, die zweimal so zahlreich ist wie die Ilbeorias. Das Klima ist im allgemeinen angenehm, der Reichtum an Mineralien gewaltig, aber noch kaum ausgebeutet, und das Reservoir an billigen Arbeitskräften unerschöpflich.«

Grimshaws Augen sprühten, als er von Aran sprach.

»Die Menschen in Ilbeoria können die Schwierigkeiten und das Potential dieses Landes nicht einschätzen und verstehen. Aran hat Reiche gekannt, die sich mit denen Skipias und Fernandis messen konnten und weit länger Bestand hatten als selbst das Aralische Reich des Dosts. Wäre Ilbeoria hier entstanden, würde Dhilica heute Ludstone heißen, und Ilbeoria wäre die größte Nation der Welt.«

Trevelien runzelte die Stirn. »Das Ilbeorische Reich *ist* die größte Nation der Welt.«

»Das ist es heute, sicher, aber wie lange noch? Der Nordbrendanische Pakt ist mit denselben Reichtümern gesegnet wie Aran. An ihm könnt Ihr sehen, was Ilbeoria hätte sein können, und Ihr werdet in ihm Ilbeoria einen Rivalen erwachsen sehen, der dessen Vorherrschaft auf dieser Welt brechen wird. Mit seinen Bodenschätzen wird der Pakt auf die zukünftigen Herausforderungen viel schneller reagieren können als Ilbeoria.«

»Ilbeoria, Mister Grimshaw, besitzt Arans Bodenschätze.«

Grimshaws Nasenflügel bebten leicht. »Hoheit, Ihr wißt, daß dies nicht für immer so bleiben könnte.«

»Was wollen Sie damit andeuten?«

»Ich deute nichts an, Hoheit. Ich denke, ein kluger Mann wie Ihr weiß, daß es immer einen Zeitpunkt gibt, an dem sich das Kind von den Eltern löst. Die brendanischen Kolonien konnten sich gegen Ilbeoria erheben und ihre Unabhängigkeit gewinnen, weil sie so weit vom Mutterland entfernt lagen und vorausschauende Männer erkannt hatten, daß sie im Schatten Ilbeorias niemals alle ihre Möglichkeiten würden entfalten können. Und Brendania ist nicht der einzige Ort, dessen Bewohner in die Zukunft blicken. In Aran zum Beispiel glauben die Laamtisten an die Wiedergeburt, an die Chance, das Leben so oft zu wiederholen, bis man die Vollkommenheit erreicht hat. Sie sehen das Leben als ein großes Rad. Vielleicht ist diese Sichtweise gar nicht so falsch.«

Trevelien beugte sich über den Schreibtisch und stützte die Ellbogen auf. »Prinz Lorcan hatte einige Grimmandregimenter in Brendania, die den Aufstand gegen Ilbeoria unterstützten. Es gibt keine Truppen hier in Aran, die diese Rolle übernehmen könnten.«

»Es existieren hier verschiedene Milizen sowie mrilanische Krieger, die nicht abgeneigt sind, gegen Bezahlung zu kämpfen. Man könnte sich jedrosinische Söldner, Ghur und sogar einige drangianische Stämme kaufen.«

»Ohne Zweifel würde Ilbeoria oder auch Strana auf eine solche Revolte entsprechend reagieren.«

Grimshaw grinste verschlagen wie ein Fuchs. In seinen Mundwinkeln hatte sich soviel Speichel angesammelt, daß man an Tollwutschaum erinnert wurde. »Nicht, wenn jemand Kaiser Fernandi heimlich aus seinem Exil nach Lescar zurückbrächte. Seine Ankunft in Ferrace und die daraus resultierende Unruhe würde beide Staaten genug beschäftigen.«

Fernandi befreien? Warum nicht gleich die Tore der Hölle öffnen und die dämonischen Horden die Welt in Schutt und Asche legen lassen?

Trevelien mußte sich zurück auf seinen Sessel zwingen, denn eigentlich wollte er sich über den Schreibtisch beugen und Grimshaw den Hals umdrehen. Er wußte, daß er es sich nicht leisten konnte, diesem mörderischen Drang nachzugeben, aber diese Vernunfteinsicht machte den Wunsch um nichts schwächer. Was Grimshaw angedeutet hatte, war in moralischer Hinsicht dasselbe, wie wenn man einem wahnsinnigen Amokläufer ein Messer in die Hand gedrückt und ihn in einem Kinderheim freigelassen hätte. Daß sich Grimshaw so etwas vorstellen konnte und es als Teil eines Planes vortrug, Aran vom Ilbeorischen Reich abzutrennen und Trevelien als Herrscher eines neuen Aran einzusetzen, war ein schlimmes Zeichen und ließ zwei höchst unheilvolle Schlüsse zu.

Zum einen hielt Grimshaw es offensichtlich für möglich, daß Aran als vollkommen unabhängiger Staat in der gegenwärtigen industrialisierten Zeit funktionieren konnte. Ein wichtiger Grund für die erfolgreiche Unabhängigkeitserklärung Brendanias und das Überleben als eigener Staat hatte in der Tatsache gelegen, daß ilbeorische Patente gestohlen und in den brendanischen Kolonien nachgebaut worden waren. Fertigprodukte, die vorher nur in Ilbeoria hatten hergestellt werden können, wurden nun auch in Brendania fabriziert. Diese Revolte hatte Ilbeoria eine bittere Lektion erteilt und dazu geführt, daß die Ausfuhr von Dampfmaschinenteilen und Bauplänen zum Kapitalverbrechen erklärt worden war.

Es stimmte, daß die Lescaren diese Technologie gestohlen und Fernandi sie zum Aufbau seiner Kriegsmaschinerie eingesetzt hatte. Ilbeoria hatte daraufhin die geheime Dampftechnologie an Strana geliefert, damit es Fernandi widerstehen konnte. Die Lescaren hatten während des Krieges diese Information und gewaltige Landgebiete im Austausch gegen Rohstoffe an den Pakt abgetreten, obwohl Brendania offiziell neutral geblieben war. Aber selbst Fernandi, so verzweifelt seine Lage gegen Ende des Krieges gewesen war, hatte keine Dampftechnologie in seine Kolonien exportiert.

Grimshaws Glaube an die Überlebensfähigkeit eines unabhängigen Arans konnte nur bedeuten, daß er von einer florierenden Dampfmaschinenindustrie in Aran wußte.

Trevelien war klar, daß jedes Bemühen, die Verbreitung neuer Technologien zu verhindern, von vornherein zum Scheitern verurteilt war. War eine Entdeckung einmal gemacht, gab es keine Umkehr mehr – doch der unbedachte Gebrauch dieses Fortschritts konnte mehr Schaden anrichten als er verhinderte. Ilbeorias Wirtschaft hing von den Arbeitsplätzen in den Fabriken ab, die sich sofort in die Kolonien verlagert hätten, wenn man deren Bau dort zuließ. Märkte würden zusammenbrechen, Arbeitslosigkeit sich ausbreiten, und im Gefolge einer solchen Katastrophe würde Anarchie ausbrechen. *Dazu darf es nicht kommen.*

Die zweite und noch viel unangenehmere Schlußfolgerung aus Grimshaws Ausführungen war, daß er und seine Kumpane sich offensichtlich schon ganz kurz vor diesem Aufstand sahen. Moderne Industrietechnik war der Schlüssel – eine einzige Fabrik mit Dampfmaschinen genügte, um die Teile herzustellen, die sie zur Produktion weiterer Dampfmaschinen und Errichtung anderer Fabriken benötigten. Sie verfügten über Truppen und sie besaßen Geld. Das einzige, was ihnen noch fehlte, war ein Anführer. Und Grimshaw hatte ihm, Trevelien, diesen Job gerade angeboten.

Trevelien wußte, daß dieses Angebot, in Dhilica zu regieren, nicht aufrichtig gemeint war. Männer, die für die Regierung in Ludstone nur Verachtung übrig hatten, besaßen ganz sicher keine Verwendung für ihn. Grimshaws Bruder war einer derjenigen gewesen, die am lautesten gegen seine Heirat mit Rochelle protestiert hatten, und daher besaß er eine recht gute Vorstellung davon, wie wenig die Grimshaws von ihm hielten. Da seine Abstellung nach Aran als Prüfung seiner Regierungsfähigkeit gedacht war, mußten Leute wie Grimshaw geradezu unterstellen, daß er genau das nicht konnte. Ihr Angebot war einfach ein weiterer Schritt in ihrem bereits ausgetüftelten Plan, um noch etwas Zeit für die Vollendung ihrer wahren Absichten zu gewinnen.

Trevelien ließ sich nicht für dumm verkaufen. Fernandi konnte ebenso leicht nach Aran kommen wie nach Lescar zurückkehren. Die Nachricht, daß der Kaiser aus der Verbannung zurückgekehrt sei und sich an die Spitze der größten ilbeorischen Kolonie gesetzt habe, würde ausreichen, einen Aufstand in Lescar zu entfachen. Wenn Fernandi seine Beziehungen zum herrschenden Triumvirat des Brendanischen Paktes erneuerte, bestand die Möglichkeit, daß sich die ehemaligen Kolonien in einem Krieg zusammentaten und Ilbeoria, vielleicht sogar ganz Urovia, eroberten.

Vater, du hast ja keine Ahnung, wie schlimm die Lage ist!

Der Prinz führte seine Hände zusammen. »Sie haben recht, Mister Grimshaw. Der Blickwinkel von Dhilica ist vollkommen anders als von Ludstone aus. Ich benötige etwas Zeit, um mir darüber klar zu werden, was aus alldem zu folgern ist.«

»Natürlich, Hoheit. Ich denke, es sollte noch einen Monat dauern, bevor Ihr von diesem Posten abberufen werdet. Bis dahin wird die Lage halten.«

»Das glaube ich auch, Mister Grimshaw. Einen guten Tag.« Trevelien beobachtete durch seine zu schmalen Schlitzen verkniffenen Augen, wie der Mann sein Büro verließ. *Ich habe einen Monat Zeit, genau herauszufinden, wer mit Grimshaw zusammen hinter dieser Verschwörung steckt, wo ihre Fabrik steht, und ob es eine Möglichkeit gibt, ihren Aufstand zu verhindern. Und wenn ich das nicht schaffe … Ich muß es schaffen, ich muß es unbedingt! Wenn ich es nicht schaffe, wird die Welt wieder in einen Krieg gerissen, und Millionen werden ihr Blut vergießen.*

38. Kapitel

Ethyrinenkaserne, Ilbeorisches Viertel, Dhilica, Puresaran
Aran

29. Tempest 1687

Robin runzelte die Stirn und schaute hinab auf das verwahrloste Kind, das am Zipfel seiner Uniformjacke zog. »Ja?«

»Patasag schnellkomm.« Der Knabe deutete in Richtung des Varathaviertels der Stadt, über dem die Dämmerung aufstieg. »Schnellkomm, schnellkomm, kommkomm!«

Robin ignorierte die Blicke und das Gelächter der anderen Ethyrinen vor der Kaserne, ließ sich auf die Fersen nieder und legte dem Jungen die Hände auf die Schultern. »Was hast du gesagt? Hol erst einmal Atem. Noch mal.«

Der Knabe wurde lauter und nur ein wenig langsamer. »Pata sag, du schnell komm. Komm Mission, kommkomm.«

»Das ist ein Trick, Bruder Robin. Irgendwelche Lumpenperücken und Straßenschläger wollen Ihnen auflauern.«

»Vielen Dank für Ihre Einschätzung, Mister MacBride.« Robin sah sich den Jungen noch einmal an, und plötzlich wurde ihm klar, woher er den kleinen Quengler kannte. »Du bist Nataraj. Hat dich Pater Ryan geschickt?«

»Hanji, hanji!« Nataraj trat einen Schritt zurück und zog an Robins rechter Hand. »Komm Mission, kommkomm!«

»Passen Sie auf Ihre Ringe auf, Sir, die kleinen Reisfresser sind fix.«

Robin nahm Natarajs Hand, stand auf und drehte sich zu dem Ethyrinen um, der gerade gesprochen hatte. »Mr. MacBride, habe ich Ihnen die Erlaubnis erteilt, mich anzusprechen?«

»Nein, Sir.«

»Und hat man Ihnen beigebracht, wie ein nasser Sack dazustehen, wenn Sie mit einem Vorgesetzten reden?«

MacBride straffte sich und nahm Haltung an: »Nein, Sir, Bruder Drury, Sir!«

»Schön. Dann sollten Sie sich jetzt wohl in Ihre Zelle begeben und die nächsten vier Stunden über die Tugend der Barmherzigkeit meditieren. Es sind ignatinische Übungen verfügbar – für den Fall, daß Sie das nicht alleine schaffen. Haben wir uns verstanden?«

»Ja, Sir!«

Robins Blick wanderte zu dem wuchtig gebauten, etwas älteren Mann neben MacBride. »Connor, machen Sie Ihren Zug bis auf MacBride marschbereit. Ich weiß nicht, was da unten in der Eilyphsmission los ist, aber ich will, daß Sie einsatzbereit sind. Wenn ich nicht in einer Stunde zurück bin, machen Sie Captain Hassett Meldung und bringen die Erzengel nach, um die Lage in den Griff zu bekommen. Verstanden?«

»Ja, Sir!«

Robin blickte wieder zu dem Knaben hinunter. »Gehen wir.«

»Bruder Drury.«

Robin wandte sich um. »Ja?«

Connor warf ihm einen Katar zu, einen der aranischen Stichdolche, wie sie mrilanische Krieger bevorzugten. »Nehmen Sie den lieber mit. Wenn es unten Ärger gibt, bringe ich Ihnen Ihr Schwert.«

Robin fing den noch in der Scheide steckenden Dolch in der Luft auf. »Danke.«

Bis der Ethyrine sich wieder umgedreht hatte, war der kleine Himlanjunge schon über den Platz vor der

Kaserne gerannt und in die Suhanastraße eingebogen. Robin rannte hinter dem Jungen her und schob sich dabei die mit Lederstreifen umwickelte Holzscheide des Katar auf seinem Rücken in den Gürtel. Nataraj konnte er nicht mehr einholen, aber das war auch nicht nötig. Er wußte, wo die Missionsstation lag und hatte einen Plan für ihre Evakuierung entworfen – für den Fall, daß sie durch religiöse Intoleranz zu einem Brennpunkt der wachsenden Unruhen wurde.

Trotz der entscheidenden Bedeutung, die religiöser Haß in Mendhakgaon gehabt hatte, war er zunächst nicht davon ausgegangen, es könne in Dhilica Ärger geben. Die jüngsten Probleme mit den einheimischen Arbeitern hatten ihn zwar auf den Gedanken gebracht, haßerfüllte Araner könnten auf die Idee kommen, die Mission niederzubrennen, aber eigentlich hatte sich deren Haß in erster Linie gegen das Arbeitsministerium gerichtet. Die örtliche Polizei hatte sich der Problematik angenommen, wenn auch ohne eine Lösung der allgemeinen Spannungen anzuregen. Wenn es bei der Missionsstation Ärger *gab,* konnte Robin nachvollziehen, daß Pater Ryan nach ihm schickte, statt die Territorialpolizei zu rufen – selbst wenn er es nur tat, damit er zur Stelle war, um jene unter Kontrolle zu halten.

Robin hatte Mühe, den kleinen Nataraj nicht zu verlieren und benützte selbst die eine oder andere Abkürzung, die der Knabe einschlug. Die engen Gassen waren recht voll und ein vor einem Haus angebundener Hund schnappte nach ihm, aber sonst stellte er auf seinem Weg nichts Ungewöhnliches fest. Die Abkürzungen brachten ihn auf die Murgistraße. Er lief sie in östlicher Richtung hinab auf den Platz an der Nordseite der Mission.

Die Lage sah nicht gut aus. Eine Ansammlung von etwa hundert oder mehr Aranern füllte den Platz, hielt aber noch gute zehn Meter Abstand zum Eingangstor der Mission. Pater Ryan stand in schwarzer Soutane und übergelegtem grünen Meßgewand vor der Menschenmenge. Was immer er den Leuten auch sagen mochte, es schien sie aufzuhalten. Nataraj versteckte sich hinter Ryan und warf gelegentlich einen verstohlenen Blick hinüber zur Mission.

Robin rannte zu dem Priester. »Ich bin gekommen, so schnell ich konnte.«

»Gepriesen seien die Heiligen.«

»Was ist hier los?«

Der schmächtige Priester wischte sich den Schweiß von der Stirn. »Ich las gerade die Messe, als ein Mann eintrat und forderte, ich solle ihm die Beichte abnehmen. Ich sagte ihm, er müsse warten – er war stockbetrunken, das war deutlich zu sehen. Ich sagte ihm, er solle draußen warten. Er hat die Mission auch verlassen, kam aber eine Minute später wieder und war vollkommen hysterisch. Er hatte ein Messer bei sich und nahm eine meiner freiwilligen Helferinnen als Geisel. Die Menge wolle ihn töten, sagte er.«

Robin schaute auf die Menschenmenge auf dem Platz. »Haben sie ihn hierher gejagt?«

»Nur etwa zehn von ihnen. Die Menge ist inzwischen gewachsen.«

»Weshalb sind sie hinter dem Mann her?«

»Das habe ich nicht klar herausfinden können. Das Paar hier vorne sind die Chands. Sie behaupten, der Mann habe ihren Sohn an einen weit entfernten Ort zur Arbeit mitgenommen. Man habe ihrem Sohn Sohal gutes Geld geboten. Der Junge gilt allgemein als sehr klug und geschickt mit den Händen. Vor einer Woche ist der Junge abgereist, und gestern hat man den Eltern gesagt, er sei umgekommen. Man hat ihnen zwar Geld für den Toten gegeben, aber niemand will ihnen sagen, was mit ihrem Sohn genau geschah. Ich habe versucht, diesen Mann, Venner heißt er, zu überzeugen, daß er ihnen erzählt, was geschehen ist. Aber er weigert sich. Er hat Angst, daß sie ihn umbringen. Ich habe ihn soweit gebracht, alle bis auf seine Geisel gehen zu lassen, aber ihn selbst bekomme ich einfach nicht da heraus. Er will seine Beichte ablegen, bevor er irgendwohin geht. Er scheint eine schreckliche Schuld mit sich herumzutragen. Was er weiß, muß furchtbar sein. Ich sagte ihm, daß ich ihm die Beichte nicht abnehmen könne, solange er eine Waffe in der Hand halte. Ich habe ihm vorgeschlagen, Sie könnten das, als Wolfspriester.«

Der Ethyrine runzelte die Stirn. »Sie wissen, daß der kriegerische Zweig der Martinskirche nur zwei Sakramente erteilen darf: die Taufe und die Letzte Ölung.«

»Aye, ich weiß das, aber Venner nicht.«

Robin zog den Katar aus dem Gürtel und gab ihn Nataraj. »Paß darauf auf, wie du auf die Statue Devinatakis achtgegeben hast.«

»Hanji, geh schnell!«

Robin zauste dem Jungen das dunkle Haar. »Beten Sie für mich, Pater.«

»Geh mit Gott, Bruder Robin.«

Der Ethyrine trat langsam und locker auf den großen Torbogen an der Stirnseite der Missionsstation zu. Einer der beiden Türflügel war geschlossen, der andere stand halb offen. Die dicken bemalten Glasfenster zu beiden Seiten des Portals lieferten Robin kaum einen nennenswerten Einblick in das Innere der Kirche, bevor er den Kopf hineingeschoben hatte.

Robin sprach ein Gebet und sprach denselben Zauber über den Uniformrock, mit dem er sonst seine Rüstung verstärkte. Besser ein bißchen Schutz als gar keinen. *Heiliger Martin, steh mir bei!* Er atmete tief durch und schlüpfte zwischen den Türflügeln ins Innere der Mission.

Die Mission war ziemlich schlicht. Sie bestand aus einem großen Raum, in dessen Zentrum man Holzbänke zu einer kleinen Kapelle zusammengestellt hatte. Niedrige Feldbetten, Tische und Stühle füllten die Seitenflügel. An der hinteren Wand war ein hölzerner Altar aufgebaut, auf dem ein kleines goldenes Tabernakel stand.

Der eindrucksvollste Schmuck war die Holzstatue Eilyphs, die über dem Altar hing. Aus einheimischem Holz geschnitzt, zeigte sie einen Mann, dessen erhabenes Gesicht gütige Liebe ausdrückte. Seine Brust und die ausgestreckten Hände wiesen die Wundmale auf, die ihm sein falscher Jünger Nemicus der Verräter beigebracht hatte, als er ihm das Schwert durch die gekreuzten Hände ins Herz stieß.

Eilyphs gemeißelte Erhabenheit stand in scharfem Gegensatz zu der Panik im verschwitzten Gesicht des Mannes, der im Schatten des Altars kauerte. Venners Gesicht war ebenso mit Stoppeln bedeckt wie sein Schädel, und in seinen tief in den Höhlen liegenden, braunen Augen stand die Angst. Er war von durchschnittlicher Größe und einer windhundartigen Schlankheit, die nichts von der Kraft hätte erahnen lassen, mit der er seine Geisel festhielt. Die einzige Farbe auf seiner sonst grauen Haut war das rote Glänzen des Alkohols auf seinen Wangen.

Er hatte den linken Arm um die Taille eines jungen Mädchens gelegt, das über ihrem Kleid die weiße Schürze einer Freiwilligen trug. Ihr Gesicht wurde von dunklen Haaren und einem Schatten verborgen, aber es hätte Robin sehr überrascht, wenn es nicht eine Maske des Schreckens gewesen wäre. *Zumindest wimmert sie nicht. Das ist gut. Sie hat innere Stärke.*

Venner hob das Messer, das er in der rechten Hand hielt, so daß Robin es sehen konnte, dann nahm er es wieder herunter und drückte es dem Mädchen an die Kehle. »Bleib weg!«

Robin öffnete die Hände. »Friede sei mit dir, mein

Sohn. Pater Ryan hat nach mir geschickt. Ich bin gekommen, um deine Beichte zu hören.«

Der Mann leckte sich über die dicken Lippen. »Meine Beichte, ja.«

Der Ethyrine lächelte und trat ein Stück näher. »Du möchtest vielleicht leiser sprechen, mein Sohn. Gott wird dich hören. Wir brauchen die da draußen nicht in Aufregung zu versetzen.«

»Ja, richtig, die da draußen.«

»Vielleicht möchtest du auf der Bank hier Platz nehmen.« Robin wies auf die erste Bank in der Reihe, die dem Mann am nächsten stand. »Dir und deiner Freundin wird es hier angenehmer sein.«

Venner ließ die linke Hand herabgleiten und griff sich die Schleife der Schürze. »Geh, Miss, dort zu der Bank, wie der gute Priester gesagt hat.« Das Messer bewegte sich nicht von ihrer Kehle weg, als Venner sich aufrichtete und sie mit sich hochzog.

Als die Frau aufstand, fiel ihr das Haar aus dem Gesicht. Obwohl sie aschfahl war und die haselnußbraunen Augen vor Schreck geweitet waren, erkannte Robin Drury sie sofort.

Was macht Amanda Grimshaw hier? Robin bremste sich, nicht zu ihr hinüberzugreifen. »Tun Sie, was er von Ihnen verlangt, Miss, dann wird Ihnen nichts geschehen.«

»J-ja, S-sir.«

Während Robin Venner mit Amanda zusammen auf die Bank zugehen sah, schätzte er die Situation in Gedanken von der taktischen Seite her ein. Das Messer, daß der Mann Amanda an die Kehle drückte, hatte eine einschneidige, nach hinten abgeschrägte Klinge, so daß diese sich vom Heft weg deutlich verbreiterte, bevor sie an der Spitze in einen bösartig wirkenden Haken auslief. Dadurch bildete die rasiermesserscharfe Schneide einen schönen ellbogenähnlichen Winkel, der sich um

Amandas Kehle schloß. Hätte der ausgefranste Kragen ihres Kleides ihren Hals nicht geschützt, hätte sie bereits aus vielen kleinen Schnittwunden geblutet.

Venner selbst schien nicht so betrunken zu sein, wie Pater Ryan es angedeutet hatte. Er bewegte sich etwas schwerfällig, wirkte aber wachsam und nuschelte oder lallte keineswegs. Robin vermutete, daß seine Furcht vor dem Mob dazu beigetragen hatte, ihn in den Augen des Paters so unkontrolliert erscheinen zu lassen. Ohne Zweifel war Venner auch in der Zeit, die er am Altar kauernd damit verbracht hatte, über sein drohendes Schicksal nachzudenken, wieder etwas nüchterner geworden.

Robin kam um das andere Ende der Bank herum, als sich die beiden gesetzt hatten. »Sie sollten das Messer jetzt wirklich weglegen. Die Beichte legt man besser in Abwesenheit von Werkzeugen der Gewalt ab.«

»Nehmen Sie das hier wie eine Situation auf dem Schlachtfeld. Dort machen Sie Ausnahmen, nicht wahr?«

»Das tun wir in der Tat.« Robin senkte den Kopf. »Lassen Sie uns beten. Im Namen des Vaters, des Sohnes und des Heiligen Wolfes…« Als er die Worte anstimmte, drehte er zunächst die rechte Handfläche nach außen, dann die linke und beendete die Geste schließlich, indem er beide Hände auf sein Herz legte. Er hoffte, daß Venner seine Bewegungen nachahmte und das Messer für einen Augenblick von Amandas Kehle wegnahm.

Einen Augenblick, in dem er handeln könnte.

Venner drehte das Messer, so daß der stumpfe Rükken der Klinge ihr Kinn leicht berührte. »Sie müssen die Gesten für mich machen, Miss.«

Amanda gehorchte ihm mit zitternden Händen.

»Bitte sprechen Sie mir nach. Lieber Gott, ich bin ein armer Sünder. Geboren mit dem Makel der Sünde, die im Hain von Urjard in die Welt getreten ist, kann ich Vergebung nur von Dir erlangen, o Herr, durch die Fürbitte Deiner Priester. Ich bekenne meine Sünden, bereue meine Untaten und gelobe fortan zu leben, wie es Dein Sohn, Eilyph, unser Herr, vorgeschrieben hat. Gewähre mir Stärke. Dein Wille geschehe.«

Sowohl Venner als auch Amanda sprachen das Gebet nach, obwohl sie ihre Augen fast die ganze Zeit über geschlossen hatte.

Robin schaute auf das Ende der Bank. »Darf ich mich setzen?«

Venner runzelte die Stirn, dann nickte er.

Robin setzte sich, das Gesicht zum Altar gewandt, dann drehte er sich nach links, um die beiden sehen zu können. Mit dieser Bewegung verkürzte er den Abstand zwischen sich und Amanda um fast die Hälfte. Wenn sie ihre Arme ausstreckten, konnten sich ihre Hände berühren – aber Venners Messer sorgte dafür, daß das nicht geschah.

Der Wolfspriester lächelte vorsichtig. »Bitte, mein Sohn, entlaste deine Seele. Was ist geschehen, daß diese Leute so wütend sind?«

Venner schielte zum Eingang hin. »Ich hab unten nur meine Halbe getrunken mit ein paar Kumpels zusammen, als mich einer von den Reisfressern gesehen und gleich angefangen hat, auf mich einzureden wegen einem Mann, der bei einem Job gestorben ist, den ich ihm verschafft hatte. Er hat so getan, als sei ich daran schuld gewesen, aber das war ich nicht.«

»Beruhigen Sie sich.« Robin schaute kurz nach unten und schätze sorgfältig den Abstand zwischen sich und dem Messer ab. Er hätte eine reelle Chance gehabt, es Venner aus der Hand zu reißen, hätte der Amanda aufrecht sitzen lassen, was er jedoch nicht tat. Er hatte Amanda an sich gezogen, so daß der Ethyrine bei einem Vorwärtssprung fast den ganzen Körper Amandas hätte überwinden müssen, bis er an das Messer gelangt wäre. »Wissen Sie, wie der Mann gestorben ist?«

»Ich war dabei, oder?«

»Und weil Sie dabei waren, fühlen Sie sich schuldig, ob es nun berechtigt ist oder nicht. Sie haben ihn an den Ort gebracht, an dem er starb, aber es ist nicht so, als hätten Sie ihn dorthin getrieben. Sie hätten ihm geholfen, wenn es Ihnen möglich gewesen wäre, nicht wahr?«

»Natürlich. Ich war auf der anderen Seite und habe gerade die Hebel bedient, um es rüber zu holen, als er erdrückt wurde.«

Robin zog eine Braue hoch. »Was hat ihn erdrückt?«

»Es war ...«, der Mann zögerte. »Es war schwer, Pater. Gott weiß, was es war, nicht wahr?«

»Natürlich, mein Sohn.« Robin beugte sich vor und achtete darauf, daß seine Stimme sanft blieb. »Ich bin bereit, dir für deine Sünden Absolution zu gewähren, aber zuerst mußt du die Frau gehen lassen. Du bereitest ihr Schmerz, und das darf nicht sein.«

»In Ordnung.«

Venner zog langsam das Messer von Amandas Kehle weg, da flog plötzlich die Tür der Mission auf. Zwei Männer in den schwarzen Hemden, Khakireithosen und schwarzen Stiefeln der Grimshaw-Mercantile-Miliz platzten in den Raum. Sie hielten beide ihre gespannten Armbrüste im Anschlag. Venner sprang sofort auf und preßte Amanda das Messer gegen den Unterleib. »Haut ab!«

»Miss Grimshaw!« schrie einer der Milizionäre.

Venner starrte Amanda an. »Sie sind eine Grimshaw?«

Sie nickte.

Venner sah Robin an, und der Priester sah alle Hoffnung aus Venners Augen schwinden. »Grimshaw ist hinter mir her. Ich bin erledigt, nicht wahr?«

»Geh weg von ihr, Cobb Venner, oder wir müssen schießen.«

»Beten Sie für mich, Pater, jetzt bin ich verdammt!«

Mit einem Stoßgebet hechtete Robin von der Bank auf Venner und Amanda zu. Er traf sie mit der Schulter an den Knien und bekam ihren Rock zu fassen. Als sie zusammen zu Boden fielen, stieß Venner mit dem Messer nach Amandas Leib. Sie schlugen auf, Venner gab die Frau frei und rollte sich auf Robins linke Seite weg.

Robin schob Amanda hinter sich, dann warf er sich auf Venner. Der Mann hackte zweimal mit dem Messer auf Robin ein. Unter dem ersten Hieb konnte sich Robin wegducken, den zweiten parierte er mit dem Unterarm. Er spürte einen Stich, als das Messer durch den Jackenärmel in seinen Arm drang, brachte aber trotzdem die rechte Faust herum und schlug sie Venner in den Magen, so daß er zusammenklappte.

Venner hielt sich den Leib, stolperte nach hinten und ließ das Messer fallen. Robin fing es mit der linken Hand auf, dann streckte er ihm die Rechte entgegen: »Es ist vorbei, Venner. Es muß nicht noch einer sterben.«

Der Mann richtete sich mit dunkelrotem Gesicht auf und rang nach Luft. Er nickte. Dann schlugen zwei Armbrustbolzen in seinen Körper ein. Einer durchbohrte Venners rechte Hand und nagelte sie ihm an den Unterleib. Der andere Bolzen drang ihm in den Hals und ließ das Blut über seine Schultern und die Wand hinter ihm spritzen. Ohne auch nur noch einmal aufzugurgeln, kippte Venner nach hinten und krümmte sich kurz, bevor er nach einem letzten Zucken regungslos liegenblieb.

Die zwei Milizionäre luden und spannten ihre Armbrüste neu, bevor sie sich der Leiche näherten. Robin wandte sich um und kniete neben Amanda. »Sind Sie verletzt, Miss Grimshaw?«

Sie hielt die Hände gegen den Bauch gepreßt. »Er hat versucht, mich umzubringen.«

»Er war kein gesunder Mann, Amanda.«

Sie schauderte. »Nein, er hat versucht mich zu töten, und Sie haben ihn nicht aufhalten können. Aber sein Messer hat mich nicht verletzt. Wie kann das sein? War es ein Wunder?«

Robin zuckte zusammen, als er die rechte Hand gegen die Wunde an seinem linken Unterarm preßte. »Nicht gerade ein Wunder. Ich konnte das Messer nicht erreichen, also habe ich Ihren Rock gegriffen und Ihr Kleid mit einem schnellen Zauberspruch in eine behelfsmäßige Rüstung verwandelt. Wie Sie an meinem Arm sehen können, hätte Venner trotzdem einigen Schaden anrichten können, wenn er wirklich zu einem harten Schlag entschlossen gewesen wäre, aber in seinem Innern wollte er Sie nicht töten. Ich nehme an, daß er eher beabsichtigte, Ihrem Vater einen Schlag zu versetzen, indem er Sie verletzte, als daß er wirklich Ihnen selbst Übles wollte.«

Einer der beiden Milizionäre kam herüber, packte Robin an der Schulter und versuchte, ihn auf die Beine zu zerren. »Was hat er Ihnen gesagt?«

Robin blieb knien. »Alles, was er gesagt hat, bleibt vertraulich, da es unter das Beichtgeheimnis fällt.« Er blickte Amanda in die Augen. »Selbst Miss Grimshaw muß über alles Schweigen bewahren, was sie hier gehört hat, oder sie wird exkommuniziert.«

Der Milizionär verzog das Gesicht. »Kommen Sie mit, und erzählen Sie das Mister Grimshaw.« Er richtete die Armbrust auf Robin, dann winkte er mit einem Rucken seines Kopfes zum Eingang.

Amanda setzte sich auf und löste die Schürze. »Er geht nirgends hin, Mister … Wie heißen Sie?«

Der Milizionär trat einen halben Schritt zurück. »Elgar, Miss.«

»Robin geht nirgends hin, Mr. Elgar, solange ich keinen Arzt gefunden habe, der ihm den Arm vernäht.« Sie wickelte ihre Schürze um Robins Arm und befestigte den Verband mit den Schürzenbändern. »Sie werden meinem Vater melden, was geschehen ist. Wenn *er* es für nötig hält, mit mir zu sprechen, weiß er, wo er mich finden kann. Im übrigen dürften Sie nach diesem ganz und gar überflüssigen Mord an Mr. Venner gerade am allerwenigsten ein Interesse daran haben, daß ich mit meinem Vater über das spreche, was hier vorgefallen ist.«

Robin erhob sich langsam. »Da Sie von Miss Grimshaws Anwesenheit nichts wußten, als Sie hier eintrafen, brauchen Sie das vielleicht gar nicht zu erwähnen.«

Elgar dachte einen Augenblick nach, dann nickte er. »Sie könnte ihm ohnehin nichts sagen.«

»Korrekt.« Robin schaute zum Eingang. »Haben Sie draußen Ihre Leute stehen, um die Menge aufzuhalten?«

»Ja, Sir.«

»Warum bringen Sie Venners Leiche dann nicht hinaus, damit alle Leute sehen, daß es vorbei ist? Wir verlassen die Mission durch das Pfarrhaus, und keiner braucht jemals zu wissen, daß Miss Grimshaw hier war.«

Elgar nickte. Robin führte Amanda am Altar vorbei durch eine Tür in das kleine Zimmer, das als Sakristei diente. Die Türe auf der anderen Seite führte in das Pfarrhaus. »Hier sind wir sicher, bis draußen alle weg sind.«

Amanda zog verärgert die Stirn in Falten. »Ich bin ernsthaft versucht, meinem Vater zu berichten, was hier passiert ist. Dieser Mann hätte nicht sterben müssen.«

»Das würde ich nicht tun, wenn ich an Ihrer Stelle wäre.«

»Warum nicht?«

»Ich hatte mit Ihrem Vater im Turm eine Auseinandersetzung.«

»Der Turm!« Amanda senkte den Blick. »Mein Vater war furchtbar wütend auf Sie. Ich wollte Ihnen noch sagen, daß ich stolz auf Sie war, aber er hat mir verboten, Sie wiederzusehen oder Ihnen zu schreiben.«

»Und Sie haben hier in der Mission ausgeholfen, in der Hoffnung, daß ich vorbeikomme?«

»Ich habe gehofft, daß Sie hierherkommen würden.« Sie lächelte und streichelte ihm mit der Linken die Wange. »Aber ich bin hier schon lange als freiwillige Helferin tätig. Schon über ein Jahr. Seit ich erfahren habe, was sich im Turm abspielt.«

»Wenn Sie Ihrem Vater erzählen, was heute hier geschehen ist, wird er Ihnen verbieten, noch einmal hierher zu kommen.« Robin runzelte die Stirn. »Und ich muß Ihnen auch sagen, daß die beiden Milizionäre meiner Meinung nach keine andere Wahl hatten, als Venner zu töten.«

»Warum?«

»Er hatte *Sie* als Geisel genommen. Sie waren in Gefahr, und wenn ich nicht hergekommen wäre, würden Sie jetzt nicht mehr leben. Hätten die Milizionäre Venner am Leben gelassen, hätte Ihr Vater mit Sicherheit erfahren, wie nahe Sie dem Tod gekommen waren, bis die beiden endlich eintrafen. Ihr Vater pflegt schreckliche Drohungen auszustoßen, und seine Männer glauben sie ihm wahrscheinlich.«

»Sie haben diesen Mann aus Furcht vor meinem Vater umgebracht?«

»Die beiden dachten wahrscheinlich, Sie damit weiter zu beschützen. Venner war gefährlich, und die Beweise dafür sehen Sie überdeutlich auf meinem Ärmel und ihrer Schürze.«

Amanda blickte zurück zur Kirche. »Ich habe noch nie einen Menschen sterben sehen.«

»Es ist kein Vergnügen.«

»Das will ich auch nicht hoffen.« Amanda zitterte, dann blickte sie zu ihm auf. »Ich werde später für Venner beten, aber jetzt sollten wir uns besser um Ihren Arm kümmern.«

»Bitte, lassen Sie uns von hier verschwinden.« Robin steckte sich das blutige Messer wieder hinter dem Rücken in den Gürtel und folgte Amanda aus dem Pfarrhaus. *Je länger wir hier sind, desto bestimmter wird mein Verdacht, daß Elgar und sein Kamerad Venner von Anfang an hatten töten sollen. Sie haben mich gefragt, was er mir erzählt hat. Das bedeutet, Venner wußte etwas, das Grimshaw geheimhalten will. Was auch immer das für ein Geheimnis sein mag, es sind dafür schon mindestens zwei Menschen gestorben, und ich befürchte fast, daß die beiden nur die ersten von vielen sein werden.*

39. Kapitel

Pjimok, Wsorin, Distrikt Wsorin
Strana

29. Tempest 1687

Wassili Arslow schüttelte den Kopf, obwohl ihm klar war, daß eine solche Geste an seinen Gefangenen verschwendet war. Obwohl es schon ein Dutzend Jahre zurücklag, seit Wassili ihn zum letzten Mal gesehen hatte, konnte an der Identität Malachy Kidds kein Zweifel bestehen. Trotz der Narbe, die jetzt beide Augen miteinander verband, besaß der ilbeorische Wolfspriester noch immer jene edlen Züge, die für Wassili nie einen Zweifel daran gelassen hatten, daß Khrolic bei Tachotha Natalja vollkommen chancenlos geblieben wäre, hätte er nicht einen Weg gefunden, sich seines Konkurrenten Kidd zu entledigen.

»Captain… nein, Sie sind jetzt Pokovnik, da? Soweit ich mich entsinne, nennen Sie diesen Rang Colonel. Sehen Sie nicht auch eine gewisse Ironie in unserem Wiedersehen hier in Wsorin, nach all diesen Jahren?«

Kidd rasselte mit den Ketten, die ihm seine Hände auf den Rücken fesselten. »Ich hätte nicht gedacht, Fürst Arslow, daß Sie es für nötig halten, einen blinden Mann in Ketten zu legen.«

»Ich habe zu großen Respekt vor Ihren Fähigkeiten, Colonel.«

»Ich bin doch keine Gefahr für Sie.« Kidds graues Haar breitete sich über seine nackten Schultern aus, als er den Kopf schüttelte. »Soweit ich mich erinnere, mögen wir zwar nie Freunde gewesen sein, Feinde jedoch waren wir sicher auch nicht.«

»Ich hatte denselben Eindruck, aber die Spannungen zwischen unseren Regierungen bringen mich in eine prekäre Lage. Sie stellen ein Problem für mich dar. Ich kenne Sie als sehr fähigen Strategen. Diese Fähigkeit hat der Verlust Ihres Augenlichts sicher nicht verkümmern lassen.« Wassili wanderte in der engen Zelle auf und ab und erfüllte sie mit dem trockenen Knallen seiner Schritte. »Meine Männer verfolgten Helansajaren, die Wsorin überfallen hatten, und fanden Sie, ganz allein, ohne Ausrüstung, mit einem Paar Armschienen, die niemand abnehmen kann, nicht einmal Sie selbst. Das letzte, was ich vorher von Ihnen gehört hatte, war, daß Sie in Sandwycke seien. Wir fanden Sie jedoch in Drangiana. Können Sie mir das erklären?«

»Sie würden mir die Erklärung nicht glauben.«

»Malachy, wie können Sie das sagen? Wolfspriester sind bekannt für ihre Ehrlichkeit. Bitte, wie sind Sie nach Drangiana gekommen?«

»Ich hatte eine Vision, die mich zu der Reise aufforderte.«

»Und dann wurden Sie von Engeln in Sänften nach Estanu getragen?«

»Getragen wurde ich, aber Engel waren dabei nicht im Spiel.«

»Malachy, Sie enttäuschen mich. Viel wichtiger noch, Sie enttäuschen unseren Sebsai hier.« Wassili sah zu dem Folterknecht, woraufhin der Mann mit einem Blasebalg das Kohlenfeuer anfachte. »Er stammt zwar von hier und ist nicht von stranischer Abstammung, besitzt aber ein bemerkenswertes Können, wenn es darum geht, die Wahrheit ans Licht zu bringen. Er hat sich heute abend für glühende Eisen entschieden, weil ich von Ihnen Informationen will, und zwar schnell. Er kann tatsächlich auch sanft sein, aber nur, wenn Sie mit uns zusammenarbeiten.«

Kidd wandte sein Gesicht der Kohlenpfanne zu, in

der die Eisen inzwischen in einem dumpfen Orangeton glühten. »Sie wollen mich verbrennen?«

»Das Herausreißen von Fingernägeln oder Zähnen funktioniert auch, aber bei den meisten Befragten wirkt der Anblick der glühenden Eisen Wunder. Da Sie blind sind, bleibt Ihnen das erspart, aber Sie werden das Zischeln hören und den Gestank Ihrer schmorenden Haut riechen. Das macht die Methode äußerst effektiv.« Arslow kaute an einem Fingernagel. »Warum waren Sie in Drangiana?«

»Sie brauchen das nicht zu tun, Fürst Arslow.«

»Erleichtern Sie mir diese Entscheidung, Malachy. Warum haben Sie Sandwycke verlassen?«

»Ich hatte eine Vision des Dosts. Ich wurde ausgesandt, ihn zu retten.«

»Der Dost ist ein Mythos.«

»Wenn das wahr ist, dann bin ich nicht wirklich hier, sondern liege in Sandwycke in meinem Bett und habe nur einen langen Alptraum.«

Arslow lachte. »Vielleicht habe ich mich geirrt, mein Freund. Ich dachte, Sie seien noch immer ein Soldat, nicht irgendein Priester, der versucht, einen Teufel zu erlösen, der Gestalt angenommen hat. Indem Sie die Seele des Dosts retten, neutralisieren Sie ihn nicht. Ihr Ilbeorer seid Narren. Wie töricht Ihr seid, das bleibt abzuwarten. Aber das kann ich nicht beurteilen, bis ich weiß, was Sie wissen.« Wassili nickte Sebsai zu, und der Folterknecht nahm eines der rotglühenden Eisen aus dem Kohlenbecken. »Das gibt einen schlimmeren Schmerz, als alles, was Sie je gekannt haben, Malachy, aber sorgen Sie sich nicht. Es gibt einen Weg, die Folter zu beenden. Wie steht es in der Schrift? ›Die Wahrheit wird dir Freiheit bringen.‹«

»Ich werde daran denken.«

»Ja, das werden Sie, und es wird Ihnen noch sehr viel mehr einfallen, bevor Ihre Zeit hier abgelaufen ist.«

Dayi Marayir
Helansajar

Die kleine Höhlenkammer, in der Uriah untergebracht wurde, war sehr eng. Der ihm zustehende Platz entsprach einer einmal gefalteten Decke. Die lag neben dem Eingang der Kammer auf einem unebenen und steinigen Stück Boden. Auf einem kleinen Regalbrett darüber durfte Uriah sein Kopfkissen, eine Steingutschale und einen kleinen Krug aufbewahren.

Der Rest der Kammer war auch nicht viel prächtiger ausgestattet. Ein Teppich und ein Stapel Kissen in der hinteren Ecke verriet, wo Turikana schlief. Zwei gekreuzte Krummsäbel hingen neben ihrem Schlafplatz an der Wand. Auf einem niedrigen Tisch fast genau dem Eingang gegenüber brannte eine Öllampe, von deren flackernder Flamme schwarzer Rauch zu einem Riß in der Felsendecke aufstieg. Neben dem Tisch stand eine verschlossene Truhe, in der Uriah Turikanas Kleidung vermutete.

Sie trat in die Kammer und lächelte ihn an. »Dein Platz, gut?« Ihr Ilbeorisch kam stockend, und sie sprach es mit einem halb stranischen, halb estanuanischen Akzent. »Gut, ja?«

Uriah nickte und rutschte auf der Suche nach einer bequemeren Lage auf der Decke herum. »Es ist gut«, sagte er langsam.

»Es ist gut.« Turikana wandte sich von ihm ab und zog Kapuze und Schleier aus. Dann schüttelte sie den Kopf, so daß ihr dunkelbraunes Haar durch die Luft wirbelte und sich über ihre Schultern legte.

Sie drehte sich langsam wieder zu ihm um, die dunklen Augenbrauen nachdenklich zusammengezogen. Ein blauer Hautton rahmte ihre Augen ein und zog sich über die Wangenknochen hinab. Er unterstrich die Exotik ihrer grüngoldenen Augen. Eine gerade Nase verlieh ihrem sonst noch nicht von Alter und Erfahrung gezeichneten Gesicht Charakter, auch wenn mancher sie als zu groß empfunden hätte, um noch attraktiv zu sein. Ihr Mund mit seinen vollen Lippen war weder griesgrämig klein, noch übergroß wie eine fleischige Wunde in der unteren Gesichtshälfte. Sie besaß ein markantes Kinn und eine deutliche Kiefermuskulatur, ohne dadurch jedoch männlich zu wirken.

Ihr Lächeln wurde etwas breiter, als sie ihn betrachtete, und als sie den Blick zum Eingang hob, strahlte sie.

Der Dost nickte ihr zu und blickte dann auf Uriah herab. »Ich bitte um Nachsicht für deine Unterbringung. Wir haben hier wenig Platz und noch weniger Annehmlichkeiten. Wir sind Nomaden und daher immer auf dem Sprung.«

Uriah zuckte mit den Schultern. »Meine Koje auf der *Stoat* war kleiner.«

Verblüffung malte sich im Gesicht des Dosts aus. »Du bist auf einem Wiesel hierhergeritten?«

Uriah mußte laut herauslachen. »Nein, nein. Die *Stoat* ist ein Luftschiff. Es hat mich nach Dhilica und dann nach Thandragaon gebracht.«

»Wie lange hast du für diese Reise gebraucht?«

»Etwa einen Monat.«

Der Dost nickte nachdenklich. »Valentin hat mir gesagt, daß auch die Straner solche Luftschiffe besitzen. Wer hat die besseren?«

Der junge Ilbeorer lächelte stolz: »Ilbeoria hat die größten Luftschiffe der Welt, auch wenn unsere Feinde behaupten, das würde sie nur zu größeren Ziel–scheiben machen. Der Nordbrendanische Pakt verwendet sogenannte Pirschjäger, Luftschiffe, die dicht über dem Boden fliegen. Ihre Geschütze sind alle so ausgerichtet, daß sie aufwärts in den Rumpf über ihnen fliegender Schiffe schießen können. Mit diesen

Pirschjägern und ein paar anderen Luftschiffen haben die Brendaner es geschafft, Ilbeoria abzuwehren und sich die Unabhängigkeit zu erkämpfen. Strana besitzt eine Menge Schiffe, die meisten mittlerer Größe, und dasselbe gilt für fast alle anderen Staaten. Niemand kann einem Vergleich mit unserer Luftflotte standhalten.«

»Ist dir klar, daß eure Luftschiffe für einen frommen Ataraxianer riesige, schwebende Festungen des Bösen sind?«

»Wegen ihrer Sicht unserer Magie?«

»Genau deswegen.«

Uriah zuckte die Achseln. »Was die Ataraxianer über die westliche Magie denken, ist vollkommen gleichgültig, denn sie verkaufen mit ihrer Zauberei ihre Seelen dem Teufel.«

Der Dost lächelte. »Wie kurios, daß jede Seite der anderen genau denselben Vorwurf macht!«

»Aber nur einer von uns kann recht haben.«

»Ist das so?«

Eine halbe Sekunde schien es Uriah, als hörte er die Stimme Kidds aus dem Dost sprechen. »Atarax ist ein falscher Gott. Er ist nur einer der vielen Dämonen Schaitans. Er wurde aus dem Himmel verjagt, weil er sich gegen Gott erhoben hatte. Die Tatsache, daß ataraxianische Zauber auf Menschen angewandt werden, beweist, daß sie des Teufels sind.«

»Hat nicht auch Eilyph durch Zauberei geheilt?«

»Er war der Sohn Gottes. Er war Gott selbst.«

»Also ist es ihm erlaubt, Dinge zu tun, die böse sind, wenn andere sie tun?«

Die Worte mögen aus dem Mund des Dosts kommen, aber formuliert hat sie Kidd. »Ja, denn Eilyph hegte kein Übel in seinem Herzen. Sein Handeln war selbstlos. Ataraxianische Magie ist unter anderem deswegen vom Bösen, weil sie Eilyphs Wundertaten nachäfft und verirrte Menschen dazu versucht, dem wahren und einzigen Gott abzuschwören. Außerdem wurden viele der Wunder Eilyphs über Objekte bewirkt. Bei seinem letzten Mahle mit den Jüngern hat er ihnen Zauber gezeigt, die über Brot und Wein gesprochen werden, um daraus machtvolle Gegenstände zu schaffen, aus denen seine Liebe zu den Menschen spricht.«

Die metallischen Züge des Dosts formten sich zu einem Lächeln. »Du zitierst das Dogma sehr kundig, Uriah. Vielleicht wirst du mir später, wenn wir über die martinistische Theologie reden, erzählen, was du selbst meinst, nicht nur das, was du nach dem Willen anderer denken sollst. Aber jetzt muß ich mich um andere Angelegenheiten kümmern. Ich lasse dir dies hier.« Er streckte seine rechte Hand mit der Handfläche nach unten aus. Eine goldene Kugel von der Größe eines kleinen Apfels wuchs daraus hervor, löste sich von der Hand ab und fiel herab.

Uriah fing sie auf und war überrascht, wie leicht sie zu sein schien, obwohl sie aus Gold bestand. Noch erstaunlicher allerdings war, daß etwas davon durch den Schwung des Falls zwischen seinen Fingern hindurchgedrückt wurde. Die Goldfäden hingen zwischen seinen Fingern hinunter wie Wachs, das von einer Kerze getropft war. Dann zogen sie sich zurück, und der etwas abgeflachte goldene Apfel formte sich von selbst zu einer vollkommenen Kugel.

Verwirrt sah der Ilbeorer zum Dost hoch. »Was ist das?«

Der schüttelte den Kopf. »In deiner Sprache gibt es kein Wort dafür. Ich könnte dir etwas zu seinen Eigenschaften sagen, aber ich ziehe vor, daß du es eine Weile studierst, dich damit beschäftigst, und mir dann berichtest, um was es sich deiner Meinung nach handelt. Spiel damit. Streng dich an und erkunde seine Geheimnisse.«

Uriah ließ das dickflüssige Metall von einer Hand in die andere hüpfen. »Was, wenn ich es kaputtmache?«

»Das wirst du nicht.« Der Dost schüttelte den Kopf und wandte sich ab, dann blieb er stehen. »Oder vielmehr: Wenn du es zerstören *kannst*, wirst du zum gefährlichsten Menschen auf der Welt.«

40. Kapitel

Regierungsgebäude, Dhilica, Puresaran
Aran

30. Tempest 1687

Robin Dury betrat das Büro Prinz Treveliens und salutierte vor dem Prinzen und Kapitän Hassett. »Melde mich wie befohlen, Hoheit.«

Trevelien erwiderte den Gruß und deutete auf einen freien Stuhl an einem kleinen runden Tisch. »Bitte, Bruder Robin, nehmen Sie Platz. Möchten Sie etwas Tee?«

»Nein danke, Sir.« Robin ging zu dem ihm angewiesenen Stuhl, wartete aber, bis sich der Prinz und Hassett gesetzt hatten, bevor er ebenfalls Platz nahm. Obwohl beide nur ihre üblichen Dienstuniformen trugen, fühlte sich Robin in seiner Aufmachung hier fehl am Platze. Um den Verband an seinem linken Unterarm besser tragen zu können, hatte er sich den Uniformärmel bis über den Ellbogen hochgerollt. Das war zwar praktisch, erschien ihm jetzt jedoch irgendwie respektlos.

Der Prinz sah zu Kapitän Hassett hinüber. »Lonan und ich haben uns über eine wichtige Problematik besprochen, und dabei fiel Ihr Name. Er hat mir gesagt, daß Sie mehrere Male mit Erwin Grimshaw zu tun hatten.«

»Allerdings, Hoheit.«

»Bitte erzählen Sie mir, wie Sie diesen Mann einschätzen.«

Robin runzelte die Stirn. »Bei dem Empfang anläßlich Eurer Regierungsübernahme von Baron Fiske habe ich Amanda, seine Tochter, kennengelernt. Bruder Dennis Chilton hat uns einander vorgestellt. Ich traf dabei auch ihren Vater und erhielt eine Abendeinladung auf seinen Gutssitz.«

Trevelien beobachtete ihn aufmerksam, als er sprach. »Haben Sie die Einladung angenommen?«

»Ja, Sir. Ich nahm am Zwanzigsten dieses Monats dort an einer Abendgesellschaft teil und war einer von dreizehn Gästen. Falls Bedienung und Bewirtung keinen sehr falschen Eindruck hinterließen, hat Grimshaw es hier ganz ausgezeichnet getroffen.«

Der Prinz nahm eine Teetasse mit der Untertasse zusammen in die linke Hand. »Sie scheinen etwas zu zögern, mir Ihre Meinung über diesen Mann mitzuteilen, Bruder Robin. Sie können hier aber ruhig frei sprechen.«

»Ja, Sir, das habe ich schon verstanden.« Robin schaute auf seine Hände. »Es ist nur so, daß ich in seiner Tochter einen gescheiten und nachdenklichen Menschen gefunden habe, und ich habe etwas Angst davor, daß meine Äußerungen über ihren Vater ein schlechtes Licht auch auf Sie werfen könnten. Ich weiß, daß ihr einiges davon bekannt ist, was ihr Vater so treibt, und sie hat auch Schritte unternommen, um die üblen Folgen zu mildern. Aber ich glaube nicht, daß sie vom ganzen Ausmaß dessen weiß, was ihr Vater tut.«

»Ich habe Ihren Einwand verstanden, Bruder Robin, und werde ihn nicht vergessen.« Wieder blickte der Prinz zu Kapitän Hassett. »Lonan hat mir gegenüber nur anklingen lassen, daß die Abendgesellschaft auf Gauntlan Manor ein wenig harmonisches Ende fand. Was ist passiert?«

»Zweierlei, Hoheit. Nach dem Abendessen zogen sich die Männer in den Turm des Hauses zu Zigarren und Cognac zurück. Man sprach über die Zukunft Arans. Es fiel die Bemerkung, daß ich die beste Kampftruppe in ganz Aran befehlige. Sie sagten, sie wollten mir für den Einsatz in Mendhakgaon danken, dabei hatte ich allerdings den Eindruck, daß sie mir mehr zukünftige Belohnungen in Aussicht stellen würden, sollte ich ihr Mann werden. Man hat mir keine konkreten Angebote gemacht, aber es schien offensichtlich, daß ich mit weiteren Belohnungen rechnen konnte, wenn ich in ihrem Interesse handelte.«

»Zum Beispiel?«

Robin schüttelte den Kopf. »Damit kommen wir zum zweiten Punkt, Hoheit. In diesem Turm hält sich Grimshaw eine Anzahl von Konkubinen. Sie scheinen aus ganz Aran und sogar aus Helansajar zusammengekauft worden zu sein. Als Belohnung für Mendhakgaon wurde mir für eine nette Abendunterhaltung die erste Wahl unter diesen Frauen angeboten, es hieß sogar, ich könne mir mehrere auswählen.«

»Sie haben Ihnen Konkubinen angeboten?« Trevelien stand die Überraschung ins Gesicht geschrieben. Er stellte seinen Tee wieder ab. »Hat dieser Grimshaw denn überhaupt kein Benehmen?«

»Es ist die Macht, Hoheit. Er hält sie sich, weil er es sich leisten kann.«

Hassett schüttelte den Kopf. »Die Fäulnis scheint in Gauntlan Manor wahrlich weit fortgeschritten.«

Robin runzelte die Stirn. »Das gilt nicht für Amanda, Sir. Als sie erfuhr, was ihr Vater dort im Turm trieb, wurde sie freiwillige Helferin in der Eilyphsmission im Varathaviertel.« Er hob den bandagierten Arm. »Dort wurde sie von einem Mann als Geisel genommen, der für ihren Vater gearbeitet hatte. Ich versuchte, ihn dazu zu überreden, sich den Behörden zu stellen, wurde jedoch als Dank für meine Bemühungen verletzt. Zwei von Grimshaws Milizionären haben ihn erschossen.«

Trevelien erhob sich vom Stuhl und ging zu seinem Schreibtisch. Er öffnete eine Schublade, zog eine kleine Schachtel daraus hervor und kam zurück an den Tisch. Nachdem er die kleine Walnußholzschachtel abgestellt hatte, öffnete er sie und holte aus dem mit rotem Samt ausgeschlagenen Inneren einen goldenen Ring mit einem großen Rubin heraus. Er streifte ihn über den Ringfinger der rechten Hand, dann hielt er ihn Robin zur Begutachtung hin. »Wissen Sie, was das ist?«

Der Ethyrine nickte langsam. »Es ist ein Kardinalsring.«

»Korrekt. Wissen Sie auch, warum ich ihn besitze?«

Robin dachte einen Augenblick nach. »Wenn ich mich recht entsinne, dann hat Kadett Smith mir einmal erklärt, daß Ihr als eine Eurer kirchlichen Pflichten Kardinalprotektor des Reiches seid.«

»Wieder richtig. Wenn ich also diesen Ring trage, füge ich meiner weltlichen Macht als Generalgouverneur noch die Privilegien und Verantwortlichkeiten der Kirche hinzu. Obwohl ich Ihnen beiden selbstverständlich voll vertraue, muß ich Sie dennoch vor Gott auf diesen Ring schwören lassen, daß Sie vollkommenes Stillschweigen über alles, was ich Ihnen sagen werde, bewahren, und zwar gegenüber jedermann außer – und nur im Falle meines Todes – gegenüber meinem Vater oder seinem Nachfolger.«

Robin blinzelte, als der Prinz die Hand flach auf den Tisch legte. Er konnte sich nicht vorstellen, was so geheim und gefährlich sein könnte, daß ein solcher Schwur nötig wurde, und das machte ihm Angst. Trotzdem zögerte er keinen Augenblick, seine Hand auf die des Prinzen zu legen. »Vor Gott schwöre ich auf den Kardinalsring, daß ich über alles, was ich jetzt höre, Stillschweigen bewahren werde gegenüber allen, ausgenommen nur im Falle eines Todes des Prinzen Trevelien von Ilbeoria dem König oder seinem Nachfolger gegenüber.«

Auch Hassett leistete diesen Eid. »Was ist geschehen, Hoheit?«

Trevelien lehnte sich zurück und sah plötzlich sehr

müde aus. »Gestern kam Mr. Grimshaw zu mir und bot mir an, aus Aran ein unabhängiges Königreich unter meiner Herrschaft zu machen. Er erklärte, dieses Land sei in der Lage, mit Brendania zu konkurrieren und deutete die Möglichkeit an, daß Fernandi aus seinem Exil auf Zlora nach Lescar zurückkehren könnte, um damit Ilbeoria und Strana zu beschäftigen, während Aran sich erhebt und die Lage unter seine Kontrolle bringt.«

Robin starrte den Prinzen an. »Fernandi?«

»Ja, der Lescarenkaiser.« Trevelien breitete die Hände aus. »Ich weiß, daß dieses Angebot nicht ernst gemeint war und vermute, daß der wahre Plan dahingeht, Fernandi hier an meine Stelle zu setzen. Ich persönlich glaube, daß Grimshaw einen Fehler begeht, wenn er sich einbildet, er könne Fernandi kontrollieren, aber genauso glaube ich, daß Fernandi Grimshaw alles versprechen würde, um einen Weg aus der Verbannung zu finden.«

Der Ethyrine nickte nachdenklich. »Vor etwa einem Jahr ist in Sandwycke das Gerücht umgegangen, daß Fernandi Euch seine Tochter Lisette zur Ehe angeboten habe, um seine Freiheit wiederzuerlangen, Hoheit.«

Der Prinz seufzte. »Es liegt ein Körnchen Wahrheit darin, aber das Ziel ihres Werbens war mein Bruder, und er lehnte es ab. Da Fernandi nun dieser Weg versperrt ist, scheint er sich nach einer Alternative umgeschaut zu haben.« Trevelien beugte sich vor. »Wenn Fernandi hier in Dhilica säße, wäre Aran allein noch nicht lebensfähig, und damit kommen wir zum Kern des Problems. Damit ein unabhängiges Aran sich halten könnte, wäre es auf moderne Industrie angewiesen. Dieses Land verfügt zwar über genügend Wasserwege, um Wasserturbinenfabriken denkbar zu machen, aber um Stahl und andere Produkte herstellen zu können, die für eine moderne Nation wichtig sind, braucht man

Dampfmaschinen. Da Grimshaw der Ansicht ist, Aran könne sich bereits selbst versorgen, muß ich davon ausgehen, daß es schon eine oder mehrere Dampfmaschinen in Aran gibt. Es könnte sogar eine funktionierende Fabrik existieren, wenn nicht schon zwei.«

Kapitän Hassett runzelte die Stirn. »Wir müssen also diese Fabriken ausfindig machen und sie zerstören. Aber das kann nur eine vorübergehende Lösung sein. Wenn sie es geschafft haben, eine Maschine einzuschmuggeln, können sie auch mehrere besorgen, nur wird es dann teuer für sie. Ohne diese Maschinen und Fabriken ist eine Unabhängigkeit für Aran nicht denkbar.«

Der Prinz nickte. »Ich hatte fast gehofft, Mister Drury, Sie könnten Ihre Bekanntschaft mit Mister Grimshaw wieder erneuern und sein Vertrauen zurückgewinnen. Es würde Zeit erfordern, das weiß ich wohl, aber wir müssen herausfinden ... Warum lachen Sie?«

»Vergebt mir, Hoheit, ich muß mich entschuldigen.« Robin hob beide Hände. »Ich glaube nicht, daß Grimshaw mir jemals trauen wird ...«

»Verdammt!«

»... Aber die erwähnten Fabriken zu finden, könnte sich als so schwierig nicht erweisen.«

»Wie?«

Der Ethyrine drehte sich zu Hassett um. »Erinnern Sie sich an Sergeant Connor aus meinem Zug?«

»Älterer Mann, ziemlich groß?«

»Genau, Sir. Connor hat es sich zur Angewohnheit gemacht, den Feind zu kennen: Er studiert jeden, den er gerade als möglichen Feind einstuft. Er lernt alles über ihn und seine Waffen, was er in Erfahrung bringen kann. In der kurzen Zeit, seit wir hier sind, hat er eine Waffensammlung zusammengetragen, die nichts weniger als bemerkenswert und ziemlich umfassend ist.«

Hassett grinste. »Ich meine mich zu erinnern, daß der Großteil dieser Sammlung aus Mendhakgaon stammt.«

»So ist es, Sir, und zu unserem Glück.« Robin hob wieder den bandagierten Arm. »Gestern hat ein Grimshaw-Angestellter namens Cobb Venner mich mit einem fremdartigen Messer verletzt. Ich habe Connor das Messer gezeigt. Er sagte, es sei ein Ghur-Kukri. Er wies auf eine Anzahl der Messer, die er bei unserer Expedition gegen diese Ghur-Banditen eingesammelt hatte, und hat mir einiges darüber erzählt. Wie es scheint, verschwenden die Ghur viel Mühe auf ihre Messer und arbeiten unter anderem ganz bestimmte Verzierungen ein, die jeweils den Ort und das Datum ihrer Herstellung bezeichnen. So wie in den Dörfern Culordains die Pullover der Fischer in unterschiedlichen Strickmustern hergestellt werden, damit man die Leichen der Ertrunkenen zum Begräbnis in ihren Heimatort zurückbringen kann, so erlauben die Muster auf einem Kukri, das Messer an den Ort seiner Herstellung zurückzubringen, wenn sein Besitzer gestorben ist, damit es dort eingeschmolzen und zu einem neuen Kukri geschmiedet werden kann. Die Ghur gelten als die härtesten Kämpfer Estanus – sie waren die letzten, die sich der Dost unterwerfen konnte, und die ersten, die wieder unabhängig wurden –, und ihre Messer sind entsprechend wertvoll.«

Der Prinz nickte. »Sie haben uns viel Schwierigkeiten bereitet, bis es uns gelungen ist, sie zu besiegen und zu entwaffnen. Das Einschmelzen ihrer Messer schien auch ihren Kampfgeist zu töten.«

»Ja, Sir. Connor sagte, daß die Kukris aus Mendhakgaon genau so aussehen wie das, mit dem ich verwundet wurde. Aber was noch wichtiger ist: Der Klingenstahl ist gut, sehr gut, besser als jeder Stahl, der gewöhnlich hier in Aran zur Verfügung steht.« Robin lächelte. »Da die Ghur für ihre Metallarbeiten bekannt sind, habe ich dieser Qualität des Stahls keine besondere Bedeutung beigemessen, aber Eure Erwähnung möglicher Fabriken paßt sehr gut zu noch etwas anderem. Dieser Venner hat Araner für irgendwelche Arbeiten außerhalb von Dhilica angeheuert, Arbeiten, die sowohl Venner als auch Grimshaw Mercantile um jeden Preis geheimhalten wollen. Ich frage mich, ob Venner dieses Messer nicht beim Besuch einer solchen Fabrik erhalten hat.« Robin legte den Arm über die Brust. »Prinz Agra-sho hat seinen Palast in Kulang. Es ist allgemein bekannt, daß der Mann die Ghur wieder zu alter Kriegerherrlichkeit führen möchte. Ich würde darauf wetten, daß Grimshaw sich die Mitarbeit der Ghur mit der Fabrikation von Waffen erkauft. Wenn Grimshaw die Ghur als Truppe zur Verfügung hätte, um seinen Willen durchzusetzen, müßte es sich sogar ein Fernandi zweimal überlegen, bevor er versucht, ihn hereinzulegen.«

»Grimshaw hat mir gegenüber Ghursöldner erwähnt, aber auch mir ist die Bedeutung dieser Bemerkung entgangen.« Trevelien versank in tiefer Konzentration. »Zu wissen, daß diese Fabriken tatsächlich existieren und ausgerechnet Waffen herstellen, ist noch erschütternder, als es nur zu befürchten. Es wird nicht leicht sein, sie in Dughur aufzuspüren.«

»So schwierig aber auch nicht, Hoheit. Wie gesagt, die Ghur arbeiten auf ihren Messern den Ort und das Datum ihrer Herstellung ein.« Robin lächelte. »Wir müssen nur jemanden finden, der das Messer, mit dem ich verwundet wurde, zu lesen versteht. Dann kann die *Saint Michael* sicherstellen, daß *diese* Fabrik dem armen Venner in den Abgrund folgt.«

41. Kapitel

Pjimok, Wsorin, Distrikt Wsorin
Strana

30. Tempest 1687

Wassili Arslow zog die Stirn in Falten. »Grigori, ich habe dir deine Bitte um eine Verstärkung durch meine zwei Ulanen- und Dragonerregimenter aus gutem Grund abgeschlagen. Ich mache mir berechtigte Sorgen um die Sicherheit Wsorins. Wenn Khast schon bereit war, Wsorin anzugreifen, während deine Husaren sich in der Stadt aufhielten, wird Wsorin ohne dich um so verwundbarer sein.«

Grigoris braune Augen verloren nichts von ihrer Schärfe. »Ohne diese Regimenter kann ich Helor nicht schnell genug einnehmen. Die Geschwindigkeit ist dabei von entscheidender Bedeutung.«

»Zugegeben, aber das gilt genauso für die Sicherheit Wsorins. Was wäre, wenn du Helor einnimmst und Khast gleichzeitig bei einem Einfall in Strana Wsorin in Schutt und Asche legt? Deine Eroberung wäre dann nicht mehr der ritterliche Feldzug, der dich zu einem Nationalhelden machen könnte. Du würdest zum Gespött werden, und wir beide müßten den Rest unserer Tage in Murumyskda frieren.«

Der Husarenoffizier holte tief Atem und nickte zögernd. »Die *Sarnitskij* hat keine Nachricht von der Khastbande mitgebracht?«

»Nein, wir wissen nicht, wo sie sich aufhält.«

»Der letzten Meldung nach in Drangiana. Von dort aus können sie Wsorin nicht bedrohen.« Khrolic verzog ärgerlich das Gesicht. »Ich hatte von dir mehr Kooperation erwartet, Wassili.«

Der Fürst verschluckte seine Verärgerung über diese vertrauliche Anrede. *Diese Seite hatte ich bei Khrolic bisher nicht vermutet.* Arslow hatte seinen Pokovnik immer für einen talentierten und methodisch vorgehenden, wenn auch manchmal schwerfälligen Offizier gehalten. Er gehörte nicht zu der Sorte von Militärs, die überhastet handelten. Doch jetzt, nachdem er sich dazu entschlossen hatte, seine übliche Vorsicht abzulegen, wollte er so schnell wie möglich vorankommen.

»Grigori, die Ulanen und Dragoner müssen hierbleiben, um die Tachotha schützen zu können. Du kannst sie nicht mit dir nehmen, und wir können sie auch nicht nach Murom zurückschicken. So ist es am besten.«

»Mag sein.«

Mag sein, daß du mir nur als Rammbock dienst, der mir das Tor nach Helor aufbricht. Arslow lächelte, nachträglich froh über seinen Entschluß, Khrolic die Identität des Mannes nicht preiszugeben, den die *Sarnitskij* aus Drangiana mitgebracht hatte. Er hatte ihm nur von einem ilbeorischen Agenten berichtet und Khrolic in dem Glauben gelassen, es handle sich um einen Mischling-Fährtensucher auf vorläufiger Kundschaftermission. Grigori hatte die falsche Information als unwichtig und ohne Bedeutung für seinen Feldzug gegen Helor abgetan.

Arslow sah Ilbeoria nicht als unmittelbare Bedrohung, aber Kidds Anwesenheit beunruhigte ihn. Trotz Sebsais Anstrengungen, ihm bei der Befragung alles zu entlocken, wußte er, daß Kidd etwas zurückgehalten hatte. Es schien mit seinen Reisebegleitern zu tun zu haben, die bei dem Überfall der Khast auf das Lager davongerannt waren. Die Späher sagten aus, Kidd habe nach jemandem gerufen. Der Name, den sie genannt hatten, war ›Juraia‹ gewesen, wohl irgendeine Einheimische aus dem Himlan, die ihn unterwegs gewärmt hatte.

Schlimmstenfalls bedeutet das alles, daß die Wolfspriester von den Gerüchten um den Dost in Estanu gehört haben, obwohl Kidd sehr überzeugend wirkte, als er sagte, niemand wisse von seiner Vision. Die Ilbeorer mögen jetzt *nichts unternehmen, aber das wird sich irgendwann ändern. Ich muß aufpassen, nicht in eine Katastrophe zu rutschen, und das heißt, Grigori Khrolics Nutzen für mich nimmt rapide ab. Wäre er nicht die Garantie gegen ein Scheitern des Feldzugs, würde ich ihn sofort aus dem Weg räumen.*

Arslow hatte geglaubt, Khrolic wiederholt zur Durchsetzung seiner Pläne benutzen und ihn dann verraten und an seiner Stelle den Thron besteigen zu können. Er hatte Khrolic die Führung überlassen wollen, damit er zum Ziel der mächtigen Kreise um den Taciersthron wurde, doch Khrolics Unfähigkeit, Ehrgeiz mit Vorsicht zu würzen, machte ihn zu unzuverlässig, um den Plan unverändert durchzuziehen. *Aber es wird nicht schwierig werden, meine Pläne anzupassen. Ich werde seine Stärken ausnutzen wie die all der anderen Schachfiguren in meinem Spiel.*

»Glaube mir, Grigori, denn ich denke dabei nur an deine Interessen. Ich bin der Bogen, der dich auf deine Bahn in eine glänzende Zukunft schießt. Deine Husaren, die 3. Sonasnymiliz und deine Vandariwidder sind mehr als ausreichend für Helor.«

»Aber wenn die Einnahme Helors zu lange dauert, werde ich Drangiana nicht erobern können.«

»Was soll's. Es kann immer noch sein, daß Drangiana sich schon bei einem Scheinangriff ergibt, und es wäre ohnehin nur die goldene Fassung für das Juwel Helor gewesen.« Wassili schaute auf die Karte auf seinem Schreibtisch. »Helor ist der Schlüssel zu deiner Zukunft. Verabschiede dich und flieg mit der *Sarnitskij* zu deinen Truppen, Pokovnik. Dein Schicksal erwartet dich in Helansajar.«

In den Gewölben tief unter Pjimok lag Malachy Kidd schlotternd auf einem Bündel muffigen Strohs. Sebsai hatte es geschafft, ihm Todesqualen zu bereiten, ohne ihm den Trost der Bewußtlosigkeit zu gewähren. Wann immer Malachy kurz vor der Ohnmacht stand, hatte der Folterknecht die glühenden Eisen entfernt, damit sich die gemarterten Nerven beruhigen konnten. Danach waren neue Fragen gekommen, neue Antworten, und unvermeidlich neue Folterqualen.

Der Blinde lächelte schwach. Die Qualen, verursacht durch die heißen Eisen, waren unerhört gewesen, aber Arslow hatte trotz allem nicht recht behalten. *Ich habe schon einmal solche Qualen erlitten, und Schmerzen, die über diese noch hinausgingen, als ich mich selbst aus der Falle des Dosts befreite.* Die schlimmsten der Foltern schienen ihn geradewegs durchbohrt zu haben, aber trotzdem waren sie nie so grausam geworden, daß er sie nicht mehr hätte ertragen können. Malachy wußte, daß die Schmerzen, denen er ausgesetzt war, ihn eigentlich längst hätten in den Wahnsinn treiben müssen, aber von seinen Armschienen ging eine pulsierende, lindernde Wirkung aus, die es ihm möglich machte, sich einen Rest von Kontrolle über sein Denken zu bewahren.

Unter der Folter hatte er bewußte Entscheidungen darüber getroffen, welche Informationen er preisgeben konnte und was er verschweigen mußte. Er hatte Arslow bereitwillig alles gesagt, was er über Truppenstärken und Stationierungen in Aran wußte. Malachy besaß keinerlei geheime Informationen über diese Einheiten, und der Fürst konnte sich alles, was Kidd ihm sagte, von stranischen Agenten in Aran bestätigen lassen. Er hatte zwar vorgetäuscht, diese Informationen nur unter äußerstem Widerwillen preiszugeben, aber tatsächlich war dieser Teil des Verhörs für die Straner vollkommen nutzlos.

Malachy Kidd hatte sich auch erlaubt, sich hinter Arslows Einschätzung seiner Vision vom Dost zu verstecken. Zur erheblichen Überraschung des Wolfspriesters tat Arslow seine Vision als eine Art Wahnvorstellung ab. Arslows Welt setzte sich aus Menschen, Maschinen und Motiven zusammen, aus Sieg und Niederlage. Nach einem Feind zu suchen, um ihn von der einen zur anderen Religion zu bekehren, erschien ihm als idiotisch. Soweit es Malachy betraf, bedeuteten die Zweifel des Fürsten an der Existenz des Dosts allerdings eine noch weit größere Idiotie und nicht die Art von Fehler, die er Wassili Arslow zugetraut hätte.

Zu glauben, daß meine Mission, den Dost zu retten, der Beweis für meinen Wahnsinn ist, ist sein zweiter Fehler. Malachy kümmerte es in Wirklichkeit wenig, was Arslow über ihn dachte, oder ob er an den Dost glaubte. *Meine Mission ist das Wichtigste, und meine Gefangenschaft hier ist nur eine weitere Prüfung. Ich muß ihr entfliehen, und genau das werde ich auch tun.*

Behutsam schob er sich hoch, um den Rücken gegen die rauhe Steinmauer lehnen zu können. Malachy listete im Geiste die Schwierigkeiten auf, die er bei einer Flucht überwinden mußte. Er wußte nicht genau, wo er sich befand und wie viele Wachen zwischen seiner Zelle und der Außenwelt stationiert waren. Er besaß keine Waffe, seine einzige Kleidung bestand aus zerfetzten Hosen, abgenutzten Stiefeln und den Armschienen. Er hatte kein Geld, war leicht zu erkennen, sprach kein Estanisch und kannte keinen geeigneten Weg zu einem sicheren Unterschlupf.

Und er war blind.

Sicher würde jeder andere, einschließlich des Fürsten Arslow, ja sogar einschließlich Captain Irons', diese kleine

Gedankenübung als hochgradig lächerliche Hypothesenspielerei einstufen. Wolfspriester sind keine Diebe, die man in der Kunst der Flucht ausgebildet hat, und die meisten Wolfspriester sind schon gar keine Mitglieder der Revisors Carmí de Fernandi. Malachy genehmigte sich ein leises Grinsen. *Es liegt eine köstliche Ironie des Schicksals darin, die Fähigkeiten, die ich erlernt habe, um Prinz Trevelien aus den Kerkern Fernandis zu befreien, jetzt anzuwenden, um selbst aus dem Kerker Arslows zu fliehen.*

Malachy Kidd hebelte sich auf die Beine und schritt seine Zelle ab. *Als erstes brauche ich Information, und zum Abschluß winkt die Freiheit.*

Grigori konnte nicht sagen, ob Natalja etwas vor ihm verbarg, oder ob er sich das nur einbildete. »Gäbe es einen anderen Weg, Liebes, würde ich dich nicht hier allein lassen. Das weißt du. Hätte ich eine Wahl, würde ich nicht von deiner Seite weichen, aber wenn meine Husaren ins Manöver ziehen, muß ich dabeisein und dafür sorgen, daß sie nichts tun, womit sie Strana in Gefahr bringen.«

Mit rotgeränderten Augen schaute Natalja von der Couch auf. »Du solltest sie zurückrufen, Grigori.«

»Das kann ich nicht.« Es erregte ihn zu sehen, wie sie bei seinem Abschied weinte, aber ihre Schwäche stieß ihn gleichzeitig ab. *Sie heult wie ein Kind, dem man ein Spielzeug oder ein Vergnügen verweigert hat.* »Mein Herzblatt, Fürst Arslow hat völlig korrekt geschlossen, daß wir nur durch ein langsames Vorrücken unserer Truppen auf Helor dem verräterischen Tacarri einen Stoß versetzen können, der ihn veranlassen wird, deinen Vater darum zu bitten, die Husaren *zurückzurufen*. Und sobald wir wissen, wer dieses Gesuch eingebracht hat, kennen wir den Verräter. Dann können wir gegen ihn vorgehen. Ich stimme dir zu, daß Wsorin zu einem verlockenden Ziel wird, wenn die Husaren nicht in der

Stadt sind, aber die Wsorin-Ulanen und Dragoner werden die Stadt beschützen. Ich habe keine Angst davor, daß Rafiq Khast noch einen Angriff wagen wird, während wir fort sind. Wir wissen, wo er ist, und er ist zu weit von Wsorin entfernt, um noch eine Bedrohung darzustellen.«

»Habt ihr das von dem Gefangenen erfahren, den die *Sarnitskij* mit zurückgebracht hat?«

Grigori hatte das Gefühl, eine eisige Schlange winde sich durch seine Gedärme. *Weiß sie mehr, als ich geahnt habe, oder blufft sie nur?* »Die *Sarnitskij* hat keinen Gefangenen mitgebracht, sie hatte nur Späher an Bord.«

Natalja schaute zu dem Fenster, von dem aus sie die Luftdocks überblicken konnte. »Ich glaube aber, Wachen gesehen zu haben, die nach der Landung jemanden von der *Sarnitskij* herunter eskortierten.«

»Wann soll das gewesen sein?«

»In der Nacht, spät in der Nacht.«

Grigori schüttelte den Kopf. »Du hast geträumt, Tachotha. Ich habe selbst mit allen gesprochen, die auf der *Sarnitskij* waren. Unsere Späher sind den Khast weit bis in den Süden gefolgt, bis nach Drangiana. Khast hat keine Unterstützung, keine Armee. Er ist keine Gefahr.«

»Ich war wach. Ich weiß, was ich gesehen habe. Die Wachen haben einen in einen Kapuzenmantel gehüllten Mann in den Palast geführt.« Sie runzelte die Stirn. »Ich habe nicht geträumt.«

»Nein, möglicherweise nicht.« Grigori beobachtete einige Augenblicke, wie ihr Busen sich atmend hob und senkte. Erinnerungen an die Stunden, in denen sie sich in den Armen gelegen waren, kamen ihm in den Sinn, aber er gestattete seiner Zuneigung zu ihr nicht, ihn von seinem großen Ziel, Tacier zu werden, abzulenken. »Es ist zu Drohungen gegen unsere Aeromagiker gekommen, weil die Estanen unsere Magie für teuflisch halten. Was du gesehen hast, war einer von ihnen, den man vom Schiff herunter leitete. Fürst Arslow hat sie an Bord bleiben lassen, falls ein feindlicher Angriff einen schnellen Start der *Sarnitskij* nötig macht.«

Natalja senkte den Blick. »Du hast recht. Ich war töricht.«

»Nein, Natalja, du suchst nach irgendeinem Anhalt, um in den Ereignissen hier einen Sinn entdecken zu können. Du bist gefangen wie ein Bauer auf dem Schachbrett.« Er beugte sich vor und küßte sie sanft auf die Stirn. »Du brauchst nichts zu fürchten, meine Geliebte, ich werde dich beschützen.«

»Das weiß ich, Grigori, das weiß ich.«

Mit einem zuversichtlichen Lächeln streichelte er ihr den Handrücken. »Ich möchte dich um einen Gefallen bitten.«

Nataljas Augen verengten sich unmerklich. »Einen Gefallen?«

»Diese Haarlocke, die du um deinen Finger gewickelt hast...« Grigori zupfte spielerisch an ihr. »Ich wollte dich um diese Locke bitten, da es deine Lieblingslocke ist, als ein Andenken für mich, das ich immer bei mir tragen kann.«

Natalja streckte die Hand aus und zog den Dolch aus der Scheide in Grigoris linkem Stiefel. »Sie gehört dir, Grigori.« Sie schnitt sich die Locke ab und ließ sie in Grigoris geöffnete Hand fallen. »Mit dieser Locke geht auch das, was sie mir bedeutet hat. Nimm sie als ein Zeichen meiner wahren Gefühle für dich.«

42. Kapitel

Dayi Marayir
Helansajar

31. Tempest 1687

Uriah Smith ging einen Schritt hinter dem Dost, als der goldene Mann die Reihen der Männer Rafiq Khasts abschritt. Fast hätte Uriah sich wie ein General bei der Truppeninspektion fühlen können, wenn die Helansajaren nicht ein so zerlumpter Haufen gewesen wären. Statt militärische Etikette einzuhalten, grinsten sie, schwatzten miteinander und himmelten den Dost mit vor vollkommener Ergebenheit wässrigen Augen an.

Alle Helansajaren öffneten den Kragen ihres Hemds und legten ihre Kehlen frei. Der Dost berührte mit dem Zeigefinger die Delle zwischen ihren Schlüsselbeinen, und das flüssige Gold seines Körpers sammelte sich um die Fingerspitze wie Siegelwachs und füllte sie aus. Sobald er seine Hand zurückzog, formte sich das Gold zu einem kleinen, mit ihrer Haut verschmolzenen Medaillon, das ein Spinnennetz mit fünf eingefangenen Sternen darzustellen schien.

Uriah vermutete, daß dieses Bild seine Wurzeln im Ataraxianismus hatte, hätte jedoch nicht sagen können, was es bedeuten sollte. Er sah zu dem Stranen hinüber, der neben ihm ging, und warf ihm einen fragenden Blick zu. Swilik schüttelte den Kopf. *Entweder weiß er es auch nicht, oder er will es mir nicht sagen.* Obwohl der Strane sich ihm gegenüber nur freundlich gezeigt hatte, spürte Uriah, daß Swilik ihn nicht leiden konnte, und das machte es schwierig für ihn, dem Mann zu trauen.

Der Dost kam am Ende der Reihe an und berührte Rafiq Khast. Der Helansajarenführer lächelte breit.

Uriah ertappte sich dabei, wie er aus Sympathie ebenfalls lächelte, denn in Rafiqs Gesicht mischte sich Respekt mit der Bewunderung für den Dost. Während die anderen Helansajaren den Dost blind zu verehren schienen, hielt ihn Rafiq bewußt in Ehren.

Der Dost sprach zu den Helansajaren, und Valentin Swilik übersetzte für Uriah ins Stranische. »Der Dost erklärt ihnen, daß sie nun seine B'idsayih sind.«

»Was ist das?«

Swilik lauschte dem Dost noch ein paar Sekunden mit verwirrtem Gesicht, dann nickte er. »Wissen Sie, was Sabbakrasulin sind? In Strana nennen wir sie bjesbjegun. Auf Ilbeorisch heißt das Teufelsläufer.«

»Ich bin selbst in der Lage, Freund Valentin, vom Stranischen ins Ilbeorische zu übersetzen.« Uriah lächelte dünn und rief sich eine Legende ins Gedächtnis, die er bei der Vorbereitung der Taktikarbeit in Sandwycke gelesen hatte. »Sie besitzen die magische Begabung, übernatürlich schnell zu laufen. Ich dachte immer, das sei eine Legende.«

»Sie sind selten genug, um zur Legende zu werden, aber in Estanu werden sie hochgeschätzt. Stammesführer setzen sie ein, um Nachrichten zu übermitteln. Sie haben eine eigene Bruderschaft und sind als unbestechlich bekannt. Niemand kennt ihre wahre Geschwindigkeit, aber ich bezweifle, daß sie wirklich wesentlich schneller sind als ein gewöhnlicher Läufer. Ihre Zaubersprüche erlauben es ihnen aber, stundenlang ohne Pause zu laufen. Diese Fähigkeit – in Verbindung mit Spiegeln, mit deren Hilfe sie einfache Botschaften von Posten zu Posten übermitteln können – versetzt sie in die Lage, Nachrichten sehr schnell durch ganz Helansajar und Estanu zu übermitteln.«

Der Strane nickte in Richtung des Dosts. »Er sagt, der Talisman, der zu einem Teil von ihnen geworden ist, wird sie als sein Sprachrohr ausweisen. Außerdem soll es jedem Weitreisenden, das ist die wörtliche Übersetzung von B'idsayih, ermöglichen, schneller zu laufen als jeder andere Sabbakrasulin. Er sagt, sie bräuchten von nun an nur den Blick auf einen bestimmten Punkt in der Landschaft zu fixieren und dann den Talisman mit den Worten ›Issa hunak‹ anzurufen, und der B'idsayih werde sich genau an diesem Punkt wiederfinden.«

Uriah zog die Stirn in Falten. Swilik mußte sich verhört haben. Hätte das gestimmt, so hätte der Strane eine Situation beschrieben, in der die durch ein Objekt gebündelte Zauberkraft einen materiellen und wesentlichen Effekt auf eine Person hätte. Uriah wußte, daß dies unmöglich war, weil Zauberei zwar auf Gegenstände wirken konnte, nicht aber auf Menschen – ausgenommen die dämonische Magie, wie sie von den Estanen praktiziert wurde.

Im selben Augenblick, in dem Uriah zu dem Urteil kam, daß das Gehörte nicht möglich sein könne, hinterfragte er sich auch schon selbst. *Ein verzaubertes Schwert dringt in den Körper ein. Das ist Zauberei mit materieller Wirkung auf einen Menschen.* Er kratzte sich die Stirn. *Nein, genau dasselbe vollbringt jedes Schwert. Die Magie hilft ihm nur, die Rüstung und anderes zu durchstoßen, was es sonst aufhalten würde.*

Rafiq entfernte sich von seinen Männern und blickte zum Eingang der großen Thronhöhle. Er atmete tief ein, starrte in die Dunkelheit, dann sagte er: »Issa hunak!«

Er verschwand augenblicklich. Uriah starrte dorthin, wo Rafiq gerade eben noch gestanden hatte, dann suchte er links und rechts nach ihm. Er konnte ihn nicht sehen, aber durch einen kleinen dunklen Spalt drang ein Lachen von der anderen Seite der Flammenwand herüber. Eine Sekunde später erschien Rafiq wieder vor dem Dost. Er lachte immer noch.

Uriah packte Swiliks Arm. »Haben Sie das gesehen?«

»Da.«

»Was bedeutet das, ›Issa hunak‹?«

Swilik dachte kurz nach. »Es heißt ›jetzt dort‹. Es ist eine reichlich verquere grammatische Konstruktion, und kaum jemand wird sie per Zufall benutzen. Der Dost ermahnt Sie, damit vorsichtig umzugehen. Das Reisen auf diese Weise bringt Sie so weit Sie sehen können – und das mit der Geschwindigkeit eines Herzschlags; aber ihr Körper reagiert so, als sei er die ganze Strecke zu Fuß gegangen. Rafiq pflichtet ihm bei. Der Dost führt aus, daß sich ein B'idsayih selbst umbringen kann, wenn er versucht, auf diese Weise zu weit zu reisen.«

Der Strane schwieg. Sein Gesicht verhärtete sich, als der Dost persönlich zu jedem einzelnen der Khast sprach. »Das ist nicht gut.«

»Was?«

»Der Dost befiehlt jedem dieser Männer, welchen Stamm in Helansajar er zu besuchen hat. Sie sollen den Stammesführern mitteilen, daß der Dost wiedergekehrt ist. Die Stammesführer sollen hierherkommen, um mit Nimtschin Dost zusammenzutreffen und ihm bei der Wiedereroberung Helors beizustehen.«

Der junge Ilbeorer vernahm das Grauen in Swiliks Stimme, spürte aber in seinem Herzen kein Echo darauf, obwohl er sich selbst als halber Strane sah. Swilik befürchtete ganz offensichtlich, daß die Eroberung Helors nur den ersten Schritt zur unaufhaltsamen Wiedergründung des Durranischen Reiches darstellte. Der Dost hatte nichts verlauten lassen, das dem widersprach, trotzdem bezweifelte Uriah aus zwei Gründen, daß er tatsächlich dieses Ziel verfolgte.

Der erste und gewichtigste Grund war die Taktikarbeit im Seminar von Sandwycke, die klar bewiesen hatte, daß Helor unter dem Angriff einer stranischen Streitmacht fallen konnte. Selbst wenn der Dost in der

Lage war, eine den Vandarirüstungen gleichwertige Truppe ins Gefecht zu werfen, machte das die Stadt nicht uneinnehmbar. Die Anwesenheit des Dosts in Helansajar würde mit Sicherheit Schwierigkeiten für Strana bedeuten, aber wenn der Tacier sich andererseits ganz auf den Dost konzentrierte, war auch sicher, daß er die ungeheuren industriellen Ressourcen seiner Nation dafür einsetzen würde, den Dost auszuschalten.

Was gegen Fernandi funktioniert hat, reicht wahrscheinlich auch dazu aus, den Dost zu vernichten.

Der zweite Grund für Uriahs Gelassenheit im Vergleich zu Swiliks Verzweiflung war, daß es ihm schwerfiel, die Greuelmärchen, die er von seiner Mutter über den Dost gehört hatte, mit der Wirklichkeit dieses Nimtschin in Einklang zu bringen. Nimtschin Dost behandelte ihn ausgesprochen freundlich und zuvorkommend und war sichtbar um sein Wohl besorgt – so besorgt, daß er *fast* vergessen konnte, wie er Malachy Kidd seinem sicheren Tod in Drangiana überlassen hatte. Aber selbst dieser Anklagepunkt gegen ihn verblaßte mit der Zeit, denn ein kaltblütiger Mord schien einfach nicht zu diesem Dost zu passen. Natürlich wußte Uriah, daß ein solcher Eindruck auf lange Sicht nicht zählte, aber trotzdem konnte er sich Nimtschin Dost nur schwer an der Spitze einer Horde wilder Krieger vorstellen, die Strana überströmen sollte.

Der Dost trat vor Rafiq Khast, um ihm die letzte Anweisung zu erteilen. Swilik war so in Gedanken versunken, daß er zu übersetzen vergaß. Khasts Augen wurden weit, als der Dost zu ihm sprach, dann verbeugte er sich feierlich und küßte dem Dost die Hand. Rafiq wandte sich um, faßte den Eingang ins Auge, dann war er verschwunden.

Uriah lächelte, als der Dost auf ihn zutrat. »Sie haben Rafiq glücklich gemacht.«

»Ich habe ihn mit meiner dringendsten Botschaft betraut. Wenn wir so stark wie früher sein wollen, müssen wir uns mit unseren ehemaligen Feinden aussöhnen und Angriffe neuer Feinde vermeiden. Rafiqs Mission wird für beides sorgen.«

»Ein ziemlich großer Auftrag für einen einzigen Mann.«

»Er ist der Führer der Khast. Er wird Erfolg haben.« Der Dost nickte bedächtig. »Er braucht nur Prinz Agrasho davon zu überzeugen, daß sich seine Ghur wegen mir keine Sorgen zu machen brauchen und statt dessen ihren alten Machtanspruch in Aran wieder geltend machen sollten.«

Pjimok, Wsorin, Distrikt Wsorin
Strana

Das rhythmische Pochen ließ Malachy aus dem Schlaf hochfahren. Einige Sekunden lang konnte er sich nicht erinnern, wo er war. Der säuerliche Geruch des verrottenden Strohs überzeugte ihn fast, er sei elf Jahre zurück transportiert worden und wieder im lescarischen Kriegsgefangenenlager in Mont-de-Veri. *Nein, nein, nicht einmal der Teufel konnte so grausam sein!*

Als er langsam wach wurde und seine Gedanken sammelte, erkannte er in den Klopfgeräuschen ein bestimmtes, sich wiederholendes Muster. Eine Folge von Klopfgeräuschen, nicht mehr als sechs, gefolgt von einer kurzen Pause, dann eine zweite Folge, wieder mit höchstens sechs Klopfgeräuschen. Die Pause nach den zwei Klopfzeichen war länger als die dazwischen, dann folgten neue Klopfzeichen.

Malachy preßte die Hand auf die Mauer und konnte die leichten Erschütterungen durch die Wand hindurch spüren. Mehr noch als das Geräusch brachte dieses Gefühl in den Fingerspitzen einen Teil seiner Erfahrungen in Mont-de-Veri zurück. Die Lescaren hatten ein altes

Donnistenkloster als Kerker benutzt, in dem sie ihre Gefangenen in Einzelhaft gehalten hatten. Die Gefangenen hatten ihren Kerkerwärtern getrotzt und sich über ein einfaches System von Klopfzeichen untereinander verständigt. Im Ilbeorischen gab es sechsundzwanzig Buchstaben, von denen einer, das C, je nach Bedarf durch ein K oder S ersetzt werden konnte, was die effektive Zahl der Buchstaben auf fünfundzwanzig senkte. Die Gefangenen hatten das ilbeorische Alphabet in einem imaginären Gitter mit je fünf Spalten und Zeilen angeordnet, beginnend mit A und endend mit Z. Damit konnte man Mitgefangenen eine Nachricht zukommen lassen, indem man für jeden Buchstaben, den sie enthielt, Zeile und Spalte angab. Malachy grinste, als er sich an einen Gefangenen erinnerte, der darauf bestanden hatte, das Gitterraster umzuändern, so daß man für die häufigsten Buchstaben weniger Klopfgeräusche benötigte, und die Verständigung schneller wurde, obwohl alle anderen mit dem einfachen Raster völlig zufrieden gewesen waren.

Durch das Ausbuchstabieren jeden Wortes wurde die Informationsübermittlung langwierig, gleichgültig, welches Raster man benutzte, deshalb hatten die Gefangenen Abkürzungen für viele Wörter entwickelt. ›Kavallerie‹ zum Beispiel war zweimal verkürzt worden, zuerst zu ›kvlri‹, dann noch weiter komprimiert zu ›kv‹. Das beschleunigte die Verständigung und machte es schwieriger für des Lesens kundige Nicht-Ilbeorer, die Gespräche der Gefangenen zu belauschen. Lange Pausen markierten das Ende eines Satzes, und um eine Frage zu kennzeichnen, wurde am Ende des Satzes das Verb wiederholt. Dadurch konnte man auf Satzzeichen verzichten. Die Grammatik war auch furchtbar gefoltert worden, aber zumindest hatten die Gefangenen sich unterhalten können, und das hatte ihnen Hoffnung gegeben.

Durch das Abändern desselben Systems in ein Achterraster hatten sie sogar Schach spielen können. Malachy war sich sicher, daß es die Notwendigkeit gewesen war, sich die Stellungen der Figuren auf einem imaginären Brett vorzustellen, die ihn damals in der Gefangenschaft bei Verstand gehalten hatte. *Besser, neue, imaginäre Schlachten zu schlagen, als anderen dabei zuzuhören, wie sie endlos ihre Geschichten über den Kampf gegen Fernandi wiederholten. Das hätte mich mit Sicherheit in den Wahnsinn getrieben.*

Er lauschte einen Augenblick, dann nickte er.

Das stranische Alphabet hat dreiunddreißig Buchstaben. Er stellte ein paar hastige Berechnungen an und legte sich im Geiste ein stranisches Buchstabenraster an. *A, B, V, G, D*... Dieses Alphabet verlangte ein Sechsergitter als Grundlage, an dessen Ende drei Felder frei blieben, die er ignorieren konnte, bis er auf jemanden traf, der sie tatsächlich benutzte.

Malachy kramte im Stroh und fand einen kleinen Stein. Damit klopfte er einige Male schnell gegen die Wand, um die Aufmerksamkeit des anderen Gefangenen zu erregen. Auf sein Klopfen folgte Stille. Malachy klopfte ›Da‹, das stranische Wort für ja, dann schlug er einmal mit dem Stein gegen die Wand. Nach einer kurzen Pause klopfte er den Code für das vierbuchstabige stranische Wort für ›Eins‹.

Zunächst blieb es ruhig, dann begann sein Gegenüber auf der anderen Seite der Wand zurückzuklopfen. Malachy zählte die Klopfzeichen. *Eins, fünf; eins, drei; eins, eins.* Er lächelte, als er die Zahlen in stranische Buchstaben übertrug und dann ins Ilbeorische übersetzte. ›Zwei.‹ *Er hat es!* Die Übermittlung der einfachen Eins-Zwei-Sequenz bewies, daß sie beide ihr Gitternetz auf gleiche Art und Weise angeordnet hatten und dieselben Werte für die entsprechenden Buchstaben verwendeten.

Der Wolfspriester lachte, als ihm klar wurde, daß er der Person auf der anderen Seite der Wand willkürlich ein Geschlecht zugeordnet hatte. Möglicherweise war es eine Frau, auch wenn Kidd das bezweifelte. Vermutlich hatten seine Erfahrungen aus dem Lescarenkrieg ihn auf einen männlichen Mitgefangenen schließen lassen. Die Handvoll gefangener Frauen war damals in einem anderen Lager als Mont-de-Veri untergebracht worden. Nach einem Augenblick des Nachdenkens erkannte er allerdings, daß seine Entscheidung einen tieferen Grund hatte. An der Art der Signale, die durch die Wand drangen, war etwas, das sein Gegenüber als Mann auswies.

Das ist eine Schlußfolgerung, die ich im Laufe der Zeit überprüfen kann. Malachy nickte, als das Klopfen von der anderen Seite der Wand her wieder einsetzte. Auch wenn er hier in dieser Zelle eingesperrt war, gewährte ihm die Verständigung mit einem anderen Gefangenen einen Zipfel von Freiheit. *Unwissen ist Hilflosigkeit. Alles, was ich von diesem Mann lernen kann, bringt mich meiner Flucht näher und damit meinem Kreuzzug zur Rettung des Dosts.*

43. Kapitel

Luftschiff *Saint Michael*, Kulangtal, Dughur Aran

1. Majest 1687

Das Ethyrskiff fiel leise aus dem Rumpf der *Saint Michael.* Robin half den beiden Luftmatrosen, die Leinen des flachen Bootes zu lösen, dann nahm er seinen Platz am Bug ein. Hinter ihm stemmten die Matrosen den kurzen Mast hoch und verankerten ihn in der Senkrechten. Hinter ihnen saß der Aeromagiker des Skiffs im Pilotensitz und hielt das Boot mit Hilfe seiner Magie in der Luft. Die Takelage verlief am Aeromagiker vorbei zum Navigator, der im Heck saß und das Boot auf Kurs hielt.

Die Matrosen setzten das Segel, das sich sofort in der mitternächtlichen Brise blähte. Der Wind kam aus Südwest und war für ihr Vorhaben geeignet, den oberen Abschnitt des Kulangtals auszukundschaften. Unter ihnen und zehn Meilen hinter dem Heck am Ufer des Namardgisees lag die Stadt, die dem Tal seinen Namen gab. Im Anflug von Dhilica her hatte die *Saint Michael* zunächst einen ostwärtigen Kurs nach Dughur eingeschlagen und war um Kulang herumgeflogen. Ihre Karten waren die besten, die man bekommen konnte, aber die letzte Vermessung Dughurs war inzwischen dreißig Jahre her. Dadurch fand sich auf der Karte kein Ort des Namens verzeichnet, der auf Venners Kukri eingraviert war, wohl aber mehrere ähnlich klingende Namen. Sie lagen alle im oberen Teil des Kulangtals, weshalb sie hier mit ihrer Suche ansetzten.

Die über ihnen kaum noch zu erkennende *Saint Michael* änderte ihren Kurs und flog nach Osten davon.

Sie würde am Nordende des Tals auf sie warten. Hassett glaubte zwar nicht, daß die Ghur mit einer militärischen Aktion gegen ihre Fabrik rechneten, wollte es aber auch nicht darauf anlegen, sie durch das Stampfen der Dampfmaschinen vor der Anwesenheit seines Luftschiffes zu warnen. Das Ethyrskiff segelte lautlos im Wind und konnte das Tal unbemerkt nach der Fabrik absuchen.

Robin hatte sich zu diesem Aufklärungsunternehmen freiwillig gemeldet. Durch seine Zeit als Fabrikarbeiter in der Nähe eines ilbeorischen Stahlwerks wußte er genau, wonach er Ausschau halten mußte. *Und nach welchem Geruch.* Robin war sich sicher, daß jede Art von Stahlwerk rund um die Uhr betrieben wurde. Dazu wurde reichlich Energie benötigt, und auch mitten in der Nacht würden die Schornsteine Rauch ausstoßen. Da man den Stahl offenbar zur Weiterverarbeitung in Waffen an einzelne Handwerker auslieferte, war auch anzunehmen, daß um die Fabrik herum zahlreiche Nebengebäude zu finden sein mußten, ebenso wie Lagerhallen zur Aufbewahrung der fertigen Waffen.

Der Nachtwind trug sie mit vier Knoten in der Stunde durch den Himmel. In den sechs Stunden bis zur Morgendämmerung würden sie den einen bequemen Tagesritt von Kulang gelegenen Abschnitt des Tales komplett überflogen haben. Er hatte sich deshalb auf dieses Gebiet festgelegt, weil der Ghurenprinz Agra-sho seine Fabrik bei dieser Entfernung noch ohne große Umstände besuchen konnte. Außerdem ermöglichte das den Kulang anfliegenden Luftschiffen, in einem kurzen Abstecher Arbeitskräfte anzuliefern oder Stahlprodukte zu laden, ohne verdächtig weit vom Flugplan abzukommen.

In den ersten zwei Stunden sah er nichts von Bedeutung. Die dünne Sichel des abnehmenden Mondes leuchtete die Landschaft nur spärlich aus. Die schneebedeckten Gipfel über dem dahingleitenden Skiff glänzten in seinem Licht, aber ansonsten war kaum etwas zu erkennen. Dann drehte das Boot nach Norden und kam in einen Abschnitt des Tales, der sich einige Meilen nach Norden zog, bis es wieder nach Nordosten abknickte.

Unter sich konnte Robin die Silhouetten von Bauten ausmachen, deren Fenster- und Türöffnungen von Feuerschein erhellt waren. Auf dem größten der Gebäude ragten zwei Schornsteine empor, die sich wie kleine Vulkane ausnahmen, die Funken in die Nacht versprühten. Wie Eilyph im Kreise seiner Jünger war die Fabrik umringt von einem guten Dutzend kleinerer Bauten, aus denen das Klingen der Hämmer auf den Ambossen und der rote Feuerschein der Essen zu ihnen empor drang. Dahinter sah Robin lange flache Gebäude, die für Dughur oder Aran keinesfalls typisch waren, sondern viel eher den Barackenbehausungen ilbeorischer Fabrikarbeiter ähnelten.

Robin hangelte sich ins Heck zum Navigator. »Bring uns so schnell wie möglich zur *Saint Michael*. Wir haben gefunden, wonach wir suchen. Je früher wir zurückkommen, desto eher können wir uns überlegen, wie wir dem Fleiß des Erwin Grimshaw unseren Respekt zollen.«

Dayi Marayir
Helansajar

Uriah sah mit unverhohlener Bewunderung zu, wie Turikana mit ihrem Bruder kämpfte. Sie trug zu roter Hose und Bluse schwarze Stiefel und hatte sich einen schwarzen Stoffgürtel um die Taille geschlungen. Turikana schien sich ständig in Bewegung zu befinden. Ihr Schwert war eine Art Shamschir, aber mit verlängertem und gebogenem Griff, so daß die ganze Waffe an ein in die Länge gezogenes ›S‹ erinnerte. Ihr Schwerpunkt schien unmittelbar am kreisförmigen Handschutz zu liegen, und Turikana wirbelte das Schwert um diesen Schwerpunkt, wenn sie vorsprang, zur Seite glitt oder vor einem Angriff des Dosts zurückwich.

Der Dost trug weder eine Waffe noch irgendwelche Kleidung. Wo ihn seine Schwester traf, verhärtete sich seine flüssigmetallische Haut zur Rüstung. Uriah schien es, als stülpe sich diese Panzerung wie die Schuppen einer Schlange aus seinen Gliedern und Leib, um wieder darin zu versinken, sobald der Schlag abgewehrt war.

Ging der Dost zum Angriff über, flachten seine Hände ab und wuchsen in die Länge zu silbernen Klingen, die ebenso lang waren wie Turikanas Schamschir. Manchmal hielt er die Klingen in üblicher Fechtposition, dann wieder verwandelten seine Hände sich in Sensenblätter oder seine Finger in einen Dreizack. Die Klingen schienen rasiermesserscharf zu sein, aber sie hinterließen keine Wunde, wenn sie Turikanas Körper trafen.

Sie sprang ihren Bruder in geduckter Haltung an, und ihr Säbel wirbelte in einem schmalen Kegel über ihrer rechten Schulter. Sie schob das linke Bein vor, zog es sofort wieder zurück, als er mit der linken Hand danach stieß. Dann beugte sie das rechte Knie und riß den Säbel nach unten, als wolle sie dem Dost das linke Knie durchtrennen. Als sich dort die Panzerung bildete, wechselte sie den Schlagwinkel und zog den Säbel unter seiner linken Achselhöhle hoch.

Flüssiges Gold spritzte durch die Luft, als der Säbel durch die Brustmuskulatur des Dosts schnitt. Uriah hörte ihn vor Schmerz aufjaulen, dann fühlte er die goldene Kugel beben, die er in der Hand hielt. Einen Augenblick später traf ihn ein stechender Schmerz in der Brust, genau dort, wo der Dost vom Säbel verletzt worden war.

Uriah ließ die Kugel fallen und wich einen Schritt zurück. Er krallte die Hand in seine Brust. »Was war das?«

Der Dost, dessen Verletzung inzwischen wieder verheilt war, streckte seiner Schwester die Hände entgegen. »Halt!« Er verbeugte sich vor ihr, sie erwiderte die respektvolle Geste und trat dann aus der großen Höhle in die kleine Kammer, die sie mit Uriah teilte.

Der Ilbeorer fühlte warme Feuchtigkeit in der linken Achselhöhle. Er tastete mit der rechten Hand danach, und als er sie zurückzog, klebte Blut daran. »Was?« Uriah zog das Hemd aus und sah einen dünnen roten Schnitt quer über seinen rechten Brustmuskel verlaufen. »Ich bin dort verletzt, wo Sie getroffen wurden.«

Der Dost kam näher, die goldenen Lippen geschürzt. »So scheint es. Damit hatte ich nicht gerechnet.«

»Womit nicht gerechnet?«

Der Dost schaute auf die goldene Kugel hinab, die zwischen ihnen auf dem Boden lag. »Ich habe dir ein Stück von der schützenden Schale gegeben, die ich trage. Sie ist sehr widerstandsfähig und heilt sich selbst, indem sie Energie aus der Person zieht, die sie trägt. Bisher glaubte ich, dies beträfe nur die Person, die diese Schale trägt und den Zauber liefert, der sie belebt. Tatsächlich scheint es aber, daß jeder, der mit ihr in Verbindung steht, betroffen sein kann. Du warst in meiner Nähe. Hättest du dich etwas weiter entfernt aufgehalten, wäre wohl kaum etwas von der Verletzung auf dich übertragen worden. Faszinierend.«

Uriah betrachtete den Dost mit mißtrauischen Augen. »Sie tragen etwas auf dem Leib, das Ihnen die Seele heraussaugt?«

»Ich sagte *Energie*, nicht Seele. Es ist genau wie eure urovische Magie, bei der ihr ebenfalls einen Teil eurer Lebensenergie in die Zauber legen müßt, die ihr sprecht. Ich spüre ein leichtes Frösteln, was bedeutet, daß die Schale meinem Körper die Wärme entzog, um sich zu reparieren.« Der Dost zog die goldenen Augenbrauen in die Höhe. »Sind deine Hände zufällig kalt?«

Uriah preßte sich die Handrücken gegen die Wangen. »Etwas.«

»Hochinteressant. So etwas habe ich vorher noch nie erlebt.«

Uriah runzelte die Stirn. »Aber wenn Sie der Dost und der Schöpfer dieser Schale sind, wie können Sie dann nicht genau über diese Rüstung Bescheid wissen?« Der Ilbeorer hob die Hände, um einer Antwort zuvorzukommen. »Diese Frage klingt, als würde ich Ihren Anspruch anerkennen, der wiedergeborene Dost zu sein. Das tue ich natürlich nicht. Das ist unmöglich.«

»Ist es das?« Der Dost floß hinab in einen Schneidersitz. »Bitte, setz dich zu mir. Ich würde gerne mit dir über diesen Punkt debattieren, im Zusammenhang mit deinem Glauben, den ich unbedingt verstehen will.«

Uriah setzte sich mißtrauisch hin. »Ich bin kein Theologe.«

»Nein, aber du bist schon dein ganzes Leben auf Martinist, nicht wahr? Du hast ein martinistisches Militärseminar besucht. Du mußt über gewisse Kenntnisse eurer Glaubenslehre verfügen.«

»Natürlich.« Uriah hob den Kopf. »Aber es gibt da trotzdem knifflige Fragen.«

»Ich verstehe. Wir werden nicht ins Detail gehen. Warum ist aus martinistischer Sicht eine Wiedergeburt unmöglich?«

Uriah nahm sich eine Weile Zeit, seine Gedanken zu ordnen, obwohl ihm die hartnäckigen Erinnerungen an Kidds Bemerkungen zur Wiedergeburt bereits das Selbstvertrauen untergruben. »Eine Wiedergeburt ist nicht möglich, weil jede Person eine einzigartige Schöpfung Gottes ist, mit einem freien Willen und der Zeitspanne eines Lebens ausgestattet, um sich zwischen

Gut und Böse zu entscheiden, zwischen Gott und dem Teufel als Herrn zu wählen. Gottes Liebe zur Menschheit war so groß, daß er uns Eilyph, seinen einziggeborenen Sohn, sandte, um uns den Weg zur ewigen Erlösung zu weisen. Gott ist gnädig, aber er ist auch gerecht. Am Ende unseres Lebens erwartet uns der Tag des Gerichts, an dem unsere Seelen vor Gott Gnade und im Himmel Aufnahme finden, oder aber sich als so befleckt erweisen, daß sie in den flammenden Höllengrund der ewigen Verdammnis geschleudert werden.«

Die Hand des Dosts verschmolz mit seinem Kinn, als er den Kopf aufstützte. »Als euch dein Eilyph gegeben wurde, war er da zunächst ein Mensch, der zum Gott wurde, oder war er ein Gott, der sich als Mensch ausgab?«

Uriah bewegte mit Unbehagen die Schultern. »Die Theologen sagen, Er sei in das Wissen um Seine Göttlichkeit hineingewachsen, weil es Gottes Absicht war, Ihm wahrhaftes Verständnis für die Mühen der Menschheit zu geben. Nach Seinem Tod widerfuhr Seiner Seele das, was jeder menschlichen Seele widerfahren muß, doch dann kehrte Er in Seinen Körper zurück, um den Menschen zu zeigen, daß es durch Ihn ein Leben nach dem Tode gibt. So wie Seine Seele nach dem Tod Seines Körpers weiterlebte, können auch unsere Seelen nach dem Tod weiterleben, wenn wir am Tag des Gerichts in den Himmel aufgenommen werden.«

»Ihr Eilyphianisten akzeptiert also, daß der Mensch einen Leib und auch eine Seele hat.«

»Ja, aber nach dem Tod lebt nur die Seele weiter – außer bei Eilyph und Lilith, seiner Mutter. Beide sind körperlich in den Himmel aufgefahren.«

Der Dost kniff die metallenen Augen zusammen, und für einen Augenblick hatte Uriah das unbehagliche Gefühl, Kidd starre ihn an. »Du hast mir all das fast so erzählt, wie ein Kind es getan hätte. Wieviel davon glaubst du wirklich?«

Uriahs schnelle Antwort blieb unausgesprochen. »Ich bin kein Theologe. Die Mitglieder des kriegerischen Zweigs der Kirche sind auch nicht allzu geschult in den Fragen der Lehre und des Dogmas.«

»Das habe ich nicht gefragt.«

Der Ilbeorer sah auf seine Hände hinab. »Ich weiß nicht, wie ich Ihnen antworten soll.«

»Versuche es aufrichtig. Ein ungeprüfter Glauben ist wertlos.«

Uriah rutschte unbehaglich hin und her. »Ich glaube, daß Eilyph geboren wurde, gelebt hat, gestorben und vom Tode auferstanden ist. Die Schriften sind voll von Parabeln und Allegorien. Ich kann nicht sagen, daß ich an die eine Stelle glaube, an eine andere nicht. Ich weiß es nicht. Ich bin in dem Glauben aufgewachsen, daß jedes Wort davon die Wahrheit ist, aber natürlich habe ich auch meine Zweifel, wie sie wohl jeder hat.«

Das Gesicht des Dosts entspannte sich. »Das ist eine aufrichtige Antwort.« Er nahm seine Hand vom Kinn. »Laß mich dir folgende Frage stellen: Du hast gesagt, jeder Mensch sei eine einzigartige Schöpfung Gottes. Wenn das wahr ist, würdest du dann sagen, daß Seele und Körper gleichzeitig erschaffen werden? Oder könnte es möglich sein, nachdem die Seele ja unsterblich ist, daß eine Seele bereits fertig erschaffen ist, bevor ihr Körper vollendet ist?«

»Das ist gleichgültig, da jede Seele nur einem Körper zugemessen wird.«

»Gutes Argument. Dann laß mich anders fragen: Ähnelst du mehr deiner Mutter oder deinem Vater?«

Uriah schüttelte den Kopf und versuchte herauszufinden, worauf der Dost mit diesem plötzlichen Themenwechsel zusteuerte. »Meinem Vater. Er hatte rote Haare und grüne Augen – wie ich.«

»Gut.« Der Dost hob die Hände und seine beiden Daumen wurden zu scharfen Stacheln. Diese bohrte er sich in die jeweils gegenüberliegende Handfläche. Dann drehte er die Handflächen nach unten und ließ aus den Wunden flüssiges Metall wie Blut herabtropfen. Es hing in der Luft, aber die Tropfen vereinigten sich nicht. Sie blieben voneinander geschieden. Die Flüssigkeit aus der rechten Hand formte sich zu Würfeln, die aus der linken zu Kugeln.

»Laß uns annehmen, daß du eine Mischung aus deinen beiden Elternteilen bist, ja?«

»In Ordnung.«

»Gut.« Der Dost führte seine Hände zusammen. Dabei vermischten sich die Ansammlungen aus Kugeln und Würfeln, ohne ihre jeweilige Form zu verlieren. »Wir wollen annehmen, daß deine Geschwister ebenfalls solche Mischungen sind, wenn auch von leicht unterschiedlicher Zusammensetzung. Wenn du jetzt Kinder zeugst, werden diese wieder je zur Hälfte aus dir und deiner Frau bestehen, ja?«

»Ja.«

Mit einer Geste teilte der Dost die Formen in zehn zufällig zusammengesetzte kleine Säulen. »Ich gebe dir zehn Kinder, die sich zur Hälfte aus dir und zur Hälfte aus deiner Frau zusammensetzen. Das heißt dann, daß sie auch jedes ein Viertel deiner Eltern sind, ja?«

Uriah nickte. »Ja.«

»Mit jeder Generation wirst du weiter aufgeteilt, aber doch existierst du in deinen Kindern, Enkeln und so weiter fort.« Die goldenen Säulen unter den Händen des Dosts teilten sich immer weiter auf, bis schließlich eine ganze Wolke aus winzigen goldenen Objekten den Dost umkreiste. »Einige Linien deiner Nachkommenschaft sterben aus, aber was dabei verlorengeht, ist in den Nachkommen deiner Brüder und Schwestern wiederzufinden. Ihr alle, du – und deine Eltern durch dich – existiert weiter, verstehst du?«

»Ich glaube schon.«

»Du hast bei den Khast, einigen Stranen und selbst bei Turikana die Blautönung der Haut und die spitzen Ohren gesehen, die unsere durranische Abstammung bezeugen. Weil man das durranische Blut und Aussehen hier und in Strana sehr hochschätzt, hat man Anstrengungen unternommen, diese Merkmale zu bewahren. Personen, die sie besitzen, werden miteinander verheiratet – nicht unähnlich der Zuchtpraxis von Pferdehändlern.« Der Dost lachte.

Uriah stimmte ein und zeigte auf einen der schwebenden Kegel. »Meine Mutter war eine Stranin. Damit trage ich vielleicht sogar einen Teil ihres Bluts in mir.«

»Das will ich meinen. Zumindest ein wenig.«

»Und der Reaktion nach habe ich es auf ewig verdorben.« Uriah seufzte. »Bitte, fahren Sie fort.«

»Es ist also auch möglich, daß alle diese verstreuten Spuren sich langsam und allmählich wieder sammeln und zusammenfügen, ja? In mir haben sie sich neu vereint und wurden wiedergeboren.« Der Dost breitete die Arme aus und brachte dann die Hände zusammen. Alle herumschwebenden Goldtröpfchen sammelten sich in der Wiege, die er mit seinen Händen bildete, und wurden von seiner Haut absorbiert. »Als meine Seele, *meine* unsterbliche Seele, die für *meinen* Körper geschaffen wurde, in mir einen Körper fand, den sie wiedererkannte, ist sie in meinen Körper zurückgekehrt und ich wurde wiedergeboren.«

Die Logik in dieser Erklärung traf Uriah wie ein Keulenschlag. *Wenn es so ist, wie er sagt, dann ist die Wiedergeburt nicht nur möglich, dann kann man sie auch nicht als eine Sünde ansehen, oder doch?* »Aber Gott gibt jedem Menschen nur ein Leben.«

»Aber wer bestimmt, woraus dieses Leben besteht?

Du hast gesagt, Gott gibt uns ein Leben, damit wir zwischen Gut und Böse wählen. Er hat uns einen Auftrag erteilt, wie etwa ein militärischer Befehlshaber dir ein bestimmtes Angriffsziel zuweist. Sehen wir uns dann jeden einzelnen Anlauf an, den du unternimmst, um dieses Angriffsziel zu nehmen, können wir sagen, daß du mehrere Chancen gehabt hast. Nehmen wir einen größeren Abstand dazu ein und beurteilen wir deinen Erfolg auf der Basis anderer Parameter wie der Zeit, die du hattest, um das Angriffsziel zu nehmen, dann ist die Anzahl deiner einzelnen Anläufe bis zum endgültigen Erfolg ohne Bedeutung, weil du das Angriffsziel in der dir dafür zugestandenen Zeit genommen hast. Aus diesem Blickwinkel stellen sich, was wir als *mehrere* Leben ansehen, nur als Bruchstücke dessen dar, was für Gott vielleicht nur ein *einziges* Leben ist.«

»Aber wenn Sie recht haben, wenn das, was Sie hier sagen, wirklich geschah, dann…« Uriah fühlte, wie seine Eingeweide sich verknoteten. Die Wiedergeburt des Dosts lieferte einige Glaubenssätze, auf denen der gesamte Eilyphianismus beruhte, ernstem Zweifel aus. Durch die Jahrhunderte hatten die Theologen Lösungen für all diese religiösen Probleme gefunden. Ketzerei war unterdrückt und Leben waren im Kampf für und wider bestimmte philosophische Varianten geopfert worden. Die Fundamente der gesamten Zivilisation wurden plötzlich in Frage gestellt.

Der junge Ilbeorer starrte den Dost mit offenem Mund an. »Dadurch wird alles ein Schwindel, ein Betrug.«

Der Dost schüttelte den Kopf. »Nein, Uriah, kein Betrug. Was wir hier debattiert haben, entwertet weder deinen Glauben noch irgendeinen anderen. Der Eilyphianismus könnte nur ein Weg zum ewigen Leben sein, ein sehr direkter und schwieriger. Möglicherweise ist es tatsächlich der *einzige* Weg, und die Wiedergeburt ist nur ein Beweis der Gnade *deines* Gottes, durch die er all denjenigen, die sich nicht zwischen Gut und Böse entscheiden konnten, immer wieder die Gelegenheit dazu gibt, solange, bis sie ihre Wahl getroffen haben.«

Auch das könnte wahr sein. Uriah runzelte die Stirn. »Es läßt sich nicht endgültig sagen, nicht wahr?«

Wieder schüttelte der Dost den Kopf. »Jetzt weiß ich nicht, was ich dir antworten soll. Jetzt stehst du vor der Frage, der ich mich stellen muß. Du siehst dich im Widerstreit zu Jahrhunderten der Ideen und Regeln, die die Menschen erfunden haben, um ihren Glauben zu rechtfertigen. Genauso muß ich mich mit all den Erwartungen herumschlagen, die man während meiner Abwesenheit mit meiner Wiedergeburt in Verbindung gebracht hat. Wir beide müssen uns in Erinnerung rufen, daß hinter all den Vermutungen und Sophistereien Wahrheiten stehen, die keiner Rechtfertigung bedürfen. Wir müssen diese Wahrheiten prüfen und uns selbst dazu treiben, für die Ziele zu kämpfen, für die diese Wahrheiten stehen.«

Pjimok, Wsorin, Distrikt Wsorin
Strana

Malachy saß still da und lauschte dem Echo einer zugeschlagenen Zellentür und den Schritten der Wächter, die sich von ihr entfernten. Das Geräusch kam nicht aus der unmittelbaren Nähe, es konnte also nicht die Zellentüre nebenan gewesen sein, die Türe, hinter der sich sein Gesprächspartner befand. Die Wachen hatten den Husaren schon vor Stunden aus seiner Zelle geschleift und noch nicht wieder zurückgebracht. Wäre Malachy nicht durch ein scharfes Stechen in der linken Achselhöhle geweckt worden, hätte er die Geräusche nicht klaren Kopfes beurteilen und einordnen können.

Als ihm jetzt wieder einfiel, was ihn geweckt hatte, war der Schmerz schon abgeklungen.

Die Sorge um seinen Leidensgenossen würde nicht so schnell verschwinden.

Sein Gesprächspartner hatte gezögert, Malachy mitzuteilen, warum man ihn in Pjimoks Kerker geworfen hatte, aber nach und nach war er mit seiner Geschichte herausgerückt. Der Mann war Soldat und gehörte zum 137. Regiment der Kaiserlichen Bärenhusaren. Er war desertiert, nachdem Grigori Khrolic seinen Truppen erklärt hatte, sie würden jetzt nach Helor marschieren und die Stadt belagern. Fürst Arslow wollte die Husaren nur nach Helor schicken, um dort Flagge zu zeigen und dann wieder zurückzukehren. Damit sollte Ilbeoria vor einer Expansion nach Helansajar oder ins Innere Estanus gewarnt werden.

Agenten in Helor hatten gemeldet, daß ein großes ilbeorisches Schlachtschiff dort angekommen sei. Es habe eine Ethyrinenkompanie als Ehrengarde für Schukri Awan zurückgelassen. Die ilbeorische Truppenpräsenz in Helor hatte Arslow zum Marschbefehl an die Husaren bewogen, aber Khrolic wollte jetzt die Gelegenheit nutzen, um seine eigene Karriere voranzutreiben.

Der Husar hatte sich entschieden, dabei nicht mitzumachen, weil er den Auftrag für unehrenhaft hielt. Khrolic hatte ihn als Agenten der Feinde Arslows in Murom denunziert, und deshalb hatte man ihn ins Verließ geworfen und folterte ihn, um herauszufinden, was er wußte. Da er aber nichts wußte und deshalb auch nichts sagen konnte, würde die Folter wohl so lange weitergehen, bis er starb. Da Khrolic Arslow davon überzeugt hatte, daß der Husar in den Diensten seiner Feinde stand, würde der Fürst ihm die Wahrheit niemals abkaufen.

Der Husar hatte ihm auch mitgeteilt, daß Khrolic

damit prahlte, er wolle die Ethyrinen fangen und ihnen das Augenlicht nehmen, wie er es im Lescarenkrieg schon einmal bei einem anderen Wolfspriester arrangiert habe.

Malachy zitterte immer noch, wenn er sich daran erinnerte, wie er diese Information nach und nach aus den Klopfzeichen zusammengesetzt hatte. *Khrolic hat die Nachricht, die ich für ihn hinterlassen habe, ignoriert. Er hat die Kundschafter nicht gerettet und nicht einmal den Versuch unternommen, mich zu holen.*

Ihm war nie zuvor auch nur der Verdacht gekommen, Khrolic könne bei der Katastrophe von Glogau seine Finger im Spiel gehabt haben, aber es ergab durchaus Sinn. Khrolic hatte damals viel von Malachy gelernt, schien darüber jedoch nie sonderlich glücklich gewesen zu sein. Und Malachy mußte sich eingestehen, daß er Khrolic auf mehr als einem Empfang in Murom Natalja entführt hatte. Sie hatten sich über Khrolics Enttäuschung amüsiert und ein Spiel daraus gemacht, ihn zu ärgern, aber damals hatte er es nur für eine freundschaftliche Neckerei gehalten.

Grigori sah das offensichtlich anders. Ich habe mir selbst einen Feind geschaffen und die Gefahr nie erkannt. Es wäre für Khrolic damals kinderleicht gewesen, den Lescaren eine Information über das Spähtruppunternehmen und den Rettungsversuch zukommen zu lassen. Im Rückblick machte die verspätete Ankunft der Revisor Carmí und die getrennte Unterbringung der verwundeten Kundschafter durchaus Sinn. *Das Ganze war eine riesige Falle, und ich bin blindlings hineingestolpert.*

Die Wortwahl ließ Malachy trostlos auflachen. *Wenigstens weiß ich jetzt, wer der Bär mit den Widderhörnern war. Er war mein Feind, als ich geblendet wurde, und er ist es heute noch. Er wird auch eine Gefahr für den Dost darstellen, gegen die ich vorgehen muß.*

Malachy zitterte auf seinem Stroh. Die Ethyrinen,

wahrscheinlich nicht einmal fünfzig Mann, hatten bessere Chancen, den Husaren standhalten zu können, als Malachy, seine Peiniger zu überreden, ihm ein Ethyrskiff für einen Stadtrundflug zu leihen – *aber keine viel bessere.* Ohne eine Warnung oder die Chance, Helor auf eine Belagerung vorbereiten zu können, waren weder die Ethyrinen noch die Bürger der Stadt in der Lage, den Stranen allzu lange Widerstand zu leisten. Selbst *mit* einer solchen Warnung hatten sie nur eine geringe Chance, die Belagerer zu besiegen.

Der Wolfspriester schüttelte den Kopf. *In Glogau kannte Khrolic meinen Plan und benutzte das dazu, die Männer abschlachten zu lassen, zu deren Rettung ich aufgebrochen war. Hier und heute kenne ich seinen Plan und kann das vielleicht dazu benutzen, das Abschlachten einer ganzen Stadt zu verhindern. Das macht meine Flucht auch nicht leichter, aber noch weit wichtiger. Was damals in Glogau geschah, darf sich nicht wiederholen.*

44. Kapitel

Nagmandir, Kulang, Kulangtal, Dughur
Aran

1. Majest 1687

Rafiq Khast lernte eine wesentliche Tatsache seines neuen Lebens als B'idsayih kennen, während er den Himlan durchquerte, und sie ersparte ihm auf dieser Reise viel Zeit. Er begann mit recht konventionellen ›Sprüngen‹, vor allem um zu erfahren, wie schnell er auf diese magische Art und Weise reisen konnte. Nach jedem Sprung spürte er eine gewisse Müdigkeit und Auskühlung, es schien aber keine übermäßige Belastung, jeweils ein bis zwei Meilen gen Süden zu reisen. Dann kam ihm der Gedanke, nach einem solchen Sprung eine Weile wie üblich weiterzulaufen, bis ihm heiß wurde. Danach kühlte ihn der nächste Sprung wieder ab und war noch leichter zu verkraften.

Trotz dieser Methode ermüdeten ihn lange Sprungstrecken schneller als die kurzen, auch wenn er danach nicht so erschöpft war, wie nach einem richtigen Marsch über diese Strecke. Vierzig Meilen von Sprungpunkt zu Sprungpunkt mochten einer tatsächlichen Marschstrecke im Gelände von über sechzig Meilen entsprechen, aber ein Sprung mit Hilfe des B'idsayih-Amuletts ermüdete ihn wie ein Marsch über die kürzere Strecke. Nachdem ihm das einmal klar geworden war, verlegte er sich darauf, auf seinem Weg in den Himlan von einem Gipfel zum nächsten zu springen, ohne sich den mühsamen Abstieg ins Tal und den Aufstieg am gegenüberliegenden Berghang antun zu müssen.

Das Gefühl, das Rafiq bei diesen Sprüngen überkam,

gefiel ihm gar nicht schlecht. Sein Körper schien sich dabei bis zu einem Grad zu dehnen, der im Vergleich dazu eine Mullbinde wie eine Mauer aus Stahl hätte wirken lassen. Er schien sich zu verflüssigen und an seinen Bestimmungsort zu fließen. Bei der Ankunft verlor er kurz die Orientierung, erzielte danach jedoch eine unglaubliche geistige Klarheit.

In der ersten Nacht im Himlan fand er, als es zu dunkel wurde, um noch weit genug sehen zu können, bei einigen Hirten Unterschlupf. Unter keinen Umständen wollte er den riskanten Versuch unternehmen, auf den Gipfel eines Bergkamms zu springen, den er nur als nächtliche Silhouette ausmachte, um dann zu spät festzustellen, daß er statt schneebedeckter Berghöhen einen fernab gelegenen Stern fixiert hatte. Die Schäfer waren schweigsame Burschen, die ihr Brot gerne mit Rafiq teilten. Er erzählte ihnen nichts von seinem Auftrag, bedankte sich für ihre Gastfreundschaft am nächsten Morgen aber mit einer helorischen Goldmünze.

Die Reise nach Nagmandir zu Prinz Agra-shos Palast hätte Rafiq eigentlich erschöpfen müssen, doch er war zu aufgeregt, um sich müde zu fühlen, als er sein Ziel erreichte. Er erkannte das große weiße Gebäude, sobald er Kulang durch das Osttor betrat, und im nächsten Augenblick stand er schon neben dem Springbrunnen auf dem Zentralhof des Palastes. Die Palastwachen an den Eingängen waren sichtlich erschreckt von seinem plötzlichen Erscheinen und wagten sich nur vorsichtig an ihn heran.

Nach einem kurzen Palaver kam einer von ihnen zu Rafiq herüber. »Mögen Eure Nächte immer angenehm warm sein.«

»Mögest du immer mehr Frauen als Schwierigkeiten haben.« Rafiq verbeugte sich vor dem Soldaten. »Ich bin Rafiq Khast aus Helansajar. Ich komme im Auftrag des Dosts, um mit Prinz Agra-sho zu sprechen.«

Der Soldat starrte ihn an. »Ich, ich bin gleich zurück.« Er wirbelte auf dem Absatz herum und rannte an seinen Kameraden vorbei in den Palast.

Rafiq wäre ihm fast gefolgt, entschied sich dann aber dagegen. Vom Hof Nagmandirs aus konnte er die ostwärtige Hälfte Kulangs überblicken, und die Stadt bot einen reizvollen Anblick. Die meisten Häuser waren schneeweiß getüncht, auch wenn sie um die Türen herum und über den Fensterstürzen von strahlend bunten Linien dekoriert wurden. Stroh- und Ziegeldächer schienen etwa gleich häufig zu sein. Auf dem See, dem größten Gewässer, das Rafiq in seinem ganzen Leben gesehen hatte, pflügten Schiffe mit roten und blauen Segeln durch die Wellen.

Als B'idsajih bin ich wie diese Schiffe dort draußen. Egal wie das Land sich unter dem Wasser auch ausbreitet, ich fahre darüber hinweg. Einen unsinnigen Augenblick lang erwog er, auf das Deck eines der Schiffe hinaufzuspringen, befürchtete aber, unter Umständen irgendwo mitten auf dem See herauszukommen. *Das Nomadenleben mag das beste aller möglichen sein, aber das Durchstreifen der Wüste macht keine guten Schwimmer.*

So wie sie über das Wasser glitten, erinnerten ihn die Schiffe auch an das Luftschiff, das er in Wsorin hatte einfliegen und landen sehen. Obwohl er wußte, daß diese Luftschiffe sündiges Dämonenwerk waren, hatte er keine Schwierigkeiten, sich die Leichtigkeit vorzustellen, mit der ein solches Schiff von einem Ort zum anderen reisen konnte, ohne sich mit den Geländeunebenheiten herumärgern zu müssen.

Ihm kam der Gedanke, daß man auch das Amulett, das der Dost mit seinem Körper verschmolzen hatte, als einen teuflischen Brennspiegel magischer Energie ansehen konnte, den ein gläubiger Ataraxianer nicht hätte benutzen dürfen. Er verwarf diesen Gedanken augenblicklich, denn schließlich hatte ihm der Dost diesen

Talisman gegeben. Kirana Dost war als Avatar des Atarax angebetet worden, und in Nimtschin Dost war er wiedergeboren worden, also konnte ganz offensichtlich nichts Böses an dem Amulett sein. Gegenstände, die mit Zauberei verwoben wurden, waren böse, weil die Menschen, die sie benutzten, nicht wußten, wie Magie wahrhaftig eingesetzt werden mußte. Nimtschin Dost aber *wußte* das ganz zweifellos und hatte das Amulett zu einem Teil seines Wesens gemacht. Daher war Rafiqs Amulett erlaubt.

Als er den Klang von Schritten hörte, wandte sich Rafiq um und erkannte den Soldaten, mit dem er gesprochen hatte. Hinter ihm näherte sich ein kahlköpfiger Mann in orangefarbener Robe. Rafiq verneigte sich. Der Soldat und der andere Mann erwiderten die Verbeugung. »Ich bin Rafiq Khast. Ich komme als Gesandter des Nimtschin Dost zum Prinzen Agra-sho.«

»So hat man mir gesagt.« Der Kahlkopf seufzte. »Der Prinz befindet sich zur Zeit nicht in Nagmandir. Ich weiß nicht, wann wir seine Rückkehr erwarten dürfen.«

»Ihr wißt jedoch, wo er sich derzeit aufhält?«

Der Kahle richtete sich auf. »Selbstverständlich.«

»Bitte zeigt mir die Richtung, die er genommen hat, und sagt mir, wie ich ihn finde.«

»Das kann ich nicht.«

»Ich komme vom Dost.«

»So sagt Ihr.«

»Und ihr zweifelt daran?«

Der Kahlköpfige schätzte Rafiq durch halbgeschlossene Lider ab. »Es hat schon viele Doste gegeben und noch viel mehr, die vorgaben, von diesen Dosten gesandt worden zu sein. Die Ghur haben sich noch nie von einem falschen Dost narren oder besiegen lassen.«

Rafiq packte den Mann an der Schulter, warf einen Blick über die Schulter auf den Turm in der Nordwestecke Nagmandirs und flüsterte »Issa hunak«. In einem Augenzwinkern wurden beide auf den Turm versetzt. Der Kahlkopf schrie entsetzt auf, Rafiq aber lag auf den Knien und preßte die Arme auf den Leib.

Eine überwältigende Müdigkeit erdrückte das Brennen in seinem Magen und in den Gliedern. Seine Nerven brachten die Energie zur Rebellion nicht mehr auf. Ihm war *kalt*, viel kälter als jemals zuvor. Er erinnerte sich daran, daß er sich gedehnt hatte wie sonst auch, aber dann hatte sich das Wesen des anderen Mannes mit Rafiqs Essenz vermischt. Als sie sich beide dann wieder auf dem Turm rematerialisierten, waren ihre Essenzen auseinandergerissen worden, und diese Trennung war unglaublich brutal gewesen.

Ich hoffe, keiner meiner Genossen ist so tollkühn, dasselbe zu versuchen.

Der andere Mann fiel neben Rafiq auf den Boden. »Bitte, Herr, tut mir das nicht noch einmal an. Ich werde nie wieder zweifeln, nie ...«

Rafiq schluckte schwer und zwang sich langsam hoch, so daß er gebieterisch über dem sich windenden Kahlkopf aufragte. »Der Dost wäre nicht davon angetan, daß diese Vorführung nötig war. Wo ist Prinz Agra-sho?«

Der Kahlkopf rappelte sich auf Hände und Füße hoch, dann kroch er an den Rand der Plattform. »Dort ist er.« Er wies nach Nordosten. »Folgt dem Tal, bis Ihr zum Dorf der Schmiede kommt, wo das Tal nach Norden führt. Dort ist er. Dort werdet Ihr ihn finden.«

Pjimok, Wsorin, Distrikt Wsorin
Strana

Wassili Arslow verneigte sich, als er in die Gemächer der Tachotha trat. »Vergebt mir mein Eindringen, Tachotha. Ich möchte nicht aufdringlich erscheinen, aber nachdem Pokovnik Khrolic abgereist ist, halte ich es für denkbar, daß Ihr Fragen oder Beschwerden habt, bei denen ich Euch dienlich sein könnte. Ich weiß, Eure Verwahrung hier ist unangenehm, aber es ist zu Eurem Besten, das versichere ich Euch.«

Natalja starrte ihn düster an. »Ich weiß Ihr Bemühen zu schätzen, Fürst Arslow. Ich werde meinem Vater davon zu berichten wissen, wenn ich das nächste Mal nach Murom komme. Wann, glaubt Ihr, wird dies der Fall sein?«

»Bitte, Tachotha, so wenig Ihr mir trauen mögt, ich bin hier nicht Euer Feind. Grigori hat deutlich ausgeführt, und ich stimmte ihm darin zu, wie sehr Ihr in Gefahr seid. Die Beschießung Helors wird Strafaktion genug sein, um Schukri Awan ein für allemal davon abzuschrecken, Strana noch einmal anzugreifen. Stimmt etwas nicht, Tachotha?«

»Die Husaren wollen Helor *angreifen*?«

Arslow nickte. »Grigori war der Ansicht, ein einfacher Beschuß sei die beste Lösung. Er erwartet, daß Schukri Awan uns den Frieden und Entschädigungsleistungen anbietet. Das muß er Euch doch erzählt haben. Er hat mir versichert, daß Ihr damit einverstanden seid.«

Nataljas Augen zogen sich zusammen. »Was hat er behauptet?«

»Er hat mir berichtet, daß Ihr seine Überlegungen für vernünftig haltet und ihn zu seinem Vorgehen gegen Schukri Awan ermuntert habt. Trifft das denn nicht zu?« Wassili blickte mit finsterer Miene zu Boden. »Ich hielt Eure Gefühle für verständlich, so knapp, wie Ihr dem Tod entronnen seid, also habe ich nicht weiter nachgefragt.«

Sie schaute zu Wassili hoch. »Was ist mit dem verräterischen Tacarri und der Verschwörung gegen mein Leben?«

»Verzeihung, Tachotha?« Arslow blinzelte sie an.

»Was hat irgendein Tacarri mit der Verschwörung gegen Euer Leben zu schaffen?«

»Grigori hat mir zunächst erzählt, Ihr hättet Ilbeoria für das Attentat auf mich verantwortlich gemacht, dann hat sich die Geschichte geändert und ein Tacarri-Renegat soll mit Schukri Awan zusammengearbeitet haben, um mich entführen oder töten zu lassen.« Natalja preßte sich die Fäuste gegen die Schläfen. »Es ergibt keinen Sinn, wenn ich versuche, es zu erklären. Hat es je einen Sinn ergeben?«

»Tachotha Natalja, wollt Ihr mir damit sagen, daß Ihr Grigoris Plan *nicht* gebilligt habt?«

»Njet!«

»Was hat er mit diesem Spiel vor?«

»Wenn *er* nun tut, was jedermann von *Ihnen* erwartet hätte, nämlich Helor erobern, könnte er an Ihrer Stelle zum Tacarri ernannt werden.«

»Gut, aber warum sollte er den Angriff gerade jetzt vorantreiben wollen? Wir stehen schon so weit im Spätsommer, daß wir Probleme haben werden, Helor zu verstärken. Im Frühjahr hätte ein solcher Feldzug mehr Sinn gemacht.«

»Es sei denn, er will einen weiteren Feldzug im nächsten Frühjahr verhindern.« Nataljas grüne Augen blitzten gefährlich auf. »Hat die *Sarnitskij* einen Ilbeorer hierher nach Wsorin gebracht?«

Wassili rieb sich nervös die Hände. »Hat Grigori Euch das erzählt?«

»Nein, er hat es abgestritten.«

Erleichterung huschte über die Miene des Fürsten. »Nein, sie hat niemanden mitgebracht.«

»Aber ich habe gesehen, wie ...«

»Was Ihr gesehen habt, Tachotha, war ein Mann von Rafiq Khasts Bande, den die *Sarnitskij* zum Verhör gebracht hat. Keine Verbindung zu Ilbeoria, überhaupt keine.«

»Ich verstehe.«

Dessen bin ich mir sicher, Tachotha Natalja. »Der Gefangene hat uns beim Verhör nichts erzählen können.«

»Schade. Sie haben sich seiner entledigt?«

»Ja, ja, er ist tot.« Arslow atmete lautstark aus. »Er schätzte sein Gefangenendasein nicht sehr.«

»Das kann ich ihm nachfühlen.«

Wassili setzte einen gequälten Gesichtsausdruck auf. »Nein, Tachotha, ich möchte nicht, daß Ihr Euch so fühlt. Grigori hat Euch hier so eingesperrt, nicht ich. Wenn Ihr mir Euer feierliches Ehrenwort gebt, daß Ihr nicht nach Murom abreist und mit niemandem dort Verbindung aufnehmt, bevor die Angelegenheit mit Helor bereinigt ist, dürft Ihr Euch in Wsorin frei bewegen.«

»Mein Vater *sollte* aber wissen, was hier geschieht.«

»Ja, aber erst später. Ich bin es Grigori schuldig, alles zu tun, was in meiner Macht steht, um ihn noch aufzuhalten. Wenn ihn niemand bremst, ist seine Laufbahn beendet, und ein guter Offizier wäre ruiniert.«

»Ja, natürlich.« Nataljas Sorge um Khrolic ließ ihr Gesicht zu einer Totenmaske werden. »Ich gebe Ihnen mein Wort, nicht nach Murom zurückzukehren, Fürst Arslow, und auch keine Botschaften zu versenden. Grigori muß aufgehalten werden, und ich bitte Sie inständig, alles zu tun, um eine Katastrophe zu verhindern!«

»Euer Wunsch ist mir Befehl, Tachotha Natalja.« Arslow verbeugte sich. »Wenn Ihr mir erlaubt, werde ich die Pläne noch einmal durcharbeiten, die Grigori mit mir besprochen hat, und versuchen, einen Fehler zu finden, den wir dazu benutzen können, ihn aufzuhalten.«

»Lassen Sie sich dabei von mir nicht aufhalten, Fürst Arslow.« Natalja lächelte ihm anmutig zu. »Bitte halten Sie mich auf dem laufenden.«

»Habt Dank, Hoheit, das werde ich gewiß tun.« Wassili zog sich zur Tür zurück. »Wenn ich Euch sonst in irgendeiner Weise behilflich sein kann, zögert nicht, mich in Anspruch zu nehmen.«

»Vielen Dank, Fürst Arslow. Ich glaube, daß ich selbst zurechtkommen kann und Euch nicht zur Last fallen muß.«

Wassili lächelte, als er die Türe hinter sich schloß. »Das glaube ich wohl, Tachotha Natalja. Tut, was Ihr für richtig haltet. Eure Hilfe ist mir sehr willkommen.«

Luftschiff *Saint Michael*, Kulangtal, Dughur Aran

Robin Drury stand neben Kapitän Hassett auf dem Flügeldeck und erhaschte den ersten flüchtigen Blick auf den Fabrikkomplex bei Tag. Die Schornsteine schleuderten immer noch Funken in die Luft, aber jetzt konnte er sie in den dicken schwarzen Rauchwolken, die in den Himmel emporquollen, kaum noch wahrnehmen. Im Norden des Fabrikgeländes befand sich eine riesige Kohlenhalde, die bei Nacht nicht sichtbar gewesen war. Eine Kette von Männern mit Schubkarren zog sich von der Fabrik zur Halde und zurück.

Hassett schaute zu Robin hinüber. »Sind Ihre Männer fertig zum Abseilen?«

Robin nickte. »Erzengelzug und Hoheitszug sind bereit!«

»Gut so. Ich beabsichtige, aus den Buggeschützen eine Leichtdrucksalve Kartätschen auf das Dach der Fabrik abzufeuern. Das sollte reichen, die gesamte Belegschaft aus der Fabrik zu jagen. Zwei Breitseiten werden die Fabrik einebnen, dann kommen die Schmieden, die Wohnbaracken und die Lagerhallen an die Reihe.«

»Ja, Sir. Danach seilen wir uns ab und überprüfen den Schaden.«

»Korrekt.« Hassett schlug Robin auf die Schulter. »Viel Glück.«

»Gleichfalls, Sir.«

Hassett nickte, dann bellte er seinem Steuermann zu: »Foster, bringen Sie uns unter Schornsteinhöhe, aber bleiben Sie weit genug zurück, damit sie nachher nicht auf uns stürzen. Kurs vier Strich Steuerbord voraus. Lassen Sie die Geschütze klar zum Gefecht machen! Die Gebäude werden kaum davonrennen, ich erwarte also, daß jeder Schuß trifft!«

Ghur-Stahlwerk Nr. 1, Kulangtal, Dughur
Aran

Nachdem er eine Stunde in Prinz Agra-shos Gesellschaft verbracht hatte, spielte Rafiq Khast ernsthaft mit dem Gedanken, in das geschmolzene Herz des Stahlwerks zu starren und ›Issa hunak‹ zu murmeln. Agra-shos schrille Stimme mochte zu dem kümmerlichen Bart und den jugendlichen Gesicht des Prinzen passen, aber sie ging Rafiq gewaltig auf die Nerven. Gleiches galt für dessen erstaunlichen Leibesumfang, den der Prinz vorzugsweise zu gebrauchen schien, um Rafiq gegen irgendeine heiße, kantige oder sogar heiße *und* kantige Oberfläche zu drücken.

Der Helansajare erkannte, daß seine Anwesenheit und die Erwähnung des Dosts dem Prinzen Angst machten, obwohl dazu kein Grund bestand. »Bitte, Prinz Agra-sho, der Dost versucht keineswegs, irgendeinen Anspruch auf Dughur anzumelden. Er hofft im Gegenteil, daß Dughur und sein Reich Verbündete sein können. Er wünscht mit Euch zum beiderseitigen Nutzen zusammenzuarbeiten.«

»Ich habe mächtige Beschützer, Rafiq Khast.« Der Prinz breitete seine Arme weit aus und wedelte mit den fetten Händen. »An diesem Stahlwerk hat man zwei

Jahre gebaut, aber es ist die Ausgaben wert. Hier wird an einem Tag soviel Stahl hergestellt, wie die meisten Schmiede in ihrem ganzen Leben nicht bearbeiten könnten. Ich habe Hunderte von Schmieden, die Messer und Schwerter herstellen. Ich brauche keinen Dost. Eigentlich sollte dein Herr bei der bloßen Erwähnung des Namens Agra-sho *zittern.*«

Als der Prinz das Wort ›zittern‹ betonte, ruckte er heftig und schickte ein Beben durch seinen massigen Körper, das sich in vielen kleinen Wellen durch die dicken Haut- und Fettschichten ausbreitete. Rafiq verbiß sich ein Lachen und nickte statt dessen feierlich. »Ist das die Botschaft, die ich dem Dost von Euch ausrichten soll?«

»Du hast meine Fabrik gesehen, Rafiq. Du kennst meine Macht. Du kannst ihm erzählen, was du willst.« Der Prinz runzelte die Stirn, und seine Schweinsaugen verschwanden fast unter den herabgesenkten Brauen. »Es sei denn, du bist der Ansicht, das könnte ihm nicht gefallen.«

Bevor Rafiq zu einer Antwort ansetzen konnte, krachte ein Donnergrollen durch das Tal. Unmittelbar danach ertönte eine Serie lauter Einschläge vom Dach, als sei plötzlich ein stählerner Monsun über sie hereingebrochen. Rafiq schaute zu den Fenstern und dem Eingang an der Ostwand und sah einen Hagel roter Dachziegel wie eine Lawine herabstürzen.

»Issa hunak.«

Einen Augenblick später stand Rafiq schon vor dem offenen Tor der Fabrik. Ein riesiger schwarzer Schatten glitt von Norden her durch das Tal. Rafiq wollte weglaufen, weg*springen*, aber in seinem Kopf war kein Platz mehr für irgendeinen Gedanken außer der Angst, von diesem Schatten verschlungen zu werden. Als er über ihn hinwegglitt, wurde das Frösteln, das seinen Sprung begleitet hatte, noch stärker. Dann schaute er nach oben und seine Kinnlade klappte herunter.

Ein gewaltiges Luftschiff zog langsam über seinem Kopf hinweg. Es flog niedrig genug, daß er beim Blick in seinen Rumpf silbrige Männer sehen und sogar die einzelnen Planken erkennen konnte, aus denen es gezimmert war. Achtern am Rumpf sah er zwei wirbelnde Luftschrauben, Schornsteine und über der gewaltigen Spannweite des hinteren Flügelpaars zwei Steuerruder.

Das Luftschiff drehte sich träge nach Osten. Dabei segelte es aus der Sonne heraus, und Rafiq wurde von der strahlenden Mittagssonne geblendet. Er fiel auf die Knie und preßte die Hände auf die Augen. *Wenn ich nichts sehen kann, kann ich nicht springen. Atarax, laß nicht zu, daß sich der Diener des Dosts in einem Netz verfängt, das gewoben wurde, um andere zu umgarnen!* Er öffnete die Augen. Ärgerliche runde, rote Flecken tanzten über sein Sichtfeld, verblaßten jedoch schnell.

An ihrer Stelle tauchte ein anderes ärgerliches rundes Bild vor seinen Augen auf, als Agra-sho sich seinen Weg durch die Masse der fliehenden Ghur bahnte. »Was ist hier geschehen, Rafiq? Du hast in Wirklichkeit für sie spioniert! Du bist ein ilbeorischer Spion!« Agra-sho zog einen Dolch aus dem Gürtel und hielt ihn in die Höhe. »Die Ghur werden sich nie wieder unterwerfen!«

Mit einem Knurren trat Rafiq Agra-sho hart in den ausladenden Wanst. Der Prinz quäkte heiser, stolperte zurück und fiel auf seine breiten Hinterbacken. Seine blaue Seidenhose platzte aus allen Nähten und das goldfarbene Seidenhemd riß auf beiden Seiten von der Hüfte bis unter die Achselhöhlen auf. Rafiq erhob sich von den Knien, trat Agra-sho den *Kukri* aus der Hand, griff dann in dessen schwarzes Haar und rollte ihn in eine aufrechte Haltung hoch.

»So sehr du die Ilbeorer auch fürchtest, Agra-sho, den Dost solltest du weit mehr fürchten!«

Das rumpelnde Stampfen der Dampfmaschinen erfüllte das Tal, als das Luftschiff in nördlicher Richtung zurückflog. Fünfundvierzig Rohre lugten aus der Backbordseite des Schiffes, dann spien sie Stahl und Dampf. Ganze Abschnitte des Fabrikdaches und der oberen Mauern verschwanden, als die Breitseite einschlug. Kanonenkugeln fuhren durch die ziegelgemauerten Schornsteine wie Sensen durch den Weizen. Sie schwankten schwerfällig, dann kippten sie um und zerschlugen beim Aufprall die Ostmauer des Gebäudes.

Über ihnen legte sich das Luftschiff leicht nach Steuerbord, glich jedoch sofort wieder aus. Eine weitere Salve rauschte durch den Qualm und Staub der Fabrikruine. Flammen schossen hoch in den Himmel, als der Schmelztiegel barst. Der riesige Kessel kippte auf einmal nach vorne und schüttete einen Sturzbach geschmolzenen Stahls über den Boden der Fabrik aus. Die Metallflut ließ flammende Inseln auf ihrem Weg zurück und schleuderte einen Stahlregen über das Gelände, als sich die Welle am Fundament der Fabrik brach.

Die tollkühne Fassade, mit der Rafiq Agra-sho Angst gemacht hatte, zerbrach und nahm seinen Mut gleich mit. Der Helansajare ließ Agra-shos fettige Haare los, starrte auf das Dach des Langhauses hinter den Schmieden und *sprang* dorthin. Er landete zitternd und stürzte augenblicklich auf die Knie, als die Dachziegel unter seinen Füßen rutschten und nachgaben. Schmerz zuckte durch seine Knie, aber er hechtete nach dem Giebel des Daches und packte mit beiden Händen zu. Sein Atem zischte zwischen den Zähnen hervor, als er sich hochzog und zurück zur Fabrik sah.

Von seinem günstigen Aussichtspunkt aus konnte Rafiq beobachten, wie zwei Breitseiten des Luftschiffs die Schmiedewerkstätten in Stücke sprengten. Die winzigen Bauten flogen auseinander, und fertige Waffen wurden wie Trümmer in einem Orkan davongewirbelt. Dann drehte das Luftschiff zurück nach Süden und schoß die Lagerhallen in Schutt und Asche.

Als das Luftschiff abermals wendete und auf die Baracken zuhielt, wurde Rafiq klar, daß die Ilbeorer ihr Zerstörungswerk sehr gewissenhaft durchführten. Er *sprang* auf die Kuppe der Kohlenhalde und dann weiter talaufwärts. Hinter ihm begleitete der Donner aus fünfundvierzig Geschützen die Vernichtung der Wohnbaracken. Riesige Holzbalken tanzten über die Landschaft und barsten bei jedem Aufprall an beiden Enden ein wenig weiter, und andere Trümmer schossen in Flammen aus der Staubwolke.

Rafiq beobachtete, wie vom Luftschiff Taue heruntergelassen wurden, an denen sich die silbernen Männer abseilten, um die Ruinen zu durchsuchen. Er war sich nicht sicher, was sie dabei zu finden hofften, aber es lag ihm auch fern, Krieger bei der Ausübung ihres Rechtes auf Plünderung zu kritisieren. *Falls sie irgend etwas heil genug ließen, um es plündern zu können.*

Während er sie beobachtete, verglich er seinen ersten Eindruck dieses Tales mit dem Bild, das sich nach dem Angriff bot. Die Zerstörung der Fabrik und ihrer Umgebung war gründlich und umfassend gewesen. Nicht mit tausend Männern hätte er eine Ortschaft so vollkommen zerstören können, nicht einmal, wenn ihm ein ganzer Tag Zeit gelassen worden wäre. Die Ilbeorer hatten in weniger als einer halben Stunde pulverisiert, was in zwei Jahren Bauzeit mühsam errichtet worden war.

Rafiq grinste, als er die ilbeorischen Soldaten eine fette kleine Gestalt auf einen Käfig zutreiben sah, den man aus dem Laderaum des Schiffes herabließ. »Vielleicht *zittern* die Ilbeorer bei der bloßen Erwähnung deines Namens. Ich sicher nicht. Und auch der Dost nicht.«

Rafiqs Heiterkeit erstarb rasch, als er einen letzten Blick auf die rauchenden Trümmer warf. *Es ist gut, daß du jetzt wiedergekehrt bist, mein Dost.* Rafiq blickte gen Norden und bereitete sich für die Reise nach Hause vor, um dort zu berichten, was er gesehen hatte. *Harte Zeiten kommen auf uns zu, und nur du kannst uns Sicherheit gewähren.*

45. Kapitel

Pjimok, Wsorin, Distrikt Wsorin
Strana

2. Majest 1687

Bis auf die fernen Glockenschläge einer Turmuhr und das Rascheln der Ratten in den Zellen regierte Stille in den Verliesen Pjimoks. Malachys Gesprächspartner war nicht wieder in seine Zelle zurückgekehrt, und das Gefühl völliger Verlassenheit traf den Wolfspriester schwer. Er saß zusammengekauert in der äußersten Ecke seiner Zelle und fühlte sich, als sei er der einzige lebende Mensch auf dieser Welt.

Natürlich wußte Malachy, daß dem nicht so war. Die Einsamkeit und der Drang, etwas dagegen zu unternehmen, die ihn innerlich aufzehrten, wurden vom Hunger, den brennenden Schmerzen, der Müdigkeit und Enttäuschung noch angeheizt. Er fühlte sich verantwortlich für die Ethyrinen in Helor und den Dost, gleichzeitig aber zu kraftlos und ausgelaugt, um ihnen zu helfen.

Durch Gebet und Meditation wurde er sich langsam klar, daß sein Gefühl der Hilflosigkeit unbegründet war. Man hatte ihn ursprünglich für Sandwycke ausgewählt, weil er in der Lage war, viele machtvolle Zauber zu erlernen. Er war ein qualifizierter Aeromagiker und hätte Ethyrine werden können, hatte sich aber dann entschlossen, als erste Mission die Spionage für Ilbeoria in Lescar anzunehmen. In seiner Ausbildung für diese Aufgabe hatte er Zauber erlernt, die er in Verbindung mit der richtigen Ausrüstung dazu benutzen konnte, aus diesem Verlies zu fliehen. *Kein anderer Wolfspriester besitzt das Training, das nötig ist, um diese Mission zu er-*

füllen, und genau darum hat Gott mich hierher geführt. Es wird Zeit, daß ich mir mehr Gedanken um Seine Pläne mache als um meine erbärmliche Lage.

Aber selbst bei seinen Versuchen, sich zu motivieren, kam er nicht von der Tatsache los, daß eine Flucht äußerst schwierig sein würde. Durch das Lauschen auf die Wachen bei ihren Kontrollgängen kannte er die Richtung, die er bei der Flucht einschlagen müßte, und hatte auch eine recht klare Vorstellung von der Anzahl der Wachen und Türen, auf die er treffen würde. Er wußte sogar, welche der Wachen die Gelegenheit zu einem Nickerchen gerne ausnutzten … und sich auf ihren Rundgängen in den frühen Morgenstunden deutlich verspäteten.

Hätte er einen einzigen Schlüssel als Rohling für seinen Schloßzauber gehabt, wäre er in zehn Minuten aus dem Gebäude verschwunden gewesen. Er besaß aber keinen Schlüssel, nicht einmal eine stibitzte Gabel oder einen Löffel. Die Wachen machten sich einen Spaß daraus, ihm beim Essen zuzuschauen, und hielten bei einem Blinden Besteck für unnötig. Ihr Gelächter, wenn er seine Schleimsuppe zu trinken versuchte, machte ihm diese Flüssignahrung noch weniger schmackhaft, als sie es ohnehin war.

Und er verspürte auch keinen Wunsch zu wissen, was in dieser Brühe schwamm.

Seine Hände verkrampften sich zu Fäusten, und er setzte den aufkeimenden Haß ein, um seine Teilnahmslosigkeit zu zerschlagen. *Es hat keinen Sinn, sich auf das zu versteifen, was mir fehlt. Ich muß benutzen, was ich* habe, *um hier rauszukommen.*

Er beruhigte sich, öffnete die Hände und spreizte die Finger. Bewußt langsamer atmend, konzentrierte er sich auf sein Gehör. Er versuchte, mit allen seinen Sinnen aufzusaugen, was er in seiner Umgebung fand, vom feuchten, süßlichen Modergeruch des Schimmels an den Wänden über den kühlen Luftzug, der unter der Kerkertüre hereindrang, bis zum Rascheln der Ratten, und er versuchte all das zu seiner Position in Beziehung zu setzen.

Den Rahmen für jeden dieser Sinneseindrücke lieferte sein Wissen um die Zelle und deren Maße. Sie war zwei Schritte lang und drei Schritte breit, mit zwei Stufen, die zur Kerkertür in der Mitte der breiteren Wand führten. Die Tür war aus Holzbohlen gefertigt und mit rostigem Eisen beschlagen, hatte fünf Zentimeter Bodenfreiheit und hing etwas schief in den Angeln, so daß die obere Türkante sich am Türpfosten rieb, wenn sie geöffnet oder geschlossen wurde. Die Wachen mußten die Tür häufig mit einem Tritt aufstoßen, und zusammen mit dem Lärm des Schlüssels im Schloß warnte ihn das kaum überhörbar vor ihrer Ankunft.

Der Boden unter dem faulenden Stroh bestand genauso wie Wände und Decke aus vermörteltem Stein. Er senkte sich zu der seinem Sitzplatz gegenüberliegenden Ecke hin etwas ab. Dort waren meist auch die Ratten versammelt, weshalb Malachy in dieser Ecke einen offenen Abfluß vermutete. Die schrill pfeifenden Ratten hatten ihn nie nahe genug herankommen lassen, als daß er sich davon hätte überzeugen können, aber das von ihnen verteidigte Territorium war ohnehin zu klein für eine Öffnung, durch die er hätte fliehen können.

Als er so in seiner Zelle saß und alle Gerüche, Geräusche und Eindrücke in sich aufsog und erfaßte, fiel ihm etwas auf, das er bisher übersehen hatte. Da er sich in Sandwycke immer angestrengt hatte, sich alle Einzelheiten seiner Umgebung einzuprägen, hatte er immer geglaubt, sein Orientierungsvermögen hinge vor allem von dieser mentalen Karte und nur ein paar wenigen kleinen Hinweisen wie Geräuschen oder Gerüchen ab. Hier erst, allein in seiner Zelle, wurde ihm klar, daß in diesen kleinen Hinweisen weit mehr Informationsgehalt lag, als er sich jemals vorgestellt hatte. Als er gefoltert wurde, hatte er die Position des Brenneisens an dessen Wärme genau feststellen können, lange bevor es der Folterknecht des Fürsten auf seinen Körper preßte. *Aber ich fühle ja auch die Wärme der Sonne auf der Haut, also ist das so bemerkenswert nicht, oder?*

Wichtiger war, daß er das Rattengewimmel in der Ecke seiner Zelle fast schon *spüren* konnte. Er wußte, daß dies unter gewöhnlichen Umständen unmöglich war. Zauberei konnte man selbstverständlich kaum als gewöhnlich ansehen, und mit seiner Ausbildung war er in der Lage, verschiedene Zaubersprüche abzuwandeln und weiterzuentwickeln. Dennoch hatte er sich nie bemüht, einen Zauberspruch zu erschaffen, der ihm ein solches Gefühl für seine Umgebung, wie er es jetzt erlebte, hätte verleihen können.

Ist es denkbar, daß ich mir in der Not unbewußt einen Zauber geschaffen und eingesetzt habe, der meine Blindheit ausgleicht? Er war drauf und dran, diesen Gedanken zu verwerfen, als ihm sein Kampf mit den Luftmatrosen auf der *Stoat* einfiel. Er hatte genau gewußt, wohin er schlagen mußte, obwohl im Chaos der Schlägerei zweifellos alle feinen Eindrücke untergegangen waren.

Ihm kam auch die Auswertung von Uriahs Taktikarbeit damals in Sandwycke wieder in den Sinn. Er hatte keine Probleme gehabt, sich zurechtzufinden, bis Uriahs herbe Kritik seine Konzentration untergraben hatte. *Danach bin ich herumgestolpert und gegen alles mögliche gestoßen. Und in der Nacht, als ich meine Vision hatte, konnte ich mich in meinen eigenen vier Wänden nicht mehr zurechtfinden.*

Die Tatsache, daß auch Rüstungs- und Waffenzauber ohne bewußte Konzentration weiter wirkten, nachdem sie einmal gesprochen waren, unterstützte den Gedanken, Magie könne auch ohne bewußte Kontrolle gelingen. *Von dort aus ist es immer noch ein weiter Weg bis zu der Vorstellung, ein Zauberspruch könnte entstehen und angewandt werden, ohne daß es dem Zauberer selbst bewußt würde. Andererseits mußte genau das dem* ersten Zauberer *passiert sein. Außerdem warnen alle Lehrer davor, Zaubersprüche zu improvisieren, ohne darüber gründlich nachgedacht zu haben, was bedeutet, daß unvorsichtige oder sorglose Magier Gefahr laufen, einen Spruch einzusetzen, den sie gar nicht beabsichtigen..*

Der Wolfspriester strich sich mit der Hand über die stoppelige Wange. *Dieser Wahrnehmungszauber scheint zu existieren und zu funktionieren. Wahrscheinlich verwendet er die Luft als Medium, indem er Luftströmungen und andere Störungen in meine Richtung reflektiert. Wenn der Kampf auf der* Stoat *dafür* irgendein *Maßstab war, funktioniert das in Gefechtssituationen ausgezeichnet. Das hieße, ich bin bei weitem nicht so hilflos, wie ich dachte. Und, was viel wichtiger ist, nicht halb so hilflos, wie meine* Wächter *annehmen.*

Die Möglichkeiten, die sich aus dieser Entdeckung ergaben, belebten Malachys Lebensgeister deutlich. Damit wurde es zu einer realistischen Möglichkeit, eine der Wachen zu überrumpeln, um sich zu verschaffen, was er für seine Flucht brauchte. *Ich muß nur noch nahe genug an einen herankommen, um mit ihm fertig zu werden, aber das dürfte nicht allzu schwer sein.*

Malachy hatte sich entschlossen, in der hinteren Ecke der Zelle zu hocken, weil ihn dort die Wachen, wenn sie ihre Runde drehten, durch das kleine Fensterchen in der Kerkertür gleich sehen konnten. Das eine Mal, als er in einer Ecke eingeschlafen war, in der man ihn von der Türe aus nicht sehen konnte, war die Wache in die Zelle gekommen und hatte ihn wachgetreten. *Den Köder habe ich jetzt, mit dem ich ihn hereinlocke. Was ich nun brauche, ist irgendeine Waffe, die ich gegen ihn einsetzen kann.*

Wenigstens besitze ich eine Rüstung. Er schlug die beiden goldenen Armschienen gegeneinander. *Als Schutz sind sie nicht schlecht. Leider eignen sie sich nicht als Waffe. Vielleicht eine Garotte aus geflochtenen Stoffstreifen von meinen Hosenbeinen … Damit hätte ich den ersten. Seine Schlüssel und der Schlagstock sollten für den Rest des Wegs nach draußen genügen.*

Er packte die Hose mit beiden Händen am Aufschlag, aber bevor er sie zerreißen konnte, wurden seine Armschienen heiß. Er spürte die Wärme auf dem Gesicht und den von der Folter versengten Stellen auf seiner Brust, allerdings nicht dort, wo die Armschienen tatsächlich anlagen. Die Haut dort war merkwürdig *kalt*, als sei die ganze Wärme aus ihr herausgesogen worden.

Wie lebende Wesen krümmten die Armschienen sich und zogen sich zusammen. Wie eine Schnecke an den Kanten krochen sie wellend an den Unterarmen über die Handgelenke hinab und flossen ihm über die Hände. Malachy streckte die Hände von sich ab und fühlte, wie das Metall wie eine zweite Haut über ihnen lag. Dann wuchs ein Metallfaden aus der rechten Handfläche hervor bis hinüber zur linken. Die Metallschnur verband jetzt beide Hände. Als er sie weiter auseinanderzog, dehnte sich die Schnur. Malachy spürte erst Widerstand als die Drahtgarotte die optimale Länge von etwas über einem halben Meter hatte.

Wie ist das möglich? Noch mehr unbewußte Zauberei? Oder etwas anderes?

Das Geräusch von Schritten im Gang vor seiner Zelle lenkte ihn von seinen Gedanken über die plötzliche Verwandlung der Armschienen ab. Malachy erhob sich hastig und durchquerte die Zelle. Er stellte sich mit dem Rücken zur Wand neben die Kerkertür und hob die Hände mit der Schlinge hoch. *Warte bis er herunterkommt, wirf ihm die Drahtschlinge um den Hals und zieh an. Dann bin ich auf dem Weg nach draußen.*

Ein Schlüssel scharrte im Schloß. Malachy lächelte und machte sich fertig.

Ganz in Schwarz, das lange dunkle Haar eng an den Kopf gesteckt, schlich sich Natalja Ohanscai mitten in der Nacht aus ihren Gemächern. Fürst Arslow vertraute sie nicht, und inzwischen traute sie Grigori noch weniger. Der Gedanke, daß Grigori sie aus eigenem Antrieb belogen hatte, war ihr verhaßt, aber Arslows Überraschung und sein Bericht über das, was Grigori als ihre Meinung ausgegeben hatte, schien zu bedeuten, daß der ihr Vertrauen nicht länger verdiente.

Da Arslows blenderisches Geschick groß genug war, ihren Vater zu täuschen, behagte es ihr ganz und gar nicht, Grigoris Verrat allein auf Grund der Aussage des Fürsten als erwiesen anzusehen. Ihr Vertrauen in Grigori hatte bereits zu bröckeln begonnen, als er so sehr darauf beharrte, daß sie in ihrer Suite blieb und keine Botschaften nach Murom schickte. Doch bevor sie sich ihr endgültiges Urteil bildete, mußte sie sich Gewißheit verschaffen, wie ehrlich Fürst Arslow ihr gegenüber war.

Arslow hatte versucht, die Tatsache vor ihr zu verbergen, daß es auf der *Sarnitskij* einen ilbeorischen Gefangenen gegeben *hatte*. Er hatte ziemlich erleichtert gewirkt, als sie vorgab, ihm die Geschichte mit dem inzwischen beseitigten Gefangenen zu glauben. Es zehrte noch immer an ihr, daß Grigori die Existenz eines solchen Gefangenen völlig abgestritten hatte, doch fiel es ihr leichter zu glauben, Arslow habe Grigori getäuscht und mißbraucht, als zu akzeptieren, daß Grigori sie belogen haben könnte, um seine eigenen Pläne voranzutreiben.

Da keiner von beiden das Vorhandensein des ilbeorischen Gefangenen hatte zugeben wollen, mußte dieser recht wichtig sein. Wenn es ihr gelang, ihn zu befragen, würde sie erfahren, was die beiden Männer auch immer vor ihr verheimlichen wollten. *Und auf der Basis dieses Wissens kann ich entscheiden, wie ich Strana schützen kann.*

Die Tachotha schlich leise durch die leeren Flure der Festung. Arslows Residenz war ganz im traditionell wuchtigen Stil Stranas gebaut, doch die Verwendung des hiesigen Buntsandsteins nahm ihr einiges von der sonst so einschüchternden Wirkung dieser Bauweise. Öllampen hingen an Flurkreuzungen und in den Treppenhäusern von der Decke. Ihr flackerndes Licht ließ zittrige Schatten über die Wände tanzen, und Natalja warf ständig den Kopf zur Seite, weil sie glaubte, eine Bewegung gesehen zu haben.

Sie hatte vorgehabt, die Kerkerwärter auf der Grundlage ihrer Stellung zu überreden, ihr einen Blick auf den Gefangenen zu gestatten und sie dann zum Stillschweigen zu verpflichten. Doch als sie die erste Postenstelle erreichte, wurde ihr klar, daß das gar nicht nötig sein würde. Nur ein einziger Wärter saß auf seinem Posten und schnarchte so laut, daß sein Sägen den Galopp einer ganzen Kavallerieschwadron übertönt hätte. Ein großer Ring mit Schlüsseln hing über dem grauhaarigen Mann an einem Haken an der Wand. Natalja holte sich den Schlüsselbund, ohne den Wärter zu wecken, dann probierte sie die Schlüssel der Reihe nach im Schloß der ersten eisenverriegelten Türe durch.

Der vierte Schlüssel paßte. Sie schob die Kerkertür vorsichtig nur so weit auf, daß sie gerade noch durchschlüpfen konnte und auf dem oberen Absatz einer steilen Treppe zu stehen kam. Nachdem sie die Tür wieder hinter sich zugeschoben und verschlossen hatte, stieg sie leise die Stufen hinunter. Die Öllampen hier unten in den Kerkergewölben waren in größeren Abständen aufgehängt, spendeten aber ausreichend Licht, so daß sie zügig vorankam.

Am Ende des Treppenhauses stieß sie auf die nächste eisenbeschlagene Tür. Natalja fummelte etwas mit den Schlüsseln herum, aber es gelang ihr recht schnell, den richtigen zu finden, und sie öffnete die Tür. Auch diese Tür schloß und verriegelte sie wieder hinter sich, bevor sie dem engen Gang, der nur von einer einzigen Öllampe erhellt wurde, folgte. Zu Nataljas Glück hing die Lampe am anderen Ende des Ganges direkt gegenüber der einzigen verschlossenen Tür. Die drei anderen Türen standen offen, und die Zellen dahinter entsprachen dem, was sie in einem Kerker erwartet hätte.

Sie spähte durch das vergitterte Guckloch der Türe in die Zelle hinein, konnte aber nichts erkennen. Ohne sich davon entmutigen zu lassen, steckte sie aufs Geratewohl einen Schlüssel ins Schloß – und er paßte. *Das war Glück.* Sie wollte die Türe aufstoßen, doch sie klemmte oben im Rahmen, und Natalja hatte Mühe, sie zu bewegen. Erst als sie sich mit der Schulter dagegen stemmte, schwang sie nach innen auf. Ihr Schwung zog sie nach vorne, und sie stolperte ein oder zwei Stufen nach unten.

Natalja hörte, wie sich etwas hinter ihr bewegte, dann fühlte sie einen kalten Druck an ihrer Kehle. Der Druck nahm zu, bis er schlagartig nachließ, als die Würgeschlinge mit einem metallischen Klingen in der Mitte zersprang. Ohne groß nachzudenken, rammte sie den linken Ellbogen nach hinten und traf auf etwas Festes. Sie hörte ein lautes Keuchen, dann wirbelte sie auf dem linken Fuß herum, riß das rechte Knie nach oben und traf den zusammengekrümmten Gefangenen am Kinn.

Der Mann flog nach hinten und schlug hart auf die Steinstufen. Dort blieb er benommen liegen, Arme und Beine von sich gestreckt. Natalja ging auf ihn zu und hob ihr rechtes Bein, um mit dem Stiefel auf seine Weichteile zu stampfen. Doch er sah mit vor Angst und

Schmerz verzerrtem Gesicht zu ihr hoch, und sie bremste sich. Sie wußte, eigentlich hätte sie ihren Vorteil ausnutzen, ihn zum Krüppel treten und weglaufen sollen, aber sie bremste sich und senkte langsam das Bein.

Sie brauchte einen Augenblick, um sich bewußt zu werden, warum sie innegehalten hatte. Als sie den Grund erkannte, preßte sie die rechte Hand auf den Mund, und ihr linker Arm legte sich um ihren Leib. *Seine Augen, sie sind aus Silber!* Sie sank langsam auf die Knie. »Wie heißt du?«

Die künstlichen Augen des Mannes weiteten sich, dann stöhnte er und ließ den Kopf zurück auf den Steinboden sinken. Er murmelte etwas auf ilbeorisch, zu leise, als daß sie ihn verstehen konnte. Dann schüttelte er den Kopf. »Du bist Tachotha Natalja Ohanscai, da?«

»Das weiß ich selbst. Wer bist du?« Sie stellte die Frage noch einmal, aber als das Lampenlicht seine Züge aus dem Dunkel schälte, brauchte sie keine Antwort mehr.

»Bist du verletzt?« Der Mann zitterte, dann streckte er die offenen goldenen Hände aus. »Ich dachte, ich hätte dich verletzt.«

»Nicht so schlimm wie ich dich.« Natalja rieb sich die Kehle. »Deine Garotte ist zerrissen.«

Der Mann mühte sich in eine sitzende Stellung hoch. »Ja. Ich habe den Geruch deines Haars aufgeschnappt und, nun, ich habe sie zerrissen, bevor ich dich verletzen konnte.«

»Du wußtest, daß ich es war?«

»Ich wußte, daß du keiner meiner Wärter warst.« Er grinste verlegen. »Die baden nicht, wofür ich im Augenblick recht dankbar bin. Ich bin froh, daß ich dich nicht verletzt habe. Ich könnte dir nie weh tun.«

»Aber das hast du schon getan, Malachy Kidd.« Sie sprang auf. »Du hast dein Versprechen gebrochen.«

»Das gebrochene Versprechen eines gebrochenen Manns, Natalja. Du hast mich… vorher gekannt. Was mit mir geschehen ist… Ich bin nicht mehr derselbe Mann, der in Murom mit dir getanzt hat.«

»Das sehe ich. Augen aus Silber, Hände aus Gold.« Sie verschränkte die Arme vor der Brust. »Du *konntest* nicht nach Murom kommen, aber den Weg nach Wsorin *hast* du offenbar gefunden. Verpflichtungen für deinen König?«

»Meinem Gott gegenüber, Natalja. Ich wurde zwangsverpflichtet.« Kidd setzte sich auf und legte die Arme um die Knie. »Nach Murom wäre ich damals für *mich* gegangen, für einen Mann, der ich nicht mehr war, um einen Anspruch auf dich anzumelden, zu dem ich kein Recht mehr hatte.«

Seine Worte berührten sie tief im Inneren. An ihrem Nachhall erkannte sie, daß für ihn unmöglich geworden war, was er sich selbst gewünscht hatte. »Malachy, ich wollte, daß du für *uns* nach Murom zurückkehrst. Was immer dir passiert ist, war ohne Bedeutung – nur *du* zähltest für mich.«

»Da, Natalja, ich verstehe wohl, was du damals gefühlt hast, und die Schmerzen, die ich dir bereitet habe, kann ich nie wiedergutmachen. Aber in Glogau hat sich für mich alles verändert. Nicht nur meine Augen.« Kidd schob sich die weißen Haare aus dem Gesicht. »Gott hat mir eine Vision geschickt, bevor er mir die Augen nahm. Ich habe seither mein Leben ausschließlich dem Versuch geweiht, das zu tun, wovon ich glaube, daß Er es von mir verlangt.«

Sie stampfte ungeduldig auf, und das Stroh knirschte unter ihrem Absatz. »Und ich hätte dir dabei nicht helfen können?«

»Ich dachte es damals nicht, Natalja, aber daß du jetzt hier bist und diese Zellentür geöffnet hast, läßt mich vermuten, daß Gott ganz andere Pläne hatte, als ich mir eingebildet habe.« Der Wolfspriester griff nach hinten zur Wand und stützte sich ab, dann schob er sich langsam hoch. »Natürlich unter der Voraussetzung, daß du bereit bist, mir bei meiner Arbeit zu helfen.«

»Was fordert denn diese göttliche Vision von dir?«

»Kirana Dost wurde in Estanu wiedergeboren.« Malachy griff nach ihren Schultern. »Ich wurde von Gott ausgesandt, seine Sicherheit zu garantieren.«

»Das kannst du nicht.« Natalja zog sich zurück. »Der wiedererstandene Dost wird Strana vernichten.«

»Njet. Gott würde mich nicht hierher führen, um aus mir den Nemyko für dein Land zu machen. Er wandelt auf verschlungenem Pfad, aber Verrat gehört nicht zu Seinen Werkzeugen. Ich weiß nicht, auf welche Weise der Dost für die Zukunft Stranas wichtig ist, aber ich weiß, daß er es ist.« Malachy starrte sie an, als könne er sie mit seinen Silberaugen wirklich sehen. »Ich brauche dich, Natalja.«

»Wie kann ich einem Mann vertrauen, der einem Teufel helfen will, meine Nation zu verschlingen?«

Malachy lächelte, und in seinem Gesicht erkannte sie den Widerschein gemeinsam verbrachter Wochen. »Ich hätte dich anlügen können, Natalja, aber das habe ich nicht getan. Ich will nicht, daß uns Lügen entzweien.«

»Hast du schon wieder vergessen, wie dein gebrochenes Versprechen uns entzweit, nachdem du gerade erst daran erinnert worden bist?«

Malachy grinste auf eine Weise, die sie nur zu gut kannte. »Ich sagte, ich werde nach Strana zurückkehren, Natalja. Und hier bin ich, in Strana, wie versprochen.«

»Du sagtest, du würdest nach *Murom* zurückkehren, Malachy.«

»Ich bin blind. Wie soll ich da eine Karte lesen?«

Gegen ihren Willen mußte sie lachen. »Dann ist es wohl ein Wunder, daß du überhaupt hier bist, was?«

»Da, mein Auftauchen scheint Fürst Arslow sehr überrascht zu haben.«

Die ruhige Zuversicht in Malachys Stimme und sein warmes Lächeln dämpften ihren Ärger und ihre Furcht. *Er hat recht. Er ist wiedergekommen, und das bedeutet, daß er vertrauenswürdiger ist als Fürst Arslow und Grigori.* Sie zögerte einen Augenblick und suchte nach irgendwelchen Argumenten, die dagegen sprachen, ihm zu vertrauen, aber sie fand keine. Ihre Erinnerungen an ihn, die, die Grigori nicht hatte verdrängen können, rührten aus ihren gemeinsamen Schachpartien her. Nichts darin gab ihr einen Anlaß, an seinem Wort oder an seiner Klugheit zu zweifeln.

»Ich habe mich entschlossen, dir zu vertrauen, Malachy Kidd, zumindest für den Augenblick. Deine Mission bedroht mein Land, aber das ist die kleinere der jetzigen Gefahren, nicht wahr?«

Kidd nickte. »Der Angriff auf Helor.«

»Wie kannst du davon wissen? War das ein Teil deiner Vision?«

»Nein. Ich werde es dir später erklären. Jetzt müssen wir erst einmal fliehen.« Kidd stieg die Stufen zum Ausgang hoch. »Wir müssen ein Ethyrskiff in die Hände bekommen. Wenn du navigierst, werde ich es fliegen.«

Sie schüttelte den Kopf. »Fürst Arslow hat alle Ethyrskiffs aus dem Verkehr gezogen.«

»Dann werden wir improvisieren müssen. Wir brauchen ein Boot und ein Segel. Wir werden uns etwas ausdenken, sobald wir hier weg sind.«

»Einverstanden.« Natalja nahm seine linke Hand und legte sie sich in die rechte Armbeuge. »Als ich damals, bevor du verwundet wurdest, über unsere gemeinsame Zukunft nachdachte, hätte ich mir niemals auch nur im Traume ausgemalt, daß ich mit dir zusammen einmal ein Flüchtling im eigenen Land sein könnte.«

»Ich auch nicht. Aber nachdem ich mein Land heimlich verließ und illegal Aran durchquerte, kann ich dir versprechen, daß es ein Abenteuer wird.« Malachy hustete leise, dann folgte er ihr aus der Zelle. »Du hast es natürlich schon erraten: Wir müssen nach Helor. Wir werden also bald *internationale* Flüchtlinge sein.«

»Selbstverständlich, Pokovnik Kidd, das hätte ich mir denken können.« Natalja lächelte und drückte Malachys Hand an ihren Körper. *Ich mache mich auf in Feindesland, um meinen Geliebten daran zu hindern, es zu erobern, damit ein blinder Wolfspriester das Leben eines Individuums retten kann, das möglicherweise mein Heimatland vernichtet.* Sie mußte lachen. *Ich glaube kaum, daß mein Vater das erwartet hat, als er diese Reise nach Wsorin vorschlug.*

Kidd drückte ihren Arm. »Worüber lachst du?«

»Tja, Malachy Kidd, nach diesem Abenteuer wirst du möglicherweise doch nach Murom kommen müssen, wenn du mich noch einmal wiedersehen willst.« Sie führte ihn mit einem breiten Grinsen den Gang hinauf. »Wenn uns gelingt, was wir vorhaben, glaube ich kaum, daß mein Vater mich jemals wieder aus den Augen läßt.«

46. Kapitel

Regierungsgebäude, Dhilica, Puresaran
Aran

4. Majest 1687

Robin Drury grüßte zackig und starrte knapp über Prinz Treveliens Kopf ins Leere: »Bruder Robert Drury meldet sich wie befohlen, Hoheit!«

Trevelien erwiderte den Gruß knapp. »Bitte, Bruder Robert, stehen Sie bequem. Ich glaube, Sie kennen Seine Hoheit, den Prinzen Agra-sho von Dughur.«

Robin nahm die Hände hinter dem Rücken zusammen und stellte die Beine etwas auseinander. »Ja, Hoheit, wir hatten auf unserer Rückreise aus dem Kulangtal das Vergnügen der Gesellschaft des Prinzen.« Der Ethyrine warf einen kurzen Blick hinunter auf den fetten Potentaten. Agra-sho war frisch eingekleidet, doch alles, was er trug, spannte in den Nähten, und auch der Sessel, aus dem er nahezu herausquoll, ächzte unter jeder Bewegung. »Schön, Euch wiederzusehen, Hoheit.«

Agra-sho winkte träge mit der rechten Hand, als wolle er Robin entlassen, und schaute gar nicht von den Trauben auf, die er auf seiner Brust plaziert hatte.

Prinz Trevelien saß hinter seinem Schreibtisch und nahm einen Stapel Papiere in die Hand. »Ich habe Ihren Bericht über den Handstreich im Kulangtal gelesen. Ihre Auflistung der Zerstörung war sehr umfassend. Sie melden die Überreste von zwei bis drei Dampfmaschinen in einem Stahlwerk. Sind Sie sich absolut sicher in dem, was Sie sahen?«

»Jawohl, Hoheit!«

Trevelien lächelte dünn. »Prinz Agra-sho deutete an, Sie hätten keine Ahnung von dem, was Sie da gesehen hätten.«

»Der Prinz möge mir vergeben, Hoheit, aber ich habe in der Wagenfabrik von Lakeworth als Schmied insgesamt vier Jahre lang Federungen gefertigt. Ich habe schon einige Stahlwerke von innen gesehen. Selbst schwer beschädigt durch das Bombardement der *Saint Michael*, gibt es keinen Zweifel darüber, was ich dort gesehen habe. Das war ein Stahlwerk, das von der Ausstattung her einem ilbeorischen Walzwerk von vor etwa zehn Jahren entsprach. Und es hat mit Dampfmaschinen gearbeitet.«

Agra-sho kaute geräuschvoll auf einer Traube herum, aber Robin hatte den Eindruck, daß sein Gesicht an Farbe verlor.

»In Ihrem Bericht erwähnen Sie auch Waffen, die Sie in einem Lager auf dem betreffenden Gelände gefunden haben?«

»Ja, Hoheit. Ich habe Kettenhemden, Helme, Kukris, verschiedene Tulwars, stählerne Speerspitzen und Pferdepanzerungen gefunden. Wir haben einige Kisten mit dem Zeug gefüllt und es hierhergebracht. Alles Waffen erster Güte, aus Stahl gefertigt, der aus einem modernen Stahlwerk kommen muß.«

»Und Sie haben Prinz Agra-sho genau dort inmitten all dessen aufgegriffen?«

Robin nickte. »Das haben wir, Hoheit!«

Trevelien lehnte sich hinter seinem Schreibtisch zurück. »Wären Sie überrascht, Bruder Robert, wenn Sie erführen, daß dieser Prinz hier behauptet, er habe von der Fabrik bis zu genau jenem Tag nichts gewußt, an dem er gerade mal aus Kulang vorbeigekommen sei und sie rein zufällig entdeckt habe?«

»Das ist die Wahrheit, wissen Sie, die lautere Wahrheit!« Agra-sho wackelte mit dem Finger zwischen Trevelien und Robin hin und her. »Das sollten Sie mir glauben.«

»Ungeachtet der Aussage des Prinzen, Hoheit, hat er geheult, als wir ihn fanden, daß man ihm das Ergebnis seiner harten Arbeit zerstört habe.«

Agra-sho warf den Rest des Traubenbüschels, von dem er jede Frucht abgepflückt hatte, mit aller Kraft, die er aufbieten konnte zu Boden. »Ich muß protestieren! Ihr wollt das Wort eines gemeinen Soldaten über *mein* Wort stellen? Ich bin Agra-sho, der Herrscher über ganz Dughur! Ich lüge nicht!«

Nein, dafür hast du wahrscheinlich deine Diener. Robin starrte finster auf den plumpen Mann hinunter. Nachdem er mit der Speichelleckerei und dem Betteln um sein Leben, das überhaupt nicht in Gefahr war, fertig gewesen war, hatte er über den Verlust der Fabrik geklagt. Dann hatte er sich über den Zustand seiner Kleider ausgeheult und um die Erlaubnis gebettelt, sich aus seinem Landhaus neue holen zu dürfen. Schließlich konnte er sich kaum mehr darüber beruhigen, daß die *Saint Michael* auch ebendieses Landhaus in einen rauchenden Trümmerhaufen verwandelt hatte.

Trevelien strich sich mit der Hand über die Tonsur. »Prinz Agra-sho, ich glaube Bruder Robert Drury. Ich glaube ihm, weil sein Bericht mit allen anderen übereinstimmt, die ich über Ihre Fabrik bekommen habe. Diese Berichte bezeugen einstimmig Ihre bereitwillige Beteiligung am Schmuggel verbotener Technologie aus Ilbeoria, am Aufbau verbotener Industrieanlagen in Aran *und* der Wiederbewaffnung Dughurs. Alle drei Tatbestände gelten als Kapitalverbrechen in Ilbeoria *und* nach der Verfassung Dughurs.«

»Sie würden es nicht wagen, mich hinrichten zu lassen! Ich bin *Agra-sho*!«

»*Das*, mein Herr, werde ich auf Ihren Grabstein meißeln lassen.« Trevelien erhob sich aus seinem Stuhl und beugte sich über den Schreibtisch zu Agra-sho hinüber. »Sie sind kein Dummkopf, auch wenn Sie sich wie einer benehmen. Sie haben mit hohem Einsatz gespielt und verloren. Sie für diese Verbrechen hinzurichten, wäre mit Problemen verbunden, aber keineswegs unmöglich. Zu Ihrem Glück halte ich es für denkbar, daß sich Bruder Robert geirrt haben *könnte*. Auch Kapitän Hassett und alle anderen Besatzungsmitglieder der *Saint Michael* könnten sich geirrt haben. Es könnte tatsächlich sein, daß die Fabrik ohne Euer Wissen und ohne Eure Genehmigung im Kulangtal errichtet worden ist. Möglicherweise habt Ihr Gerüchte gehört und dann beschlossen, diesen Gerüchten nachzugehen.«

Agra-sho blinzelte vollkommen verwirrt. »Das wäre möglich?«

»Gewiß. Ich glaube, wenn ich an Eurer Stelle gewesen wäre, hätte ich diese Berichte und Gerüchte als lächerlich abgetan, wenn ich nicht…«

»Ja, lächerlich, wenn nicht…?«

»Wenn ich nicht einen *Namen* gehört hätte. Ich glaube, wenn ich den Namen eines Mannes, eines Ilbeorers, gehört hätte, der all das arrangiert hätte, dann wäre ich neugierig geworden. Dann wäre ich das Kulangtal hinaufgeritten und auf diese Fabrik gestoßen. Ich hätte sofort befohlen, die Fabrik zu schließen, und just da wäre die *Saint Michael* gekommen und hätte alles zusammengeschossen.« Trevelien sah Robin an. »Könnte *das* mit dem zusammenpassen, was Sie dort gehört und gesehen haben, Bruder Robert?«

Robin nickte. »Ja, Sir, ich denke, das wäre möglich, Hoheit.«

»Das dachte ich mir, Bruder Robert.« Der ilbeorische Prinz betrachtete seinen Ghur-Gegenüber. »Und wenn ich jetzt an Eurer Stelle säße, dann würde ich diesen Namen dem Generalgouverneur von Aran schnell mitteilen, damit die Verbrecher ihrer gerechten Strafe zugeführt werden können, und um zu vermeiden, daß die Beziehungen zwischen Dughur und dem Generalgouverneur durch schwere Mißverständnisse getrübt werden.«

Agra-sho unternahm den Versuch, sich vorzubeugen, und seine Mehrfachkinne schoben sich über seinen Wanst, bevor er aufgab und den Kopf zurücksacken ließ. »Das ist genau das, was ich versucht habe, Euch zu sagen, Prinz Trevelien. Genau so ist alles gewesen.«

»Den Namen, Hoheit.«

»Es war ein Vertreter der Grimshaw Mercantile & Transport.« Agra-shos Stimme wurde zu einem verschwörerischen Wispern. »Sein Name ist Cobb Venner.«

Dayi Marayir
Helansajar

Rafiq Khast versuchte, sein erschöpftes Zittern in den Griff zu bekommen, und kämpfte verbissen gegen den Gedanken an, der Grund dafür könne die Angst sein, die ihm den Magen zusammenzog. »Ich muß Euch einen Fehlschlag melden, Nimtschin Dost.«

Der Mann aus Gold beugte sich in seinem Thron nach vorne, und silberne Glanzlichter spielten über seine Tigerstreifen. »Prinz Agra-sho hat unser Neutralitätsangebot abgeschlagen?«

»Es ist noch schlimmer.« Rafiq schielte auf den jungen Ilbeorer, der zur Rechten des Dosts stand. »Der Prinz von Dughur war ein Narr, aber seine Furcht vor Eurer Macht hätte ihn zu unserem Verbündeten machen können. Er besaß eine riesige …« Er suchte das richtige Wort, fand es in seinem estanuanischen Wortschatz aber nicht. »… einen riesigen Ort, der Stahl machte. Er hatte Dutzende und Aberdutzende von Schmieden, die Waffen und Rüstungen hämmerten.«

Der Strane, der zur Linken des Dosts stand, sah zu Uriah hinüber.

»Zavod.«

Uriahs Überraschung stand ihm ins Gesicht geschrieben. Er sagte etwas auf ilbeorisch, von dem Rafiq nur ein Wort verstand, das auch Agra-sho benutzt hatte. »Ja, Fahktori. Das war es, so hat es Agra-sho genannt. Es hat zwei Jahre gedauert, um es zu bauen, und viele Teile wurden den ganzen weiten Weg aus dem Land der Wölfe gebracht.«

Der Dost hob die Hand, um seine zwei fremden Gäste zum Schweigen zu bringen. »Wird Agra-sho diese Waffen und Rüstungen gegen uns einsetzen? Ich habe das nicht genau verstanden.«

»Nein, mein Dost, das wird er nicht.« Rafiq holte tief Atem. »Während ich dort in der Fahktori war, ist ein riesiges Luftschiff in das Tal gekommen. Ein Mann könnte einen Tag lang auf einem schnellen Pferd reiten und würde seinem Schatten nicht entfliehen. Es hat Wolken und Donner und einen Regen aus Eisen auf die Fahktori hinuntergeschleudert. Dieser Sturm hat sie zermalmt, aber es hat noch ein Stahlgewitter hinabgeschickt, um das Zerstörungswerk des ersten zu vollenden. Danach zerstörte es die kleineren Schmiedewerkstätten und alles andere in diesem Tal. Dann sind Männer aus Silber an Seilen herabgerutscht und haben Agra-sho gefangengenommen.«

Der Dost setzte sich langsam zurück. »Kann es so gewesen sein, wie er sagt?« fragte der Dost auf stranisch. »Könnte ein Luftschiff aus Ilbeoria eine Talsiedlung so leicht verwüsten?«

Uriah nickte. »Das Luftschiff *Sant Mikhail* ist in Aran stationiert. Es ist das gewaltigste Luftschiff der Welt. Wenn die Ghur versucht haben, sich wiederzubewaffnen – und wenn ihre Fabrik mit Dampfmaschinen aus

Ilbeoria gearbeitet hat, würde ich eine so schnelle und harte Reaktion erwarten.«

»Wie kann man eine solche mächtige Waffe überwinden?«

Swilik zuckte die Achseln. »Mit Dampfgeschützen vom Boden aus, mit Pirschgängern oder anderen Luftschiffen, sogar mit Ethyrskiffs, die man in Feuerbomben verwandeln kann. Luftschiffe sind nicht unverwundbar und oft in ihrer Reichweite eingeschränkt, weil sie auf Kohlestationen angewiesen sind und nur in beschränktem Maß Versorgungsgüter mit sich führen können.«

»Besitzt auch Strana solche Schiffe?«

»Nicht so große wie die *Sant Mikhail*, aber wir haben auch welche. Das größte liegt in Wsorin, die *Sarnitskij*. Sie ist halb so groß wie die *Sant Mikhail*.«

Der Dost verfiel in Schweigen. Obwohl er Rafiq anstarrte, hatte der Helansajare den Eindruck, als sehe der Dost ihn gar nicht. Dieses Schweigen machte Rafiq Angst, denn es bedeutete, daß der Dost überrascht werden konnte. Bisher hatte Nimtschin Dost immer vorausgesehen, was geschehen würde, aber jetzt sah er sich offenkundig einer unvorhergesehenen Wendung gegenüber.

Der Dost schloß die Augen, dann öffnete er sie wieder und lächelte Rafiq müde an. »Das ist eine bedrükkende Nachricht und gibt mir viel zu denken. Wir haben eine Woche Zeit, bis die Stammesfürsten, die ich zur Versammlung gebeten habe, am Treffpunkt ankommen werden. Wir vier werden diese Zeit gut nutzen müssen, um eine Taktik zu entwickeln, mit der wir die *Sarnitskij* überwinden können.«

Valentin Swilik schüttelte den Kopf. »Ich bin ein Gefangener, kein Verräter an meinem Land.«

»Nein, Valentin, das bist du nicht, und ich würde auch nie einen solchen Verrat von dir verlangen.« Die

Augen des Dosts glänzten strahlend. »Versteh mich recht: Wenn wir es nicht schaffen, Helor zu nehmen und gegen einen stranischen Angriff zu halten, wird diese Welt eine Zeit des Krieges erleben, zu der euer Lescarenkrieg nur ein unbedeutendes Vorspiel war, und weder deine Nation noch meine, nicht einmal die deine, Uriah, wird es überleben.«

Pjimok, Wsorin, Distrikt Wsorin
Strana

Auf dem Balkon vor seinem Büro feuchtete Wassili Arslow seinen Finger im Mund an und hielt ihn danach in den Wind. Als er ihn an der linken Seite kühler werden fühlte, lächelte er. *Ein leichter Westwind, zwei bis drei Meilen in der Stunde. Selbst in ihrem behelfsmäßigen Ethyrskiff werden sie es leicht nach Helor schaffen.* Nach seiner schnellen, aber vorsichtigen Berechnung müßten Natalja und Malachy bis zum neunten des Monats in Helor angekommen sein, etwa anderthalb Wochen, bevor die Husaren dort einträfen.

Er gestattete sich ein zufriedenes Kichern. Sein Plan verlief ganz so wie erwartet. Grigori Khrolics Unberechenbarkeit machte seine Beseitigung erforderlich. Die Husaren und die Sonasnymiliz konnten Arslows Wsorin-Truppen schlagen, aber nur, wenn sie ihre volle Truppenstärke hatten. Indem er Khrolic seine Truppen vor Helor verschleißen ließ, schwächte er sie ausreichend, daß seine Wsorin-Einheiten mit ihnen fertig werden konnten.

Natürlich rechnete Wassili nicht damit, daß er gegen sie würde kämpfen müssen. Khrolic würde Helor einnehmen und Arslows Truppen als Verstärkung willkommen heißen. Dann würde Wassili Khrolic unter Arrest stellen, ihn des Verrats anklagen und hinrichten lassen. Und die Tachotha Natalja würde bezeugen, daß

Khrolic aus eigener Machtvollkommenheit heraus gehandelt hatte. Helor würde stranisch bleiben, Wsorin zur Provinz erhoben und Wassili ihr erster Tacarri werden.

Nataljas Entscheidung, nach Helor zu fliegen, war logisch: Dort konnte sie versuchen, Grigori aufzuhalten. Mit den zehn Tagen Vorwarnung, die Nataljas und Kidds Eintreffen den Helansajaren geben würde, konnten die ihre Verteidigung vorbereiten, mit dem Ergebnis, daß den Husaren schwere Verluste bevorstanden. Selbst wenn Schukri Awan wirklich der abergläubische Idiot war, als den ihn die Gerüchte zeichneten, war doch zumindest Kidd kein Narr. Selbst als Blinder konnte er eine Verteidigung so organisieren, daß die Husaren ausbluten würden, bevor sie die Stadt einnehmen konnten.

Wassili fragte sich, wie Kidd reagieren würde, wenn er feststellte, daß sich in Helor gar keine Ethyrinen befanden. Arslow hatte seinen Spaß damit gehabt, für Kidd den Deserteur auf der anderen Seite der Wand zu spielen. Der Ilbeorer war sehr findig dabei gewesen, die hinter der Fahnenflucht steckende Geschichte herauszukitzeln. Arslow hatte vor allem die Stille sehr aufschlußreich gefunden, die auf seine Eröffnung gefolgt war, daß Khrolic schon früher einmal einem Ilbeorer einen Hinterhalt hatte legen lassen. Das mußte für Kidd ein ziemlicher Schock gewesen sein, obwohl sich der Wolfspriester rasch wieder erholt und seine Befragung fortgesetzt hatte.

Was Kidd in Wirklichkeit dachte, spielte im großen und ganzen keine Rolle – für Wassilis Absichten reichte es aus, daß er mit und für die Helansajaren arbeitete. Natalja mochte dann zwar Malachy und seine Handlungen verteidigen, aber Arslow war sich sicher, ihren Vater davon überzeugen zu können, daß sie sich von ihren Gefühlen hatte mitreißen lassen. Die Anwesenheit eines Wolfspriesters in Helor war schon an und für sich schlimm genug. Daß dann sowohl Natalja als auch Kidd von einem fahnenflüchtigen Husaren erzählen würden, der ihnen berichtet habe, in Helor befänden sich Ethyrinen, was selbst die Ilbeorer strikt abstritten, würde dann den Beweis dafür liefern, daß Kidd, der schon einmal ein Spion gewesen war, auch in Helor ruchlose Absichten verfolgt hatte und jetzt darauf angewiesen war, zu seinem Schutz eine derart fadenscheinige Geschichte zu spinnen.

Wassilis Plan war zwar nicht so wasserfest, wie er es gerne gehabt hätte, aber wirklich von Bedeutung schien das nicht. Was wirklich zählte, waren die Resultate, und die Eroberung Helors würde wahrlich ein eindrucksvolles Ergebnis liefern. Die allmählich sichtbar werdenden Anzeichen ilbeorischen Abenteurertums in Zentralestanu würden auch dem Tacier deutlich machen, daß Ilbeoria eine wirkliche Bedrohung für Strana darstellte. Aus seiner neuen Stellung im Rat der Tacarri heraus würde Wassili dann endlich seinen Einfluß geltend machen und den Tacier gegen seinen wahren Feind lenken können: den Wolfskönig. Er würde sich vom Tacier genau das erbitten, was er Khrolic angekündigt hatte, als sie über dessen Thronbesteigung gesprochen hatten. Was Fernandi nicht geschafft hatte, würde Wassili Arslow vollbringen, und sein Name würde für immer in die Annalen der Geschichte eingehen.

Ich verlasse Wsorin als ein einfacher Fürst. In einem Monat bin ich Tacarri, und in einem Jahr werde ich der Eroberer ganz Urovias sein.

* * *

So endet das Buch des Bären.

III. Buch

DAS BUCH DES TIGERS

47. Kapitel

Nördliches Helansajar

5. Majest 1687

Der süße Duft der Orange füllte Malachys Nase, als er die Schale durchstieß. Die Goldhaut auf seinen Händen verhärtete sich an der Spitze beider Daumen und schob sich zu einer flachen Klinge vor, die wunderbar dazu geeignet war, das Obst in seiner Hand zu schälen. Er löste die Schale mühelos vom Fruchtfleisch der Apfelsine und warf die Bruchstücke nach links, weg von Natalja und ihrem notdürftigen Ethyrskiff. Obwohl er weder sie noch das Boot sehen konnte, war er sich bewußt, wo sie waren, und er tat sein Bestes, sie nicht zu treffen.

Er schüttelte den Kopf. »Schlau gemacht, Natalja. Du hast uns ein Boot und gleich noch Verpflegung dazu besorgt.«

In ihrer Antwort schwang ein fröhliches Trällern mit. »Und ich erkläre dir noch einmal, daß es eher dein Werk war als meines. Du hast nach irgendeiner Holzkiste gefragt, an der wir ein Segel befestigen können. Und das erste, was ich am frühen Morgen in den Gassen von Wsorin gesehen habe, war eben der Wagen eines Obsthändlers mitsamt Segeltuchverdeck. Ich habe ihm stranisches Gold dafür geboten, und er hat eingeschlagen.«

Malachy steckte ein Orangenstück in den Mund und kaute. Bis dieses Geschäft zustande gekommen war, hatte sie wahrscheinlich hart verhandeln müssen, aber Natalja tat das ab, als sei nichts gewesen. Er hatte schon von früher her gewußt, daß sie energisch sein konnte, aber er hatte sie zuvor nur als junges Mädchen gekannt. In den seit dieser gemeinsamen Zeit verstrichenen zwölf Jahren waren alle ihre vielversprechenden Anlagen aufs Schönste ausgereift.

Ihre Flucht aus Wsorin war nicht leicht gewesen. Die Segeltuchplane gab zwar ein brauchbares Segel ab, doch der Wind hatte längst nicht ständig aus der richtigen Richtung geblasen. Wenn er aus der falschen kam, konnten sie nur vorwärts kommen, indem Kidd ihr Skiff nach oben steigen und dann sanft hinabfallen ließ. Der Wagen hatte die Segelflugeigenschaften eines Mühlsteins, aber durch vorsichtige aeromagische Manipulation und Nataljas Bemühungen, das Segel in den Wind zu drehen, gelang es Malachy, sie vorwärts zu bringen.

Die Fortbewegung mittels dieses kontrollierten Absturzes war jedoch ausgesprochen kräftezehrend, und ohne Nahrung hätten sie es nicht durchhalten können. Deshalb erwies es sich als Vorteil, daß sie gerade einen Obstwagen als Skiff benutzten, und je mehr Obst sie aßen, desto geringer wurde das Gewicht, das Malachy heben mußte. Beide verzichteten sie darauf zu erwähnen, daß Malachy kaum mehr die Kraft haben würde, ihn auf Höhe zu bringen, wenn erst der ganze Ballast aufgezehrt war. Bis dahin hofften sie schon in Helor angekommen zu sein.

Sie flogen fast den ganzen ersten Tag über. Als der Abend dämmerte, konnte Natalja am Horizont einen Berg sehen, bei dem es sich nur um den Dschebel Quirana handeln konnte. Nicht weit entfernt von ihrem Fluggefährt sah sie auch das Lager der Husaren. Um ihnen auszuweichen, drehte Malachy westwärts auf die Alansiberge zu. Sie entschieden, von nun an nur noch nachts zu fliegen und sich tagsüber zu verstecken. Diese Art der Reise entzog sie nicht nur feindlichen Blicken und der zehrenden Sonnenhitze des Tages, sie bekamen auch noch einen zusätzlichen Auftrieb durch die kühleren Winde, die aus dem Gebirge ins Helansajarische Tiefland hinabstrichen. Der vorherrschende Nachtwind wehte in südlicher Richtung und brachte sie ihrem Ziel schnell näher.

Der ungezwungen kameradschaftliche Ton ihres überraschenden Wiedersehens hatte sich durch ihre beiderseitige Besorgnis etwas gelegt, seit sie Wsorin verlassen hatten. Sie waren zwar früher Freunde gewesen, aber in den verstrichenen zwölf Jahren hatten sie sich beide genug verändert, um einander nicht mehr wirklich zu kennen. Ihre Reise wurde zu einer Abfolge bruchstückhafter Gespräche. Beide stellten sie fest, daß sie sich in ihren Annahmen über den anderen irrten, und das führte zu Enttäuschungen und dem Gefühl, verraten worden zu sein. *Es ist einfach lächerlich anzunehmen, wir hätten uns nicht verändert, und trotzdem haben wir genau das vom anderen erwartet. Manche der Überraschungen, die das mit sich bringt, sind erfreulich, aber manche auch nicht.*

Er spürte auch von Zeit zu Zeit, wie ihre Enttäuschung und der Schmerz darüber an die Oberfläche traten, daß Malachy sie nie abgeholt hatte. Er wünschte sich, die Wunde heilen zu können, die er ihr damit zugefügt hatte, aber ihr Schmerz schreckte ihn ab. Ihr Mißtrauen überraschte ihn keineswegs, und wahrscheinlich war es sogar gut, daß es sie trennte. *Ich war jetzt so lange allein, daß ich nicht mehr wüßte, wie ich mit so starken Gefühlen umgehen sollte, wie wir sie füreinander empfunden haben.* Er hoffte allerdings, daß es ihnen wenigstens gelingen würde, zurück zu einer Entspannung zu finden, in der ihre Freundschaft neu erblühen konnte.

Malachy zog die Knie an die Brust und biß von einem Orangenstück ab. »Es tut mir sehr leid, Tachotha Natalja, daß ich dir soviel Leid bereitet habe. Was ich tat, war unverzeihlich.«

»Malachy, ich verstehe es.« Ein leichtes Stocken in ihrer Stimme verriet die wahren Gefühle, die sie hinter ihren Worten verbarg. »Du warst geblendet.«

»Geblendet, ja, für vieles blind, aber ich hätte mir nie gestatten dürfen, mich dafür blenden zu lassen, wer meine wahren Freunde sind. Meine Gefühle für dich haben mich glauben lassen, ich würde dich irgendwie beschützen, indem ich mich von dir fernhielt.« Malachy runzelte die Stirn und hoffte, daß sie sich nicht vor seinem silbernen Starren erschreckte. »Vor zwölf Jahren habe ich eine Sünde begangen – ich habe mich von meinem Glauben daran, wie Gottes Auftrag an mich aussah, dazu bringen lassen, dir und anderen den Rücken zu kehren. Ich habe in meinem Hochmut geglaubt, wenn ich Sein Werk in den Mittelpunkt meines Lebens stellte, bräuchte ich niemand anderen. Das war natürlich ein Irrtum, aber ich weigerte mich, das zu erkennen. Genauso, wie ich mich weigerte zu erkennen, daß ich meine Freunde ebenso verletzte wie mich selbst, indem ich den Kontakt zu ihnen abbrach.«

Ihre Stimme war nun näher bei ihm als noch kurz zuvor. »Du schuldest mir keine Erklärungen.«

»Doch, Tachotha Natalja, weil ich in meiner Selbstsucht grausam zu dir war. In Ilbeoria habe ich meine ganze Zeit in Sandwycke damit verbracht, alles zu studieren und zu lernen, was ich an militärischem Wissen und magischen Theorien finden konnte. Ich habe taktische Arbeiten der Studenten bewertet und sie in der Luft zerrissen. Sie haben sich so vor mir geängstigt, daß sie meine Silberaugen verfluchten, und ich war stolz darauf. Ich machte all unsere besten Kadetten nieder, nur um mich selbst davon zu überzeugen, daß *ich* die einzig logische Wahl für Gottes Berufung sei.« Er steckte sich den Rest des Orangenstücks in den Mund. »Ich wußte, wie grausam ich war, aber ich rechtfertigte mein Verhalten mit der Überzeugung, die Kadetten so zu besseren Soldaten zu machen. Das mag zugetroffen haben oder auch nicht, aber selbst wenn es so war, rechtfertigt es nicht, wie ich mich aufgeführt habe.«

»Du hast das getan, was du für das Beste hieltest.«

»Ja, aber ich hätte von mir selbst mehr verlangen müssen.« Malachy lächelte dünn. »Ich war stolz darauf, trotz meiner Blindheit besser als die vielen anderen zu sein. Doch tief in meinem Inneren habe ich gewußt, daß sich die anderen nicht gegen mich wehrten, weil sie Mitleid mit mir hatten. Und das habe ich gnadenlos ausgenutzt. Nie haben sie sich gegen mich gewehrt, und dadurch fing ich schließlich an zu glauben, sie *könnten* sich nicht wehren. Aber das hat sich im letzten Frühjahr schlagartig geändert.«

»Was ist geschehen?«

»Ich habe eine taktische Arbeit über einen stranischen Angriff auf Helor ausgewertet.«

»Ein glücklicher Zufall, da?«

»Da, aber dieser Zufall war nicht das Entscheidende. Ich habe die Bezugsgrößen der Arbeit und andere Bedingungen so verändert, wie es mir gerade beliebte, um den Studenten, die diese Arbeit präsentierten, zu zeigen, warum ihre Lagebeurteilung falsch war. Einer der Kadetten hat mir widersprochen. Er zeigte mir, daß ich mich falsch verhielt. Er machte mir deutlich, daß ihre Arbeit auf der Basis der ihnen zur Verfügung stehenden Informationen die bestmögliche war, und ich wußte, er hatte recht. Mir wurde bewußt, daß ich vor den Studenten, vor mir selbst und vor Gott versagt hatte. Ich habe diesen Kadetten als meinen Burschen genommen.« Er schüttelte den Kopf. »Wir sind zusammen nach Estanu gekommen, um meine Mission zu verfolgen und den Dost zu retten.«

»Er war nicht im Kerker in Wsorin.«

»Nein. In Drangiana hat ihn der Dost mitgenommen.

Ich weiß nicht, wo Uriah jetzt ist und ob er überhaupt noch lebt.«

»Wenn er zäh genug war, es mit nach Estanu zu schaffen, glaubst du dann wirklich, er könnte jetzt tot sein?«

»Wahrscheinlich nicht – er *war* ein halber Strane.«

»Gut, das kommt mir in unserer gegenwärtigen Lage sehr gelegen.« Trotz der Sorglosigkeit in Nataljas Stimme hörte Malachy ihre Nervosität heraus.

»Ohne Zweifel. Und da wir ihn zusammen suchen werden, sollst du wissen, daß es unglaublich dumm von mir war, damals trotz meiner Blindheit nicht zu dir nach Murom zu kommen.« Er seufzte. »Du hattest mehr von mir verdient, und ich hoffe, wir können immer noch Freunde sein.«

»Malachy, die Gefühle, die ich für dich empfand, waren sehr stark, und als sie starben, waren die Schmerzen furchtbar.« Sie seufzte schwer. »Ich bin jetzt älter, hoffentlich auch weiser und in der Lage, zumindest teilweise zu verstehen, was du getan hast. Und ich möchte auch, daß wir Freunde bleiben. Wenn uns das nicht gelingt, wird diese Reise unmöglich.«

»Ich weiß, daß du dich verändert hast, Natalja. Mir gefällt die Frau, zu der du herangewachsen bist.«

»Da gibt es einen Punkt, Malachy, über den du dir klarwerden mußt.« Ihre Stimme verlor etwas an Kraft. »Ich liebe Grigori Khrolic und er liebt mich.«

»Ah ja, ich verstehe.« Malachy lutschte ein Orangenstück aus, dann kaute er den Rest und spuckte die Kerne weg. Die Ironie ihrer Liebeserklärung für den Mann, der ihn hatte blenden lassen, ließ ihn erschaudern. Einen Herzschlag lang wollte er sie über Khrolics Perfidie aufklären, aber dann ließ er es. *Aus welchem Grund sollte ich das tun? Ich habe sie schon einmal verletzt, als ich sie im Stich ließ. Und jetzt soll ich versuchen, die Schuld dafür dem Mann zuzuschieben, den sie liebt? Viel-*

leicht hat ihre Liebe ihn verändert, ihn geläutert. Es ihr zu sagen, wäre grausam, und ich habe sie schon genug gequält.

Trotzdem lag in ihren Worten ein Unterton, der Zweifel an der Bedeutung dieser Aussage in ihm aufkommen ließ. Er hatte den Eindruck, daß sie ihn mit ihren Worten verletzen wollte, und das gelang ihr auch, aber gleichzeitig überdeckten sie eigenen Schmerz.

Natalja hat Khrolic offensichtlich wirklich geliebt, aber sie ist sich nicht mehr sicher, daß er diese Liebe erwidert. Die Tatsache, daß wir unterwegs nach Helor sind, um Khrolics Husaren an einem Angriff auf die Stadt zu hindern, bestätigt meine Zweifel an Khrolics Gefühlen und Absichten. Er schüttelte den Kopf und kämpfte gegen den Drang an, sie in den Arm zu nehmen und zu drücken. *Mir bleibt nichts, als zu beten, daß ihre innere Stärke sie durch die Prüfungen führt, die vor ihr liegen.*

»Ich erinnere mich sehr gut an Grigori Khrolic. Wenn er deine Liebe erringen konnte, ist er ein bemerkenswert glücklicher Mann. Ich wünsche euch alles Gute und viel Glück.« Er zwang sich zu einem Lächeln. »Ich bitte dich nur um eine Gefälligkeit.«

»Ja?«

»Sollte ich zu vertraulich werden – und mein Benehmen bereitet dir Unbehagen, dann sag es mir bitte.« Er ließ den Kopf hängen. »Ich will dich nicht noch mehr verletzen, als ich es in der Vergangenheit bereits getan habe.«

»Einverstanden, wenn du mir auch einen Gefallen erweist.«

»Sag es.«

Er glaubte Übermut in ihrer Stimme zu hören. »Nachdem du Murom verlassen hast, habe ich Sprachlehrer kommen lassen und Ilbeorisch gelernt, um mich in deiner Muttersprache mit dir unterhalten zu können.« Sie wechselte ins Ilbeorische. »Die Unterrichtsstunden haben ein kleines Vermögen verschlungen, das der Tacier für mich bezahlt hat, und ich möchte, daß sie sich auszahlen.«

»Du bist eine erstaunliche Frau, Natalja.«

»Sagt der blinde Wolfspriester in der Wüste.« Natalja lachte laut auf. »Dann steckt vielleicht ein Körnchen Wahrheit darin.«

Lord-Norcliff-Park, Dhilica, Puresaran
Aran

Robin Drury lächelte. Amanda Grimshaw stand vor dem Denkmal Lord Norcliffs, wie es Pater Ryan ihm heute früh angekündigt hatte. Sie trug ein auf dem Rücken mit einer Schleife geschlossenes und hochtailliertes kanariengelbes Kleid. Die gelben Handschuhe und ein gelber Sonnenschirm waren farblich vollkommen auf das Kleid abgestimmt, auch wenn sie nicht wie dieses mit Stickereien und Spitzenbordüren verziert waren. Amanda trug ihr Haar hochgesteckt, so daß ihr Nacken frei war, und ihre gelbe Haube hing an langen Bändern auf ihrem Rücken.

»Verzeihen Sie mir, daß ich Sie belästige, Miss Grimshaw, aber ich muß gestehen, es freut mich, Sie wiederzusehen.«

Amanda lächelte zu ihm auf. »Aber Bruder Robin, wie kommt ihr zu dieser Zeit hierher?« Bevor er ihr antworten konnte, fügte sie hinzu: »Pater Ryan hat geschworen, sich niemals als Vermittler herzugeben.«

»Ich glaube auch nicht, daß er das vorgehabt hat.« Robin bot ihr seinen linken Arm, und sie nahm an. »Nataraj verbringt jetzt seine Zeit bei den Ethyrinen in der Kaserne, und meine Männer behandeln ihn schon fast wie ein Maskottchen. Er erweitert das Ilbeorisch, das Sie ihm in der Mission beigebracht haben, durch die etwas farbigeren Ausdrücke, die bei den Ethyrinen geläufig sind – was Pater Ryan nicht sehr erfreut.«

Amanda heuchelte Erstaunen. »Ich könnte mir nicht vorstellen, was an der Sprache der Ethyrinen so besonderes sein soll.«

»Pater Ryan kam herüber, um Nataraj einzufangen und zurück in die Mission zu schleppen. Dabei erwähnte er, daß Sie heute nachmittag hier seien. Er meinte noch, daß er sich nicht als Vermittler hergeben wolle, dieses eine Mal aber Ihre Botschaft weitergegeben habe, damit Sie endlich aufhören, den kleinen Nataraj zum Besuch unserer Kaserne zu drängen.«

Sie lächelte verschmitzt. »Ich habe ihm angeboten, den Jungen selbst zurückzuholen.«

»Wirklich?« Robin erwiderte ihr Lächeln. »Dann muß ich Nataraj dazu bringen, uns öfter zu besuchen.«

Amanda lachte, dann drehte sie sich zu ihm um und trat ein paar Schritte rückwärts. »Ich hoffe, Sie halten mich nicht für aufdringlich, weil ich Sie mehr oder weniger um dieses Treffen gebeten habe. Mein Vater hat mir jede Verbindung zu Ihnen verboten, aber ich kann mich nicht an sein Urteil halten. Er weiß nicht, daß Sie mir das Leben gerettet haben.«

»Ich bezweifle, daß das seine Einschätzung meiner Person ändern würde.«

»Und auch wenn Sie mich nicht vor Venner gerettet hätten, würde ich meinem Vater nicht gehorchen.« Sie blieb stehen, ließ den Abstand zwischen sich und Robin zusammenschrumpfen, dann führte sie verstohlen seine linke Hand an ihre Lippen. »Sie sind ein bemerkenswerter Mann.«

Robin fühlte das Verlangen, sie in seine Arme zu schließen und zu küssen. In ihren Augen sah er, daß sie ihm eine solche Vertraulichkeit auch gerne erlaubt hätte, aber er hielt sich zurück. Ihr gegenseitiges Begehren mußte vor den Augen der Öffentlichkeit verborgen bleiben. Sein Ruf bedeutete ihm zwar nicht viel, aber durch schlechtes Benehmen hätte er Kapitän Hassett in ein schlechtes Licht geraten lassen können. Noch wichtiger war ihm allerdings, daß sich dieser unschuldige Spaziergang im Park nicht in einen Skandal verwandeln durfte, der Amanda entehrte. Dazu wollte er nun nicht beitragen.

»Und Sie, Amanda, sind ein Juwel von unfaßbarer Wärme und strahlendem Glanz.« Er schaute sich um, dann blickte er sie wieder an. »Wir sollten weitergehen, damit es kein Gerede gibt.«

Sie zögerte noch einen Augenblick, küßte noch einmal seine Hand, als wolle sie die Konventionen verhöhnen, dann drehte sie sich zurück an seine Seite. »Sie haben natürlich recht.«

»Und niemand bedauert es mehr als ich.«

Amanda gluckste amüsiert. »Erschöpft es Sie nicht, immer nur ein Leben für den äußeren Schein führen zu müssen?«

»Ich bin mir nicht sicher, ob ich Ihnen folgen kann.«

Amandas Sonnenschirm beschrieb einen Bogen, der den gesamten Park einschloß. »Schauen Sie sich diesen Ort hier an, Robin. Die Sträucher, die Pflanzen, die Blumen, alles ist aus Ilbeoria. Alle die Leute hier sind aus Ilbeoria und kleiden sich wie in Ilbeoria. Wenn Gott diesen Park hier hochheben und nach Ludstone bringen würde, fiele hier keinem ein Unterschied auf.«

»Ausgenommen die Temperatur.«

»Ja«, pflichtete sie ihm mit einem lebhaften Nicken bei. »Außerhalb der Begrenzungen dieses Parks tragen die Eingeborenen von Aran eine diesem Klima angemessene Kleidung. Wäre es Ihnen nicht auch viel bequemer in kurzen Hosen, Sandalen und einem leichten Hemd, oder ganz ohne Hemd?« Sie zupfte an ihrem Kleid. »Ich trage hier drei Schichten Stoff auf dem Leib, jede einzelne so dick wie ein ganzes von diesen dünnen Kleidern, in die sich zu dieser Jahreszeit die Frauen Arans kleiden.«

Robin kratzte sich an seiner Tonsur. »Es ist schon lustig, daß wir hier als Zeichen unserer Intelligenz mit geschorenem Schädel und ohne Kopfbedeckung herumlaufen und einen Sonnenstich riskieren.«

»Noch ein Beispiel.« Amanda hob die Brauen. »Es geht natürlich über die Kleiderfrage hinaus. Ich würde Sie jetzt gerne küssen und von Ihnen geküßt werden, aber die guten Sitten verbieten derlei in der Öffentlichkeit, und privat dürften wir niemals zusammenkommen. Diejenigen, die uns für eine öffentliche Bekundung unserer Zuneigung maßregeln würden, sind die Gattinnen der Männer, die meinem Vater bei seinen Eskapaden im Turm Gesellschaft leisten. Was diese Orgien betrifft, drückt man beide Augen zu, weil die Frauen im Turm schließlich keine Ilbeorerinnen sind.«

»Das hört sich an, als wären sie Tiere.«

»O gewiß, aber wir wissen, daß es ein Schwindel ist. Hätte mein Vater eine Herde *Schafe* in jenem Turm, würden sich all die Damen nicht so tolerant und auch die Gesellschaft nicht so nachsichtig zeigen. Es wirkt abstoßend, wenn in einer Gesellschaft der Tierschutz eine größere Bedeutung hat als der Mißbrauch anderer Menschen.«

Robin ließ sich diesen Gedanken kurz durch den Kopf gehen und nickte dann. »Die Botschaft des heiligen Martin an uns alle lautet, daß wir all diejenigen zu beschützen haben, die sich nicht selbst schützen können, und daß wir alles unternehmen müssen, andere von einer Ausbeutung der Schutzlosen abzuhalten.«

»Einmal nur, Robin, nur einmal sollte jeder, der sich hinter einer zivilisierten Maske versteckt, einen Blick in irgendeinen Spiegel der ungeschminkten Wahrheit werfen müssen, damit er sich sehen kann, wie er wirklich ist.«

»Das wird geschehen, Amanda, wenn wir sterben und vor dem Jüngsten Gericht erscheinen.«

Sie seufzte. »Ich weiß, und die Geduld ist eine Tugend, aber ich wünschte mir, die Menschen würden mehr daran arbeiten, diese Welt dem Paradies ähnlicher zu machen. Wenn der Himmel noch phantastischer und großartiger ist, als wir uns überhaupt vorstellen können, dann sollten wir das, was wir uns vorstellen können, auch auf dieser Welt verwirklichen. Um wieviel schöner und vielversprechender wird uns dann der Himmel erscheinen.«

Der Ethyrine pflichtete ihr mit einem Nicken bei. Sie sprach von den persönlichen Opfern, die nötig waren, um die Welt zu verbessern. Zu viele Menschen dachten bei dem Begriff Opfer an Ersatzhandlungen – an Geld oder Sachspenden statt an Zeit oder persönliche Anteilnahme. Diese Form der Barmherzigkeit schien zwar besser als nichts, aber es war abscheulich, daß sie oft dazu mißbraucht wurde, alle möglichen unsozialen Aktivitäten zu verschleiern. Alles Gute, was eine barmherzige Gabe bewirken konnte, wurde durch die üblen Taten des Spenders wieder aufgehoben.

Robin tätschelte ihr die Hand. »Dadurch, daß Sie in der Mission als Lehrerin tätig sind, tragen Sie viel zur Veränderung der Welt bei.«

»Aber ich könnte noch mehr tun.« Amanda schüttelte den Kopf. »Es ist sehr schwierig, meinen Vater zu umgehen.«

Das Wort *schwierig* gewann durch ihre besondere Betonung eine vielschichtige Bedeutung. Sie verärgerte nicht nur ihren Vater, sondern riskierte, daß sie sich ihr Leben ruinierte, indem sie ihn herausforderte. Wenn Erwin Grimshaw sie enterbte, besaß sie nichts mehr. Falls sie überhaupt irgendein persönliches Vermögen besaß, was an sich schon unwahrscheinlich schien, so konnte man fast sicher davon ausgehen, daß es durch Treuhandverträge blockiert war, in denen ihr Vater die Funktion des Treuhänders innehatte. Lord Lakeworth hatte Robin die vielen verschiedenen Techniken, einer Frau ihr Vermögen vorzuenthalten, ausgiebig auseinandergesetzt, als er Robin das Stipendium für die Militärakademie Sandwycke anbot.

Robin erinnerte sich an die Besprechung mit Prinz Trevelien und Prinz Agra-sho am vorigen Tag. Wenn Agra-shos Aussage gegen Cobb Venner Prinz Trevelien irgendeine Handhabe gegen Erwin Grimshaw gab, hatte Amandas Vater einiges mehr als nur ihre Aktivitäten, um das er sich Sorgen machen mußte. »Das Leben selbst ist schwierig, Amanda, und vielleicht werden veränderte Umstände Ihre Sorgen schon bald lindern.«

Sie schaute zu ihm auf, als sie auf dem Parkweg um eine Ecke bogen. »Das ist das erste Mal, daß Sie sich in ungenauen Andeutungen ergehen, Robin.«

»Vergeben Sie mir, aber ich bin nicht befugt, alles zu enthüllen, was ich weiß – jetzt nicht, und vielleicht niemals. Aber ich würde auch niemals zulassen, daß Ihnen irgend etwas geschieht, wenn ich es verhindern kann.« Er seufzte schwer. »Ich hoffe, daß Sie mir vertrauen können.«

»Sie sind ein charmanter Mann mit strengen sittlichen Vorstellungen und einem guten Charakter, und Sie haben mir das Leben gerettet.« Sie hielt an, stellte sich auf die Zehenspitzen und drückte ihm einen Kuß auf die Wange. »In meinem Herzen ist kaum Platz für etwas anderes als Vertrauen zu Ihnen, Robin.«

48. Kapitel

Dayi Marayir
Helansajar

8. Majest 1687

Rafiq Khast traute seinen Ohren kaum. Er trug die roten und schwarzen Farben des Dosts und stand rechts vom Tigerthron. Vor ihm waren in einem Halbkreis die Stammesfürsten und Kriegsherren der siebzehn mächtigsten Stämme Helansajars versammelt. Der Dost hatte zu ihnen gesprochen und sie um ihre Unterstützung ersucht.

Wie ein Mann lehnten sie ab.

Rafiq konnte sich nicht länger beherrschen. »Habt ihr nicht gehört, was er gesagt hat? Wißt ihr nicht, wer er ist? Habt ihr nicht an seinem Wesen und den Amuletten, die es seinen Kurieren erlaubten, zu euch zu gelangen, gesehen, welche Macht er besitzt? Seid ihr allesamt Narren?«

Ismat, der Stammesfürst der Shalandut, strich sich über den langen weißen Bart. »Es scheint mir, Rafiq Khast, daß derjenige ein Narr ist, der an etwas glaubt, das seine Standesgenossen für falsch halten.«

»Und ich, Ismat, würde sagen, daß dies ein Zeichen für einen Visionär ist. Du hast nicht einmal einen Bruchteil dessen gesehen, was ich sah, und ich wußte von Anfang an, wer dieser Mann hier ist.«

Ein anderer Stammesfürst, vom Alter her zwischen Rafiq und Ismat liegend, kniff die dunklen Augen zusammen. »Du weißt aber auch, Rafiq, daß die Behauptung, der Dost zu sein, über die Jahrhunderte viel an Wert verloren hat. Dein Urgroßvater wurde schon als wiedergeborener Dost ausgerufen, als er damals Helor eroberte.«

»Ja, Faraj-al-Faruhk, was du sagst, stimmt. Erinnere dich aber bitte auch daran, daß er selbst diesen Titel niemals für sich in Anspruch nahm.«

»Ach, dann glaubst du also, daß alle diejenigen, die den Titel für sich beanspruchen, auch wirklich der Dost *sind*?«

»Genieße deine Wortklauberei, du wirst sie brauchen, um zu beweisen, daß du in Wahrheit doch recht gehabt hast, wenn offensichtlich wird, wie sehr ihr euch irrt.« Rafiq holte Atem, um die Stammesfürsten weiter zu beschimpfen, dann spürte er plötzlich die schwere warme Hand des Dosts auf seinem Arm. »Vergebt mir, mein Dost, daß ich mich nicht beherrschen konnte.«

Der Dost schien aus seinem Thron in den Stand zu fließen, was seine Macht und Fähigkeiten unterstrich. »Du brauchst dich nicht zu entschuldigen, Rafiq Khast. Deine Sippe war immer die loyalste – und am wenigsten von allen mit Blindheit geschlagen.« Er ließ seinen Blick über die versammelten Stammesfürsten schweifen. »Auch diese Männer hier sind nicht vollkommen blind, aber die Sorge um ihre Stammesangehörigen hemmt ihre Weitsicht. Wenn sie mich unterstützen, könnten sie damit eine Katastrophe für ihre Stämme heraufbeschwören. Sie wären wohl willig, aber nur, wenn sie sehen könnten, daß ihre Unterstützung für mich sie nicht in den Untergang führt.« Der Dost breitete die Arme aus. »Sagt mir, welches Zeichen Ihr von mir verlangt.«

Die Stammesfürsten und ihre Kriegsherren wandten sich einander zu, und ein wildes Palavern und Gestikulieren hub an. Rafiq fühlte sich an eine Schar Hühner erinnert, die sich ums Futter stritt. Er drehte sich zum Dost um. »Die Morgendämmerung hat die Macht der Nacht gebrochen, und doch würden sie von der Sonne ein Zeichen verlangen, daß sie wirklich aufgegangen ist.«

»Du stehst auf höherem Grund, näher am Horizont als sie, Rafiq. Sie sehen den Himmel heller werden, aber noch nicht die Morgendämmerung.« Der Dost ließ seine Hand auf der Schulter des Helansajaren liegen. »Wenn sie ihr Zeichen von mir haben, werden sie sich um mein Banner scharen.«

»Sie sollten sich jetzt darum scharen.«

»Aber das können sie nicht. Deine Loyalität segnet dich und die Khast. Alle anderen müssen euch unterlegen sein.«

Das Palaver unter den Stammesfürsten kam zu einem Ende, und Faraj-al-Faruhk trat vor, um ihren Spruch bekanntzugeben. »Wir werden dir glauben, daß du der Dost bist, wenn du innerhalb von zwanzig Tagen, bis zum vollen Mond, Helor in Besitz genommen hast.«

Kälteschauer jagten Rafiq über den Rücken. Faraj-al-Faruhk und all die anderen wußten sehr wohl, daß Rafiq prophezeit war, unter einem Vollmond zu sterben. Sie hatten bewußt dieses Datum gewählt, um den Dost weiter zu isolieren. Sie glaubten nicht, daß Rafiqs Ergebenheit so weit gehen würde, daß er sich für den Dost in Lebensgefahr begab.

Er zwang sich zu einem Lachen und schaffte es, die Kälteschauder weitgehend zu vertreiben. »Du magst den Beinamen ›der Richter‹ tragen, Faraj, aber du hast mich falsch beurteilt. In meinem Leben habe ich schon dreihundert Vollmonde gesehen, und ich habe sie alle überlebt. Mein Schicksal mag es sein, unter *einem* Vollmond sterben zu müssen, aber das heißt nicht, daß es unter dem *nächsten* sein wird. Die Krieger der Khast werden an der Seite des Dosts stehen und mit ihm Helor erobern.«

Der Dost nickte den Männern, die vor ihm standen, zu. »Ich nehme eure Herausforderung an. Beim nächsten Vollmond wird Helor sich in meinem Besitz befinden, aber ich nehme die Herausforderung nicht an, ohne auch von euch etwas zu fordern. Da ich weiß, wer ich bin, kann ich es nicht zulassen, daß ihr euren Stämmen die Möglichkeit vorenthaltet, mich als den Dost anzuerkennen. Die Khast sind kühn, aber weniger als hundert an der Zahl. Ich fordere von euch, daß ihr euren Kriegern von meiner Wiedergeburt erzählt und sie frei wählen laßt, ob sie sich Rafiq Khast anschließen wollen, wenn wir Helor einnehmen werden. Aus euren Reihen werde ich dann, wie es geschrieben steht, die Krieger für meine Streitmacht ziehen.«

Ismat von den Shalandut nickte. »Das ist annehmbar.«

»Dann laßt eure Krieger hier in zwei Wochen zusammenkommen. Jetzt geht, mit dem Frieden des Dosts in euren Seelen.«

Rafiq wartete, bis sich die Stammesfürsten zurückgezogen hatten, dann drehte er sich um und richtete seine Worte an den Mann aus Gold. »Ich werde an Eurer Seite stehen, ob Vollmond oder nicht.«

»Darum mache ich mir keine Sorgen, Rafiq.« Der Dost setzte sich in seinen Thronsessel. »Es gibt zwei Pflichten, die ich dir auferlege.«

»Dein Wunsch ist mir heilige Pflicht.«

»Du wirst deine Leute hier versammeln und die Krieger, die sich dir anschließen wollen, ohne Groll aufnehmen. Du wirst diesen Ort hier wohlgefüllt mit Verpflegung und Waffen finden. Schließlich wirst du siebzehn Kompanien zu je fünfzig Kriegern befehligen. Mit diesen wirst du in der Morgendämmerung des Tages vor dem kommenden Vollmond in die Ebene nördlich von Helor reiten. Du wirst den Angriff einleiten, sobald du ein Zeichen erhältst – ein Zeichen, das du durch jenes Amulett spüren wirst, das ich dir gegeben habe.«

Rafiq berührte das goldene Amulett mit der rechten Hand. »Ich habe verstanden.«

»Gut. Ich werde diesen Ort hier in sechs Tagen verlassen und alle meine Schwestern mit mir nehmen, nur eine nicht. Sie wird hier bei dir bleiben.« Der Dost lächelte. »Du erinnerst dich an Thurayya?«

»Das Mädchen, das ich aus Wsorin mitbrachte, als wir dir Valentin Swilik brachten?«

»Eben diese.«

»Willst du sie zu deiner Frau machen?«

»Nein.«

»Dann werde ich für sie eine Hochzeit mit Akhtar, meinem Neffen, ausrichten lassen.«

»Nein.« Der Dost schüttelte den Kopf. »Ich habe Thurayya in meine Sippe aufgenommen. Sie ist jetzt eine meiner Schwestern. Dein Neffe ist zwar ein guter Mann, aber Thurayya ist nicht für ihn bestimmt. Ich möchte, daß du sie zur Frau nimmst.«

»Zur Frau?«

Der Dost lächelte. »Als Kirana Dost aus Durrania kam, war sein Bruder Vertil sein bester General. Auch ich hätte gern einen Bruder an meiner Seite, wenn ich Helor erobere, und für Thurayya einen edlen Gemahl, der ihr kühne Söhne schenken wird.«

»Ihr erweist mir eine große Ehre, Herr.«

»Deine Tapferkeit ist deine Ehre. Die Heirat ist hiermit vollzogen.« Der Dost erhob sich und schlug Rafiq auf beide Schultern. »Dein Weib erwartet dich in deiner Kammer, mein Bruder.«

»Ich danke dir, mein Bruder.«

»Noch etwas, Rafiq.«

»Vom Bruder des Dosts hieß es, er werde zu einem Zeitpunkt seiner Wahl sterben.« Der Dost lächelte breit. »Vertil starb im Kreise seiner Urenkel. Ich bin mir sicher, du wirst eine ähnlich weise Wahl treffen wie er.«

Regierungsgebäude
Dhilica, Puresaran

Aran

Prinz Trevelien ignorierte Erwin Grimshaws haßerfüllten Blick. »Es tut mir nicht im mindesten leid, daß meine Vorladung Sie an der Abreise in Ihren Urlaub in Vlengul gehindert hat. Sie haben mir auf einige ernste Fragen Rede und Antwort zu stehen, Mister Grimshaw, und Sie sollten hoffen, daß mir Ihre Antworten gefallen.«

Grimshaw war von den Reitstiefeln über die Reithosen und das Hemd bis hin zum Tropenhelm ganz in Khaki gekleidet, und ohne den Schutzpanzer einer förmlicheren Kleidung wirkte er recht unbehaglich. »Ich bin sicher, Hoheit, daß jede Frage, die *Ihr* an mich richten wollt, auch bis zu meiner Rückkehr Zeit gehabt hätte.«

»Ich denke kaum, Mister Grimshaw, und da ich der Generalgouverneur von Aran bin, sind es *meine* Überlegungen, die hier zählen, und nicht die Ihren. Setzen Sie sich.«

Grimshaw hielt seine Reitgerte mit beiden Händen hinter dem Rücken umklammert. »Ich rechne nicht damit, so lange hierzubleiben, daß das Stehen unbequem werden könnte.«

»Wie Sie wollen.« Trevelien setzte sich an seinen Schreibtisch und schob einige Papiere hin und her. Als er die Spitze der Reitpeitsche hinter Grimshaws Rücken zittern sah und der seine Wut kaum noch zurückhalten konnte, schaute er hoch. »Sie kennen die Strafen für Hochverrat, Mister Grimshaw?«

»Ich glaube kaum, Hoheit, daß eine meiner Bemerkungen Ihnen gegenüber als verräterisch ausgelegt werden könnte.«

»Ich nehme Ihre Meinung zur Kenntnis, aber danach

hatte ich nicht gefragt.« Der Prinz kniff demonstrativ die grünen Augen zusammen und ließ einen ärgerlichen Ton in seine Stimme einfließen. »Kennen Sie die Strafen für Hochverrat?«

»Sie reichen von der Perücke bis zum Tod.«

Trevelien suchte sich den Bericht von Kapitän Hassett über die Vernichtung der Stahlfabrik heraus und legte ihn auf den Papierstapel. »Vor nicht ganz einer Woche hat die *Saint Michael* in Dughur ein Stahlwerk entdeckt und zerstört. An Ort und Stelle wurden Beweise für das Vorhandensein mehrerer Dampfmaschinen gefunden. Das Werk produzierte Stahl, aus dem die Ghurschmiede Waffen herstellten: der Beginn einer Wiederbewaffnung der Ghur, die schon seit zwanzig Jahren verboten ist.«

»Das ist entsetzlich, Hoheit.«

»So habe ich es auch gesehen, Mister Grimshaw. In einem Gespräch mit Prinz Agra-sho erfuhr ich, daß einer Ihrer Leute, Cobb Venner, die Errichtung der Fabrik geleitet und die Beschaffung der Dampfmaschinen organisiert hat.«

Grimshaw nickte. »Ich weiß.«

»Sie wagen es zuzugeben, daß Sie in diese Geschichte verwickelt sind?« Trevelien schoß hoch. »Sie sind arroganter, als ich es mir jemals ausgemalt hätte, Mister Grimshaw.«

»Und Ihr, Hoheit, müßt mich für ebenso dumm wie arrogant halten.« Die Reitgerte schlug schnappend gegen Grimshaws Reitstiefel. »Beim gestrigen Abendessen habe ich von ihrer Befragung des Prinzen Agra-sho erfahren, und zwar vom Prinzen selbst. Ich bin daraufhin unverzüglich in mein Büro gegangen und habe alle Angelegenheiten überprüfen lassen, mit denen Venner zu tun hatte. Schon bei der ersten vorläufigen Prüfung fiel mir auf, daß die Schwundrate der Ausrüstung in Dughur größer als sonst gewesen ist.

Venner hatte vermerkt, es seien *Geschenke* nötig, um in Dughur Geschäfte machen zu können.«

Trevelien knurrte Grimshaw an. »Sie erwarten, daß ich Ihnen glaube, Mr. Venner habe diesen Plan ganz alleine ohne ihr Mitwissen ausgebrütet?«

Grimshaw hob den Kopf und schob sein Kinn herausfordernd nach vorne. »Sie dürfen gerne eine eigene Buchprüfung anordnen, Hoheit.«

Nachdem du alle Unterlagen beseitigt hast? »Da Venner inzwischen tot ist, besteht nur wenig Hoffnung, daß jetzt noch irgend jemand in der Lage wäre, bei einer solchen Prüfung auf Fehler oder Widersprüche hinzuweisen.«

»Das, Hoheit, ist wohl wahr.« Grimshaw schaffte es tatsächlich, eine schmerzliche Miene aufzusetzen. »Und ich kann nicht hundertprozentig ausschließen, daß auch Mitglieder unserer Buchprüfung mit Venner zusammengearbeitet haben, um Beweise zu verschleiern oder zu beseitigen. Ich empfinde dieses Verbrechen als ebenso monströs wie Ihr, und der Gedanke, daß es in meiner Firma Korruption gegeben haben könnte, entsetzt mich zutiefst. Doch leider bin ich nicht in der Lage, Euch zuzusichern, daß alle schuldigen Personen gefaßt werden können. Selbstverständlich haben wir Maßnahmen ergriffen«, zuckte Grimshaw die Schultern, »und die Rentenzahlung an Venners Familie in Ilbeoria rückgängig gemacht.«

»Zweifellos.« Trevelien kämpfte darum, sich seine Enttäuschung nicht anmerken zu lassen. Er war als Soldat erzogen worden und hatte Kaufleute immer in gefährlicher Weise verachtet. Zugegebenermaßen hatte er fast nur Kontakt mit ihnen gehabt, wenn Händler und einfachere Untertanen versuchten, sich ihm anzubiedern. Ihre Bemühungen waren ihm immer durchsichtig und eben dadurch wirkungslos erschienen, mit dem Ergebnis, daß er die Händlerklasse allgemein als strategisch unfähig abgetan hatte. Möglicherweise traf diese Einschätzung auf die Masse der Kaufleute sogar zu, Erwin Grimshaw allerdings war ganz sicher nicht repräsentativ für diese Mehrheit.

Ich hätte wissen müssen, daß er sich abgesichert hat. Rochelle pflegte zu sagen, daß ich zu sehr auf die Kraft der Gerechtigkeit vertraue, um die Tiefe und das Labyrinthische der Vorsichtsmaßnahmen durchschauen zu können, die das Böse inspiriert. Der Prinz wollte mit der Faust auf den Tisch schlagen. *Statt Grimshaw zu brechen, wie ich es geplant hatte, zeigte ich ihm nur, daß er mir erfolgreich zuvorgekommen ist und mich geschlagen hat. Statt ihm Angst einzujagen, ernte ich Verachtung – aber auch das läßt sich gegen ihn verwenden, wenn es ihn dazu bringt, mich zu unterschätzen.*

Grimshaw fuhr sich mit seiner kleinen rosafarbenen Zunge über die Lippen. »Ich glaube, damit wären alle unsere Schwierigkeiten zunächst einmal geklärt. Darf ich Euch nun verlassen?«

Trevelien gab sich den Anschein einer kleinlichen Boshaftigkeit. »Sie sind entlassen, aber nicht nach Vlengul.«

»Was?«

»Sie selbst haben gesagt, daß Sie Ihren Buchprüfern nicht trauen können.« Trevelien sah Grimshaw mit einem halb triumphierenden, halb grausamen Grinsen an. »Sie werden in Dhilica bleiben, bis die Buchprüfung abgeschlossen ist und ich alle Unterlagen zu meiner Zufriedenheit durchgesehen habe. *Dann* werden Sie abreisen dürfen.«

Grimshaws graues Gesicht gewann langsam an Farbe. »Wäre ich an Eurer Stelle, Hoheit, würde ich *mich* nicht in der Nähe haben wollen. Ich denke, in Vlengul würde ich vergessen können, wie wütend ich auf Euch bin.«

»Das mag wohl sein, mein Herr, aber ich sorge mich nicht um mein Wohl, sondern ausschließlich darum, daß Sie sich nicht *zu* wohl fühlen.« Trevelien verschränkte seine Arme. »Sie würden gerne nach Vlengul fahren und *ich* fände gerne eine Möglichkeit, Sie des Verrats zu überführen.«

»Dann vermute ich, Hoheit, daß wir beide eine Enttäuschung erleben werden.«

»Und ich, Mister Grimshaw, daß wir tatsächlich einen Punkt gefunden haben, über den wir uns einig sind.« Trevelien wies zur Tür. »Ich würde Ihnen einen guten Tag wünschen, aber Sie zweifeln gewiß an meiner Ehrlichkeit.«

Grimshaw wirbelte auf dem Absatz herum und stolzierte aus dem Büro. Trevelien zuckte zusammen, als der Mann die Türe hinter sich zuknallte, dann lächelte er. »Rochelle, diesen Herrn hättest du als sehr, sehr böse erkannt«, flüsterte der Prinz. »Du hättest mir die Kraft gegeben, gegen ihn zu kämpfen. Die Abgründe seiner Bosheit sind unergründlich, das Labyrinth seiner Verirrung ist kaum zu vermessen. Ich kann nur hoffen, daß er in seinem Ärger auf mich den Weg verliert und ich ihm dann die Gerechtigkeit verschaffen kann, die er verdient.«

49. Kapitel

Palast des Alanims, Helor
Helansajar

9. Majest 1687

Die diplomatischen Fähigkeiten, die Natalja am Hofe ihres Vaters fast unbewußt in sich aufgesogen hatte, ließen in ihr die Ahnung aufkeimen, daß ein Anflug im Obstkarren mitten in der Nacht nicht unbedingt den üblichen Einreisegepflogenheiten Helors entsprach. Als Malachy mit dem Wagen im Sturzflug auf den elfenbeinweißen Innenhof des Palastes zusteuerte, erkannte sie, daß sie viel zu schnell fielen, und versuchte, ihm dies klarzumachen. Sein Gesicht war von Pein und Erschöpfung verzerrt, aber er schaffte es, den Sturz in letzter Sekunde zu verlangsamen. Trotzdem schlug der Karren hart auf.

Die Hinterräder trafen den Boden zuerst. Die Speichen zersplitterten, und die eisernen Radreifen verzogen sich mit einem metallischen Kreischen. Dann krachten die vorderen Räder auf und wurden durch die Wucht des Aufpralls von der Achse gerissen. Während sie hüpfend und tanzend den Hof hinab davonrollten, prallte der Obstwagen noch einmal hoch und brach dann in der Mitte auseinander, so daß sich zwei Wagenhälften durch den Hof drehten. Apfelsinen, Zitronen und Limonen hüpften und rollten aus dem Karren heraus und verteilten sich über den Marmorboden des Hofes. Der vordere Teil des entzweigebrochenen Wagens verfing sich an einem Hindernis und kippte um. Natalja flog auf einen Teppich von Zitrusfrüchten.

Sie rollte sich ab, als sie auf dem Boden aufschlug, und konnte dem Sturz so seine Wucht nehmen. Als sie wieder auf den Beinen war, rannte sie zu Malachy, der im hinteren Wagenteil zusammengesackt war. Einen kurzen Augenblick lang dachte sie, die harte Landung hätte ihn umgebracht, aber dann sah sie im gelben Licht der Fackeln an den Hofwänden, wie sich seine Brust hob und senkte.

Er lebt! Sie lächelte, dann schüttelte sie den Kopf. Malachy mochte zwar noch am Leben sein, aber er wirkte wie vom Tode gezeichnet. Völlige Erschöpfung hatte seine Augen in tiefe graue Höhlen einsinken lassen, und der Schmutz vom langen Flug hob die Gesichtsknochen dunkel auf der gelbstichigen Haut hervor. Sein graues Haar war verfilzt und verdreckt, und der Gewichtsverlust durch die Reise hatte Gesicht und Körper erschreckend abmagern lassen. Die Wunden und Abschürfungen, die er von der Folter davongetragen hatte, trugen ebenfalls dazu bei, daß er eher dem personifizierten Tod als einem lebenden Menschen glich.

Sie selbst konnte auch nicht viel besser aussehen, wie ihr die erstaunten und entsetzten Mienen der Palastwachen eindrucksvoll bestätigten, die den zerschellten Wagen umringt hatten. Einige hatten ihre Krummsäbel gezogen, aber die meisten starrten sie einfach nur mit offenem Mund an. Sie lächelte die Männer breit an und stand vorsichtig auf. »Spricht einer von euch Stranisch?«

Die Wachen plapperten untereinander, dann rannte einer von ihnen davon. Natalja hielt ihr Lächeln weiter aufrecht und versuchte sich den Helorern mit einfacher Zeichensprache verständlich zu machen. Sie deutete auf Malachy, dann auf sich selbst, tippte an ihr rechtes Auge und sagte: »Alanim Schukri Awan.« Sie wollte ihnen damit klarmachen, daß Malachy und sie gekommen waren, um Schukri Awan zu sehen.

Die einzige Wirkung, die sie mit ihren Versuchen der Verständigung erzielte, war allerdings, daß sich die Wachen weiter zurückzogen. Von diesem offensichtlichen Scheitern war sie zwar etwas enttäuscht, aber dieses Ergebnis hatte auch sein Gutes. Zumindest verringerte dieser neue, respektvolle Abstand die Gefahr eines überraschenden Angriffs. Sie war vorerst zufrieden, setzte sich und nahm Malachys rechte Hand in die ihre.

Der goldene Metallfilm auf seiner Hand fühlte sich gar nicht recht nach Metall an, sondern eher wie gewöhnliche menschliche Haut. Sie konnte keine Linien oder Poren entdecken, spürte aber eine leichte Einbuchtung am Fingernagelansatz. Malachy hatte ihr nicht erklärt, was für eine Art Metall es war oder wie er zu diesem goldenen Ersatz für seine Hände gekommen war. Sie hatte ihn auch nicht gedrängt, ihr Näheres über seine Augen oder Hände zu erzählen, selbst wenn es sie manchmal einige Anstrengung gekostet hatte, ihre Neugierde zu zügeln.

Zwei Soldaten erschienen in Begleitung eines hochgewachsenen, schlanken Mannes in sehr ausgesuchter Kleidung. Der große Mann verneigte sich vor Natalja, dann sprach er sie auf ilbeorisch an. »Ich bin Suhayil ibn-Hakim, Berater des Alanim. Wer sind Sie und was ist Ihr Anliegen hier in Helor?«

Natalja hörte die Verwirrung und Feindseligkeit in der Stimme des Mannes und zögerte eine Sekunde, bevor sie ihm antwortete. »Mein Name ist Talia Konev, und das hier ist Martin Childs, ein Händler aus Ilbeoria. Wir waren in Wsorin gefangen. Wir sind gekommen, um Sie und Ihre ilbeorischen Truppen zu warnen, daß eine Invasionsstreitmacht aus Strana unterwegs ist. Wir müssen so schnell wie möglich mit dem Alanim sprechen.«

Suhayl bellte augenblicklich Befehle in Richtung zweier Wachsoldaten. Sie rannten in den Palast. Er antwortete Natalja auf stranisch: »Ich werde Ihnen zuliebe Ihre Muttersprache verwenden. Sie können den Alanim sprechen, aber erst, wenn Sie wieder etwas vorzeigbarer sind. Ich werde Alanim Awan informieren und ihm den Grund Ihres Besuches mitteilen. Wenn Sie bitte den Wachen folgen wollen, wird man Sie auf Ihr Zimmer bringen. Ihren Begleiter wird man auf einer Trage ebenfalls in den Palast bringen.«

Natalja war nicht begeistert von dem Gedanken, Malachy alleine zu lassen, aber Suhayls bestimmter Ton ließ ihr keine andere Wahl. Als Tachotha hätte sie sich ihm widersetzen können und hätte den Rang ebenso wie den Mut dazu besessen – doch es wäre gefährlich gewesen, ihm ihre wahre Identität zu enthüllen. Eine stranische Armee war im Anmarsch auf Helor, und in Schukri Awans Händen hätte sie eine wertvolle Geisel dargestellt. Auf den ersten Blick hätte es sicherlich so ausgesehen, als könne der Alanim die Husaren durch ihre Gefangennahme zur Umkehr bewegen, aber sie wußte, daß Grigori eben dadurch die endgültige Rechtfertigung erhalten hätte, um Helor dann mit dem Segen ihres Vaters zu erobern.

Und erobern würde er Helor ganz sicher. Zeitgleich mit dieser Überlegung erkannte sie, wie sehr sich ihre Gefühle für – und Ansichten über – Grigori in nur zwei Wochen verändert hatten. Zu Beginn hatte sie noch fest angenommen, Grigori sei von Arslow hinters Licht geführt worden. Sie hatte es als ihre Liebespflicht angesehen, ihn zu schützen und ihm zu erklären, daß Arslow ihn mißbrauchte. Ihn davon zu überzeugen, war ihr allerdings ungewöhnlich schwer gefallen, und sie hatte sich gefragt, wie er nicht sehen konnte, was ihr so offenkundig schien.

Er hat es nicht gesehen, weil er es nicht sehen wollte. Natalja zweifelte keine Sekunde daran, daß Arslow seine eigenen Intrigen verfolgte, aber das galt zweifellos ebenso für Grigori. Sie hatte sich so sehr darauf versteift gehabt, Arslow zu beobachten und ihm das Schlimmste zu unterstellen, daß ihr Grigoris Ränke völlig entgangen waren. Als sie sich überlegte, wie leicht es ihm gefallen war, sie zum Narren zu halten, keimte in ihr die Frage auf, wie lange er sich schon so verstellt hatte.

Ihr brannte das Gesicht vor Scham. *Zu lange schon, viel zu lange. Er hat mich als Mittel gesehen, um an die Macht zu kommen, aber dann erhielt er die Chance, dieses Ziel über Helor schneller zu erreichen, und prompt hat er mich fallen lassen.* Sie versuchte, den säuerlichen Geschmack in ihrem Mund hinunterzuschlucken. *Ich hätte wissen müssen, daß ich ihm nicht wirklich etwas bedeutet habe, als ich sah, wie er auf seine Niederlage beim Schach reagiert hat. Er ist nicht bereit, sich irgend jemandem unterzuordnen.*

Die Wachen brachten eine schweigsame Natalja in einen langgestreckten Flügel des Palastes mit kühlem Marmorboden und gekachelten Wänden. Der Korridor war so hoch, daß die Decke im Schatten hoch über dem Licht der Laternen in den Händen der Wachen verborgen blieb. Hier gab es keine Statuen oder Wandgemälde wie im Palast ihres Vaters, nur verschiedene spinnwebartige Muster auf den blauen und weißen Wandkacheln.

Der vorderste Posten klopfte vorsichtig an eine Türe, und Natalja war es, als höre sie das Kichern einer Anzahl von Mädchen hinter der Türe. Sie war darauf vorbereitet, daß eine Frau aufmachte – und das Erscheinen eines großen, wuchtig gebauten Mannes mit Vollglatze überraschte sie sehr.

Ihr verwahrlostes Äußeres schien ihn nicht weniger zu überraschen. Eine der Wachen sagte etwas auf helansajarisch, und der Eunuch scheuchte ihn mit fetter Hand weg. Dann trat er zur Seite, bat sie in den Raum und schloß hinter ihr schnell wieder die Türe.

Sie haben mich in ein Serail gesteckt! Natalja verschränkte die Arme. »Njet! Njet!«

Der Eunuch spähte in den dunklen Raum. »Dobrila!«

Natalja hörte Stoff rascheln, als eine zierliche Frau mit dunkelbraunem Haar aus einem Bett von Kissen aufstand und einen Rock aus durchscheinender Seide überstreifte. Die Frau trug Pantöffelchen, und ein feines Kettchen glänzte golden an ihrem rechten Knöchel, aber sonst war sie nackt. Ihre kleinen Brüste und die ganze Gestalt ließen sie fast knabenhaft erscheinen, aber der Schwung ihrer Hüften und die Art, wie sie sich Natalja näherte, löschten diesen Eindruck schnell aus.

Der Eunuch sprach zu Dobrila, die sich wiederum in stockendem Stranisch an Natalja wandte. »Das ist Dschabr. Er betreut die Frauen des Alanims.«

»Ich bin hier *nicht* zum Vergnügen des Alanims.«

Die kleine Stranin sprach mit dem Eunuchen und nickte, als er ihr Antwort gab. »Dschabr sagt, die Wachen haben ihm von Suhayl ausgerichtet, daß du gewaschen und hergerichtet werden sollst.« Sie rümpfte die Nase. »Du stinkst wie fauliges Obst und siehst aus, als hättest du einen Monat nicht gebadet.«

Natalja setzte schon zu einer harschen Zurechtweisung an, aber dann bremste sie sich und kicherte. *Ich hätte sie fast angefahren, und für was? Daß sie die Wahrheit sagt?* »Zeigst du mir dann bitte, wo ich baden kann?« Natalja lächelte Dobrila höflich an, und die Stranin nickte.

Als sie der Stranin durch den Raum folgte, konnte sie ein Dutzend schlafender Frauen zählen. Ohne Zweifel verbargen die dünnen Schleier, die von der Decke hingen, und die Schatten weiter hinten im Raum noch Dutzende anderer. *Wie viele von ihnen hat man aus meinem Land geholt und hier so erniedrigt?*

Dobrila führte Natalja in einen gekachelten Raum mit zwei Wasserbecken. Das größere der beiden dampfte, das andere nicht. »Das kleine Becken ist zum

Baden gedacht. Ich suche dir Kleider und vielleicht etwas zu Essen, da?«

»Da.« Natalja lächelte dankbar. »Brot, bitte, kein Obst.« Die Tachotha legte die Hände auf den Bauch. »Kein Obst.«

Die stranische Sklavin nahm ein Stück Seife und eine Bürste aus einer kleinen Höhlung in der gekachelten Wand und reichte Natalja beides herüber. »Sei gründlich. Schukri Awan kann dich jederzeit rufen. Ich komme mit Essen wieder.«

Natalja zog sich aus und warf die stinkenden Kleider auf einen Haufen in die Ecke. Sie prüfte mit dem Fuß die Temperatur des Wassers und stellte fest, daß es lauwarm war. Dann ließ sie sich bis über den Kopf ins Wasser sinken. Als sie wieder hoch kam, fuhr sie sich mit den Fingern durchs Haar und erschrak, wie verfilzt und verknotet es war.

Sie wollte das Wasser lieber gar nicht erst soweit zur Ruhe kommen lassen, daß sie ihr Spiegelbild darin erkennen konnte, und sie seifte und schrubbte sich mit einem Eifer, der sie daran erinnerte, wie ihre Ammen sie als Kind gebadet hatten. Damals hatte sie es gehaßt, aber jetzt wußte sie es wirklich zu schätzen. Sie schauderte, als sie hinunter blickte und sah, wie dreckig das Wasser schon geworden war. Sie wusch sich die Haare, spülte sie sauber und wusch sie gleich noch einmal.

Nachdem sie die Seife ganz herausgespült hatte, hob sie sich auf die Kante des kleineren Beckens, drehte sich auf dem Po herum und glitt in das heiße Becken. Im Gegensatz zum Inhalt des Badebeckens schien das Wasser hier geradezu brühend heiß. Der Sonnenbrand an ihrem Hals und auf den Handrücken schmerzte in dieser Hitze. Sie hangelte sich an der Beckenkante entlang, bis sie an eine flache Stelle kam, wo sie sich auf den Rücken legen konnte. Sie ließ sich das warme Wasser über den Bauch schwappen – wie Wellen am Strand.

Den Kopf legte sie auf die Kante des Beckens und entspannte.

Fast sofort fragte sie sich, welche Behandlung Malachy wohl erhielt. Sie versuchte, sich Kidd in einer ähnlichen Situation irgendwo anders im Palast des Alanims vorzustellen, aber das geistige Bild vor ihren Augen war komplett mit abgenutzten Stiefeln und durchgewetzter schwarzer Hose ausstaffiert. Das kam ihr reichlich seltsam vor. Sie versuchte, ihn sich nackt vorzustellen, aber es gelang ihr nicht. Das erschien ihr noch merkwürdiger.

In der Zeit, bevor er seine Augen verloren hatte, war er oft Gegenstand ihrer Phantasien gewesen. Ob allein im stillen Kämmerlein oder kichernd bei ihren Schwestern, sie hatte nie Probleme gehabt, ihn sich nackt vorzustellen. Da sie ihn in Wirklichkeit nie nackt gesehen hatte, waren die anatomischen Details dieser Phantasien Veränderungen unterworfen gewesen, aber ihre Vorstellungskraft hatte ihr diese Einzelheiten noch nie verweigert.

Natalja runzelte die Stirn. Sie und Malachy waren sich in den letzten anderthalb Wochen näher gewesen als je zuvor. Gemeinsam hatten sie sich unter ihrem Wagen zusammengekauert, um der Sonne zu entgehen. Sie waren in den Armen des anderen eingeschlafen und auch so wieder aufgewacht. Selbst seine unschuldige Umarmung schien sie gegen jede Sorge und Wut abzuschirmen, die sie sonst vom Schlafen hätte abhalten können.

Malachy war schüchtern und zärtlich in seiner Sorge um sie und ihre Bedürfnisse gewesen und hatte sich stets davor gehütet, in ihre Gedanken einzudringen oder sie auf unangebrachte Weise zu berühren. Oft war sie in Seitenlage aufgewacht, den Rücken an seinen Bauch geschmiegt. Wäre Grigori an Malachys Stelle gewesen, hätte er wohl den Arm über ihren Bauch oder die Hand um eine ihrer Brüste gelegt, doch Malachy hatte nichts dergleichen getan. Seine freie Hand hatte immer ihre Schulter umschlossen wie eine Epaulette, hatte ihr Sicherheit vermittelt, ohne eine unerwünschte Intimität herzustellen.

Natalja bewunderte seinen Takt und seine Selbstbeherrschung. Gelegentlich hatte das Stocken in seiner Stimme, wenn das Gespräch auf gefühlsbeladene Themen zusteuerte, sie völlig überrascht. In der Dunkelheit auf dem unter den Sternen dahinfliegenden Skiff war es ihr leichtgefallen, sich zwölf Jahre jünger zu fühlen. Sie hatte sich mit Malachy so offen und leicht unterhalten, wie sie es seit jenen Tagen im Lescarenkrieg nicht mehr erlebt hatte. Manchmal hatte es geradezu geschienen, als seien die dazwischen liegenden Jahre nur ein langer Traum gewesen, aber dann hatte Malachy plötzlich das Thema gewechselt und sie daran erinnert, daß sie sich beide verändert hatten.

Malachys Selbstdisziplin war wirklich bewundernswert gewesen – zu ihrer Enttäuschung. Sie gestand sich das ohne Zögern ein. Vor der letzten Etappe auf dem Flug nach Helor hatte sie versucht, Malachy zu einem zusätzlichen Tag der Rast zu überreden. Sie hatte es für nötig und vernünftig gehalten, aber gleichzeitig hatte sie auch mehr Zeit mit ihm allein gewinnen wollen. Als er sich geweigert und sie daran erinnert hatte, daß es um Menschenleben ging und sie keine Zeit zu verschenken hatten, war sie froh gewesen, daß er ihr schmollendes Gesicht nicht hatte sehen können.

Er hatte sich während ihrer gemeinsamen Zeit sehr bemüht, sie nicht so zu behandeln, als wären die Gefühle noch vorhanden, die sie einmal füreinander empfunden hatten.

Sie hatte ihre gemeinsame Zeit damit verbracht, diese Gefühle langsam wieder aufkeimen zu lassen. Sie waren nicht auf einen Schlag zurückgeflutet, sondern es war eher ein stetiges Sickern gewesen. Stück für Stück hatten sich die Erinnerungen wieder eingestellt, und immer wenn sie Malachys Verhalten mit dem Grigoris verglich, hatte der Husar schlechter abgeschnitten.

Aber genau wie Grigori die Erinnerungen Nataljas an die gemeinsamen Schachpartien mit Malachy nicht hatte verdrängen können, besaß sie auch keine intimen Erinnerungen an den Ilbeorer, die sie die entsprechenden Momente mit Grigori hätten vergessen lassen können. Es hatte Augenblicke gegeben, als sie eng an Malachy geschmiegt wach lag, da sie gehofft und sich gewünscht hatte, er würde die Hand von ihrer Schulter nehmen und ihr über den Bauch streicheln. Sie hatte sich danach gesehnt, daß er sich ihren aufkeimenden Gefühlen entsprechend verhielt, aber das hatte er nie getan.

Natalja wußte, daß sein Mangel an Eifer zumindest teilweise auf pure Erschöpfung zurückzuführen sein mußte, doch es spielten auch noch andere Dinge eine Rolle. Malachy hatte schon immer einen ausgeprägten Sinn für Verantwortung besessen. Genau so, wie er sich jetzt antrieb, um andere Ilbeorer vor dem anrückenden stranischen Heer zu schützen, beschützte er auch sie vor seinen Annäherungen.

Obwohl sie darauf gar keinen Wert legte.

Sie versuchte, sich darüber klar zu werden, wann sie aufgehört hatte, wütend und verletzt zu sein – wie all die Jahre zuvor –, und sich wieder in ihn verliebt hatte. Teilweise lag es wohl an der gefühlsmäßigen Distanz, die er zwischen ihnen beiden aufgebaut hatte. Sie zeigte seinen Respekt vor ihr und die Bereitschaft, ihr Wohlergehen über seine eigenen Gefühle zu stellen. *Er war bereit, seine Gefühle den meinen unterzuordnen, etwas, das Grigori niemals tun würde.*

Allmählich erkannte sie auch, daß der Malachy Kidd,

über den sie so wütend gewesen war, nie mehr als eine monströse Ausgeburt ihrer Phantasie gewesen war. Der Mann, in dessen Begleitung sie diese Reise zurückgelegt hatte, war kein gedankenloses Untier, sondern ein Mensch, der sich bei ihr entschuldigt und sein Versagen zugegeben hatte. Sie hatte sich ein Schauerbild von ihm aufgebaut und sich dann geweigert, in ihrem Innern zuzugeben, daß dieses Bild fehlerhaft sein könnte. *Jedenfalls habe ich mir das nicht sofort eingestanden, aber nach und nach hat auf dieser Reise auch mein Herz erkannt, was mein Verstand schon wußte.* Der Gedanke machte sie schmunzeln.

Dobrilas Rückkehr holte Natalja wieder in die reale Welt zurück. »Wir müssen uns beeilen. Alanim Awan wünscht dich schnell zu sehen.« Die Sklavin trocknete Natalja mit einem Handtuch das Haar und kämmte es aus. Der Eunuch kam ins Bad und brachte einen grünen Seidenmantel, den Natalja mit einer schwarzen Schärpe um die Taille schloß. Dobrila warf sich einen Umhang aus dunkelblauem Samt über, dann führte sie Natalja durch den Harem zurück in den Korridor.

»Folge mir.«

Sie gingen die dunklen Flure hinab – immer tiefer in das Labyrinth des Palastes. Natalja wußte, daß sie irgendwann an ein Ende gelangen und in einen der Flügel abbiegen mußten, da der Palast selbst unmittelbar an den Dschebel Quirana stieß. Man konnte nicht ewig weiter nach Süden gehen. Irgendwann war das Gebäude zu Ende.

Genau in diesem Augenblick öffnete Dobrila eine Türe und stieg eine lange Wendeltreppe hinab. Auf drei Treppenabsätzen wurden sie von jeweils einer Doppelwache durch verschlossene Türen gelassen. Als sie nach Nataljas Schätzung gute fünfzehn Meter unter der Erde waren, traten sie in einen großen Saal mit gewölbter Decke, deren höchster Punkt schätzungsweise auf halber Strecke zurück zur Oberfläche zu liegen schien. Überall brannten Öllampen, und ihr Rauch zog durch ein vergittertes Loch in der Mitte der Decke ab.

Der Saal selbst war beeindruckend und chaotisch zugleich. Zwanzig Meter entfernt auf der gegenüberliegenden Seite des Saales stand ein Steinthron in einem Torbogen, der geradewegs in den Dschebel Quirana geführt hätte, wäre er nicht hinter dem Thron mit einer glänzendblauen Kachelwand verschlossen gewesen. An der Oberfläche existierte ein ähnlich gefärbter gigantischer Torbogen hinter dem Palastgebäude, der den Zugang zum Dschebel Quirana auf die gleiche Weise versperrte, und aus der Luft noch über eine weite Entfernung zu sehen war.

Als Armstützen dienten dem Thron zwei Tiger, und eine Steinplatte, in die ein goldenes Spinnwebmuster eingelegt war, fungierte als Rückenlehne. Der Stil der Steinmetzarbeit wirkte archaisch, und die Tierdarstellungen verwirrten Natalja. Die ataraxianische Glaubenslehre verbot die Abbildung von Götzen, was in der Regel dazu führte, daß gläubige Ataraxianer nur geometrische Figuren oder Pflanzenmuster in ihren Ornamenten benutzten. *Könnte der Thron noch aus einer Zeit stammen, bevor der Ataraxianismus Estanu erreichte?*

Zwischen dem Eingang und dem Thron waren mehr oder weniger ordentlich alle möglichen Schätze aufgestapelt, die sich Natalja nur hätte ausmalen können. Die einzige erkennbare Ordnung bestand darin, daß die einzelnen Schatzhaufen und -stapel in sich einheitlich wirkten. Davon abgesehen war jedoch keinerlei Prinzip zu erkennen. Berge von Münzen lagen in unmittelbarer Nähe zum Thron aufgehäuft und handgewebte Teppiche neben dem Eingang gestapelt, alles andere lag dazwischen herum.

Schukri Awan blickte von dem Berg Goldmünzen auf

und lächelte. »Danke, Dobrila, das hast du gut gemacht. Du kannst gehen.«

Dobrila verneigte sich und ging zur Wendeltreppe zurück. Natalja versuchte erst gar nicht, ihr Erstaunen zu leugnen. »Ihr sprecht Stranisch?«

Der kahle Mann strich sich über den schwarzen Bart und nickte. »Wie Sie gesehen haben, besitze ich stranische Sklaven, die mir nun dienen, wie ich einst in Wsorin gedient habe. Dort habe ich etwas von Ihrer Sprache erlernt, und ich habe mich bemüht, auf dem laufenden zu bleiben. Ich bin der Ansicht, daß es für einen Fürsten wichtig ist, die Sprache seiner Untertanen zu beherrschen, da?«

»Ich wußte nicht, daß Helor einen so großen stranischen Bevölkerungsanteil hat.«

»Nicht so scheu, Tachotha Natalja, ich bitte Sie.«

Natalja lächelte, um ihre Überraschung zu verbergen. »Ihr verwechselt mich mit jemandem, Alanim.«

Awan ließ die Münze in seiner Hand hochspringen. »Bitte, beleidigen Sie nicht meine Intelligenz. Wie Sie sehen können, bin ich ein Sammler, unter anderem auch von Münzen. Meine eigentliche Sammlung befindet sich oben, und ich werde Sie Ihnen später gerne zeigen. Überflüssig zu sagen, daß ich zahllose Münzen mit Ihrem Konterfei darauf besitze – sie mögen zwar schon sieben Jahre alt sein, aber wie ich bei Ihrem Bad sehen konnte, haben Sie sich gut gehalten.«

Natalja brannte das Gesicht. »Sie haben mich beim Bad beobachtet?«

Seine Augen glitzerten amüsiert. »Beruhigen Sie sich, Tachotha.« Er berührte die bläuliche Haut um seine Augen, dann schnippte er mit einem Finger an sein leicht spitz zulaufendes Ohr. »Es fließt zwar genug durranisches Blut in Ihren Adern, daß ich Sie als Zuchtmaterial in Betracht ziehen könnte, aber ich begehre Sie nicht. Selbst das geringste der Weiber in meinem Serail ist in den Genüssen der Liebe erfahrener als zehn Straninnen. *Diese* Wünsche erfülle ich mir dort. Ihre Anwesenheit ist mir aus anderen Gründen ein Bedürfnis, das zum Teil schon dadurch gestillt wurde, daß ich Sie leibhaftig in Augenschein nehmen konnte. Die Prägemeister dieser Münze waren wirklich hervorragend. Leben sie noch? Ich möchte, daß sie meine Münzen herstellen.« Awan drehte sich um und deutete auf den Thron. »Ich glaube, ich lasse mir diesen Thron auf die Rückseite der Münze prägen, während mein Bild auf die Vorderseite kommt. Ich weiß, daß man für eine Münze die Profilansicht bevorzugt, ich frage mich allerdings, welche Seite ich vorziehen soll. Die rechte oder die linke? Was meinen Sie?«

Als Awan sein Gesicht erst nach rechts, dann nach links drehte, dachte sie einen Augenblick über seine Frage nach. Da schoß es ihr in den Kopf, daß diese ganze Unterhaltung vollkommen lächerlich und nicht eines Gedankens wert war, vor allem unter den jetzigen Umständen. »Wo ist mein Begleiter?«

Awan blickte sie an, als sähe er sie nun zum ersten Mal, dann lächelte er. »Euer Wolfspriester?«

»Wie?«

»Habe ich meine Sammlung von Denkmünzen nicht erwähnt? Auf der Denkmünze für die Rawadjeka, die mit ihm zusammen in Glogau gefochten haben, ist sein Profil weniger lebensecht als Ihr Porträt auf der Münze. Aber Münzgeld verlangt auch eine besondere Sorgfalt, nicht wahr? Wenn die Leute auf den Münzen einen starken, vertrauenerweckenden Führer sehen, folgen sie ihm auch, da?«

»Wo ist er?«

»Suhayl wird ihn herbringen, wenn er soweit ist.« Awan schnippte die Münze über die Schulter nach hinten, wo sie klingelnd auf den Haufen fiel. »Ich bin so glücklich darüber, Sie hier zu sehen. Sie sind mein erster richtiger Besuch – na ja, mein erster Besuch von Rang. Sind Sie als Gesandte hier?«

Natalja schüttelte den Kopf. »Nein, wir sind gekommen, um Sie und die Ilbeorer hier vor dem stranischen Heer zu warnen, das im Anmarsch auf Helor ist.«

»Ja, ja, eine hübsche Phantasie zur Ablenkung für meine Palastgarde.« Der Mann lächelte, als seien sie engvertraute Freunde. »Ich habe eine Kavallerieschwadron ausgeschickt, damit sie dieses Heer vernichtet, von dem Sie erzählen, nur damit man glauben kann, ich nähme diese List ernst. Nun also … Nein, das kann nicht sein.«

»Was kann nicht sein?«

Awan bedeckte den Mund mit einer Hand. »Ihr Vater hat nicht wirklich gedacht, er könne mich davon abhalten, Strana zu erobern, indem er Sie hierher schickt, oder? Sie sind nicht als *Bestechung* gedacht, oder doch?«

»Nein! Natürlich nicht!« Awans Geschwätz ergab für Natalja keinen Sinn, und ihre Müdigkeit höhlte ihre Selbstbeherrschung rapide aus. »Wie kommen Sie darauf, Sie könnten Strana jemals erobern?«

Awans durch den Saal hallendes Gelächter ließ einen Unterton von Wahnsinn hören. »Oh, es ist wirklich wahr, sie sehen niemals, was offensichtlich ist. Vergeben Sie mir, Tachotha Natalja. Gestatten Sie mir, mich vorzustellen, wie es sich gebührt.« Schukri Awan trat auf das Podium, auf dem sich sein Thron befand. »Steh vor mir und lerne die wahre Furcht kennen, Tochter Stranas. Ich, Schukri Awan, bin der wiedergeborene Dost. Noch vor Ende dieses Jahres werde ich wieder Herr über ganz Estanu sein.«

Malachy erwachte mit einem Ruck, als eine Hand grob gegen seine Brust drückte. »Wer ist das?«

»Ein Freund. Wir haben nur wenig Zeit.« Die Stimme flüsterte in einem stark akzentuierten Ilbeorisch, aber

Malachy verstand, was sie sagte. »Du bist ein Wolfspriester.«

»Ja, genau wie die anderen hier.«

»Es gibt hier keine anderen.«

»Was?« Malachy streckte die Hand aus und packte das Hemd des Fremden etwas unterhalb der Stelle, von wo er dessen Stimme kommen hörte. »Das Luftschiff, die *Saint Michael*, hat doch Truppen hiergelassen.«

»Ah, diese Augen!« Der Mann packte Malachys linkes Handgelenk mit beiden Händen, konnte sich aber nicht aus dessen Griff befreien. »Du irrst dich. Es gibt keine Truppen hier.«

Dann war das, was ich in der Zelle hörte, eine Lüge. Warum? Malachys Griff erschlaffte, als ihm alles klar wurde. *Ich bin hinters Licht geführt worden. Arslow hat mich getäuscht, und er hat Natalja getäuscht. Sie befreite mich, und ich habe sie nach Helor mitgenommen, um meine Leute zu retten. Er erzählt ihrem Vater, daß ich sie entführt habe, und der Tacier wird alles unterschreiben, was Arslow verlangt, um sie zurückzubekommen. Ich wollte einen Krieg verhindern, und jetzt habe ich ihn ausgelöst.*

»Du hast gesagt, du bist ein Freund. Was heißt das?«

»Man könnte eine Botschaft nach Aran schaffen.«

»Wie?«

»Signale, Spiegel, Sabbakrasulin.«

Malachy verzog das Gesicht. Sabbakrasulin waren ataraxianische Teufelsläufer – Männer, die sich dem Teufel auslieferten, um schnell laufen zu können. *Wenn ich sie benutze, trage ich zu ihrer ewigen Verdammnis bei. Aber tue ich es nicht, droht eine noch größere Katastrophe.* »Was willst du dafür?«

»Wolfspriester sind reich.«

»Ich verspreche dir soviel Gold, wie du tragen kannst.«

»Ich bin nur ein schwacher Mann.«

»Bringe deine Freunde mit.«

»Ich habe fünf sehr starke Freunde.«

»Nur fünf?«

»Sie werden ihre Frauen mitbringen. Sie haben viele Frauen.«

»Gut, machen wir es zu einer Familienangelegenheit. Abgemacht.« Malachy stützte sich auf die Ellbogen. »Laß dem Prinzen Trevelien eine Nachricht zukommen. Ein stranisches Husarenregiment ist unterwegs, um Helor zu belagern. Er soll sofort Hilfe schicken – soviel er in der Eile bewerkstelligen kann. Wenn er nicht sofort mit allem nötigen Nachdruck handelt, wird nächsten Sommer Wassili Arslow im Regierungsgebäude in Dhilica sitzen und das Rückgrat unserer Wirtschaft unter seinen Stiefeln zu Staub zermalmen.«

50. Kapitel

Gauntlan Manor, Dhilica, Puresaran
Aran

15. Majest 1687

Amanda Grimshaw bekam es mit der Angst zu tun, als sie in der Tür zum Arbeitszimmer ihres Vaters stand. Der tanzte in der Mitte des Raums im Kreis und schlug im Takt der Mitternacht schlagenden Uhr auf dem Kaminsims mit den Armen auf und ab. So wie er den Kopf nach hinten geworfen hatte und mit rhythmischem Geschnaufe leise vor sich hinflüsterte, sah er aus, als würde er jeden Augenblick sterben oder möglicherweise – unglaublicherweise – unbändig lachen. Tränen kullerten dem alten Mann über die Wangen, was Amanda glauben ließ, daß er tatsächlich lachte, und das machte ihr fast noch mehr Angst als die Möglichkeit, er könne sterben.

Mein Vater lacht nur über das Unglück anderer. »Vater, was ist los? Wer hat dich da gerade besucht?«

Der Alte drehte sich noch einige Male um sich selbst, dann hielt er plötzlich inne, schien erstarrt wie ein Beutetier, unmittelbar bevor es die Flucht vor einem Raubtier ergriff. Erwin Grimshaws graue Augen liefen über vor Tränen, aber sie waren nicht rot gerändert wie beim Weinen. »Was los ist? Gar nichts, meine Liebe, gar nichts. Edwards hat mir nur das hier aus dem Büro gebracht, und jetzt ist alles perfekt.«

Er hielt ein Papier hoch und zog es dann wieder vor sein Gesicht. Seine Augen huschten über die Schriftzeichen, dann lachte er noch einmal. »Das ist noch besser als perfekt.«

Amandas Linke fuhr ihr an die Kehle. »Was, Vater?«

Erwin schielte sie schräg über die gebuckelte Schulter hinweg an und zog die Oberlippe hoch, fast wie ein Köter, der seinen Knochen verteidigte. Dann ließ er die Schultern sinken und grinste. »Das, Amanda, ist die Lösung für all unsere Probleme. Alles, was wir gesagt haben, hat sich als richtig erwiesen. Diese Narren drüben in Ilbeoria haben einen fatalen Fehler begangen, indem sie nicht auf uns hören wollten.« Sein Gesicht verdüsterte sich. »Das Debakel in Dughur wird die Angelegenheit etwas verkomplizieren, aber ich glaube, daß wir die Lage in nächster Zeit in den Griff bekommen.«

»Du machst mir Angst, Vater.«

Erwins Miene wurde sanfter. »Nein, nein, das würde ich nie tun wollen.« Er schaute wieder auf das Papier, drängte sein breites Grinsen zurück und winkte seine Tochter zu einem Stuhl. »Laß es mich dir erklären, Amanda. Diese Botschaft hier kommt aus Helor. Ich habe dort mit einer bestimmten Gruppe von Leuten arrangiert, daß sie mir Informationen zukommen lassen, auf deren Grundlage ich unseren Profit steigern kann. Es sind gewöhnlich nur Gerüchte und Informationen über gute Ernten, böse Überschwemmungen und dergleichen. Manchmal aber erreichen mich auf diesem Weg auch Informationen von entscheidender Bedeutung. So wie diese.«

Amanda beugte sich vor, aber ihr Vater drehte sich weg und fing an, im Zimmer auf und ab zu gehen, bevor sie das Gekritzel auf dem Blatt lesen konnte. Offensichtlich mußte diese Nachricht für irgend jemanden, den ihr Vater haßte, Verheerendes bedeuten. Sie hoffte, daß es nichts mit Robin zu tun hatte, aber da sie seine engen Beziehungen zu Prinz Trevelien kannte, konnte sie sich des Gefühls nicht erwehren, daß alles, was ihren Vater glücklich machte, Robin nur schaden konnte.

»Ich glaube, du traust mir nicht, Vater.«

Erwin zögerte einen Augenblick, bevor er sich wieder zu ihr umdrehte. »Ich dir nicht trauen?«

Amanda schenkte ihm ihr strahlendstes Lächeln. »Ich wollte dich necken, Vater, genauso, wie du mich mit deinen Nachrichten in dieser Botschaft hier neckst.« Sie lehnte sich weiter vor, stützte die Ellbogen auf die Knie und sah zu ihm auf. »Es muß sehr aufregend sein.«

»Außerordentlich aufregend, meine Liebe.« Erwin hielt das Papier in die Höhe, als sei es eine Botschaft von Gott persönlich. »Die Botschaft wurde mir von einem Martinspriester namens Fiddauyun gesandt. Er bittet den Prinzen darum, Hilfe zu schicken, weil ein Regiment der Kaiserlichen Husaren aus Strana gegen Helor in Marsch gesetzt wurde. Die Botschaft ging vor etwa vier oder fünf Tagen aus Helor ab. Was für ein Name ist das, Fiddauyun? Danorisch? Culordainisch?«

»Ich weiß es nicht, Vater.« Amanda blickte auf ihre Hände hinab und zwang sich, ihr Zittern zu unterdrücken. »Wirst du dem Prinzen diese Botschaft übermitteln? Du hast schon seit langem vorhergesagt, daß genau das passieren würde. Jetzt hast du den Beweis dafür, daß du immer recht hattest.«

»Amanda, mein Vögelchen, diesen Beweis habe ich schon lange. Ich hatte die Voraussicht und habe entsprechend vorbeugende Maßnahmen getroffen. Da die Straner im Winter keinen Nachschub über die Himlanpässe bringen können, werden wir bis zum Frühjahr Zeit genug haben, uns auf ihren Angriff vorzubereiten. Wir werden gewappnet sein, und Grimshaws Miliz wird an der Spitze der Verteidigung Arans stehen.«

»Aber Vater, wenn du es dem Prinzen jetzt meldest, kann er Helor vielleicht noch helfen. Das könnte den Krieg verhindern.«

Grimshaw runzelte leicht die Stirn. »Was sollte das nützen, Tochter?«

»Man könnte dadurch Leben retten, Vater.«

»Es könnte ein paar Ataraxianer retten, aber deren Rettung geht mich nichts an und ihr Tod wird auf das Gewissen der Straner gehen, die sie angreifen.« Erwin schüttelte entschieden den Kopf. »Wenn ich dem Prinzen diese Information weitergebe, also, nein, das werde ich nicht, ich werde es einfach nicht tun. Das fällt auf den Prinzen zurück. Wäre ich in Vlengul, wie ich es vorhatte, hätte er mich nicht aus kleinlicher Großmannssucht daran gehindert, hätten meine Stellvertreter hier ihm diese Botschaft ausgehändigt. Er hatte seine Chance, und er hat versagt.«

Erwin warf seiner Tochter einen harten Blick zu. »Wenn ich das an den Prinzen weitergäbe, würde er die *Saint Michael* nach Norden schicken und vielleicht sogar etwas ausrichten. Dann würde er als der Retter Arans dastehen. Seine Macht wüchse und seine Regierung hier nähme an Härte zu. Diese Information in den Händen des Prinzen würde mich und Grimshaw Mercantile vernichten, und damit alles, wofür wir hier in Aran gearbeitet haben. Das werde ich nicht zulassen. Prinz Trevelien ist der schlimmste Feind, den Aran hat, und indem ich ihm diese Nachricht vorenthalte, kann ich garantieren, daß man ihn nach Ludstone abberufen wird.« Ihr Vater lachte wieder. »Ja, und dann wird mein Bruder Philbert mich als neuen Generalgouverneur vorschlagen. Wenn wir die Straner erst wieder in ihr eigenes Land zurückgejagt haben, werde ich die einzig logische Wahl sein. Ja, das ist einfach perfekt.«

Erwin hielt die Botschaft über die Flamme der Öllampe auf seinem Schreibtisch. Das Papier fing schnell Feuer, verkohlte und schrumpelte zusammen. Nachdem der beschriebene Teil verbrannt war, ließ er das brennende Papier auf den Boden fallen und trat die Flammen mit dem Fuß aus. »Ein wundervoller Tag.«

Amanda zwang sich zu einem Lächeln. »Das ist er, Vater.«

»Das Ende einer Ära und der Beginn einer neuen, die Mut und Pflichtbewußtsein erfordern wird.«

Kannst du meine Gedanken lesen, Vater? »Ja, Sir. Das habe ich verstanden.«

»Das weiß ich.« Erwin klopfte sich auf den Bauch. »Das ist ein Anlaß zum Feiern. Du solltest mit deiner Tante ein Glas Portwein trinken, ich glaube, das ist schon angemessen.«

»Wirst du dich uns anschließen?«

»Ich werde mich in den Turm zurückziehen. Geh nur ohne mich.«

»Ja, Vater.« Amanda stand auf und küßte ihren Vater auf die Stirn. »Ich liebe dich, Vater.«

Erwin Grimshaw trat einen Schritt zurück, und seine anfängliche Überraschung verwandelte sich in Freude. »Ich bin gesegnet, daß ich eine solche Tochter wie dich habe, Amanda. Gute Nacht.«

»Ja, Vater, gute Nacht.« Amanda preßte die Arme um den Körper, als ihr Vater davonging. *Mut und Pflichtbewußtsein, Vater, das sind deine Worte. Die Ära, die heute nacht endet, ist die Ära, in der ich deine Tochter war. Ab heute beginnt mein neues Leben als Bürgerin Ilbeorias. Gott gebe mir den Mut, meine Pflicht gegenüber meinem Vaterland anzunehmen und zu erfüllen!*

Bir el Dschamadschim
Helansajar

Grigori Khrolic hätte es nie für möglich gehalten, daß Vandarirüstungen unbemerkt durch die Wüsten des helansajarischen Tieflandes gelangen konnten, aber die nur als Schattenrisse sichtbaren Wachen um das feindliche Lager schlugen keinen Alarm. Nur noch dreißig Meter trennten die Elitekompanie der Vandariwidder von der helorischen Kavallerieschwadron, die um die Oase von Bir el Dschamadschim lagerte. Die Lautlosigkeit, mit der die Widder angerückt waren, ließ die Männer, die sie töten würden, nichts von dem bevorstehenden Angriff auf ihr Lager ahnen.

Die meisten von ihnen würden im Schlaf sterben.

Drei rote Symbole auf schwarzen Quadraten trieben am oberen Rand von Grigoris Sichtfeld. Das erste zeigte einen Widderhuf und stand für den Zauber, der die Rüstung bewegte und nützlich sein ließ. Das zweite zeigte einen Umriß der Widderrüstung und markierte den Zauberspruch, der sie in Schatten hüllte und mit der Nacht verschmelzen ließ. Das letzte Symbol sah aus wie ein in zwei Hälften zerrissenes Ohr, und sein Zauber dämpfte die Bewegungsgeräusche des Widders. Durch diese drei Zauber, die zwar an den Kräften der Träger zehrten, aber nicht in übermäßiger Weise, hatten die Vandariwidder sich unbemerkt von der Hauptstreitmacht des stranischen Heers lösen können, um die am Tag zuvor von der *Sarnitskij* entdeckte helorische Kavallerie zu vernichten.

Nach der üblichen stranischen Militärdoktrin hätte Grigori die *Sarnitskij* ein paar Breitseiten auf das Lager der Helorer abfeuern lassen müssen. Er hatte diese Taktik jedoch verworfen, weil das Stampfen der Schiffsmaschinen ausgereicht hätte, die Helorer zu wecken. Einmal aufgeschreckt, wären die Reiter sofort ausgeschwärmt, und die Breitseiten hätten sie nicht alle erwischen können. Bei dem Angriff auf die helorischen Reiter aber ging es darum, die Entdeckung ihres Heeres bis zur letzten Minute hinauszuzögern. Überlebende, die nach Helor fliehen und Meldung erstatten konnten, durfte es nicht geben.

Noch wichtiger war ihm allerdings, daß die Vandariwidder bei diesem Feldzug ihren ersten Kampf bestanden. Sie hatten im Lescarenkrieg gut gekämpft, aber seitdem hatten sie eine eher ruhige Kugel geschoben. Einer der Vandari war darüber so unvorsichtig geworden, daß er es geschafft hatte, sich bei der Jagd auf Banditen umbringen zu lassen – was Grigori zu Widder 27 verholfen hatte. Und während er seinen Widder hatte einsetzen können, um den Helansajarenangriff auf Natalja abzuwehren, hatten die anderen schon seit Jahren in keinem echten Gefecht mehr gestanden.

Sie brauchen eine Erinnerung an das Stahlgewitter des Krieges. Grigori richtete Widder 27 auf die Hinterbeine auf. Er hob die Vorderbeine, deutete nach vorn, dann sprang er los. Auf allen vieren galoppierte die Rüstung geradeaus. Funken stoben, wo ein Stahlhuf auf halb unter der Erde liegende Steine traf, aber selbst das konnte die Posten rund um die Schädelquelle nicht alarmieren.

Als sich einer der Wachposten schließlich doch umdrehte, vermutlich aufgeschreckt vom Beben des Bodens unter den Vandarihufen, verzerrte sich sein Gesicht vor Entsetzen. Ein Huf schoß vor und der Mann flog mit zerquetschtem Brustkorb davon. Noch bevor sein Körper auf dem Boden aufschlug, waren die dreißig Vandariwidder schon über den Rand der Senke. In einer stählernen Stampede krachten sie mitten durch das Reiterlager bis zum südlichen Ende der Senke, dann kehrten sie um und stampften wieder nach Norden, um die letzten Versprengten zu töten.

Die an den Widderhörnern verfangenen Zeltbahnen knatterten wie Wimpel im Wind, als die Vandari ihre Opfer verfolgten und zermalmten. Grigori hatte es für offensichtlich gehalten, daß Schwerter gegen die Gewalt dieser Kriegsmaschinen nichts auszurichten vermochten, aber das hielt die Helorer nicht davon ab, ihre Schamschirs blankzuziehen und sich gegen die Widder zu werfen. Klingen schlugen auf Vorderhufe, die sich zur Parade erhoben, dann starben die helorischen Säbelkämpfer unter beiläufigen Streifschlägen, die ihnen die Glieder zerschmetterten und lebenswichtige Organe zerbersten ließen.

Das gellende Geschrei Sterbender und das scheppernde Klingen aufeinanderprallenden Metalls erfüllte die von Lagerfeuern erhellte Oase. Die gigantischen Schattengestalten der Widder tanzten in ihr eine verwirrende Choreographie der Vernichtung. Die Vandari stiegen hoch in die Luft auf, wenn sie über ihre Kampfgenossen wegsprangen, um sich auf fliehende Reiter zu stürzen. Kreisförmige Flecken von Blut und Knochen markierten die Stellen, an denen Menschen unter den flachen Stahlhufen zertreten worden waren. Wo Menschen flüchteten, folgten ihnen Vandari. Wo sie erschöpft langsamer wurden, blieben Vandari gnadenlos schnell. Eine kurze Drehung zur Seite, und ein aufgespießter Helorer krümmte sich auf einem Horn, bevor er tödlich getroffen abgeschüttelt wurde.

Vom Rand der Senke aus beobachtete Grigori mit Genugtuung, wie seine Kompanie die helorische Schwadron auslöschte. Die Kavalleristen wuselten wie aufgescheuchte Ratten umher und suchten nach einem Entkommen, wo es keines gab. Ob mutig, feige, tatkräftig oder nicht, gleich wie sie sich verhielten, die Helansajaren wurden von den stranischen Vandari niedergemacht. Nach weniger als fünf Minuten war außer den Rössern, auf denen die Helorer zur Schädelquelle gekommen waren, kein Lebenszeichen mehr in der Senke zu sehen. Nur die metallischen Untiere strichen noch auf der Stätte des Sterbens umher.

Grigori hatte keinerlei Mitleid mit den toten Helorern. Sie waren töricht genug gewesen, sich ihm in den Weg zu stellen. Auch wenn das keine bewußte Entscheidung von ihrer Seite gewesen war, sondern das Ergebnis blinden Gehorsams einem Herren gegenüber, der es besser hätte wissen müssen, als sich mit überlegenen Gegnern einzulassen. Im Kampf zwischen Stranern und Estanen gewann das überlegene Volk mit garantierter Gewißheit. Es war vollkommen gleichgültig, daß beide Völker den Adel durranischer Abstammung beanspruchten – der entscheidende Unterschied lag in der Qualität der Völker, in denen die alten Herrscher ihr Erbe hinterlassen hatten.

Grigori blickte hinunter auf die Vandari, die sich in der Senke sammelten. »Ihr habt gute Arbeit geleistet. Löscht ihre Lagerfeuer, damit die *Sarnitskij* weiß, daß wir hier fertig sind. Sie wird vorausfliegen und Helor in Abenddämmerung und Morgengrauen beschießen, damit ihre Bewohner die Angst schon kennenlernen, bevor wir eintreffen. Und wenn wir dann kommen, werden sie uns kommen sehen. Unser schreckenerregender Anblick wird das Grauen in ihren Herzen zum Lodern bringen. Heute in sechs Tagen werden sie uns die Tore öffnen. Wenn nicht …« Widder 27 breitete die Vorderbeine weit aus: »Dann weiß ich jetzt, daß ihr nicht vor dem zurückschrecken werdet, was zu tun ist.«

51. Kapitel

Regierungsgebäude, Dhilica, Puresaran
Aran

15. Majest 1687

Prinz Trevelien beugte sich über den Schreibtisch nach vorne und zwang sich um Amanda Grimshaws willen zur Ruhe. Sie zitterte so heftig am ganzen Körper, da sie ihm so gegenübersaß, Robert Drurys Hände auf den Schultern, als kämpfe sie mit einem Malariaanfall. »Und Sie sind sich sicher, daß diese Meldung an Ihren Vater aus Helor gekommen ist?«

»Hoheit, vergebt mir, aber ich konnte keinen Blick darauf werfen. Ich weiß nur, was er mir gesagt hat.«

»Ja, natürlich, Miss Grimshaw.« Der Prinz lächelte sie beruhigend an. »Ich weiß, welch großen Mutes es bedurfte, heute früh hierherzukommen. Ihr Handeln kann das Leben des Ilbeorers retten, von dem diese Botschaft stammt. Sie sind eine tapfere junge Frau.«

»Was werdet Ihr tun, Sir?« Amanda tupfte sich mit einem Taschentuch die rotgeränderten Augen. »Mit meinem Vater?«

Der Prinz lehnte sich zurück und kratzte sich die Tonsur. »Ihr Vater ist im Augenblick das geringere Problem. Ich werde darüber nachdenken, aber ich vermute, daß ihm nicht mehr zustoßen wird als die Rückberufung nach Ilbeoria. Bestenfalls hat er sich der vorsätzlichen Fahrlässigkeit schuldig gemacht, und ich bezweifle, daß sich hier oder in Ludstone ein Gericht finden würde, das ihn verurteilt. Eine Verbannung wird wohl alles sein, womit ich ihn bestrafen kann.« Er zog die Stirn in Falten. »Aber das werde ich tun.«

Erleichterung zuckte durch Amandas Gesicht, der jedoch sofortiges Entsetzen folgte. Sie hob eine Hand zur Schulter und legte sie auf die Robins. Das Gesicht des Ethyrinen verriet keine Gefühlsbewegung, aber seine Hände drückten ihr sanft die Schultern. Beide waren sich bewußt, daß die Rückkehr ihres Vaters auch ihre Abreise aus Aran bedeuten würde. Ein Nachhall des Schmerzes über den Tod seiner Frau durchlief Trevelien, als er sich daran erinnerte, daß er seine Tochter damals genauso getröstet hatte wie Robin nun Amanda.

Die Liebe zweier Menschen läuft nur selten in dieselbe Richtung wie die Pflicht dem Staat gegenüber. Trevelien schloß für eine Sekunde die Augen und versuchte, einen klaren Kopf zu gewinnen. Das Problem, mit dem er sich jetzt auseinanderzusetzen hatte, war Helor und der Angriff Stranas auf diese Stadt. Die *Saint Michael* konnte ohne Gegenwind oder Gewitter innerhalb einer Woche dort sein. Allerdings würde sie sich dabei an der äußersten Grenze ihrer Reichweite bewegen. *Falls* sie es nach Helor schaffte, würde die Kohle an Bord reichen müssen, sie auch wieder nach Dhilica zurückzubringen. Ohne sichere Versorgungspunkte zwischen Dhilica und Helor, mußte die *Saint Michael* den ganzen Weg bis in die Hauptstadt zurückkehren, um wieder Kohle laden zu können.

Trevelien sah zu Robin auf. »Ich erinnere mich, daß wir auf unserer Reise hierher über die Lageanalyse gesprochen haben, die Sie früher einmal für den Fall einer Belagerung von Helor vorbereitet hatten, richtig?«

»Ja, Sir.«

»Kann die Stadt sich lange halten?«

Robin schüttelte den Kopf. »Mein Kamerad und ich sind damals vom stranischen Blickwinkel ausgegangen und verfügten nur über spärliche Informationen. In unserer Lagebeurteilung mußte die Stadt rasch fallen, aber die Überprüfung durch Colonel Kidd ergab einige Punkte, die wir nicht genügend berücksichtigt hatten.

In Anbetracht der Gewitter, die bald über dem Himlan toben werden, halte ich es für äußerst zweifelhaft, ob wir genug Truppen vor Ort aufstellen können, um den Belagerungsring vor dem nächsten Frühjahr zu sprengen.«

»Könnte die Stadt so lange durchhalten?«

»Wahrscheinlich verfügen die Straner über eine Kompanie Vandari.«

»Könnte es eine Kompanie Ethyrinen mit ihnen aufnehmen?«

»Wir würden ihnen eine harte Nuß zu knacken geben, Hoheit.« Robin nickte selbstsicher. »Aber wir sind eine Angriffseinheit, Sir – unsere Tricks werden sie bremsen, doch ich glaube kaum, daß wir sie ganz draußen halten können. Eine Belagerung zu brechen erfordert andere Tricks als ich sie gelernt habe. Es wäre gut, wenn jemand anderes die Verteidigung koordinieren könnte. Mit Gottes Hilfe befindet sich schon jemand entsprechendes dort.«

»So ist es, Bruder Robert. Und wir wollen hoffen, daß der Alanim mit Gottes Hilfe auch auf ihn hört.« Der Prinz und Robin teilten ein entschiedenes Kopfnicken. Bevor sie mit der Meldung zum Prinzen gekommen waren, hatten Robin und Amanda Pater Ryan gefragt, was der Name ›Fiddauyun‹ bedeutete. Der Priester hatte ihnen erklärt, es sei das estanuanische Wort für Silberauge. Für Robin und den Prinzen ließ dieser Name nur einen Schluß zu, auch wenn sich keiner von beiden erklären konnte, wie das möglich war. *Durch Gottes Hilfe, nehme ich an.*

Der Prinz preßte die Hände aufeinander. »Miss Grimshaw, Ihre Nachricht erfordert, daß ich etwas unternehme. Ich werde mit Ihrem Vater sprechen. Ich werde ihn belügen und ihm erzählen, ich hätte durch einen Spion in seiner Gesellschaft von der Botschaft aus Helor erfahren. Ich kenne Ihren Vater zwar nicht sehr gut, aber ich nehme doch an, daß diese Information ihn genug beschäftigen wird, um Ihr Fehlen in seinem Haus nicht zu bemerken. Ich würde Sie für die Dauer dieser Krise gerne als Gast in meinem Hause wissen.«

»Hoheit, ich weiß nicht, was ich …« Amanda schaute über ihre Schulter zu Robin hoch, und der Ethyrine nickte ihr zu. »Es wäre mir eine große Ehre.«

»Gut. Es wird Ihnen an nichts fehlen.« Sein Blick wanderte zu Robin. »Trommeln Sie Ihre Leute zusammen. Es gibt da einen Ghuraufstand, um den wir uns kümmern müssen. Ich werde Sie als Beobachter begleiten. Stellen Sie sicher, daß Ihre Männer die Messe besuchen. Wir werden heute abend aufbrechen.«

Wieder suchten Amandas Hände die von Robin. »So schnell?« Sie blickte den Prinzen flehentlich an. »Natürlich müßt Ihr fliegen, verzeiht mir.«

Trevelien erhob sich und kam um den Schreibtisch. »Sorgen Sie sich nicht, Miss Grimshaw. Bruder Robert wird mit Ihnen und Kapitän Hassett zusammen bei mir zu Abend speisen, bevor wir aufbrechen. Es liegt ein hartes Geschäft vor uns, und die Erinnerung an das Essen mit Ihnen wird uns die Kraft geben, es durchzustehen.«

Dayi Marayir
Helansajar

Bis sich die ganze Reisegesellschaft versammelt hatte, war sich Uriah gar nicht im klaren darüber gewesen, wie viele ›Schwestern‹ der Dost besaß. Außer Thurayya, die mit Rafiq, Swilik und einem Heer von Bediensteten zurückbleiben sollte, zählte er jetzt fünfzehn Frauen in rotschwarzer Tigerkluft. Turikana führte eine Gruppe von acht Frauen an, kümmerte sich um die Packtiere und meldete dem Dost, daß alles reisefertig war.

Als er sich in den Sattel des ihm überlassenen Pferdes geschwungen hatte, runzelte er die Stirn. »Turikana, warum brechen wir jetzt schon auf? Wir sollten warten und mit Rafiqs Streitmacht ziehen.«

Sie zuckte die Schultern und trieb ihr Pferd durch die Höhle zum Ausgang. »So will es der Dost.«

Uriah grinste. »Dein Ilbeorisch wird langsam wirklich gut, aber die Antwort erklärt mir nicht, warum es weise sein soll aufzubrechen, bevor die Streitmacht marschbereit ist.«

Der Dost glitt zu ihm herüber, als rutsche er über einen vereisten Fluß. »Es gibt noch Dinge zu erledigen, bevor ich Helor betrete.«

»Dinge?« Uriah spornte sein Pferd an, und der Dost hielt mit ihm Schritt. »Sie zeichnen sich für gewöhnlich durch ausgesprochen präzise Formulierungen aus. ›Dinge‹ ist ein reichlich schwammiger Begriff.«

»Zugegeben, aber in diesem Fall ist seine Verwendung angemessen.« Sie zogen durch die Höhle, vorbei an den Feuern und in den langen Tunnel, der ins Freie führte. »Als ich zur Ruhe gebettet wurde, wußten wir, daß ich wiederkehren würde. Wir, mein Bruder und ich, nahmen auch an, daß viele versuchen würden, meine Nachfolge zu beanspruchen. Wir kamen überein, daß es unverantwortlich wäre, keine Vorsichtsmaßregeln gegen solche falschen Anwärter zu ergreifen. Wir müssen diese Schutzvorkehrungen erst überwinden, damit ich meine volle Macht erlangen kann.«

Uriah schaute hinunter auf den Spalt, der zwischen den Füßen des Dosts und dem Boden zu sehen war, über dem er dahinglitt. »Sie scheinen jetzt schon recht mächtig zu sein.«

»Wohl wahr. Nach den hiesigen Vorstellungen bin ich es.«

»Den hiesigen? Auch in Ilbeoria oder Strana würden Sie nicht weniger mächtig erscheinen.«

Die metallische Maske des Dosts lächelte. »Das habe ich mit dem Wort ›hiesig‹ gemeint.«

»Als ob es einen anderen Ort gäbe, an dem man sein könnte.« Uriah verbesserte sich selbst. »Außer dem Himmel, dem Fegefeuer, der Hölle und der Vorhölle natürlich.«

»Und wenn ich dir sage, daß es Dutzende und Aberdutzende anderer Orte gibt, an denen man sein kann?«

Uriah fühlte, wie sich eine Gänsehaut über seine Arme ausbreitete. »Unsere Diskussion über Wiedergeburt hält mich davon ab, die Existenz anderer Orte als unmöglich zu bezeichnen. Und ich muß zugeben, daß ich mir oft gewünscht habe, es würde solche Orte geben, wenn sich wieder einmal die ganze Welt gegen mich verschworen zu haben schien.« Der Ilbeorer zuckte mit den Achseln. »Also, sagen Sie mir, gibt es solche Orte?«

Der Dost nickte feierlich. »Es gibt viele andere Orte in der Schöpfung, und ein jeder ist anders, wie die einzelnen Facetten eines Edelsteins. Alle sind Teil ein und desselben Steines, aber jede ist für sich einzigartig. Sie sind sich ähnlich in ihrer Natur, aber unterscheiden sich in den Kulturen und Gesellschaften. Die Grenzen, die diese Orte voneinander trennen, sind nicht leicht durchlässig, aber es ist möglich, zwischen diesen Orten zu reisen. Von einem solchen anderen Ort sind ich und mein Volk, die ihr die Durranen nennt, auf diese Welt gekommen.«

»Wie?« Uriah wußte, daß er eigentlich den ganzen Gedanken für wahnsinnig hätte halten müssen, aber die Vorstellung von verschiedenen Welten, zwischen denen man hin-und herreisen konnte, erschien ihm durchaus einsichtig. »Und warum?«

»Die Antworten auf deine Fragen hängen eng miteinander zusammen. Die Welt, aus der ich kam, war ein Ort großer Machtfülle. Die mächtigste Zauberei, die eure Völker anwenden können, wären bei uns ein Kindervergnügen gewesen. Ich stamme aus einer edlen Familie, die für ihre magische Macht bekannt war. Unser Vater hatte meinen Bruder und mich einer Verschwörung gegen ihn beschuldigt. Er war unfähig gewesen, anzuerkennen, daß *unsere* Generation, nicht die seine, in einer Prophezeiung genannt wurde. Er setzte uns gefangen und verbannte uns in diese Welt. Durch seine Zauberkraft schuf er ein Tor zwischen den Dimensionen und ließ uns und unsere Gefolgsleute hier in einer an Zauber armen Welt zurück, allein, ausgesetzt in einem verlassenen Gebirgstal.«

»Durrania.«

»Ja.« Goldenes Sonnenlicht funkelte auf dem Dost, als sie ins Freie ritten und einen gewundenen Kurs nach Norden aufnahmen. »Wir streiften von dort aus umher und fühlten uns in unseren Rüstungen schwach und verwundbar, bis wir zweierlei feststellten: So schwach wir auch waren, wir waren mächtiger als irgend jemand sonst auf dieser Welt. Viel bedeutsamer aber war, daß unsere Nachkommen mit einheimischen Männern und Frauen fruchtbar waren. Somit konnten unsere Erben alles erhalten, was *wir* eroberten.«

»Sie hatten vor, ein Reich zu begründen, von dem aus Sie Ihren Rückweg in die heimatliche Welt antreten wollten, nicht wahr?«

Der Dost schüttelte den Kopf. »Wir wußten, daß dies nicht möglich war. Diese Welt besitzt zu wenig magische Energie für eine Rückkehr in unsere Heimat. Wir hatten gehofft, wie sich bald herausstellte, vergeblich, daß es hier irgendeinen Ort gäbe, an dem sich magische Energie sammelt. An einem solchen Ort hätte genug Energie existieren können, um in unsere Heimat nach Valascy zurückzugelangen. Aber es gibt keinen solchen Ort. Also haben wir unser Reich auf dieser Welt geschaffen, einfach, weil wir die Macht dazu besaßen und nichts anderes mit ihr tun konnten.«

»Sie besaßen Macht, aber keine Richtung. Das ist eine schlimme Sache.« Uriah richtete sich gerade in seinem Sattel auf. »Wenn die Geschichten, die man sich in Strana erzählt, der Wahrheit entsprechen, haben Sie von Ihrer Macht auf grauenvolle Weise Gebrauch gemacht.«

»Ohne Zweifel sind die Geschichten übertrieben, aber nicht allzu sehr. Wir haben uns von unserer Verzweiflung über die Gefangenschaft hier darin leiten lassen, wie wir die Menschen behandelten, die wir hier vorfanden.« Die Strahlen der untergehenden Sonne wurden funkelnd von der Stirn des Dosts reflektiert. »Die Kontrolle solcher Gefühle ist nicht leicht.«

»Aber sie ist notwendig.« Uriah runzelte die Stirn. »Diese Notwendigkeit der Kontrolle ist es, die den Bestand der Kirche sichert.«

Der Dost dachte einen Augenblick darüber nach, und dann noch eine Weile länger. Während er nachdachte, wurde er immer langsamer. Uriah zügelte sein Pferd, um mit dem goldenen Mann auf einer Höhe zu bleiben. »Kontrolle. Vielleicht ist das die Lektion, die ich in diesem Leben erlernen muß.«

»Es ist eine Lektion, die vielen fehlt.«

»Außer dir, möglicherweise?«

Uriah blinzelte. »Wie meinen Sie das?«

Die metallenen Augen des Dosts zogen sich zusammen. »Du hast deine Neugierde ausgezeichnet unter Kontrolle und dich nicht darum bemüht, das Geheimnis der Metallkugel zu ergründen, die ich dir gab. Ich hätte gedacht, sie würde dich faszinieren.«

»Das tat sie.« Uriah senkte den Blick auf den Pferdehals vor sich und fühlte das Gewicht der goldenen Kugel am Beutel an seinem Gürtel ziehen. »Etwas an ihr erscheint mir vertraut, aber gleichzeitig bekomme ich es nicht zu fassen. Ich kann nicht wirklich begreifen, was es ist.«

»Streng dich an, und es wird dir gelingen.« Der Dost nickte ernst. »So wie ich mich anstrengen werde, Kontrolle und die richtige Anwendung meiner Macht zu erlernen. Es ist sehr wichtig, daß mir das gelingt. Vor achthundert Jahren nahm ich mit der Gründung meines Reiches die Verantwortung für Millionen Menschen auf mich. Noch bevor dieser Monat vergangen sein wird, werde ich mich dieser Verantwortung stellen oder wie viele deiner martinistischen Märtyrer bei dem Versuch sterben.«

Regierungsgebäude, Dhilica, Puresaran
Aran

Prinz Trevelien genoß den Anblick der mahlenden Kiefer in Erwin Grimshaws purpurrotem Gesicht. Wilder Zorn raubte Grimshaw den Verstand, aber zugleich nahm ihm blanke Furcht den Atem. Der Prinz konnte sich leicht ausmalen, mit welchen Beschimpfungen der Mann ihn am liebsten überschüttet hätte, aber das wortlose Keuchen, das aus seinem Munde drang, war weit beredter als jedes gesprochene Wort.

»Ja, Mister Grimshaw, ich habe von Ihnen gelernt. So wie Ihre Leute Übung darin bekommen haben, *meine* Beamte zu bestechen, habe auch ich mich darin geübt, *Ihre* Leute zu bestechen. Ich glaube sogar, daß ich die Übersetzung der Botschaft aus Helor in Händen hatte, noch bevor sie bei Ihnen eintraf. Ich habe einen vollen Tag damit verbracht, mir eine Reaktion zu überlegen. Und die möchte ich nun mit Ihnen teilen.«

Der Mann, der dem Prinzen gegenüberstand, schloß den Mund, aber in seinen starren grauen Augen stand pures Gift.

»Sie, Erwin Grimshaw, sind in Aran fortan eine unerwünschte Person. Ich *weiß*, daß Sie die Ghur bewaffnet haben, um sich eine loyale Privatarmee aufzubauen, die Arans Unabhängigkeit von Ilbeoria erkämpfen sollte. Ich weiß von Versuchen, von mir und anderen Personen in meinen Diensten hierfür Unterstützung zu erhalten. Sie waren vorsichtig, und es gibt keine Beweise für diese Versuche außer persönlichen Erinnerungen, die Sie jederzeit bestreiten können. Dennoch wissen Sie und weiß ich, daß es die Wahrheit ist. Sie wissen auch so gut wie ich, daß die einzige Zivilstrafe, die ich gegen Sie verhängen lassen kann, die Verbannung ist.«

»Euer Dekret wird mich nicht lange aus Aran fernhalten können.«

»Nein, das glaube ich auch nicht.« Der Prinz öffnete die kleine Holzkiste, die auf seinem Schreibtisch stand, und streifte sich einen Ring über den Finger. Blutrotes Feuer strahlte aus dem Rubin. »Ich besitze jedoch noch andere Machtmittel. Als Kardinalprotektor der Ilbeorischen Kirche fürchte ich, daß ich Sie exkommunizieren muß.«

»Der Kirche steht in dieser Angelegenheit keine Rechtsprechung zu.«

»Nein?« Der Prinz ließ die Andeutung eines Lächelns um seine Lippen spielen. *Du hast keine Ahnung, was du dir für einen Fehler geleistet hast, nicht wahr?* »Die Botschaft, die Sie mir unterschlagen wollten, stammte von einem Priester. Sie haben die Übermittlung der Botschaft eines Priesters meiner Diözese an mich behindert. Sie haben versucht, den rechtmäßigen Gang kirchlicher Angelegenheiten zu unterbinden und damit einen Priester bei seiner Amtsausübung in Lebensgefahr gebracht.«

»Diese Anklage wird nicht aufrechtzuerhalten sein. Ich hatte diese Botschaft als Schwindel eingeschätzt.«

»Diese Entscheidung über die Botschaft stand Ihnen

nicht zu. Vielleicht werden Sie Ihre Verirrung erkennen, wenn ich Sie der Obhut des Ordens des heiligen Ignatius überstelle und dessen Brüder mit Ihnen arbeiten lasse. Man wird Sie einer geistlichen Beurteilung unterziehen und selbst *wenn* meine Anordnung Ihrer Exkommunizierung in Ilbeoria wieder aufgehoben wird, werden Sie dort in Obhut bleiben, bis die *Ignatiner* sich der Festigkeit Ihres Glaubens sicher sind. Das kann Monate dauern, möglicherweise sogar *Jahre.*«

Alle Farbe schwand aus Grimshaws Gesicht, aber seine Miene blieb trotzig. »Ich würde sie schon davon überzeugen, mich gehen zu lassen.«

»Das bezweifle ich. Sie sind ein gewohnheitsmäßiger Ehebrecher und Beischläfer, ein Zuhälter und ein Sklavenschänder. Sie scheinen eine deutliche Schwäche für die fleischlichen Sünden zu haben, aber die Ignatiner wissen, wie man *das* kuriert.« Der Prinz öffnete die Hände. »Vielleicht brauchen Sie auch den Rest Ihres Lebens dazu, aber dann werden Sie wenigstens nicht in Sünde sterben.«

Grimshaw sackte in sich zusammen. »Wenn Ihr den Ring abnehmt, ist meine einzige Strafe die Verbannung?«

Trevelien nickte. »Ich bin mir allerdings nicht sicher, ob ich den Ring ablegen sollte.«

»Nennt Euren Preis.«

»Bestechung? Ich wußte, daß Sie das auf Lager haben.«

»Beleidigt mich nicht, Hoheit. Ich werde meine Verbannung nicht brechen und nie wieder hierher zurückkehren. Das ist ein Versprechen.« Grimshaws Augen verengten sich. »Was muß ich tun, damit die Kirche in dieser Sache nicht einschreitet?«

Prinz Trevelien zog an seinem Ring. »Es ist nur eine, eine ganz einfache Sache. Wenn Sie das allerdings nicht tun …«

Der kleine Mann vor ihm nickte resigniert: »Dann kehrt der Ring an Euren Finger zurück.«

»Und Sie werden die Hölle auf Erden erfahren, bevor Sie eine Chance bekommen, die richtige kennenzulernen.« Trevelien sah, wie Grimshaw wieder nickte. »Gut, wir sind uns also einig. Nun, lassen Sie mich Ihnen die Einzelheiten erläutern.«

52. Kapitel

Palast des Alanims, Helor
Helansajar

18. Majest 1687

Das laute Krachen berstender Steinmauern riß Natalja augenblicklich aus dem Schlaf. Jeder Gedanke an einen möglichen Gewitterdonner war weggeblasen, als sie zum Fenster blickte und den klaren, rosig in der Morgendämmerung schimmernden Himmel im Osten sah. *Nicht eine Wolke in Sicht.* Dann donnerte es noch einmal, und eine Sekunde darauf explodierten wieder krachend die Felsen.

Sie wischte sich das schwarze Haar aus dem Gesicht, stand auf und stolperte barfuß zum Fenster hinüber. Eine kühle Brise traf ihre Haut und erinnerte sie daran, daß sie nackt geschlafen hatte. Sie schaute zum Bett zurück und überlegte, ob sie sich in ein Laken hüllen sollte, aber dann sah sie das Luftschiff über Helor.

Die *Sarnitskij* flog in nördlicher Richtung über die Stadt und feuerte eine dritte Salve ab. Eine Dampfwolke formte sich über der Längsseite des Schiffsrumpfs, als die Geschütze donnerten. Eiserne Kanonenkugeln durchschnitten die Luft und senkten sich auf die Stadt herab – aber sie schlugen in einem Stadtteil ein, den sie hinter der gekrümmten Wand ihres Turmzimmers nicht sehen konnte.

Natalja rannte durch den Raum. Ihr langes Haar flatterte hinter ihr her. Durch das westliche Fenster sah sie die unter dem Beschuß zertrümmerten und eingestürzten Häuser. Rauch stieg aus den Ruinen. Menschen hasteten mit Wassereimern herum, während andere zitternd, verdreckt und blutig in den engen Gassen saßen und weinten.

Die Tür zu ihrem Zimmer platzte auf. Natalja fuhr herum, mit den Händen ihre Blöße bedeckend. »Wer wagt es?«

Ein aufgelöster Malachy Kidd stand in der Tür. »Bist du unverletzt?«

Sie seufzte und ließ ihre Arme sinken. »Ja, mir geht es gut. Bitte schließ die Tür.«

Malachy kam ihrem Wunsch nach, dann neigte er den Kopf. »Vergib mir, daß ich so hier eingedrungen bin. Ich...« Er fuhr sich mit den Fingern durch das dichte graue Haar. »Ich habe nicht sehr gut geschlafen und das Bombardement hat mich geweckt. Ich bin nur in meine Hosen geschlüpft und gleich hierher gerannt, weil ich Angst hatte, daß...«

»Ich bin unverletzt.«

»Gott sei Dank.«

»Ich würde ihm danken, wenn er ein Unwetter schickt, das die *Sarnitskij* zur Landung zwingt.« Natalja seufzte schwer. »Ich habe drei Salven gezählt.«

Malachy verschränkte die Arme. »Jeden Abend und jeden Morgen, jeden Tag eine Salve mehr. Die *Sarnitskij* scheucht Schukri Awan nachts in ein Loch und morgens wieder heraus. Wenn sie dieses Störfeuer aufrechterhält, wird der Widerstand gegen den stranischen Angriff kaum der Rede wert sein. Niemand ist sicher und niemand kann zurückschlagen. Die Angst ist greifbar, und sie wächst.«

»Grigori war schon immer vorsichtig.« Natalja fröstelte und entschied, sich jetzt doch ein Laken zu holen. »Er zieht es vor, durch Terror zu erobern, was ihn sonst Blut kosten würde.«

Als sie zurück zum Bett ging, bemerkte sie, wie Malachys Kopf ihrer Bewegung folgte. Grigori hatte sie ständig aus dem Augenwinkel beobachtet, wenn er sie nackt gesehen hatte. Sein Begehren war schmerzhaft offensichtlich gewesen, aber sein Zögern, sie offen anzuschauen, war ihr immer als niedliche Eigenheit des Husaren erschienen: als jungenhafte Verlegenheit und Schamhaftigkeit.

Sie wußte, daß es lächerlich war, Malachys offene Art mit Grigoris Heimlichkeit zu vergleichen, denn Malachy war blind und konnte daher nicht auf die gleichen Reize ansprechen wie Grigori. Trotz dieser Unmöglichkeit wollte sie plötzlich wissen, wie er auf ihre Nacktheit reagieren würde. Sie *wollte*, daß er auf ihre Nacktheit reagierte.

»Malachy, wenn du mir bitte meinen Morgenmantel vom Haken an der Türe reichen könntest. Die Morgen hier sind zu kühl, um nackt herumzulaufen.«

Malachy wandte sich auf ihre Bitte hin um, aber als er ihren Seidenmantel in der goldenen Rechten hielt, schien diese plötzlich zu erstarren. Er drehte sich wieder zu ihr um, den Mantel in der Hand. Sein Kopf lief rot an. »Ich bitte um Vergebung, daß ich deine Privatsphäre derart verletzt habe. Aber das ist eine der wenigen Gelegenheiten, bei denen ich froh bin, blind zu sein.«

»Glaubst du, ich bin in den letzten zwölf Jahren häßlich geworden?«

»Das habe ich weder gesagt noch gemeint. Aber ich habe dich zweifellos in Verlegenheit gebracht.«

»Ich bin keineswegs verlegen. Hat Gott die ersten Menschen nicht nackt erschaffen? Warum sollte ich mich meiner Blöße schämen?«

Die Röte in Malachys Gesicht nahm zu. »Tachotha Natalja, es war unangemessen von mir, so hereinzuplatzen. Ich muß jetzt gehen. Bitte, verzeih mir!«

»Nein, warte!« Das Unbehagen in seiner Stimme überraschte sie. »Du brauchst mich nicht um Verzeihung zu bitten, Malachy Kidd.« Natalja fühlte, wie sie selbst errötete. »Ich muß mich bei dir entschuldigen.«

»Du? Warum? Ich bin es, der dir Unbehagen bereitet hat.«

Sie schüttelte den Kopf, nicht für ihn, sondern um sich selbst zurechtzuweisen. »Ich habe dich absichtlich um meinen Morgenmantel gebeten, um zu sehen, wie du reagierst. Ich wollte … Ich wollte dich in mein Bett locken.«

»Warum, Natalja?«

»Ich habe viele gute Erinnerungen an dich, Malachy, und aus unserer gemeinsamen Zeit hier jetzt noch neue dazu. Ich habe mich entschlossen, sie zu überdenken und zu pflegen, und ich will mehr davon. Ich wollte *neue* Erinnerungen, um die Gedanken an die Intimität zu vertreiben, die ich mit Grigori Khrolic teilte.« Sie wandte sich von ihm ab und spürte, wie ihr Tränen in die Augen stiegen. »Ich wollte ihn mit deiner Hilfe aus meinem Kopf vertreiben, so wie er damals meine Erinnerungen an dich verdrängt und ersetzt hat. Ich bin einsam und habe Angst. Meine Erinnerungen an Grigori verbinden mich mit Zeiten, in denen ich weder einsam noch ängstlich war. Und das wollte ich nicht.«

Sie hörte seine Schritte nicht, als er das Zimmer durchquerte, aber sie spürte seine Gegenwart und Wärme, als er ihr den Mantel über die Schultern legte. »Mach dir keine Vorwürfe, Natalja.« Die leichte Berührung seiner Hände kitzelte in ihrem Nacken, als er ihr das Haar aus dem Gesicht strich. »Das hier ist ein gefährlicher Ort und wir leben in gefährlichen Zeiten. Dieses Bombardement bedrückt uns noch zusätzlich. Wir sind hier isoliert und bedroht, und wir müßten so verrückt wie unser Gastgeber sein, wenn wir kein Bedürfnis nach Sicherheit und Freundschaft verspüren würden.«

»Du, Malachy Kidd, fühlst Einsamkeit und Angst?«

»Falls du dich erinnerst, war ich derjenige von uns

beiden, der nicht schlafen konnte. Einsamkeit und Angst gestatten mir bestenfalls eine sehr unruhige Nachtruhe.« Seine Hände lagen beruhigend auf ihren Schultern. »Wir sind Freunde und sind hier ganz auf uns allein gestellt, da wir mit den Helorern wenig gemein haben. Es ist nur zu verständlich, daß wir uns aneinander klammern, um dem Schrecken und der Verzweiflung Herr zu werden.«

Natalja drehte sich zu ihm um und drückte sich an ihn. Ihre Arme umfaßten seinen Brustkorb, ihre Hände strichen über straffe Muskeln, als er sie langsam umarmte. Sie küßte ihn aufs Kinn. »Ist es unrecht, wenn wir ineinander Zuflucht suchen?«

»Wenn Furcht und Verzweiflung die einzigen Gründe sind, die uns zusammenführen, ja, dann ist es ein recht selbstsüchtiges Verhalten, und das ist niemals richtig. Es wäre falsch, den anderen für unsere Bedürfnisse auszunutzen.« Malachy küßte sie auf die Stirn. »Es wäre kein schreckliches Unrecht, keine Todsünde, aber dennoch falsch.«

Sie küßte seinen Hals. »Und wenn wir uns zusammenfinden … aus Liebe zueinander?«

Der Wolfspriester schüttelte den Kopf. »Wenn wir einander lieben, ist nichts Falsches dabei.«

Natalja preßte sich heftig gegen ihn und versuchte, ihn vor sich her zu schieben. »Möchtest du dann mein Bett mir mir teilen?«

»Das würde ich sehr gern, Natalja, ja.« Der Wolfspriester verstärkte sanft seine Umarmung, bewegte sich jedoch nicht auf das Bett zu. »Ich würde es liebend gerne tun, aber ich kann nicht.«

Sie sah zu ihm hoch. »Und warum hast du mir bis heute nichts von diesem Keuschheitsgelübde erzählt?«

Malachy lachte laut und küßte sie noch einmal auf die Stirn. »Ich habe kein derartiges Gelübde abgelegt, und wenn ich es getan hätte, würde ich es auf der Stelle verwerfen. Nein, der Grund dafür, daß ich nicht zu dir kommen kann, hat mit diesem Ort zu tun. Irgend etwas an Helor verstört mich unablässig. Es lauert in meinem Hinterkopf. Ich habe das Gefühl, beobachtet zu werden, oder vielleicht eher den Eindruck, daß es hier etwas gibt, was ich erkennen müßte, etwas, das zum Greifen nahe, aber doch gerade zu weit entfernt ist, um es zu fassen. Auf ernüchternde Weise bleibt immer diese Winzigkeit außerhalb meines Vermögens. Ich weiß nicht, was es ist, ich weiß auch nicht, wie ich es verhindern kann, daß mich dieses Gefühl bedrängt.« Er beugte sich vor und küßte sie auf den Mund. »Wenn ich zu dir komme, Natalja, möchte ich von nichts abgelenkt werden.«

Eine geradezu körperliche Enttäuschung ließ Natalja aufstöhnen, aber sie umklammerte Malachy in der Furcht noch enger, er könnte als Reaktion versuchen, sich zurückzuziehen. Sie fühlte sich Malachy plötzlich so nahe, wie niemals einem anderen Mann vorher. »Ich werde keine Ablenkung zulassen, wenn wir zusammen sind.« Sie lachte und legte den Kopf auf seine Schulter.

Ihr wurde deutlich, daß sie sich Malachy näher fühlte als jedem anderen Mann in ihrem Leben, Grigori eingeschlossen. Ein Kuß, eine Umarmung, ein Lächeln, all das konnte geheuchelt werden, und sie hatte sich von ihrer körperlichen Intimität mit Grigori über die Aspekte seines Wesens hinwegtäuschen lassen, die er vor ihr versteckt hatte. *Ich habe seine körperliche Leidenschaft als Zeichen seiner Gefühle für mich gesehen, und das war ein Irrtum. Nie wieder.*

Natalja sah in Malachys silberne Augen hinauf. »Ich werde keinerlei Ablenkung zulassen, denn ich will das einzige sein, worauf der Mann sich konzentriert, den ich liebe.«

Malachy streichelte mit goldener Hand ihre Wange. »Das verspreche ich dir, Natalja. Für immer.«

»Gut.« Sie küßte ihn leicht auf den Hals. »Und jetzt laß uns überlegen, wie wir deine Mission hier erfüllen, damit wir endlich damit anfangen können, den Rest unseres Lebens miteinander zu verbringen.«

53. Kapitel

Palast des Alanims, Helor
Helansajar

21. Majest 1687

Das lauter werdende Stampfen der Dampfmaschinen der *Sarnitskij* weckte Natalja aus einem unruhigen Schlaf. Das Wummern, mit dem das Luftschiff auf die Stadt herabsank, ließ ihren Körper vibrieren. Mit jedem Tag war zu den abgefeuerten Salven eine hinzugekommen. *Heute morgen werden es also sechs sein.* Sie kleidete sich schnell an, warf sich einen Umhang über die Schultern und eilte die Treppen hinunter aus dem Zimmer. Sie bog in einen Korridor ein, der sie durch das ganze Hauptgebäude des Palastes führte und erreichte schließlich eine weitere Treppe, auf der sie bis auf das flache Dach hinaufstieg.

Malachy stand schon dort. Vor dem blaugekachelten Torbogen in den Berg, vor dem er sich wie eine Silhouette abzeichnete, schien er eine aus Elfenbein und Onyx gehauene Statue zu sein. An den dunklen Ringen unter seinen Augen war seine Müdigkeit abzulesen. Er drehte ihr das Gesicht zu, als sie auf den hölzernen Boden des Beobachtungsstandes trat. »Du solltest nicht herkommen, Geliebte.«

Natalja schüttelte den Kopf, dann lächelte sie. »Die *Sarnitskij* wird nicht auf uns schießen. Grigori will einen intakten Palast erobern, damit er es sich auf Helors Thron bequem machen kann.«

»Ohne der Luftflotte des Taciers zu nahe treten zu wollen, seine Wünsche können auch nicht verhindern, daß die Kanoniere daneben zielen.« Malachy schob den linken Arm unter dem schwarzen Wollmantel hervor und deutete zum Himmel. »Sie geht jetzt in den Zielanflug.«

Die *Sarnitskij* flog langsam aus westlicher Richtung nach Osten an und kam tief über die Stadt herab. Ihre erste Salve tauchte das Luftschiff in eine Dampfwolke aus den Geschützen. Unten schlugen zwanzig Kanonenkugeln in das Armenviertel der Stadt ein. Lehm- und Reisighütten zerbarsten unter dem Angriff. Ihr Einsturz sandte eine riesige Wolke von Staub und Rauch auf, die es Natalja unmöglich machte, das ganze Ausmaß der Zerstörung zu erkennen. Doch die gellenden Schreie sagten ihr schon mehr als genug.

Aus der Stadt stieg eine Wolke von Pfeilen und Wurfgeschossen in Richtung des Luftschiffs auf, aber keines der Geschosse traf sein Ziel. Die Verteidiger auf den Stadtmauern und Dächern schrien Beschimpfungen zu dem Schiff hoch und verfluchten es. Das Luftschiff jedoch zog gelassen seine Bahn, ohne ihre Worte und ohnmächtigen Vergeltungsversuche zur Kenntnis zu nehmen.

Eine Illusion, wie die zweite Salve der *Sarnitskij* zeigte. Ganz offenbar waren die Verteidigungsversuche der Stadt sehr genau registriert worden. Zwanzig Geschütze spieen Kartätschen auf die Stadt und schleuderten einen tödlichen Stahlhagel über Dächer und Mauern. Natalja sah manche Helorer in einer roten Explosion einfach verschwinden, während andere sich unter gellendem Kreischen am Boden krümmten. Die meisten Opfer aber lagen, augenblicklich getötet, als blutende und zerfetzte Leichen im kalten Morgenlicht, das das über die Mauern und durch die Rinnsteine laufende Blut hell aufleuchten ließ, ohne die Toten in den Straßen jedoch wärmen zu können.

Die *Sarnitskij* drehte nach Norden ab, um die Backbordgeschütze auf die Stadt zu richten. »Der Kapitän der *Sarnitskij* scheint all seinen Kanonierern die Übung zu gönnen.«

Malachy nickte bedächtig, dann legte er den Kopf zur Seite. »Warte, irgend etwas stimmt hier nicht.«

Natalja beugte den Kopf vor und versuchte aufzufangen, was Malachy gehört hatte, aber ihr fiel nichts Außergewöhnliches auf. Das Luftschiff drehte in einem weiten Kreisbogen nach Norden, das Dröhnen der Maschinen wurde lauter, und es hallte ebenso laut vom Dschebel Quirana zurück. So war es bisher jeden Morgen gewesen. *Aber an diesem Morgen… Was ist das? Noch ein anderes Geräusch?*

Sie legte den Kopf in den Nacken – und das größte Luftschiff, das sie je gesehen hatte, schob sich über den Kamm des Dschebel Quirana und glitt heran wie ein Adler auf dem Wind. Es schien kein Ende zu nehmen – Natalja wartete darauf, daß das Heck des Schiffes über der Bergkante auftauchte, aber als das Schiff schon so groß wie die *Sarnitskij* schien, tauchte über ihr erst eine offene Ladeluke auf. Trotz seiner gewaltigen Größe, näherte das Luftschiff sich rapide, und es war über den Berg, bevor die *Sarnitskij* ihr Wendemanöver beendet hatte.

Die *Sarnitskij* stieß eine schwarze Rauchwolke aus, brach das Drehmanöver ab und versuchte mit Höchstgeschwindigkeit, dem größeren Schiff zu entkommen. Die *Saint Michael* – inzwischen konnte Natalja die goldenen Lettern am Heck lesen – änderte ihren Nordnordostkurs nur leicht und kreuzte in einem Winkel von genau neunzig Grad hinter dem Heck der *Sarnitskij* vorbei. Sobald sie das stranische Luftschiff halb passiert hatte, feuerte die *Saint Michael* eine Breitseite.

Geschützdampf hüllte die *Saint Michael* ein, aber nichts verbarg die Schäden auf der *Sarnitskij*. Das Heck des stranischen Luftschiffs war nach innen gedrückt wie die Wand eines Papiermodells nach einem ungeschickt festen Zugriff von Kinderhand. Der Steuerbordheckflügel war angerissen und stürzte in langsamen Spiralen zur Erde. Bruchstücke zertrümmerter Luftschrauben schwirrten durch die Luft, gefolgt von Teilen der Schornsteine. Das Schiff legte sich hart nach Backbord und driftete langsam tiefer.

Dann explodierten die Kessel.

Eine Dampfsäule schoß aus dem Heck der *Sarnitskij*, trieb das Schiff nach vorne und riß den Bug des Schiffes nach oben. Eine zweite Explosion spie brennende Trümmer. Zerschmetterte Spanten und Körper flogen auf die Ebene vor der Stadt. Das Luftschiff wurde von einer erneuten Detonation erschüttert und verlor weitere Männer und Ausrüstung. Als sich der Rauch verzogen hatte, erkannte Natalja, daß vom kompletten Heck des Schiffes, hoch vom Kiel bis zum Flügeldeck, nur zertrümmerte Bohlen und brennende Trümmer übrig waren.

Das Schiffsheck schwang nach unten und schlug hart auf die Erde. Die *Sarnitskij* brach mittschiffs in zwei Hälften auseinander. Plötzlich schien es entlang der Bruchstelle mit zersplitterten Planken gespickt. Der Bugflügel hob sich kurz, als wolle er der Vernichtung entkommen, dann sackte er ebenfalls weg. Die achterne Hälfte des Schiffsrumpfes wälzte sich über den Boden und brach auseinander, schleuderte Holz, Metall und Menschen entlang eines Trümmerpfades davon, den sie tief in den Boden pflügte. Hinter ihr verfing sich der Backbordbugflügel am Boden und zog den Rest des Schiffes noch schneller hinab. Der Rest des Bugs wurde in einem Kreisbogen herumgerissen und bohrte sich in den Boden. Er verschwand in einer Staubwolke, die sich innerhalb weniger Sekunden in einen Scheiterhaufen verwandelte.

Freude und Trauer kämpften in Nataljas Gedanken um die Vorherrschaft. Sie sank auf die Knie. So glücklich sie über das Ende des Bombardements war, so sicher hatte wohl auch jeder einzelne Luftmatrose auf der *Sarnitskij* geglaubt, sich auf einer Strafexpedition gegen Schukri Awan zu befinden, um ihn für den Anschlag auf ihr Leben zu bestrafen. »Alle diese Männer waren loyale Straner. Sie waren allein meinetwegen hier. Dreihundert, vierhundert, ihr Tod ist meine Schuld.«

Malachy stand über ihr. »Du bist für ihren Tod nicht verantwortlich. Diese Männer haben Befehle ausgeführt, die ohne Zweifel unmoralisch waren. Sie haben das Feuer auf Unschuldige eröffnet. Sie und der Mann, der diese Befehle erteilt hat, sind für den Tod der Besatzungsmitglieder verantwortlich.«

Sie schaute zu ihm auf. »Aber sie haben mit ihrem Tod Waisen und Witwen zurückgelassen.«

»Und sie haben hier Waisen und Witwen geschaffen.« Malachy schloß die Augen. »Ich bin nicht mitleidlos, Natalja, aber die Entscheidung für oder gegen einen Krieg schließt eine große Verantwortung ein. Diese Männer sind nicht deinetwegen gefallen. Sie fielen als Ergebnis eigener Entscheidungen. Sie haben Wind gesät und den Sturm geerntet. Uns bleibt nur, uns um die Menschen zu kümmern, die durch ihr Handeln zu Schaden gekommen sind, hier und in Strana. Und zu tun, was in unserer Macht steht, um weitere Tote zu verhindern.«

Natalja hörte einen dumpfen Aufprall auf der Plattform hinter sich, dem ein längeres metallisches Klicken folgte. Sie drehte sich um und sah einen großen, ganz in Silber gekleideten Mann. Er öffnete gerade die letzten Gurte, und ein sperriger metallischer Kasten, an dem große Flügel befestigt waren, fiel von seinem Rükken auf den Boden. Dann griff er hinter seine glatte Gesichtsmaske und löste die Kinnriemen seines Helms. Er nahm Haltung an.

»Colonel Kidd, Bruder Robert Drury meldet sich zur Stelle.«

Natalja sah, wie sich Malachy langsam umwandte. Auf seinem Gesicht war Überraschung zu lesen, und er schien zu zögern. »Bruder Robert Drury, Robin, Sie sind hier weit weg von zu Hause.«

Robin grinste. »Ja, Sir. Dasselbe könnte man von Ihnen sagen, Sir.«

Malachy nickte. »Ja. Wie kommt es, daß Sie hier sind, Bruder Robin?«

Die dunklen Augen des Ethyrinen wurden zu schmalen Schlitzen. »Ihre Botschaft an Prinz Trevelien ist durchgekommen. Wir sind so schnell wie möglich gefahren und haben dabei eine Menge Kohle verbraucht. Es war unser Glück, daß die *Sarnitskij* so schnell abgeschmiert ist. Es war praktisch unsere letzte Salve.«

Malachy schien verschlossen. »Hat die *Saint Michael* noch genug Kohle, um es damit zurück nach Dhilica zu schaffen?«

»Kaum. Kapitän Hassett hat seine Ethyrinenkompanie und zwei Ethyrskiffs für die Versorgung hiergelassen, um die Ladung zu erleichtern. Er fliegt jetzt zurück.«

Natalja blickte hoch und konnte das ilbeorische Schiff nicht mehr sehen. »Er hat recht, Malachy, die *Saint Michael* ist weg.«

Sie erwartete eigentlich, daß Malachy ihr den Ethyrinen vorstellen würde, nachdem sie ihn an ihre Anwesenheit erinnert hatte, aber er schien völlig in Gedanken versunken. Die Verstörung, die er ihr gegenüber mehrere Tage zuvor erwähnt hatte, war im Verlauf des Aufenthalts in Helor immer stärker geworden, und er hatte Mühe, einzuschlafen oder sich zu konzentrieren. *Dieser Ort verlangt einen erschreckend hohen Tribut von ihm.*

Malachy zog die Stirn in Falten. »Wie lange hat eure Fahrt hierher gedauert?«

»Fünfeinhalb Tage bei voller Fahrt.«

»In elf Tagen kann sie wieder hier sein, und dann wird sie auch nur eine Salve haben.«

»Ich schätze, ja, Sir.«

Natalja berührte Malachy an der rechten Schulter. Er zuckte zusammen, und sie konnte die Spannung spüren, unter der er stand. »Deine Verbündeten sind hier, Malachy. Die *Sarnitskij* gibt es nicht mehr. Vielleicht war auch Grigori an Bord, um das Störfeuer zu leiten.«

»Nein, unmöglich. Er ist dort draußen, mit seinen Vandari.«

Robin nickte. »Wir konnten in etwa zwei Tagesritten Entfernung Lagerfeuer erkennen.«

»Bei Bir el Wuhush.«

»Ja, Sir, fünfzig Meilen im Norden.«

»Zwei Tage.« Malachy schüttelte den Kopf, dann durchlief ihn ein weiterer Ruck und er seufzte schwer. »Ich bitte um Vergebung, wo waren meine Gedanken: Bruder Robert, gestatten Sie mir, Ihnen Ihre kaiserliche Hoheit, die Tachotha Natalja Ohanscai vorzustellen. Tachotha Natalja, darf ich vorstellen, das ist Bruder Robert Drury, Kommandeur der Ethyrinenkompanie auf der *Saint Michael*.«

Natalja reichte Robin die Hand, die dieser mit einem respektvollen Handkuß entgegennahm. »Sehr erfreut, Sie hier zu sehen, Bruder Robert.«

»Ich fühle mich sehr geehrt, Hoheit.« Der große Mann richtete sich auf und schüttelte den Kopf. »Ich müßte eigentlich fragen, wie Sie beide hierhergelangen konnten, aber nach allem, was ich von Prinz Trevelien gehört habe, wird selbst die unmöglichste Erklärung zur lauteren Wahrheit, wenn Colonel Kidd mit von der Partie ist.«

Malachy nahm Nataljas Hand in die seine. »Der Prinz liebt die Übertreibung.«

Robin lachte. »Er hat vorausgesagt, daß Sie genau das sagen würden. Ich soll Ihnen ausrichten, er liebe es auch, damals in Lescar nicht gestorben zu sein. Und er ist zuversichtlich, daß Helor durchhalten kann, bis die *Saint Michael* wieder zurückkehrt, wenn Sie den Befehl über die Verteidigung der Stadt übernehmen.«

Natalja bemerkte, wie sich Malachy wieder in Gedanken verlor, als sein Griff schlaff wurde. »Elf Tage. Die Stadt müßte sich so lange halten können.«

Malachy runzelte wieder die Stirn. »Mit fünfzig Ethyrinen und dem Nachschub, den sie mitgebracht haben? Es wird sehr schwierig werden – und sehr teuer.«

Der Ethyrine schien überrascht zu sein. »Sie verfügen doch auch über die helorischen Truppen.«

»Wir haben schon einen Teil bei der Verteidigung von Bir el Dschamadschim verloren.«

»Schukri Awan hat die Schädelquelle verteidigen lassen?«

»Das hat er, und er hat seine Leute dabei verloren, wie Sie und Uriah vorausgesagt haben.«

»Und Sie haben uns dafür abgekanzelt, ihm diese Dummheit zu unterstellen.« Robin schüttelte den Kopf. »Aber jetzt steht uns die Belagerung der Stadt bevor. Sicher wird Schukri Awan wenigstens bei der Verteidigung seiner Stadt vernünftig sein?«

»Sie kennen ihn noch nicht, Bruder Robin!«

Eine laute Stimme drang aus dem nach unten führenden Durchgang über das Dach. Natalja drehte sich um und sah Schukri Awan heranstolzieren. Er hatte zwei Krummsäbel blankgezogen, und auf seinem Gesicht stand freudige Verzückung. Seine Robe paßte zum Blau der Zierkacheln im Bogengang des Dschebel Quirana. »Diesen Tag hat der eine wahre Gott dazu ausersehen, mir seine besondere Gunst zu beweisen«, schrie er in stranischer Sprache.

Ohne im mindesten an Lautstärke zu verlieren, drehte er Natalja den Rücken zu und wies mit beiden Krummschwertern auf die brennenden Reste des Luftschiffes. »Ja, das war wundervoll! Aus diesem klaren Himmel hat Atarax sein Netz aus Blitzen geschleudert, um unsere Peiniger in den Untergang zu stoßen! Und jetzt gibt er uns seine silbernen Engel, mit denen wir unseren Feinden entgegentreten werden! Braucht es noch mehr Beweise, daß wir der Dost sind?«

»Was redet er da?«

Malachy sah Robin mit schlaffem Gesichtsausdruck an. »Er sagt im wesentlichen, daß er vollkommen übergeschnappt ist und uns in keinster Weise dabei helfen wird, sein Reich gegen eine feindliche Eroberung zu verteidigen.«

54. Kapitel

Nördliches Helorisches Hochland
Helansajar

24. Majest 1687

Das verkohlte Holz krachte unter seinen Sohlen, als Grigori Khrolic zwischen den Trümmern der *Sarnitskij* in die Hocke ging. Er hatte das Schiff nicht abstürzen sehen, aber der Rauch des brennenden Wracks war hoch in den Himmel gestiegen und bis Bir el Wuhush zu sehen gewesen. Seine vorgeschobenen Kundschafter hatten mit ihren Spiegeln die Meldung zurückgeblinkt, daß ein ilbeorisches Luftschiff die *Sarnitskij* zerstört habe. Nach der Beschreibung mußte es ein ilbeorisches Schlachtschiff gewesen sein – also kam nur die *Sant Mikhail* in Frage.

Das ilbeorische Eingreifen in Helor bewies, daß Fürst Arslows Paranoia doch nicht so überzogen war, wie Grigori angenommen hatte. *Er war ein visionärer Stratege im Krieg gegen Fernandi, und ebenso, als er sich entschied, meinen Aufstieg zu fördern. Der Tacier hat bewiesen, was für ein Dummkopf er ist, indem er Wassili in Wsorin verschwendet hat. Seit zwölf Jahren hätten wir tun können, was wir im nächsten Jahr endlich angehen werden – nämlich inmitten der rauchenden Ruinen von Wolfsgate in Ludstone zu Abend zu essen.*

Grigoris Späher hatten von Arbeiten auf den Mauern Helors Meldung gemacht. Er war selbst mit nach vorne gekommen, um nachzusehen, was die Helorer da trieben, und war zu dem Schluß gekommen, daß diese neuen Konstruktionen ein weiterer Beweis für ilbeorische Einmischung waren. Stählerne Panzerplatten bildeten die drei vorderen Seiten großer Sechsecke, die man auf den Mauern errichtet hatte. In der jeweils mittleren Platte war ein großes Kreuz ausgeschnitten, und auch wenn das abendliche Zwielicht ein verwirrendes Schattenspiel veranstaltete, glaubte Grigori, als eine der inneren Panzerplatten hochgezogen wurde, auf einem Schleudermechanismus einen großen, stachelbesetzten Speer zu sehen.

Vandariharpunen. Und jede Waffe, mit der man eine Vandarirüstung durchdringen konnte, vermochte auch die fahrbaren Dampfkessel zu durchschlagen, die den Kolben der fahrbaren Dampfgeschütze seiner Husaren die Energie lieferten. Ohne die Kanonen würde es schwer werden, Breschen in die Stadtmauern zu schießen. Mit seinen Vandariwiddern konnte er zwar problemlos auf die Mauern gelangen, aber bei einem solchen gezielten Angriff würden ihn die Vandariharpunen einige Männer kosten.

Eigentlich hatte er eine Belagerung erwartet, die aus nicht mehr als dem Heranfahren der Geschütze und dem Einschießen der Stadttore bestand. Die Harpunenstellungen erweiterten die Palette der Ziele und ließen ihn beim Anmarsch auf die Stadtmauern vorsichtiger werden. Das würde ihn aber nur etwas mehr Zeit kosten, und Zeit hatte er noch über eine Woche, wenn er mit seiner Schätzung des Versorgungsfluges der *Sant Mikhail* richtig lag.

Und selbst ein erneutes Eingreifen des Luftschiffes konnte ihn kaum schrecken. Im Feld verteilt, wie sie es ohnehin sein mußten, um Helor abriegeln zu können, würden seine Männer keine geeigneten Ziele für einen Kartätschenbeschuß des ilbeorischen Schiffes darstellen. Wenn sie sich darüber hinaus noch eingruben, was ihm jetzt allerdings nötig schien, würde die Erde selbst sie vor dem Zorn der Ilbeorer schützen. Sie könnten abwarten, bis das Schiff Kohle und Munition verbraucht hatte und sich wieder zurückziehen mußte. Dann würden sie ihre Belagerung fortsetzen.

Die Gräben waren der Schlüssel. Er mußte so schnell wie möglich seine Pioniere nach vorne holen und sie parallel zu den Mauern Gräben ziehen lassen. Wenn er erst seine Geschütze in Stellung gebracht hatte, damit sie Feuerschutz geben konnten, würden sich die Pioniere zwanzig oder dreißig Meter diagonal nach vorn auf die Stadt zugraben. Dort würden sie einen weiteren Parallelgraben anlegen, in den die Geschütze nachzogen. Auf größerer Entfernung konnten sie Kartätschen schießen, um die Verteidiger auf den Mauern niederzuhalten. Auf kürzere Entfernung würden ihre Kanonenkugeln die Mauern zum Einsturz bringen.

Wenn er auch die Vandari vorne zum Graben einsetzte, konnte er den Fortgang der Arbeiten so beschleunigen, daß sie fertig waren, noch ehe das ilbeorische Schiff zurückkehrte.

Seine Kavallerieschwadronen würden im Umkreis der Stadt auf Patrouille reiten, um ein Entkommen unmöglich zu machen. Er konnte sich keine helorischen Partisanen in seinem Rücken leisten. Die Husarenreiterei war allem überlegen, was ihr in der Ebene begegnen konnte, daher hegte er keinen Zweifel an ihrem Erfolg. Er mußte nur darauf achten, ihre Patrouillen ständig zu variieren, so daß der Gegner Tag und Nacht nie sicher sein konnte, wo sie sich gerade aufhielten.

Grigori Khrolic blickte zu der Stadt am Fuße des Dschebel Quirana hinüber. Der Erfolg war ihm sicher. »Unser Tanz mag länger gehen, als es mir recht ist, aber du wirst dennoch bald genug mein sein.«

Prinzentor, Helor
Helansajar

Robin sah mit sichtlichem Stolz zu, als die Arbeiter die übergroße Armbrust auf die Lafette setzten, die im Zentrum der zweiten Harpunenplattform aufgebaut war. Als sie die Holzkeile festhämmerten, mit denen die Waffe auf dem Lafettenlager verankert wurde, hängte Robin die Haken des Rückholzugs am metallgeflochtenen Spannzug der Armbrust ein und zog ihn mit Hilfe eines Flaschenzugs nach hinten. Die Taue an den Zughaken ächzten und das Holz knarrte, aber der Stahlbogen krümmte sich ohne Schwierigkeiten zur nötigen Schußspannung. Als er die volle Zugkraft erreicht hatte, sicherte Robin den Abzugshebel an seinem Platz und löste den Rückholzug ab.

Er schaute hinüber zu Natalja. »Sie können Seiner Hochedelbaren da sagen, daß die hier jetzt auch fertig ist. Wenn seine Schmiede so weiterarbeiten, können wir morgen noch zwei weitere davon hier oben haben.«

Die Prinzessin aus Strana übersetzte, und Schukri Awan nickte. »Er ist glücklich. Er sagt, daß dies hier die Harpunenstellung des Dosts sein wird. Er wird die Stadt von hier aus verteidigen.«

»Ich hoffe, er zielt auch auf was da draußen und feuert, statt darauf zu warten, daß Gott die Vandari mit Blitzen niederstreckt.« Robin verneigte sich vor Schukri Awan, als der seine zwei Säbel gegeneinander schlug. Der Ethyrine starrte hinter ihm her, als er mit seinen Leibwachen schnellen Schrittes zum Palast zurückmarschierte. »Lange Locken und dunkle, der Kerl.«

Natalja runzelte die Stirn. »Ich bin nicht sicher, ob ich diesen Ausdruck verstehe.«

»Entschuldigt, ich vergaß, daß Ihr nur formelles Ilbeorisch kennt.« Robin packte ein Büschel seines eigenen kurzen Haars. »In Ilbeoria glaubt man, weise Männer hätten nur wenige und möglichst helle Haare. Falls das tatsächlich so ist, muß der Alanim Meter über Meter von Haar in seinem Turban hochgebunden haben.«

»Jetzt verstehe ich ihren Witz.« Nataljas Gesicht verdüsterte sich. »Malachy trägt sein Haar lang. Hält man ihn in Ilbeoria für einen Dummkopf?«

»Colonel Kidd?« Robin schüttelte den Kopf. »Sein Rang erlaubt ihm, sich den Schädel fast völlig kahl zu rasieren, wenn er das will. Er hat seine eigenen Gründe, darauf zu verzichten. Aber selbst wenn sein Haar nicht grau wäre, stünde seine Intelligenz außer Zweifel. Irgendwann einmal, wenn ich es schaffe, alt genug zu werden, erreiche ich es vielleicht, halb so klug zu werden wie er.«

»Aber Sie sind kein Dummkopf. Sie haben diese gigantischen Armbrüste mit den Stahlfedern erfunden. Ein Einfaltspinsel würde so etwas nicht können.«

Robin tätschelte die Blattfeder, die den Bogen der Armbrust bildete. »Das hier hat nichts mit Intelligenz zu tun. Nach dem Krieg habe ich in einer Wagenfabrik gearbeitet. Blattfedern machen die Fahrt bequemer. Eine Bemerkung, die auf Sandwycke jemand in einem Streit mit Colonel Kidd machte, hat mich veranlaßt, darüber nachzudenken, wie man eine Armbrust bauen könnte, die in der Lage wäre, Eure Vandarirüstungen zu durchschlagen. Und das hier ist das Ergebnis.«

»Sie sind zu bescheiden.«

»Demut ist eine Tugend.« Noch während er es aussprach, war ihm klar, daß er sich damit gefährlich dicht an der Sünde des Stolzes bewegte. Das Drehlager, auf dem die Armbrust ruhte, war so konstruiert, daß sie sowohl gedreht als auch nach oben oder unten geneigt werden konnte. Darüber hinaus war es möglich, mit Hilfe eines Flaschenzugsystems die ganze Stellung durch eine Zugmannschaft unter der Brustwehr nach links oder rechts zu bewegen. Ein Pedalhebel hob die Panzerplatte, die vor der kreuzförmigen Schießscharte der Frontabdeckung lag und die Soldaten vor feindlichem Beschuß schützte, und öffnete die Schießscharte.

Er hätte zwar eine Reihe Dampfgeschütze vorgezogen, um die Straner zurückzuschlagen, aber der Kanonier in Robin war stolz auf das todbringende Potential seiner Armbrüste. »Ich glaube, die werden uns noch gute Dienste leisten. Zusammen mit ein paar Zaubern – um ihre Wirkung zu verstärken – werden wir für Euren Colonel Khrolic ein paar Überraschungen in der Hinterhand haben.«

»Glauben Sie, wir können die Husaren besiegen?«

»Das weiß ich nicht, Hoheit.« Robin sah sich zum Palast des Alanims um. »Schukri Awan glaubt daran, vielleicht zählt das etwas.«

Natalja zuckte die Schultern. »Seit seiner frühen Jugend hat man ihm gesagt, er sei zu Großem bestimmt. Es heißt, sein Ende würde von einem fallenden Stern angezeigt werden. Wenn er Strana hier besiegen kann, wird das zu einem Teil seiner Legende werden.«

»Das ergibt wohl einen Sinn, wenn man an diese Art von Vorzeichen glaubt.« Robin trat auf das Pedal und hob die Panzerplatte vor der Schießscharte, um durch die kreuzförmige Öffnung vor der Plattform zu sehen. In der Ferne waren Lagerfeuer zu erkennen. »Und warum hält er sich für den wiedererstandenen Dost?«

»Bei seiner Geburt wurde geweissagt, er würde der Vater des Dosts werden – behauptet Schukri Awan.« Die stranische Prinzessin machte ein angewidertes Gesicht. »Darüber will er nachgedacht haben, und nachdem es ihm nicht gelungen ist, mit irgendeiner seiner Frauen einen Sohn zu zeugen, hat er entschieden, einen Satz aus dem Kitabna Ittikal für den Schlüssel der Prophezeiung zu nehmen. Der Satz lautet in etwa: ›Das Kind ist der Vater des Mannes.‹«

Robin stieß einen Pfiff aus. »Und daraus hat er messerscharf geschlossen, daß er sein eigener Vater ist?«

»Da. Daraufhin hat er Helor der Khastsippe entrissen, weil diese Helor bis zur Wiederkehr des Dosts für ihn schützen sollten.«

»Ich habe das unbehagliche Gefühl, daß er ernsthaft glaubt, ein Spinnennetz von Blitzen habe die *Sarnitskij* vom Himmel geholt, und nicht etwa die *Saint Michael.*«

»Das hält er für eine solidere Tatsache als den Dschebel Quirana.«

Robin lief ein kalter Schauer den Rücken hinab. Die helorischen Truppen, die er gesehen hatte, schienen entschlossen, ihre Stadt zu verteidigen, aber sie bezogen einen großen Teil ihrer Tapferkeit und Entschlossenheit von Schukri Awan. So umnachtet er auch sein mochte, verfügte er doch über ein Charisma, das sicher noch stärker war, wenn man seine Proklamationen im estanuanischen Original verstand und nicht auf eine Übersetzung angewiesen war. Schukri Awans potentielle Unberechenbarkeit beunruhigte Robin vor allem wegen ihrer Auswirkungen auf die helorischen Truppen. Falls die Straner sich entschlossen, im Morgengrauen oder in der Abenddämmerung anzugreifen oder zu irgendeiner anderen Zeit, die nicht mit Schukri Awans wunderlichen Grillen hinsichtlich der korrekten Kampfweise übereinstimmte, war es gut vorstellbar, daß sich die Ethyrinen als einzige Verteidiger auf den Mauern einfanden. Und das hätte Helors Untergang bedeutet.

Als hätte sie in seinen Gedanken gelesen, legte Natalja die Arme um ihren Körper und meinte: »Malachy denkt, daß Grigori zu dieser Tageszeit angreifen wird, in der Abenddämmerung.«

»Wenn der Alanim sich zurückgezogen hat, um sicher vor Sternschnuppen zu sein?« Robin dachte eine Weile nach, dann nickte er. »Colonel Kidd hat wahrscheinlich recht. Aber wir können nichts daran ändern.«

Sie lächelte traurig. »Malachy denkt weiter über dieses Problem nach.«

»Er ist schon ein richtiger Einsiedler geworden.« Robin sah zum Turm des Palastes hinüber, in dem Malachy arbeitete. »Die Idee, Sand zum Feuerlöschen bereitzustellen und Feuerwachen zu organisieren, ist gut. Jeder Tag, den wir bis zum endgültigen Angriff gewinnen, ist ein Tag mehr, an dem wir die Stadt besser auf den Widerstand vorbereiten können.«

»Und ein Tag mehr, an dem er weder schläft noch ißt.«

Robin hörte die Sorge in ihrer Stimme und wußte genau, was sie meinte. Kidd aß nicht viel und fand kaum noch Ruhe, seit er über einem Sandkastenmodell der Stadt grübelte, hin- und herschätzte und plante. Wenn Robin ihn dort aufsuchte, schienen Kidds beste Ideen merkwürdig hingeworfene Antworten oder spontane Einfälle auf irgendeine Frage hin zu sein.

»Wir sollten zu Colonel Kidd gehen und ihn davon überzeugen, etwas zu essen und sich auszuruhen, Hoheit. Ihm muß genauso klar sein wie uns, daß er uns keine Hilfe sein kann, wenn er vor Erschöpfung nicht klar denken kann.«

»Einverstanden, Bruder Robin.«

»Gut. Ich muß nur noch eine Kleinigkeit überprüfen, dann können wir gehen.« Robin nahm einen der gut einen Meter zwanzig langen, angespitzten Eisenbolzen und legte ihn in die Armbrust ein. »Connor, drehen Sie die Lafette genau auf Osten.«

»Aye, Sir.«

Robin hielt Natalja fest, als die Lafette anruckte und sich nach rechts drehte. »So ist's gut.« Er hob das Panzerluk an und spähte am Schaft des Bolzens entlang zur ersten Harpunenstellung auf der Ostseite des Stadttors.

»Was tun Sie da?«

Robin lächelte ihr zu. »Der Alanim sagt, er will seine Stadt von *dieser* Lafette aus verteidigen, nicht wahr?«

»Ja.«

»Nun, ich werde auf der Stellung dort drüben stehen und dasselbe versuchen. Diese Panzerplatten sind recht dick, aber ich möchte sicher sein, daß sie dick *genug* sind.« Robin drückte den Auslösehebel, und mit einem tiefen, vibrierenden Baßton schoß der Bogen den Bolzen auf die fünfzehn Meter entfernte Stellung ab. Mit einem hallenden Schlag beulte der lange Eisenbolzen die Panzerplatte ein und prallte daran ab, um dann scheppernd auf die Straße hinunter zu stürzen.

Natalja sah ihn an. »Zufrieden?«

»Ja, aber nicht genug, um leichtsinnig zu werden. Ich werde Blockierungen einbauen, damit wir nicht aufeinander zielen können.«

»Aber was, wenn ein Vandari die andere Plattform erreicht?«

Robin schüttelte den Kopf. »Wenn das passiert, habe ich nicht mehr genug Zeit, meinen Irrtum zu bereuen, und Schukri Awan wird dann wirklich meine geringste Sorge sein.«

Palast des Alanims, Helor
Helansajar

Malachy Kidd spürte, wie sich die Holzkanten des Sandkastens durch die dünne Goldschicht in seine Handflächen gruben, aber er zwang sich, die Schmerzen zu vergessen. Wenn er seinen Griff lockerte, würde er zu Boden fallen, und er war sich nicht sicher, ob er sich dann wieder aufrappeln konnte. Obwohl er ein ungeheures Schlafbedürfnis und starken Hunger verspürte, konnte er nicht loslassen.

Wenn ich loslasse, verliere ich die Verbindung zu diesem Sandkasten. Vom ersten Augenblick an, in dem er den Tisch berührt hatte, war Malachy klar gewesen, daß er etwas Besonderes darstellte. Niemals zuvor hatte er einen Sandkasten berührt, der sich in dem Gebiet befand, das *auf* dem Tisch in Sand nachgebildet war. Theoretisch enthielt das Helor im Sandkasten den Raum, in dem er hier vor diesem Sandkasten stand, der wiederum ein Helor mit diesem Raum beinhaltete und so weiter. Eine solche Abfolge ließ sich ins Unendliche fortspinnen wie ein Bild, das zwischen zwei einander gegenübergestellten Spiegeln gefangen war.

Diese Denkschlaufe verlieh dem Sandkasten Macht und schloß einen Teil des Wesens dieser Stadt selbst in ihn ein. Malachy wußte zwar, daß unbelebte Objekte über keine Seele im geistlichen Sinne verfügten, aber zugleich zweifelte auch niemand die Beziehung zwischen einem Abbild und dessen Wirklichkeit an. Aus diesem Grunde trugen viele Eilyphianisten Medaillons, die einen Heiligen oder Eilyph selbst darstellten. Malachy schien es fast, als könne er, wäre er nur ein genügend mächtiger Zauberer gewesen, das Antlitz der Stadt selbst dadurch verändern, daß er hier im Sandkasten ihr Modell abänderte.

So erschöpft, wie er war, wußte er, daß diese Phantasie Stoff für theoretische Magier in Ludstone oder anderenorts auf der Welt war. Aber es schien nicht die Möglichkeit zu sein, etwas derartiges zu leisten, die ihn hier über dem Sandkasten festhielt. Der Feedbackeffekt vergrößerte seine Verstörung noch. Wenn er den Sandkasten berührte, wenn er sich darauf konzentrierte, konnte er dort etwas spüren. Es gab dort einen Schlüssel oder ein Zeichen, das die Lösung für all ihre Schwierigkeiten bedeuten würde, aber es kokettierte nur scheu mit ihm. Er konnte es fühlen, aber so sehr er seine Gedanken auch darauf konzentrierte, er war nicht in der Lage, es dingfest zu machen.

Dieses Gefühl ließ zugleich Wut und Furcht in ihm aufsteigen. Die Flüchtigkeit der Lösung trieb ihn an den Rand des Irrsinns. Es trieb ihn um wie ein halbvergessenes Wort, oder ein Insekt, dessen Summen er deutlich hören konnte, ohne jemals einen Blick darauf zu erhaschen. In einer so ernsten Lage die Lösung einfach nicht finden zu können, ärgerte ihn maßlos.

Gleichzeitig flößte die Existenz dieser undeutlichen Empfindung ihm Furcht ein. Es gab Augenblicke, in denen er glaubte, in den winzigen Korridoren und Straßen der Modellstadt Schritte zu spüren. Natürlich war das unmöglich, denn dazu hätte er auf magischem Wege Sinneseindrücke empfangen müssen. Für ihn als Priester blieb dies vollkommen ausgeschlossen – es sei denn, er wäre der Versuchung erlegen und hatte sich Kenntnisse dieser Art von Dämonen liefern lassen. Aber er hatte keine Dämonen beschworen, zumindest nicht bewußt, und in der Nähe des Dosts *hatte* er sein Augenlicht wiedergewonnen.

Das, was er über die Gesetze der Magie gelernt hatte, mit den Erfahrungen in Einklang zu bringen, die er auf seiner göttlichen Mission gemacht hatte, war nicht leicht. Die einfachste Antwort auf alles wäre die Annahme gewesen, daß Gott ihm überhaupt keinen Auftrag erteilt hatte: Daß seine Visionen dämonischer Herkunft waren und Gott ihm das Augenlicht genommen hatte, um ihn vor weiteren Dämonenvisionen zu bewahren. Das Problem bei dieser Annahme war, daß es Dämonen meist darum ging, Menschen durch ihre Versuchungen vom Pfade Gottes abzubringen, aber Malachy hatte sich nicht beirren lassen. Er hielt weiter streng an seinem Glauben fest.

Natürlich könnte alles, was bisher geschehen ist, nur dazu gedient haben, ein falsches Gefühl der Sicherheit in mir zu wecken und mich damit für den wirklichen Absturz vorzubereiten. Ein Konflikt zwischen dem Dogma und einer notwendigen Handlung in einer konkreten Situation war ein Vorbote der Gefahr. Wenn er es wagte, jahrhundertealte Lehren zu hinterfragen, indem er beanspruchte, einen direkten Weg zu Gottes Weisheit zu kennen, würde man ihn als Ketzer verdammen. *Groß ist die Zahl derer, Männer wie Frauen, die solchen Irrtümern zum Opfer gefallen sind.* Er wußte, daß er, nur um sicher zu gehen, die Hände vom Sandkasten hätte lösen und versuchen sollen, alle Spuren dieser vermeintlichen Wahrnehmungen aus seiner Erinnerung zu verbannen. Da das, was er fühlte, sich nicht im Rahmen dessen erklären ließ, was er gelernt hatte, ließ es sich leicht als dämonisch ablehnen. *Kehr ihm den Rücken zu, und bring deine Seele nicht in Gefahr, Malachy.*

In dem Augenblick, da er diesen Gedanken faßte, schob sich ein Gegenargument in sein Bewußtsein. *Es heißt, Gottes Weisheit werde sichtbar durch eine Reihe von Offenbarungen. Was, wenn diese plötzliche Fähigkeit zur außergewöhnlichen Sinneswahrnehmung dazu gedacht ist, mir ein neues Geschenk des Herrn zu enthüllen?* Falls Malachy diese Fähigkeit dann einfach verwarf, kehrte er etwas den Rücken, das dazu bestimmt war, ihm beim Kampf gegen das Böse der Welt zu helfen. Damit wäre diese reaktionäre Antwort in sich des Bösen. Gab er nach und stellte sich nicht der Herausforderung zu ergründen, was hier vor sich ging, konnte es leicht sein, daß er sich damit der Mission entzog, die Gott ihm anvertraut hatte.

Als er die neuartige Wahrnehmung zum ersten Mal verspürte, hatte er keinen Hauch des Bösen daran wahrgenommen. Es war seltsam gewesen, sicher, aber wie es schien, hatte er nach dem Verlust seiner Augen auch schon vorher unbewußt derartige Wahrnehmungen empfangen. Warum sollte es nur dann ein Segen sein, wenn er diese Wahrnehmungen aus der ihn umgebenden Luft bezog, und ein Fluch, wenn er den Sandkasten dazu benutzte? Hier konnte man keinen Trennstrich ziehen, entweder war beides böse, oder es war beides gut. Vorausgesetzt, daß Gott ihn mit diesem Auftrag betraut hatte – einem Auftrag, den er empfangen hatte, einige Zeit *nachdem* er diese magische Form der Sinneswahrnehmung entwickelt hatte, um sein Augenlicht zu ersetzen –, mußte dieser Sinnenzauber guter Natur sein.

War aber diese Magie böse, dann könnte die zweite Vision von Schaitan gesandt worden sein, um mich in die Verirrung zu führen. Der Teufel wäre leicht dazu in der Lage gewesen, die Vision, die Malachy in Glogau von Gott erhalten hatte, für sich zu nutzen und ihn damit in seinem Sinne handeln zu lassen. *Aber wenn der Teufel dahintersteckt, warum entwickelt sich meine Mission dann zu einem Auftrag, Leben zu retten, statt einen Krieg anzuzetteln?*

Seine Ratlosigkeit ließ ihn laut aufknurren, aber er verwandelte den Wutausbruch in ein Lachen. »Lieber Gott, Du hast es Deinem eigenen Sohn nicht leichtgemacht, und dabei war er Gott-und-Mensch. Ich bin nicht annähernd so bedeutend, und es fällt mir äußerst schwer. Ich will tun, was Du mir befiehlst, aber etwas klarere Anweisungen wären schon hilfreich. *Sehr* hilfreich.«

Er hörte nicht, wie sich hinter ihm die Türe öffnete. Er *spürte* das Klicken des Schnappschlosses durch den Sandkasten. Das ließ ihn lächeln, doch seine Unfähigkeit, dieser Wahrnehmung auf die Spur jenes flüchtigen Gefühls zu folgen, machte der Freude ein schnelles Ende. »Wer kommt da?«

»Malachy, wir sind gekommen, um dich zum Essen und Schlafen abzuholen.«

»Das weiß ich wirklich zu schätzen, aber ich kann hier jetzt nicht weg, Natalja.« Er deutete mit dem Kopf auf den Sandkasten. »Ich bin kurz davor zu verstehen…«

»Sie sind kurz davor zusammenzuklappen, Colonel.« Malachy fühlte eine starke Hand auf seinem Oberarm und war erstaunt, wie nahe Robin an ihn herangekommen war, ohne daß er es bemerkt hatte. »Auch wenn Sie mein Vorgesetzter sind: Wenn nötig, trage ich Sie hier hinaus.«

»Robin, ich kann jetzt nicht gehen. Ich stehe kurz davor, ganz kurz davor.«

»Colonel, Sie stehen *zu* kurz davor. Der Wasserkessel pfeift nicht, solange man darauf wartet. Sie brauchen Essen und Schlaf.«

Ist das meine Hilfe, Gott?

Malachy nickte. Er wußte, daß die beiden recht hatten. Ein letztes Mal packte er den Sandkasten fester, und er spürte ein leichtes Aufflackern, das ihm bestätigte: Hier lag die Lösung. Dann ließ er los. »Ihr habt gewonnen.«

Robin lachte leicht. »Wir werden gewinnen, wenn Sie ausgeruht genug sind, uns zu kommandieren.«

»Setzen Sie nicht alle Ihre Hoffnungen in mich, Robin.«

»Das tut er nicht, Malachy.« Der Wolfspriester fühlte, wie Natalja die Schultern unter seinen rechten Arm schob, um ihn mit zu stützen. »Er hat Armbrüste mit Vandariharpunen über dem Stadttor aufgebaut, und seine Ethyrinen schulen die Helorer im Kampf. Wir haben das Werkzeug, wir brauchen nur noch den Künstler, der es benutzen kann.«

»Ich werde mein Bestes geben.« Malachys Hände glitten vom Sandkasten weg, und er sackte zwischen seinen Gefährten zusammen. »Mit Gottes Hilfe werde ich mein Bestes geben.«

55. Kapitel

Lager des Dosts, südöstlich von Helor Helansajar

27. Majest 1687

Uriah hatte ein schlechtes Gefühl, als er das Zelt öffnete, das er mit Turikana teilte, und er sah, wie sie die gebogene Klinge ihres Schamschirs mit dem Schleifstein bearbeitete. Es überraschte ihn nicht, daß sie ihr Schwert schärfte – das tat sie mit derselben unbewußten Leichtigkeit, die er an seiner Mutter beim Stricken beobachtet hatte. »Was machst du hier draußen? Du übernimmst immer die erste Wache.«

Turikana zuckte unbehaglich die Schultern. »So will es der Dost.«

»Wie kommt es, daß ich auf jede Frage, die ich dir stelle, die gleiche Antwort bekomme?«

Sie setzte wieder zu ihrer Standardantwort an, dann bremste sie sich. »Es gibt vieles, das nur durch seinen Willen zu erklären ist. Dies gehört dazu.«

Uriah fischte die goldene Kugel aus seiner Gürteltasche. »Und das hier auch. Ich habe damit herumgespielt und mich damit beschäftigt. Ich kann es ein wenig beeinflussen, aber ich verstehe es noch immer nicht. Was soll ich damit?«

Turikana hielt ihren Säbel hoch und prüfte im goldenen Licht der Öllampen den Schliff der Klinge. »Ich weiß es nicht, Uriah. Mein Bruder hüllt sich in Mysterien, weil er das für nötig hält. Die Dinge geschehen nach einem großen Plan, der im Kitabna Ittikal festgelegt ist. Ich glaube daran, daß er bestimmte Ereignisse vorhersieht oder fürchtet, aber er warnt uns nicht davor, damit sie sich entwickeln können, wie es in ihrer Natur liegt.«

Ihre Bemerkung brachte Uriah verschiedene Gespräche mit dem Dost in den Sinn. »Dein Bruder ist wirklich eine Art Fatalist.«

»Er dürfte sich für einen Pragmatiker halten.«

Uriah hörte einen zweifelnden Unterton in ihrer Antwort. Er rollte die Kugel zwischen den Händen zu einer kurzen Walze aus, dann konzentrierte er sich, um die neue Form dauerhaft zu machen. »Der Dost muß ein sehr schwieriges Kind gewesen sein.«

Sie schüttelte den Kopf. »Das weiß ich nicht. Ich habe ihn vor zehn Jahren getroffen, als ich allein in einem Samun umherirrte. Ich hatte Alkohol getrunken und verließ die Karawane, mit der ich unterwegs war. Ein Sturm kam auf. Sand und Felsbrocken wurden durch die Luft geschleudert, und hätte Nimtschin Dost mich nicht gerettet, wäre ich umgekommen. Er formte sich zu einer riesigen Schildkröte, deren Panzer mich beschützte. Dann hat er mich als seine Schwester angenommen und mich seither mit den anderen zusammen ausgebildet.«

»Ich habe dich mit dem Schwert gesehen. Du bist eine sehr gute Kämpferin.«

»Ich habe hart daran gearbeitet, gut zu werden.« Sie deutete auf den metallenen Stab in Uriahs Händen. »Wenn ich deine geistige Beweglichkeit besäße, oder du meine Hartnäckigkeit, so könnten wir beide Großes erreichen.«

Uriah zuckte die Schultern und ließ den Stab wieder zu einer Kugel zusammenschmelzen. »Metall verformen – eine weitere meiner nutzlosen Fähigkeiten.«

»Nicht an und für sich nutzlos, du hast den Nutzen nur noch nicht erkannt.« Turikana schüttelte den Kopf. »Wir benötigen alle Arten von Geschicklichkeit. Der Sturm weht vom Norden.«

»Was bedeutet das?« Der Ilbeorer wußte, daß sie diese

Worte nicht nur zufällig dahingesagt hatte. »Strana marschiert in Helansajar ein?«

»Ob jetzt oder später, das ist gleichgültig.« Sie legte ihren Säbel auf das Kissen neben sich und zog die Knie vor die Brust. »In euren Schriften gibt es eine Beschreibung vom Ende der Welt, nicht wahr?«

»Offenbarungen.« Uriah versuchte, die Kugel zu einer Waage zu formen, gab es aber auf, als er Probleme bei den Ketten bekam. »Eilyph kehrt wieder, und die Guten werden in einem gewaltigen Krieg von den Bösen geschieden.«

»Für uns endet die Welt in einem Sturm, der vom Norden her weht. Dieser Sturm besitzt nicht die Weisheit eures Eilyph. Er sucht sich nur die Starken aus und tötet die Schwachen.«

»Eine Invasion aus Strana würde genau dazu führen.« Uriah hörte in weiter Entfernung Donnergrollen. Das Geräusch kam von Norden, und seine Nackenhaare stellten sich auf. »Der Dost sieht in diesem Sturm ein weiteres Zeichen, das auf seine Wiederkehr verweist?«

»Ja. Und vielleicht sieht er ihn auch als eine stranische Invasion.« Ihre Hand fiel auf das Heft des Säbels. »Deshalb hat er mir befohlen, keine Wachposten aufzustellen.«

»Keine Posten?« Uriah wurde eiskalt, als das Donnern lauter wurde. »Ihr Heiligen, steht uns bei! Das ist kein *Donner*, das sind Pferde! *Reiter!* Wir werden angegriffen!«

Turikana sprang auf und schwang den Säbel. »Lauf zum Dost, sofort. Hilf ihm.«

Uriah wollte ihr schon widersprechen, aber irgend etwas in der leblosen Form der goldenen Kugel in seiner Hand ließ ihn unter einem Gefühl der Unaufschiebbarkeit erbeben. Er folgte ihr in dem Augenblick aus dem Zelt, als der Anführer des stranischen Kavalleriezugs am anderen Ende in das Tal galoppierte. Während Turikana ihren Schwestern Befehle zurief, rannte Uriah zum Zelt des Dosts.

»Stranische Kavallerie!«

Sein Mund klappte auf, als er den Dost mit der Decke kämpfen sah, unter der er lag. Hinter Nimtschin ragte starr und leblos die goldene Rüstung auf, die er meist trug. Ihr Brustkorb war eine dunkle Höhlung, ihr Gesicht verschwunden. Vor ihren Füßen lag in die Kissen genestelt wie ein kleines Kind Nimtschin Dost. Die blaue Färbung, die bei den meisten Durranen um die Augen zu sehen war, reichte bei ihm über die Wangen und bis auf die Stirn. Die schlanken Spitzen seiner Ohrmuscheln ragten fast bis zum Scheitel hoch. Trotz seines fremdartigen Aussehens machten seine kraftvollen Gesichtszüge ihn zu einem gutaussehenden Mann. Der durchbohrende Blick seiner kupferfarbenen Augen verstärkte die majestätische Ausstrahlung.

Sein Körper schien seiner Macht zu spotten. Er besaß keine richtigen Arme und Beine. Hände und Füße saßen ihm unmittelbar an Schultern und Becken. Wie er dort vor ihm lag, nackt und noch halb im Schlaf, war der Dost offensichtlich hilflos. Der Sturm, der vom Norden wehte, war gekommen und würde ihn davonwehen wie ein Samun den Sand der Wüste.

Nein! Uriah packte den Dost und rannte aus dem Zelt. Am Nordausgang des Tales hatte Turikana eine Verteidigung organisiert, aber die Reiter strömten an ihrer kleinen Schar vorbei und ritten einfach weiter. Ihre Säbel durchschnitten die Zeltverspannungen, ließen die Zelte in sich zusammensinken und ihre Bewohner unter sich begraben. Zwei Reiter entdeckten Uriah und den Dost. Sie gaben ihren Pferden die Sporen und setzen durch das Lager hinter ihm her.

»Lauf, Uriah.« Befreit von den metallenen Untertönen, die früher in ihr mitgeschwungen waren, klang die Stimme des Dosts müde. »Überlasse mich meinem Schicksal. Lauf und rette dich selbst.«

»Nein!« Er nahm den Dost auf den linken Arm und deutete mit der rechten Hand hinter sich. »Wir müssen etwas unternehmen und die anderen retten!«

Sein Arm peitschte vor – und er schleuderte die goldene Kugel. Sie schien geradewegs auf den rechten Reiter zuzufliegen, aber dann änderte sie entschieden den Kurs und schoß statt dessen auf den hinteren Stranen zu. Die Kugel wurde immer flacher und breiter, bis sie im Profil nur noch als dünner goldener Strich zu sehen war. Er sah die Pferde hindurch galoppieren, obwohl sie sich eigentlich ihre Schnauzen daran hätten stoßen müssen. Sie jagten über den Punkt hinaus, an dem der goldene Faden in der Luft hing, kamen immer näher, die Schwerter zum Schlag erhoben.

Uriah wartete auf das Ende.

Dann fielen die Pferde und ihre Reiter plötzlich auseinander. Wo die Linie sie durchschnitten hatte, brachen sie entzwei. Blut sprudelte aus den durchtrennten Hälsen der Pferde. Die Tiere taumelten weiter, aber nur die untere Hälfte der Reiter saß nach wie vor fest im Sattel. Ihre Oberkörper kippten nach hinten weg, schlugen auf die Pferdeleiber und wurden von dort weit in die Luft katapultiert, um schließlich mit einem dumpfen und feuchten Geräusch hinter Uriah auf den Boden zu schlagen.

Uriah sprang nach links, um den taumelnden, schwankenden Pferdeleibern auszuweichen. »Habe ich das getan?«

»*Wir* haben das getan.« Der Dost klammerte sich mit der rechten Hand an Uriahs Schulter fest. »Halte mich hoch, über deinen Kopf. Du hast recht. Wir müssen sie retten.«

Der Ilbeorer hob Nimtschin mit gestreckten Armen hoch. Er packte den Mann an den Füßen und stemmte ihn so hoch in die Luft, wie er nur konnte. Auch wenn der Dost keine Arme und Beine hatte, wog er doch genug, um Uriahs Armmuskeln schwer zu schaffen zu machen. Er sperrte die Ellbogen und hielt den Schmerzen mit lautem Knurren stand.

Über ihm sang der Dost in einer Sprache, die Uriah noch nie zuvor gehört hatte. Die Worte zischelten wie Schlangen und krachten wie Donner, waren melodiös und hart zugleich. Etwas an diesem Gesang hörte sich herrlich vertraut an. Von der ersten Silbe an wußte Uriah, daß diese Sprache dazu geschaffen war, Macht zu beschwören und zu formen.

Und sie formte Macht. Uriah fühlte sich tief in der Erde verwurzelt, er spürte eine solide Verbindung zwischen ihr und dem Dost. Energie quoll durch ihn empor. Uriahs Haar stand steil zu Berge und widerstand den zausenden Windstößen. Über ihm sammelten sich im Licht des fast vollen Mondes mit unnatürlicher Geschwindigkeit düstere Wolkenmassen. Felsen und Schwerter im Tal glühten violett auf.

In der Ferne, hoch in den Bergen, zuckte ein Blitz. Aus den Wolken fiel dichter Regen herab. Mit jedem Herzschlag zuckten neue Blitze und näherten sich ihrer Position. Das Gewitter verschlang die Meilen in Sekunden und brach mit voller Gewalt schlagartig über das Lager des Dosts herein, bevor auch nur einer der Kämpfer eine Chance bekam, Schutz zu suchen.

Hagelkörner von Augengröße schlugen wie Kartätschen auf Uriah ein. Pferde bäumten sich auf, Reiter wurden aus dem Sattel geschleudert, als die Blitze durch die Luft sengten und Ozongeruch das Tal erfüllte. Dann kam der Regen in dichten Wellen. Der erste eisige Guß durchnäßte Uriah bis auf die Knochen, der zweite Regenvorhang trieb ihm die Kälte bis ins Mark. Blitze bahnten sich durch das Tal auf ihn und den Dost zu, ließen seine Haut prickeln und nahmen ihm mit ihrer Helligkeit die Sicht.

Inmitten dieser Sintflut konnte Uriah kaum noch etwas erkennen. Er hörte Schreie und das gelegentliche Klirren von Schwertern, konnte aber nicht sagen, wer überlebte und wer fiel. Silbergrelle Momentaufnahmen zeigten ihm die Schattenrisse der Kämpfenden, aber die anonymen Silhouetten regentriefender Gestalten hielten keinerlei Hinweis auf ihre Identität für ihn bereit. Er hoffte, daß Turikana noch unverletzt war.

Die Angst um die Angehörigen des Dosts trieb ihm die Kälte des Sturms bis in die Seele.

Immer näher kamen die Blitze. Sie tobten über das Gefecht hinweg, entzündeten die Zelte, sprengten ganze Felsbrocken. *Zu nah!* Uriah erkannte, was auf sie zukam und versuchte davonzulaufen. Seine Füße verweigerten ihm den Dienst. Seine Arme ließen sich nicht bewegen. Als er nach oben schaute, sah er den Dost die Hände zum Himmel hin strecken.

Dann schlug der Blitz ein. Der Schmerz stülpte Uriahs Innerstes nach außen. Er stand in Flammen, aber es war ein *kaltes* Feuer, das ihn verzehrte. Der Blitz schien sich in Uriah in immer noch mehr Zweige aufzugabeln, bis er schließlich jeden Zentimeter seines Körpers mit einer eigenen Nadel durchbohrt hatte. Strahlendes Licht überschwemmte seine Augen, dann kam ein Schatten, und er war blind.

Uriah fühlte den Sturz, aber nicht den Aufprall.

56. Kapitel

Palast des Alanims, Helor
Helansajar

27. Majest 1687

Robin Drury räumte seinen Platz am Sandkasten für Malachy Kidd. »Wie Sie sehen, Colonel, legen die Straner inzwischen den dritten Laufgraben an. Sie haben aus dem Holz vom Wrack der *Sarnitskij* Schutzschilde errichtet. Das erlaubt es ihnen, ihre Vandari noch weiter nach vorne zu bringen, damit sie beim Graben helfen können.«

Kidd legte seine goldenen Hände auf die zwei dunklen Punkte an den Ecken des Sandkastens. Er schloß die Augen und nickte. »Ja.« Er zischte das Wort zwischen den Lippen hervor, halb Zustimmung, halb Seufzer. »Bis morgen nachmittag müßten sie für den Angriff in Stellung sein.«

»Sie rechnen immer noch mit einem Angriff in der Abenddämmerung?« Robin ging auf die andere Seite des Sandkastens. »Sie erwarten, daß Khrolic von seinen Truppen verlangt, bei Nacht zu kämpfen?«

Kidds Silberaugen öffneten sich und er fixierte Robin. »Sie nicht?«

»Sie kennen Khrolic besser als ich.« Robin zuckte die Schultern. Er fühlte sich unter Kidds silbernem Starren unbehaglich. »Ich hielte ihn nicht für so ausgekocht. Es ist nicht leicht, Soldaten zu einem Nachtgefecht zu bewegen.«

»Aber sich in der Dunkelheit zu verteidigen auch nicht.« Kidd nickte und beugte sich über den Tisch. »Grigori wird alles tun, was seinen Truppen das Vorgehen erleichtert. Schlechteres Licht wird unsere Katapulte mehr behindern als seine Vandari. Außerdem kämpfen die Helansajaren ungern bei Nacht. Wenn Schukri Awan sich zur Nacht zurückzieht, haben wir ein Problem. Die Truppen hier sind recht tapfer, aber wenn ihnen der Anführer davonläuft, könnten sie auch eine Abneigung gegen das Kämpfen entwickeln.«

Der Ethyrine nickte, als in der Ferne Donner grollte. Er schaute zum Fenster. »Das ist merkwürdig. Ich hätte mit einer klaren Nacht gerechnet.«

Der Blinde schaute über das kleine Modell der Stadt. »Es kommt von Norden?«

Robin blickte wieder aus dem Fenster. »Ja, Sir. Und es zieht schnell auf. *Sehr* schnell.«

»Der Sturm, der vom Norden her weht.«

»Was?«

»Ataraxianer glauben, daß die Welt in einem Sturm enden wird, der vom Norden her weht. Es ähnelt unserer Apokalypse, aber ihr Weltenende ist elementarer und weniger gnädig als unseres.« Kidds Körper zuckte unwillkürlich. »Das ist kein gutes Vorzeichen.«

»Die einheimischen Truppen werden es mit der Angst bekommen.« Donner explodierte über dem Helorischen Tiefland, und die Laufgräben der Straner wurden von Blitzen ausgeleuchtet. Robin wollte sich gerade wieder zu Kidd umdrehen, um ihn zu fragen, wie es um das Glück der Straner stand, in diesem Gewitter im Freien zu stehen. Doch bevor er den Mund öffnen könnte, hörte er deutlich ein Echo des Donners vom Sandkasten aufklingen. Der ganze Kasten glühte grünlich, und das unreine Leuchten hüllte Kidd mit ein.

Draußen blitzte es wieder und wieder. Im Sandkasten stiegen kleine Rauchwölkchen von unsichtbaren Blitzeinschlägen auf und ließen kleine Tropfen geschmolzenen Glases zurück. »Colonel, was geschieht hier?«

»Er ist ganz nahe, es ist alles ganz nahe.«

»Was ist nah?«

Rauchfäden quirlten vor Kidd hoch. »Der Dost, das Ende aller Tage, es ist ganz nah.« Kidd murmelte vor sich hin, ilbeorische Worte mischten sich mit Klangfetzen, die Robin nicht einzuordnen vermochte. »Das Ende ist gekommen!«

»Gehen Sie vom Sandkasten weg!« Gebäude im Modell der Stadt Helor explodierten, als sie von unsichtbaren Blitzen getroffen wurden. Draußen wurden die Blitze immer greller und der Donner immer ohrenbetäubender. »Lassen Sie den Sandkasten los!«

»Nein!« Grünes Licht übergoß die silbernen Augen Malachy Kidds. »Ich bin dem Schlüssel ganz nahe. Er ist hier, jetzt, ich weiß es!«

»Gehen Sie weg!«

»Nein!«

Robin spürte, wie sich seine Nackenhaare sträubten, als er den Rand des Sandkastens packte und sich über den Tisch schwang. Er traf Kidd mit beiden Füßen auf die Brust, dann ließ er den Sandkasten los und stolperte über den fallenden Kidd hinweg. Robin ließ sich von seinem Schwung so weit wie möglich in das Turmzimmer tragen und riß Stühle und Tische mit sich um. Er kam erst zu einem Halt, als er mit dem Rücken gegen die Südwand des Zimmers prallte, dann blickte er auf.

Ein blendendes Tau aus elektrischer Energie rollte durch das offene Fenster herein und schlug in das Abbild des Turms im Sandkasten ein. Der Holzkasten zersprang und schleuderte seine brennenden Splitter durch den ganzen Raum. Sand flog hinterher und erstickte die meisten Flammen. Wo der Blitz eingeschlagen hatte, blubberte und dampfte eine schwarze Glaskugel.

In Robins Ohren klingelte es laut. Er krabbelte hinüber zu Kidd, der mit dem Gesicht auf dem Boden lag.

Der Ethyrine drehte ihn um und schlug die schwelenden Stellen auf den Kleidern des Colonels aus. Abgesehen von einer blutenden Nase schien Malachy Kidd unverletzt zu sein. Er atmete mühelos, blieb aber ohne Bewußtsein. Robin tastete Kidds Hinterkopf ab, um zu sehen, ob er beim Sturz mit dem Kopf aufgeschlagen war, fand aber keine Beulen.

Er legte ihn wieder auf den Boden und erstickte die Flammen des letzten noch brennenden Trümmerstücks. Dann rieb er sich den Nacken. »Daß ein Gewitter Helor dermaßen verwüstet, ist in der Tat ein schlechtes Vorzeichen. Die Einheimischen werden daraus schließen, daß die Natur auf Stranas Seite steht. Die helorischen Truppen werden nervös sein, und der beste Stratege dieser Hemisphäre liegt bewußtlos am Boden. Da kann ich genausogut seinem Beispiel folgen und mir auch eine Mütze Schlaf genehmigen.« Robin beugte sich zu Malachy hinunter, legte ihn sich über die Schultern und drückte sich dann wieder hoch. »Wenn die Straner morgen angreifen und kein Wunder geschieht, wird der nächste Schlaf, auf den ich mich freuen kann, der Tod sein, und diese Aussicht gefällt mir gar nicht.«

Im Dschebel Quirana
Helansajar

Uriah wachte irgendwo in trockener Dunkelheit auf. Jetzt wußte er endlich, wie sich Getreide unter dem Dreschflegel fühlte. Jede Faser seines Leibes schmerzte, und es war schlimmer als nach seiner Schlägerei in Dhilica. Es waren keine Prellungen, keine Stiche, sondern purer *Schmerz*. Es war, als seien ihm sämtliche Knochen im Leib in kleine Splitter zerschmettert worden, die jetzt alle aneinander scheuerten, wenn er auch nur an eine Bewegung zu denken wagte.

»Der Schmerz wird vorübergehen, Uriah.«

Er brauchte eine Weile, bis er die Stimme des Dosts erkannte. Die Kammer, in der er lag, gab ihr eine Andeutung des Widerhalls zurück, aber ohne das metallische Singen klang seine Stimme einfach falsch. Uriah versuchte, sich auf einen Ellbogen zu rollen, doch die unbeschreiblichen Schmerzen brachten ihn von diesem Vorhaben schnell ab. Er stöhnte. »Ich wünschte, ich wäre tot.«

»Ich habe es mitgemacht, mein Freund. Es würde dir nicht gefallen.«

»Wie können Sie danach noch solche Witze machen?«

Der Dost lachte leise. »Du hast mehr Körper, der dir schmerzen kann, mein Freund.«

Uriah sammelte seine ganze Kraft und verlagerte sich gerade so weit, daß er in die Richtung sehen konnte, aus der er die Stimme des Dosts hörte. »Warum hat der Blitz uns nicht getötet?«

»Wir haben das Gewitter mit einem durranischen Zauber heraufbeschworen. Als der Blitz uns traf, hätte er uns töten müssen, aber ich konnte seine Energie in einen anderen magischen Prozeß umleiten. Ich habe uns hierher gebracht, ins Innere des Dschebel Quirana.«

»Wohin?«

»Wir befinden uns in einer Felsenkammer tief im Berg, schon fast in Helor. Ich wollte eigentlich nicht auf diese Weise hierher kommen, aber die Gelegenheit hat sich geboten.«

Uriah zuckte zusammen und drehte sich vorsichtig auf die Seite. »Ihre Rüstung ist zurückgeblieben.«

»Sie wird uns finden.«

»Wie?«

»Das weiß ich auch nicht genau. Ich weiß nur, daß sie uns finden wird.«

»Das verstehe ich nicht.«

»Was? Das mit der Rüstung oder das mit mir?«

Uriah wurde rot. »Beides. Das mit Ihnen.«

Stille lastete auf der Dunkelheit, bis die leise Stimme des Dosts wieder erklang. »Ich wurde so geboren – ohne Arme, ohne Beine. Ich weiß noch, als ich zum ersten Mal hier war, vor so unendlich langer Zeit, kam ich mir anders vor. Ich war wie du, unbehindert. Diesmal jedoch ging irgend etwas schief. Vielleicht hat meine Mutter Gulholla getrunken, als sie mit mir schwanger ging, oder irgendwie gesündigt oder gelitten. Mein Vater hatte meine Mutter hier im Dschebel Quirana verborgen, weil er glaubte, daß ihm bestimmt war, der Vater des Dosts zu sein.«

»Aber das ist ein Tabubruch!«

»Vielleicht war genau das die Sünde, für die ich mit meinen Armen und Beinen zu zahlen hatte. Ich weiß es nicht.« Die Stimme des Dosts verstummte einen Augenblick lang. »Ich wurde hier im Dschebel Quirana geboren. Mein Vater hat als Hebamme gewirkt und gesehen, daß ich ein Krüppel war. Er ritt mit mir in die Wüste und hat mich ausgesetzt. Er wußte, daß kein unvollkommenes Geschöpf jemals der Dost sein könnte. So steht es im Kitabna Ittikal. Er wollte, daß ich alleine zugrunde gehe, deshalb ließ er mich in der Wüste zurück und ritt nach Helor zurück.«

»Sie haben erklärt, Sie seien der Dost, aber wie kann das sein, da Sie doch verkrüppelt sind?«

»Woher soll ich wissen, was Gott zu meinem Schicksal bestimmt hat? Kennst du Gottes Pläne mit dir?«

»Nein.« Uriah zwang sich in eine sitzende Stellung hoch und nahm seine Schmerzen als Strafe für seine Dummheit hin. »Wie haben Sie überlebt?«

»Die Rüstung hat mich gefunden. So wie meine Seele eine Verbindung zu meinem Körper hatte, war meine alte Rüstung mit mir verbunden. Sie hat meine Gegenwart und meine Not gespürt. Sie schnitt ein Stück aus sich heraus und holte mich, fand mich in der Wüste und nahm mich in sich auf. Die Rüstung ernährte mich und fütterte mich mit den Erinnerungen, wer und was ich einst gewesen bin. Kirana Dosts Gedächtnis hat mir das Überleben und das Zaubern beigebracht. Ich wurde mein eigener Vater und lernte, was es hieß, der Dost zu sein.«

»Deine Schwestern …«

»Keine Blutsschwestern, ich habe sie alle angenommen. Wie ich selbst, wurden sie alle vom Wüstentod errettet. Es gab Zeiten, in denen ich einfach nur meinen Geist geleert und *gesucht* habe. Die Rüstung hat sie zu mir gebracht, und ich nahm sie mit nach Dayi Marayir, um sie auszubilden. Sie sollen die Ausdarirüstungen bedienen und uns helfen, die Stadt gegen die Straner zu verteidigen.«

»Aber wir haben sie zurückgelassen.«

»Sie werden uns finden.«

»Sind Sie sicher?«

»Diejenigen, die dazu bestimmt waren, den Sturm zu überleben, werden hierher kommen.«

Uriah schüttelte den Kopf. »Ich wünschte, ich könnte mir meiner Sache so sicher sein wie Sie.«

»Ich bin mir keiner Sache sicher, Uriah.«

»Sie wissen im voraus, wie sich die Dinge ereignen werden.«

»Keineswegs.« Die Stimme des Dosts schien für einen Augenblick in weite Fernen zu streifen. »Heute nacht, in meinem Zelt, da war ich bereit zu sterben. Ich bin unvollkommen. Ich habe an meiner Identität als Dost gezweifelt und auf ein Zeichen gewartet, das mir zeigen sollte, ob ich wirklich der Auserwählte für diesen Titel sei. Du warst mein Zeichen.«

»Wie konnten Sie daran zweifeln? Sie sind unglaublich mächtig. Sie haben das Gewitter heraufbeschworen.«

»Mit deiner Hilfe.«

»Ich habe nichts dazu beigetragen.«

»Abgesehen von meiner Rettung.« Der Dost verstummte einen Augenblick, dann seufzte er. »Als ich als Kirana hier war, habe ich sehr viel Ähnlichkeit mit dir gehabt. Ich war eigensinnig und frech. Mir ist alles leicht zugeflogen, so daß ich die Mühe nicht wahrnahm, die andere in alles stecken mußten. Mir fiel es leicht zu zerstören, weil ich nie begriffen hatte, was es heißt aufzubauen.«

Uriah fühlte einen kalten Schauer seinen Rücken hinablaufen. *Beschreibt er mich?*

»Ich glaube fast, daß dein Gott oder Atarax oder vielleicht auch das blinde Schicksal mich in diesem Korper eingesperrt hat, damit ich die Schwierigkeiten und Mühen all der anderen wirklich verstehen lerne. So erhalte ich eine andere Vorstellung von der Richtung, in die ich meine Begabungen und die Macht zu lenken habe, die ich erlangen werde.«

»Das kann nur gut sein.« *Und eine Lektion, die ich mir hinter die Ohren schreiben sollte.* »Wie sieht Ihr nächster Schritt aus?«

»Erst einmal ruhen wir uns aus. Bevor ich meine Rüstung verlassen habe, konnte ich mich noch davon überzeugen, daß Rafiq mit seinen Leuten in Stellung ist. Es sind weniger als tausend Mann, aber sie werden genügen. Sobald meine Schwestern eintreffen, werden wir weiter in den Dschebel Quirana vorstoßen. Am Ende unserer Reise wird die wahre Feuerprobe stehen.«

»Was geschieht dann?«

»Ich weiß es noch nicht sicher, aber eines kann ich dir sagen: Das Leben wird nie wieder so sein, wie wir es jetzt kennen.«

57. Kapitel

Nördliches Helorisches Hochland
Helansajar

28. Majest 1687

Grigori Khrolic erwiderte den Gruß Leutnant Worobigas im Schatten von Widder 27. »Sie haben eine Meldung für mich, Anatolij?«

»Da. Das Lager, das unsere Kavalleriepatrouille angegriffen hat, wurde völlig zerstört. Es wurde nach Ende des Gewitters noch einmal abgesucht, und außer den Toten wurde nichts gefunden. Es war ohne Bedeutung.«

»Aber das Entkommen von Flüchtlingen aus Helor zu vereiteln ist gut, Leutnant. Es etabliert die Ordnung unserer Herrschaft.« Grigori nickte ernst. »Unsere Kanonen sind für die nächste Phase der Operation in Bereitschaft?«

»Da. Unsere Geschütze sind in Stellung für den Beschuß der Mauern und des Stadttors. Wir haben die Gefechtskessel für sie nach vorn gebracht und durch Schutzschilde gesichert. Sie werden schon angeheizt und dürften in Kürze einsatzbereit sein. Die Kanoniere meinten, sie könnten die Armbruststellungen auf den Mauern vermutlich zerstören, wenn Sie es auf den Versuch ankommen lassen wollen.«

»Njet. Die Schutzschilde scheinen die Stahlbolzen abzuhalten. Laß sechs Geschütze Kartätschen und Splitter laden, um die Verteidiger hinter den Brüstungen niederzuhalten. Der Rest soll sich auf die Tore konzentrieren.«

»Ja, Herr.« Der junge Offizier nickte. »Wann sollen wir anfangen?«

Grigori sah hinunter auf den Schatten seines Widders. »Geduld, Anatolij.« Er trat in die Sonne heraus und kratzte mit der Ferse eine Linie in den Sand. »Wenn der Schatten diese Linie erreicht hat, ist es immer noch früh genug. Schukri Awan wird eine oder zwei Stunden kämpfen, dann gehört seine Stadt uns.«

Prinzentor, Helor
Helansajar

»Prinzessin, ich will mich nicht mit Euch streiten. Ihr könnt hier nicht bleiben.« Robin Drury schüttelte unnachgiebig den Kopf. »Ihre Gefechtskessel stehen schon unter Dampf. Es ist nicht mehr lange bis zur Dämmerung. Der Angriff steht unmittelbar bevor.«

Nataljas Nasenflügel bebten. »Sie würden es zulassen, daß Malachy hier steht?«

»Ja, aber …«

»Aber er ist blind.« Sie packte einen der Eisenbolzen und zog ihn aus der Halterung im Innern der mit Panzerplatten armierten Stellung. »Ich bin nicht blind. Ich kann helfen.«

»Das ist nicht dasselbe.«

»Bruder Robin, wenn Sie seine Hilfe annehmen würden, dann stehe ich hier, um ihn zu vertreten.«

Robin furchte die Stirn. »Er schläft noch immer?«

Natalja nickte. »Ich habe versucht ihn zu wecken, aber er rührt sich nicht.«

»Er muß mehr von dem Blitz abbekommen haben, als ich gedacht hatte.« Robin fuhr sich mit der Hand über das Gesicht. »Wenn Ihr für mich ladet, müßt ihr damit fertig sein, wenn ich es sage. Wenn nicht, könnt Ihr eine Hand verlieren.«

»Verstanden.«

»Es ist Euch klar, daß Ihr auf Eure eigenen Leute schießt.«

Natalja hob den Kopf. Ihre Augen leuchteten. »Die *Sarnitskij* hat unschuldige Menschen in dieser Stadt getötet. Die Husaren und Vandari werden noch mehr von ihnen töten. Ich bin mit Malachy hierhergeflogen, um dem Angriff zuvorzukommen, aber das war nicht möglich. Also muß ich jetzt dabei helfen, die Stadt gegen diesen Angriff zu verteidigen.«

Die Härte in ihrer Stimme ließ Robin froh darüber sein, daß sie auf seiner Seite und nicht gegen ihn kämpfte. Er sah hinüber zu einem anderen Ethyrinen, der im Schatten der Geschützstellung kauerte. »Nugent, was tut sich bei den Gefechtskesseln?«

»Eins und Vier werden noch mit Kohlen gefüllt. Zwei und Drei haben schon die Treibriemen zu den Geschützen gespannt.«

»Gut.« Robin blickte kurz nach unten, wo Connor und vier andere Ethyrinen neben einem Helorer und einer altertümlichen Schleudermaschine standen.

»Fertig zum Einschießen.«

»Aye, Sir!«

Robin sah Natalja an. »Laden.«

»Da.«

»Zurück.«

Sie hob beide Hände. »Da.«

»Schild hoch!«

Nugent trat auf das Pedal. »Frei.«

Robin zielte am Bolzen entlang auf die Schutzschilde, die einen der Gefechtsdampfkessel der Straner abschirmten. Er schlug mit dem Handballen auf den Auslösehebel. Mit einem tiefen Wummern schoß der Eisenbolzen aus der gespannten Armbrust, flog in gerader Linie auf den Gefechtskessel zu, senkte sich dann aber zu früh ab und bohrte sich schon nach zwei Dritteln der Entfernung in den Boden.

Robin drehte sich um und hockte sich an den

Rand der Lafettenplattform. »Zielentfernung vierhundert Meter.«

Connor übersetzte den Befehl für den Helorer, und der betrachtete den Wurfarm der Steinschleuder. Er hob die Hand, dann senkte er ihn und brüllte dabei in einem fort: »Wati, wati, wati!« Die Ethyrinen zogen über eine Seilwinde den Wurfarm immer tiefer. Als er fast den Boden berührte, klatschte der Helorer in die Hände.

Connor hängte einen Auslösehaken in die Koppelleine am oberen Ende des herabgezogenen Wurfarms. Dann legten seine Männer die breite Schlinge aus und rollten einen dreihundert Pfund schweren Felsbrocken darauf. Die Schlinge wurde um das Wurfgeschoß gelegt und an den heruntergezogenen Wurfarm gehängt. Die Ethyrinen traten von dem Felsbrocken zurück. »Fertig!«

Connor packte die Leine des Auslösehakens und zog.

Die Steinschleuder bestand aus einem sechs Tonnen schweren Gegengewicht am kürzeren Ende des Wurfarms und einem schweren Gestell, um das dieser sich drehte. Der dreihundert Pfund schwere Stein, den man aus den Grundmauern eines eingestürzten Hauses geschlagen hatte, wurde in der Schlinge hochgerissen, als das Gegengewicht herabfiel und das längere Ende des Wurfarms in die Höhe peitschte. Kurz nach dem Passieren der Gipfelhöhe löste sich ein Ende der Schlinge aus ihrem Haken, und das Wurfgeschoß begann seinen langen torkelnden Flug.

Einfache mechanische Belagerungsmaschinen sind nicht für ihre Zielsicherheit berühmt. Dafür gibt es mehrere Gründe. Der wohl wichtigste ist die Tatsache, daß die Wurfgeschosse, deren Größe, Umfang und Gewicht variieren, sich in einer hohen bogenförmigen Flugbahn ins Ziel bewegen. Dadurch haben sie reichlich Gelegenheit, das Ziel zu verfehlen – zu weit oder zu kurz zu fliegen und zweimal dieselbe Stelle zu treffen, war alles andere als einfach.

Zum Pech für die Husaren hatten sie bei ihrem Anmarsch nur schwache Abwehrschüsse der Geschütze auf den Stadtmauern provoziert. Dadurch glaubten sie sich außerhalb der Reichweite der Armbrüste und hatten keine großen Anstrengungen unternommen, ihre Gefechtsdampfkessel über die Aufstellung von Schutzwänden hinaus gegen einen Beschuß zu sichern. Beim Ausbau ihrer Laufgräben hatten sie einfache, leicht erkennbare Stellungen für die Geschütze und Gefechtskessel ausgehoben und den Ethyrinen alle Zeit der Welt gegeben, ihre schweren Geschütze auszurichten.

Der Felsen schlug sechs Meter vor dem angepeilten Ziel ein, aber das erwies sich als besonderer Glückstreffer, denn so krachte er genau auf das mittlere Geschütz der Stellung um Gefechtskessel Drei. Er drückte die Kanone platt, zermalmte die Lafette und schleuderte die abgesprengten Räder wirbelnd über die Ebene davon. Dann sprang der Felsen weiter, weil die Größe des Geschützes verhinderte, daß er sich in die Erde bohrte, taumelte in einer schwerfälligen Rollbewegung den Graben entlang. Er schlug die Schutzschilde wie Spielkarten auseinander und donnerte frontal in Gefechtskessel Drei.

Der Zweck eines solchen Dampfkessels bestand darin, Druck zu erzeugen, der über Kolben und Treibriemen auf die Geschütze übertragen wurde, um sie aufzuladen. Als der Felsbrocken den Kessel eindrückte, verminderte er sofort dessen Volumen, und der Druck im Innern stieg weit über das Maß hinaus an, das seine Konstrukteure noch für zumutbar gehalten hatten. Die Nieten, mit denen die Stahlplatten zusammengefügt waren, wurden durch den Druck davongeschossen und töteten die Hälfte der Kesselbesatzung sofort.

Ohne die Nieten, die ihn zusammengehalten hatten, flog der Kessel in die Luft. Metallplatten schnitten wie Sensen durch den Graben und eine Pilzwolke aus Rauch und Dampf türmte sich in den Himmel auf. Die sich ausbreitende Druckwelle schleuderte die übriggebliebenen Schutzschilde auseinander und verstreute sie um die ganze stranische Stellung. Kochendes Wasser spritzte heraus, überflutete die Artilleriestellung und ließ die Soldaten kreischend die Flucht ergreifen.

Bevor Robin und die anderen Etyrinen sich zu ihrem Erfolg beglückwünschen konnten, eröffneten die anderen drei Geschützbatterien das Feuer. Kartätschen prasselten über die Panzerung der Armbruststellung und prallten von den Mauerzacken ab. Das Prinzentor krachte und quietschte unter dem Einschlag eines halben Dutzends Kanonenkugeln, aber es hielt.

Nugent spähte über die Kante der Mauer, dann duckte er sich hastig zurück. »Einer der Widder kommt näher, Richtung null Grad.«

Robin hakte die Rückholzüge in den Spannzug und kurbelte die Armbrust wieder auf volle Spannung. Dann arretierte er den Abzugshebel. »Laden.«

»Da.«

Er hakte aus. »Zurück.«

»Da.«

»Schild hoch.«

Nugent hämmerte den Fuß aufs Pedal. »Fertig.«

»Jetzt zeigen wir ihnen ein Kunststückchen.« Robin sprach einen Kampfzauber. Ein bläuliches Leuchten umfloß die Armbrust. Der Ethyrine folgte mit dem Geschütz den Bewegungen der Vandarirüstung von links nach rechts. Als der Widder langsamer wurde, schlug Robin auf den Abzugshebel.

Dieser Eisenbolzen schoß entschieden schneller aus der Armbrust heraus als der vorige, und seine Flugbahn blieb gestreckt. Aus Robins Sicht schien er wie ein schwarzer Punkt, mitten auf der Flanke des Widders. Im letzten Moment schien der Mann im Innern der Rüstung aus den Augenwinkeln etwas gesehen zu haben, denn der Widder drehte sich weg, aber damit machte er das Ziel für den Bolzen nur noch größer und nicht etwa kleiner.

Der Bolzen traf den Widder in die untere Hälfte seines Rückens, ein wenig rechts der Mitte. Die riesige gepanzerte Gestalt zuckte, dann erstarrten ihre Glieder. Der Widder fiel nach vorne, blieb aber auf der rechten Seite leicht aufgerichtet liegen, weil der Bolzen ihn glatt durchschlagen hatte und seine Spitze ihn nun vom Boden hielt.

Wieder prasselten Kartätschen gegen die Panzerung der Armbrust. Auf der anderen Seite des Prinzentors feuerte Schukri Awan einen weiten Schuß in Richtung der stranischen Linien ab, traf aber niemanden und richtete auch keinen Schaden an.

Robin fiel auf die Knie, als die Welt um ihn herum verschwamm. *Das hat mehr Kraft gekostet, als ich gedacht hätte. Oder bin ich einfach müder als ich sein dürfte?*

Natalja kauerte sich an seiner Seite nieder. »Sind Sie in Ordnung?«

»Es wird schon. Der Zauberspruch hat die Kraft der Armbrust vervielfacht und ihr eine größere Reichweite gegeben. Ursprünglich wurde er für gewöhnliche Ethyrinenarmbrüste entwickelt. Der Einsatz an einer größeren Waffe mit einem schwereren Bolzen hat mich ziemlich mitgenommen.« *Noch ein solcher Schuß und ich bin am Ende.*

Natalja legte ihm die Hände auf die Schultern. »Sie werden sich erholen?«

»Ich muß. Es ist ein harter Zauberspruch.« Er grinste. »Colonel Kidd könnte ihn wahrscheinlich ein halbes Dutzend mal anwenden, wenn er nicht blind wäre.«

»Soll ich ihn holen?«

Robin schüttelte den Kopf. »Das ändert jetzt auch nichts mehr. Khrolic muß wissen, daß ihm keine Zeit mehr bleibt. Wir haben ihm deutlich gemacht, daß er verwundbarer ist, als er gedacht hat. Wir haben einen seiner Dampfkessel und die dazugehörigen Kanonen zerstört und einen Vandari getötet. Der Zermürbungseffekt arbeitet für uns. Wir werden ein halbes Dutzend Vandari töten, bevor sie auf die Mauern gelangen und weiter in die Stadt vordringen. Dann werden sie ihre Geschütze nicht mehr einsetzen können, und der Häuserkampf in der Stadt wird hart werden. Es wäre schön, wenn der Colonel hier wäre, aber ein blinder Mann hilft uns da nicht viel. Er hat seinen Beitrag zur Planung der Verteidigung geleistet.«

»Aber er hielt das nicht für genug.«

»Wir wollen hoffen, daß er sich darin geirrt hat.«

Palast des Alanims, Helor
Helansajar

Das ferne Donnern einer Explosion ließ Malachy hellwach werden. Er warf die Decke zurück, schwang die bloßen Füße aus dem Bett und stolperte nur mit einem baumwollenen Nachthemd bekleidet zum Fenster in der Nordwand seines Turmzimmers. Stolpernd fiel er hart gegen die Steinwand des Palastes und fing sich mit den Händen ab.

In dem Augenblick, als er den Stein berührte, verspürte er das gleiche Gefühl wie am Sandkasten, nur viel stärker. *Hier liegt die Lösung, ich fühle es.*

Er hörte ein Geräusch hinter sich und fuhr herum. Inmitten des Dunkels erhaschte er das flüchtige Bild eines goldenen Wolfs mit silbernen Augen, der davonhuschte, wo die Tür seines Zimmers sein mußte. Die Vision erinnerte ihn an den Wolf, der ihn in Glogau gegen die lescarischen Revisors Carmí geführt hatte.

Das Zeichen des Sankt Martin!

Ohne weiter nachzudenken, ohne zu zweifeln, stieß er sich von der Wand ab und rannte zur Tür. Er prallte hart gegen die geschlossene Tür, prallte ab und landete auf seinem verlängerten Rücken. Malachy schüttelte den Kopf, dann lachte er, stand auf und riß die Türe auf. *Eine Vision zeigt mir vielleicht, wohin ich gehen muß, aber es bringt mich nicht hin. Das muß ich selbst erledigen.* Immer noch kichernd rannte er durch den Palast, die linke Hand ausgestreckt, die rechte an der Wand. Er hastete die Treppen hinab, indem er von einem Absatz zum nächsten sprang.

Er fühlte sich seltsam, lebendiger als jemals zuvor – soweit er zurückdenken konnte. Durch die Fingerspitzen sog er Informationen über seine Umgebung ein. Bei den Sprüngen setzte er Luftzauber ein, aber mit einer Präzision wie nie zuvor. Bei jeder Landung sank er als erstes in die Hocke und berührte mit den Händen den Boden, dann sprang er weiter oder hastete den nächsten Korridor entlang. Dabei spürte er immer deutlicher, daß er sich seinem Ziel näherte.

Er kam im Erdgeschoß des Palastes an und fand einen Gang, der ihn noch weiter hinab bis unter die Stadt führte. Am anderen Ende eines langgestreckten Treppenabsatzes stieß er gegen eine eiserne Gittertür. Er preßte die Hand auf das Schloß, und die Goldschicht auf seiner Handfläche floß in das Schlüsselloch. Die Tür öffnete sich dem Schloßzauber, den er für seine Mission in Lescar gelernt hatte. Noch zweimal mußte er ähnliche Türen öffnen, und er stellte fest, daß er nicht einmal mehr warten mußte, bis das Metall in das Schloß hinein geflossen war. Schon die Berührung genügte, die Türen mit seinem Zauberspruch zu öffnen.

Schließlich stand er an der Schwelle zu einem großen Saal.

Malachy wußte, daß es ein großer Saal sein mußte,

denn er fühlte sein Ziel nahe, und doch nicht zu nahe. Er ging los und geriet in ein Labyrinth von Hindernissen, mußte sich einen Weg durch die verschiedensten Obstruktionen suchen. Mit jeder Windung und jeder Drehung wußte er sich seinem Ziel näher und näher, bis ihm schließlich die Hände unter dem Gold zu kribbeln begannen.

Das Kribbeln an seinen Händen wurde so stark, daß er fast über die Treppe am anderen Ende des Saales gestolpert wäre. Er streckte die Hände aus und berührte eine gekachelte Wand. Er konnte ihre Kälte an den Fingerspitzen spüren. *Ich fühle ihre Farbe. Sie ist blau.* Als er mit seinen Händen auf den Kacheln umherstrich und die Kanten des Torbogens abtastete, den sie markierten, nahm die Temperatur unter seinen Händen zu. Er stellte fest, daß die Hitze an der Außenkante des Torbogens fast schmerzhaft wurde, der Bogen aber kühler und wohltuender, je mehr er sich der Mitte näherte. Seine Hände hatten das beste Gefühl, wenn sie in der Mitte mit den Handflächen auflagen und die Daumen mit den Zeigefingern ein Dreieck bildeten.

Malachy drückte und nichts geschah. Er kannte sein Ziel. Die Rettung Helors lag auf der anderen Seite der Wand, aber er kam nicht hindurch. *Wenn das eine Türe wäre und keine Wand* … Er ließ den Kopf nach vorne fallen und stieß ihn gegen die Ziegel. »Ich kann kein Gewicht von einem darüberliegenden Gebäude auf dieser Wand spüren, es ist also keine tragende Wand. Sie ist beweglich.«

Er sprach seinen Schloßzauber und hörte ein Klicken. Er schob, schob stärker, und die als ein Stück der Wand getarnte Türe glitt einen halben Meter nach hinten. Malachy hörte noch ein Klicken, und die Wand ließ sich nicht weiter bewegen. Er schob sich seitlich durch die Öffnung und stellte fest, daß er sich in einem engen Gang befand.

Der Wolfspriester folgte dem Gang. Nach wenigen Schritten gab eine Bodenplatte leicht unter ihm nach. Hinter ihm krachte die Tür schwer ins Schloß. Eine Sekunde blitzte in Malachy die Angst auf, er könne für den Rest seines Lebens im Untergrund Helors in der Falle sitzen, aber dieser Gedanke verschwand auch ebenso schnell wieder. Er folgte dem Gang, seine Beine liefen wie von selbst. Obwohl sich der Korridor nicht abzusenken schien und in eine ebenso ebene Kammer führte, kam es ihm vor, als ginge er bergab, und er mußte sich zurückhalten, um nicht loszulaufen.

In einiger Entfernung sah er – *sah* er im wörtlichen Sinne – einen goldenen Fleck. Sein Herz pochte stürmisch. Je näher er herankam, desto größer wurde der Fleck, und formte sich zum Zeichen Sankt Martins, zu dem goldenen Wolf, den er oben in seinem Turmzimmer gesehen hatte. Und er wurde immer noch größer, bis Malachy endlich vor einem goldenen Riesenwolf mit silbernen Augen stand, in denen er sein Spiegelbild sah.

Malachy blieb einen Meter vor der Schnauze der Wolfserscheinung stehen. Plötzlich schälte sich das Gold von seinen Händen und fiel auf den Boden. Er konnte die beiden goldenen Kugeln nicht sehen, aber durch die Sohlen seiner Füße spürte er, wie sie ins Innere der Höhle davonrollten. Er streckte die Hand aus und berührte die Nase des Wolfes.

Mit einem Zischen hob sich der Schädel und gab das Innere der Metallkreatur frei.

Malachy sprang zurück und saugte an seinem Finger. Als er die Hand auf den Metallwolf gelegt hatte, schien dieser ihm zwar kalt wie ein Leichnam, doch konnte er ihn nicht wirklich tot nennen. Aber auch nicht lebendig. Er hatte etwas in seinem Innern gespürt, eine *Präsenz*, für die weder er noch seine Theologie eine Erklärung hatte. Er hätte es einen Geist genannt, aber Geister waren für ihn Geschöpfe des Negativen, und das traf für dies hier nicht zu.

Es scheint fast, als hätte ich das Potential *dieses Dings gespürt.*

»Genau das hast du entdeckt, Wolfspriester«, hallte eine Stimme durch die Höhle. »Nun liegt es an dir zu entscheiden, ob dieses Potential dem Bösen oder dem Guten dienen soll.«

58. Kapitel

Nördliches Helorisches Hochland
Helansajar

28. Majest 1687

Als der Himmel sich im sterbenden Tageslicht blutrot färbte, führte Rafiq Khast seine Reiter auf die Ebene westlich von Helor. Er war überrascht, die Linien der Straner so dicht voraus zu sehen, als er den Kamm einer Bodenwelle erreichte. Mit hoch erhobener Hand gab er den Befehl zum Halt.

Unter ihm hatten die Straner in einem Halbkreis um die etwa zwei Kilometer entfernte Stadt Aufstellung genommen. Dünner Qualm kräuselte aus der Asche hoch, wo einmal Schutzschilde gestanden hatten. Im Zentrum ihrer Schlachtordnung hatten sich zwei Kavallerieschwadronen hinter wenigstens zwei Dutzend gigantischer metallener Widder formiert. Rafiq hatte noch nie zuvor etwas ähnliches gesehen, aber schon genug Geschichten darüber gehört, um in ihnen schnell die Vandari zu erkennen.

Amjad Nasra, ein Kriegsfürst vom Stamme der Tomri, ritt an Rafiqs Seite vor. »Waaah! Wir können nicht gegen Eisendämonen kämpfen! Das wäre Selbstmord!«

»Wir werden gegen sie kämpfen und gegen ihre Verbündeten. Und wir werden siegen.« Rafiq schüttelte den Kopf.

»Du bist zuversichtlicher, als ich es an deiner Stelle wäre, jetzt, da der Vollmond aufgeht.«

Rafiq drehte sich zu Amjad um. »Du verstehst es einfach nicht, was? Wir kämpfen für den Dost. Er hat mir ein Weib gegeben. Er hat mir gesagt, daß ich Söhne haben werde, die meine Blutlinie weitertragen. Ich bin sein Bruder und ich werde ihn nicht enttäuschen.«

»All das wird dich nicht vom Tode erretten.«

»Der Tod bedeutet nichts, jetzt, da der Dost wiedergekehrt ist.« Rafiq zog sein Pferd herum und gab seinen Männern das Zeichen, sich in Kompanien zu je hundert Mann zu formieren. Er stellte die Khastkompanie ins Zentrum und teilte die vier anderen auf die Flügel auf. Dann zog er den Schamschir blank, und die Helansajaren taten es ihm gleich.

Dann drehte er sich wieder dem Schlachtfeld zu und grinste Amjad an. »Der Dost sagt, ich werde erst sterben, wenn ich mich dazu entschließe. Ich entschließe mich, heute noch nicht zu sterben.«

»Du bist gesegnet, Rafiq.« Amjad lachte nervös. »Wann greifen wir an?«

Rafiq tastete nach dem Amulett unter seiner Kehle. »Bald, denke ich. Wir werden bald das Zeichen bekommen.«

Im Dschebel Quirana
Helansajar

Ihn selbst und den Dost eingerechnet, hatten nur dreizehn von all jenen, die aus Dayi Marayir aufgebrochen waren, den stranischen Angriff und das Gewitter überlebt und danach hierher in das Herz des Berges gefunden. Die goldene Rüstung zählte er dabei nicht mit, denn sie hatte den Dost sofort nach ihrer Ankunft wieder in sich aufgenommen. Auch Turikana hatte es überlebt. Uriah begrüßte sie mit einer herzlichen Umarmung.

Der Dost führte die versammelte Gruppe tiefer in den Dschebel Quirana. Sie folgten in schweigendem Marsch dem Licht der goldenen Aura, die den Dost umgab. Obwohl man von dem Berg sagte, er beherberge das Grab des Dosts, und die anderen wohl aus diesem Grund ehrfürchtig schwiegen, empfand Uriah ihn nicht als furchteinflößend. Er wußte zwar nicht, was im Dschebel Quirana auf ihn zukam, hatte aber die Zuversicht, jede Herausforderung auf seinem Weg meistern zu können.

Gleichzeitig erschien es ihm bemerkenswert, daß der Dost und seine Anhänger ebenso zahlreich waren wie Eilyph und dessen Jünger. *Ich frage mich, wer von uns ein Verräter ist wie Nemicus.*

Der Dost sah sich zu ihm um. »Mein Nemicus wartet vor mir, nicht hinter mir. Er hat schon einmal versucht, mich zu töten, und er wird es wieder tun.«

»Du kennst meine Gedanken?«

»Wenn sie mich betreffen.«

Der Dost sah wieder nach vorne und führte sie in eine viereckige Kammer. Dem Eingang gegenüber sah Uriah eine bündig in die Wand eingelassene Stahlplatte. An ihrem Rand waren Nieten angeordnet, was Uriah zu der Vermutung veranlaßte, daß mehr dahintersteckte als nur eine einfache Stahlplatte, möglicherweise ein Mechanismus. Was ihn überraschte, war die Tatsache, daß die Stahlplatte ohne jeden Zweifel von geschickten Handwerkern gefertigt worden war, obwohl niemand in ganz Estanu solche Kenntnisse und Fähigkeiten in der Metallbearbeitung besaß.

»Stammt das aus durranischer Herstellung?«

»Mein Bruder hat diese Tür gebaut, und er war sehr gut darin.« Der Dost lächelte. »In den Boden dieser Kammer setzte er eine Druckplatte ein, die, sobald man auf sie tritt, diese Türe wieder verschließt. Als meine Rüstung herauskam, um mich zu suchen, hat sie die Kammer dadurch wieder versiegelt.«

»Interessant.« Uriah verschränkte die Arme vor der Brust. »Dann mach auf.«

»Das kann ich nicht.«

»Was?«

»Vertil hat diese Türe gebaut. Sie besitzt einen Schließmechanismus.« Der Dost zuckte die Schultern. »Man braucht einen Zauber, um die Türe öffnen zu können, aber ich kenne den passenden Spruch nicht.«

»Wie sollen wir dann dort hineinkommen?«

»Glaubst du nicht, daß die Wege deines Gottes unergründlich sind?«

Uriah nickte. »Möchtest du, daß ich um seine Hilfe bete?« Das *könnte dann wenigstens erklären, was ich hier mache.*

»Das mag zwar wirkungsvoll sein, aber ich halte es für verfrüht.« Der Dost schloß die Augen, und ein leises Klicken erklang hinter der Platte. Die Tür schob sich in eine darüberliegende Steinhöhlung zurück. In der Türöffnung lagen zwei goldene Handschuhe, die sich augenblicklich auflösten und zu einer Kugel verschmolzen. Sie sprang hoch in die Luft und tauchte in die Brust des Dosts ein.

Uriah sah ihn an. »War das meine Kugel?«

»Nein, deine wurde wieder von der Rüstung absorbiert, als mich der Panzer nach dem Sturm suchte.«

»Dann besitzt nur Rafiq noch ein Amulett.« Uriah starrte den Dost mit offenem Mund an, als der an ihm vorbei in die Höhlenkammer glitt. »Das bedeutet …«

Der Dost nickte und wandte den Kopf nach rechts. »Genau das hast du entdeckt, Wolfspriester. Nun liegt es an dir zu entscheiden, ob dieses Potential dem Bösen oder dem Guten dienen soll.«

Nördliches Helorisches Hochland
Helansajar

Grigori Khrolic sah auf den Berittenen hinab, der vor ihm aufgetaucht war. »Ja, Leutnant, ich habe die Reiter in unserer Flanke bemerkt. Es sind Nomaden, Banditen, die uns beobachten. Wenn ich der Ansicht wäre, ihr

Auftauchen hätte irgendeine Bedeutung, hätte ich bereits etwas gegen sie unternommen. Sie zählen hier nicht.«

Eine weitere Salve der stranischen Geschütze hämmerte gegen das kaum noch standhaltende Stadttor Helors. Die Brustwehr darüber war bereits zerborsten, die Tore selbst eingedrückt und zersplittert. Die Kanonenkugeln hatten die eisernen Befestigungen zerbeult und zerfetzt. Ein Torflügel hing noch an einer einzigen Angel, nachdem der Kanonenbeschuß seinen restlichen Halt aus der westlichen Mauer gesprengt hatte. Noch eine Salve, höchstens zwei, und das Tor würde zusammenstürzen. Dann konnten die Vandari stürmen und in deren Kielwasser die Kavallerie angreifen.

Eine böse Vorahnung sickerte in Grigori Khrolics Träume von Ruhm und Ehre ein. »Anatolij, was für ein Banner führen diese Reiter?«

»Sie verfügen über fünf Hundertschaften, und jede hat ein anderes Feldzeichen, mit einem goldenen Wimpel oben und einer traditionellen Fahne darunter. Einige von ihnen sind Khast, der Rest stammt von verschiedenen Stämmen.«

Vielleicht hat sich Rafiq Khast entschieden, daß er doch der Dost ist, und hat die anderen überzeugen können. »Das ändert die Sache. Nimm dein Bataillon und geh in Abwehrstellung gegen sie. Das zweite Bataillon wird uns wie ursprünglich vorgesehen folgen.«

Worobiga salutierte. »Da, Pokovnik.«

Als der junge Offizier davonritt, warf Grigori einen Blick nach Westen und sah die Sonnenscheibe den Horizont berühren. Im Osten zog schon der Vollmond herauf. Er lächelte. »Es paßt recht gut, daß uns heute Sonne und Mond zuschauen. Nie zuvor wurde eine wichtigere Schlacht geschlagen. Niemals wieder werden sie eine solche Schlacht sehen, in der Sterbliche einen Ruhm erlangen, der ihrem Glanz gleichkommt.«

59. KAPITEL

Im Dschebel Quirana
Helansajar

28. Majest 1687

Beim Klang dieser Stimme wirbelte Malachy Kidd auf der Ferse herum. In einem Feld von Schwarz sah er die goldene Gestalt des Dosts näher kommen. »Ich kann Sie sehen.«

»Davon gehe ich aus.« Der Dost hob eine Hand zum Gesicht. »Auch ich sehe durch Augen aus Metall. Du hast einen eigenen Zauber entwickelt, um deine Wahrnehmung zu verbessern, aber dir fehlt das Sichtvermögen. Dein Zauber verbindet sich mit dem, den ich benutze, und er verleiht dir ein neues Augenlicht. Das ist großartig.«

Im Gefolge des Dosts traten weitere Gestalten in die Höhle, wie geisterhafte, mit goldener Kreide auf schwarzen Stein gezeichnete Porträts. Malachy erkannte eine von ihnen dank des kurzen Blicks, den er hatte erhaschen können, als er vom Dost gefangengenommen worden war. »Uriah?«

Das Phantom sprang vor, am Dost vorbei und füllte Malachys Sichtfeld. »Colonel Kidd, Sie leben!« Uriah breitete die Arme aus, als wolle er Kidd umarmen, dann wurde er rot, nahm Haltung an und salutierte. »Schön, Sie wiederzusehen, Sir.«

Malachy erwiderte den Gruß und nickte dem jungen Mann zu. »Freut mich, daß du auch überlebt hast.« Er sah über Uriahs Schulter zum Dost hinüber. »Ich bin mir allerdings nicht sicher, wie lange wir alle noch aushalten werden. Die Straner greifen Helor an.«

»Wir sind gekommen, um sie aufzuhalten.« Der Dost

breitete die Arme aus, und seine elf Begleiter traten in die Schatten. Sie verschwanden einen Augenblick aus Malachys Sicht, dann leuchteten ringsum metallische Statuen auf. Zehn Tiger von der Größe des Wolfes, vor dem Malachy stand, umringten den Dost und die beiden Wolfspriester. »Mit deiner Hilfe im Innern des Wolfs sollte es uns gelingen, sie zurückzuschlagen.«

Malachy gab Uriah frei. »Sind das Vandarirüstungen?«

»Nein. Diese Rüstungen gehörten ursprünglich zur Ausdarikompanie.«

»Aber sie funktionieren genauso wie die Vandarirüstungen?«

Der Dost schüttelte langsam den Kopf. »Sie funktionieren so, wie die Vandarirüstungen funktionieren *könnten*. Die Rüstungen der Straner sind nur Schatten ihrer selbst, weil ihre Besitzer sich nicht gestatten, ihre volle Macht zu nutzen.«

Malachy runzelte die Stirn. »Ich habe noch nie erlebt, daß ein Strane halbe Sache macht.«

»Nicht? So wie die Straner die Vandari einsetzen, nutzen sie nur einen Bruchteil ihrer Macht. Die Straner verwenden die Widder ausschließlich als Rüstungen, dabei steckt viel mehr in ihnen.« Der Dost zuckte die Achseln. »Sie leiden unter selbstauferlegten Beschränkungen, genau wie du.«

»Wie meinen Sie das?«

»Du siehst mit deinen Silberaugen, und doch lehrt dich deine Kirche, daß ebendies unmöglich ist, nicht wahr?«

Der Wolfspriester bremste sich, bevor er reflexartig antworten konnte. Der Dost hatte recht, er sah durch seine Silberaugen. Außerdem hatte er bereits festgestellt, daß er schon lange dazu fähig war, seine Umgebung auf magischem Wege wahrzunehmen, auch wenn er das nicht bewußt erreicht hatte. *Was ich unbewußt kann, das vermag ich auch bewußt durch das Sprechen eines Zaubers.* Die Tatsache, daß die Magiegelehrten dies noch nie zuvor getan und infolgedessen für unmöglich erklärt hatten, besagte nichts über den Wahrheitsgehalt einer solchen Erklärung.

»Das stimmt, und die Straner sind Eilyphianisten.« Malachy runzelte die Stirn. »Du meinst, sie könnten das Potential ihrer Vandari voll nutzen, tun es aber nicht.«

»Sie besitzen den Schlüssel, aber sie wenden ihn nicht an, weil sie vor langer Zeit einen anderen Weg fanden, die Vandari in Gang zu setzen. Sie halten sich für mächtig, aber in Wahrheit sind sie in riesigen Spielzeugen eingesperrt, wie du selbst feststellen wirst.« Der Dost zeigte auf den Wolf. »Nur die Elite meiner Kompanie hat je den Dari geführt. Deine Anwesenheit hier, deine Beherrschung des Teils meiner Rüstung, den ich dir überlassen habe, macht es mir zu einer Ehre, dich in ihre Reihen aufzunehmen. Vor achthundert Jahren schon wurde dir dieser Wolf vom Schicksal bestimmt. All diese Zeit über hat er treu auf dich gewartet. Vervollständige ihn.«

In Malachys Eingeweiden schien sich ein Nest von Vipern zu winden, als er in die Öffnung in der Brust des Dari kletterte. Im Innern des Panzers stellte er fest, daß seine Sehfähigkeit sich deutlich verbessert hatte und er zahlreiche Einzelheiten und Farben erkennen konnte, auf die er über ein Jahrzehnt lang hatte verzichten müssen. Er schob seine Beine in die Löcher der Hinterbeine. Seine Hände und Arme paßten wie angegossen in die dunklen Rohre hinter den Schulterlöchern. Als er mit dem Rücken gegen die Metallhaut des Wolfes drückte und nickte, schloß sich die Rüstung um ihn.

Gleißende Helligkeit explodierte mit geradezu körperlicher Gewalt in seinen Augen. Es war ihm, als hätte sich das Licht durch seinen Kopf gebrannt, aber er fühlte keinen Schmerz. Das Licht – oder was auch immer es war – sondierte seinen Geist und durchsuchte seine Erinnerungen, ohne sich dabei allerdings irgendwo groß aufzuhalten. Es zog sich schnell wieder zurück und schien einen Teil von ihm mit sich genommen zu haben, allerdings schien Malachy nichts abhanden gekommen zu sein. *Was mir genommen wurde, ist nur ausgeliehen.*

Die Schwärze vor seinen Augen verwandelte sich in ein allgegenwärtiges Grau. An den Rändern seines Blickfelds sah er schwarze Dreiecke schweben, in denen er rote Symbole erkennen konnte. Indem er sich konzentrierte, schien er je eines davon vor seine Augen zwingen zu können, und er erkannte in jedem von ihnen einen Zauberspruch, den er einmal gelernt hatte. Die hervorragende Wiedergabe eines Luftschiffs bildete das Symbol für seine Aeromagikerkünste. Ein ganzes Heer von Schwertsymbolen stand für die verschiedenen Duellsprüche in seinem Besitz, und ein einfacher Schlüssel repräsentierte seinen Schloßzauber.

Das einzige Symbol, das er nicht zuordnen konnte, zeigte ein Baby. Malachy zog es heran. *Wenn die anderen Dreiecke für Zaubersprüche stehen, die ich beherrsche, dann muß das hier ein Zauber sein, den ich nicht kenne. Er ist Teil des Wolfs, und ich schätze, daß er notwendig ist, um ihn kennenzulernen.* Er schloß die Augen, ohne das Symbol dadurch aus der Sicht zu verlieren, und rief den Zauber auf.

Ein Krampfanfall schüttelte ihn, kalter Schweiß brach ihm aus allen Poren. Das gleißende Licht traf seinen Geist wie eine Flutwelle, die über einen Wellenbrecher schlug. Zeichen strömten ohne Ende in seinen Kopf. Die Sechsecke fügten sich zu einem vollkommenen Wabenmuster zusammen, aber Malachy konnte die Symbole auf ihnen nicht entziffern. *Es scheinen Piktogramme zu sein, ähnlich der alten Schriftsprache Tsaihs.*

Das Licht flackerte, dann brandete es erneut in ihm auf. Nach und nach flachten die Sechsecke ab und formten sich zu Dreiecken um. Während dieser Verwandlung veränderten sich die Symbole in ihnen so, daß er sie intuitiv verstand. Sieben Symbole – eines für jeden der sieben Sinne – reihten sich am rechten Rand seines Sichtfelds auf und verkehrten ihre Farben: Schwarz wurde Rot, Rot wurde Schwarz. Mit dieser Veränderung konnte Malachy durch und mit seinem Wolf sehen, hören, riechen und fühlen.

Ein Dreieck, das einen laufenden Wolf zeigte, wechselte die Farbe, und Malachy konnte die Bewegungen der Rüstung kontrollieren. Er rief ein Krallensymbol auf, und aus der rechten Vorderpfote des Wolfes fuhren stählerne Krallen von der Länge eines Breitschwerts aus. Als nächstes wählte er eines der Symbole, die er selbst geliefert hatte, und ließ die Krallen in einem bläulichen Glühen aufleuchten, das ihre Leistung noch verstärkte.

Der Wolfspriester staunte über die Fähigkeiten der Rüstung, aber gleichzeitig ließen die Implikationen ihn erbeben. In der urovischen Überlieferung konnte Zauberei nur Gegenstände betreffen. In der estanuanischen Tradition konnte sie nur auf Personen angewandt werden – und beide Richtungen betrachteten die Adepten der jeweils anderen Schule als Werkzeuge des Bösen. Durranische Magie schien eine Synthese beider Sichtweisen zu sein, was sie für beide Seiten annehmbar oder von beiden gehaßt machen konnte. In seinem Innersten wußte Malachy, daß sie nicht böse war, aber zugleich hegte er den starken Verdacht, daß seine Vorgesetzten dies alles nicht mit Freude sehen würden.

Wer versucht, Gottes Handeln einzuschränken oder einen

exklusiven Anspruch auf dessen Deutung anmeldet, ist ein Narr. Wenn Gott diese Zauberei erschaffen und in unsere Hände gelegt hat, muß er damit ein bestehendes Bedürfnis erfüllt haben. Ein neuer Weg zu Gottes Zielen ist aufgetan. Vielleicht ist das *der wahre Sinn hinter all meinen Leiden.*

Malachy richtete den Wolf auf den Hinterbeinen zu voller Größe auf und schaute auf Uriah hinab. »Ich kann dich sehen, Uriah, wirklich sehen. Deine roten Haare, die grünen Augen, alles. Es ist unfaßbar. So viele Möglichkeiten!«

»Von denen du dir einige durch den Zeitdruck, unter dem wir stehen, jetzt noch nicht wirst aneignen können.« Der Dost löste sich von Uriah und hob die Arme in die Höhe. Er schwebte nach oben, stieg etwas über einen Meter über den Boden, dann legte er die Hände an den Körper. Aus einem Spalt, der hoch oben in der Decke zwischen den Tropfsteinen verborgen war, floß ein Strom aus Gold über den Dost. Malachy erwartete, daß das Metall sich über den ganzen Raum ergießen und als große Pfütze abfließen würde, aber das erwies sich als Irrtum. Statt dessen füllte es eine unsichtbare Gußform um den Dost, die grob die Umrisse eines Menschen von derselben riesenhaften Statur wie Malachys Wolf hatte.

Langsam wurden die Konturen dieser Gestalt deutlicher und ebenso vollendet ausmodelliert wie der Wolf und die elf Tiger ringsum. Die Rüstung des Dosts wurde zu einer größeren Ausgabe seiner vorherigen Gestalt, mit mächtigen Muskelsträngen und scharfen, edlen Gesichtszügen. Sie hatte die spitz zulaufenden Ohren eines Durranen und legte mit vornehmer, kaiserlicher Geste die Hand auf die Brust.

Die Rüstung des Dosts lächelte, und Malachys Wolf öffnete in einer Nachahmung dieser Geste das Maul. »Feinde sind vor die Stadt des Dosts gekommen, um sein Volk zu versklaven. Ihr seid nur ein Dutzend, aber ihr habt den Mut Dutzender von Dutzenden. Folgt mir, und wir werden unsere Feinde zerschlagen.«

Prinzentor, Helor
Helansajar

Robin packte Natalja an der Taille und zog sie zurück in die Armbruststellung, als die letzte Salve das Tor einstürzen ließ. »Sie kommen, Prinzessin. Geht jetzt besser.«

Sie knurrte ihn an, und in ihren Augen leuchtete trotziges Feuer. »Sie schießen, ich lade.«

Robin nickte. »Zurück.«

»Da.«

»Schild hoch.«

Nugent trat auf das Pedal. »Fertig.«

Der Wolfspriester schielte am Eisenbolzen entlang und unter dem sich hebenden Schutzschild hindurch. Dann zog er die Armbrust nach links. »Ich habe einen im Visier.« Er sprach seinen Zauber, der Bogen glühte blau auf, dann schlug er auf den Auslöser.

Der Widder, auf den er gezielt hatte, wich leicht nach rechts aus. Der Stahlbolzen traf den Vandari in der linken Hüfte und bohrte sich komplett durch ihn hindurch. Der goldene Widder stolperte und ging in die Knie, erstarrte aber nicht, wie es sein Gefährte nach dem tödlichen Treffer getan hatte. Nach einem Augenblick des Zögerns richtete er sich wieder auf und hielt weiter auf sie zu, wenn auch deutlich hinkend.

»Wir haben noch Zeit für drei Schuß.« Robin hakte den Rückholzug ein und kurbelte die Armbrust wieder auf volle Spannung. »Laden.«

»Da.«

»Fertig.«

»Da.«

»Schild hoch.«

Wieder stampfte Nugent mit dem rechten Fuß auf das Pedal. »Fertig.«

Und wieder schoß Robin, diesmal ohne Zauberspruch. Die Widder waren bei ihrem Sturmangriff immer schneller geworden und kamen rasch in die tödliche Reichweite auch unverstärkter Treffer. Die stranischen Kanonen hatten das Feuer eingestellt, um ihre angreifenden Kameraden nicht zu gefährden, und gaben Robin dadurch Zeit, sein Ziel anzuvisieren. Allerdings war das bei der schnellen Annäherung der Vandari eigentlich gar nicht nötig. Mit jedem Schritt wurden sie größer und damit ein leichteres Ziel. Er schoß in eine quirlende Masse goldener Riesen und hoffte auf das Beste.

Einer der Widder stürzte und ging zu Boden, doch die Staubwolke, die seine vorstürmenden Kameraden hochwirbelten, hüllte ihn ein, bevor Robin erkennen konnte, ob er den Stranen ausgeschaltet hatte oder nicht. Auch die anderen Armbruststellungen feuerten in die anstürmende Menge, aber Robin sah nur, wie einer ihrer Bolzen als Querschläger davonschoß, ohne sein Ziel zu töten. Es war unmöglich festzustellen, ob noch weitere Widder unter dem Beschuß fielen.

Wenn ich nicht die verdammte Blockierung eingebaut hätte, könnte ich jetzt in die Stadt schießen. Verdammt! Schweiß strömte ihm von der Stirn und brannte in seinen Augen. »Laden! Und wenn Ihr damit fertig seid, Tachotha, fangt an zu beten.«

Im Dschebel Quirana
Helansajar

Uriah schaute von dem Wolf zum Dost und wieder zurück. »Wo ist mein Dari?«

Der Dost schüttelte den gigantischen Kopf. »Du hast keine Rüstung.«

Dem jungen Mann krampfte sich der Magen zusammen. »Aber wie soll ich ohne Rüstung kämpfen?«

»Dieser Kampf ist nichts für dich, Uriah.« Der Dost kauerte sich nieder und schien dem jungen Ilbeorer begütigend auf die Schulter klopfen zu wollen, er hielt jedoch die Hand mehrere Zentimeter über ihm an. »Wenn du die Kugel gemeistert hättest, dann könntest du jetzt eine Rüstung bedienen.«

»Das hätten Sie mir sagen sollen.«

»Ich habe dir gesagt, daß es wichtig war, soviel über sie in Erfahrung zu bringen, wie du konntest.« Die Enttäuschung des Dosts war unüberhörbar. »Du hättest dich anstrengen müssen, diese Aufgabe aus eigener Kraft zu meistern. Colonel Kidd und ich konnten dich nur ein begrenztes Stück weit führen. Den Weg vollenden mußtest du selbst.«

Uriah schlug sich auf die Brust. »Warten Sie, ich bin für den Kampf ausgebildet. Und Sie wissen, daß mir die Dinge leicht zufliegen. Ich könnte es schaffen.«

»Dazu reicht selbst deine Ausbildung aus Sandwycke nicht. Und daß du intelligent bist und schnell begreifst, kann dir dabei auch nicht helfen.« Der Dost deutete zu einem großen Torbogen, der von einer Felsenwand abgeschlossen wurde. »Was wir dort draußen tun werden, sollte niemandem schnell zufliegen.«

»Das verstehe ich nicht.«

Der Dost nickte. »Das solltest du aber. Erinnerst du dich an die Idee, daß ich in meinem wahren Körper gefangengesetzt wurde, um zu lernen, was es heißt, ein gewöhnlicher Mensch zu sein?«

Uriah nickte.

»Dieser Gedanke war richtig. Du wurdest von deiner Familie und deinen Lehrern in der Hoffnung getrennt, daß du daraus dieselbe Lehre ziehst.«

Uriah sah zu Boden und fühlte ein Schaudern durch seinen Körper laufen. *Genau wie die Rüstung habe ich eine*

Fülle an Möglichkeiten, aber ich behindere mich selbst, indem ich mich nicht anstrenge. Auf gewisse Weise bin ich selbstsüchtig. Das ist meine Sünde. »Nimtschin, ich verstehe die Weisheit in Ihren Worten. Bitte, lassen Sie mich jetzt an Ihrer Seite kämpfen.«

Der Dari des Dosts schüttelte den Kopf. »Es reicht nicht, daß du es mit deinem Verstand begreifst, du mußt es auch in deinem Herzen erkennen.«

Wie Colonel Kidd schon gesagt hat: Es kommt darauf an, was man im Herzen trägt, und diese Prüfung habe ich nicht bestanden. Ein Kloß bildete sich in Uriahs Kehle, als ihm bewußt wurde, wie viele Meilen ihn noch von der Selbstlosigkeit trennten, die den Dost bewegte, sein Volk vor den Stranern zu beschützen. *Ich wollte immer ein bedeutender Mann werden und habe meine Chance dazu vertan, bevor ich überhaupt wußte, daß ich eine hatte.*

Während Uriah alle diese Gedanken durch den Kopf gingen, schritten zwei der Tiger hinüber zu der Felsenplatte, die den riesigen Bogengang verschloß. Sie hakten ihre goldenen Klauen unter die Platte und hoben sie hoch. Der Fels knirschte in den Führungen zu beiden Seiten des Bogens, aber langsam schob sich der steinerne Vorhang höher. Als sie die Felsenplatte bis über ihren Kopf emporgedrückt hatten, gaben die beiden Tiger sie an zwei ihrer Gefährten weiter und verschwanden in der Dunkelheit des dahinterliegenden Ganges.

Der junge Ilbeorer sah zum Dost hinauf. »Was soll ich jetzt tun?«

Der Dost schüttelte den Kopf. »Ich weiß es nicht. Ich weiß nur, was ich zu tun habe.«

»Gibt es nichts, was ich tun kann, um euch zu helfen?«

Der Dost fuhr sich mit einem Fingernagel seiner goldenen rechten Hand über die Brust. Das darunter abgeschabte Gold formte sich zu dem goldenen Ball, den Uriah schon so oft in der Hand gehalten hatte. Er fiel hinab in seine ausgestreckten Hände.

»Wenn du mir helfen *kannst*, mußt du selbst herausfinden, wie.« Der Dost blickte in den dunklen Gang nach draußen. »Dieser Weg wird dir versperrt sein.«

»Soll ich hier warten?«

»Wenn es das ist, was du tun zu müssen glaubst, dann ja.«

»Ist das alles? Ist *das* der Grund dafür, daß ich den ganzen Weg hierhergekommen bin?«

»Nicht der Grund, mein Freund, sondern das Ergebnis.«

Uriah sah hinüber zu dem großen Wolf. »Colonel?«

Der Wolf schüttelte das Haupt. »Ich verstehe nicht einmal, welche Rolle *ich* in all dem spiele.«

Der Dost lächelte. »Du bist hier, um deine Heilung einzuleiten. Mit dem Verlust des Augenlichts hast du dir von einem anderen auch deine Weitsicht nehmen lassen. Es wird Zeit, zurückzufordern, was dir zusteht.« Der goldene Koloß erstarrte einen Augenblick lang, dann trat er neben den Wolf, um die Steinplatte offenzuhalten. »Das Signal an unsere Verbündeten ist gegeben. Es wird Zeit zu gehen. Lebwohl, Uriah.«

Uriahs Beine gaben nach, und er setzte sich hart auf den Boden. Der Felsvorhang krachte hinter den Ausdari herab, und das Donnern seines Aufschlags hallte minutenlang durch die Höhle. Dann verebbte das Geräusch, und der junge Ilbeorer blieb in vollkommener Stille und Dunkelheit allein zurück. Er rollte die goldene Kugel in seinen Händen hin und her.

Nördliches Helorisches Hochland
Helansajar

Rafiq Khast spürte ein prickelndes Drängen durch das Medaillon strömen, das in seine Haut eingelassen war. Er lächelte und zog das Schwert. »Der Dost winkt uns nach vorne! Vorwärts, Brüder! Heute kämpfen wir für Gottes Ruhm, und von unseren Taten wird man ewig singen!«

60. Kapitel

Prinzentor, Helor
Helansajar

28. Majest 1687

Robin löste den letzten Schuß auf kürzeste Distanz aus. Der eiserne Bolzen prallte vom hochgereckten Huf eines Widders ab und traf einen anderen zwischen Hörner und Augen. Der Vandari schwankte, blieb jedoch in Bewegung und bot ein lächerliches Bild, als er weiterrannte, während ihm der Bolzen aus dem Kopf ragte.

Die Widder brachen durch die Bresche, die durch den Einsturz des Stadttors entstanden war. Ihre stählernen Hufe verwandelten die Überreste der Torflügel mit lautem Krachen in Brennholz. Zwei Widder stürzten die Steinschleuder um, ein dritter zerschmetterte sie unter seinen Hufen. Das Holz krachte auseinander, die Zugseile rissen, Balkenstücke sprangen und hüpften in die engen Straßen der Stadt davon.

Robin rammte sich den Helm auf den Kopf und zog die Kampfmaske vor das Gesicht. Er stieß ein Gebet an den heiligen Martin aus und sprach den Schutzzauber über seine Rüstung. Dann zog er das Schwert. Ein weiteres Gebet ließ die Waffe rotglühend aufblitzen.

»Robin, nein, Sie können nicht gegen sie kämpfen!«

Der Wolfspriester sah zu Natalja hinüber. »Habe ich eine Wahl?«

Unten hatte sich der Vormarsch der Vandari verlangsamt. Ihr erster Schwung hatte sie bis in den kleinen Innenhof, gleich hinter dem Tor getragen, aber von da an erschwerte ihnen das enge Gewirr der trümmerübersäten Gassen das Vorankommen. Die Verteidiger auf den Dächern der um den Hof gelegenen Gebäude stemmten Felsbrocken und Steine auf die Straner hinunter. Ihre Anstrengungen schienen kaum echten Schaden anzurichten, aber die wilde Entschlossenheit ihres Widerstands überraschte die Vandari und brachte sie zum Stehen.

Robin ergriff sein Schwert und sprang von der Armbruststellung – auf den Rücken eines der Vandari. Er schlug mit beiden Knien auf den breiten Schultern auf, aber seine Rüstung leitete den Schlag der Landung ab. Dann schob er seine Hände über das Heft des Schwertes an die Parierstange, stieß es beidhändig durch den Hals des Widders nach unten und riß es mit schnellem Ruck nach rechts und links, um die Klinge durch das Innere der Rüstung zu peitschen.

Der Panzeranzug unter ihm buckelte, dann verkrampfte er sich. Als sich der Rücken des Vandari streckte, wurde Robin abgeworfen und flog durch die Luft davon. Er überschlug sich mehrfach in der Luft und wurde über die vordere Reihe der Vandari hinweggetragen. Einer der Widder schlug mit einem gespaltenen Huf nach ihm und streifte Robin an der linken Hüfte. Schmerzen schossen durch sein Bein. Die Wucht des Schlages schleuderte ihn noch höher und genau auf mehrere Helorer, die von einem Gebäude herab mit Steinbrocken nach den Vandari warfen.

Robin kam hart auf dem Rücken auf und rollte über das flache Dach zur gegenüberliegenden Brüstung. *Fliegen macht Spaß, aber an meinen Landungen muß ich noch arbeiten.* Er schüttelte den Kopf, um wieder klar zu werden, und versuchte dann behutsam aufzustehen. Er schaffte es fast, sich ganz aufzurichten, als ein Beben das Gebäude erschütterte und ihn wieder zurück schleuderte. *Was, zur Hölle?*

Die Helorer schrieen auf, als unter ihnen das Gebäude einstürzte. Das Dach buckelte, die Balken splitterten, und ein großer Spalt riß auf. Er lief geradewegs auf Robin zu und drohte, ihn nach unten durchstürzen zu lassen, wo sich die Vandari durch die Hauswände schlugen. Durch die Staubwolken hörte er Natalja schreien: »Robin, nein!« Dann fiel er in die Tiefe.

Grigori Khrolic sah Widder 13 unter dem Angriff des Wolfspriesters zusammenbrechen. Er drängte sich nach vorne, um den Priester zu zerschmettern, aber Dreizehns Todeszuckungen schleuderten die silberne Gestalt in hohem Bogen davon. Widder 8 klatschte nach dem Priester wie nach einer Fliege und warf mit ihm ein paar Verteidiger auf dem Dach eines zweistöckigen Hauses um.

Die Zusammenballung seiner Vandari unmittelbar hinter dem Tor überraschte Khrolic. In seinem Angriffsplan hatte er eine derartige Enge nicht einberechnet. Seine Männer waren gewohnt, ihre Geschwindigkeit und Wucht auszunutzen, um feindliche Linien zu überrennen und deren Truppen zu zerschlagen. Hier aber, in einer Stadt, wo der Feind sich in den Gebäuden versteckte oder außerhalb ihrer Reichweite auf den Dächern stand, waren die Vandari machtlos.

»Greift die Häuser an! Reißt sie nieder!« Die Verteidiger hatten sich gut auf die Bekämpfung der Vandari eingestellt, aber diese Taktik würde gegen Infanterie oder Reiterei nicht mehr greifen. Grigori drehte sich zu den eigenen Linien um und sah, daß die Hälfte seiner Kavallerie abgezogen war, um gegen die Khast zu kämpfen. Er schätzte ihre Erfolgschancen mit geübtem Auge ein und winkte dann den Rest der Kavallerie und die Fußtruppen nach Helor. *Was die Vandari angefangen haben, können sie vollenden.*

Als er durch das Tor kam, hörte er eine Frau auf ilbeorisch schreien. Ohne nachzudenken drehte er sich nach rechts und hob Siebenundzwanzigs Vorderhuf, um sie zu erschlagen. An dem Entsetzen und der Leidenschaft in ihrer Stimme hatte er instinktiv erkannt, daß sie ein Feind war. Mit hocherhobenem Huf fand er sein Ziel und schlug zu.

In letzter Sekunde änderte er die Richtung und zertrat statt der Frau das hölzerne Gestell, in dem die Eisenbolzen der Armbrust lagerten. »Natalja?«

»Grigori?«

»Was machst du hier?«

»Ich versuche, dich aufzuhalten und deinen Verrat zu verhindern.«

Grigoris Traumschloß stürzte in sich zusammen. *Wenn sie ihrem Vater von meinen Taten erzählt, ist alles vorbei.*

Er hob den Huf ein zweites Mal. »Du kannst das Schicksal nicht aufhalten, Natalja. Ich werde dich betrauern.«

Allein in der Dunkelheit setzte sich Uriah auf die Knie. Die Unebenheiten des Bodens gruben sich in seine Kniescheiben und Schienbeine, doch seine Verzweiflung war groß genug, ihn diesen Schmerz leicht ertragen zu lassen. *Wie konnten sie mich einfach hierlassen?* Er ballte die rechte Hand zur Faust, und flüssiges Gold quoll zwischen seinen Fingern hervor.

»Ich gehöre dort draußen hin.« Er rollte den Ball zu einer Brechstange aus, stoppte sich aber schnell wieder. Selbst mit all seiner Wut konnte er die Felsplatte des Eingangs nicht hochstemmen. »Und wenn ich durch den Tunnel zurückgehe, bin ich erst in zwei Tagen vor den Toren Helors. Wie konnten sie mich einfach hierlassen?«

Tief in seinem Inneren wußte er, welche Frage er sich eigentlich hätte stellen sollen. *Wie hätte sie mich mitnehmen sollen? Was sie dort draußen tun, das tun sie für die Menschen in Helor. Sie riskieren ihr Leben für sie, und ich habe nicht genug gelernt, um ihnen helfen zu kön-*

nen. Dort draußen wäre ich eine Behinderung. Sie könnten nicht darauf vertrauen, daß ich tue, was zu tun ist, und mitten in der Schlacht haben sie keine Zeit, auf mich aufzupassen.

»Für jemanden, der sich selbst gerne für so klug hält, Uriah Smith, warst du reichlich dumm, nicht zu erkennen, daß man sich nicht für eine sofortige Belohnung anstrengt, eine Aufgabe zu erfüllen, sondern um bereit zu sein, wenn man gebraucht wird. Ich hoffe nur, es ist noch nicht zu spät, um tätige Reue zu zeigen und mich doch noch nützlich zu machen.«

»So es Dein Wille ist, Atarax, webe durch mich den Kriegszauber, den Du mir gabst.« Sein Pferd galoppierte donnernd auf die stranischen Linien zu, während Rafiq Khast den Kampfzauber sprach. Seine Haut erwärmte sich. Kraft strömte durch seine Muskeln. Sein Pulsschlag bebte durch den ganzen Körper, füllte ihn mit neuer Stärke. Er sah, wie die stranischen Reiter das Gewicht im Sattel verlagerten und den Säbel zum ersten Schlagabtausch hoben. Er schätzte seine Gegner und den Grad der Furcht in ihren Augen ab, suchte sich denjenigen von ihnen aus, den er als ersten töten würde.

Rafiq duckte sich unter dem Schwerthieb des Stranen und peitschte den Schamschir nach vorn. Der Hieb traf den Husaren über der Hüfte, doch noch unter dem breiten Ledergürtel, den der Mann umgeschnallt hatte. Er traf den Hüftknochen und hieb ein Stück von ihm ab, aber ein volles Drittel seiner Klinge schlitzte den Stranen auf.

In der nächsten Sekunde war er vorbei, und Rafiq riß den Schamschir hoch, um einen Säbelhieb zu parieren. Er hatte keine Gelegenheit, diesen Gegner anzugreifen, denn sein Pferd trug ihn im Galopp weiter in die Reihen der Husaren. Er hackte einem Stranen fast den

Arm ab und hieb einem anderen quer durchs Gesicht, dann war er auch schon im Rücken der stranischen Gefechtslinien.

Er wendete sein Roß und sah seine Männer im Kampfgetümmel. Hieb und Parade, Konter und Block füllten die staubige Luft mit dem Scheppern klingenden Stahls. Die Straner schienen nicht gewohnt, gegen einen Feind kämpfen zu müssen, der nicht zuvor durch Geschützfeuer weichgeklopft worden war, denn trotz harter Gegenwehr waren sie schnell zersplittert und umzingelt.

Er blickte über die Schulter zurück, auf den Vollmond, der prall in den Himmel stieg. »Wenn du kommst, meinen Tod zu sehen, frohlocke, denn diese Schlacht ist ruhmreich und ein rechter Ort für jeden Krieger, seinen letzten Atem auszuhauchen! Ich nicht, nicht heute. Doch es werden viele sein, die unter deinem Elfenbeinschein den letzten Ruhm erlangen.«

Natalja war unter dem ersten Hieb von Grigoris Widder auf die Plattform der Armbrustlafette gefallen. »Grigori?«

»Was machst du hier?«

»Ich versuche, dich aufzuhalten und deinen Verrat zu verhindern.« Sie ließ ihre Angst und Wut durch die Worte klingen, hoffte, ihn so irgendwie zurück in die Wirklichkeit holen zu können. Grigori mußte tief in seinem Innern wissen, daß diese Invasion, selbst wenn sie Erfolg hatte, ihn niemals auf den Thron ihres Vaters setzen konnte. Das war undenkbar, und schien völlig irrsinnig. Wenn er das nur erkannte, war Helor noch zu retten. Robin könnte gerettet werden und Malachy ebenso.

Grigori hob den rechten Huf seines Widders erneut zum Schlag. »Du kannst das Schicksal nicht aufhalten, Natalja. Ich werde dich betrauern.«

»Das kannst du nicht tun.« Natalja kniete auf der Plattform und streckte ihm flehentlich die Arme entgegen. »Du mußt damit aufhören!«

»Du bist ein Hindernis für die Verwirklichung meiner Träume geworden, Natalja, und wie alle anderen vor dir muß ich auch dich aus dem Weg räumen.«

Der Huf fiel herab.

Aber er traf sie nicht. Unten, zwischen den Beinen des Widders, zuckte ein silberner Blitz auf. Robin stieß einen der herumliegenden Armbrustbolzen in Grigoris rechten Oberschenkel. Waidwunde Schreie gellten aus dem gepanzerten Untier, als es nach hinten kippte. Weitere Widder drängten über das zusammengebrochene Tor in die Stadt und schnitten Natalja die Sicht auf Grigori ab.

Robin stieg vor ihr in die Höhe, dann brach er auf der Geschützplattform zusammen. Sein Brustkorb pumpte und er hielt sich das linke Bein. Laut stöhnend lag er auf dem Rücken.

»Was ist passiert, Robin? Wie haben Sie …?«

Natalja hörte ein schmerzverzerrtes Lachen unter der ausdruckslosen Gesichtsmaske hervorschallen. »Fliegen ist ein kontrolliertes Fallen. Als das Gebäude zusammenbrach, stieß ich mich ab und flog auf diese Stellung zu. Ich bin vor den Füßen des Widders gelandet, und dann habe ich ihn aufgespießt.«

»Das war Grigori.«

»Ich hätte ihm den Bolzen zwischen die Beine stoßen sollen.«

»Dafür hätte ich die Armbrust gerne geladen.«

Robin hämmerte mit der Faust auf die Plattform. »Die Blockierungen in der Lafette – das war ein idiotischer Gedanke. Ich hätte wissen müssen, daß sie es in die Stadt schaffen.«

Natalja schüttelte den Kopf, als das Donnern der herangaloppierenden stranischen Kavallerie von den

Mauern zurückhallte. »Das wäre jetzt auch gleichgültig. Nichts kann Grigori mehr aufhalten. Niemand kann ihn mehr daran hindern, seine abscheulichen Ambitionen zu verwirklichen. Der Grigori, den ich kannte, ist tot, und jemand, den ich hasse, hat seinen Platz eingenommen.«

61. Kapitel

Dschebel Quirana, Helor
Helansajar

28. Majest 1687

Malachy bewegte seinen Wolf zwischen den Tigern den Tunnel hinauf auf die Nordseite des Dschebel Quirana zu. Mit jedem Schritt, den seine Rüstung tat, konnte er seine Muskulatur arbeiten spüren. Er übertrug weder Kraft noch Energie auf die Glieder des Ausdaris, wohl aber Richtung und Kontrolle. Durch seine Metallfüße spürte er den Boden und konnte ohne Probleme das Gleichgewicht halten. Er war ein separates, vollständiges Wesen und doch zugleich ein Teil der Rüstung. *Oder vielleicht ist die Rüstung eher ein Teil von mir geworden.*

Der Tunnel stieg eine Weile schräg an und blieb dann auf gleicher Höhe. Er endete an einem zugemauerten Bogengang. Die schlampige Weise, auf die der Mörtel auf dieser Seite der Mauer durch die Fugen gequollen war, legte den Schluß nahe, daß diese Mauer von außen errichtet worden war. Malachys Gefühl für die Stadt sagte ihm, daß sie im Innern des großen Torbogens über dem Palast des Alanims standen.

Die Ausdarikompanie teilte sich und machte eine Gasse für den Dost frei. In seiner menschlichen Gestalt wirkte er etwas kleiner und erheblich weniger bedrohlich als seine wölfischen und katzenartigen Begleiter. Aber trotzdem deutete die Eleganz seiner Bewegungen eine unglaubliche Macht an. »Wir stehen vor unserer größten Herausforderung. Gehet hin und besieget unsere Feinde!«

Der Dost trommelte mit den Fingern gegen die

Mauer. Sie flog auseinander, als sei sie aus Glas nicht dicker als eine Wimper gewesen. Malachy sprang zusammen mit den anderen aus dem Berg und sah das zerschmetterte Stadttor im Norden, die untergehende Sonne im Westen, den aufgehenden Vollmond im Osten. Er war überrascht, daß er mehr als nur das Schlachtgeschehen wahrnahm, aber dann wurde ihm schlagartig klar, daß die Schlacht nur einen Teil der Apokalypse darstellte, in die er verwickelt war.

Mit derselben Leidenschaft, mit der er durch den Palast gerannt war, trieb Malachy seinen Wolf auf das eingestürzte Stadttor zu. Trotz des erheblichen Gewichts seines metallenen Avatars schienen ihm dessen Schritte federleicht. Als er durch die Gassen hetzte, streifte er gelegentlich mit der Schulter ein Gebäude und spürte den Schmerz des Aufpralls durch den Metallkörper ziehen – und er genoß es. Diese Rüstung gab nicht vor, ihn unverwundbar zu machen, wenn sie ihn Schmerz fühlen ließ. Wäre sie eine Schöpfung Schaitans gewesen, *hätte* sie ihrem Träger das Gefühl vermittelt, nichts könne ihn aufhalten, denn der Teufel liebte es, in den Exzessen seiner Werkzeuge zu schwelgen.

Der Dost hat das den Anfang meiner Heilung genannt. Mit der Rückkehr meines Augenlichts, hier in diesem Wolf, fühle ich mich lebendiger als jemals seit Glogau. Er lächelte. *Khrolic ist irgendwo da draußen. Er hat mir meine Augen gestohlen, und trotzdem kehre ich zurück, um ihn zu besiegen. Gott hat den Kreis geschlossen, damit ich ungeschehen machen kann, was Khrolic vor so langer Zeit getan hat.*

Auf der Hauptstraße der Stadt jagte Malachy weiter und sah einen der vorderen Vandari. Er hatte schon früher Vandari gesehen, Angehörige der Elefanten- und der Vielfraßkompanie, keine Widder, und war von ihnen tief beeindruckt gewesen. Jetzt allerdings, da er selbst in einer Wolfsrüstung steckte, deren Möglichkeiten nicht durch eine lange Reihe schlechtausgebildeter

Benutzer eingeschränkt worden waren, sah er deutlich, wie weit sich die Widder von den prachtvollen Geräten entfernt hatten, die sie einmal gewesen waren. Statt ausladender, lebensechter Gliedmaßen waren ihre Unterarme und Vorderbeine zu Doppel-T-Trägern verkommen. Mit Stranas Mechanisierung und Industrialisierung hatten sich auch die Vandari nach und nach verändert und den gewandelten Maßstäben ihrer Benutzer angepaßt.

Malachy fühlte mit vollkommener Gewißheit, daß diese Vandari nur über einen Bruchteil der Möglichkeiten seines Wolfes verfügten, und sogar über weniger, als er selbst Möglichkeiten einsetzen konnte. In seinem Ausdariwolf stellte er ihnen gegenüber dar, was ein gerüsteter und bewaffneter Wolfspriester für raufende Schulbuben gewesen wäre. Die Feinde des Dosts zu besiegen, erforderte nicht von ihm, sie zu töten. Die Straner mußten aus der Stadt gejagt und in ihre Heimat zurückgetrieben werden. Ein Sieg über sie konnte zukünftige Kriege verhindern, während ein Massaker unter ihnen nur blutige Rache herausgefordert hätte.

Malachy blockte einen herabsausenden Widderhuf mit der rechten Pfote und versetzte dem ersten Widder einen Hieb in die Flanke. Die Gewalt des Schlages wirbelte den Vandari herum und ließ ihn zurück in die eigenen Reihen taumeln. Dann packte Malachy nach links und zog einen anderen Widder aus einem zusammenstürzenden Haus. Er schleuderte ihn weg, mitten in das Getümmel der Vandari hinein. Um Malachy herum warfen sich die Tiger in ähnlicher Weise auf die Widder und trieben sie weiter und weiter über das zerstörte Tor und hinaus auf die Ebene zurück.

Vor den Mauern regierte das Chaos. An den zurückweichenden Vandari brach sich der Angriff ihrer eigenen Kavallerie. Die Reiter wurden langsamer, drehten um und ritten davon, in die Richtung ihrer Kameraden, die Rafiq Khast und seine Helansajaren schon fast überwältigt hatten. Die Fußsoldaten der 3. Sonasnymiliz wurden auf freier Ebene überrascht und flüchteten vor den herangaloppierenden Husaren in die Sicherheit ihrer Gräben.

Malachy sah einen Widder, in dessen rechtem Oberschenkel ein eiserner Schaft steckte. Er half dem gestürzten Vandari auf die Beine. Dabei spürte er plötzlich etwas durch die Panzerung. Er stieß den verwundeten Widder durch das Tor und knurrte wie ein Wolf auf stranisch: »Kriech weg, Grigori Khrolic.«

Der Widder stolperte und stürzte. Langsam rappelte er sich wieder auf. »Kidd, hier?«

Malachy nickte und trat durch das Tor. »Ich bin hier. Wieder bin ich dein Gegner, aber dieses Mal mache ich mir keine Illusionen, in dir einen Verbündeten zu haben.«

Aus der goldenen Kugel fühlte Uriah Gelassenheit in sich einfließen, durchsetzt mit Besorgnis und Angst. Der junge Ilbeorer wußte, daß er die Gefühle spürte, die jetzt im Innern des Dosts herrschten. Diese Erkenntnis flößte ihm Mut ein und machte ihn zugleich traurig. *Ich kann ihm hier nicht von Nutzen sein.*

Ohnmächtige Enttäuschung schoß in ihm hoch. Er konnte die Felsplatte nicht anheben, die ihn hier in dieser leeren Kammer einsperrte. *Ich kann hier gar nichts tun. Dort draußen könnte ich wenigstens etwas unternehmen! Ich könnte irgendwie helfen!*

Ein Rinnsal von Energie, das ihn an den Blitzschlag erinnerte, kribbelte durch seine Fingerspitzen hoch. *Das ist interessant. Konzentrier dich, Uriah. Bündele deine Gedanken. Du bist doch angeblich so ein schneller Schüler. Jetzt hast du eine Menge zu lernen.*

Er konzentrierte sich auf die goldene Kugel, um etwas vom Frieden des Dosts zurückzuerlangen und blickte plötzlich über Helor. Er sah den Dost als gigantischen Koloß aus Gold langsam auf das zerstörte Stadttor zuschreiten. Männer kauerten hinter den Panzerplatten großer Armbruststände auf den Mauern, und stranische Fußsoldaten rannten zu ihren Gräben. Die Tiger hatten die Vandari aus der Stadt getrieben, und Malachys Wolf stand drohend vor einem verwundeten Widder.

Mein Platz ist dort draußen.

Die gleiche Frage, mit der er Kidd während der Auswertung der Taktikarbeit herausgefordert hatte, explodierte jetzt in seinem Kopf. *Warum?*

Uriah lächelte. *Mein Platz ist dort draußen, weil* sie *mich brauchen, nicht um meinetwillen.*

Er lachte laut auf und drückte die Kugel platt. *Und es* kann *nützlich sein, schnell zu begreifen. Ich erinnere mich an das Amulett, das er Rafiq gab, und auch an die Worte – Issa hunak. Ich hoffe nur, daß ich es richtig hinbekomme.*

Schon als er die Sterne aus dem Metall herausarbeitete und die Linien der Spinnweben nachzog, wußte er, daß sein Amulett vollkommen sein würde. *Es wird klappen.* Tief in seinem Inneren wußte er, daß er sich auf dem richtigen Weg befand.

Ich weiß jetzt, was mich hierher verschlug. Eine Zielstrebigkeit erfüllte ihn, wie er sie nie zuvor gekannt hatte, seine Arbeit wurde sicherer, seine Bewegungen bestimmter. *Ich bete nur, daß ich der Herausforderung gewachsen bin, die mich erwartet.*

Die Angst lag Grigori Khrolic wie bittere Galle im Mund, als er den mächtigen Dari-Wolf anstarrte. Die Macht und Stärke, die er ausstrahlte, spotteten jedem Vergleich mit den Vandari. *Das ist unmöglich. Nichts kann stärker sein als die Vandari.*

Langsam zog er Widder 27 zurück. »Es ist gut, daß du dich nicht länger selbst betrügst, Kidd. Ich habe schon immer gewußt, daß du kein Verbündeter Stranas bist. Jetzt hast du den Beweis dafür geliefert, und für dein Land gilt dasselbe.«

»Du bist hier der Eindringling.« Kidds Wolf trat zur Seite. »Ich bin des Dosts wegen hier.«

Grigori starrte an dem Wolf vorbei auf den geradegewachsenen goldenen Mann, der über Widder Dreizehn stieg und durch die Ruinen des Stadttores trat. *Also stimmten die Gerüchte doch.* Er hatte den Aussagen nie ganz getraut, da sie unter der Folter erzwungen worden waren. Je weiter er auf seinem Marsch auf Helor vorangekommen war, desto weniger hatte er sie ernstgenommen. So sehr die Vorstellung, der Dost sei nicht zurückgekehrt, zu Grigoris Seelenfrieden beigetragen hatte, so sehr verstörte ihn jetzt der Anblick des goldenen Mannes.

Das ist der Dost. Er muß sterben. Grigoris Entscheidung fiel ohne bewußte Überlegung. Alles, wofür er gekämpft und gearbeitet hatte, drohte vom Dost zunichte gemacht zu werden. Die Schrecken der Kindheit und der Schmerz, seinen Lebenstraum untergehen zu sehen, schossen durch seinen Geist und ließen ihn handeln. *Für mein Strana! Der Dost muß sterben.*

Grigori stürzte sich auf den Dost, aber der Wolf warf sich dazwischen und schmetterte den Vandari mit einem Schlag auf den Kopf zu Boden. Der Bolzen in seinem Oberschenkel bohrte sich tiefer ins Fleisch und jagte neue Schmerzen durch seinen Körper. Der Strane drückte sich mit dem linken Huf und Bein hoch, versuchte sich wieder aufzurichten, konnte sich aber nicht mehr bewegen. Schwach und gebrochen lag er am Boden, eine leichte Beute für den Wolf. *Wie ist das möglich?*

Über ihm hob der Dost die Hand, als wolle er ihm Einhalt gebieten. Grigori mochte sich anstrengen, so sehr er wollte, er konnte sich nicht widersetzen. Seine

Eingeweide verkrampften sich, als eine Welle der Zauberei über ihn wusch, dann sah er, daß auch alle anderen Vandariwidder erstarrt waren. *Ist das unser Tod? Gefangen? Hilflos? Soll Strana so untergehen?*

»Der Kampf hat lange genug gedauert. Pokovnik Kidd, wenn du bitte zurücktreten würdest.« Der Dost trat elegant nach vorne, fast wie ein Vater, der seine streitenden Kinder trennt. »Und Pokovnik Khrolic, es gibt keinen Grund, die Feindseligkeiten fortzusetzen. Deine Ängste haben keine Grundlage.«

Grigori schaute sich nach rechts und links um, dann lachte er. »Ohne Grundlage? Meine Männer und ich sind Gefangene in unseren Rüstungen. Unsere Ängste basieren auf Tatsachen!«

Der Dost nickte beiläufig. »Eure Rüstungen sind unbrauchbar gemacht.« Der Dost winkte mit der Hand, und die Schmerzen in Grigoris rechtem Bein verschwanden. Als Grigori an sich hinab schaute, sah er den hinteren Teil des Bolzens auf dem Boden liegen. »Ich wünsche euch kein Leid.«

»Aber du bist wiedergekehrt, um uns zu unterwerfen.«

»Ich bin wiedergekehrt, um mein Volk zu retten und die Zukunft zu planen.« Eine neue Geste des Dosts ließ das Quadrat mit dem Kindssymbol in die Mitte von Grigoris Sichtfeld gleiten. »Bitte, rufe diesen Zauber auf.«

»Nein. Wenn du mich töten willst, töte mich, aber verlange nicht, daß ich mich selbst töte.«

Der Dost lächelte. »Ich wollte dich gerade bitten, mir zu vertrauen, aber das ist offenbar töricht. So sei es.«

Das Symbol wechselte die Farben, und vor Grigoris Augen wurde es schlagartig weiß, als stünde er in einem tosenden Schneesturm. An den Rändern seines Sichtfeldes schwebten die üblichen Symbolquadrate, dann glitten kleine Sechsecke wie winzige Schneeflocken auf ihn zu. Eine strahlende Helle stach in sein Hirn, dann formten sich die Sechsecke nacheinander zu Quadraten mit Symbolen aus, und er wußte, sie standen für Zauber, die den Vandari Fähigkeiten verliehen, die er bisher für reine Mythen gehalten hatte.

Darüber hinaus fühlte er eine neue Kraft durch seine Glieder strömen. Die Unterarme seines Widders wurden dicker, die Muskeln strafften sich. Grigori konnte sich ohne Mühe aufrichten und wußte, daß die Gliedmaßen seiner Rüstung dem Vandari jetzt die gleiche überwältigende Kraft lieferten, die auch die Tiger und der Wolf besaßen. Der Dost hatte ihn mit jedem der Dari, die aus der Stadt gekommen waren, gleichgestellt.

Er hatte ihn zum mächtigsten Vandari Stranas seit Jahrhunderten gemacht.

»Warum hast du das getan?«

»Damit du, Grigori Khrolic, deinen Weg in die Zukunft wählen kannst.« Der Dost breitete die Hände aus. »Kämpfe hier, und du wirst hier sterben. Verlasse diesen Ort, und in fünf Jahren wirst du an einem Krieg teilnehmen, der dir mehr Macht und Ruhm bringen wird, als du dir vorstellen kannst. Die Wahl ...«

Die Stimme des Dosts erstarb in einem metallischen Kreischen. Ein schwarzer Eisenbolzen bohrte sich durch seine Brust. Unsäglicher Todesschmerz überschwemmte die goldene Maske seines Gesichtes, als der Riese einen Schritt nach vorne stolperte und dann mit dem Gesicht nach unten auf den Boden schlug. Der Dost lag reglos auf der Ebene vor Helor.

Ein feuriger Speer durchbohrte Rafiqs Brust. *Der Dost stirbt!* Er blickte zur Stadt hinüber und sah den Dost niedergestreckt am Boden liegen. Ein eiserner Schaft ragte aus seinem Rücken. Hinter ihm, auf der Stadtmauer, sah er die Armbruststellung, die den Schuß abgegeben hatte. *Sie werden wieder schießen. Ich muß den Dost retten!*

Er trat die Steigbügel weg und sprang aus dem Sattel. Den Blick fest auf die Ruine der Brustwehr neben der Armbruststellung gerichtet, legte er die Hand auf sein Medaillon. »Issa hunak.«

In einem Wimpernschlag verschwand er vom Schlachtfeld und stand auf den Mauern von Helor. Eine Woge der Benommenheit überrollte ihn, dann brach ein Teil der Mauer unter seinen Füßen weg. Er glitt aus, schlug mit den Knien an die Brustwehr. Aber die Schmerzen konnten ihn nicht aufhalten. Er klammerte sich verzweifelt an den Gemäuerresten fest. *Ich muß den Dost retten!*

Als er hochblickte, zeichnete sich die Silhouette Schukri Awans gegen den Vollmond ab. »Du behauptest, dem Dost deine Dienste gelobt zu haben, und dann kommst du, ihn zu töten? Du bist ein Narr, Rafiq, denn *ich* bin der Dost!« Das Krummschwert in der Hand Awans zuckte herab und füllte Rafiqs Leib mit Feuer.

Rafiq sackte nach vorne. *Ich werde nicht sterben, ich kann nicht sterben.* Der Helansajare preßte die rechte Hand auf den Unterleib, um seine Gedärme zusammenzuhalten, und krallte sich mit der linken Hand in den Stein. *Ich bin ein Diener des Dosts. Ich darf nicht zulassen, daß ich jetzt sterbe.*

62. Kapitel

Helor
Helansajar

28. Majest 1687

»Was, zur Hölle? Warum hat er geschossen?« Robin wußte nicht, wer der goldene Mann war, aber auch ohne formelle Vorstellung ahnte er, daß dieser Mann und seine Gefährten die Straner aus Helor getrieben hatten. »Er steht auf unserer Seite.«

Natalja sah hinüber zu Schukri Awans Armbruststellung. »Er lädt nach! Wir müssen etwas unternehmen!«

Robin zog sich auf die Beine und lehnte sich schwer gegen die große Armbrust. »Laden.«

Die Tachotha sah ihn erstaunt an. »Die Blockierung! Sie können nicht auf ihn schießen.«

»Ich weiß.« Robin hakte den Rückholzug ein und spannte das Geschütz. »Aber ich kann nicht zu ihm hinüberlaufen, und zum Fliegen bin ich zu erschöpft.« Er arretierte den Abzugshebel. »Laden.«

»Da.«

Sein linkes Bein pochte vor Schmerz, als er den Fußhebel nach unten trat und den Schutzschild hob. Robin blickte durch das Kreuz der Schießscharte zu den Ethyrinen hinunter, die vor dem Tor standen. »Connor!«

»Sir?«

»Schicken Sie jemanden hoch, um Schukri Awan zu töten!«

»MacBride, Hoskins, zu mir!«

Natalja sah hoch. »Der Alanim schickt seine Leibwachen los, um Ihre Leute aufzuhalten.«

»Ich wünsche ihnen viel Glück.« Robin fletschte die Zähne und hakte den Rückholzug aus. »Zurück.«

»Da.«

»Natalja, runter. Ich muß Awan sehen können.« Robin lehnte sich zurück, hielt die linke Hand auf der Armbrust und ließ die rechte auf dem Abzugshebel liegen. Die Schmerzen in seinem linken Bein wurden so stark, daß es in Flammen zu stehen schien. »Natalja, könnt Ihr den Schutzschild mit dem Fußhebel oben halten?«

»Da. Was wollen Sie tun?«

»Ich versuche einen alten Kanonierstrick.« Er murmelte ein Gebet, und die Armbrust begann in einem hellen Grün zu leuchten. Robin spürte, wie seine Kraft nachließ und die Schmerzen den Kampf um seinen Körper gewannen. »Schneller, du blöder Lahmarsch! Ich hab nicht den ganzen Tag Zeit!«

Alles, was er von Schukri Awan sehen konnte, war dessen Hand auf dem Abzugshebel, aber das genügte. Als der Helorer den Abzug herunterschlug, tat Robin dasselbe. Der Bolzen schoß sauber und gerade heraus und traf den Eisenbolzen, den Awan abgefeuert hatte, genau in der Mitte.

Robin zog sich nach vorne, glitt aus und sackte vollkommen erschöpft auf der Plattform zusammen. »Treffer.«

»Wie?«

Er grunzte. »Der Zauber übernimmt das Zielen, den richtigen Zeitpunkt muß ich selbst wissen.« Robin lag auf dem Rücken und starrte zu den purpurroten und rosafarbenen Wolkenstreifen am Himmel hoch. »Bewegung, Connor! Ich bin fertig.«

Malachy sah aus dem Augenwinkel, wie der zweite Schuß auf den Dost abgefeuert wurde. Er drehte sich nach Helor um und wollte sich zwischen die Stadt und den Dost werfen, aber da sprang Khrolics Widder auf den hingestreckten Riesen zu. Malachy fuhr die metallenen Krallen an der rechten Vorderpfote aus und schlug nach dem Widder. Khrolic parierte mit einem Schild, der sich an seinem rechten Vorderhuf auffächerte, war dadurch aber zumindest gezwungen, sein ursprüngliches Vorhaben aufzugeben.

Der fächerförmige Schild am Huf des Widders teilte sich und wuchs zu rasiermesserscharfen Verlängerungen seiner natürlichen Form aus. Khrolic pflanzte den linken Hinterhuf auf und wirbelte auf den Wolf zu. Mit einer Drehung wich Malachy dem Hieb auf seinen Unterleib aus und holte die linke Vorderpfote nach innen. Ein Zauber verwandelte sie in einen runden Schild, dessen Kante Khrolics Widder knapp hinter dem rechten Ellbogen traf. Funken stoben und Metall dröhnte. Khrolic taumelte zurück und umklammerte den angeschlagenen Arm seines Widders, aber nichts in der Haltung seiner Schultern wies auch nur im entferntesten auf Resignation oder gar Bereitschaft zur Kapitulation hin.

Oben auf der Mauer bemerkte Malachy genug Aktivität, um zu vermuten, daß die Armbrust einen weiteren Schuß auf den Dost vorbereitete. Der Wolfspriester suchte in seinem Inventar nach einem Zauberspruch, der es ihm ermöglicht hätte, das Geschütz anzugreifen. Keines seiner Symbole schien jedoch dafür geeignet. Malachys Unsicherheit ließ ihn zaudern.

Khrolics Widder sprang vor und erwischte den Wolf mit einem Kopfstoß in der Mitte der Brust. Die Gewalt dieses Stoßes donnerte durch Malachys Brustkorb, und ein scharfer Stich zuckte an seinen Rippen entlang. Sein Wolf war in die Luft geschleudert worden, aber er hatte keine Gelegenheit, einen Flugzauber zu sprechen, bevor die Rüstung wieder aufschlug. Der Wolf landete auf dem Rücken und überschlug sich. Sterne explodierten vor Malachys Augen, alles schien sich um ihn zu drehen. Er sah Khrolic heranpreschen, dann schlug der

Wolfskopf auf den Boden auf und um Malachy Kidd wurde es schwarz.

Schukri Awan ignorierte den Lärm, der von unten heraufdrang, wo seine Leibwachen mit den Wolfspriestern kämpften, und legte einen neuen Bolzen in die Armbrust ein. Auf der Ebene kämpften Wolf und Widder gegeneinander, überall um den Alanim herum wurde gekämpft, aber ihn konnten sie nicht überwinden. Er war der Dost. Ihm war es bestimmt, ein Weltreich zu regieren. Rafiq Khast lag sterbend zu seinen Füßen, und sein eigener Sohn, die Mißgeburt, lag ebenso sterbend unten auf der Ebene.

Erledige ihn, und die Karten werden neu gemischt!

Schukri Awan visierte durch das sterbende Tageslicht den Rücken des goldenen Mannes an. »Es kommt, wie es prophezeit wurde!«

Plötzlich fühlte er ein schweres Gewicht auf seinem Rücken. Ein von Blut glitschiger Arm schob sich über seine linke Schulter und legte sich um seinen Hals. Die Hand drückte ihm den Kopf nach rechts und preßte ihn Wange an Wange gegen das Gesicht Rafiq Khasts.

»Siehst du den Mond, Schukri Awan?«

Schukri Awan lachte über den Schmerz, der aus dieser Frage klang. Er schlug den rechten Ellbogen nach hinten in Rafiqs Rippen und spürte, wie der tödliche Würgegriff erschlaffte. »Ja, es ist der Vollmond, unter dem du sterben wirst.«

»Es ist der Vollmond, unter dem ich mich zu sterben *entscheide.*« Der Atem zischte durch Rafiqs zusammengebissene Zähne. »Issa hunak.«

Eine Sternschnuppe senkte sich aus dem Vollmond zur Erde und zog ihre feurige Todesspur über den Abendhimmel. Erst glaubte Natalja, der schwarze Schatten, den sie durch den Himmel gleiten sah, sei ein Geisterbild, das ihr vom Licht des sterbenden Sterns auf die Netzhaut gebrannt worden war. Aber als die Silhouette sich vor den Mond schob und ihn teilweise verdeckte, wußte sie, daß es keine Täuschung war. Sie jubelte. »Robin, es ist die *Saint Mikhail*!«

Zur Begrüßung schoß das Luftschiff eine Salve auf die stranischen Geschützstellungen ab. Die beiden übrig gebliebenen Gefechtskessel explodierten und schleuderten Dampf und Feuer in die Höhe. Metall- und Holzsplitter prallten von den Schutzschilden der Stellung. Glühende Balkenreste umringten das Grab der stranischen Dampfkessel und warfen kupferne Glanzlichter auf die Leiber des Ausdari und des Vandari, die draußen auf der Ebene kämpften.

Malachy schüttelte den Kopf, um wieder klar zu werden, und als Khrolics heranstürmender Widder in Sicht kam, zog er die Beine des Wolfs an, bis die Knie auf dessen Schnauze lagen. Er trat aus und traf mit beiden Pfoten. Die Erschütterung, als der Widder schwer aufkam und davonrollte, ließ die Felsen erbeben. Malachy wälzte sich nach rechts und hebelte sich auf, dann drehte er sich noch etwas weiter, bis er den Widder sah.

Er konzentrierte sich auf seine Wahrnehmungen und sammelte noch mehr Informationen. Die Luftwirbel, die der Widder beim Aufstehen erzeugte, ordnete Malachy in eine dreidimensionale Matrix ein. Sie erlaubte ihm, Geschwindigkeit, Richtung, Schwerpunkt und Größe seines Gegners abzuschätzen. Er hörte den Wind um die Hörner des Widders pfeifen und konnte die Druckveränderung spüren, als der Widder auch am linken Vorderhuf einen Satz Klingen ausfuhr.

All das und noch tausend andere Eindrücke floss in Malachys Wahrnehmung zusammen, ohne ihn zu überwältigen. Auf der unterbewußten Ebene hatte er jahrelang eine ähnliche Fülle von Informationen bewältigt.

Ich habe mich zwölf Jahre lang auf diesen Augenblick vorbereitet. Malachy fletschte die Zähne. *Du hast mich auf diesen Weg gebracht, Grigori Khrolic. Du hast das Instrument deines Todes selbst erschaffen.*

Der Wolf duckte sich unter einen gegen seinen Hals gerichteten Hieb und ließ den Widder ins Leere laufen. Mit einer Geschwindigkeit, die für eine Kreatur dieser enormen Größe eigentlich unmöglich hätte sein müssen, wirbelte der Wolf herum und schlug dem Widder beide Vorderpfoten in den Rücken. Der Schlag warf den Widder nach vorne. Seine Hörner pflügten parallele Furchen in den Fels. Eines der Hörner verfing sich und warf den Widder in einem jähen Überschlag auf den Rücken.

Malachy grinste. *Wie der Dost es gesagt hat, ist die Zeit meiner Heilung gekommen, und meine Rache an Khrolic ist der geeignete Beginn.*

Khrolic warf den Widder aus dem Überschlag in einen weiteren Salto und kam wieder auf die Beine. Er schnellte mit einem verbogenen Horn – und wesentlich vorsichtiger – zu dem Wolf herum. Als Khrolic zum Angriff ansetzte, verblaßte er vor Malachys Augen. Instinktiv sprang er nach rechts, schaffte es aber nicht, dem Angriff des Widders auszuweichen. Die Klingen zuckten in einem schrägen Hieb von unten heran und zerfetzten die Haut über dem Brustkorb des Wolfs. Malachy stieß vor Schmerz zischend die Luft aus und hieb im Reflex die linke Faust nach vorne. Er traf den Widder voll und schmetterte ihn einen Schritt zurück – aber Khrolic trat aus und erwischte Malachys rechtes Knie. Der Wolf stolperte nach hinten.

Ein dunkler Vorhang senkte sich über Malachy und nahm ihm jede Sicht auf seinen Gegner. *Was geht hier vor?*

Ein unsichtbarer Tritt des Widders warf ihn zurück. Er versuchte, wieder auf die Beine zu rollen, aber ein dritter Huftritt traf den Wolf am Kopf und schleuderte den Ausdari auf den Rücken. Der Schlag schleuderte Malachy im Innern der Rüstung heftig gegen die Metallwände, und er schmeckte Blut auf seinen Lippen. *Ich verstehe das nicht? Warum funktioniert es nicht?*

Über ihm ragte der Widder empor. »Du warst mir nie ebenbürtig. Heute liegst du genauso am Boden wie damals in Glogau. Jetzt stirbt der Dost, dann stirbt Helor.«

»Das kannst du nicht tun, Grigori.«

Der Strane lachte. »Und du kannst mich nicht aufhalten, Malachy.«

Der Wolfspriester knurrte und versuchte, seine Rüstung aufzurichten, aber selbst der Bewegungszauber war ausgefallen. *Ich habe versagt. Eine so weite Reise, eine so lange Zeit, und ich habe versagt. Der Dost wird sterben. Ist das Dein Plan für mich, lieber Gott?*

Ein fernes Wummern und ein hartes Krachen sagten Malachy, daß ein Stahlbolzen aus einer der Harpunenstellungen auf den Stadtmauern herangeschossen war. Malachy hörte eine Frau von der Mauer brüllen, und wußte, daß Khrolics Widder das Ziel des Schusses gewesen war. *Natalja!*

»Du stirbst auch, du verräterische Hexe!«

Nein, das lasse ich nicht zu, Grigori. Malachy konzentrierte sich, ließ vor seinem inneren Auge ein Bild Khrolics, des Dosts und der Stadt hinter ihnen entstehen. *Khrolic war der Feind in meiner ersten Vision, der Dost in der zweiten mein Schutzbefohlener. In der dritten Vision bin ich der Wolf. Ich hätte es schon viel eher sehen müssen.*

Ich bin der Wolf. Malachy nickte verstehend. *Die Rache ist nicht mein. Ich bin der Wolf, ich beschütze jene, die sich nicht selbst beschützen können!*

Die Einfachheit seiner Erkenntnis erschreckte Malachy. Neue Lebenskraft strömte durch seine Glieder. Die Welt formte sich von neuem in all ihrer Farbenpracht, umgeben von dreieckigen Symbolen, die ihre

Farben wieder wechselten, als sie nacheinander aktiv wurden. Er sah Khrolics Widder langsam auf den Dost zustampfen, fühlte die Erschütterung bei jedem Schritt.

Er zog die Beine des Dari unter seinen Leib und hob ihn auf die Beine. Dann warf er sich auf den Widder. Mit dem Hieb einer krallenbewehrten Pfote riß der Wolf das rechte Bein des Widders auf und warf den Vandari auf die Seite.

Der Widder wirbelte herum und hebelte sich vom Boden hoch. »Bist du so begierig darauf zu sterben?«

»Nein, ich bin so begierig darauf, dich vom Töten abzuhalten.« Malachy stand langsam auf, breitete die Pfoten aus und schob sich zwischen den Widder und den Dost. »Ich habe keinen Wunsch, dich zu töten.«

»Das kannst du auch nicht.«

»Ich kann und ich werde. Laß mir die Wahl.«

»Njet! Der Dost muß sterben.« Mit erhobenem linken Vorderhuf stürmte der Widder vor.

Du zwingst mich, zum Wolf zu werden, Grigori! Ein neues Symbol trieb vor Malachys Augen. Es zeigte einen springenden Wolf, und er rief es ohne einen weiteren Gedanken auf.

Der Wolf sprang. Sein Körper schimmerte hell, als er sich dabei von der menschenähnlichen Gestalt, die er bisher besessen hatte, in die eines wahren Wolfs verwandelte. Mächtige Kiefer schlossen sich um das linke Vorderbein des Widders. Der Wolf schüttelte den Kopf wild hin und her. Die Stimme aus dem Widder schrie gellend auf, als der Arm aus dem Schultergelenk sprang und leblos herabfiel.

Der Wolf gab den Arm frei, der jetzt nutzlos an der Seite des Widders herabbaumelte. Der Vandari preßte ihm den verletzten Arm mit der freien Hand an den Körper, drehte plötzlich um und rannte davon. Der Wolf hetzte hinter ihm her, goldene Fänge krachten, als er nach den Beinen des Widders schnappte. Pfoten und

Hufe schlugen Funken aus dem Fels, als der Wolf Khrolic vom Dost fortjagte.

Der Widder brach durch die Ansammlung erstarrter Vandari, warf sie wie Kegel durcheinander. Khrolics stählerne Hufe zertraten seine Infanteristen in blinder Panik zu blutigem Brei. Pferde bäumten sich auf, warfen ihre Reiter ab und galoppierten entsetzt davon, um dem fliehenden Widder auszuweichen. In der hereinbrechenden Nacht war das Entsetzen auf den meisten Gesichtern nicht zu sehen, aber das Kreischen und Jammern der stranischen Soldaten drückte es umso deutlicher aus.

Khrolic hatte einen halben Schritt Vorsprung gewonnen, und Malachy setzte zu einem Spurt an, um ihn einzuholen, da geriet der Widder mit dem rechten Huf in einen der stranischen Laufgräben. Sein Knie rastete ein, der Widder wurde herumgeworfen, und mit einem donnernden Knall sprang sein rechtes Hüftgelenk aus der Pfanne. Khrolic kreischte vor Schmerz, als er stürzte. Malachy wußte, daß der Mann im Innern des Vandari alle Verletzungen, die seine Rüstung aufwies, ebenso erlitten hatte.

Der Wolf setzte über den Graben und sprang den Widder an. Dolchlange Fänge schlossen sich um die Kehle des Vandaris, und er schmeckte die metallene Haut. Durch das Metall spürte Malachy Khrolics Schmerzen und fühlte die Ausläufer seines inneren Aufruhrs.

Er konnte Grigoris Träume sterben fühlen.

»Du hast zuviel gewollt, Grigori.«

»Ich will es noch immer.«

»Ich weiß. Und aus den völlig falschen Gründen.«

Die Kiefer des Wolfes schlossen sich, und Vandariwidder 27 starb.

63. Kapitel

Helor
Helansajar

28. Majest 1687

Malachy hob die Schnauze vom Leichnam des Widders 27 und rief den Zauber auf, der seinen Wolf wieder in einen Menschen mit Wolfsschädel verwandelte. Er drehte sich zurück zur Stadt um und sah den Dost noch immer reglos auf dem Gesicht liegen. Viel zu lange schon. *Ist er tot? Habe ich wirklich versagt?*

Der Bolzen, der aus dem Rücken des Dosts ragte, geriet ins Zittern. Das Zittern wurde stärker, bis der Eisenschaft schließlich so wild vor- und zurückpeitschte, daß er an der Einstichstelle abbrach und sich überschlagend in die Nacht flog. Die Wunde schloß sich ohne fremdes Zutun nahtlos und glatt. Der Ausdari des Dosts schob die Hände unter den Leib und stemmte sich auf die Knie.

Er lebt! Malachy erschauderte, als er vor dem Dost stehenblieb. »Sie haben sich geirrt, Nimtschin. Es war nicht Zeit für meine Heilung, es war Zeit für mich zu erkennen, daß ich geheilt war.«

Die Rüstung des Dosts schüttelte den Kopf. »Es war beides und nichts von beidem. Es ging darum, wer du wirklich bist, und darum, dieses Selbstgefühl zurückzuerlangen. Es war für dich so, und«, der Dost zögerte einen Augenblick, »für mich ebenfalls.«

Malachy senkte den Wolf auf die Knie und rief den Zauber auf, der die Rüstung öffnete. Ein Schwall kalter Nachtluft ließ ihn frösteln. Sein zerfetztes, schweißgetränktes Nachthemd klebte ihm auf dem Leib. Er stolperte aus der Rüstung und fiel auf Hände und Knie. So verletzt und erschöpft er war, lächelte er doch, und schließlich lachte er sogar.

»Malachy, du blutest.«

Er nickte, als die Blutstropfen auf den Boden fielen. »Nur eine Fleischwunde. Nicht schlimmer als das, was mein Wolf für mich durchgemacht hat.« *Aber ich kann das Blut sehen!* Malachy schaute hoch und sah Natalja, die sich über ihn beugte. »Du bist noch schöner, als ich mir hätte ausmalen können.«

Sie wurde rot, dann starrte sie ihn mit offenem Mund an. »Du kannst mich sehen?«

Er nickte.

»Ein Wunder!«

Malachy schüttelte den Kopf und stand mit wackligen Beinen auf. »Nur eine Offenbarung, kein Wunder.« Er streckte ihr den rechten Arm entgegen, und sie kam zu ihm. Sie preßte ihn fest an sich, und trotz aller Schmerzen in den Rippen hätte Malachy diese Umarmung gegen nichts in der Welt eingetauscht. »Vieles ist mir offenbar geworden.«

Er blickte hinüber zum Dost. »So zerschlagen ich mich schon fühle, Ihnen muß es noch viel schlechter gehen.«

»Ja und nein.«

Malachy zog fragend eine einzelne Augenbraue hoch. »Ist es eine der Vorbedingungen für einen Dost, keine einfache Antwort zu geben?«

»Ja und nein.« Die goldenen Gesichtszüge des Ausdaris erstarrten, als der Kopf sich hob und die Brust sich öffnete. Heraus trat ein großer, geradegewachsener junger Bursche. Spitzzulaufende Ohren stachen durch eine dichte Mähne roter Haare. Verschiedenfarbene bernsteingelbe und grüne Augen leuchteten verwundert, als der Dost die Arme ausstreckte und sie ebenso erstaunt musterte wie seine Beine. Blaue Haut formte eine Maske um die Augen des Dosts, die ihn noch fremdartiger erscheinen ließ, aber dennoch wirkte vieles an ihm Malachy sehr vertraut.

»Uriah?«

Der Dost sah zu dem Wolfspriester hoch. »Ich bin, wir sind Uriah *und* Nimtschin.« Er bog die Arme, ging in die Hocke und hüpfte. »Es ist unfaßbar.«

»Wie können Sie zwei Personen zugleich sein?«

»Wie kannst du mit Silberaugen sehen?« Der Dost schüttelte den Kopf. »Der Bolzen, der mich durchbohrte, hat mir eine tödliche Wunde geschlagen. Ich lag im Sterben, dort, in meiner Rüstung. Uriah hat sich ein Amulett geformt, mit dem er sich an jeden Ort wünschen konnte, den er sah, aber er war allein in der Dunkelheit der Höhle. Meine Schmerzen und mein Todeskampf waren sein einziger Referenzpunkt außerhalb des Dschebels, und er teleportierte an diesen Punkt. Er formte sich in mir neu, und wir verschmolzen. Wir ergänzen uns ineinander. In seinem Selbstopfer fand er heraus, daß es eine Stärke ist, keine Schwäche, sich dem Wohl anderer unterzuordnen.«

»Das ist eine Lehre, an die ich auch erinnert werden mußte.« Malachy nickte nachdenklich. »Ich war blind, weil ich blind sein wollte.«

»Wie meinst du das, Malachy?«

Er lächelte Natalja an. »Als ich in Glogau geblendet wurde, suchte ich in mir selbst nach einer Antwort auf die Frage, ob ich meiner Stellung in Gottes Plan würdig sei. Diese Antwort habe ich die ganze Zeit über nicht finden können, weil es keine Antwort auf diese Frage gab. Mit dieser Frage habe ich mir eine Bedeutung zugemessen, die mir nicht zusteht. Die Suche hat mich immer weiter von den Gelübden fortgeführt, die ich ablegte, als ich zum Wolfspriester wurde. Ich hatte mich dem Dienst an anderen verschrieben, ihrem Schutz, und indem ich mich nach innen kehrte, vernachlässigte ich diese Verantwortung.« Er klopfte sich mit der Linken auf die Brust. »Hier, in diesem Kampf, ist mir wieder deutlich geworden, daß ich ein Wolf bin, der dem Guten Hirten hilft, Seine Herde zu beschützen. Mein Wohlergehen ist ohne Bedeutung, solange die Herde geschützt ist. Als ich mich an Grigori rächen wollte, verlor ich das Sehvermögen. Als er dich bedrohte, fand ich zu meinen Gelübden und meiner wahren Rolle zurück. Ich wurde wieder zum Wolf, und darin habe ich die Kraft gefunden, ihn zu besiegen.«

»Kann darin auch der Grund liegen, daß Gott dem Dost die Wiedergeburt ermöglichte?« Robin Drury hinkte nach vorne, auf den Arm eines anderen Ethyrinen gestützt. Er deutete auf die helansajarischen und stranischen Truppen, die gemeinsam herangeritten waren, um dem Schauspiel der Genesung des Dosts beizuwohnen. »Der Kampf endete praktisch mit seinem Erscheinen. Er hätte die Widder wahrscheinlich ebenso leicht töten können, wie er sie erstarren ließ. Für einen zurückgekehrten Eroberer scheint er mehr Leben gerettet zu haben, als er auf dem Gewissen hat.«

Der Dost nickte, dann zuckte er die Schultern und lächelte in Malachys Richtung. »Ein starkes Helansajar wird als Pufferstaat zwischen Aran und Strana dienen. Es wird einen Krieg verhindern, aber nicht ohne einen Preis für alle Seiten. Wir freuen uns, daß wir durch unsere Rückkehr Leben retten konnten. Wir wissen auch, daß der Frieden diejenigen verärgern wird, die um ihres eigenen Vorteils willen einen Krieg zu provozieren versuchten.«

Der Dost sah nach Nordwesten. »In drei Tagen wird Fürst Wassili Arslow mit einem Heer in Stärke von drei Regimentern hier eintreffen. Er stellt eine Gefahr dar, aber keine unüberwindbare. Genauso stellt die *Saint Michael* eine Bedrohung dar, aber wir halten den ilbeorischen Prinz an Bord des Schiffes für einen besonnenen Mann. Vielleicht gelingt es uns in den kommenden

Tagen, zu einer Übereinkunft zu finden, die Helansajar, Strana und Ilbeoria zufriedenstellt.« Mit einem Blick auf Natalja nickte der Dost. »Tachotha Natalja, Sie würden uns eine Ehre erweisen, wenn Sie bereit wären, hier in Helor unser Gast zu sein, und wir heißen die Husaren und ihre Vandari als Ihre Ehrengarde willkommen. In gleichem Maße sind wir erfreut, Viscount Warcross hier zu begrüßen. Ich bin überzeugt, daß Ihre beiden Nationen feststellen werden, daß Ihre geheime diplomatische Mission nach Helor eine stabile Grundlage für künftige herzliche und dauerhafte Beziehungen zum Hofe des Uriatschin Dost gelegt hat.«

Er deutete zur Stadt. »Willkommen in Helor. Verzeihen Sie die Unordnung, aber ich war lange Zeit abwesend, und die Dinge sind in dieser Zeit etwas durcheinandergeraten.«

64. Kapitel

Am Hofe Uriatschin Dosts, Helor Helansajar

2. Autumnal 1687

In den vier Tagen seit der Wiederkehr des Dosts hatte es für alle viel zu tun gegeben, auch wenn Malachy Kidd den Verdacht hegte, daß er den größten Teil der Arbeit bekommen hatte. Er mußte nicht nur sämtlichen Zeremonien, Besprechungen und Verhandlungen auf allen Seiten beiwohnen, sondern sich auch erst einmal an seine wiedergewonnene Fähigkeit zu sehen gewöhnen. Es gab Augenblicke, in denen die Fülle der Eindrücke und Farben ihn zu überwältigen drohte. Dann schloß er die Augen und zog sich in jene Dunkelheit zurück, die er einst gehaßt hatte.

Die frühzeitige Rückkehr der *Saint Michael* nach Helor hatte ihre Erklärung in der kleinen Armada von Luftschiffen gefunden, die sie nach Norden begleitet hatte. Prinz Trevelien hatte eine beträchtliche Anzahl von Grimshaw-Luftschiffen und Freihändlern dienstverpflichtet, unter anderem die *Stoat*. Während die *Saint Michael* nach Norden gerast war, hatten die Frachtschiffe im Kulangtal Kohle aus der Halde des zerstörten Stahlwerks Prinz Agra-shos aufgenommen. Mit Ethyrskiffs, Tauen und Segeltuchrutschen hatten die kleineren Luftschiffe das Schlachtschiff im Flug versorgen können und seine Rückkehr nach Helor dadurch erheblich beschleunigt.

Als Wassili Arslow mit seinen Truppen vor Helor angekommen war, hatte die *Saint Michael* genug Kohle an Bord gehabt, um wochenlange Gefechte durchzustehen. Arslows Flaggschiff, die *Ljeschij*, verfügte nicht einmal über ein Zehntel der Geschütze, die sich auf der *Saint Michael* befanden, und jedes Gefecht zwischen den beiden Schiffen wäre ein Witz gewesen. Also hatte der Fürst sein Schiff vor der Stadt angelegt und sich bereit erklärt, die Gastfreundschaft des Dosts anzunehmen. Seine Truppen, die 1. und 2. Wsorin-Ulanen und die Wsorin-Dragoner, schlugen vor der Stadt ihr Lager auf und halfen unter dem Befehl der Tachotha den Husaren und Ethyrinen bei den Aufräumarbeiten und dem Wiederaufbau der Stadt.

Tachotha Natalja und Prinz Trevelien fanden sich schnell als Verbündete zusammen. Sie vertrauten sich zwar nicht blind, teilten aber das Mißtrauen gegen Wassili Arslow. Diese Einigkeit trug dazu bei, ihre schon von Anfang an positive Einschätzung der Intelligenz und Auffassungsgabe ihres jeweiligen Gegenübers zu festigen. Sie waren sich dann schnell darin einig, ihre Regierungen von einer Einstellung der Feindseligkeiten überzeugen zu wollen. Um die Versöhnung zu erleichtern, bot Trevelien an, die *Sarnitskij* durch ein ilbeorisches Schiff zu ersetzen, und Natalja stellte stranische Militärpensionen für die Angehörigen der zwölf Ethyrinen in Aussicht, die bei der Verteidigung Helors gefallen waren.

Arslow war nicht sonderlich erfreut über die Abmachungen gewesen, die von den beiden Königskindern noch vor seiner Ankunft getroffen worden waren. Aber Natalja war bereits zu dem Schluß gekommen, daß Arslow mit Khrolic unter einer Decke gesteckt hatte, und sah in seiner Ankunft mit den wsorischen Truppen den Beweis für seine Absicht, Khrolics Eroberung Helors zu unterstützen. Sie freute sich schon auf den Hochverratsprozeß gegen den Fürsten in Murom.

Arslow hatte in dieser Hinsicht allerdings andere Vorstellungen und trug eine temperamentvolle Verteidigung seiner Person und Handlungsweise vor. Er erklärte, mit seinen Territorialtruppen nach Helansajar einmarschiert zu sein, um Khrolic *aufzuhalten* und die Tachotha zu retten. Natalja konnte, wie er nachdrücklich deutlich machte, keine Aussage des Fürsten zitieren, die ihn mit Khrolics Handeln in Verbindung brachte oder auch nur andeutungsweise eine Billigung der Invasion seinerseits erkennen ließ. Arslow führte aus, er sei in Sorge geraten, als er vom plötzlichen Verschwinden der Tachotha erfahren hatte. Daraufhin habe er angenommen, sie sei aufgebrochen, um Khrolic aufzuhalten. Also sei er mit seinen Truppen ausgerückt, um ihm ebenfalls entgegenzutreten und Natalja sicher nach Strana zurückzubringen.

Natalja sah sich gezwungen, Wassilis Geschichte zu akzeptieren, gelobte sich aber, ihn von seinem Posten als Gouverneur Wsorins entfernen zu lassen. Bei all seinen Planungen hatte Arslow vergessen, daß Malachy vom Tacier nach dem Lescarenkrieg zum Helden Stranas geadelt worden war. Seine Folterung war zwar ein vergleichsweise geringes Vergehen, doch würde es ausreichen, ihren Vater davon zu überzeugen, daß Arslow sich besser dafür eignete, Schneewehen in Murumyskda zu bewachen. Seine Entfernung aus Wsorin bot sich auch als Gegenzug zu Prinz Treveliens Versprechen an, die verräterischen ilbeorischen Elemente aus Aran zu verbannen.

Malachy Kidd stand in einer grauen Paradeuniform helorischer Fertigung vor dem Audienzsaal des Dosts und lächelte Robin Drury an. »Guten Tag, Bruder Robin. Warum das lange Gesicht? Wenn die Geschäfte dieses Nachmittags erledigt sind, werden Sie nach Dhilica zurückfliegen. Ihr Winter dort wird viel angenehmer sein als meiner in Murom.«

Der größere Mann nickte. »Das ist wahrscheinlich richtig, Sir. Aber nachdem Sie Ihre Belohnung aus der Hand des Taciers annehmen, kann ich mir vorstellen, daß Sie in gesellschaftlichen Kreisen ein gefragter Mann sein werden. Sie werden vom Wetter kaum etwas mitbekommen.«

Malachy schüttelte den Kopf. »Die Tachotha wird nach ihrem Abenteuer sehr gefragt sein, nicht ich.«

»Aber Sie werden an ihrer Seite sein, und ich bin sicher, daß ihr ein Mittel einfallen wird, Sie über den stranischen Winter warmzuhalten.«

»Stimmt wohl, aber es ist immer noch keine Antwort auf meine Frage.«

»Nein, Sir, das ist es nicht.« Robins Blick huschte zu Boden und sofort wieder hoch. »Prinz Trevelien befiehlt eine Anzahl Personen zurück nach Ilbeoria. Da ist eine Frau, Amanda Grimshaw …«

»Die Dame, die dem Prinzen meine Botschaft ausgerichtet hat?«

»Ja, Sir. Ihr Vater gehört zu denen, die verbannt werden. Wir werden gerade nach Dhilica zurückkehren, wenn sie sich nach Ilbeoria in Marsch setzten.«

Malachy verzog mitleidig das Gesicht. »Das ist Pech. Aber Sie *sind* natürlich Offizier. Sie könnten die Dame bitten, Sie zu heiraten. Wenn sie den Antrag annimmt, kann sie bleiben.«

Robin lächelte. »Ich glaube, sie ist die Richtige für mich, Sir, aber ich bin mir nicht sicher, ob sie sich an die bescheidenen Lebensumstände gewöhnen könnte, die mir mein Sold ermöglicht. Und da ihr Vater mich von Herzen haßt, hat sie kaum Aussicht auf eine Mitgift.«

»Bruder Robin, ich hatte immer die Gewohnheit, meinen Burschen ein Stipendium zu zahlen, und … die Stelle wurde vor kurzem frei. Wir könnten …«

Robin hob die Hände. »Danke, Sir, aber nein danke. Ich brauche keine Almosen.«

»Ich verstehe. Vielleicht wird der Dost …«

»Er hat den Ethyrinen schon eine Belohnung für unsere Unterstützung angeboten. Wir sind übereingekommen, die Hälfte den Angehörigen unserer gefallenen Kameraden und die andere Hälfte Pater Ryans Donnistenmission zu spenden.« Robin runzelte die Stirn. »Wissen Sie, Sir, es ist keine Frage des Geldes, sondern eine des Charakters und der Zeit. Ich glaube, Amanda wäre eine gute Frau für mich, aber ich bräuchte Zeit, das herauszufinden. Wenn sie Aran verläßt …«

»Zeit ist ein kostbares Gut, Bruder Robin.« Malachy lächelte bedächtig. »Glücklicherweise kann sie Ihren Gefühlen nichts anhaben, wenn Sie füreinander bestimmt sind. Wenn Sie in zwei Jahren nach Ilbeoria zurückkehren, wird sie auf Sie warten.«

»Das hoffe ich, Sir.«

Zwischen den aufschwingenden Türflügeln des Audienzsaals erschien Suhayl ibn-Hakim, der neue Kammerherr des Dosts. »Wenn Sie mir bitte folgen würden?«

Der ältere Wolfspriester nickte und winkte Robin vor. Sie traten in eine weite Halle, die in der Länge nur ein Viertel der Ausmaße hatte wie in der Breite. Ein Wald von Säulen stützte das gekachelte Gewölbe in beträchtlicher Höhe über ihren Köpfen ab. Gegenüber dem Eingang stand der goldene Ausdari des Dosts hinter dem Thron, und die zehn goldenen Tiger waren zu beiden Seiten des handgewebten Läufers aufgereiht, der die Thronempore mit den Türen verband.

Zum Thron selbst führten drei Stufen hinauf. Der Dost saß im mittleren Thronsessel. Zu seiner Linken saß eine junge Frau, die Malachy als Witwe Rafiq Khasts vorgestellt worden war, zu seiner Rechten eine atemberaubend schöne Frau namens Turikana. Der Dost trug ein besticktes Hemd und aus Gold gewirkte Hosen. Die Stickerei war an das Streifenmuster eines Tigers angelehnt und ganz in Schwarz gehalten. Nur über der Brust des Dosts starrten zwei fahlgrüne Augen unter den Rändern eines klerikal gestalteten

Kragens hervor. Khasts Witwe trug Schwarz, aber Turikana hatte ein langes, goldfarbenes Kleid mit ähnlicher Stickerei wie auf der Kleidung des Dosts angelegt.

Prinz Trevelien stand auf der linken Seite des Saals neben Kapitän Hassett. Ihnen gegenüber standen die Tachotha Natalja, Fürst Arslow und der Strane namens Valentin Swilik. Die beiden Wolfspriester blieben sechs Meter vor dem Thron stehen und verneigten sich, als Suhayl sie ankündigte. »Viscount Warcross und Bruder Robert Drury, wie gewünscht, mein Dost.«

Der Dost stand auf. »Vergebt mir die Förmlichkeit, Freunde, aber es gibt Gelegenheiten, die eine gewisse Zeremonie erfordern. Unter all den hier Versammelten kennen wir euch – mit Ausnahme meiner Schwestern – am besten. Wir respektieren eure Weisheit und alles, was ihr für uns getan habt. Ich möchte euch dafür belohnen.«

Malachy schielte zu Robin hinüber, dann schüttelte er den Kopf. »Wir haben es nicht für eine Belohnung getan, Hoheit.«

»Ich weiß, aber bitte.« Uriatschin schaute zu Prinz Trevelien und Tachotha Natalja. »Ich stehe hier zwischen Fürsten, von denen ich möchte, daß Sie mich als einen der ihren anerkennen, und ich muß ihnen beweisen, daß ich zivilisiert genug bin, denen meine Dankbarkeit zu zeigen, die mir die Rückkehr auf den Thron ermöglicht haben. Bitte?«

Malachy und Robin sahen einander an. Dann zuckten sie die Achseln. »Halten Sie es für möglich, Bruder Robin, daß Uriah dieses ›Bitte‹ angehängt hat?«

Robin schüttelte den Kopf. »Kaum, aber der Versuch, seinen Willen durchzusetzen, das ist er.«

Der Dost setzte eine ironische Miene auf. »Sie waren beide von Beginn an entschlossen, es mir schwer zu machen, was? Also, zu Ihrer Belohnung: Du, Malachy Kidd, besitzt schon einen Ausdariwolf. Dir vertraue ich die zwei Dutzend anderen Ausdariwölfe an, die noch im Dschebel Quirana verborgen sind. Du wirst nach Murom reisen und den Stranen zeigen, wie sie ihre Vandari in den ursprünglichen Zustand zurückversetzen können. Danach möchte ich, daß du hierher zurückkehrst, um die Ausdariwölfe zu übernehmen. Du wirst sie mit nach Sandwycke nehmen und andere Wolfspriester auf den Dari ausbilden.«

Malachy lächelte. »Eure Belohnung ist eine große Ehre für mich, Hoheit. Es wird mir eine Freude sein, Eurem Wunsch zu entsprechen.«

»Gut.« Der Dost blickte zu Robin. »Jener Teil meiner selbst, der Uriah Smith war, weiß, daß du keine Belohnung annehmen wirst. Der Teil meiner selbst, der Nimtschin war, ist entschlossen, dir trotzdem zu danken.«

Robin schüttelte den Kopf. »Ich bitte um Vergebung, Hoheit, aber ich habe die Armbrust entwickelt, die Euch beinahe getötet hätte.«

»Du hast getan, was du tun mußtest, um den Verirrungen eines Mannes von großem und verheerendem Ehrgeiz Einhalt zu gebieten. Daß ein anderer deine Erfindung mißbraucht hat, ist nicht deine Schuld. Du bist nicht verantwortlich für Schukri Awans Taten.« Der Dost winkte ihn vor. »Komm bitte her.«

Robin marschierte in militärisch präzisem, zackigem Schritt nach vorne, blieb am Fuße der Thronempore stehen und neigte den Kopf.

»Robin Drury, du beurteilst die Menschen nach ihrem wahren Wert, nicht nach dem Vermögen oder der gesellschaftlichen Stellung. Du forderst von jedem, daß er sein Bestes gibt. Wichtiger noch, wie du es hier getan hast, bist du bereit, dich zwischen die Mächtigen und die Schwachen zu stellen. Für einen Mann wie dich ist nur eine Belohnung möglich.«

Der Dost streckte den Arm aus und berührte Robins

Stirn. Der Wolfspriester stolperte ein paar Schritte zurück, dann blinzelte er und strahlte übers ganze Angesicht. »Ich danke Euch für diese Belohnung und für Euer Vertrauen.«

Der Dost lächelte. »Gern geschehen, mein Freund.«

Robin drehte sich auf dem Absatz und kehrte an Malachys Seite zurück.

Silberne Augen sahen ihn fragend an. »Was ist geschehen?«

»Erinnern Sie sich, wie die Vandari bewegungslos erstarrten, nachdem sie aus der Stadt getrieben worden waren?«

»Sicher.«

Robin tippte sich an die Stirn. »Diesen Zauberspruch hat er mir gegeben.«

Malachy nickte. Die Darirüstung war die mächtigste Waffe, die man sich nur vorstellen konnte, und dadurch immer in Gefahr, mißbraucht zu werden. Der Dost hatte Robin das Mittel in die Hand gegeben, die Dari aufzuhalten – alle Dari, auch den des Dosts. Damit wurde Robin zum Richter und Scharfrichter über alle jene, die einen Dari mißbrauchen wollten.

»Er hat eine gute Wahl getroffen.«

»Danke, Sir.«

Der Dost öffnete die Hände. »Prinz Trevelien, Tachotha Natalja, ich möchte Sie beide um einen Gefallen bitten, der die Sache des Friedens und unserer gegenseitigen Zusammenarbeit fördern wird.« Er nickte Natalja zu. »Tachotha Natalja, Sie werden einen Ersatz für den Gouverneursposten im Distrikt Wsorin brauchen.«

Natalja starrte den Fürsten Arslow an. »Das ist korrekt, Hoheit.«

Der Dost lächelte. »Ich möchte meinen Freund Valentin Swilik vorschlagen. Wie Sie bereits wissen, hat er langjährige Erfahrung in Wsorin. Er spricht Helansajarisch und hat mir wesentlich dabei geholfen, Ihr Volk und seine Denk- und Lebensweise zu verstehen. Mit ihm in Wsorin müßte ich nicht um die Sicherheit meines Reiches fürchten, und wir könnten für beide Seiten vorteilhafte Handelsbeziehungen anknüpfen.«

Die Tachotha nickte. »Eure Empfehlung wird bei meinem Vater großes Gewicht haben, Hoheit.«

»Ausgezeichnet.« Uriatschin Dost drehte sich zu Fürst Arslow um und sprach ihn auf stranisch an. »Fürst Wassili, man sagt mir, daß Sie der Architekt des Sieges über Fernandi waren, Ihnen das jedoch nicht gedankt wurde. Auf Grund politischer Probleme, die Ihr Untergebener durch die Invasion Helansajars verursachte, ist zu erwarten, daß Sie den Rest Ihres Lebens in einer so kalten und unfruchtbaren Gegend werden verbringen müssen, daß ich schon vor achthundert Jahren darauf verzichtet habe, sie mir zu unterwerfen. Ich biete Ihnen jetzt dieselbe Wahl an, die ich schon Grigori Khrolic geboten habe: Sie können in Strana sterben oder mir als Oberbefehlshaber dienen.«

Arslow blinzelte. »Verzeihung?«

»Sie würden in meinem Namen die Ausdari befehligen. Ihr Ruf würde alle im Zaum halten, die mit dem Gedanken spielen, mein Reich anzugreifen.« Der Dost verschränkte die Hände. »An meiner Seite werden Sie einen Ruhm ernten, der alle Nationen überleben wird, die heute hier vertreten sind.«

Robin schaute zu Malachy hinüber. »Was sagt er da?«

»Der Dost bestätigt, daß er mit seinem Geschenk an Sie die richtige Wahl getroffen hat, Robin.«

Arslow nickte. »Ich nehme Euer Angebot an, mein Dost.«

Malachy schüttelte den Kopf. »Er hat mit dem Geschenk an Sie eine *sehr* gute Wahl getroffen, Robin.«

Natalja beugte den Kopf. »Ich wünsche Euch, Hoheit,

daß Ihr mit Fürst Arslow besser zurechtkommt, als ich es je geschafft habe.«

»Strana brauchte keinen Oberbefehlshaber für seine Verteidigung. Helansajar sehr wohl. In dieser Aufgabe wird Fürst Arslow eine seinen Fähigkeiten angemessene Herausforderung finden.«

»Ich hoffe, Ihr habt recht, Hoheit.«

Uriatschin nickte der Tachotha zu und ließ seinen Blick dann hinüber zu Prinz Trevelien wandern. »Ich bin mir bewußt, daß es Ihnen keinen Seelenfrieden bereiten wird, Fürst Arslow in meinen Diensten zu wissen. Ich möchte Ihnen daher ein Geschenk verehren – zum Beweis, daß ich nichts gegen Ilbeoria im Schilde führe.«

Trevelien schüttelte den Kopf. »Ich weiß einiges über Uriah Smith. Colonel Kidd hat sehr gut von ihm gesprochen. Ich kann mir nicht vorstellen, daß er Ilbeoria irgendeinen Schaden wünschen würde.«

»Das tut er auch nicht. Tatsächlich beruht mein Geschenk auf den Gefühlen, die Ihr Volk Ihnen entgegenbringt.« Der Dost streckte die rechte Hand aus, und Turikana ergriff sie und stand auf. »Ich möchte, daß Ihr meine Schwester zur Frau nehmt, damit wir unsere Reiche aneinander binden und Sie Frieden finden können. Sie weiß durch Uriah von Ihnen und Ilbeoria und stimmt dieser Heirat zu, wenn Sie bereit sind, sie zu ehelichen.«

Dem Prinzen war die Überraschung über dieses Angebot nur an einer leichten Verengung seiner Augen anzusehen. »Eine Schwester ist etwas zu Kostbares für einen bloßen Vertragsabschluß, Hoheit.«

»Dem würde ich zustimmen, ginge es mir allein darum, unsere Regierungen enger aneinander zu binden.« Besorgnis dämpfte das Lächeln des Dosts. »Meine Überlegung war auch, daß sie Ihnen Linderung für Ihren Schmerz bringen könnte. Damit würde sie die

Liebe Ihres Volkes gewinnen und das Band zwischen unseren Nationen noch enger schmieden. Ich bin Ilbeorer und Strane, Helansajare und Durraner. Ich möchte, daß die Völker der Welt sich an diese Mischung ebenso gewöhnen, wie ich es zwangsläufig tun muß. Das kann ihnen nur gelingen, wenn sie die Bewohner meines Reiches kennenlernen.«

Trevelien sah zu Turikana hoch. »Es wird nicht leicht sein, meine Frau zu werden.«

Sie lächelte zurück. »Uriah hat mir von den Schwierigkeiten erzählt, die deine Rochelle gemeistert hat. Ich kann nicht hoffen, ihr in deinem Geiste ebenbürtig zu werden, ich weiß, ich kann ihren Platz in deinem Herzen nicht ausfüllen, aber deine Feinde werden in mir Rochelles Zwillingsschwester finden, wenn sie dir übel wollen.«

Der Prinz nickte. »Ihr habt gut für mich gewählt, Hoheit. Ihr laßt in mir den Wunsch erwachen, ich hätte Uriah Smith persönlich kennengelernt, nicht ausschließlich durch seine Freunde.«

»Es kommt nicht darauf an, daß Sie ihn nicht kannten, Prinz Trevelien. Er kannte Sie. Er wußte, wie sehr Ihr Volk Sie liebt. Sein Wohl ist ein heiliges Gut, das Sie immer hochhalten müssen, um Ihrer selbst willen und wegen seiner Menschen.«

»Das werde ich.« Prinz Trevelien nahm Turikanas linke Hand in seine rechte, und sie trat neben ihn.

Natalja sah zu Malachy hinüber und nickte. Er lächelte ihr zu. *Ja, sie geben ein schönes Paar ab.*

Der Dost lächelte und klatschte mit einem Behagen in die Hände, in dem Malachy ein Stück von Uriahs Selbstzufriedenheit erkannte. »Gut, damit ist der formelle Part abgeschlossen. Da ich weiß, daß Sie morgen alle aufbrechen werden, habe ich für heute abend ein Bankett zu Ihren Ehren ausrichten lassen. Dieser Abend soll eine Totenwache für alte Rivalitäten und Feindschaften werden. Wir wollen die Geburt eines neuen Friedens feiern. Er soll uns gegen alles vereinen, was die Zukunft uns in den Weg schleudert.«

Malachy reichte Natalja den Arm. »Auf die Zukunft, Tachotha?«

»Und auf die Erneuerung unserer Vergangenheit, Colonel Kidd?«

Er sah zu Robin hinüber, dann blickte er tief in Nataljas meergrüne Augen. »Können wir wirklich zwölf verlorene Jahre aufholen?«

»Die *Ljeschij* ist kein sehr schnelles Luftschiff, Geliebter.« Natalja drückte seinen Arm. »Verlorene Zeit bleibt verloren. Verschwendete Zeit ist eine Tragodie, also sollten wir die Zeit, die uns bleibt, so gut wie möglich nutzen, oder?«

Malachy nickte, und sein Lächeln wanderte hoch bis in seine Silberaugen. »Wie schon vor Jahren, Natalja, stehe ich auch jetzt ehrfürchtig vor deiner Weisheit.«

»Und das, noch bevor ich dich am Schachbrett gedemütigt habe?« Nataljas entzücktes Lachen erfüllte den Audienzsaal des Dosts. »Die Zukunft strahlt heller und heller.«

* * *

So endet das Buch des Tigers.

EPILOG

Luftschiff *Grims Pride*,
auf dem Flug ostwärts von Dhilica, Puresaran
Aran

9. Autumnal 1687

Amanda Grimshaw war so wütend auf ihren Vater, daß die Welt außerhalb ihrer Kabine sie kaum berührte. Sie hatte ihn gebeten, die Abreise aus Dhilica hinauszuschieben, bis die *Saint Michael* aus Helor zurück sein würde. Obwohl ihr klar war, daß sie ihren Vater damit verärgerte, hatte sie ihm gestanden, daß sie Robin Drury seit dessen Besuch auf Gauntlan Manor einige Male getroffen hatte. Sie hatte ihren Wunsch hinzugefügt, Aran nicht zu verlassen, ohne ihm vorher Lebewohl zu sagen.

Zu ihrer Überraschung hatte ihr Vater ihr versprochen, nicht abzureisen, bevor das Schlachtschiff nach Dhilica zurückkehrte. Und er hatte sein Wort gehalten und den Abflug hinausgezögert, bis die *Saint Michael* als dunkler Fleck über dem nördlichen Horizont auftauchte. Als sie aber von ihm verlangt hatte, das Schiff wieder wenden zu lassen, hatte er nur gelacht und volle Kraft voraus befohlen.

»Laß dir das eine Lehre sein, Tochter. Wenn du mich herausfordern willst, tust du das auf eigene Gefahr.« Er hatte ihr dabei mit der Hand über das Haar gestrichen, aber seine Stimme war eisig gewesen. »Später wirst du mir das einmal danken.«

In ohnmächtigem Zorn war sie in ihre Kabine geflohen und hatte sich eingeschlossen. Ihre Tränen flossen, doch sie weigerte sich, ihrer Verzweiflung nachzugeben. »Ich *werde* es mir eine Lehre sein lassen, Vater, und du wirst den Tag noch bereuen, an dem du sie mir erteilt hast.« Unzählige Rachepläne schwirrten ihr durch den Kopf, die von ausgesuchten Arten des Giftmords bis hin zu Überlegungen reichten, einen Mann zu finden, der das Handelsimperium ihres Vaters an sich riß, und diesen dann zu heiraten.

Noch während diese Pläne ihren Schmerz stillten, erkannte sie, daß sie keinen von ihnen jemals würde ausführen können. *Mein Vater würde genauso reagieren, und auf gewisse Weise würde es ihn freuen zu erfahren, daß ich derartige Pläne schmieden konnte.* Sie schauderte, als sie sich daran erinnerte, mit welcher Begeisterung ihr Vater jene Nachricht unterschlagen und damit das Leben eines Wolfspriesters in Helor hatte gefährden wollen. »Ich habe mir nie gewünscht, anderen Schmerzen zuzufügen, und ich will das auch jetzt nicht, auch nicht um meine eigenen Schmerzen dadurch zu lindern.«

Ein gewaltiges Zischen verschluckte die letzte Hälfte ihres Satzes. Hitze und Qualm drückten von unten durch die Bohlen, als das Stampfen der Dampfmaschinen im Maschinenraum der *Pride* erstarb. Amanda hörte zwei dumpfe Schläge von oben. Dann brüllte die durchdringende Stimme ihres Vaters: »Was hat das zu bedeuten?«

Neugierig lief sie aus der Kabine und den Gang zur Treppe entlang. Mit gerafften Röcken hastete sie einen halben Treppenabsatz hinter ihm die Stufen hinauf. Er erreichte vor ihr das Flügeldeck, und sein verärgertes Knurren war laut genug, daß man es vom Himlan bis nach Vlengul und wieder zurück hören konnte. »Wie können Sie es wagen!«

Der Wind zerzauste Amandas Haar, als sie auf das offene Flügeldeck trat. Zwei silberne Engel standen dort, falteten die Flügel und sahen auf ihren Vater herab. Einer der Engel trug eine ausdruckslose Silbermaske, die des anderen zeigte königliche Züge. Hinter ihnen schwebte die *Saint Michael* längsseits und ragte haushoch über der *Grim's Pride* auf.

Der rechte Engel nahm Helm und Maske ab. Ihr Herz schlug schneller. »Robin?«

Der Ethyrine nickte feierlich. »Ich hatte Angst, du würdest abreisen, bevor wir noch einmal miteinander sprechen könnten.«

»Ich wollte auf dich warten.«

»Aber der Befehl des Prinzen, Aran zu verlassen, ließ uns keine Wahl. Ich habe mich nur an königliche Befehle gehalten«, bellte Grimshaw. »Wie können Sie es wagen, uns zu entern.«

Jetzt nahm auch Trevelien den Helm ab, und Grimshaw wich einen Schritt zurück. »Es geschah auf *meinen* Befehl hin. Die Art und Weise, wie die *Grim's Pride* aus Dhilica abflog, sobald wir in Sichtweite der Stadt waren, ließ mich vermuten, daß Sie Wertgüter aus Aran hinausschmuggeln wollten.«

»Ihr beleidigt mich.«

»Und ich bin der Meinung, daß Bruder Robin in Ihrer Tochter eine unbezahlbare Wertsache sieht.«

Robin nickte und trat vor. Er nahm Amandas rechte Hand und sank vor ihr auf die Knie. »Vergib mir die Rüstung und den dramatischen Auftritt, aber ich habe auf unserem Rückflug viel über dich nachgedacht und auch darüber, wie ich mich fühlen würde, wenn du fort wärst. Du siehst in mir jetzt alles, was ich bin und wohl auch jemals sein werde. Ein Krieger, ein Priester. Es ist nicht viel. Nachdem das klar ist, möchte ich dich fragen, ob du meine Frau werden willst.«

Amanda hob die linke Hand vor den Mund, aber noch bevor sie antworten konnte, schlug ihr Vater die Hände der beiden auseinander. »Niemals! Das werde ich nicht erlauben!«

Robin stand auf und packte Erwin Grimshaw bei den

Rockaufschlägen. Er stemmte den Mann hoch, bis er mit den Füßen in der Luft zappelte. »*Dich* habe ich nicht gefragt.«

Selbst in Robins Griff strampelnd, triefte die Stimme ihres Vaters noch vor Haß. »Wenn du einwilligst, Amanda, enterbe ich dich. Du wirst nichts bekommen, kein Geld, kein Eigentum, nichts. Du wirst aufhören, meine Tochter zu sein.«

Robin zwinkerte ihr zu. »Dieser letzte Punkt macht deine Mitgift wirklich attraktiv.«

Amanda lachte laut auf. »Ja, Robin, ich will dich heiraten.«

Robin ließ ihren Vater fallen und schloß sie in die Arme. »Du hast mich gerade glücklicher gemacht, als ich es je war, Amanda. Ich werde dasselbe für dich tun.«

»Das weiß ich, Robin.« Sie küßte ihn solange, bis ihr Vater sich wieder vom Deck hochgerappelt hatte, und noch ein bißchen länger.

»Das war's dann, Amanda, du bist enterbt. Du wirst nichts besitzen. Sieh zu, ob du von dem armseligen Geld leben kannst, das ihm die Kirche zahlt.«

Sie drehte sich in Robins Armen zu ihrem Vater um und schaute auf ihn hinab. »Das kann ich, und das werde ich. Ich werde sogar arbeiten gehen und Geld verdienen, wenn es sein muß. Und ich werde glücklich sein, weil ich seine Liebe habe.«

»Unsinn. An deiner Liebe wirst du verhungern.« Grimshaws Gesicht verzog sich zu einer höhnischen Fratze. »Und wer wird *dich* schon einstellen?«

Prinz Trevelien räusperte sich. »Da wir das gerade ansprechen, Miss Grimshaw: Bruder Robin sagte mir, Sie hätten eine Ausbildung als Erzieherin genossen. Ich würde Sie gerne in meine Dienste nehmen.«

Amanda sah den Prinzen erstaunt an. »Für Eure Kinder? Kommen sie denn hierher?«

»Nein, eigentlich möchte ich, daß Sie meiner neuen Frau die ilbeorischen Gebräuche näherbringen.« Trevelien lächelte und deutete mit dem Kopf auf ihren Vater. »Wie man mit abstoßenden Halunken umgeht, weiß sie allerdings schon. Wir haben viereinhalb Jahre Zeit, sie auf Ilbeoria vorzubereiten, und ich möchte sie so vorbereitet wissen, daß sie unsere Heimat im Sturm erobert.«

»Es wird mir eine Ehre und ein Vergnügen sein, Hoheit.« Amanda umarmte Robin noch einmal und küßte ihn. »Der Prinz hat eine neue Frau und ich einen Ehemann. Wer sagt, es gäbe keine Wunder mehr?«

»Wenn wir nur etwas Glück haben, mein Herz«, flüsterte Robin, während er die silbernen Flügel entfaltete und mit ihr in seinen Armen in die Lüfte stieg, »wird das niemand können, bis die Welt, die wir kennen, schon lange tot ist und wir zusammen in die Ewigkeit eingegangen sind.«